# SCARPETTA

# PATRICIA CORNWELL

# SCARPETTA

POEMA
POCKET

Eerste druk januari 2009
Zesde druk november 2010

© 2009 Cornwell Enterprises, Inc.
All rights reserved
© 2009, 2010 Nederlandse vertaling
Uitgeverij Luitingh ~ Sijthoff B.V., Amsterdam
Alle rechten voorbehouden
Oorspronkelijke titel: *Scarpetta*
Vertaling: Carla Benink
Omslagontwerp: T.B. Bone
Omslagfotografie: Arcangel Images / Hollandse Hoogte

ISBN 978 90 210 4292 3
NUR 313

www.boekenwereld.com
www.patriciacornwell.com
www.uitgeverijsijthoff.nl
www.watleesjij.nu

Men zou de geestestoestand van een gek kunnen beschrijven als een wandelende, chaotische droom.
Montagu Lomax: *The Experiences of an Asylum Doctor*, 1921

Voor Ruth
(1920 – 2007)

En zoals altijd vol dankbaarheid
voor Staci

Hersenweefsel kleefde als natte, grijze pluizen aan de mouwen van dr. Kay Scarpetta's operatieschort en de voorkant zat vol bloedspatten. Stryker-zagen maakten gierende geluiden, stromend water liep klaterend weg en botzaagsel zweefde als wolken meel door de ruimte. Drie tafels waren bezet en er waren meer lichamen onderweg. Het was dinsdag 1 januari, nieuwjaarsdag.

Ze hoefde zijn bloed niet te laten onderzoeken om te weten dat haar patiënt had gedronken voordat hij met zijn teen de trekker van het geweer had overgehaald. Meteen toen ze hem opensneed, had ze de penetrante stank geroken van alcohol die in het lichaam wordt afgebroken. Toen ze lang geleden assistent forensisch patholooganatoom was, had ze zich wel eens afgevraagd of verslaafden, als ze eens in een lijkenhuis zouden mogen rondkijken, van schrik zouden afkicken. Als ze hun een hoofd zou laten zien dat als een eierdopje was geopend en hun de stank van postmortale champagne zou laten ruiken, zouden ze voortaan misschien alleen Perrier drinken. Was het maar waar.

Ze keek toe terwijl haar plaatsvervanger, Jack Fielding, een glanzende massa organen uit de borstholte haalde van een student die bij een geldautomaat was beroofd en neergeschoten, en wachtte op zijn uitbarsting. Die ochtend had hij in de stafvergadering woedend opgemerkt dat het slachtoffer even oud was als zijn dochter en dat ze allebei hardlopers waren die medicijnen studeerden. Als Fielding zich een geval persoonlijk aantrok, hadden ze daar bij de afhandeling allemaal onder te lijden.

'Slijpen we tegenwoordig de messen niet meer?' schreeuwde hij.

Het trillende blad van een Stryker-zaag maakte een hoog, fluitend geluid toen de mortuariumassistent een schedel opende en terugriep: 'Sta ik soms uit mijn neus te vreten?'

Fielding gooide zijn chirurgenmesje kletterend terug op de kar. 'Hoe moet ik hier verdomme fatsoenlijk mijn werk doen?'

'Jezus, kan iemand die man een kalmeringsmiddel geven?' De mortuariumassistent wipte het schedeldak voorzichtig met een beitel omhoog.

Scarpetta legde een long op de weegschaal en schreef met een

Smart Pen het gewicht op een Smart Notepad. Nergens lag een balpen, klembord of formulier. Als ze straks weer boven was, hoefde ze alleen nog alles wat ze had opgeschreven of geschetst te downloaden in haar computer. Maar de technologie was niet toereikend voor haar stroom gedachten, die ze, wanneer ze klaar was en haar handschoenen had uitgetrokken, nog steeds moest dicteren. Haar praktijk voor forensische pathologie was uitgerust met alle moderne faciliteiten die ze als noodzakelijk beschouwde in een wereld die ze niet langer herkende. Een wereld waar het publiek alles geloofde wat forensisch pathologen in tv-series presteerden en waar geweld niet langer een maatschappelijk probleem was, maar oorlog.

Ze sneed de long open en stelde vast dat het gladde, glanzende longvlies intact was, maar dat de longblaasjes in het donkerrode longweefsel waren beschadigd. Een minimale hoeveelheid roze schuim. Verder geen ernstig letsel en aan de bloedvaten was niets bijzonders te zien. Ze keek op toen haar administratief medewerker, Bryce, binnenkwam, met een zowel minachtende als afwerende uitdrukking op zijn jeugdige gezicht. Hij was niet overgevoelig wat het werk in het mortuarium betrof, maar het stond hem om begrijpelijke redenen tegen. Hij trok gauw een paar papieren handdoeken van de rol, wikkelde ze om zijn hand en pakte de hoorn van de zwarte telefoon aan de muur, waarvan een van de lampjes brandde.

'Benton, ben je daar nog?' vroeg hij. 'Ze staat hier met een groot mes in haar hand. Heeft ze je al verteld wat de specialiteiten van de dag zijn? Die studente van Tufts is het ergst, haar leven was maar tweehonderd dollar waard. De Bloods of de Crips, zo'n klootzak van een van die bendes, je zou hem op die bewakingsvideo eens moeten zien. Het is op het nieuws. Die zaak is niets voor Jack, maar vraagt iemand ooit hoe ík erover denk? Die gast staat op ontploffen. En een zelfmoordgeval, ja. Was zonder één schrammetje uit Irak teruggekomen, helemaal oké. Prettige feestdagen, maak wat moois van je leven.'

Scarpetta duwde haar masker omhoog, trok haar bebloede handschoenen uit en wierp ze in een felrode emmer voor milieugevaarlijk afval. In een diepe stalen gootsteen schrobde ze haar handen schoon.

'Slecht weer, binnen en buiten,' babbelde Bryce door tegen Benton, die niet van babbelen hield. 'Een volle bak en Jack die helemaal depri is, of heb ik dat al gezegd? Misschien moet hij in therapie of zo. Een weekendje weg naar dat Harvard-ziekenhuis van jou? Waarschijnlijk kan zijn gezin dan wel mee...'

Scarpetta nam de hoorn van hem over, trok de papieren handdoeken eraf en gooide ze in de vuilnisbak.

'Hou op met dat gezeur over Jack,' zei ze tegen Bryce.

'Volgens mij slikt hij weer steroïden en is hij daarom zo chagrijnig.'

Ze keerde hem en alle bedrijvigheid de rug toe.

'Wat is er?' vroeg ze aan Benton.

Ze hadden elkaar die morgen heel vroeg al gesproken, en dat hij een paar uur later weer belde, terwijl ze in de autopsiezaal aan het werk was, voorspelde niet veel goeds.

'Het spijt me, maar we hebben een probleem,' antwoordde hij.

Dat had hij gisteravond ook gezegd, toen ze thuiskwam van de plaats met de geldautomaat waar de moord was gepleegd en hij net zijn jas stond aan te trekken om naar Logan te gaan en de shuttle te nemen. De politie in New York had hem onmiddellijk nodig.

'Jaime Berger vraagt of jij ook kunt komen,' vervolgde hij.

Altijd wanneer Scarpetta die naam hoorde, kreeg ze een knoop in haar maag en dat had niets te maken met de openbaar aanklager van New York zelf, maar met een periode uit haar leven die ze wilde vergeten.

'Hoe eerder, hoe liever,' zei Benton. 'Kun je de shuttle van een uur halen?'

Op de klok aan de muur zag ze dat het tegen tienen liep. Ze moest afmaken waar ze mee bezig was, douchen en eerst langs huis gaan. Lunch, dacht ze. Ambachtelijke mozzarella, erwtensoep, gehaktballen, brood. Wat nog meer? De ricotta met verse basilicum die Benton zo lekker vond op een verse pizza. Dat had ze gisteren allemaal klaargemaakt, toen ze nog niet wist dat ze oudejaarsavond in haar eentje zou doorbrengen. In hun appartement in New York was niets te eten. Als Benton daar alleen was, ging hij meestal ergens iets halen.

'Kom rechtstreeks naar het Bellevue,' ging Benton verder. 'Zet je tassen maar in mijn kantoor. Ik zal je werkkoffer alvast meenemen.'

Boven het ritmische gerasp uit van een mes dat met lange, felle halen werd gesleept kon ze hem nauwelijks meer verstaan. De bel van de binnenplaats rinkelde schel en op het scherm van de intercom op het aanrecht stak de in een donkere mouw gestoken arm van een medewerker van een besteldienst uit het raampje van een wit busje.

'Kan iemand alsjeblieft opendoen?' riep Scarpetta boven het lawaai uit.

Op de gevangenisafdeling van het moderne complex van het Bellevue Hospital verbond de dunne draad van Bentons koptelefoon hem over een afstand van tweehonderdveertig kilometer met zijn vrouw.

Hij vertelde haar dat er de vorige avond op de forensische psychiatrische afdeling een man was opgenomen en zei: 'Berger wil dat jij zijn verwondingen onderzoekt.'

'Waar wordt hij van verdacht?' vroeg Scarpetta.

Op de achtergrond hoorde Benton onverstaanbare stemmen en het gebruikelijke lawaai van het mortuarium – dat hij wrang haar 'sloopterrein' noemde.

'Dat staat nog niet vast,' antwoordde hij. 'Maar er is gisteravond een heel ongewone moord gepleegd.'

Hij tikte op het neerwaartse pijltje op zijn toetsenbord om het beeld op zijn computerscherm te laten scrollen.

'Bedoel je dat er nog geen gerechtelijk bevel voor dat onderzoek is?' klonk de stem van Scarpetta, overgebracht met de snelheid van het geluid.

'Nog niet. Maar deze man moet zo gauw mogelijk onderzocht worden.'

'Dat had allang moeten gebeuren. Meteen nadat hij was opgenomen. Als er sporen waren die iets konden uitwijzen, zijn die nu waarschijnlijk vervuild of verdwenen.'

Benton tikte nog steeds op het pijltje en las wat er op het scherm stond, en hij vroeg zich af hoe hij het haar zou vertellen. Hij hoorde aan haar stem dat ze het nog niet wist en hij hoopte van harte dat ze het niet van een ander zou horen. Hij had Lucy, haar nichtje, op het hart gedrukt dat hij Kay op de hoogte wilde brengen en hij rekende erop dat ze zich bij zijn wens zou neerleggen. Maar hij had het onderwerp nog steeds niet aangeroerd.

Toen Jaime Berger hem een paar minuten geleden had opgebeld, had ze heel zakelijk geklonken, waaruit hij had opgemaakt dat ook zij de smerige roddels op internet nog niet had gelezen. Waarom hij toen niet meteen iets tegen haar had gezegd, wist hij eigenlijk niet. Maar hij had zijn mond gehouden en dat was stom van hem. Hij had al veel eerder eerlijk tegen haar moeten zijn. Hij had haar al bijna een halfjaar geleden alles moeten uitleggen.

'Het zijn oppervlakkige wonden,' zei hij tegen Scarpetta. 'Hij zit afgezonderd, wil niets zeggen en wil niet meewerken tot jij er bent. Berger wil niet dat iemand hem beïnvloedt en heeft besloten dat het onderzoek wel zolang kan wachten. Omdat hij dat wil...'

'Sinds wanneer heeft een gevangene iets te vertellen?'

'Politieke redenen, en hij is geen gevangene. Niemand die op die afdeling wordt opgenomen, wordt als een gevangene beschouwd. Het zijn allemaal patiënten.' Hij hoorde hoe omslachtig en nerveus hij praatte, wat niets voor hem was. 'Ik heb al gezegd dat er nog geen aanklacht tegen hem is ingediend. Er is geen arrestatiebevel, helemaal niets. Eigenlijk is hij een gewone patiënt. We kunnen hem niet dwingen de minimale tweeënzeventig uur te blijven, omdat hij geen toestemmingsformulier heeft ondertekend en zoals ik al zei, is hij niet in staat van beschuldiging gesteld. Nog niet tenminste. Misschien zal dat gebeuren nadat jij hem hebt onderzocht. Maar voorlopig kan hij weg wanneer hij wil.'

'Dus je verwacht dat ik iets zal vinden waardoor de politie hem kan beschuldigen van moord? En wat bedoelde je toen je zei dat hij dat formulier... Wacht even, je wilt me toch niet wijsmaken dat die patiënt naar de gevangenisafdeling is gebracht onder de voorwaarde dat hij daar elk moment kan vertrekken?'

'Ik leg het je straks wel allemaal uit. Ik verwacht helemaal niet dat je iets vindt. Echt niet, Kay. Ik vraag alleen of je wilt komen omdat het een heel ingewikkeld geval is. En Berger wil je er graag bij hebben.'

'Al bestaat de kans dat de patiënt straks verdwenen is.'

Hij hoorde de vraag die ze niet wilde stellen. Hij gedroeg zich niet als de kalme, onverstoorbare forensisch psycholoog die ze al twintig jaar kende, maar dat wilde ze niet zeggen. Ze stond in het mortuarium en ze was niet alleen. Ze wilde niet vragen wat er in vredesnaam met hem aan de hand was.

'Hij verdwijnt beslist niet voordat hij jou heeft gesproken,' zei Benton.

'Ik begrijp niet waarom hij daar zit.' Ze liet het onderwerp niet rusten.

'Dat weten wij ook niet zeker. Maar het komt erop neer dat hij er bij de politieagenten die op de plaats van het misdrijf aankwamen op aandrong dat hij naar het Bellevue werd gebracht.'

'Hoe heet hij?'

'Oscar Bane. Hij zei dat ik de enige was die het psychologisch onderzoek mocht doen, en daarom hadden ze mij gebeld en moest ik meteen naar New York. Hij is bang voor artsen, krijgt paniekaanvallen.'

'Hoe wist hij wie je was?'

'Doordat hij weet wie jij bent.'

'Hij weet wie ík ben?'

'De politie heeft zijn kleren, maar hij zegt dat als ze lichamelijk bewijsmateriaal willen hebben terwijl hij niet is aangeklaagd, jij dat moet verzamelen. Nou ja, ik heb het je al uitgelegd. We hoopten dat hij zou kalmeren en ons toestemming zou geven er een plaatselijke forensisch arts bij te roepen, maar dat kunnen we wel vergeten. Hij is niet te vermurwen. Zegt dat hij doodsbang is voor dokters. Hij lijdt aan odynofobie en dishabiliofobie.'

'Je bedoelt dat hij bang is voor pijn en bang om zijn kleren uit te trekken?'

'En caligynefobie. Angst voor mooie vrouwen.'

'Ah, daarom zal hij zich bij mij veilig voelen.'

'Het laatste was een grapje. Hij vindt jou mooi en is beslist niet bang voor je. Ik ben degene die bang zou moeten zijn.'

Dat was waar. Benton wilde haar niet bij deze zaak betrekken. Hij wilde niet dat ze zelfs maar naar New York kwam.

'Laat me alles even op een rijtje zetten. Jaime Berger wil dat ik in een sneeuwstorm naar New York vlieg en een patiënt op de gevangenisafdeling onderzoek die nergens van wordt beschuldigd...'

'Als je in Boston kunt opstijgen... Hier is het goed weer, alleen koud.' Benton keek uit het raam. Buiten was alles grijs.

'Ik moet nog een dienstplichtig sergeant afhandelen die in Irak gewond is geraakt maar dat pas ontdekte toen hij weer thuis was, en dan ben ik halverwege de middag bij je,' zei Scarpetta.

'Vlieg veilig. Ik hou van je.'

Benton verbrak de verbinding en tikte opnieuw eerst op het neerwaartse en toen op het opwaartse pijltje om alles nog eens door te lezen, alsof de anonieme roddelrubriek, als hij die maar vaak genoeg las, minder stuitend en haatdragend zou zijn. Schelden doet geen pijn, zei Scarpetta altijd. Misschien gold dat voor de middelbareschooltijd, maar niet voor volwassen mensen. Bij hen konden scheldwoorden wel degelijk hard aankomen. Welk afschuwelijk mens kon zoiets schrijven? En hoe had hij of zij dit ontdekt?

Hij pakte de telefoon.

Scarpetta besteedde nauwelijks aandacht aan Bryce toen hij haar naar Logan International Airport bracht. Vanaf het moment dat hij haar thuis had opgehaald, ratelde hij aan een stuk door.

Het was voornamelijk een litanie van klachten over dr. Jack Fielding, om haar nogmaals duidelijk te maken dat terugkeren naar het verleden hetzelfde was als een hond die terugkeerde naar zijn eigen braaksel. Of als de vrouw van Lot, die achteromkeek en veranderde in een zoutpilaar. Bryce maakte irritant vaak Bijbelse vergelijkingen en dat had niets te maken met zijn geloof – als hij al ergens in geloofde – maar waren pareltjes uit een thesis die hij ooit had geschreven over de Bijbel als literatuur.

Haar administratief medewerker hamerde er voortdurend op dat je mensen uit je verleden nooit in dienst moest nemen. Fielding was iemand uit Scarpetta's verleden. Hij had problemen gehad, maar wie niet? Toen ze haar huidige baan had aangenomen en op zoek was naar een tweede man, had ze zich afgevraagd waar Fielding mee bezig was, hem opgespoord en gehoord dat hij niet veel bijzonders deed.

Bentons commentaar was ongewoon mild geweest en misschien een beetje betweterig, en nu begreep ze waarom. Hij had gezegd dat ze op zoek was naar stabiliteit en dat mensen die opzien tegen een verandering vaak een stap achteruit doen in plaats van vooruit. Hij had gezegd dat het begrijpelijk was dat ze iemand wilde inhuren die ze al vanaf het begin van haar loopbaan kende, maar dat het gevaar van achteromkijken was dat je dan alleen zag wat je wílde zien. Dingen die je een veilig gevoel gaven.

Maar de vraag waaróm ze zich niet veilig voelde, had Benton niet gesteld. Haar diepste gevoelens met betrekking tot haar huiselijk leven met hem waren een onderwerp dat hij niet wilde aanroeren, omdat die nog steeds tegenstrijdig en chaotisch waren. Sinds hun relatie ruim vijftien jaar geleden met overspel was begonnen, hadden ze tot de afgelopen zomer nooit in dezelfde stad gewoond en nooit geweten wat het betekende het dagelijks leven met elkaar te delen. Ze waren zonder poespas in de tuin van haar koetshuis in Charleston, South Carolina, getrouwd en daarna had Scarpetta haar privépraktijk, die ze nog niet lang daarvoor had geopend, moeten sluiten.

Ze waren verhuisd naar Belmont, Massachusetts, om in de buurt te wonen van het McLean, het psychiatrische ziekenhuis waar hij werkte, en haar nieuwe hoofdkwartier in Watertown. Daar had ze de functie aangenomen van hoofd van de gerechtelijke geneeskundige dienst van het noordoostelijke district. Omdat ze nu ook dichter bij New York woonden, had Scarpetta het een goed idee gevonden de uitnodiging aan te nemen van het John Jay College of Criminal Justice om daar gastcolleges te geven, wat betekende dat de lijkschouwer van de NYPD, de New Yorkse politie, en forensisch psychiatrische afdelingen zoals die van het Bellevue hen gratis mochten raadplegen.

'… ik weet dat het niet iets is waar je naar zou kijken of wat je zelfs maar belangrijk zou vinden maar al weet ik dat het je ergert, ik wil je er wel op wijzen,' hoorde ze Bryce opeens zeggen.

'Wat voor belangrijks?' vroeg ze.

'O, dank je, je luistert! Ik dacht dat ik alleen tegen mezelf praatte.'

'Sorry. Zeg het nog eens.'

'Ik heb na de stafvergadering niets gezegd omdat ik je bij alle drukte van vanmorgen niet lastig wilde vallen. Ik wilde wachten tot je klaar was, dan konden we misschien onder vier ogen met elkaar praten. En omdat niemand iets tegen me zei, dacht ik dat niemand iets had gezien. Dat was maar goed ook, hè? Want Jack was vanmorgen al chagrijnig genoeg. Hij is natuurlijk altijd chagrijnig, daarom heeft hij ook eczeem en valt zijn haar uit. En heb je die korst achter zijn rechteroor gezien? Met de kerst naar huis, dan kom je weer helemaal tot rust.'

'Hoeveel koppen koffie heb je vandaag gedronken?'

'Waarom vit je altijd op mij? Dood de boodschapper. Je sluit je af tot wat ik je probeer te vertellen een kritieke massa is geworden en dan boem, ben ík de schurk, weg boodschapper. Als je langer dan één nacht in New York blijft, laat me dat dan alsjeblieft weten, dan kan ik zo gauw mogelijk voor een vervanger zorgen. Zal ik een afspraak voor je maken met die trainer die je zo goed vindt? Hoe heet hij ook alweer?'

Met een vinger tegen zijn lippen gedrukt dacht Bryce na.

'Kit,' gaf hij zichzelf antwoord. 'Misschien kan hij, als je me binnenkort nodig hebt om in New York je loopjongen te zijn, mij ook onder handen nemen. Zwembandjes.'

Hij kneep in zijn middel.

'Al heb ik gehoord dat na je dertigste alleen liposuctie nog helpt,' voegde hij eraan toe. 'Zal ik eerlijk zijn?'

Hij wierp een blik op haar gezicht en gebaarde met zijn handen alsof die een eigen leven leidden in plaats van een deel van zijn lichaam te zijn.

'Ik heb hem op het internet opgezocht,' biechtte hij op. 'Het verbaast me dat Benton hem bij je in de buurt laat komen. Hij doet me denken aan dinges, hoe heet die vent in *Queer as Folk* ook alweer? Die voetbalheld? Hij reed in een Hummer en was zo macho als wat tot hij een relatie kreeg met Emmett, die volgens iedereen precies op mij lijkt, of andersom, aangezien hij de beroemdheid is. Nou ja, daar kijk jij waarschijnlijk niet naar.'

'Waarom moet ik de boodschapper doden?' zei Scarpetta. 'En hou alsjeblieft ten minste één hand aan het stuur, want we rijden door een sneeuwbui. Hoe sterk was je Starbucks vanmorgen? Ik heb twee bekers op je bureau zien staan, ik hoop niet dat die allebei van vanmorgen waren. Weet je nog dat we het over cafeïne hebben gehad? Dat ik je heb verteld dat het een drug is en daarom verslavend?'

'Deze keer heeft-ie het alleen gemunt op jou,' ging Bryce verder. 'Dat heb ik nooit eerder meegemaakt. Het is heel raar. Meestal heeft-ie het op meer dan één beroemdheid voorzien. De schrijver van die rubriek, wie het dan ook is, dwaalt als een soort geheim agent door de stad en haalt dan een aantal bekende figuren door het slijk. Onlangs was het Bloomberg, enne... Hoe heet ze ook alweer? Dat model dat altijd wordt gearresteerd omdat ze dingen naar mensen gooit? En toen werd zij eruit gegooid, de deur uitgezet bij Elaine's, omdat ze een vunzige opmerking had gemaakt tegen Charlie Rose. Nee, wacht even. Barbara Walters? Nee, ik ben in de war met iets wat ik in de *View* heb gezien. Misschien is zij, dat model, achter die zanger van American Idol aan gegaan. Nee, hij was bij Ellen, niet bij Elaine. En het is ook niet Clay Aiken of Kelly Clarkson. Hoe heet die andere dan toch? Ik word helemaal gek van TiVo. Het lijkt wel of de afstandsbediening vanzelf langs de kanalen surft. Heb jij dat ook wel eens?'

De sneeuw sloeg als een zwerm witte muggen tegen de voorruit, terwijl de ruitenwissers op een hypnotiserende manier machteloos heen en weer flitsten. Het verkeer reed langzaam maar gestaag door. Over een paar minuten zouden ze op het vliegveld zijn.

'Bryce!' zei Scarpetta op de toon die ze gebruikte wanneer ze hem beval zijn mond te houden en antwoord te geven op haar vraag. 'Wat voor belangrijks?'

'Die walgelijke online roddelrubriek, *Gotham Gotcha*.'

Ze had er reclames van gezien op stadsbussen en taxidaken in New York en gehoord dat de anonieme schrijver een vals loeder was. Er werd druk geraden naar zijn identiteit; volgens sommigen was hij zomaar iemand, volgens anderen een journalist die een Pulitzerprijs had gewonnen en zich nu amuseerde door gemene dingen te schrijven en daar veel geld mee te verdienen.

'Heel gemeen,' zei Bryce. 'Ik weet dat dat zijn bedoeling is, maar dit is het soort gemeen dat niet door de beugel kan. Niet dat ik zulke walgelijke dingen lees, maar het spreekt vanzelf dat ik jouw naam op Google heb aangevinkt. Er staat een foto bij, die is nog het ergst. Niet flatteus.'

2

Benton leunde achterover op zijn stoel en staarde naar het uitzicht van lelijke rode bakstenen in grauw winterlicht.

'Je klinkt verkouden,' zei hij door de telefoon.

'Ik voel me vandaag niet zo lekker. Daarom heb ik je niet eerder teruggebeld. Vraag me niet waaraan we dat gisteravond hebben verdiend. Gerald wil niet eens uit bed komen. En dat bedoel ik niet op een positieve manier,' zei dr. Thomas.

Ze was een collega in het McLean. En ze was Bentons psychiater. Dat was niet ongewoon. Dr. Thomas, die was geboren in het gebied van de kolenmijnen in West Virginia, zei altijd dat er in ziekenhuizen nog meer incest voorkwam dan onder de heikneuters op het platteland. Artsen behandelden familieleden en vrienden. Ze schreven geneesmiddelen voor aan familieleden en vrienden. Ze bedreven seks met elkaar, maar hopelijk niet met familieleden en vrienden. Soms trouwden ze met elkaar. Thomas was getrouwd met de radioloog in het McLean die op de neurologische afdeling, waar Benton ook zijn praktijk had, de controles uitvoerde van Lucy, het nichtje van Scarpetta. Thomas wist bijna alles van Benton en zij was de eerste aan wie hij had gedacht toen hij een paar maanden geleden had beseft dat hij met iemand moest praten.

'Heb je de link geopend die ik je heb gemaild?' vroeg hij.

'Ja, en ik wil dolgraag weten om wie jij je de meeste zorgen maakt. Want ik denk dat jij dat zelf bent. Wat denk jij?'

'Ik denk dat ik dan een ongelooflijke egoïst ben,' antwoordde Benton.

'Het zou normaal zijn als je je een bedrogen, vernederde echtgenoot zou voelen,' zei ze.

'Ik was vergeten dat je in een vroeger leven Shakespeare-actrice bent geweest,' zei hij. 'Ik kan me niet herinneren dat ik het ooit iemand zo plechtig heb horen uitdrukken. Maar het klopt niet. Kay is niet vanuit het nest in de armen van een ander gesprongen. Ze is ingepakt. Als ik me een bedrogen echtgenoot zou voelen, had ik dat destijds moeten doen. Maar dat was niet zo. Ik maakte me te veel zorgen om haar. En zeg niet dat de vrouwe te hard protesteert.'

'Ik zeg dat er geen publiek bij was toen het gebeurde,' zei Thomas. 'Misschien lijkt het, als iedereen het weet, eerder een vaststaand feit. Heb je haar verteld wat er op het internet staat? Of wist ze het al?'

'Ik heb het haar niet verteld en ik weet zeker dat ze het niet heeft gezien, want dan had ze me gebeld om me te waarschuwen. Het is gek, maar zo is ze.'

'Ja. Kay en haar broze helden met hun lemen voeten. Waarom heb je het haar niet verteld?'

'Ik wacht op het juiste moment,' zei Benton.

'Voor jou of voor haar?'

'Ze was in het mortuarium,' zei hij, 'en ik wilde het haar persoonlijk vertellen.'

'Laten we eens even teruggaan, Benton. Je hebt haar vanmorgen in alle vroegte gesproken, vermoed ik. Dat doen jullie, wanneer jullie niet bij elkaar zijn, toch altijd?'

'Ja, we hebben elkaar vanmorgen gesproken.'

'En toen je haar vanmorgen sprak, wist je al wat er op het internet stond, omdat Lucy je al had gebeld. Wanneer was dat? Om een uur vannacht, omdat je hypomanische aangetrouwde nichtje een alarmbel in haar computer heeft geprogrammeerd om haar, zoals bij de brandweer, te wekken wanneer een van haar zoekmachines haar waarschuwt voor een brand in cyberspace.'

Dr. Thomas maakte geen grapje. Lucy had inderdaad een alarmsysteem in haar computer dat haar waarschuwde wanneer een van haar zoekmachines iets vond wat ze hoorde te weten.

'Ze belde me om middernacht, meteen nadat dat verdomde bericht was gepost,' zei Benton.

'Maar ze heeft Kay niet gebeld.'

'Gelukkig niet, en toen ik zei dat ík Kay zou inlichten, legde ze zich daarbij neer.'

'Wat je niet hebt gedaan,' zei dr. Thomas. 'Dat is waar we het in feite over hebben. Je hebt vanmorgen vroeg met Kay gepraat en hoe lang wist je toen al dat dat verhaal op het internet stond? Toch heb je niets gezegd. Je hebt nog steeds niets gezegd. Ik geloof er niets van dat dat is omdat je het haar persoonlijk wilt vertellen. Helaas is de kans groot dat ze het nu van iemand anders hoort, als dat al niet is gebeurd.'

Benton zuchtte zacht, heel diep. Hij kneep zijn lippen opeen en vroeg zich af wanneer hij zijn zelfvertrouwen had verloren en daardoor niet meer in staat was zijn omgeving in te schatten en daar op de juiste manier op te reageren. Vroeger had hij anderen altijd met één blik of na een paar woorden kunnen taxeren. Scarpetta noemde dat zijn favoriete nummer. Hij maakte kennis met iemand of hoorde iemand iets zeggen en had die persoon meteen door, en hij had het zelden mis.

Maar deze keer had hij het gevaar niet zien aankomen en hij begreep nog steeds niet hoe hij zo stom had kunnen zijn. Hij had gezien dat Pete Marino de laatste paar jaar steeds kwader en gefrustreerder was geworden en hij had geweten dat het een kwestie van tijd was voordat Marino's zelfhaat en woede het kookpunt zouden bereiken. Maar hij was er niet bang voor geweest. Hij had Marino niet belangrijk genoeg gevonden om daar angst voor te hebben. Hij had er waarschijnlijk nooit bij stilgestaan dat Marino een penis had, tot die een wapen was geworden.

Achteraf gezien, was het onbegrijpelijk. Terwijl bijna niemand in staat was om verder te kijken dan Marino's ruwe machogedrag en opvliegendheid, was dat recept voor Benton dagelijkse kost. Seksueel geweld was, hoe dat ook tot uiting kwam, de werkverschaffing van forensisch psychologen.

'Als ik aan hem denk, krijg ik moordneigingen,' zei Benton tegen Thomas. 'Daar zal ik natuurlijk niet aan toegeven. Maar ik denk er wel over na, op allerlei manieren. Ik dacht dat ik het hem had vergeven en was trots op mezelf, echt trots, vanwege de manier waarop ik ermee om ben gegaan. Wat zou er zonder mij van hem terecht zijn gekomen? Ik heb me voor hem uitgesloofd, en nu wil ik hem vermoorden. Lucy wil hem ook vermoorden. Die vermelding van vanmorgen heeft het vuurtje weer opgestookt en nu weet iedereen het. Nu is het net alsof het opnieuw is gebeurd.'

'Of misschien pas voor het eerst. Het dringt nu pas echt tot je door.'

'O, toen is het ook tot me doorgedrongen, hoor,' zei Benton.

'Maar het is iets anders als je het op internet leest en weet dat een miljoen andere mensen het ook lezen. Dat is een andere werkelijkheid. En nu heb je pas een emotionele reactie. Hiervoor was het een verstandelijke reactie. Om jezelf te beschermen, verwerkte je het alleen in je hoofd. Ik denk dat dit een doorbraak betekent, Benton. Wel een heel vervelende, en dat spijt me.'

'Hij weet niet dat Lucy in New York woont, en als ze hem ziet...' Benton riep zichzelf een halt toe. 'Nee, dat is niet waar. Ze zou niet meer overwegen hem te doden, want dat idee heeft ze verworpen. Dat wil ze allang niet meer. Ze zou hem niet doden, dat kan ik je verzekeren.'

Benton keek naar de grijze lucht, die de rode kleur van de oude bakstenen gebouwen doffer maakte, en toen hij ging verzitten en over zijn kin wreef, rook hij zijn eigen mannelijke geur en voelde hij zijn baardstoppels, die volgens Scarpetta net zand leken. Hij was de hele nacht opgebleven en niet naar huis gegaan. Hij moest nodig douchen en zich scheren, en hij had honger en slaap.

'Soms verbaas ik me over mezelf,' vervolgde hij. 'Als ik zoiets zeg over Lucy is dat letterlijk een oordeel over en een verwijzing naar het verknipte leven dat ik leid. De enige die hem nooit wilde vermoorden, is Kay. Ze denkt nog steeds dat het op de een of andere manier haar schuld was en dat maakt me erg boos. Heel erg boos. Daarom wil ik er niet met haar over praten en daarom heb ik waarschijnlijk niets gezegd. De hele wereld kan het verdomme op dat verdomde internet lezen. Ik ben moe. Ik ben de hele nacht bezig geweest met iemand over wie ik je niets kan vertellen, iemand die een groot probleem gaat worden.'

Hij wendde zijn gezicht af van het raam en staarde niets ziend voor zich uit.

'Eindelijk komen we een stap vooruit,' zei dr. Thomas. 'Ik heb me vaak afgevraagd wanneer je eindelijk eens zou ophouden je als een heilige te gedragen. Je bent razend en geen heilige. Heiligen bestaan trouwens niet.'

'Razend, inderdaad. Ik ben razend.'

'Op haar.'

'Op haar, ja,' gaf Benton toe, en daar schrok hij van. 'Ik weet dat het niet eerlijk is. Grote goedheid, zij is degene die het is aangedaan. En daar had ze natuurlijk niet om gevraagd. Ze werkte al jaren met hem, dus waarom zou ze hem niet binnenlaten toen hij dronken en helemaal de kluts kwijt was? Dat doen vrienden. En ook al wist ze wat hij voor haar voelde, dat betekent nog niet dat het haar schuld was.'

'Hij wilde al vanaf het begin met haar naar bed,' zei dr. Thomas. 'Net als jij. Hij werd verliefd op haar. Net als jij. Ik vraag me af wie van jullie tweeën het eerst verliefd op haar werd. Jullie hebben haar ongeveer tegelijkertijd leren kennen, toch? In 1990.'

'Dat hij met haar naar bed wilde, ja, dat was al heel lang zo. Hij voelde op die manier voor haar en zij deed haar best daar geen aandacht aan te schenken en hem niet op zijn ziel te trappen. Ik kan hier zitten en die hele situatie analyseren, maar helpt dat?'

Benton keek weer uit het raam en praatte tegen de bakstenen.

'Ze had niets anders kunnen doen,' zei hij. 'Wat hij haar aandeed, was in geen enkel opzicht haar schuld. En in een heleboel opzichten was het ook niet zijn schuld. Als hij nuchter was geweest, zou hij het nooit hebben gedaan. Geen sprake van.'

'Dat klinkt alsof je het zeker weet,' zei dr. Thomas.

Benton wendde zich af van het raam en staarde naar het scherm van zijn computer. Toen keek hij weer uit het raam, alsof de loodgrijze lucht betekenis voor hem had, een metafoor was. Hij trok de paperclip van een tijdschriftartikel dat hij aan het redigeren was en niette opeens woedend de bladzijden aan elkaar. Waarschijnlijk zat de American Psychological Society helemaal niet te wachten op het zoveelste verdomde onderzoeksrapport over emotionele responsen op groepen maatschappelijke buitenbeentjes. Iemand van Princeton had verdomme onlangs bijna hetzelfde verhaal gepubliceerd als dit van hem. Hij boog de paperclip recht. Het was een hele kunst dat te doen zonder dat je kon zien dat hij verbogen was geweest. Uiteindelijk braken ze altijd in tweeën.

'Dat juist ik me zo irrationeel gedraag,' zei hij. 'Zo impulsief. Want dat doe ik. Al vanaf het begin. In alle opzichten irrationeel en daar moet ik nu voor boeten.'

'Moet jij ervoor boeten omdat andere mensen nu weten wat je vriend Pete Marino met haar heeft gedaan?'

'Hij is mijn vriend niet.'

'Ik dacht dat hij je vriend was. Ik dacht dat jij hem als je vriend beschouwde,' zei dr. Thomas.

'We zijn nooit met elkaar opgetrokken. We hebben niets gemeen. Kegelen, motoren, naar voetbal kijken en bier drinken. Nou ja, dat laatste niet meer. Dat is Marino, maar dat ben ik niet. Nu ik erover nadenk, kan ik me zelfs niet herinneren dat we ooit ergens samen hebben gegeten, met z'n tweeën. In al die twintig jaar. We hebben niets gemeen. We zullen nooit iets gemeen hebben.'

'Hij komt niet uit een rijke familie in New England. Hij heeft niet gestudeerd, hij is nooit profiler bij de FBI geweest. Hij is geen lid van de geneeskundige faculteit van Harvard. Bedoel je dat?'

'Ik wil geen snob zijn,' zei Benton.

'Blijkbaar hebben jullie Kay gemeen.'

'Niet op die manier. Zover is het nooit gekomen,' zei Benton.

'Hoever had het dan moeten komen?'

'Ze heeft me verteld dat het nooit zover is gekomen. Hij deed andere dingen. Toen ze zich eindelijk in mijn bijzijn uitkleedde, kon ik zien wat hij had gedaan. Ze had een dag of twee allerlei smoesjes bedacht. Gelogen. Maar ik wist donders goed dat ze niet de achterklep van de auto op haar polsen had laten vallen.'

Benton dacht aan de blauwe plekken, zo donker als onweerswolken en precies op de plaatsen waar iemand haar zou vasthouden als hij haar met haar handen op de rug tegen de muur zou drukken. Ze had geen uitleg gegeven toen Benton eindelijk haar borsten zag. Niemand had ooit eerder zoiets met haar gedaan, en behalve bij patiënten had hij zoiets nooit eerder gezien. Toen hij op het bed naar haar had zitten kijken, had hij zich gevoeld alsof een kwaadaardige gek de vleugels van een duif had gerukt of een onschuldig kind had afgeranseld. Hij had zich voorgesteld hoe Marino had geprobeerd haar te beffen.

'Heb je ooit het gevoel gehad dat hij je rivaal was?' De stem van dr. Thomas klonk van heel ver terwijl Benton de stigmata voor zich zag die hij wilde vergeten.

'Ik denk,' hoorde hij zichzelf zeggen, 'dat het geen goed teken is dat ik wat hem betreft nooit veel heb gevoeld.'

'Hij bracht heel wat meer tijd met Kay door dan jij,' zei Thomas. 'Dat zou sommige mensen het gevoel kunnen geven dat hij een rivaal was. Iemand zou zich daardoor bedreigd kunnen voelen.'

'Kay heeft zich nooit tot hem aangetrokken gevoeld. Zelfs als hij de laatste persoon op aarde was, zou ze nog niet verliefd op hem worden.'

'Ik denk dat we dat pas met zekerheid kunnen zeggen als zij daadwerkelijk de laatste twee mensen op aarde zouden zijn. Kortom, dat zullen we nooit weten.'

'Ik had haar beter moeten beschermen,' zei Benton. 'Dat is iets wat ik kan, mensen beschermen. Mensen van wie ik hou, mezelf en mensen die ik niet ken. Dat maakt geen verschil. Daarin ben ik een expert, anders was ik allang dood geweest. En dat geldt ook voor anderen.'

'Ja, meneer Bond, maar je was die avond niet thuis. Je was hier.'

Thomas had hem net zo goed een stomp in zijn maag kunnen geven. Benton gaf geen kik, maar zijn adem stokte. Hij boog de paperclip heen en weer tot die brak.

'Geef je jezelf de schuld, Benton?'

'Daar hebben we het al eerder over gehad. En ik heb niet geslapen,' antwoordde hij.

'Ja, we hebben allerlei feiten en mogelijkheden van alle kanten bekeken. Bijvoorbeeld dat je jezelf nooit de kans hebt gegeven om je persoonlijk gegriefd te voelen over wat Marino Kay heeft aangedaan, terwijl je kort daarna met haar bent getrouwd. Misschien te snel? Omdat je vond dat je de controle niet mocht verliezen, omdat je haar niet had beschermd en het incident niet had voorkomen? Dat is eigenlijk wat je doet in je werk, als het om een misdrijf gaat. Het onderzoek overnemen, regelen wat binnen je bereik ligt en ervoor zorgen dat je er zelf niet emotioneel bij betrokken raakt. Maar zo kun je niet met persoonlijke dingen omgaan. Je zei dat je Marino wel kunt vermoorden, en in onze laatste paar gesprekken heb je het gehad over wat je je seksuele uitingen jegens Kay noemt, al is zij zich daar wellicht niet van bewust. Klopt dat nog steeds? En dat ze ook niet weet dat jij je op een manier die je van je stuk brengt, bewust bent van andere vrouwen. Klopt dat ook nog steeds?'

'Het is heel normaal dat mannen andere vrouwen aantrekkelijk vinden en daar verder niets mee doen.'

'Alleen mannen?' vroeg dr. Thomas.

'Je weet best wat ik bedoel.'

'Waar is Kay zich wél van bewust?'

'Ik doe mijn best om een goede echtgenoot te zijn,' antwoordde Benton. 'Ik hou van haar. Ik ben verliefd op haar.'

'Ben je bang dat je ooit een liefdesrelatie met een andere vrouw zult krijgen? Haar zult bedriegen?'

'Nee. Absoluut niet. Dat zou ik nooit doen,' zei hij.

'Nee hoor. Dat niet. Nooit. Maar je hebt Connie wél bedrogen. Haar in de steek gelaten voor Kay. Maar dat is lang geleden, hè?'

'Ik heb nog nooit zo veel van iemand gehouden als van Kay,' zei Benton. 'Ik zou het mezelf nooit vergeven.'

'Ik wil alleen maar weten of je jezelf wel vertrouwt.'

'Dat weet ik niet.'

'Vertrouw je haar? Ze is een heel aantrekkelijke vrouw en dankzij CNN heeft ze vast een heleboel fans. Een invloedrijke, mooie vrouw heeft keus te over. Hoe zit het met die trainer van haar? Je hebt een keer gezegd dat je niet goed wordt bij het idee dat hij aan haar zit.'

'Ik ben blij dat ze goed voor zichzelf zorgt en daar helpt hij haar bij. Hij leert mensen die nooit eerder met gewichten hebben gewerkt en geen twintig meer zijn hoe ze moeten voorkomen dat ze blessures oplopen.'

'Hij heet Kit, geloof ik.'

Ben mocht Kit niet. Hij bedacht altijd een smoes om niet naar de fitnessruimte in hun appartementencomplex te hoeven gaan wanneer Kay daar met Kit aan het trainen was.

'Waar het op neerkomt,' vervolgde Thomas, 'is dat Kay, of jij haar vertrouwt of niet, zich niet anders zal gaan gedragen. Zijzelf heeft de macht om daarover te beslissen, niet jij. Dus wil ik liever weten of je jezelf vertrouwt.'

'Ik begrijp niet waarom je dat zo'n punt vindt,' zei Benton.

'Sinds je getrouwd bent, is je seksuele patroon veranderd. Dat zei je tenminste toen we elkaar voor het eerst spraken. Je bedenkt een uitvlucht om niet te hoeven vrijen wanneer jullie daar de gelegenheid voor hebben en je hebt er zin in wanneer het niet gelegen komt, in je eigen woorden. Dat heb je me zelf verteld. Is dat nog steeds zo?'

'Waarschijnlijk wel,' zei Benton.

'Dat is dan een manier om wraak te nemen.'

'Ik neem heus geen wraak vanwege Marino! Jezus, ze heeft niets verkeerds gedaan!' Benton probeerde zich in te houden.

'Nee, ik bedoel dat je waarschijnlijk wraak neemt omdat ze je echtgenote is geworden,' zei Thomas. 'Want je wílt geen echtgenote. Die heb je nooit gewild, daar ben je niet verliefd op geworden. Je bent verliefd geworden op een sterke, invloedrijke vrouw, niet op een echtgenote. Je voelt je seksueel aangetrokken tot Kay Scarpetta, niet tot je echtgenote.'

'Ze is Kay Scarpetta én mijn echtgenote. En ze is nu in veel opzichten invloedrijker dan ooit.'

'Je hoeft anderen niet te overtuigen, Benton.'

Dr. Thomas behandelde hem altijd op een speciale manier, agressiever en uitdagender dan andere patiënten. Ze hadden een aantal dingen gemeen. Ze begrepen van elkaar hoe ze informatie verwerkten en Thomas keek dwars door zijn taalkundige camouflage heen. Ontkennen, ontwijken of een passieve rol spelen waren geen opties. Lange stiltes, waarin de gespannen patiënt voor zich uit staarde en de therapeut geduldig wachtte tot hij voor de dag kwam met waar hij mee zat, werden niet getolereerd. Als Benton ook maar iets te lang zweeg, vuurde ze meteen een vraag op hem af: ben je alleen naar me toe gekomen om me je Hermès-das te laten zien of wil je ergens over praten? Of: misschien moeten we doorgaan met het onderwerp waarmee we de vorige keer zijn geëindigd. Of: hoe staat het met je libido?

'En Marino?' vroeg dr. Thomas. 'Ga je met hem praten?'

'Ik denk het niet,' zei Benton.

'Nou, dan zijn er blijkbaar heel wat mensen met wie je niet wilt praten. Ik sluit dit gesprek af met mijn rare theorie dat we tot op zekere hoogte alles wat we doen met opzet doen. Daarom is het zo belangrijk dat we eerst bedenken wat we van plan zijn voordat onze plannen ons de verkeerde kant op sturen. Maar Gerald staat op me te wachten. We moeten boodschappen doen. We geven vanavond een etentje, waar we absoluut geen zin in hebben.'

Dat was haar manier om Benton te laten weten dat het zo genoeg was. Hij moest nadenken.

Hij stond op, ging voor het raam staan en keek naar de sombere wintermiddag. Achttien verdiepingen lager lag de kale ziekenhuistuin, de betonnen fontein stond droog.

# 3

## GOTHAM GOTCHA!

Gelukkig Nieuwjaar allemaal!

Mijn goede voornemens hebben allemaal betrekking op jullie – wat vinden jullie spannend, en toen ik daarover nadacht... Nou ja, jullie weten toch hoe ze altijd op het jaar terugkijken? Ons herinneren aan alle afschuwelijke gebeurtenissen, zodat we daar opnieuw helemaal treurig van worden? Nu mogen jullie raden wie mijn jaloersmakend high definition Samsung-plasmascherm met een doorsnee van anderhalve meter vulde.

De jaloers makende koningin in eigen persoon: dr. Kay Scarpetta.

Ze liep de trap van het gerechtsgebouw op om weer eens te getuigen in een sensationele moordzaak. Met haar hulpje, rechercheur Pete Marino achter zich aan – wat wil zeggen dat het ging om een zaak van minstens zes, zeven maanden geleden, toch? Want ik denk dat we allemaal wel weten dat die arme, dikke sloeber niet langer haar hulpje is. Heeft iemand hem soms gezien? Zit hij ergens in een kosmische nor? (Stel je eens voor hoe het is om voor zo'n forensische diva als Scarpetta te werken! Als ik dat deed, zou ik overwegen zelfmoord te plegen in de hoop dat zij niet de autopsie verricht.)

Goed, we gaan terug naar het moment waarop ze de trap naar de rechtbank op loopt. Overal camera's, verslaggevers, snakkers, toeschouwers. Want zij is de deskundige, toch? Wordt van hier tot Italië overal bij geroepen, want wie is beter dan zij? Dus schonk ik mezelf nog een glas Maker's Mark in, zette Coldplay wat harder en bleef een poosje naar haar kijken terwijl zij in dat pathologische taaltje van haar haar verhaal deed, waar weinigen meer van snapten dan dat er een klein meisje van top tot teen was verkracht (ze hebben zelfs sperma in haar oor gevonden, ik dacht dat je dat alleen kreeg van telefoonseks) en haar hoofd tegen de tegelvloer was verbrijzeld, en dat ze was gestorven aan een 'trauma door brute kracht'. Toen dacht ik: wat stelt die Scarpetta nu eigenlijk voor?

Als je al die opwinding even vergeet, wat blijft er dan van haar over?

Ik ben op onderzoek uitgegaan. Om te beginnen: ze is een politicus. Geloof die onzin dat ze rechtvaardigheid hoog in het vaandel heeft staan nou maar niet, en ook niet dat ze de stem wil zijn van degenen die niets meer kunnen zeggen. Ze is niet de vrouwelijke arts die vindt dat ze in de eerste plaats geen kwaad mag doen. (Weten we wel zeker dat het woord 'hypocriet' niet is afgeleid van Hippocrates?) Scarpetta is een megalomaan, daar komt het op neer, iemand die ons via CNN wil laten geloven dat ze de maatschappij onzelfzuchtig een dienst bewijst, terwijl ze alleen zichzelf een dienst bewijst...

Scarpetta had genoeg gezien en stopte haar BlackBerry in haar handtas, boos op Bryce omdat hij had gezegd dat ze die kwaadaardige onzin moest lezen. Ze had niet bozer kunnen zijn als hij dat allemaal zelf had geschreven, en zijn opmerking over de foto die erbij stond, had ze ook niet hoeven horen. Zelfs op het schermpje van haar BlackBerry kon ze zien wat hij bedoelde toen hij zei dat het een onflatteuze foto was.

In een met bloed bespat operatieschort, met een masker voor en een wegwerpkapje dat leek op een douchemuts op haar hoofd zag ze eruit als een duivelin. Ze had haar mond open en in haar bebloede handschoen hield ze een scalpel alsof ze iemand bedreigde. Het zwarte rubberen chronografisch horloge om haar pols had ze in 2005 van Lucy voor haar verjaardag gekregen, dus dateerde de foto uit de afgelopen drieënhalf jaar. Maar waar was hij eigenlijk genomen?

Dat wist ze niet. De achtergrond was wit gemaakt.

'Vierendertig dollar en twintig cent,' zei de chauffeur luid toen de taxi abrupt stilstond.

Ze keek door het zijraampje naar de gesloten zwarte ijzeren poort van het voormalige psychiatrische ziekenhuis Bellevue, een somber rood stenen gebouw van ongeveer twee eeuwen oud, waar al tientallen jaren geen patiënt meer een voet over de drempel had gezet. Nergens licht, geen auto's, niemand thuis, een leeg bewakershokje achter het hek.

'Hier is het niet,' zei ze luid door de opening in de plexiglazen afscheiding tussen voor- en achterbank. 'Dit is het verkeerde Bellevue.'

Ze herhaalde het adres dat ze hem had opgegeven toen ze op La-Guardia was ingestapt, maar hoe nadrukkelijker ze het hem probeerde uit te leggen, des te koppiger hij naar de ingang wees, waar PSYCHIATRISCH ZIEKENHUIS in het graniet was gebeiteld. Ze boog zich naar voren en wees naar de hoge gebouwen die een eind verderop afstaken tegen de grijze lucht, maar met zijn slechte Engels weigerde de chauffeur haar te begrijpen. Hij wilde haar niet verder meenemen, ze moest meteen uitstappen. Het kwam bij haar op dat hij echt niet wist dat deze lugubere oude bouwval, waar ze *One Flew Over the Cuckoo's Nest* hadden kunnen opnemen, niet het Bellevue Ziekenhuis was. Hij dacht waarschijnlijk dat zijn passagier een psychiatrische patiënt was, een criminele gek met een terugval. Waarom zou ze anders bagage bij zich hebben?

Scarpetta besloot dat ze liever in de ijskoude wind verder liep dan nog langer met hem te harrewarren. Ze betaalde wat ze hem schuldig was, stapte uit, hing haar twee tassen over haar schouders en trok haar koffer met zelfgemaakte gerechten over de stoep achter zich aan. Ze drukte op een toets op haar draadloze oortje.

'Ik ben bijna bij...' begon ze tegen Benton. 'Verdomme!' Haar koffer viel om alsof iemand er een kogel op had afgeschoten.

'Kay? Waar ben je?'

'Ik ben net uit een taxi gezet...'

'Wat? Waaruit gezet? Ik kan je niet goed verstaan,' zei hij, en toen was de batterij leeg.

Ze worstelde met haar bagage en voelde zich net een dakloze. De koffer viel om de paar stappen om en steeds wanneer ze zich bukte om hem weer rechtop te zetten, gleden de tassen van haar schouders. Koud en humeurig vervolgde ze haar weg naar het moderne Bellevue, op de hoek van First Avenue en East 27th, een groot medisch centrum met een glazen hal, een tuin, een vermaarde trauma-afdeling en intensive care, en een forensisch psychiatrische afdeling voor mannen die daar zaten voor misdrijven die varieerden van doorrijden zonder tol te betalen tot de moord op John Lennon.

De telefoon op Bentons bureau rinkelde een paar minuten nadat de verbinding met Scarpetta was verbroken. Hij wist zeker dat ze hem probeerde terug te bellen.

'Wat is er aan de hand?' vroeg hij.

'Dat wilde ik jou vragen.' Het was Jaime Berger.

'O, sorry, ik dacht dat het Kay was. Ze heeft een probleem met...'

'Inderdaad. Fijn dat je me bij ons vorige telefoontje hebt ingelicht. Wanneer was dat ook alweer? Een uur of zes, zeven geleden? Waarom heb je het me toen niet verteld?'

Ze had blijkbaar *Gotham Gotcha* gelezen.

'Het is nogal ingewikkeld,' zei Benton.

'Dat geloof ik graag. En we hebben nog meer ingewikkelde zaken te regelen. Ik ben vlak bij het ziekenhuis. Kom in het cafetaria naar me toe.'

De eenkamerflat van Pete Marino in Harlem lag zo dicht bij Manna's Soul Food dat hij voortdurend de lucht van gebraden kip en geroosterde krabbetjes inademde. Dat was niet eerlijk voor een man die sinds hij lekker eten en drank had afgezworen een onstilbare honger had naar alles wat hij niet mocht hebben.

Zijn eethoek bestond uit een uitklaptafeltje en een rechte stoel voor de tv, waar hij uitzicht had op het dag en nacht doorgaande verkeer op Fifth Avenue. Hij belegde een volkorenboterham met plakken kalkoen van de delicatessenwinkel, klapte hem dubbel en doopte hem in een kwak Nathan's Coney Island mosterd op een papieren bord. Daarbij dronk hij een Sharp's alcoholvrij biertje, ongeveer een derde van het flesje in twee slokken. Sinds zijn vlucht uit Charleston was hij vijftig pond en een paar kanten van zijn persoonlijkheid kwijtgeraakt. Hij had dozen vol motorkleding, ook een indrukwekkende verzameling leren spullen van Harley-Davidson, naar een bazaar in 116th Street gebracht en in ruil daarvoor had hij drie pakken, een blazer, twee paar nette schoenen en een aantal overhemden en dassen gekregen, allemaal met korting en made in China.

Zijn diamanten oorknopje droeg hij niet meer, en nu had hij alleen nog op een rare plaats een klein gaatje in zijn rechteroorlel, als een soort symbool van zijn uitgeklede, karige leven. Zijn schedel was niet meer zo glad als een biljartbal en het grijze haar dat er nog wilde groeien, lag als een incompleet zilveren aureool om zijn grote hoofd. Hij had zichzelf beloofd niet meer op zoek te gaan naar een vrouw tot hij eraan toe was, en ook had het geen zin zijn motor en pick-uptruck te houden terwijl hij die nergens kon parkeren, dus die had hij verkocht. Zijn therapeut in de kliniek, Nancy, had hem geleerd hoe belangrijk zelfbeheersing was in de dagelijkse omgang met andere mensen, ongeacht hun tekortkomingen of wat ze al dan niet verdienden.

Met behulp van beeldspraak, zoals ze graag deed, had ze hem uitgelegd dat alcohol de brandende lucifer was die het vuur van zijn woede aanstak, en dat zijn drankzucht een dodelijke ziekte was die hij had geërfd van zijn vader – een ongeschoolde arbeider, die zich nauwelijks met de opvoeding van zijn zoon had bemoeid en elke betaaldag dronken en gewelddadig thuis was gekomen. Hij was dus besmet met een dodelijke ziekte en gezien de drukte in elke bar en drankwinkel die hij dagelijks zo snel mogelijk passeerde, was het een epidemie. Hijzelf was tot de conclusie gekomen dat de ziekte dateerde uit de Hof van Eden, waar de slang Eva geen appel, maar een fles whisky had gegeven. Ze had die samen met Adam leeggedronken en dat had geleid tot seks, waarna ze met alleen een vijgenblad als bedekking uit het paradijs waren gezet.

Nancy had Marino gewaarschuwd dat hij, als hij niet trouw de bijeenkomsten van de anonieme alcoholisten zou bijwonen, een droge dronkaard zou worden: iemand die zonder de hulp van een biertje of twaalf al kwaad, gemeen, dwangmatig en onbeheerst was. De dichtstbijzijnde bijeenkomstruimte van de AA's, zoals Marino ze noemde, was een kerk in de buurt van het Afrikaanse haarvlechtcentrum, niet ver bij hem vandaan. Maar Marino was er geen vaste of zelfs maar incidentele bezoeker geworden. Toen hij pas in zijn flat was komen wonen, was hij er drie dagen achtereen naartoe gegaan, maar hij had zich absoluut niet op zijn gemak gevoeld toen de andere aanwezigen zich op een verdacht vriendelijke manier aan hem hadden voorgesteld en hem geen andere keus hadden gelaten dan zich, alsof hij in de getuigenbank stond, eveneens bekend te maken.

*Ik heet Pete en ik ben alcoholist.*

*Hallo Pete.*

Hij had Nancy een e-mail gestuurd om uit te leggen dat het tegen de aard van een politieman indruiste iets op te biechten, vooral voor een zaal vol vreemden die, wie weet, allemaal potentiële droogdronken rotzakken waren die hij misschien ooit zou moeten opsluiten. Bovendien had hij maar drie keer hoeven gaan om alle twaalf stappen te doorlopen, al had hij geweigerd een lijst te maken van mensen die hij kwaad had gedaan en om vergeving wilde vragen. De reden daarvoor was stap negen, die voorschreef dat je niet om vergeving moest vragen als dat die persoon nog meer schade zou berokkenen, wat bij hem op al zijn kandidaten sloeg.

Stap tien was gemakkelijker, hij had een heel schrift volgeschreven met de namen van mensen die hém ooit kwaad hadden gedaan.

Hij had Scarpetta op geen van beide lijsten gezet, tot een toevallige samenloop van omstandigheden hem daartoe had gebracht. Toen hij zijn huidige flat had gevonden, had hij met de eigenaar afgesproken dat hij een huur zou betalen die hij zich kon veroorloven en die zou aanvullen met het verrichten van bepaalde diensten, zoals het op straat zetten van ongewenste huurders. Daarna had hij ontdekt dat hij op weg naar het metrostation op de hoek van 125th Street en Lenox langs het veertien verdiepingen hoge gebouw kwam waar ex-president Clinton zijn kantoor had. Doordat hij toen aan Bill Clinton had gedacht, had hij ook aan Hillary Clinton gedacht en vervolgens aan andere vrouwen met zo veel macht dat ze best president of een ander soort wereldleider konden worden. En toen had hij weer aan Scarpetta moeten denken.

In zijn verbeelding had hij die twee vrouwen bijna door elkaar gehaald. Soms zag hij Hillary op CNN en dan weer zag hij Scarpetta op CNN, en tegen de tijd dat hij had overgeschakeld naar een sport- of filmkanaal om zijn gedachten af te leiden, was hij gedeprimeerd. Dan had hij pijn in zijn hart alsof het een ontstoken kies was. Dan kon hij niet ophouden aan Scarpetta te denken en aan het feit dat hij haar niet op een lijst had gezet. Dan schreef hij haar naam alsnog op een lijst, streepte die door en schreef hem op een andere. Hij stelde zich voor hoe het zou zijn als zij president was. Als hij op de lijst van staatsgevaarlijke personen van de geheime dienst zou staan en naar Canada zou moeten vluchten. Of misschien naar Mexico. Hij had een paar jaar in het zuiden van Florida gewoond en kon beter omgaan met Spaans sprekende mensen dan met Franstaligen. Hij begreep de Fransen niet en vond hun eten niet lekker. Wat moest je bovendien denken van een land dat niet eens een nationaal biermerk had, zoals Budweiser, Corona, Dos Equis, Heineken of Red Stripe?

Hij at zijn tweede boterham met kalkoen, nam nog een slok van zijn Sharp's en keek door het raam naar mensen die eten gingen halen bij de West-Indiër of die op weg waren naar een boetiek, een *juice bar*, een kleermaker of misschien het Apollo Theater in de buurt. Het lawaai van auto's, vrachtwagens en voetgangers vormde een schetterend orkeststuk, dat hem absoluut niet stoorde. Als het warm genoeg was, liet hij de ramen open tot hij last kreeg van het stof. Wat hem wél stoorde, was stilte. Daar had hij genoeg van moeten doorstaan in de afkickkliniek, waar hij niet naar de radio had mogen luisteren of televisie had mogen kijken en zijn hoofd had moeten vullen met bekentenissen van dronkaards en drugsverslaafden, zijn eigen rondtollende gedachten en echo's van gênant eerlijke gesprekken met Nancy.

Hij stond op en pakte het slap geworden papieren bord, het servet en het lege Sharp's-flesje. Het was amper zes stappen naar de keuken, waar een raampje boven de gootsteen uitzicht bood op een stuk met kunstgras bedekt beton met aluminium tafeltjes en stoelen erop en een ijzeren ketting eromheen – de in de advertentie aanbevolen achtertuin van het appartement.

Zijn computer stond op het aanrecht. Hij herlas de roddelrubriek van die morgen, die hij had bewaard. Hij had zich voorgenomen uit te zoeken wie dat verhaal had geschreven, de vuilspuiter op te sporen en hem eens grondig te verbouwen.

Maar geen enkele onderzoeksmethode had tot nu toe iets opgeleverd. Hij had *Gotham Gotcha* eindeloos gegoogeld, maar hij was niet meer te weten gekomen dan hij al wist. Het had geen zin de naam van de schrijver te vragen aan de reclamebureaus die hem betaalden om etenswaren, dranken, boeken, elektronica, films en tv-shows aan de man te brengen. Er was geen sprake van een vast patroon, er stond alleen vast dat miljoenen fans verslaafd waren aan een roddelrubriek waarin die morgen de ergste periode uit Marino's leven was opgedist.

De telefoon rinkelde.

Het was rechercheur Mike Morales.

'Wat is er?' vroeg Marino.

'Datajacht, *bro*,' zei Morales op zijn trage, luie manier.

'Ik ben je broer niet. Verspil die rapper-onzin alsjeblieft niet aan mij.'

Morales gedroeg zich altijd alsof hij nog half in slaap was, zich verveelde en bovendien een kalmerend middel of een pijnstiller had geslikt. Dat laatste betwijfelde Marino, maar wie weet was het waar. Maar achter dat vage uiterlijk ging een snobistische kerel schuil die op Dartmouth had gezeten en aan Johns Hopkins medicijnen had gestudeerd. Na zijn afstuderen had hij besloten dat hij toch liever een gerespecteerde New Yorkse politieman wilde worden, wat Marino niet zomaar kon geloven. Iemand die als arts aan het werk kon, wilde geen smeris zijn.

Daarnaast was Morales een fantast, die allerlei wilde verhalen over zichzelf rondstrooide en zich rot lachte als zijn collega's hem geloofden. Hij zei dat de president van Bolivia zijn neef was en dat zijn vader had besloten met zijn gezin naar Amerika te verhuizen omdat hij geloofde in kapitalisme en genoeg had van lama's hoeden. Morales zei ook dat hij was opgegroeid in een achterbuurt van Chicago en bevriend was geweest met Barack Obama tot die in de politiek ging, wat heel aannemelijk klonk voor degenen die niet verder nadachten. Want een presidentskandidaat zou niet bevriend willen zijn met iemand die woorden als 'bro' gebruikte en eruitzag als een lid van een straatbende, inclusief een laag op de heupen hangende wijde spijkerbroek, dikke gouden kettingen en ringen, en plat op zijn hoofd liggende rijen vlechtjes.

'Dacht dat ik geen flikker zou vinden, maar het viel mee. En dan heb ik het niet over homo's, bro.'

'Waar heb je het verdomme dan wel over?'

'Flikkers? Ach, ik was even vergeten dat je geen gevoel voor humor hebt en nooit verder bent gekomen dan de middelbare school. Ik heb gezocht naar de normale patronen, trends, modus operandi, klachten, van hier tot ginder, en ik denk dat ik ergens op ben gestuit.'

'Behalve Berger?' zei Marino.

'Wat hébben vrouwen zoals zij en Kay Scarpetta toch? Misschien is zelfs doodgaan de moeite waard om me over mijn hele lijf door haar te laten betasten. Allemachtig. Kun je je voorstellen hoe het zou zijn haar en Berger allebei in bed te hebben? Nou ja, tegen wie heb ik het eigenlijk? Natuurlijk kun jij je dat voorstellen.'

Marino had Morales nooit gemogen, maar nu haatte hij de man. Morales had het altijd op Marino voorzien, hij kleineerde hem, en de enige reden dat Marino geen wraak nam om het hem voor eens en altijd af te leren, was dat hij zich aan zijn door hemzelf opgelegde proefperiode wilde houden. Benton had Berger om een gunst gevraagd. God mocht weten waar Marino, als zij die niet had toegestaan, terecht was gekomen. Waarschijnlijk ergens in een klein rotstadje op een kneuterig politiebureautje om het vervoer te regelen. Of hij zat samen met andere zuiplappen in een daklozentehuis. Of hij was dood.

'Het kan zijn dat onze moordenaar al eerder bezig is geweest,' vervolgde Morales. 'Ik heb twee moordzaken gevonden die erop lijken. Niet in New York, maar Oscar werkt voor zichzelf en gaat, om het zo maar te zeggen, niet naar kantoor. Hij heeft een auto. Hij heeft meer dan genoeg geld, want hij krijgt elk jaar voor zijn verjaardag van zijn familie een belastingvrij bedrag en dat mag tegenwoordig oplopen tot twaalfduizend dollar. Hun manier om zich niet schuldig te hoeven voelen over hun bizarre enige zoon. En hij hoeft alleen zichzelf te onderhouden. Dus hebben we geen idee waar hij allemaal naartoe gaat of wat hij doet. Misschien kan ik terwijl ik aan deze zaak werk meteen een paar gouwe ouwen oplossen.'

Marino trok de koelkast open, pakte nog een Sharp's, draaide de dop eraf en gooide die in de gootsteen, waar het gestuiter klonk als kogels tegen een metalen doelwit.

'Welke twee moordzaken?' vroeg hij.

'Twee mogelijke hits in onze databank. Niet in New York, dat zei ik al, en daarom had ik daar ook nog niet aan gedacht. Beide in de zomer van 2003, met een tussenpoos van twee maanden. Een veertienjarige jongen die verslaafd was aan anabole steroïden. Toen hij werd gevonden, was hij naakt, met zijn polsen en enkels bijeengebonden, en gewurgd met iets wat niet is gevonden. Hij was van goede familie in Greenwich, Connecticut. Zijn lichaam was gedumpt bij de Bugatti-garage. De zaak is nooit opgelost, er zijn geen verdachten.'

'Waar was Oscar in de zomer van 2003?'

'Waar hij nu ook is. Deed hetzelfde werk, leefde zijn bizarre leven in hetzelfde appartement. Dus kan hij overal zijn geweest.'

'Ik zie het verband niet. Die jongen... Waarschijnlijk pijpte hij mannen om aan geld voor zijn drugs te komen en trof hij een keer de verkeerde klant. Zo klinkt het tenminste. Of heb je een reden om te denken dat Oscar Bane een voorliefde voor jongens van die leeftijd heeft?'

'Is het wel eens bij je opgekomen dat we nooit weten waar mensen een voorliefde voor hebben tot ze gaan verkrachten en moorden en alles aan het licht komt? Het kan Oscar zijn geweest. Hij rijdt rond, zoals ik al zei. Hij heeft geld genoeg om rond te reizen en hij heeft alle tijd. Hij is zo sterk als een beer. We moeten overal voor openstaan.'

'En die andere zaak? Ook een tiener?'

'Een vrouw.'

'Vertel me dan maar wie zij is en waarom Oscar het misschien op haar had voorzien,' zei Marino.

'Oei.' Morales geeuwde luidruchtig. 'Even mijn papieren sorteren. Wat een troep, jeminee. Zij was de eerste, toen die jongen. Mooi, eenentwintig, net vanuit een provinciestadje in North Carolina naar Baltimore verhuisd, baantje bij een radiostation, hoopte iets bij de televisie te vinden en raakte in plaats daarvan verwikkeld in onfrisse activiteiten om aan anabole steroïden te komen. Dus was ze een gemakkelijk doelwit. Naakt, vastgebonden handen, gewurgd met iets wat niet is gevonden. Haar lichaam lag in een afvalcontainer bij de haven.'

'Is er bij allebei DNA gevonden?'

'Niets bruikbaars, en ze was blijkbaar niet verkracht. Geen druppel sperma.'

'Ik wacht nog steeds op het verband,' zei Marino. 'Van moordzaken betreffende mensen die waarschijnlijk seksuele diensten hebben verleend om aan drugs te komen en die uiteindelijk ergens geboeid en gewurgd zijn gevonden, gaan er dertien in een dozijn.'

'Wist je dat Terri Bridges een dun gouden kettinkje om haar enkel had? Niemand kan ons vertellen hoe ze eraan is gekomen en het is vreemd dat ze geen andere sieraden droeg. Toen ik Oscar naar dat enkelkettinkje vroeg, zei hij dat hij het nooit eerder had gezien.'

'En?'

'En in die twee andere zaken hadden de slachtoffers ook een dun gouden kettinkje om hun linkerenkel en droegen ze geen andere sieraden. Het hart zit ook links, snap je? Een soort voetboei. Je bent mijn liefdesslaaf, zoiets. Zou de handtekening van de moordenaar kunnen zijn. Zou de handtekening van Oscar kunnen zijn. Ik ben de dossiers aan het samenstellen en zoek naar meer informatie. Zal de gebruikelijke instanties waarschuwen, ook de hulptroepen uit je verleden.'

'Welke hulptroepen uit mijn verleden?' Marino zag de bui al hangen, maar wist niet waar hij zo gauw moest schuilen.

'Benton Wesley. En die jonge, fanatieke agent of smeris of wat dan ook die helaas voor ondergetekende onaantastbaar is, als ik de geruchten mag geloven. Natuurlijk heb je haar met de vondst van die laptops, toen je vandaag zonder mijn toestemming op de plaats delict was, een kluif toegeworpen.'

'Ik heb je toestemming niet nodig. Je bent niet mijn akela.'

'Nee, je akela is Berger. Misschien moet je haar eens vragen wie de baas is.'

'Als het nodig is, zal ik dat doen. Voorlopig doe ik gewoon mijn werk. Ik onderzoek deze moord, precies zoals ze van me verwacht.'

Hij dronk zijn restje Sharp's op en de flesjes in de koelkast rinkelden toen hij er nog een pakte. Hij had uitgerekend dat hij, als een van die biertjes drie tiende procent alcohol bevatte, een zweem van bedwelming zou kunnen voelen als hij er minstens twaalf snel achter elkaar opdronk. Hij had het al geprobeerd, maar toen had hij er niets van gemerkt, alleen nodig moeten plassen.

'Ze heeft een forensisch computerbedrijf en Berger wil graag van haar diensten gebruikmaken. Lucy, het nichtje van Kay Scarpetta,' zei Morales.

'Ik weet wie ze is.'

Marino wist ook dat Lucy's bedrijf in de Village was gevestigd, en dat Scarpetta en Benton betrokken waren bij het John Jay. Hij wist een heleboel dingen waarover hij het niet met Morales of wie dan ook wilde hebben. Maar hij wist niet dat Lucy, Benton en Scarpetta hun medewerking verleenden aan de zaak Terri Bridges, en dat Scarpetta en Benton op dit moment in de stad waren.

Morales ging op arrogante toon verder: 'Je bent waarschijnlijk opgelucht als ik je vertel dat de kans klein is dat je Kay hier tegen het lijf loopt, omdat ze volgens mij niet lang zal blijven.'

Morales had blijkbaar die verdomde roddelrubriek gelezen.

'Ze is hier om Oscar te onderzoeken,' zei Morales.

'Waarom moet zij dat verdomme doen?'

'Blijkbaar is zij de specialiteit op zijn menukaart. Hij heeft om haar gevraagd en Berger geeft dat mannetje wat zijn hartje begeert.'

Marino wilde er niet aan denken dat Scarpetta dan met Oscar Bane alleen zou zijn. Het zat hem niet lekker dat Oscar speciaal om haar had gevraagd, want dat kon maar één ding betekenen: ze was belangrijker voor hem dan voor de hand lag.

'Als je vermoedt dat hij een seriemoordenaar is, waarom moet de Doc hem dan onderzoeken? Het verbaast me dat Berger of wie dan ook haar zoiets laat doen. Vooral omdat hij elk moment vrij kan komen. Jezus,' zei Marino.

Hij liep heen en weer. Het was twaalf stappen van de ene naar de andere kant van zijn flat.

'Misschien gaat ze meteen daarna terug naar Massachusetts en dan hoef je je nergens zorgen om te maken,' zei Morales. 'Dan is alles toch in orde? Want je hebt al zorgen genoeg.'

'O ja? Welke dan?'

'Ik herinner je er alleen maar aan dat dit een delicate zaak is en dat je het, toen Oscar Bane vorige maand zijn hart bij je uitstortte, niet bepaald handig hebt aangepakt.'

'Ik heb me aan de regels gehouden.'

'Het gekke is dat iedereen daar, als er een probleem is, schijt aan heeft. Wat je ex-bazin Kay betreft, raad ik je aan bij haar uit de buurt te blijven. Niet dat je ook maar één reden hebt om haar op te zoeken of onverwachts in het Bellevue voor haar neus te staan. Bijvoorbeeld.'

Het ergerde Marino dat Morales haar Kay noemde. Marino had haar nooit Kay genoemd en hij had met haar gewerkt, had waarschijnlijk wel tienduizend uur samen met haar in het mortuarium doorgebracht en in haar kantoor, haar auto, op plaatsen delict, bij haar thuis – ook op vrije dagen. En als ze een klus buiten de stad hadden, had hij zelfs wel eens op haar hotelkamer een paar borrels met haar gedronken. Dus als zelfs hij haar niet Kay noemde, wie dacht Morales dan verdomme wel dat hij was?

'Ik raad je aan om je gedeisd te houden tot Kay terug is in Massachusetts,' ging Morales verder. 'Ze is waarschijnlijk al gestrest genoeg. Hoor je me, bro? En ik wil niet dat ze, als we haar nog eens vragen ons te komen helpen, weigert vanwege jou. We willen niet dat ze haar functie als consultant bij het John Jay opgeeft vanwege jou. Want dan zou Benton dat ook doen, om zijn vrouw tevreden te stellen. En dan zouden we hen allebei kwijt zijn door jou. Terwijl ik van plan ben nog heel wat jaren met hen samen te werken. Als de drie musketiers.'

'Je kent hen niet eens.' Marino was zo kwaad dat hij de slagaders in zijn hals voelde kloppen.

'Als ze ermee zouden stoppen, zou dat groot nieuws zijn,' vervolgde Morales. 'Je weet hoe het gaat. Een schandaal dat de voorpagina van de *Post* zal halen, met een metershoge kop die vermeldt dat Jaime Berger, de topaanklager bij seksmisdrijven, iemand in dienst heeft die zelf een seksmisdrijf heeft gepleegd. Misschien wordt ze dan wel ontslagen. Niet te geloven hoe je zo'n kaartenhuis kunt laten instorten, man. Nu moet ik ophangen. Maar eh... Dat verhaal op het internet, wat is er eigenlijk tussen jou en Kay gebeurd? Niet dat ik me met jouw zaken wil bemoeien...'

'Doe dat verdomme dan ook maar niet,' snauwde Marino.

# 4

In een van de ziekenkamers van de gevangenisafdeling voor psychiatrische patiënten bungelden de haarloze, geboeide benen van Oscar Bane over de rand van de onderzoektafel. Zijn ogen, een blauw en een groen, gaven Scarpetta het onbehaaglijke gevoel dat er twéé mensen naar haar keken.

Een cipier stond als een solide rots zwijgend tegen de muur om haar ruimte te geven, maar dicht genoeg bij om in te grijpen als Oscar gewelddadig zou worden, al zag het daar niet naar uit. Hij was bang. Hij had gehuild. Zoals hij daar op de tafel zat, een beetje gegeneerd in een dun katoenen ziekenhuishemd dat te lang voor hem was, maar zo nu en dan onder de strik ter hoogte van zijn middel even open kierde, bespeurde Scarpetta geen enkele agressie in hem. De ketenen tinkelden zacht wanneer hij zijn geboeide benen of handen bewoog om zich weer te bedekken.

Oscar was klein van stuk, een dwerg. Zijn ledematen en vingers waren onevenredig kort, maar het dunne hemd onthulde dat hij op een andere plek goed bedeeld was. Je zou zelfs kunnen zeggen dat God daar te gul was geweest, om te compenseren dat Oscar, wat Scarpetta vermoedde, leed aan achondroplasie, veroorzaakt door een spontane mutatie van het gen dat verantwoordelijk was voor de botvorming, vooral de lange botten in armen en benen. Zijn lijf en hoofd waren te groot in verhouding tot zijn ledematen en zijn korte, dikke vingers weken tussen middel- en ringvinger uiteen, waardoor zijn handen op een drietand leken. Verder was hij anatomisch normaal, afgezien van de beproevingen die hij vrijwillig voor veel geld had ondergaan.

Zijn oogverblindend witte tanden waren aan elkaar gelijmd of gebleekt, of misschien waren het kronen, en zijn korte haar was goudgeel geverfd. Zijn nagels waren gepolijst en vierkant gevijld, en hoewel Scarpetta er geen eed op durfde te doen, vermoedde ze dat zijn gladde voorhoofd het resultaat was van injecties met botox. Maar vooral zijn lichaam was opmerkelijk, want het zag eruit alsof het was gehouwen uit beige Carrara-marmer met blauwgrijze aderen. Het was perfect gespierd en zo goed als haarloos. Zijn hele verschijning, met de verschillend gekleurde ogen en Apolloachtige uitstraling, was onwerkelijk en bizar, en Scarpetta kon die niet rijmen met Bentons opmerking over zijn fobieën. Oscar had er nooit zo kunnen uitzien zonder pijn en degenen die pijn veroorzaakten te verheerlijken.

Ze voelde dat hij zijn blauw-groene blik op haar gevestigd hield toen ze de werkkoffer opende die Benton voor haar in zijn kantoor had staan. In tegenstelling tot degenen die voor hun beroep geen tangen, enveloppen, zakjes en doosjes voor bewijsmateriaal, een camera met toebehoren, forensische lampen, scherpe messen en dat soort dingen nodig hadden, was Scarpetta gedwongen alles dubbel te hebben. Als je al geen flesje water meer mee door de douane mocht nemen, hoefde ze dat met haar werkkoffer niet eens te proberen. Ze kon natuurlijk het identificatieplaatje met haar naam en beroep laten zien, maar dan zou ze alleen maar ongewenste aandacht trekken.

Ze had op het vliegveld Logan toch een keer een poging gedaan, en toen was ze meegenomen naar een kamer waar ze was verhoord, betast en onderworpen aan andere inbreuken op haar privacy om te laten vaststellen dat ze geen terrorist was die, dat hadden de beambten van de bewakingsdienst ten slotte moeten bekennen, toevallig het evenbeeld was van de vrouwelijke patholoog-anatoom op CNN. Uiteindelijk had ze geen toestemming gekregen om haar koffer als handbagage mee aan boord te nemen, en omdat ze die niet wilde afgeven om in het bagageruim te worden gestouwd, had ze de auto moeten nemen. Sindsdien had ze een tweede koffer met gevaarlijke spullen in Manhattan.

Ze vroeg aan Oscar: 'Begrijp je waarom we deze monsters nemen en weet je dat je niet verplicht bent ze af te staan?'

Hij keek toe terwijl ze enveloppen, tangen, een meetlint en allerlei ander forensisch gereedschap op de met wit papier bedekte onderzoektafel uitstalde, en wendde toen zijn gezicht naar de muur.

De cipier zei: 'Kijk de dokter aan wanneer ze tegen je praat, Oscar.'

Oscar bleef naar de muur kijken en zei met een gespannen tenorstem: 'Dokter Scarpetta, wilt u alstublieft herhalen wat u zei?'

'Je hebt een formulier ondertekend waarin je me toestemming geeft om bepaalde biologische monsters te nemen,' antwoordde ze. 'Ik wil zeker weten dat je begrijpt welke wetenschappelijke informatie die kunnen verstrekken en dat je beseft dat niemand erom heeft gevraagd.'

Oscar was nog steeds nergens van beschuldigd. Scarpetta vroeg zich af of Benton, Berger en de politie dachten dat hij voorlopig stommetje speelde om later opeens te bekennen dat hij een moord had gepleegd waarover zij nog niets had gehoord. Zijn gedrag had haar in een onhoudbare, ongekende positie gebracht. Omdat hij niet onder arrest stond mocht ze, tenzij hij haar ontsloeg van haar zwijgplicht met betrekking tot een patiënt, niets overbrieven van wat hij haar had toevertrouwd, en hij had haar alleen nog maar toestemming gegeven voor het nemen van monsters.

Oscar keek haar aan en zei: 'Ik weet waar ze voor zijn. DNA. Ik weet waarom u een haar van me wilt hebben.'

'De monsters worden onderzocht en het laboratorium zal je DNA-profiel vaststellen. Aan je haar kunnen we zien of je ergens aan verslaafd bent. De politie en de wetenschappers zoeken ook nog naar andere dingen, zoals sporen...'

'Dat weet ik allemaal.'

'Ik wil graag dat je het goed begrijpt.'

'Ik gebruik geen drugs en ik ben nergens aan verslaafd,' zei hij met trillende stem en zijn blik weer gericht op de muur. 'Mijn DNA en vingerafdrukken zijn door haar hele appartement te vinden. Mijn bloed ook. Ik heb me in mijn duim gesneden.'

Hij liet haar zijn rechterduim zien, met een pleister om het tweede gewricht.

'Toen ze me hierheen brachten, heb ik ze mijn vingerafdrukken laten nemen,' vervolgde hij. 'Ik sta in geen enkele databank. Ze kunnen zien dat ik nooit een misdaad heb gepleegd. Ik heb zelfs nog nooit een boete voor fout parkeren gehad. Ik zorg er altijd voor dat ik geen moeilijkheden krijg.'

Hij staarde naar de tang die ze had gepakt en kreeg een angstige blik in zijn ogen.

'Die heb ik niet nodig,' zei hij. 'Ik doe het zelf wel.'

'Heb je sinds je hier kwam gedoucht?' vroeg ze en ze legde de tang neer.

'Nee. Ik heb gezegd dat ik zou wachten tot u me had onderzocht.'

'Heb je je handen gewassen?'

'Nee. Ik heb zo weinig mogelijk dingen aangeraakt, eigenlijk alleen het potlood dat ik moest gebruiken toen uw man me een paar psychologische testen liet doen. Projectieve figuurtekeningen. Ik heb het eten geweigerd. Ik wilde niets met mijn lichaam doen tot u het had onderzocht. Ik ben bang voor artsen. Ik hou niet van pijn.'

Terwijl ze papieren zakjes met wattenstaafjes en spatels open-scheurde, keek hij toe alsof hij verwachtte dat ze hem elk moment pijn zou gaan doen.

'Ik wil graag onder je nagelranden schrapen,' zei ze. 'Maar alleen als je dat goedvindt. Onder vinger- en teennagels zitten eventuele sporen en DNA.'

'Dat weet ik. U zult niets vinden wat bewijst dat ik haar iets heb aangedaan. Als u haar DNA vindt, zegt dat nog niets. Mijn DNA zit door haar hele appartement,' herhaalde hij.

Hij zat doodstil toen ze met een houten spatel onder zijn nagels schraapte en ze voelde zijn blik. Ze had het gevoel alsof hij zijn blauw-groene ogen als een warm licht over haar hoofd en andere lichaamsdelen liet glijden om haar te onderzoeken terwijl zij hem onderzocht. Maar toen ze klaar was met schrapen en opkeek, staar-de hij weer naar de muur. Hij vroeg of ze niet wilde kijken terwijl hij een haar uit zijn hoofd trok, die ze hem in een envelop liet doen, en daarna een schaamhaar, die in een andere envelop ging. Voor ie-mand die zo bang was voor pijn bleef hij onbewogen, maar zijn ge-zicht stond strak en zweet parelde op zijn voorhoofd.

Ze opende een buccaalborsteltje en veegde ermee over de bin-nenkant van zijn wang. Zijn handen trilden.

'Stuur hem nu alstublieft weg.' Hij bedoelde de cipier. 'U hebt hem niet nodig en ik zeg niets waar hij bij is.'

'Dat kan niet,' zei de cipier. 'Daar heb jij niets over te zeggen.'

Oscar zweeg en staarde naar de muur. De cipier keek naar Scar-petta en wachtte op haar reactie.

'Ach, ik denk dat het wel in orde is,' zei Scarpetta.

'Liever niet, dok. Hij is behoorlijk gespannen.'

Dat vond Scarpetta eigenlijk niet, maar ze sprak de man niet te-gen. Zij vond Oscar eerder verdwaasd en van streek, bijna hyste-risch.

'U bedoelt dat ik als Houdini ben vastgeketend,' zei Oscar. 'Op-gesloten zitten is al erg genoeg, maar het was echt niet nodig dat jullie me, alsof ik een seriemoordenaar ben, in de boeien hebben geslagen. Het verbaast me eigenlijk dat jullie me niet in een Hannibal Lecter-kooi hiernaartoe hebben gebracht. Het personeel weet blijkbaar niet dat mechanische belemmeringen in psychiatrische inrichtingen al sinds halverwege de negentiende eeuw verboden zijn. Waaraan heb ik dit verdiend?'

Hij hief zijn geboeide handen en speeksel spatte uit zijn mond, zo verontwaardigd was hij.

'Het komt doordat domme mensen zoals jij denken dat ik een circusmonster ben,' voegde hij eraan toe.

'Hé, Oscar,' zei de cipier. 'Ik zal je eens wat vertellen. Dit is geen gewone psychiatrische inrichting, maar de gevangenisafdeling waar jij je hebt laten opnemen.' Tegen Scarpetta zei hij: 'Ik blijf liever hier, dok.'

'Een wangedrocht. Dat denken domme mensen zoals jij.'

'Het is heus in orde,' herhaalde Scarpetta tegen de cipier. Ze begreep waarom Berger zo voorzichtig was.

Als Oscar iets onrechtvaardig vond, deed hij meteen zijn mond open. En hij wees er iemand meteen op dat hij een dwerg was terwijl dat, tenzij hij stond, waarschijnlijk niet het eerste was dat opviel. Het was beslist niet het eerste wat Scarpetta was opgevallen toen ze binnenkwam, want dat waren zijn verschillend gekleurde ogen, die dankzij zijn helblonde haar en spierwitte tanden nog sprekender waren. En hoewel hij geen perfecte gelaatstrekken had, was de combinatie ervan bijzonder genoeg om meteen haar aandacht te trekken. Ze vroeg zich nog steeds af waaraan Oscar Bane haar deed denken. Misschien aan een buste op een heel oude gouden munt.

'Ik ga vlak achter de deur staan,' zei de cipier.

Hij liep de kamer uit en trok de deur zo ver mogelijk achter zich dicht. Zoals alle deuren op deze afdeling had die geen krukken. Alleen de cipiers hadden sleutels, dus was het belangrijk dat het dubbele-cilinderslot op de gesloten stand stond. Als de bout naar buiten was geschoven, ging de deur niet helemaal dicht en kon het niet gebeuren dat een personeelslid of een arts die bij een patiënt was geroepen per ongeluk in een kamer werd opgesloten met bijvoorbeeld een reus van een kerel die kort daarvoor een vrouw die hij in een kroeg had opgepikt van haar ledematen had ontdaan.

Scarpetta pakte het meetlint en zei tegen Oscar: 'Nu wil ik graag je armen en benen meten. En je lengte en gewicht noteren.'

'Ik ben een meter zevenentwintig lang,' zei hij. 'Ik weeg vijfen-vijftig kilo. Ik heb schoenmaat vierendertig, soms nog kleiner. Of zesendertigeneenhalf als het een damesmaat is. Soms vijfendertig-eneenhalf. Dat hangt van de schoenen af. Ik heb brede voeten.'

'Linkerarm vanaf het glenohumeraal gewricht tot de top van je middelvinger. Steek je arm zo recht mogelijk uit, alsjeblieft. Ja, zo is het goed. Links veertig punt drie centimeter. Rechts veertig punt zes centimeter. Dat is niet ongewoon. Bij de meeste mensen zijn de armen niet even lang. Nu je benen, als je die kunt strekken. Ik meet vanaf je acetabulum, je heupgewricht.'

Ze tastte ernaar door de dunne katoen van het hemd heen en mat de lengte van zijn benen, tot en met zijn tenen. De boeien rinkelden zacht en zijn spieren bolden op toen hij zich bewoog. Zijn benen waren maar vijf centimeter langer dan zijn armen en een beetje krom. Ze schreef de maten op en pakte andere formulieren van het aanrecht.

'Ik wil graag de gegevens controleren die ze me bij mijn aankomst hebben verstrekt,' zei ze. 'Je bent vierendertig. Je tweede naam is Lawrence. Je bent rechts, staat hier.' Nadat ze zijn geboortedatum en zijn adres in de stad had opgenoemd, onderbrak hij haar.

'Vraagt u niet waarom ik wilde dat ú me kwam onderzoeken? Waarom ik dat eiste? Waarom ik zeker wilde weten dat Jaime Ber-ger wist dat ik niet zou meewerken tot u er was? Ze kan doodval-len.' Hij kreeg tranen in zijn ogen en zijn stem begon te trillen. 'Het is haar schuld dat Terri er niet meer is.'

Hij draaide zijn hoofd naar rechts en keek naar de muur.

'Kun je me wel goed horen, Oscar?' vroeg Scarpetta.

'Mijn rechteroor,' zei hij, met een stem die beurtelings trilde en een octaaf versprong.

'Maar met je linkeroor kun je goed horen?'

'Toen ik klein was, had ik chronische oorontsteking. Mijn rech-teroor is doof.'

'Ken je Jaime Berger?'

'Ze is een ijskouwe, niemand kan haar iets schelen. U bent heel anders. U bekommert zich om slachtoffers. Ik ben een slachtoffer. U moet zich om mij bekommeren. Ik heb niemand anders.'

'Waar ben je het slachtoffer van?' Scarpetta vulde de etiketten op de enveloppen in.

'Mijn leven is verwoest. Degene om wie ik het meest gaf, is er niet meer. Ik zal haar nooit meer zien. Ze is weg. Ik heb niemand meer over. Ik ga net zo lief dood. Ik weet wie u bent en wat u doet. Dat zou ik ook weten als u niet beroemd was. Beroemd of niet, ik zou weten wie en wat u was. Ik moest snel nadenken, heel snel. Nadat ik... Nadat ik Terri had gevonden...' Zijn stem brak en hij knipperde zijn tranen weg. 'Ik heb tegen de politie gezegd dat ze me hierheen moesten brengen. Waar ik veilig zou zijn.'

'Veilig waarvoor?'

'Ik heb gezegd dat ik een gevaar voor mezelf zou kunnen zijn. En voor anderen, vroegen ze. Ik zei nee, alleen voor mezelf. Ik heb gevraagd of ik op de gevangenisafdeling een kamer voor mij alleen kon krijgen, want ik kan niet tussen andere mensen zitten. Ze noemen me hier de dwergmoordenaar. Ze lachen me uit. De politie heeft eigenlijk geen reden om me te arresteren, maar ze denken dat ik gestoord ben en willen niet dat ik ervandoor ga. Ik heb geld en een paspoort, want ik kom uit een goede familie in Connecticut, al heb ik geen aardige ouders. Het kan me niets schelen als ik doodga. De politie en Jaime Berger denken dat ik schuldig ben.'

'Ze doen wat ze kunnen om het je naar de zin te maken. Je bent hier. Je hebt dokter Wesley gesproken. Nu ben ik hier,' zei Scarpetta.

'Ze gebruiken u alleen maar. Ze bekommeren zich heus niet om mij.'

'Ik beloof je dat ik me door niemand zal laten gebruiken.'

'Dat doen ze al. Om zichzelf in te dekken. Ze hebben me al veroordeeld en hoeven niet meer naar anderen te zoeken. De echte moordenaar loopt nog vrij rond. Hij weet wie ik ben. Er komt weer een volgend slachtoffer. Degenen die dit hebben gedaan, zullen opnieuw toeslaan. Ze hebben een motief, een reden, en ik was gewaarschuwd, maar ik dacht niet dat ze Terri bedoelden. Het is nooit bij me opgekomen dat ze van plan waren Terri iets aan te doen.'

'Gewaarschuwd?'

'Ze communiceren met me. Ik heb berichten van hen.'

'Heb je dat ook tegen de politie gezegd?'

'Als je niet weet wie het zijn, moet je voorzichtig zijn met dingen aan anderen vertellen. Ik heb Jaime Berger al een maand geleden gewaarschuwd dat ik een risico zou nemen als ik zou vertellen wat ik weet. Maar ik heb nooit gedacht dat ik Terri daardoor in gevaar zou brengen. Ze hadden nooit iets gezegd over Terri. Dus wist ik dat niet, dat zij in gevaar was.'

Hij veegde met de rug van een hand zijn tranen af en de boeien rinkelden.

'Hoe heb je Jaime Berger gewaarschuwd? Of geprobeerd te waarschuwen?'

'Ik heb haar kantoor gebeld. Dat kan zij bevestigen. En laat haar dan meteen bevestigen dat ze een gevoelloos mens is. Dat niemand haar ook maar iets kan schelen. Want dat is zo.' De tranen rolden over zijn wangen. 'En nu is Terri er niet meer. Ik wist dat er iets ergs zou gaan gebeuren, maar niet dat het met haar zou zijn. En u vraagt zich af waarom. Nou, dat weet ik ook niet. Misschien haten ze dwergen, willen ze die van de aardbodem wegvagen. Zoals de nazi's dat deden met joden, homoseksuelen, zigeuners, gehandicapten en geesteszieken. Wie een bedreiging vormde voor Hitlers superras belandde in de ovens. Op de een of andere manier hebben ze mijn identiteit en mijn gedachten gestolen, en nu weten ze alles van me. Dat heb ik tegen Berger gezegd, maar het kon haar niets schelen. Ik eiste geestelijke rechtvaardigheid, maar ze wilde niet eens aan de telefoon komen.'

'Vertel me eens wat dat is, geestelijke rechtvaardigheid.'

'Als je geest wordt gestolen, is het rechtvaardig als je die terugkrijgt. Het is haar schuld. Zij had het kunnen voorkomen. Ik heb mijn geest niet teruggekregen. Ik ben Terri kwijt. Ik heb alleen u nog. Help me, alstublieft.'

Scarpetta stak haar in handschoenen gestoken handen in de zakken van haar laboratoriumjas en had het gevoel dat ze zichzelf in de nesten werkte. Ze wilde Oscar Bane niet behandelen. Ze zou hem nu meteen moeten vertellen dat ze niets meer met hem te maken wilde hebben. Ze zou die beige geschilderde stalen deur moeten openen en niet achteromkijken.

'Zij hebben haar vermoord. Dat weet ik zeker,' zei Oscar.

'Wie bedoel je met "zij"?'

'Ik weet niet wie het zijn. Ze volgen me, de een of andere groepering met de een of andere doelstelling. Ik ben hun doelwit. Het duurt al maanden. Op z'n minst. Hoe kan ze nu weg zijn? Misschien ben ik gevaarlijk voor mezelf. Misschien wil ik echt dood.'

Hij begon te huilen.

'Ik hield meer van haar dan van wie ook... In mijn hele leven. Ik denk steeds dat ik straks wel wakker zal worden. Het is niet waar. Het kan niet waar zijn. Ik zit hier niet echt. Ik haat Jaime Berger. Misschien vermoorden ze iemand van wie zij houdt. Dan weet ze ook eens hoe dat is. Laat haar die pijn ook maar eens voelen. Ik hoop dat dat gebeurt. Ik hoop dat iemand degene van wie zij het meest houdt vermoordt.'

'Zou je willen dat jij iemand kon vermoorden van wie ze houdt?' vroeg Scarpetta.

Ze drukte een paar tissues in zijn geboeide handen. Tranen stroomden en zijn neus droop.

'Ik weet niet wie ze zijn,' zei hij. 'Als ik weer vrij rondloop, zullen ze me opnieuw volgen. Ze weten nu ook precies waar ik ben. Ze houden me door middel van angst onder controle. Door me lastig te vallen.'

'Hoe doen ze dat dan? Heb je redenen om te geloven dat ze je achtervolgen?'

'De modernste elektronica. Op internet kun je ontelbare niet-geheime apparaten bestellen. Om stemgeluid via microgolven naar iemands schedel te zenden. Stil geluid. Radar door de muur. Ik heb redenen genoeg om te geloven dat ze mij hebben uitgekozen om mijn geest te besturen. En als u denkt dat zulke dingen niet gebeuren, denk dan maar eens aan de proeven die de regering na de Tweede Wereldoorlog deed met mensen die ze aan straling blootstelden. Die mensen kregen stiekem radioactieve dingen te eten en ze werden ingespoten met plutonium, allemaal als onderdeel van een onderzoek naar de gevolgen van nucleaire oorlogvoering. Dit verzin ik niet.'

'Ik weet dat die proeven zijn gedaan,' zei Scarpetta. 'Dat kan niemand ontkennen.'

'Ik weet niet wat ze van me willen,' zei hij. 'Het is de schuld van Berger. Het is allemaal haar schuld.'

'Leg me dat eens uit.'

'Het Openbaar Ministerie onderzoekt diefstal van identiteit, stalken en pesterij. Ik heb opgebeld en gevraagd of ik haar mocht spreken, maar ze wilden me niet doorverbinden. Dat heb ik u al verteld. Ze verbonden me door met de een of andere domme smeris.

Hij dacht natuurlijk dat ik knettergek was. Niemand heeft verder iets gedaan. Ze hebben de zaak niet onderzocht. Het kon niemand iets schelen. Maar u vertrouw ik. Ik weet dat u zich om mensen bekommert. Dat heb ik met eigen ogen gezien. Help me alstublieft. Alstublieft. Ik ben totaal onbeschermd. Ik heb geen verweer. Geen enkele bescherming.'

Ze bekeek de ondiepe sneden aan de linkerkant van zijn hals en zag dat de littekenvorming pas kort geleden was begonnen.

'Waarom zou je mij vertrouwen?' vroeg ze.

'Ik begrijp niet dat u dat vraagt. Probeert u me te manipuleren?'

'Ik manipuleer mensen niet. Het is niet mijn bedoeling om jou te manipuleren.'

Hij keek aandachtig naar haar gezicht terwijl zij zijn andere wonden bestudeerde.

'Oké,' zei hij ten slotte. 'Ik begrijp dat u op uw woorden moet letten. Dat hindert niet. Daarvoor had ik ook al respect voor u. U weet ook niet wie het zijn. U moet voorzichtig zijn.'

'Voor wat?'

'Het was moedig van u over de moord op Bhutto te praten. Terri en ik hebben dat op CNN gezien. U bent die dag en avond heel lang op CNN geweest om erover te praten. Het was een verschrikkelijke tragedie en u ging er heel meelevend en respectvol mee om. U was moedig en zakelijk, maar ik wist wat u werkelijk voelde. Ik wist dat u het net zo erg vond als wij. U was diep geschokt en u speelde geen toneel. U deed uw best om het niet te laten merken. Ik wist dat ik u kon vertrouwen. Ik begreep u. Terri natuurlijk ook. Maar het was een teleurstelling. Ik zei tegen haar dat ze het vanuit uw gezichtspunt moest bekijken. Omdat ik wist dat ik u kon vertrouwen.'

'Ik weet niet waarom je vindt dat je me, omdat je me op tv hebt gezien, kunt vertrouwen.'

Ze pakte haar camera uit de koffer.

Toen hij geen antwoord gaf, zei ze: 'Vertel me eens waarom Terri teleurgesteld was.'

'Dat weet u best, en het was volkomen begrijpelijk. U hebt respect voor anderen,' zei Oscar. 'U bent met ze begaan. U helpt ze. Ik blijf bij artsen uit de buurt tenzij ik geen keus heb. Ik kan niet tegen pijn. Ik zeg altijd dat ze me moeten verdoven, dat ze me een injectie met Demerol moeten geven of wat dan ook als het pijn zal doen. Ik geef het toe. Ik ben bang voor doktoren. Ik ben bang voor pijn. Als ik een injectie krijg, kan ik niet naar de naald kijken. Dat kan ik niet doen, want dan val ik flauw. Ik zeg altijd dat ze iets voor mijn ogen moeten houden of moeten prikken waar ik het niet kan zien. U gaat me toch geen pijn doen? Of me een injectie geven?'

'Nee. Ik doe niets wat pijn doet,' antwoordde ze en ze bekeek de schrammen onder zijn linkeroor.

Ze waren oppervlakkig en de randen vertoonden geen tekenen van beginnende genezing. En de littekens waren eveneens nog geen dertig uur oud. Haar geruststelling en haar aanraking leken Oscar te kalmeren.

'Degenen die me volgen en me bespioneren,' begon hij weer, 'misschien zijn dat mensen van de regering. Maar welke regering? Of misschien een groepering vol haat of de een of andere sekte. Ik weet dat u voor niemand bang bent, niet voor een regering of sekte of groepering, want anders zou u niet op tv over uw werk praten. Dat zei Terri ook. U bent haar heldin. Wist ze maar dat ik nu met u in een kamer zit en dat we het over haar hebben. Misschien weet ze het wel. Gelooft u in een leven na de dood? Dat de geest van een geliefde je niet verlaat?'

Zijn bloeddoorlopen ogen keken omhoog alsof hij Terri zocht.

'Ik weet niet wat ik moet doen,' zei hij.

Scarpetta zei: 'Ik wil weten of je iets goed begrijpt.'

Ze trok een plastic stoel bij en ging voor hem zitten.

'Ik weet niets van deze zaak,' zei ze. 'Ik weet niet wat je misschien wel of niet hebt gedaan. Ik weet niet wie Terri is.'

Hij keek haar geschrokken aan. 'Is dat waar?'

'Het is waar. Men heeft me gevraagd je te onderzoeken en daar heb ik in toegestemd. Ik denk niet dat je mij al deze dingen moet vertellen. Ik ben met je begaan, dus ben ik verplicht je te vertellen dat je, hoe meer je me vertelt over Terri en wat er met haar is gebeurd, een steeds groter risico loopt.'

'Maar u bent de enige met wie ik kan praten.'

Hij veegde zijn neus en ogen af en staarde haar aan alsof hij zocht naar het antwoord op een belangrijke vraag.

'U hebt uw redenen. Misschien weet u iets,' zei hij ten slotte.

'Je moet een advocaat nemen. Dan is alles wat je zegt vertrouwelijk, zonder uitzondering.'

'U bent arts. Wat wij bespreken, is ook vertrouwelijk. U mag de politie geen zeggenschap geven in mijn medische verzorging en zij hebben geen recht op informatie tenzij ik daar toestemming voor geef, of tenzij de rechter het beveelt. U moet mijn waardigheid beschermen. Dat staat in de wet.'

'Het staat ook in de wet dat als mijn patiënt van een misdaad wordt beschuldigd, de aanklager of de verdediger mijn rapport kan opvragen. Daar moet je over nadenken voordat je me nog meer vertelt over Terri en wat er gisteravond is gebeurd. Alles wat ik zeg, kan worden opgevraagd,' zei ze nadrukkelijk.

'Jaime Berger heeft haar kans om met me te praten verspeeld. Ze is heel anders dan u. Ze hoort ontslagen te worden. Ze verdient het net zo te lijden als ik en te verliezen wat ik heb verloren. Het is haar schuld.'

'Wil je Jaime Berger iets aandoen?' vroeg Scarpetta.

'Ik zou niemand ooit iets aandoen. Maar ze heeft zichzelf iets aangedaan. Het is haar schuld. Het universum betaalt met gelijke munt terug. Als zij iemand verliest van wie ze houdt, is dat haar eigen schuld.'

'Ik zal het je nog een keer uitleggen. Als jij van een misdaad wordt beschuldigd, kunnen ze mij als getuige oproepen en dan moet ik alles vertellen wat ik hier heb waargenomen. Zo is het. En Jaime Berger kan me als getuige oproepen. Begrijp je dat?'

Zijn verschillend gekleurde ogen keken haar fel aan en zijn lichaam verstijfde van woede. Scarpetta was zich bewust van de dikke stalen deur en overwoog of ze die zou openen.

'Ze zullen geen enkele geldige reden vinden om mij hiervan te beschuldigen,' zei hij. 'Ik heb hen niet belet mijn kleren in beslag te nemen, en mijn auto. Ik heb toestemming gegeven om naar mijn appartement te gaan, want ik heb niets te verbergen en dan kunnen jullie zelf zien hoe ik word gedwongen te leven. Ik wil dat u dat ziet. Ik sta erop dat u dat ziet. Ik heb gezegd dat u dat ook moet zien, anders mogen ze niet naar binnen. Er is geen bewijs dat ik Terri ooit pijn heb gedaan, tenzij ze zelf iets verzinnen. Misschien doen ze dat wel. Maar u zult me beschermen, want u bent mijn getuige. U zult over me waken, waar ik ook ben, en als me iets overkomt, weet u dat dat geen ongeluk was. En u mag niemand iets vertellen wat ze van mij niet mogen weten. Op dit moment mag u volgens de wet niemand iets vertellen van wat er tussen ons gebeurt. Zelfs uw man niet. Ik heb hem toegestaan me psychologisch te evalueren, en daaruit kan hij concluderen dat ik niet gek ben. Ik vertrouw op zijn kennis. En wat nog belangrijker is, ik wist dat hij u erbij kon roepen.'

'Heb je tegen hem dezelfde dingen gezegd als tegen mij?'

'Ik heb hem de evaluatie laten doen, meer niet. Ik heb gezegd dat hij mijn geest mocht onderzoeken, maar dan moest u mijn lichaam onderzoeken. Anders zou ik niet meewerken. U mag hem niet vertellen wat ik tegen u heb gezegd. Zelfs hem niet. Als dat verandert en ik vals word beschuldigd en u moet getuigen, zult u me geloven en voor me vechten. U hoort me te geloven. U weet immers wie ik ben.'

'Waarom zou ik weten wie je bent?'

'Aha.' Hij keek haar fel aan. 'Ze hebben u verboden iets te zeggen. Prima. Ik vind dit spelletje niet leuk, maar vooruit. Oké. Ik vraag alleen van u dat u naar me luistert, me niet bedriegt en de eed die u hebt gezworen niet breekt.'

Scarpetta wist dat ze moest stoppen. Maar ze dacht aan Berger. Oscar had Berger niet bedreigd. Nog niet. Pas als hij dat wel deed, kon ze doorgeven wat hij allemaal had gezegd. Toch maakte ze zich nu al zorgen om Berger en om haar naasten. Ze wou dat hij onomwonden zou zeggen dat hij voor Berger of iemand anders een bedreiging vormde. Dat zou haar van haar zwijgplicht ontslaan en dan zou hij in elk geval voor het uiten van een dreigement kunnen worden gearresteerd.

'Ik maak aantekeningen en die bewaar ik in een map om te kunnen raadplegen,' zei ze.

'Ja, aantekeningen. Ik wil dat u een verslag van de waarheid hebt. Voor het geval dat er iets gebeurt.'

Ze haalde een blocnote en een pen uit de zak van haar laboratoriumjas.

'Voor het geval dat ik doodga,' vervolgde hij. 'Waarschijnlijk is er geen uitweg. Ze zullen me waarschijnlijk wel te pakken krijgen. Dit is waarschijnlijk mijn laatste Nieuwjaar. Dat kan me waarschijnlijk niets schelen.'

'Waarom zeg je dat allemaal?'

'Wat ik ook doe en waar ik ook naartoe ga, ze weten het.'

'Ook op dit moment?'

'Misschien. Maar' – hij keek naar de deur – 'dat is een dikke stalen deur. Ik weet niet zeker of ze daar doorheen kunnen komen, maar ik zal heel voorzichtig zijn met wat ik zeg en denk. U moet goed luisteren. U moet proberen mijn gedachten te lezen. Uiteindelijk zullen ze volledige controle krijgen over mijn vrije wil en mijn gedachten. Misschien zijn ze nu aan het oefenen. Ze moeten op iemand oefenen. We weten dat de CIA al een halve eeuw geheime neuro-elektromagnetische programma's heeft om gedrag te veranderen, en bij wie denkt u dat ze daarmee oefenen? En wat denkt u dat er gebeurt als je dan naar de politie gaat? Dan wordt er vreemd genoeg geen verslag opgemaakt. Precies zoals toen ik mevrouw Berger wilde bellen. Ik werd genegeerd. En nu is Terri dood. Ik ben niet paranoïde. Ik maak geen schizofrene, psychotische episode door. Ik heb geen persoonlijkheidsstoornis. Ik haal me geen waanideeën in mijn hoofd. Ik denk niet dat de Air Loom Gang met hun helse machine achter me aan zit, hoewel je je moet afvragen wat de politici bezielt en of ze daarom oorlog voeren in het Midden-Oosten. Dat is natuurlijk een grapje, maar ik ben nergens meer verbaasd over.'

'Je weet blijkbaar erg veel over psychologie en de geschiedenis van de psychiatrie.'

'Ik heb een PhD. Ik doceer psychiatrische geschiedenis aan het Gotham College.'

Omdat ze daar nog nooit van had gehoord, vroeg ze waar het was.

'Nergens,' zei hij.

5

Haar gebruikersnaam was Shrew, omdat haar man haar vaak zo noemde. Hij bedoelde het niet altijd onaardig, soms was het een koosnaampje.

Wees toch niet zo'n verdomd kreng, zei hij dan letterlijk, als ze had geklaagd over zijn sigaren of dat hij zijn rommel niet opruimde. Zullen we een borrel nemen, lief krengetje, betekende meestal dat het vijf uur in de namiddag was en hij in een goed humeur was en het nieuws wilde zien. Dan schonk zij voor hen beiden iets te drinken in en zette er een schaaltje cashewnoten naast, en gaf hij een paar klapjes op het kussen naast hem op de lichtbruine ribfluwelen bank. Nadat ze een halfuur naar het nieuws hadden gekeken, wat natuurlijk nooit positief was, werd hij stil en noemde hij haar geen kreng meer. Dan praatte hij helemaal niet meer tegen haar, en even later aan tafel klonken er alleen eetgeluiden. Daarna verdween hij naar de slaapkamer om te lezen. Op een dag ging hij nog even een boodschap doen en kwam niet meer terug.

Ze maakte zich geen illusies over wat hij zou zeggen als hij er nog was. Hij zou niet goedkeuren dat ze de anonieme systeembeheerder van de website van *Gotham Gotcha* was. Hij zou haar werk beschrijven als gore bagger, die met opzet meedogenloos misbruik van mensen maakte en hun allerlei ziekten bezorgde, en zou zeggen dat ze gek was om te werken voor mensen die ze nooit had ontmoet of zelfs maar van naam kende. Hij zou zeggen dat het heel verdacht was dat Shrew geen idee had wie de anonieme stukjesschrijver was.

En hij zou vooral geschokt zijn over het feit dat ze telefonisch in dienst was genomen door een 'agent' die geen Amerikaan was. De man had gezegd dat hij in Engeland woonde, maar hij klonk net zo Engels als Tony Soprano en hij had haar gedwongen een aantal wettelijke documenten te ondertekenen zonder dat ze die eerst door haar advocaat mocht laten lezen. Toen ze alles wat hij van haar verwachtte had gedaan, had ze een maand op proef mogen werken. Onbetaald. Na die maand had niemand haar gebeld om haar te vertellen dat ze het uitstekend had gedaan of hoe blij de Baas (zo noemde ze haar anonieme werkgever) was dat ze zijn team had aangevuld. Ze had nooit meer iets gehoord.

Dus was ze ermee doorgegaan, en om de twee weken werd er geld op haar bankrekening gestort. Er werd geen belasting ingehouden en ze kreeg geen toeslag of onkostenvergoeding toen ze bijvoorbeeld een paar maanden geleden een nieuwe computer moest hebben en ook een apparaat om het bereik van haar draadloze netwerk te vergroten. Ze kreeg niet doorbetaald voor ziekteverlof, vrije dagen of overwerken, maar de agent had haar uitgelegd dat het bij de baan hoorde dat ze vierentwintig uur per dag beschikbaar was.

Vroeger had ze echte banen bij echte bedrijven gehad. In haar laatste baan was ze databank marketing manager bij een consultancybureau geweest. Ze was geen tabula rasa, ze besefte maar al te goed dat haar huidige arbeidsvoorwaarden onredelijk waren en dat ze haar werkgever zou kunnen vervolgen als ze wist wie hij was. Maar ze piekerde er niet over haar beklag te doen. Ze ontving een behoorlijk salaris en ze beschouwde het als een eer dat ze werkte voor een anonieme beroemdheid die een rubriek schreef die in New York, en misschien wel in het hele land, door iedereen werd verslonden.

Vooral op feestdagen had ze het druk. Niet om persoonlijke redenen, want ze mocht eigenlijk geen persoonlijke redenen hebben. Maar dan was er altijd meer verkeer op het net, en de banner op de homepage was een grote uitdaging. Shrew was slim, maar ze moest zichzelf bekennen dat ze geen getalenteerd grafisch kunstenaar was.

Bovendien nam in deze tijd van het jaar het aantal columns per week toe. In plaats van de gebruikelijke drie deed de Baas er een schepje bovenop, waarmee hij de fans en sponsoren een genoegen deed en als beloning omdat ze het afgelopen jaar weer een trouw, enthousiast en lucratief publiek waren geweest. Vanaf de dag voor Kerstmis moest Shrew elke dag een rubriek posten. Soms bofte ze en ontving ze er een paar tegelijk, die ze aanpaste om in de rij te zetten voor Auto Release. Daarna had ze dan even rust, kon ze zomaar een paar gezellige dingen gaan doen, naar de kapper of een wandeling maken in plaats van voortdurend alert te moeten zijn omdat de Baas misschien weer iets voor haar had. De Baas hield nooit rekening met Shrew en misschien was dat wel expres.

Ze vermoedde dat hij met opzet had geregeld, ongetwijfeld door het zo te programmeren, dat zijn columns een voor een naar haar toe werden gestuurd, ook al schreef hij er meerdere tegelijk. Dat gaf haar twee belangrijke stukjes informatie.

Ten eerste had de Baas, in tegenstelling tot Shrew, een eigen leven. Hij, of zij, zorgde ervoor dat hij tijd overhield voor andere dingen, zoals misschien een reisje, afspraken met vrienden of familie of gewoon om uit te rusten. Ten tweede dacht hij, of zij, wel degelijk aan Shrew, al was het alleen maar om haar eraan te herinneren dat ze nietig en onbelangrijk was, en dat ze met huid en haar was overgeleverd aan wie deze beroemdheid ook mocht zijn. Shrew had geen eigen leven, ze had geen recht op een paar dagen voor zichzelf als het werk af was en hoefde daar ook niet over te peinzen. Ze moest de Baas ten dienste staan wanneer hem dat uitkwam. De Baas beantwoordde Shrews gebeden of niet, met zijn vinger op de muis en de cursor op verzenden.

Eigenlijk was het maar goed dat Shrew tegen de feestdagen zou opzien als ze de gelegenheid zou hebben om ze te vieren, omdat die voor haar niet meer betekenden dan een leeg schip dat haar van het ene naar het volgende jaar bracht. Ze herinnerden haar aan dingen die ze niet had en niet zou krijgen, en wezen haar erop dat biologie geen mededogen kende en akelige spelletjes speelde met haar hoofd. Het proces was bij haar niet langzaam verlopen, wat ze logisch zou hebben gevonden, met hier en daar een grijze haar, een rimpel of een stijf gewricht.

Voor zover ze het zich kon herinneren, had ze op een dag in de spiegel gekeken en niet meer de dertigjarige gezien die ze dacht te zijn, maar een onherkenbaar wrak. Wanneer ze tegenwoordig haar bril opzette, zag ze dat ze werd omhuld door een loshangende, rimpelige huid. Dan zag ze dat ouderdomsvlekken zich als krakers op haar hele lichaam hadden geïnstalleerd en dat het haar zich als een soort wildgroei had verplaatst naar plekken waar het niet thuishoorde. Ze had geen idee waarom ze zo veel aderen had, tenzij die tot taak hadden extra bloed te transporteren naar cellen die opeens wensten te sterven.

Het kwam haar goed uit dat ze tijdens de vreugdeloze reis tussen kerstavond en nieuwjaarsdag geen moment voor zichzelf had en voortdurend moest wachten op de volgende column, ongeacht het aantal dat al klaarlag. De spanning was gestegen tot aan het crescendo op nieuwjaarsdag, toen de Baas haar opeens twee columns had gestuurd. Dat waren natuurlijk de meest sensationele van het hele jaar.

Shrew had de tweede al een poosje geleden ontvangen, en de inhoud had haar verbaasd en in de war gebracht. De Baas koos nooit tweemaal achtereen dezelfde bekende persoon als hoofdonderwerp, vooral niet in een extra lange rubriek, en in de tweede column ging het opnieuw alleen maar over dr. Kay Scarpetta. Hij zou ongetwijfeld een hit worden, omdat alle belangrijke punten erin waren verwerkt: seks, geweld en de rooms-katholieke kerk.

Shrew verwachtte een stortvloed van commentaar van de fans en wellicht zelfs weer een begerenswaardige Giftige Pen Prijs. Net als de vorige keer zou iedereen zich na de uitreiking van de prijs, die niemand in ontvangst was komen nemen, afvragen wie de winnaar nu eigenlijk was. Maar ze vroeg zich nerveus af wat die alom gerespecteerde vrouwelijke patholoog-anatoom in vredesnaam had gedaan om de Baas zo kwaad te maken.

Ze las de laatste column zorgvuldig door om te checken of haar geen type- of spelfouten waren ontgaan en stelde de opmaak nauwkeurig in. Intussen snapte ze niet waar de Baas al die hoogst persoonlijke informatie vandaan had gehaald, en ze markeerde die met de vertrouwde rode letters NEG: nooit eerder gepubliceerd. Dat soort informatie was van de hoogste orde. Op een zeldzame uitzondering na ontsproten alle roddelverhalen aan anekdotes, waarnemingen, geruchten en verzinsels die door fans naar Shrew werden gestuurd. Zij beoordeelde ze om te besluiten wat ze in de elektronische researchfile van de Baas zou opslaan. Maar deze NEG-informatie over dr. Scarpetta was Shrew niet onder ogen gekomen. Dus waar had de Baas die vandaan gehaald?

Als het de waarheid was, was dr. Kay Scarpetta opgegroeid in een arm Italiaans arbeidersgezin. Haar zus ging al voordat ze de puberteit bereikte met jongens naar bed, haar moeder was een stomme koe en haar vader een ongeschoolde immigrant, die de kleine Kay in zijn kruidenierswinkeltje moest helpen. Ze had jarenlang voor dokter gespeeld toen hij ten slotte in zijn slaapkamer aan kanker overleed, wat een verklaring kon zijn voor haar latere fascinatie voor de dood. De pastoor van hun kerk had medelijden met haar en had geregeld dat ze een beurs kreeg voor een katholieke school in Miami, waar iedereen haar een saaie zeurpiet en een klikspaan vond. Alle meisjes hadden een hekel aan haar, en terecht.

Het volgende deel van de column was in verhaaltrant, en dan was de Baas altijd op zijn best.

Op een middag was onze Kay, dat armoedige blanke meisje uit Florida, alleen in het scheikundelab bezig aan een project om een hoger cijfer te halen toen zuster Polly plotseling binnenkwam. Ze zeilde in haar zwarte scapulier met kap en sluier door het lege vertrek en richtte haar strenge, gelovige oogjes op Kay.

'Wat beveelt onze Vader ons te doen als het om vergeving gaat, Kay?' vroeg zuster Polly, met haar handen in haar maagdelijke zij.

'Dat we anderen moeten vergeven zoals hij ons vergeeft.'

'En heb je hem gehoorzaamd? Wat heb je te zeggen?'

'Ik heb hem niet gehoorzaamd.'

'Omdat je hebt geklikt.'

'Ik was een wiskundeprobleem aan het oplossen en mijn potloden lagen op mijn tafeltje, zuster Polly, en toen brak Sarah ze in tweeën. Ik moest nieuwe potloden kopen en ze weet dat mijn ouders arm zijn...'

'En nu heb je weer geklikt.' Zuster Polly stak een hand in haar zak en zei: 'God gelooft in restitutie.' Ze overhandigde Kay een kwartje en gaf haar een draai om haar oren.

Zuster Polly beval Kay voor haar vijanden te bidden en ze te vergeven. Ze berispte Kay streng omdat ze een loslippige zondaar was en zei dat Kay er blijkbaar aan herinnerd moest worden dat God niet van klikspanen hield.

In de badkamer aan de overkant van de gang deed zuster Polly de deur op slot en gespte haar zwartleren gordel af. Ze beval Kay haar geruite overgooier en blouse met rond kraagje en alles wat ze eronder droeg uit te trekken en met haar handen om haar knieën voorover te buigen...

Toen Shrew van mening was dat de column de wereld in kon worden gestuurd, typte ze haar wachtwoord om toegang te krijgen tot de programmering van de website. Ze postte de column, maar met tegenzin.

Had dr. Scarpetta onlangs iets gedaan wat de haat van de Baas, wie hij ook was, had opgewekt?

Shrew keek uit het raam achter haar computer en het kwam bij haar op dat de politieauto voor het bakstenen appartementengebouw aan de overkant er al de hele dag had gestaan. Misschien was daar een politieagent komen wonen, al kon ze zich niet voorstellen dat de gemiddelde agent zich een appartement in Murray Hill kon veroorloven. Maar misschien hield de politie daar iemand in de gaten, een inbreker of een psychopaat. Toen dacht ze weer aan haar Baas en dat hij blijkbaar van plan was geweest de eerste dag van het nieuwe jaar voor de vrouwelijke patholoog-anatoom voor wie Shrew altijd bewondering had gehad, te verpesten.

De laatste keer dat ze dr. Scarpetta op tv had gezien, was een paar dagen na Kerstmis, toen Benazir Bhutto was vermoord. Dr. Scarpetta had op een diplomatieke, zorgvuldige manier uitgelegd welke schade granaatscherven, een kogel of een klap met een hard voorwerp konden veroorzaken aan bepaalde delen van de hersens of de wervelkolom. Zou dat de aanleiding zijn geweest voor de column van vanmorgen en daarnet voor de tweede column van vandaag? Misschien had dr. Scarpetta bij de Baas een gevoelige plek geraakt die met racisme te maken had. Als dat zo was, wat was haar werkgever dan voor iemand? Was het iemand die een hekel had aan Pakistanen, de islam, democratie, mensenrechten of vrouwen aan de top? Maar misschien hadden deze twee dingen niets met elkaar te maken.

Toch kon ze dat niet zomaar geloven, en haar intuïtie bracht haar op een vreselijk vermoeden dat nooit eerder bij haar was opgekomen. Hoe wist ze dat ze niet werkte voor een terroristische organisatie die door middel van deze beruchte, bijzonder profijtelijke roddelrubriek op het internet, zonder dat iemand dat doorhad, communiceerde met extremistische sympathisanten, propaganda verspreidde en nog erger, terroristische plannen financierde?

Shrew wist het niet. Maar als dat zo was, dan zou het alleen een kwestie van tijd zijn voordat iemand haar vond, iemand van de nationale veiligheidsdienst of een lid van de terroristische groepering achter haar zeer geheime en eerlijk gezegd verdachte baan – waarover ze nooit met zelfs maar een woord met iemand had gesproken.

Voor zover ze wist, waren de enige mensen die ervan op de hoogte waren dat zij voor *Gotham Gotcha* werkte de Italiaanse agent die haar telefonisch had aangenomen (ze had de man nooit ontmoet en wist niet hoe hij heette), en de onbekende beroemdheid die de columns schreef en naar Shrew mailde zodat zij ze kon redigeren, opmaken en posten. De programmering deed de rest en de columns verschenen één minuut na middernacht op de website. Als er terroristen achter zaten, dan verkeerde dr. Scarpetta in gevaar. Ze probeerden haar zowel in haar beroep als in haar persoonlijke leven aan te vallen en zelfs haar leven kon op het spel staan.

Shrew moest haar waarschuwen.

Maar hoe kon ze dat doen zonder te onthullen dat zij de anonieme systeembeheerder van de anonieme website was?

Dat was onmogelijk.

Ze dacht erover na terwijl ze voor haar computer zat en door het raam naar de politieauto keek, en ze vroeg zich af of ze Scarpetta op de een of andere manier een anonieme boodschap kon sturen.

Terwijl ze met deze paranoïde en heel vervelende gedachten bezig was, werd er opeens hard op haar voordeur gebonsd. Ze schrok ervan. Misschien was het die vreemde jongeman in het appartement tegenover haar. Zoals de meeste mensen met een liefhebbende familie was hij voor de kerst vertrokken. Misschien was hij terug en wilde hij iets lenen of vragen.

Ze tuurde door het kijkgaatje en schrok opnieuw toen ze een groot, verweerd gezicht zag met een kale schedel en een ouderwets metalen brilletje op.

O grote goden.

Ze pakte de telefoon en toetste het alarmnummer in.

In het cafetaria van het Bellevue zaten Benton Wesley en Jaime Berger op de roze banken helemaal achterin, waar ze rustig met elkaar konden praten. Berger trok altijd aandacht, ook van mensen die haar niet herkenden.

Ze was een heel mooie vrouw, slank en van gemiddelde lengte, ze had diepblauwe ogen en weelderig donker haar. Ze was altijd chic gekleed en die dag droeg ze een donkergrijze kasjmieren blazer, een zwart vest, een zwarte rok met een split van achteren en zwarte pumps met zilveren gespjes aan de zijkant. Ze was geen uitdagende vrouw, maar ze was niet bang om er vrouwelijk uit te zien. Het was algemeen bekend dat ze, als de blik van een agent, advocaat of misdadiger afdwaalde naar haar fysieke landschap, zich naar hem toe boog, naar haar ogen wees en zei: 'Kijk hiernaar. Kijk me recht aan wanneer ik tegen je praat.'

Ze deed hem aan Scarpetta denken. Haar stem had dezelfde lage klank die dwong tot luisteren juist omdat ze er geen moeite voor deed, ze had dezelfde geestdriftige uitdrukking op haar gezicht en haar lichaamsbouw was precies zoals hij dat aantrekkelijk vond: eenvoudige lijnen met gulle rondingen. Hij had zijn voorkeuren, dat gaf hij toe. Maar zoals hij onlangs in een telefoongesprek tegen dr. Thomas had gezegd, was hij Scarpetta trouw en zou hij dat blijven. Zelfs in zijn gedachten was hij haar trouw; hij schakelde onmiddellijk over naar een ander kanaal als hij begon te fantaseren over een erotisch spel waarin zij niet de hoofdrol speelde. Hij zou haar nooit bedriegen. Nooit.

Hij had zich niet altijd zo deugdzaam gedragen. Dr. Thomas had gelijk. Hij had zijn eerste vrouw, Connie, bedrogen, en als hij eerlijk was, was hij daar al snel mee begonnen, toen hij had besloten dat het niet verkeerd en zelfs gezond was te genieten van de tijdschriften en films die ook andere mannen aanspraken. Vooral in de vier monnikachtige maanden op de FBI-academie, waar 's avonds niets anders te doen was dan na een paar biertjes in de Boardroom terug te gaan naar zijn slaapkamer, waar hij zijn stress kortstondig kon ontladen en aan zijn gedisciplineerde leven ontsnappen.

In dat verstandshuwelijk had hij die clandestiene, maar gezonde seksuele routine volgehouden tot Scarpetta en hij net iets te vaak hadden moeten samenwerken en samen in het Travel-Eze Motel waren beland. Hij had zijn vrouw en de helft van een vrij grote erfenis verloren, en zijn drie dochters wilden nog steeds niets van hem weten. Er waren zelfs nu nog collega's uit zijn FBI-verleden die geen respect meer voor hem hadden, of in ieder geval vonden dat hij moreel niet deugde. Het liet hem koud.

Erger dan dat en een vacuüm waar toch minstens een sprankje berouw zou moeten zijn, was de waarheid: hij zou het opnieuw doen, als hij daar de kans voor zou krijgen. Hij deed het ook opnieuw, vaak, in gedachten. Dan beleefde hij opnieuw die scène in de motelkamer, toen hij bloedde uit wonden die gehecht moesten worden en Scarpetta hem behandelde. Ze had de pleisters er nog maar net opgeplakt of hij was haar al aan het uitkleden. Het was bijna onvoorstelbaar.

Wat hem, wanneer hij eraan terugdacht, altijd verbaasde, was dat hij bijna vijf jaar met haar had kunnen samenwerken zonder eerder voor haar te vallen. Hoe verder hij tijdens zijn gesprekken met dr. Thomas terugbladerde in het boek van zijn leven, des temeer bepaalde dingen hem verbaasden. Niet in de laatste plaats het feit dat Scarpetta al die tijd niets door had gehad. Ze had echt niet geweten wat hij voor haar voelde, ze besefte alleen wat zij voor hem voelde. Dat had ze tenminste tegen hem gezegd toen hij haar had verteld dat wanneer ze hem had zien zitten met zijn aktetas op schoot, hij dat bijna altijd had gedaan om zijn erectie te verbergen.

Ook de eerste keer dat we elkaar ontmoetten?

Waarschijnlijk wel.

In het mortuarium?

Ja.

Wanneer we een werkbespreking hadden in die afschuwelijke vergaderzaal van je in Quantico, rapporten lazen, foto's bekeken en steeds maar weer die eindeloze, serieuze gesprekken voerden?

Vooral toen. Wanneer ik je daarna naar je auto bracht, kostte het me de grootste moeite om niet ook in te stappen en...

Als ik dat had geweten, had Scarpetta op een avond gezegd, toen ze een heleboel wijn dronken, zou ik je meteen al hebben verleid in plaats van die verdomde vijf jaar de solopartij te zingen.

De solopartij? Bedoel je...

Dat ik met doden werk, wil nog niet zeggen dat ik zelf ook dood ben.

'Dat is de belangrijkste reden dat ik het niet doe,' zei Jaime Berger tegen Benton. 'Politieke correctheid. Politieke gevoeligheid. Luister je eigenlijk wel?'

'Ja. Als ik er een beetje slaperig uitzie, komt dat doordat ik niet heb geslapen.'

'Het laatste wat ik wil, is de indruk wekken dat ik bevooroordeeld ben. Vooral in deze tijd, nu er veel meer aandacht is voor dwerggroei en de misvattingen en stereotypen die er in het verleden mee gepaard gingen. Kijk bijvoorbeeld maar eens naar de *Post* van vanmorgen. Met zulke koppen.' Ze hield haar handen een centimeter of vijf uit elkaar. 'DWERGMOORD. Afschuwelijk. Precies wat we niet willen, en ik verwacht nog meer van dat soort commentaar, vooral als andere nieuwsdiensten dat bericht overnemen en het verdomme overal van de daken zal worden geschreeuwd.' Ze keek hem recht aan, zweeg even en zei: 'Helaas kan ik de pers net zomin de mond snoeren als jij.'

Ze zei het alsof ze iets anders bedoelde.

Benton had erop zitten wachten. Hij wist verdomd goed dat het Berger niet alleen om de zaak Terri Bridges ging. Hij had een tactische fout gemaakt. Hij had over de *Gotham Gotcha*-columns moeten beginnen toen hij daar de kans voor had.

'De vreugden van de hedendaagse journalistiek,' zei ze. 'We weten nooit wat waar is of niet.'

Ze zou Benton ervan beschuldigen dat hij tegen haar had gelogen door niets te zeggen. Maar in feite was dat niet waar, want in feite had Pete Marino geen misdrijf gepleegd. Dr. Thomas had gelijk. Toen het gebeurde, was Benton er niet bij en dus zou hij nooit precies weten wat Marino vorig jaar mei op die warme, vochtige avond in Charleston met Scarpetta had gedaan. Ze had Marino's dronken, heel erg onbehoorlijke gedrag niet bij de politie aangegeven en er nauwelijks over gepraat. Als Benton er ook maar één woord over zou zeggen, zou hij verraad plegen jegens Scarpetta – en Marino – en zou dat bovendien indirect bewijs zijn, wat Berger onder andere omstandigheden nooit zou toelaten.

'Helaas praten ze er op de afdeling op dezelfde manier over,' zei Benton. 'De andere patiënten hebben allerlei scheldnamen voor hem.'

'Het variété, de kermis, de tovenaar van Oz,' zei Berger.

Ze pakte haar kop koffie en elke keer dat ze haar hand bewoog, viel het Benton op dat haar grote diamanten ring en de bijpassende trouwring ontbraken. Toen hij haar de afgelopen zomer, nadat hij haar lange tijd niet had gezien, weer tegenkwam, had hij haar ernaar willen vragen, maar dat had hij niet gedaan toen het hem duidelijk werd dat ze de multimiljonair met wie ze getrouwd was en haar stiefkinderen nooit meer noemde. Ze sprak met geen woord over haar privéleven en zelfs de agenten hielden er hun mond over.

Misschien viel er ook niets over te zeggen. Misschien was ze nog gewoon getrouwd. Misschien was ze allergisch voor metaal geworden of was ze bang dat iemand haar zou beroven. Maar als het dat laatste was, zou ze ook eens moeten nadenken over de Blanc Pain om haar pols. Benton vermoedde dat het een genummerd horloge was en ongeveer honderdduizend dollar had gekost.

'Negatieve portrettering in de media en de amusementsindustrie,' vervolgde Berger. 'Idioten, halvegaren. Die film *Don't Look Now*. Volksverhaaldwergen, hofnarren. En wat nu relevant is, de alomtegenwoordige dwerg die van alles getuige is, van de triomfen van Julius Caesar tot de vondst van Mozes in zijn mandje in het riet. Oscar Bane was ergens getuige van en beschuldigt anderen ervan dat zij overal getuige van zijn. Met zijn beweringen dat hij wordt gestalkt, bespioneerd en op de een of andere manier elektronisch wordt lastiggevallen, dat de CIA ermee te maken heeft en hem martelt met elektronische wapens en antipersonenwapens als een soort experiment of vervolgingsmethode.'

'Die dingen heeft hij mij niet verteld,' zei Benton.

'Daarvan wilde hij aangifte doen toen hij een maand geleden mijn kantoor belde, en ik kom er zo op terug. Wat is jouw oordeel over zijn geestestoestand?'

'Zijn evaluatie verbijstert me vanwege de vele tegenstrijdigheden. MMPI-2 geeft aan dat hij neigt tot maatschappelijke introversie. Bij de Rorschach-test zag hij gebouwen, bloemen, meren en bergen, maar geen mensen. Hetzelfde patroon bij de TAT. Een bos met ogen en gezichten op de bladeren, wat aangeeft dat hij zich niet verbonden voelt met andere mensen, dat hij bijzonder nerveus is en aan vervolgingswaanzin lijdt. Eenzaamheid, frustratie, angst. Zijn figuurtekeningen waren volwassen, maar het waren geen menselijke figuren, alleen gezichten met holle ogen. Wat ook weer een paranoïde instelling suggereert. Hij voelt zich bespied. Maar niets wijst op langdurige paranoia. Dat is de tegenstrijdigheid. Dat verbaast me. Hij is paranoïde, maar volgens mij nog niet lang,' herhaalde Benton.

'Hij is op dit moment bang voor iets wat hij als werkelijkheid ervaart.'

'Ja, dat denk ik. Hij is bang en gedeprimeerd.'

'Die vervolgingswaanzin,' zei Berger. 'Als je afgaat op je ervaring en de tijd die je met hem hebt doorgebracht, denk je dan dat die dan bij zijn persoonlijkheid hoort? Dat hij daar al sinds zijn jeugd last van heeft? Omdat hij een dwerg is? Misschien omdat hij is uitgelachen, mishandeld of gediscrimineerd?'

'Uit niets blijkt dat hem dat in zijn jeugd is overkomen. Behalve als het om de politie gaat. Hij heeft meerdere malen gezegd dat hij een hekel heeft aan de politie. En hij haat jou.'

'Toch heeft hij gedaan wat de politie hem opdroeg. Heel ijverig. Maar laat me eens raden. Juist die overdreven ijverige medewerking zal ons niet verder helpen.' Alsof ze niet had gehoord dat Oscar haar haatte.

'Ik hoop dat hij je een kans geeft,' zei Benton.

Van Berger werd gezegd dat ze, als een gebroken ruit het slacht-offer was, een steen die daad kon laten opbiechten.

'Ik vind het heel vreemd dat hij zijn medewerking verleent aan een groep mensen die hij niet vertrouwt,' zei Berger. 'En hij laat ons vrij gemakkelijk onze gang gaan. Biologische monsters en zijn ver-klaring, mits Kay die afneemt. Zijn kleren, auto, appartement, mits Kay erbij is. Waarom?'

'Gebaseerd op zijn angst?' zei Benton. 'Volgens mij wil hij dui-delijk maken dat er geen enkel bewijs is dat hij iets met de moord op Terri Bridges te maken heeft. Wil hij dit vooral Kay duidelijk maken.'

'Hij zou het eerder mij duidelijk moeten maken.'

'Hij vertrouwt je niet. Hij vertrouwt Kay. Op een irrationele ma-nier, en dat zit me absoluut niet lekker. Maar wat zijn geestestoe-stand betreft, hij wil haar duidelijk maken dat hij een brave jongen is. Dat hij niets verkeerds heeft gedaan. Zolang zij dat gelooft, is hij veilig. Fysiek en wat de manier betreft waarop hij zichzelf ziet. Hij wil van haar horen dat ze hem gelooft. Zonder haar weet hij bijna niet meer wie hij is.'

'Maar wij weten wel wie hij is en wat hij waarschijnlijk heeft ge-daan.'

'Je moet goed begrijpen dat voor duizenden mensen die geloven dat ze het slachtoffer van op de geest gerichte wapens zijn, de angst voor controle over hun geest heel reëel is,' zei Benton. 'Ze geloven werkelijk dat de regering hen al hun hele leven bespioneert en herprogrammeert, en hun gedachten bestuurt via films, computerspelletjes, chemische middelen, microgolven en implantaten. Die angst is de afgelopen acht jaar exponentieel groter geworden. Nog niet zo lang geleden liep ik door Central Park en zag een man tegen eekhoorns praten. Ik bleef een poosje naar hem kijken en toen draaide hij zich naar me om en zei dat hij het slachtoffer was van alles waar we het op dit moment over hebben. Een van de manieren waarop hij ermee kon omgaan, was naar de eekhoorns gaan en als ze de pinda's wilden eten die hij op zijn hand legde, wist hij dat hij nog steeds met beide benen op de grond stond. Dat die rotzakken hem nog niet te gronde hadden gericht.'

'Ja, dat is typisch iets voor New York. En de duiven hebben er een ingebouwde doelzoeker.'

'En de spechten worden gehersenspoeld met Tesla-gravitatiegolven,' zei Benton.

Berger fronste haar wenkbrauwen. 'Hebben we hier spechten?'

'Je moet Lucy maar eens vragen naar vorderingen op technologisch gebied en experimenten die klinken als de nachtmerries van een schizofreen,' zei hij. 'Maar deze dingen bestaan. Ik twijfel er niet aan dat Oscar gelooft dat ze bestaan.'

'Ik denk niet dat iemand daaraan twijfelt. Maar ze denken dat hij gek is. En ze vrezen dat zijn gekte ertoe heeft geleid dat hij zijn vriendin heeft vermoord. Ik heb je al verteld op welke ongewone manieren hij zichzelf probeert te beschermen. Met een plastic schildje dat hij op de achterkant van zijn mobiel heeft geplakt. En een plastic schildje in de achterzak van zijn spijkerbroek. Een antenne die met een magneet op de kofferbak van zijn auto is bevestigd, Joost mag weten waarom. Rechercheur Morales – je hebt hem nog niet ontmoet – zegt dat die straling moet afketsen. Die dingen en, hoe noemde hij dat andere ook alweer? Een TriField Meter?'

'Om frequentievervalste elektrische velden in het ELF- en VLF-bereik op te sporen. Met andere woorden: een detector. Een elektromagnetisch meetapparaat,' zei Benton. 'Je houdt het midden in een vertrek omhoog om te zien of je op een elektronische manier in de gaten wordt gehouden.'

'Werkt het?'

'Het wordt veel gebruikt door spokenjagers,' antwoordde Benton.

## 6

Rechercheur P.R. Marino sloeg voor de derde keer haar aanbod van thee, koffie, fris of een glas water af. Ze bleef aandringen.

'Ergens op de wereld is het nu vijf uur.' Dat was een grapje van haar man geweest. 'Kan ik soms een glas bourbon voor u inschenken?'

'Nee, dank u,' zei rechercheur Marino.

'Weet u het zeker? Het is geen moeite. Misschien neem ik er zelf ook een.' ,

Ze kwam terug naar de woonkamer.

'Nee, dank u.'

Ze ging weer zitten en er was geen sprake van 'misschien', want ze had zichzelf een flinke borrel ingeschonken. Het ijs tinkelde toen ze het glas op een onderzetter zette.

'Dit doe ik niet altijd,' zei ze vanaf de ribfluwelen bank. 'Ik ben geen alcoholist.'

'Het is niet mijn gewoonte mensen zomaar te veroordelen,' zei rechercheur Marino. Hij keek naar haar glas alsof het een mooie vrouw was.

'Soms heb je iets nodig om je zenuwen de baas te worden,' zei ze. 'Ik zou liegen als ik zei dat u me niet een beetje bang maakt.'

Nadat ze minstens tien minuten heen en weer hadden gepraat voordat ze geloofde dat hij inderdaad een politieagent was, zat ze nog steeds te trillen. In gewelddadige films had ze vaak gezien dat iemand onterecht een politiepenning voor het kijkgaatje hield, en als de telefonist van de alarmcentrale niet aan de lijn was gebleven en haar had verzekerd dat de man die voor de deur stond echt van de politie was en met ophangen had gewacht tot ze hem had binnengelaten, had hij hier niet gezeten.

Rechercheur Marino was een forse kerel met een verweerd gezicht, waarvan de rode kleur haar deed vermoeden dat zijn bloeddruk te hoog was. Armzalige plukjes grijs haar lagen als een halve maan om zijn kale schedel. Hij zag eruit en gedroeg zich als iemand die altijd de moeilijkste weg koos, naar niemand luisterde en vooral niet met zich liet spotten. Ze wist zeker dat hij twee boeven tegelijk bij hun nekvel kon grijpen, met elke hand een, en ze tegelijkertijd, alsof het stropoppen waren, door de kamer kon gooien. Ze vermoedde dat hij in zijn jonge jaren een indrukwekkende man was geweest. Ze vermoedde ook dat hij op dit moment vrijgezel was, of beter af zou zijn als hij dat was, want als hij een vriendin had die hem zoals hij erbij liep de deur uit liet gaan, gaf ze geen steek om hem of stelde ze zelf ook niet veel voor.

Shrew wilde hem dolgraag een paar tips over zijn uiterlijk geven. Zo'n grof gebouwde man als hij moest nooit een goedkoop, te strak pak dragen, vooral niet als het zwart was, met een wit katoenen overhemd zonder das en zwarte veterschoenen met rubberzolen, want dan leek hij een beetje op Herman Munster. Maar ze hield haar raad voor zich, omdat ze bang was dat hij er net zo op zou reageren als haar man altijd deed, en ze deed haar best om hem niet al te scherp op te nemen.

In plaats daarvan hield ze zenuwachtig het gesprek gaande, nam slokjes van haar whisky en bleef vragen of hij iets wilde drinken. Hoe meer zij praatte en slokjes nam, hoe zwijgzamer hij werd, in de favoriete leren stoel met verstelbare rugleuning van haar man.

Rechercheur Marino had nog niet gezegd wat hij kwam doen.

Ten slotte zei ze: 'Ach, nu heb ik genoeg gepraat. U hebt het vast erg druk. Wat voor soort dingen onderzoekt u eigenlijk? Inbraken, denk ik. Die komen in deze tijd van het jaar veel voor, en als ik kon kiezen, zou ik beslist in een appartementencomplex met een portier gaan wonen. Aan de overkant is iets gebeurd en daarom bent u nu bij mij.'

'Ik zou het op prijs stellen als u mij daarover zou willen vertellen wat u weet,' zei rechercheur Marino. Zijn enorme figuur in de leunstoel deed het beeld dat ze daar van haar man had krimpen. 'Hebt u het in de *Post* gelezen of van een van de buren gehoord?'

'Geen van beide.'

'Ik vraag het omdat er nog niets van op het nieuws is geweest. We maken geen bijzonderheden bekend en daar hebben we onze redenen voor. Hoe minder de mensen er op dit moment van weten, des te beter. Dat begrijpt u toch ook, hè? Dus dit gesprek moet onder ons blijven. U mag er met niemand over praten, ook niet met de buren. Ik ben rechercheur bij het Openbaar Ministerie, wat betekent dat het een rechtszaak wordt. Ik weet zeker dat u niets zult doen wat een rechtszaak zou kunnen verstoren. Hebt u wel eens van Jaime Berger gehoord?'

'Jazeker,' antwoordde Shrew. Ze betreurde het dat ze had laten doorschemeren dat ze al iets van die zaak wist en was bang dat ze daar last mee zou krijgen. 'Ik bewonder haar standpunt wat betreft dierenrechten.'

Hij keek haar zwijgend aan. Ze keek zwijgend terug, tot ze het niet langer kon volhouden.

'Heb ik iets verkeerds gezegd?' vroeg ze en ze pakte haar glas.

Zijn brillenglazen glinsterden terwijl hij zijn blik als een zaklantaarn door de kamer liet dwalen, alsof hij op zoek was naar iets wat ze had verborgen of was verloren. Hij bleef lange tijd kijken naar haar verzameling porseleinen en kristallen hondjes, en naar de foto's van haar en haar man met de verschillende honden die ze samen hadden gehad. Ze was dol op honden. Ze hield veel meer van honden dan van haar kinderen.

Ten slotte staarde de rechercheur naar het bruin-met-blauw gevlochten kleed onder de oude kersenhouten salontafel.

'Hebt u een hond?' vroeg hij.

Blijkbaar waren de witte en zwarte hondenharen in het kleed, waar ze niets aan kon doen, hem opgevallen. Met de stofzuiger kon ze die er niet uit krijgen en ze voelde er niets voor om ze er op haar knieën een voor een uit te trekken, want ze was nog steeds bedroefd om de voortijdige dood van Ivy.

'Ik ben geen slechte huisvrouw,' antwoordde ze. 'Hondenhaar gaat overal in zitten en laat zich moeilijk verwijderen. Zoals honden dat doen met je hart. Ze dringen zich erin. Ik weet niet hoe dat komt met honden, maar God heeft er iets mee te maken gehad en iemand die zegt dat het gewoon dieren zijn, heeft geen ziel. Honden zijn gevallen engelen en katten leven niet in deze wereld, ze zijn hier alleen maar op bezoek. Als je op blote voeten loopt, kunnen hondenharen als splinters in je huid gaan zitten. Ik heb altijd een hond gehad, alleen nu niet. Bent u betrokken bij de kruistocht van mevrouw Berger tegen wreedheid jegens dieren? Sorry, ik begin het effect van de bourbon te voelen.'

'Welke dieren bedoelt u?' vroeg hij, misschien om de spanning weg te nemen, maar dat wist ze niet zeker. 'Die op vier of twee poten?'

Ze besloot dat ze hem maar beter serieus kon nemen en antwoordde: 'U hebt ongetwijfeld uw handen vol aan tweepotige dieren, maar ik vind dat een foute benaming. Dieren hebben geen koud hart of wrede gedachten. Ze willen alleen maar dat er van ze wordt gehouden, tenzij ze dol zijn of een andere ziekte hebben, of als het om de voedselketen gaat. En zelfs dan beroven en vermoorden ze geen onschuldige mensen. Ze breken niet in bij mensen die met vakantie zijn. Ik kan me voorstellen hoe vreselijk het is als je thuiskomt en ziet dat er is ingebroken. De meeste appartementen in deze buurt zijn een gemakkelijk doelwit, vind ik. Geen portiers, geen bewaking, bijna geen alarminstallaties. Ik heb er ook geen, dat hebt u vast wel gezien. Want u ziet natuurlijk alles, daar bent u voor opgeleid, dat is uw werk. Ik heb het over de vierpotige soort.'

'Welke vierpotige soort?' Rechercheur Marino leek bijna te glimlachen, alsof hij haar amusant vond.

Maar dat verbeeldde ze zich natuurlijk, dat kwam door de bourbon.

'Sorry dat ik afdwaal,' zei ze. 'Ik heb artikelen over Jaime Berger gelezen. Een fantastische vrouw. Ik vind iedereen die voor dieren opkomt een fatsoenlijk mens. Ze heeft ervoor gezorgd dat een aantal van die afschuwelijke dierenwinkels die zieke en genetisch gemanipuleerde dieren verkochten, werd gesloten, misschien hebt u haar daar wel bij geholpen. Als dat zo is, dan dank ik u hartelijk. Ik heb er ooit een puppy vandaan gehaald.'

Hij luisterde zonder te laten merken wat hij ervan vond. Hoe langer hij luisterde, des temeer ze hem vertelde, terwijl ze steeds weer haar hand uitstak naar haar bourbon – meestal drie keer voordat ze het glas pakte en een slokje nam. Eerst had ze gedacht dat hij haar interessant vond, maar inmiddels vermoedde ze dat hij haar ergens van verdacht. Al na twee minuten.

'Een Boston terriër, ze heette Ivy,' zei ze, en ze kneep in het zakdoekje op haar schoot.

'Ik vroeg naar een hond,' zei hij, 'omdat ik me afvroeg of u vaak buitenkomt. Bijvoorbeeld om de hond uit te laten. Ik vraag me af of u weet wat er zich in uw buurt afspeelt. Mensen die een hond uitlaten, weten meestal goed wat er om hen heen gebeurt. Nog beter dan mensen met een kind in een wandelwagen. Dat beseft lang niet iedereen.' Vanachter zijn brillenglazen richtte hij zijn blik recht op haar gezicht. 'Is het u ooit opgevallen hoeveel mensen de straat oversteken terwijl ze een wandelwagen voor zich uit duwen? Wie wordt er dan het eerst geraakt? Hondenbezitters zijn voorzichtiger.'

'Dat is zo,' zei ze, verheugd omdat zij niet de enige was die het ontzettend stom vond dat mensen een kind in een wagen voor zich uit duwden terwijl ze een drukke straat in New York overstaken. 'Nee, ik heb geen hond meer.'

Weer viel er een lange stilte en deze keer was hij degene die de draad van het gesprek weer opnam.

'Wat is er met Ivy gebeurd?'

'Nou ja, ik had haar niet zelf in die dierenwinkel om de hoek gekocht. Puppingham Palace. Waar dieren vorstelijk worden behandeld. Waar dierenártsen vorstelijk worden behandeld, bedoelen ze, want die danken het grootste deel van hun inkomsten aan die walgelijke zaak. Een vrouw aan de overkant had Ivy cadeau gekregen, maar zij kon haar niet houden en gaf haar in paniek aan mij. Nog geen week later is Ivy aan het parvovirus gestorven. Nog niet zo lang geleden. Omstreeks Thanksgiving.'

'Welke vrouw aan de overkant?'

Shrew schrok toen er iets bij haar opkwam en ze riep ongelovig: 'Vertel me alstublieft niet dat er bij Térri is ingebroken! Daar had ik nog niet aan gedacht, omdat zij daar de enige is die thuis is gebleven en haar licht brandt. Ik kon me niet voorstellen dat iemand ergens zou inbreken waar de bewoner thuis was.'

Ze pakte haar glas en bleef het vasthouden.

'Misschien is ze gisteravond uitgegaan, zoals de meeste mensen op oudejaarsavond,' voegde ze eraan toe.

Ze nam een flinke slok.

'Maar ik zou het niet weten,' ging ze verder. 'Ik blijf altijd thuis en ga vroeg naar bed. Ik wacht niet tot ze de bal laten zakken. Ik vind het niets bijzonders. Elke dag is hetzelfde.'

'Hoe laat bent u gisteravond naar bed gegaan?' vroeg rechercheur Marino.

Ze wist zeker dat hij dat vroeg omdat hij dacht dat ze hem duidelijk wilde maken dat ze niets had gezien en hij dat niet geloofde.

'Ik snap natuurlijk best waar u naartoe wilt,' zei ze. 'Het gaat ook niet om het tijdstip waarop ik ging slapen, maar ik wilde u duidelijk maken dat ik niet achter mijn computer zat.'

Haar computer stond voor het raam dat rechtstreeks uitkeek op Terri's appartement op de begane grond. Hij keek ernaar.

'Niet dat ik voortdurend uit het raam zit te kijken,' vervolgde ze. 'Ik heb op mijn normale tijd, om zes uur, in de keuken gegeten. Een kliekje van een tonijnschotel. Daarna heb ik een poosje in de slaapkamer aan de achterkant liggen lezen en daar zijn de gordijnen altijd dicht.'

'Wat leest u?'

'Ik begrijp heus wel dat u me allerlei vragen stelt alsof u denkt dat ik u van alles wijs wil maken. *Chesil Beach* van Ian McEwan. Al voor de derde keer. Ik blijf maar hopen dat ze elkaar aan het eind krijgen. Hebt u dat wel eens gedaan? Voor de tweede keer een boek gelezen of een film bekeken in de hoop dat het dan zal eindigen zoals u graag wilt?'

'Behalve als het een realityshow is, staat het einde vast. Zoals bij misdaden en andere tragedies. Je kunt er honderd jaar over doorpraten, maar mensen worden nog steeds overvallen, bij een afschuwelijk ongeluk gedood of nog erger, vermoord.'

Shrew stond op.

'Ik schenk nog wat in. Weet u zeker dat u niets wilt hebben?' Ze liep naar haar keukentje, waar veertig jaar niets aan was gedaan.

'Ik kan u nu wel vertellen,' klonk zijn stem achter haar, 'dat er hier gisteravond niemand thuis was. Niet in dit gebouw en ook niet aan de overkant. Behalve u is iedereen met de feestdagen weg, al voor de kerst vertrokken.'

Dat had hij al onderzocht. Hij wist alles van iedereen, ook van haar, dacht ze toen ze nog een glas Maker's Mark voor zichzelf inschonk en het ijs maar liet zitten. Nou ja, wat zou dat? Haar man was een fatsoenlijke accountant en ze hadden geen van tweeën ooit moeilijkheden veroorzaakt of met louche mensen te maken gehad. Afgezien van haar geheime werkzaamheden, waar zelfs een rechercheur van politie nooit achter zou komen, had ze niets te verbergen.

'Het is belangrijk dat u goed nadenkt,' zei hij toen ze terugkwam en weer ging zitten. 'Hebt u gisteren ook maar iets gezien of gehoord dat van belang zou kunnen zijn? Was er misschien iemand die u is opgevallen? De afgelopen dagen of weken? Iemand die zich op een verdachte manier gedroeg? Of die u een onbehaaglijk gevoel gaf, u weet wel wat ik bedoel. Hier.'

Hij wees naar zijn buik en ze vermoedde dat die ooit een veel grotere omvang had gehad, te oordelen naar de slappe huid onder zijn kaken. Hij was veel dikker geweest.

'Nee,' antwoordde ze. 'Dit is een stille straat. Bepaalde types komen hier niet. De jongeman die in het andere appartement op deze verdieping woont, is dokter in het Bellevue. Hij rookt wiet en moet dat ergens vandaan halen, maar ik geloof absoluut niet dat dat ergens hier vlakbij is. Waarschijnlijk in de omgeving van het ziekenhuis, een niet al te beste buurt. De vrouw in het appartement recht onder het mijne, dat natuurlijk ook aan de straatkant ligt...'

'Ze waren gisteravond geen van beiden thuis.'

'Ze is niet aardig en ik wilde zeggen dat ze een vriend heeft met wie ze voortdurend ruziemaakt. Maar hij komt hier al ruim een jaar, dus geloof ik niet dat hij een misdadiger is.'

'Komen er hier wel eens loodgieters en klusjesmannen en zo?'

'Zo nu en dan iemand van het telecommunicatiebedrijf.' Ze keek naar het raam achter haar computer. 'Op dat dak staat een satellietschotel die ik goed kan zien, en soms zie ik daar iemand iets doen wat die lui horen te doen.'

Hij stond op en keek uit het raam naar het platte dak van het gebouw waar de politieauto voor stond. Zijn jasje spande om zijn schouders en hij had het niet eens dichtgeknoopt.

Zonder zich om te draaien zei hij: 'Ik zie een oude brandtrap. Zouden die monteurs daar naar boven klimmen? Hebt u dat ooit iemand zien doen? Maar ik zou niet weten hoe je zo'n schotel via die trap naar boven zou kunnen krijgen. Jezus, dat zou niks voor mij zijn. Voor geen goud.'

De avond viel. In deze tijd van het jaar werd het al om vier uur donker.

'Ik weet niet wie die trap gebruikt,' zei ze. 'Ik kan me niet herinneren dat ik die ooit door iemand heb zien beklimmen. Ik denk dat je ook op een andere manier op het dak kunt komen. Denkt u dat de inbreker via het dak naar binnen is gegaan? Als dat zo is, moet ik me zorgen maken. Hoe zit het dan met dit gebouw?'

Ze keek naar het gestucte plafond alsof ze zich afvroeg wat er zich daarboven afspeelde.

'Ik woon op de eerste verdieping, dus ze staan het eerst bij mij voor de deur. Ze moeten alle buitendeuren op slot doen.'

Ze begon zich al hevig zorgen te maken.

'Dit gebouw heeft ook een oude brandtrap, wist u dat?' vroeg ze.

'Vertel me eens iets over de vrouw die u de puppy heeft gegeven.'

Hij plofte terug op de stoel, die kraakte alsof hij zou breken.

'Ik weet alleen haar voornaam. Terri. Ze is makkelijk te beschrijven omdat ze, om het juiste woord te gebruiken, een klein mens is. Ik mag het woord "dwerg" niet gebruiken, dat heb ik geleerd. Er zijn diverse programma's over kleine mensen, waar ik altijd vol belangstelling naar kijk omdat ik tegenover zo iemand woon. Haar vriend is ook een klein mens. Blond, knap en goedgebouwd, maar natuurlijk heel klein van stuk. Nog niet zo lang geleden kwam ik een keer terug van boodschappen doen en toen zag ik hem van dichtbij toen hij uit zijn SUV stapte. Ik heb hem gegroet en hij groette terug. Hij had een gele roos met een lange steel bij zich, dat herinner ik me nog goed. Weet u waarom?'

Het grote gezicht met de bril keek haar verwachtingsvol aan.

'Geel betekent gevoeligheid. Het was niet zo'n afgezaagde rode roos. Ik vond het lief. De roos had bijna dezelfde kleur als zijn haar. Alsof hij wilde zeggen dat hij ook haar kameraad was, niet alleen haar vriendje, als u begrijpt wat ik bedoel. Ik weet nog dat het me ontroerde. Ik heb nog nooit een gele roos gekregen. Niet één keer. Ik zou op Valentijnsdag veel liever gele rozen hebben gekregen dan rode. Geen roze, hoor. Roze is zwak. Geel is sterk. Als ik een gele roos zie, lijkt het alsof de zon recht in mijn hart schijnt.'

'Wanneer was dat precies?'

Ze dacht diep na. 'Ik had een half pond in honingmarinade geroosterde kalkoenborst gekocht. Zal ik de rekening zoeken? Oude gewoonten zijn moeilijk af te leren. Mijn man was accountant.'

'Dat hoeft niet. Zo ongeveer is ook goed.'

'Ach natuurlijk, hij komt altijd op zaterdag. Dus moet het afgelopen zaterdag zijn geweest, in de namiddag. Maar ik heb hem ook wel eens op andere tijdstippen gezien.'

'In zijn auto, bedoelt u? Of te voet? Was hij dan alleen?'

'Ja, alleen. Ik heb hem zien langsrijden. Vorige maand een paar keer. Ik ga minstens eenmaal per dag naar buiten om wat beweging te hebben en boodschappen te doen. Tenzij het slecht weer is. Ik moet altijd even naar buiten. Weet u zeker dat ik u niets kan aanbieden?'

Ze keken allebei naar haar glas.

'Weet u nog wanneer u hem voor het laatst hebt gezien?' vroeg hij.

'Eerste kerstdag was op een dinsdag. Ik geloof dat ik hem toen heb gezien. En een paar dagen daarvoor. Nu ik erover nadenk... Ik heb hem de afgelopen maand een keer of drie, vier zien langsrijden. Dus heeft hij dat waarschijnlijk vaker gedaan, de keren dat ik hem niet heb gezien. Nee, dat zeg ik verkeerd. Ik bedoel...'

'Keek hij naar haar appartement? Reed hij langzaam? Is hij ergens gestopt? Ja, ik begrijp wat u bedoelt. Als u hem één keer hebt gezien, kan het zijn dat u hem veel vaker niet hebt gezien.'

'Hij reed langzaam. Ja' – ze nam een slokje – 'u weet precies wat ik bedoel.'

De rechercheur was intelligenter dan hij klonk en eruitzag. Ze wilde het niet met hem aan de stok krijgen. Hij was zo iemand die je onverwachts voor het blok kon zetten. En toen moest ze er weer aan denken. Stel dat hij een agent was die onderzoek deed naar de financiering van terroristische organisaties of zoiets? En dat hij daarom bij haar was gekomen?

'Op welk tijdstip van de dag?' vroeg hij.

'Op verschillende tijden.'

'U bent de feestdagen thuisgebleven. Hebt u geen familie?'

Door de manier waarop hij dat zei, vermoedde ze dat hij allang wist dat ze twee dochters had, die in het Midden-Westen woonden en die het, wanneer ze elkaar spraken, altijd erg druk bleken te hebben en allerlei dingen voor haar verzwegen.

'Mijn twee kinderen hebben liever dat ik bij hen kom en ik hou niet van reizen, zeker niet in deze tijd van het jaar. Ze willen hun geld niet uitgeven aan een reis naar New York, zeker nu niet. Ik had nooit verwacht dat de Canadese dollar ooit meer waard zou zijn dan de onze. Vroeger maakten we grapjes over de Canadezen, nu denk ik dat zij grapjes maken over ons. Ik geloof dat ik al heb gezegd dat mijn man accountant was. Ik ben blij dat hij dat nu niet meer is, want hij zou het vreselijk vinden.'

'U zegt dat u uw dochters nooit meer ziet.'

De rechercheur had nog niet gereageerd op wat ze over haar man had gezegd, maar ze was ervan overtuigd dat hij ook alles van hém wist. Dat had hij trouwens bij de gemeente kunnen checken.

'Ik heb alleen gezegd dat ik niet graag op reis ga,' zei ze. 'Ik zie

hen zo nu en dan. Om de paar jaar komen ze een paar dagen hiernaartoe. In de zomer. Dan logeren ze in het Shelburne.'

'Dat hotel in de buurt van het Empire State Building.'

'Ja, dat mooie Europees uitziende hotel in 37th Street. Je kunt
het van hieruit lopen. Ik heb er zelf nooit gelogeerd.'

'Waarom gaat u niet op reis?'

'Daarom niet.'

'Nou ja, u mist er niets aan. Het is tegenwoordig ontzettend duur
en de vliegtuigen hebben altijd vertraging of de vlucht gaat niet door.
Of wat nog erger is, je zit in een vliegtuig dat nog lang niet mag
starten en de wc is al verstopt. Is u dat ooit overkomen? Mij wel.'

Ze had het papieren zakdoekje helemaal aan flarden gescheurd en
voelde zich dom toen ze aan het Shelburne dacht en hoe graag
ze daar eens had willen logeren. Maar nu niet meer. Nu kon ze haar
werk niet achterlaten, en waarom zou ze die moeite trouwens nog
doen?

'Ik reis gewoon nooit,' zei ze.

'Dat zegt u steeds.'

'Ik blijf liever thuis. En u geeft me een onbehaaglijk gevoel, alsof u me ergens van verdenkt. Alsof u alleen aardig doet om me minder wantrouwig te maken, alsof ik u dingen kan vertellen. Maar dat
kan ik niet. Ik heb niets te vertellen. Ik zou niet met u moeten praten terwijl ik bourbon drink.'

'Als ik u ergens van zou verdenken, wat zou dat dan zijn?' vroeg
hij met zijn ruwe accent uit New Jersey, en hij keek haar recht aan.

'Vraag dat liever aan mijn man.' Ze knikte naar de leunstoel alsof haar man erin zat. 'Dan zou hij u recht in de ogen kijken en u
bloedserieus vragen of vitten ook een misdaad is. En als dat zo is,
dan zou hij zeggen dat u me moest opsluiten en de sleutel weggooien.'

'Aha.' De stoel kraakte toen hij iets naar voren leunde. 'Maar u
lijkt me absoluut geen type dat altijd vit. U lijkt me een aardige
vrouw, iemand die met de feestdagen niet alleen zou moeten zijn.
Een intelligente vrouw, wie niets ontgaat.'

Opeens had ze het gevoel dat ze ging huilen, en ze dacht aan de
kleine blonde man met die ene gele roos met lange steel. Daardoor
werd de drang om te huilen nog erger.

'Ik weet niet hoe hij heet,' zei ze. 'Haar vriend. Maar hij is vast dol op haar. Hij had haar die puppy gegeven die zij weer aan mij gaf. Het was blijkbaar een verrassing, maar ze kon er niet goed voor zorgen en de winkel wilde hem niet terugnemen. Nu ik erover nadenk, was het wel een beetje raar. We hadden alleen af en toe buiten een praatje met elkaar gemaakt en opeens stond ze voor de deur met een mand met een handdoek eroverheen, alsof ze me iets bracht wat ze zelf had gebakken. Wat ook raar zou zijn geweest, omdat ik haar, zoals ik al zei, nauwelijks kende en ze zoiets niet gauw zou doen. Ze zei dat ze een thuis voor een puppy zocht en dat ze had gehoopt dat ik hem zou willen hebben. Ze wist dat ik alleen woon en niet buiten de deur werk, en ze wist niet wie ze het anders moest vragen.'

'Wanneer was dat?'

'Omstreeks Thanksgiving. Ik heb haar verteld dat de puppy dood is gegaan. Een paar weken later, toen ik haar op straat tegenkwam. Ze vond het heel erg en zei dat het haar speet, en ze bood aan een ander hondje voor me te kopen, maar dat moest ik zelf uitkiezen. Ze zei dat ze me het geld ervoor zou geven, wat ik nogal onpersoonlijk vond. Ik zie de radertjes ronddraaien in uw hoofd. U vraagt zich af of ik ooit bij haar binnen ben geweest, maar dat is niet zo. Ik ben zelfs nooit in haar gebouw geweest en ik heb geen flauw idee wat ze zou kunnen hebben wat een inbreker zou willen meenemen. Juwelen of zo. Ik kan me niet herinneren dat ze dure juwelen droeg of dat ze überhaupt sieraden droeg. Ik vroeg haar waarom ik in vredesnaam weer een puppy zou willen hebben, al was hij gegarandeerd gezond, uit die winkel waar haar vriend Ivy had gekocht. Ze zei dat ze dat nooit konden garanderen en dat ze nooit meer naar die winkel zou gaan, maar ik moet natuurlijk niet iedereen over één kam scheren. Niet elke winkel is zo slecht als dat afschuwelijke Puppingham Palace. Ze zei dat bijvoorbeeld die keten die Hartendiefjes heet uitstekend is, en dat ze me graag geld zou geven als ik daar een puppy zou willen uitzoeken, hier in New York of in New Jersey. Ik heb inderdaad niets dan goeds over Hartendiefjes gelezen en ik heb overwogen het nog een keer te proberen. Ja, misschien moet ik dat na wat er is gebeurd eigenlijk maar doen. Iets wat blaft en gromt. Inbrekers gaan niet naar binnen als ze een hond horen.'

'Maar je moet hem wel uitlaten,' zei rechercheur Marino. 'Soms ook midden in de nacht. En dan loop je weer grote kans dat je wordt overvallen of dat iemand je dwingt hem binnen te laten en mee te nemen naar je appartement.'

'Ik weet heus wel hoe ik op mijn veiligheid moet letten,' zei Shrew. 'En een kleine hond hoef je niet altijd uit te laten, daar heb je plaskussentjes voor. Ik heb lang geleden een yorkshireterriër gehad en die geleerd een soort kattenbak te gebruiken. Ik kon hem met één hand optillen, maar hij kon blaffen! En hij beet in enkels. Ik moest hem optillen als we de lift namen of bezoek kregen. Tot hij aan de bezoekers gewend was. Ivy heb ik natuurlijk nooit uitgelaten, je kunt zo'n jong, ziek hondje niet op vieze stoepen laten lopen. Ik weet zeker dat ze het parvovirus al had toen die vriend haar in dat vreselijke Puppingham Palace kocht.'

'Hoe weet u eigenlijk dat haar vriend die puppy voor haar had gekócht?'

'O jee,' zei Shrew.

Ze hield haar glas met twee handen vast en dacht na over wat hij bedoelde.

De stoel kraakte terwijl hij wachtte.

'Dat heb ik zomaar aangenomen,' zei ze ten slotte. 'U hebt helemaal gelijk.'

'Ik zal u vertellen wat u moet doen. Dat zeg ik tegen elke getuige met wie ik praat.'

'Getuige?'

'U kende haar. U woont aan de overkant.'

Ze vroeg zich af waarvan ze dan getuige was geweest terwijl ze doorging met het versnipperen van haar zakdoekje en naar het plafond staarde, in de hoop dat er daarboven niet ergens een toegangsdeur was.

'Doe net alsof u een filmscript schrijft,' zei hij. 'Hebt u pen en papier? Terri geeft u dat hondje, Ivy. Beschrijf dat moment voor me. Ik blijf hier rustig zitten terwijl u dat doet en als u klaar bent, leest u het me voor.'

# 7

Na de ramp van 11 september besloot de stad voor de gerechtelijke geneeskundige dienst een vijftien verdiepingen hoog DNA-laboratorium te bouwen, dat eruitzag als een blauw glazen kantoorgebouw.

De technologie, met inbegrip van STR's, SNP's en Low Copy Number onderzoek, stond er op zo'n hoog niveau dat wetenschappers er een monster konden analyseren dat uit hooguit zeventien menselijke cellen bestond. Er was geen achterstand. Als Berger een zaak voorrang gaf en onmiddellijk een DNA-onderzoek wilde laten doen, kon dat in theorie binnen een paar uur gebeuren.

'Geen enkele aanwijzing,' zei Berger.

Ze overhandigde Benton een kopie van het rapport terwijl de serveerster hun koffiekoppen weer volschonk.

'Een bizar geval,' vervolgde ze. 'Eerlijk gezegd heb ik nog nooit zulke verwarrende vaginale uitstrijkjes gezien als die van Terri Bridges. Geen sperma, maar wel DNA van verschillende donors. Ik heb het er met dokter Lester over gehad, maar zij wist ook niet wat ze ervan moest denken. Ik ben erg benieuwd wat Kay ervan zal zeggen.'

'Zijn alle profielen gescand door CODIS?' vroeg Benton.

'Eén hit. Het wordt nog vreemder, want dat is van een vrouw.'

'Waarom zit ze in de databank?' Benton liet zijn ogen over het rapport glijden.

Hij werd er niet veel wijzer van. Er stond alleen dat dr. Lester uitstrijkjes had afgegeven en het vermeldde de resultaten die Berger met hem besprak.

'Doodslag door middel van een vervoermiddel,' zei Berger. 'Achter het stuur in slaap gevallen, een jongen op een fiets aangereden, veroordeeld en een voorwaardelijke straf gekregen. Niet hier, waar we niet zo mild zouden zijn geweest, ook al is ze op leeftijd en was ze broodnuchter. Het gebeurde in Palm Beach, Florida, maar ze heeft een appartement op Park Avenue en is op dit moment hier. Op het tijdstip dat Terri Bridges is vermoord was ze op een oudejaarsavondfeestje, niet dat ik ook maar even denk dat zij er iets mee te maken heeft. Nog een reden dat de rechter in Palm Beach zo vergevingsgezind was, is dat ze bij dat ongeluk haar rug heeft gebroken. Maar snap jij hoe het DNA van een achtenzeventigjarige invalide vrouw samen met dat van een aantal andere mensen in de vagina van Terri Bridges terecht is gekomen?'

'Nee, tenzij er met dat uitstrijkje of bij het onderzoek een slordige fout is gemaakt.'

'Dat is uitgesloten, zeggen ze. Ze zijn extra zorgvuldig geweest, omdat we allemaal veel ontzag hebben voor de bekwaamheid van dokter Lester. God, waarom moest nou juist zij die verdomde autopsie doen? Dat weet je toch?'

'Morales heeft me een paar dingen verteld. Ik heb haar voorlopige rapport gelezen. Je weet hoe ik over haar denk.'

'En je weet hoe ze over mij denkt. Kan een vrouw ook een vrouwenhater zijn? Want ik denk dat ze vrouwen echt haat.'

'Jaloezie of het gevoel dat een andere vrouw haar status zou kunnen verlagen. Dus ja, een vrouw kan een vrouwenhater zijn. Dat hebben we de laatste tijd in de politiek vaak genoeg gezien.'

'Het lab is bezig met van elke autopsie van vanmorgen in het mortuarium het DNA vast te stellen, voor het geval dat Terri's uitstrijkjes toch op de een of andere manier vervuild zijn geraakt of fout zijn gelabeld,' zei Berger. 'Ze hebben ze zelfs vergeleken met het DNA van elke werknemer in het gebouw, ook van het hoofd, en natuurlijk van alle agenten die gisteravond op de plaats delict waren. Dat zit allemaal in de databank om hen te kunnen uitsluiten. Alle uitslagen zijn negatief, behalve die van de lijkschouwer die op de plaats delict is geweest, dat was niet Lester. En behalve Morales en de twee mannen die het lichaam naar het mortuarium hebben gebracht. DNA-analyse heeft zich zover ontwikkeld dat je tegenwoordig op een plaats delict alleen maar adem hoeft te halen om er DNA achter te laten. Wat zowel goed als slecht is.'

'Heeft iemand die vrouw uit Palm Beach gevraagd of zij Oscar Bane kent of iets met hem te maken heeft?' vroeg Benton.

'Ik heb die vervelende taak zelf op me genomen en haar gebeld,' antwoordde Berger. 'Voordat ze zijn naam in de *Post* las, had ze nooit van hem gehoord. Zacht uitgedrukt was ze nogal verontwaardigd, omdat mijn vraag suggereerde dat ze op de een of andere manier iets met hem te maken had. Ze zei min of meer dat ze, zelfs als ze samen met een dwerg in een wachtkamer zou zitten, niet met hem zou praten of naar hem zou kijken uit angst dat ze hem in verlegenheid zou brengen.'

'Weet ze waarom het bij ons is opgekomen dat ze Oscar misschien kent? Heb je het over haar DNA gehad?'

'Geen sprake van. Ik heb alleen gezegd dat haar naam was gevallen en toen zei zij meteen dat de ouders van de zestienjarige padvinder en uitstekende leerling die ze met haar Bentley per ongeluk heeft overreden voortdurend proberen haar het leven zuur te maken. Dat ze zo agressief zijn dat ze haar voor de rechter slepen om haar de medische rekeningen die niet door de verzekering worden vergoed te laten betalen, maar daar kan zij toch niets aan doen? En ze klaagde over hun zielige verhalen tegen de pers. Ze vermoedde dat die ouders van de dwergmoord, zoals ze het noemde, hadden gehoord en hadden besloten haar opnieuw in het openbaar in verlegenheid te brengen.'

'Wat een loeder.'

'Ik denk nog steeds aan besmetting,' zei Berger. 'Ik zou niet weten hoe dat DNA anders zo'n zootje kan zijn geworden. Maar misschien heeft Kay een verklaring die mij op dit moment ontgaat. En morgen hebben we hopelijk Oscars DNA, maar we verwachtten dat we dat overál zullen vinden. Een positieve uitslag hoeft niet per se behulpzaam te zijn.'

'En zijn e-mails? Die mogen jullie toch zonder zijn toestemming openen? Ik ga ervan uit dat hij Terri e-mailde,' zei Benton.

'Ja, die kunnen we openen en dat zullen we ook doen. Zonder het hem te vertellen. Kortom, en ik denk dat we het daarover eens zijn, hij werkt veel minder mee dan we in eerste instantie verwachtten. En tenzij we een reden vinden om hem te arresteren, zal dat niet veranderen. Dat brengt me in een moeilijk parket. Ik moet extra voorzichtig zijn, maar ik wil weten wat Kay weet. Hij zit haar daarboven op de ziekenzaal van alles te vertellen. Dingen die hij ons niet vertelt en die ze ons, zoals het nu staat, niet mag doorvertellen. Ik weet wel dat ik het niet hoef te vragen, maar heeft zij in het verleden ooit iets met Oscar Bane te maken gehad?'

'Als dat zo is, wist ze het niet of was ze het vergeten, anders zou ze het, toen ik haar belde en zijn naam noemde, meteen hebben gezegd,' antwoordde Benton. 'Maar daar komen we niet achter, tenzij Oscar wordt gearresteerd of zijn arts ontslaat van haar plicht tot geheimhouding. Ik ken Kay. Ze zal niets zeggen wat niet mag.'

'Is het mogelijk dat ze Terri Bridges ergens van kende?'

'Dat kan ik me niet voorstellen. Als Oscar het met haar over Terri zou hebben en ze beseft dat Terri geen onbekende voor haar is, zou ze zich onmiddellijk terugtrekken of op zijn minst ons waarschuwen, zodat wij kunnen bedenken wat we moeten doen.'

'Geen fijne situatie voor haar,' zei Berger. 'Trouwens, voor jullie allebei niet. Ik denk dat het niet vaak voorkomt. Aan tafel praten jullie over je werk. En tijdens het weekend, en op vakantie. Misschien maken jullie er zelfs wel eens ruzie over.' Ze keek hem aan. 'Dat is niet verboden, behalve als jullie in de rechtbank getuige-deskundigen zijn voor de strijdende partijen, en dat komt bijna nooit voor. Jullie zijn een bijzonder stel. Geen geheimen voor elkaar. Professioneel onafscheidelijk. En nu ook privé onafscheidelijk. Ik hoop dat het goed gaat.'

'Inderdaad, dit is niet leuk.' Hij stelde haar persoonlijke opmerkingen niet op prijs. 'Het zou een stuk gemakkelijker zijn als Oscar wordt beschuldigd van moord op zijn vriendin. Maar het is vreselijk zoiets te hopen.'

'We hopen een heleboel dingen die we niet willen toegeven,' zei ze. 'Maar als hij Terri Bridges heeft vermoord, hoeven we niet meer naar een andere dader te zoeken.'

Ze herinnerde zich sneeuw die prikte als netels en dat ze een pak koffie moest kopen, maar geen zin had om de deur uit te gaan. Eigenlijk had ze over die dag niets goeds te melden.

Ze had meer problemen met een column die ze moest posten gehad dan anders, een heel gemeen artikel getiteld 'De ex-file', dat bestond uit een lijst beroemdheden van wie de fans zich hadden afgekeerd en waarom. Bij het beschrijven van die scène voor rechercheur Marino moest ze dat natuurlijk weglaten. En nog veel meer. Ze kon hem bijvoorbeeld ook niet vertellen hoe erg ze was geschrokken toen er werd gebeld en ze Terri binnen had gelaten, maar was vergeten dat de website voor het programmeren van *Gotham Gotcha* levensgroot op haar enorme computerscherm stond.

Terri had de mand op de salontafel gezet en was rechtstreeks doorgelopen naar haar bureau, wat, nu Shrew erover nadacht terwijl ze het tafereel op haar blocnote beschreef en wegliet wat ze zich opeens allemaal herinnerde, nogal vrijpostig was.

Terri had naar het scherm gekeken en Shrew had geprobeerd te bedenken hoe ze kon uitleggen wat die overduidelijke *Gotham Gotcha*-rubriek daar deed, kant en klaar om te worden gepost.

*Wat is dit?* Terri was zo klein dat het scherm voor haar op ooghoogte stond.

*Ik beken dat ik* Gotham Gotcha *lees.*

*Waarom ziet het er zo uit? Bent u computerprogrammeur? Ik wist niet dat u een baan had.*

*Ik heb display-codes aanstaan omdat ik zo'n imbeciel ben. Ga alsjeblieft zitten.* Shrew had haar bijna opzij geduwd in haar haast om het programma te verwijderen. *Nee, ik heb beslist geen baan,* had ze er haastig aan toegevoegd.

Terri was op de bank gaan zitten en haar te korte benen staken recht naar voren. Ze zei dat ze wel e-mailde, maar dat ze verder een digibeet was. Natuurlijk had ze wel van *Gotham Gotcha* gehoord, omdat ze overal de reclames ervoor had gezien en er mensen over hoorde praten, maar ze las die rubriek niet. Ze studeerde en had niet veel tijd om voor haar plezier te lezen, hoewel ze nooit een roddelrubriek zou lezen. Dat was niets voor haar. Ze had trouwens gehoord dat het een smerige, laag-bij-de-grondse column was. Ze wilde weten of Shrew het daarmee eens was.

'Ik kan geen filmscript schrijven,' zei Shrew tegen rechercheur Marino. 'Volgens mij moet dat een bepaalde taalvorm en indeling hebben, en scriptschrijvers gebruiken er speciale software voor. Toen ik aan Vassar studeerde, heb ik ook toneellessen gevolgd en een aantal scripts voor toneelstukken en musicals gelezen, dus weet ik dat die niet zijn bedoeld om te lezen. Ze zijn bedoeld om te worden uitgevoerd, gespeeld, gezongen en zo. Ik wil u niet beledigen, maar het lijkt me beter om gewoon proza te gebruiken. Maar ik zal u dit voorlezen.'

Ze had een kriebel in haar keel. De herinneringen en de bourbon hadden haar emotioneel gemaakt, en ze vermoedde dat rechercheur Marino niet voor niets, alsof hij niets beters te doen had, in haar leunstoel zat. Hij had wél iets beters te doen. Dat hij haar had gevraagd een filmscript te schrijven en al die vragen stelde, wees erop dat wat er aan de overkant was gebeurd deel uitmaakte van een veel groter en angstaanjagender probleem. De enige andere verklaring zou de ergste van allemaal zijn. Hij was geheim agent, misschien voor de federale regering, en geloofde dat ze betrokken was bij terroristische activiteiten. Vanwege haar ongewone bankzaken, zoals telegrafische overboekingen vanuit Engeland, en het feit dat ze te weinig belasting betaalde, omdat ze op papier geen ander inkomen had dan een uitkering en wat kleine bedragen die zo nu en dan binnendruppelden.

Van de blocnote las ze: 'Terri zette de mand op de salontafel en klom behendig en zonder aarzelen op de bank, waaruit bleek dat ze was gewend aan improviseren en compenseren voor haar korte armen en benen. Ze bewoog zich moeiteloos, maar ik had haar nooit eerder zien zitten, dus keek ik ervan op dat haar voeten over de rand van het kussen naar voren staken, alsof ze een figuur uit een tekenfilm of een kleuter was. Ik moet eraan toevoegen dat vanaf het moment dat ik haar binnenliet ik bij alles wat ze zei of deed, merkte dat ze heel verdrietig was. Of eigenlijk was ze een beetje overstuur, en de manier waarop ze de mand vasthield, maakte me duidelijk dat er iets raars in zat wat ze niet wilde hebben en wat haar van streek had gemaakt.

Ik moet ook vermelden wat ze aanhad, want dat hoort bij een bepaalde scène. Ze droeg een spijkerbroek en enkellaarsjes, donkerblauwe sokken en een donkerblauwe katoenen overhemdblouse. Ze had geen jas aan, maar wel blauwe rubberen handschoenen, want ze was haar appartement uit gerend alsof het in brand stond. Het stond buiten kijf dat haar iets heel ergs was overkomen.

"Wat is er in vredesnaam aan de hand?" vroeg ik en ik vroeg ook of ze iets wilde drinken, maar dat wilde ze niet.

"Ik weet dat u van dieren houdt, vooral van honden," zei ze en ze keek naar al die kristallen en porseleinen hondenbeeldjes in mijn appartement, cadeautjes van mijn man.

"Dat is waar, maar hoe weet u dat? Ik heb sinds u aan de overkant bent komen wonen geen hond gehad."

"Als we op straat een praatje maken, praat u over honden en kijkt u naar mensen die hun hond uitlaten. Neem me niet kwalijk. Dit is dringend. Ik weet niet wie me anders zou kunnen helpen."

Ik trok de handdoek van de mand en schrok me dood. Ivy was niet groter dan zo'n kleine zaklantaarn en lag zo stil dat ik dacht dat ze dood was. Terri zei dat ze een cadeautje was, maar dat ze haar niet kon houden, en dat haar vriend tevergeefs had geprobeerd haar terug te geven aan de winkel. Het ging niet goed met Ivy en eigenlijk wist ik toen al dat ze het niet zou redden. Ze bewoog pas toen ik haar optilde en tegen me aan hield, toen drukte ze haar snuitje in mijn hals. Vanaf dat moment noemde ik haar Ivy, omdat ze zich als klimop aan me vastklampte.'

Shrew droogde haar ogen met een tissue en zei tegen rechercheur Marino: 'Ik kan hier niet mee doorgaan. Het spijt me. Meer heb ik niet. Het is te pijnlijk. En ik ben er nog steeds boos om. Waarom maakt u het me zo moeilijk? Als u een spelletje met me speelt, dien ik een klacht in bij het kantoor van Jaime Berger. Of u nu van de politie bent of niet. Dan klaag ik u aan. En als u een geheim agent van de regering bent, zeg dat dan en speel open kaart.'

'Ik speel geen spelletje met u en ik ben beslist geen geheim agent,' zei Marino, en ze hoorde de vriendelijke klank in zijn vastberaden stem. 'Ik zou u dit niet allemaal aandoen als het niet belangrijk was. Maar dat Terri u dat zieke hondje bracht, moet ik natuurlijk weten, omdat het ongewoon is en niet past bij een paar andere dingen die ik aan de weet ben gekomen. Ik ben vanmorgen in haar appartement geweest. Nadat ik haar ouders had gesproken. Die wonen in Arizona. Misschien wist u dat al.'

'Dat wist ik niet. Ik neem aan dat haar appartement helemaal overhoop is gehaald.'

'Maar u zei dat u daar nooit bent geweest.'

'Dat is zo.'

'Ik zal het zo zeggen: ze is niet iemand voor een huisdier. Je kunt bij haar van de vloer eten, en iemand bij wie het zo smetteloos schoon en netjes is, heeft geen huisdieren. Die had ze dus ook niet en dat kan ik met zekerheid zeggen omdat ik, nadat ik haar appartement, met overal ontsmettende zeep en zo, had gezien, voor de tweede keer haar ouders heb gebeld en nog een paar vragen heb gesteld. Toen hebben we het ook over huisdieren gehad. Ze zeiden dat ze zelfs toen ze klein was geen huisdier had en altijd met een grote boog om de dieren van andere mensen heen liep. Ze weigerde honden of katten aan te raken en was bang voor ze, en ze had een hekel aan vogels. Misschien dat u nu, als u terugdenkt aan dat voorval dat u zojuist voor me hebt beschreven, een paar details in een ander licht ziet. Ze droeg geen jas, maar wel keukenhandschoenen. U ging ervan uit dat ze de afwas aan het doen was toen iemand haar een ziek hondje cadeau gaf en dat ze toen in paniek naar u toe is gegaan, naar iemand aan de overkant van de straat.'

'Ja.'

'Hebt u haar gevraagd waarom ze die keukenhandschoenen droeg?'

'Ja, en dat vertelde ze me. Opeens schaamde ze zich een beetje en trok ze uit en gaf ze aan mij om weg te gooien.'

'Heeft ze het hondje, nadat ze de handschoenen had uitgetrokken, nog aangeraakt?'

'Ze heeft het hondje helemaal niet aangeraakt. Ze trok die handschoenen pas uit toen ze weer wegging. Dat had ik erbij moeten zeggen.'

'Precies. Ze droeg handschoenen omdat ze smetvrees had. Ze droeg geen jas omdat ze daar geen bacteriën van dat zieke hondje of bacteriën uit uw appartement op wilde hebben, want je kunt gemakkelijker een blouse wassen dan een jas. Ik neem aan dat ze die mand en die handdoek ook bij u heeft achtergelaten.'

'Ja.'

'Ze wist donders goed dat die puppy doodziek en stervende was toen ze die aan u gaf.'

'Ik zei al dat ik daar nog steeds boos om ben.'

'Natuurlijk. Ze wist dat dat hondje doodging, dus gaf ze het aan u. Dat was een rotstreek. Vooral omdat ze wist dat u van dieren houdt. Ze maakte misbruik van u omdat u teerhartig bent, vooral wat honden aangaat. Maar de grote vraag is hoe ze aan Ivy was gekomen. Begrijpt u waar ik naartoe wil?'

'Ja,' zei Shrew en ze werd nog bozer.

Die paar dagen met Ivy waren een nachtmerrie geweest. Shrew had aan één stuk door gehuild terwijl ze Ivy vasthield en probeerde haar water te laten drinken of iets te laten eten. En toen ze naar de dierenarts ging, was het te laat.

'Mensen die Terri kenden, zouden haar nooit een puppy geven en denken dat het een aardig gebaar was,' zei rechercheur Marino. 'En zeker geen zieke puppy. Ik kan me dan ook niet voorstellen dat haar vriend dat heeft gedaan, tenzij hij een vuile hufter is en haar wilde kwetsen, haar overstuur wilde maken.'

'Nou, ze was echt in alle staten.'

'Het doet me denken aan de manier waarop jongens op school

meisjes kunnen pesten. Weet u nog wel? Door ze met een spin of een slang in een doos de stuipen op het lijf te jagen. Dingen te doen waar meisjes van gaan gillen. Terri was bang. Ze was bang voor bacteriën en vuil, voor ziekte en voor de dood. Dus was het een misselijke streek haar een ziek hondje te geven.'

'Als het waar is wat u me over haar hebt verteld, was het een ontzettend gemene streek.'

'Hoe lang hebben u en Terri Bridges tegenover elkaar gewoond?' vroeg Marino, en de leren stoel kraakte toen hij zijn benen strekte.

'Ze is daar een jaar of twee geleden komen wonen. Ik wist haar achternaam niet. Maar we waren niet bevriend, dat moet u goed begrijpen. We maakten af en toe een praatje, dat is alles. Meestal buiten op de stoep, wanneer we weggingen of thuiskwamen. Maar u moet ook goed begrijpen dat ik niet wist of ze veel weg was of niet. Ik geloof niet dat ze een auto heeft. Ze loopt alles, net als ik. Ik ben haar ook wel eens ergens anders tegengekomen. Een keer in Lands' End, we bleken allebei een voorkeur te hebben voor hun schoenen. Zij kocht toen een paar Mary Jane wandelschoenen, dat weet ik nog. En ik heb haar een keer in de buurt van het Guggenheim gezien. Dat was geloof ik de vorige keer dat ik naar het Guggenheim ging, voor een Jackson Pollock tentoonstelling. We kwamen elkaar op straat tegen en maakten een praatje.'

'Ging zij ook naar het museum?'

'Dat geloof ik niet. Ik geloof dat ze aan het wandelen was. Maar ik herinner me dat haar gezicht rood en gezwollen was en dat ze een hoed en een zonnebril ophad, hoewel het bewolkt was. Ik vroeg me af of ze ergens in de buurt was geweest van iets waarvoor ze allergisch was, of misschien had ze gehuild. Ik heb het haar niet gevraagd. Ik ben geen nieuwsgierig aagje.'

'Haar achternaam is Bridges,' zei hij weer. 'Dat stond vandaag in de *Post*. Dus dat had niemand u ooit verteld.'

'Ik lees de *Post* niet. Ik lees het nieuws op internet.' Ze had meteen spijt dat ze dat had gezegd, want het laatste wat ze wilde, was dat hij zou vragen wat ze op internet te zoeken had.

'Nou ja, ik kijk vooral naar het nieuws op tv,' voegde ze eraan toe. 'Mag ik u vragen of ze veel gestolen hebben? Die politieauto staat er al de hele dag en u bent er ook geweest, en ik heb haar niet gezien. Ik weet zeker dat ze naar haar familie is, of bij haar vriend.

Na zoiets zou ik geen oog dichtdoen. Het is me opgevallen dat u een paar keer over haar hebt gepraat in de verleden tijd, alsof ze daar niet meer woont. En u hebt haar ouders gesproken. Dus neem ik aan dat het heel erg is. Al weet ik niet wat haar familie in Arizona ermee te maken heeft. Nou ja, waarom u met hen zou moeten praten. Dus moet het wel heel erg zijn.'

'Helaas kan het niet erger,' zei hij.

Ze voelde gefladder in haar maag, als van grabbelende vingers.

Het leer kraakte luid toen hij zich naar voren boog in de stoel die niet voor hem was bedoeld, en zijn gezicht werd groter. 'Hoe kwam u erbij dat er was ingebroken?' vroeg hij.

'Ik dacht eh...' Ze kon bijna niet meer praten.

'Het spijt me, maar dat is het niet. Uw overbuurvrouw is gisteravond vermoord. En ik kan bijna niet geloven dat u daar niets van hebt gemerkt, recht tegenover u. Politieauto's en een busje van de gerechtelijke geneeskundige dienst.'

Shrew dacht aan dr. Scarpetta.

'Allerlei flitsende lichten, dichtslaande autoportieren, luidkeels pratende mensen. En u hebt niets gehoord,' zei hij.

'Was dokter Scarpetta er ook bij?' flapte ze eruit. Ze bette haar ogen en voelde haar hart bonzen.

De uitdrukking op zijn gezicht... Alsof ze een onfatsoenlijk gebaar had gemaakt.

'Wat bedoelt u daar verdomme mee?' vroeg hij, niet op vriendelijke toon.

Ze besefte het veel te laat. Het kwartje was nu pas gevallen. Maar zou het echt waar zijn? P.R. Marino? Pete Marino, dezelfde naam als die in de column die ze kort geleden had geredigeerd, geformatteerd en gepost. Het kon toch niet dezelfde man zijn? Die Marino woonde toch in South Carolina? En hij werkte niet voor Jaime Berger, vast niet. Iemand als mevrouw Berger zou zo'n man als hij vast niet in dienst nemen. Of wel? Shrew raakte langzamerhand in paniek en haar hart bonkte zo dat haar hele borst pijn begon te doen. Als deze Marino dezelfde was als de man over wie de Baas zojuist in zijn column had geschreven, dan hoorde hij niet in haar woonkamer te zitten, in de stoel van haar man. Want misschien was hij wel de maniak die dat hulpeloze vrouwtje aan de overkant had vermoord.

Dit was precies de manier waarop die wurgmoordenaar in Boston zijn slachtoffers had benaderd. Door zich voor te doen als een aardige, degelijke man. Hij dronk in de woonkamer een kopje thee en babbelde eerst wat voordat hij...

'Waarom noemde u de naam van dokter Scarpetta?' Rechercheur Marino keek Shrew aan alsof ze hem vreselijk had beledigd.

'Ik maak me zorgen om haar,' antwoordde Shrew zo kalm mogelijk, maar haar handen trilden zo hevig dat ze die stevig ineen moest strengelen op haar schoot. 'Ik maak me zorgen omdat ze zo in de publiciteit staat en dat soort... Nou ja, de onderwerpen waar ze het over heeft. Dat trekt juist degenen aan die doen waar zij over praat.'

Ze haalde diep adem. Dat was een verstandig antwoord. Ze mocht vooral niet laten blijken dat ze iets over dr. Scarpetta op het internet had gelezen en al helemaal niet in de column die ze vandaag had gepost.

'Ik heb het gevoel dat u iets specifieks bedoelt,' zei hij. 'Kom daar dus maar eens mee voor de draad.'

'Ik denk dat ze misschien in gevaar verkeert,' zei Shrew. 'Dat denk ik tenminste.'

'Waarom denkt u dat?' Hij keek haar strak aan.

'Terroristen,' zei ze.

'Terroristen?' Nu keek hij verbaasd. 'Welke terroristen?' Hij leek niet meer zo kwaad.

'Daar zijn we tegenwoordig toch allemaal bang voor?' probeerde Shrew.

'Dit is wat we doen.' Pete Marino stond op en torende hoog boven haar uit. 'Ik laat mijn kaartje bij u achter en ik wil dat u goed nadenkt. Als u iets te binnen schiet, al lijkt het nog zo onbelangrijk, moet u me meteen bellen. Het doet er niet toe hoe laat het is.'

'Ik kan me niet voorstellen dat iemand dat zou doen.' Ze stond ook op en liep achter hem aan naar de deur.

'Het zijn altijd mensen van wie je het je niet kunt voorstellen,' zei hij. 'Omdat ze het slachtoffer kenden of juist niet.'

# 8

Cyberspace, de perfecte schuilplaats om niet te worden uitgelachen. Gotham was een online college, waar studenten wel de bekwaamheden en intelligentie van dr. Oscar Bane zagen, maar niet het dwergachtige lichaam waarin die waren gehuisvest.

'Het kan geen student of groep studenten zijn,' zei hij tegen Scarpetta. 'Want zij kennen me niet. Mijn adres en telefoonnummer zijn geheim. De studenten gaan niet naar een gebouw. De leden van de faculteit ontmoeten elkaar een paar keer per jaar in Arizona, vaker zien de meesten van ons elkaar niet.'

'En je e-mailadres?'

'Dat staat op de website van het college. Dat moet wel, en daar is het waarschijnlijk mee begonnen. Internet. De gemakkelijkste manier om een identiteit te stelen. Dat heb ik ook tegen het Openbaar Ministerie gezegd. Ik heb gezegd dat ze me waarschijnlijk via die weg hebben benaderd. Maar ze wilden niet weten wat ik dacht. Ze geloofden me niet, en het is bij me opgekomen dat zij misschien meewerken aan het stelen van mijn geest. Want dat gebeurt er. Ze proberen mijn geest te stelen.'

Scarpetta stond op. Ze stopte de blocnote en de pen weer in de zak van haar laboratoriumjas.

'Ik loop om de tafel heen om naar je rug te kijken. Maar je moet je huis toch af en toe verlaten?'

'Ik ga naar de supermarkt, de geldautomaat, een benzinestation, de dokter, de tandarts, de schouwburg, restaurants. Toen het was begonnen, heb ik mijn routine veranderd. Nu ga ik op verschillende dagen en uren naar verschillende winkels en zo.'

'Ben je lid van een fitnessclub?'

Ze knoopte zijn hemd los en trok het voorzichtig omlaag naar zijn heupen.

'Ik gebruik de fitnesszaal in mijn appartementencomplex. Ik ga wel naar buiten om te joggen. Zes tot acht kilometer, zes dagen per week.'

Zijn verwondingen hadden een bepaald patroon en dat stelde haar niet gerust.

'Maar ik loop niet op hetzelfde tijdstip dezelfde route, dat verander ik steeds,' voegde hij eraan toe.

'Ben je lid van bepaalde groeperingen, verenigingen of organisaties of doe je daar dingen voor?'

'Kleine Mensen van Amerika. Maar wat er nu gebeurt, heeft niets met die vereniging te maken, echt niet. Ik heb al gezegd dat de elektronische vervolging ongeveer een maand of drie geleden is begonnen. Voor zover ik weet.'

'Is er drie maanden geleden iets ongewoons gebeurd? Een belangrijke verandering in je leven?'

'Terri. Toen begon mijn relatie met Terri. En toen zijn ze begonnen me te volgen. Daar heb ik een bewijs van. Op een cd, die ik heb verstopt in mijn appartement. Als ze bij me inbreken, zullen ze die niet vinden. Als u ernaartoe gaat, moet u hem meenemen.'

Ze mat de schrammen op zijn onderrug.

'Wanneer u in mijn appartement bent,' zei hij. 'Ik heb die rechercheur schriftelijk toestemming gegeven. Ik mag hem niet. Maar hij vroeg erom en toen heb ik hem die toestemming, mijn sleutel en de code van het alarmsysteem gegeven, omdat ik niets te verbergen heb en wil dat u ernaartoe gaat. Ik heb tegen hem gezegd dat ik wil dat u met hem meegaat. Dat moet u meteen doen, voordat ze u voor zijn. Of misschien zijn ze er al geweest.'

'De politie?'

'Nee, die anderen.'

Zijn lichaam ontspande zich toen haar in handschoenen gestoken handen hem aanraakten.

'Ze zijn tot alles in staat,' zei hij. 'Maar al zijn ze inmiddels binnen geweest, ze hebben die cd niet gevonden. Ze zullen hem nooit vinden. Dat is niet mogelijk. Ik heb hem verstopt in een boek. *The Experiences of an Asylum Doctor* van Littleton Winslow. Dat is in 1874 in Londen uitgegeven. Op de vierde plank van de tweede boekenkast, links van de deur in de logeerkamer. U bent de enige die dat weet.'

'Heb je ooit tegen Terri gezegd dat je wordt gevolgd, bespioneerd? Wist zij van die cd?'

'Lange tijd niet. Ik wilde haar niet bang maken. Ze is al nerveus genoeg. Maar opeens had ik geen keus meer. Een paar weken geleden, toen ze erop aandrong dat ze mijn appartement wilde zien en ik dat weigerde, moest ik het haar wel vertellen. Want ze beschuldigde me ervan dat ik geheimen voor haar had en toen moest ik het haar vertellen. Ik moest zeker weten dat ze begreep dat ik haar niet mee kon nemen naar mijn appartement omdat ik elektronisch werd gevolgd.'

'En die cd?'

'Ik heb haar niet verteld waar die ligt, alleen wat erop staat.'

'Was ze bang dat zij, door met jou om te gaan, ook gevaar liep? Ook al kwam ze nooit in je appartement?'

'Ze volgden me nooit naar haar appartement.'

'Hoe weet je dat?'

'Ze vertellen me waarheen ze me wél volgen. Dat merkt u nog wel. Ik heb Terri uitgelegd dat ze niets van haar wisten en dat zij veilig was.'

'Geloofde ze dat?'

'Ze maakte zich zorgen, maar ze was niet bang meer.'

'Dat vind ik erg vreemd voor iemand die zo nerveus was,' zei Scarpetta. 'Het verbaast me dat ze toen niet bang meer was.'

'Ze lieten niets meer van zich horen. Ze hebben al weken niets meer van zich laten horen en ik begon al te hopen dat ze geen belangstelling meer voor me hadden. Maar ze waren zich alleen maar aan het voorbereiden op het allerwreedste dat ze me konden aandoen.'

'Op welke manier lieten ze wél van zich horen?'

'Via e-mail.'

'Als ze zijn gestopt nadat je Terri over hen had verteld, zou het dan niet mogelijk zijn dat ze door haar waren gestuurd? Dat zij je die e-mails zond die je het gevoel gaven dat je werd vervolgd en bespioneerd? Dat ze ermee ophield toen je er iets van had gezegd?'

'Absoluut niet. Ze zou nooit zoiets afschuwelijks hebben kunnen doen. Vooral niet jegens mij. Dat is uitgesloten.'

'Hoe weet je dat zo zeker?'

'Dat is gewoon zo. Hoe kon zij trouwens weten dat ik tijdens het joggen een omweg zou nemen, bijvoorbeeld naar Columbus Circle, als ik haar dat niet had verteld? Hoe kon zij weten dat ik koffiemelk ging kopen als ik dat niet tegen haar had gezegd?'

'Kon ze een reden hebben om iemand in dienst te nemen om je te volgen?'

'Dat zou ze ook niet doen. En na wat er is gebeurd is het nog bespottelijker te denken dat zij er iets mee te maken had. Ze is dood! Ze hebben haar vermoord!'

De stalen deur bewoog iets en de cipier gluurde door de kier. 'Is alles hier in orde?'

'Prima,' antwoordde Scarpetta.

De ogen verdwenen.

'Maar de e-mails kwamen niet meer,' zei ze tegen Oscar.

'Ze luisteren ons af.'

'Je verhief je stem, Oscar. Je moet kalm blijven, anders komt hij weer binnen.'

'Ik heb één kopie gemaakt van wat ik al had en daarna alles van mijn computer verwijderd, zodat ze ze daar niet kunnen lezen en deleten of veranderen om te kunnen zeggen dat ik lieg. De enige kopie van de oorspronkelijke e-mails zit in dat boek. *The Experiences of an Asylum Doctor*. Littleton Winslow. Ik verzamel oude boeken en documenten.'

Scarpetta nam foto's van schrammen en nagelkrassen, allemaal op het rechterdeel van zijn onderrug.

'Psychiatrie en onderwerpen die daarmee te maken hebben,' zei hij. 'Ik heb er een heleboel van, ook over het Bellevue. Ik weet meer over dit ziekenhuis dan de mensen die er werken. U en uw man zouden mijn verzameling over het Bellevue erg interessant vinden. Misschien mag ik die u een keer laten zien. U mag hem ook lenen. Terri had ook veel belangstelling voor de geschiedenis van de psychiatrie. Mensen fascineerden haar. Ze is erg met mensen begaan en wil weten waarom ze doen wat ze doen. Ze zegt dat ze best de hele dag op een vliegveld of in een park kan zitten en naar mensen kijken. Waarom hebt u handschoenen aan? Achondroplasie is niet besmettelijk.'

'Om je te beschermen.'

Dat was wel en niet waar. Ze wilde een latexbarrière tussen zijn huid en de hare. Hij had de grens tussen hem en haar allang overschreden. Al voordat ze hem had ontmoet, had hij die overschreden.

'Ze weten waar ik naartoe ga, waar ik ben geweest en waar ik woon,' zei hij. 'Maar niet waar zij woont. Terri's appartement in Murray Hill kennen ze niet. Ik heb nooit een reden gehad om te denken dat ze wisten van haar bestaan. Ze hebben me nooit die omgeving laten zien als ze me lieten weten waar ik op een bepaalde dag was geweest. Waarom zouden ze dat niet hebben gedaan? Ik ga er elke zaterdag naartoe.'

'Op dezelfde tijd?'

'Om vijf uur.'

'Waar in Murray Hill?'

'Niet ver hiervandaan. U kunt het lopen. Vlak bij het Loews theater. We gaan soms naar de bioscoop en eten hotdogs en kaasfrites als we zin hebben ons te buiten te gaan.'

Zijn rug trilde toen ze die weer aanraakte. Verdriet dat in hem opwelde.

'We letten allebei op ons gewicht,' zei hij. 'Ik heb nooit een reden gehad om te denken dat ze me volgden naar Murray Hill, of een andere plek waar we samen naartoe gingen. Ik had geen idee, anders zou ik haar in bescherming hebben genomen. Dan zou ik haar niet langer alleen hebben laten wonen. Misschien had ik haar kunnen overhalen te verhuizen naar ergens buiten de stad. Ik heb het niet gedaan. Ik zou haar nooit kwaad hebben gedaan. Ze is de liefde van mijn leven.'


'Ik wil je al een tijdje iets vragen.' Bergers schrandere ogen in haar knappe gezicht keken Benton onderzoekend aan. 'Als Kay de tante van Lucy is, ben jij dan haar oom? Of ben je bijna een oom voor haar? Noemt ze je oom Benton?'

'Lucy luistert niet naar haar bijna een oom of echte tante. Ik hoop dat ze naar jou luistert.' Benton wist donders goed waar Berger heen wilde.

Ze wilde hem op de kast jagen, boos maken. Ze wilde dat hij over die verdomde roddelrubriek begon, dat hij zijn zonden opbiechtte en zich overleverde aan de genade van haar hof. Maar hij had een beslissing genomen. Hij zou niets uit zichzelf zeggen, omdat hij niets verkeerds had gedaan. Als het moment was aangebroken, zou hij zich moeiteloos kunnen verdedigen. Dan zou hij kunnen uitleggen waarom hij had gezwegen en het rechtvaardigen door haar eraan te herinneren dat Marino nooit wettelijk was aangeklaagd of beschuldigd, en dat hij niet het recht had inbreuk te maken op Scarpetta's privacy.

'Heeft Lucy de laptops?' vroeg hij.

'Nog niet. Maar ze krijgt ze wel. En zodra ze achter de details van de e-mailabonnementen is gekomen, vragen we de providers om de wachtwoorden. Ook dat van Oscar.'

'Toen je met haar besprak wat ze...'

'Dat heb ik nog niet gedaan,' viel Berger hem in de rede. 'Ik heb haar alleen even door de telefoon gesproken. Het verbaast me dat je me nooit hebt verteld dat ze hierheen was verhuisd. Of eigenlijk moet ik daar niet verbaasd over zijn.' Ze pakte haar koffiemok. 'Ik heb van andere mensen moeten horen dat ze onlangs in deze stad is komen wonen en haar eigen bedrijf is begonnen. Ze heeft al heel snel een goede naam gekregen en daarom heb ik besloten bij deze zaak haar hulp in te roepen.'

Ze nam een paar slokken koffie en zette de mok weer neer, op een bedachtzame manier.

'Je moet goed begrijpen dat hij en ik normaliter geen contact met elkaar hebben,' zei ze.

Ze bedoelde Marino. Het kruisverhoor was begonnen.

'Met wat ik weet, en als ik aanneem dat het waar is,' vervolgde ze, 'kan ik me niet voorstellen dat Lucy hem heeft verteld dat ze nu hier woont, of dat ze hem überhaupt heeft gesproken, of weet dat hij ook hier woont. Ik vraag me af waarom jij haar dat niet hebt verteld. Of ben ik niet eerlijk als ik zo denk? Heb je het haar wel verteld?'

'Nee.'

'Dat is nogal wat. Ze verhuist naar New York en jij vertelt haar niet dat hij hier woont. Dat hij gezond en wel een lid van mijn team is. Misschien zou zijn geheim wat langer bewaard zijn gebleven als hij niet de pech had gehad vorige maand toen Oscar belde de telefoon aan te nemen.'

'Lucy is nog steeds bezig met het opzetten van haar bedrijf, ze heeft nog niet veel zaken behandeld,' zei Benton. 'Een paar in de Bronx en in Queens. Dit is pas haar eerste zaak in Manhattan, in opdracht van jouw bureau. Natuurlijk zouden zij en Marino elkaar uiteindelijk ergens tegenkomen, maar ik verwachtte dat dat op een vanzelfsprekende en professionele manier zou zijn.'

'Dat verwachtte je helemaal niet, Benton. Je wilt een heleboel dingen gewoon niet zien. Je hebt in je wanhoop foute beslissingen genomen en wilde niet over de gevolgen nadenken. En nu staan ze op het punt elkaar inderdaad weer tegen te komen. Het moet een heel raar gevoel zijn als je mensen als pionnen verzet en op een dag tot de ontdekking komt dat ze dankzij een banale roddelrubriek tegenover elkaar zullen komen te staan en elkaar waarschijnlijk van het bord zullen slaan. Laat me eens samenvatten wat er is gebeurd.'

Met een lichte beweging van haar vingers weigerde ze de koffie die de serveerster opnieuw wilde inschenken.

'Om te beginnen had je er niet op gerekend dat jullie in New York zouden gaan wonen,' zei Berger.

'Ik wist niet dat het John Jay College...'

'... jullie beiden zou vragen om gastdocent te worden? Ik wil wedden dat je hebt geprobeerd Kay over te halen dat te weigeren.'

'Het leek me niet verstandig.'

'Dat spreekt vanzelf.'

'Ze had net die nieuwe baan gekregen en haar hele leven verplaatst naar Boston. Ik had haar afgeraden nog meer werk aan te nemen, wat nog meer stress zou opleveren. Ik had gezegd dat ze het niet moest doen.'

'Dat spreekt vanzelf.'

'Maar ze wilde het toch doen. Ze zei dat ze het fijn vond dat ze kon helpen. En ze wilde niet dat haar beperkingen werden opgelegd.'

'Typisch Kay,' zei Berger. 'Ze zal altijd helpen waar ze kan en zich in een bepaalde positie plaatsen. De hele wereld is haar werkterrein, je kunt haar niet ergens in een hoekje van Massachusetts opsluiten. Je kon natuurlijk ook niet te hard aandringen, want dan zou je haar moeten vertellen waarom je niet wilde dat ze naar New York ging. Je had dus een probleem. Je had Marino al naar New York gestuurd en erop aangedrongen dat ik hem zou aannemen. En nu komt Kay ook regelmatig naar New York en zal ze waarschijnlijk de helpende hand bieden bij zaken die door ons worden behandeld. Dus jullie zijn allebei regelmatig in New York. En waarom niet? Dan verhuist ook Lucy naar de stad van ongekende mogelijkheden. Waar kan ze beter wonen dan in de Village? Maar hoe zou je dit allemaal hebben kunnen voorzien toen je je prachtige plan bedacht? En omdat je het niet hebt voorzien, is het ook niet bij je opgekomen dat ik wel eens de werkelijke reden dat je Marino naar mij toe hebt gestuurd, zou kunnen ontdekken.'

'Ik wil heus niet beweren dat ik daar nooit bang voor ben geweest,' zei Benton. 'Ik hoopte alleen maar dat het nog een tijdje zou duren. En het was niet aan mij om te zeggen dat...'

Ze onderbrak hem. 'Je hebt het Marino nooit verteld, hè? Van het John Jay, en dat jij hier een appartement hebt.'

'Ik heb hem niet verteld dat Kay regelmatig in New York is. En ook niet dat Lucy hiernaartoe is verhuisd.'

'Nee, dus.'

'Ik weet niet meer wanneer ik hem voor het laatst heb gesproken en ik heb geen flauw idee wat hij zelf heeft ontdekt. Maar je hebt gelijk. Ik had nooit verwacht dat dit allemaal zou gebeuren toen ik er bij jou op aandrong hem in dienst te nemen. Maar het was niet aan mij om te onthullen...'

Ze onderbrak hem weer. 'Onthullen? Je hebt meer dan genoeg onthuld, alleen niet de hele waarheid.'

'Dat zou informatie uit de tweede hand zijn...'

'Hij had zo'n zielig verhaal. En hoewel ik zo'n slimme aanklager ben, geloofde ik elk woord. Marino en zijn alcoholprobleem. Neemt ontslag omdat hij jouw verloving met Kay niet kan verdragen. Hij is gedeprimeerd en zelfdestructief. Na een maand in een kliniek is hij weer zo goed als nieuw en ik moet hem in dienst nemen. Hij is zijn loopbaan tenslotte bij de New Yorkse politie begonnen en hij is geen onbekende voor me. Ik geloof dat je de woorden "nuttig voor beide partijen" hebt gebruikt.'

'Hij is een verdomd goeie rechercheur. Dat zul je toch moeten toegeven.'

'Heb je echt gedacht, zelfs maar vijf minuten, dat hij er nooit achter zou komen? Dat Kay en Lucy er nooit achter zouden komen? Hemelse goedheid. Kay kan elk moment naar mijn bureau worden geroepen voor een bespreking van een autopsierapport waar Marino ook iets mee te maken heeft – wat trouwens binnenkort waarschijnlijk zal gebeuren. Ze loopt als adviseur het mortuarium in en uit. Ze is om de week op CNN.'

'Misschien denkt hij dat ze via de satelliet in Boston meewerkt aan dat programma van CNN.'

'Ach, schei uit, Marino is sinds de laatste keer dat je hem sprak niet achterlijk geworden. Maar ik begin me wel af te vragen of dat met jou het geval is.'

'Hoor eens,' zei Benton, 'ik hoopte dat als er maar genoeg tijd overheen zou gaan... Nou ja, we lossen het wel op. Maar ik vertel geen smakeloze verhalen door die misschien, laten we eerlijk zijn, gewoon uit de duim zijn gezogen.'

'Onzin. Jij wilde de werkelijkheid niet onder ogen zien en nu zitten we met de gebakken peren.'

'Ik heb het inderdaad op de lange baan geschoven.'

'Tot wanneer? Je volgende leven?'

'Tot ik wist wat ik ermee aan moest. Het is uit de hand gelopen.'

'Nu komen we eindelijk bij de feiten. Dit gaat niet om informatie uit de tweede hand, dat weet je best. Het gaat erom dat je je kop in het zand hebt gestoken,' zei ze.

'Het enige wat ik wilde, Jaime, was de gemoederen tot bedaren brengen. Zodat de rust terug kon keren. Zodat we zonder kwaadwilligheid door konden gaan met ons leven, zonder onherroepelijke schade.'

'Zodat iedereen als bij toverslag weer vriendschappelijk met elkaar kon omgaan. Zoals vroeger, in de goeie ouwe tijd. Ze leefden nog lang en gelukkig. Een waanidee. Een sprookje. Ik denk dat Lucy hem haat. Kay waarschijnlijk niet, zij is geen vrouw om iemand te haten.'

'Ik heb geen idee wat Lucy zal doen als ze hem ziet. En dat zal gebeuren. Wat dan? Daar maak ik me zorgen om. Dat is echt niet leuk.'

'Ik lach niet.'

'Je weet waartoe ze in staat is. Het is een ernstig probleem.'

'Ik hoopte dat ze het stadium van mensen vermoorden omdat ze dat als haar plicht beschouwt voorbij zou zijn.'

'Ze zal hem uiteindelijk ergens tegen het lijf lopen of iets over hem horen,' zei Benton. 'Omdat jij hebt besloten van haar forensische computertalenten gebruik te maken.'

'Waarvan de openbaar aanklager in Queens County en een paar agenten me op de hoogte hebben gesteld. Jij niet. Omdat jij net zomin wilde dat ik wist dat ze hier is en hoopte dat ik haar nooit zou inhuren. Zo'n lieve bijna-oom ben je van haar. Want als ik haar een keer zou inhuren, zou ze op een dag naar mijn kantoor komen en wie zou ze daar dan tegen het lijf kunnen lopen?'

'Gebeurde er zoiets toen je haar sprak aan de telefoon?' vroeg Benton. 'Heb je toen Marino's naam genoemd?'

'Voor zover ik weet, heeft niemand haar nog verteld dat hij voor me werkt. Nog niet. En ik heb het ook niet gezegd. Ik had het te druk met piekeren over de zaak van die vrouw die gisteravond is vermoord en wat er op haar laptops zou kunnen staan en hoe Lucy daarbij zou kunnen helpen. Ik had het te druk met me Lucy voor de geest halen toen ze de laatste keer in mijn appartement was, vlak na haar terugkeer uit Polen, en we weten allebei wat ze daar heeft gedaan. Briljant. Stoutmoedig. Een bewaker zonder respect voor grenzen. En nu heeft ze dit bedrijf voor computeronderzoek opgericht. *Connextions.* Interessante naam, vind ik. Een soort combinatie van *connections* en *what's next?* En we weten allemaal dat wat er hierna ook gebeurt, Lucy zal er als eerste bij zijn. Wat een opluchting. Ze klinkt niet meer als de Lucy die ik vroeger kende. Alsof ze niet meer zo nodig de baas hoeft te zijn en indruk hoeft te maken, en meer nadenkt en overweegt. Vroeger was ze gek op acroniemen, weet je nog? Toen ze het wonderkind was dat een zomer in Quantico mocht werken. CAIN: Criminal Artificial Intelligence Network. Toen ze dat systeem bedacht, zat ze volgens mij nog op de middelbare school. Het was verdomme geen wonder dat ze zo onuitstaanbaar was, zo opstandig en ongrijpbaar. En geen vrienden had. Maar misschien is ze veranderd. Toen ik haar sprak – natuurlijk was dat door de telefoon en niet persoonlijk – klonk ze volwassen. Niet zo zelfgenoegzaam en egocentrisch als vroeger, en ze stelde het op prijs dat ik haar had gebeld. Heel anders dan de Lucy van vroeger.'

Benton was stomverbaasd dat Berger zich zo veel over de Lucy van vroeger kon herinneren en zo'n belangstelling had voor de Lucy die ze was geworden.

'Daar moest ik allemaal aan denken toen ze me vertelde dat wat ze vroeger deed nu zo ouderwets is als de Ark van Noach, en dat ik verbijsterd zou zijn als ik wist wat er tegenwoordig allemaal mogelijk is,' zei Berger. 'Nee, ik heb het niet over Marino gehad. Volgens mij weet ze niet dat hij een van de rechercheurs van mijn afdeling seksmisdrijven is en aan dezelfde zaak werkt als die waarvoor ik haar medewerking heb gevraagd. Natuurlijk weet ze dat niet, anders zou ze daar wel iets over hebben gezegd. Maar ze moet het weten. Ik zal het haar moeten vertellen.'

'Dus je vindt dat nog steeds een goed idee? Haar erbij betrekken?'

'Waarschijnlijk is het dat niet. Maar ik sta in tweestrijd, als je dat nog niet hebt gemerkt. Ik wil haar nu nog niet afzeggen, omdat ik haar, als ze zo goed is als men zegt, nodig heb. Internetmisdrijven zijn een van onze grootste problemen en we hebben er nog geen remedie tegen. We vechten tegen een wereld van onzichtbare criminelen, die vaak geen enkel bewijs lijken achter te laten en als ze dat wel doen, is het met opzet misleidend. Ik ben niet van plan me door Marino, een roddelrubriek of jouw onzekerheden en huwelijksomstandigheden van mijn aanpak te laten afbrengen. Ik zal doen wat voor deze zaak het beste is. Punt, uit.'

'Ik weet wat Lucy allemaal kan. Eerlijk gezegd, zou het dom van je zijn als je haar hulp níét zou inroepen,' zei Benton.

'Daar komt het op neer. Dat ze me helpt. Want het gemeentebudget laat niet toe dat ik haar het volle pond betaal.'

'Ze helpt je waarschijnlijk voor niets. Ze heeft het geld niet nodig.'

'Niets is voor niets, Benton.'

'En het is waar. Ze is veranderd. Ze is niet meer dezelfde persoon als toen je haar voor het laatst zag, toen je haar had kunnen laten arresteren voor...'

'Laten we het niet hebben over wat ik had kunnen doen. Wat ze me die avond een jaar of vijf geleden heeft opgebiecht, kan ik me niet meer herinneren. En de rest heeft ze me nooit verteld. Wat mij betreft, is ze nooit in Polen geweest. Maar ik vertrouw erop dat zoiets nooit meer gebeurt. En ik zit zéker niet te wachten op nog eens zo'n situatie met de FBI en de ATF.'

Lucy was tijdens haar loopbaan door beide in feite ontslagen.

'Wanneer stuur je haar de laptops?' vroeg Benton.

'Binnenkort. Ik heb het bevel tot huiszoeking om de inhoud te kunnen bekijken, alle eendjes op een rij.'

'Het verbaast me een beetje dat je daar gisteravond niet meteen mee begonnen bent,' zei Benton. 'Misschien vertellen die laptops ons wat we willen weten.'

'Om de eenvoudige reden dat we ze gisteravond nog niet hadden. Ze zijn bij de eerste huiszoeking niet gevonden. Marino heeft ze pas vanmorgen bij de tweede huiszoeking ontdekt.'

'Dat wist ik niet. En ik wist ook niet dat Marino er in die mate bij betrokken was.'

'En ik wist pas nadat Morales gisteravond de plaats delict had laten ontruimen dat Marino vorige maand met Oscar had gesproken. Toen me dat duidelijk was geworden, heb ik Marino gebeld en tegen hem gezegd dat hij aan deze zaak mee moest werken omdat hij er al bij betrokken was.'

'En omdat hij je rugdekking moet geven,' zei Benton. 'Want het nieuws zal de ronde doen dat Oscar een maand geleden je kantoor heeft gebeld om om hulp te vragen en dat jij toen een steek hebt laten vallen. Marino heeft ook een steek laten vallen, en niemand zal beter zijn best doen om je rugdekking te geven dan iemand die zelf rugdekking nodig heeft. Dat is een cynische oplossing. Maar je boft. Hem ontgaat niet veel. Hij is waarschijnlijk de beste van je hele team. Maar daar ben je waarschijnlijk nog niet achter omdat je hem gemakkelijk kunt onderschatten, en nu ben je bevooroordeeld. Laat me eens raden. Hij bedacht zelf dat hij daar ook maar eens een kijkje moest nemen en toen vond hij wat waarschijnlijk de belangrijkste bewijsstukken zijn. Haar laptops. Waar had ze die eigenlijk verstopt? Onder de vloer?'

'In een koffer in haar kleerkast. Ze wilde ze blijkbaar meenemen naar Phoenix, waar ze vanmorgen naartoe zou vliegen. Ze had nog een tweede koffer gepakt,' antwoordde Berger.

'Wie heeft ontdekt dat ze vanmorgen naar Phoenix zou vliegen?'

'Heeft Oscar je dat gisteravond niet verteld?'

'Hij heeft me gisteravond niets verteld. Hij heeft meegewerkt aan de evaluatie, meer niet, zoals ik al zei. Dus gisteravond wisten jullie nog niet dat ze van plan was op reis te gaan? Wie is daar dan achter gekomen en hoe?'

'Tja, dat was ook weer Marino. Hij is een goeie rechercheur, en als hij eenmaal zijn tanden ergens in heeft gezet, laat hij niet meer los. Dat is zo. En hij is een einzelgänger, omdat hij dit werk al lang genoeg doet om te weten dat je geen informatie doorgeeft alleen maar omdat iemand ook agent of zelfs advocaat of rechter is. Mensen die zich met strafzaken bezighouden zijn ontzettende kletsmeiers en houden zelden hun mond als ze dat zouden moeten doen. Wat hem betreft heb je gelijk, en dat zal hem vijanden opleveren. Dat zie ik nu al aankomen, en dat maakt het alleen maar erger dat dit verhaal over hem nu bekend is geworden. Hij had blijkbaar het eerst, eerder dan Morales, ontdekt dat Terri's ouders in Scottsdale wonen en hen van haar dood op de hoogte gesteld. En toen hebben zij hem verteld dat ze van plan was geweest een paar dagen bij hen door te brengen. Zo kwam hij op het idee om nog een keer naar haar appartement te gaan.'

'Ik veronderstel dat er nergens een vliegticket lag dat die agenten van gisteravond een aanwijzing had kunnen geven, omdat iedereen dat tegenwoordig elektronisch regelt,' zei Benton.

'Inderdaad.'

'En dat verklaart waarom er op de foto's van de plaats delict die ik van Morales heb gekregen nergens bagage stond.'

'Dat zijn foto's van zijn eigen huiszoeking, de eerste. Ik begrijp hoe het komt dat ze die koffers gisteravond over het hoofd hebben gezien. Ik zeg niet dat ik het prijzenswaardig vind, maar ik begrijp het wel.'

'Denk jij dat die koffers expres waren verstopt?'

'Bedoel je door Oscar, bijvoorbeeld?'

'Het zou eigenlijk geen zin hebben.' Benton dacht erover na. 'Als hij zich zorgen maakte om haar computers, waarom heeft hij die dan niet meegenomen? Waarom zou hij ze verstoppen in een kast?'

'Mensen doen vaak onlogische dingen, ook al hebben ze hun misdaad nog zo goed voorbereid.'

'Dan is hij onbezonnen te werk gegaan. Als hij tenminste de moordenaar is,' zei Benton. 'Terwijl Terri juist zo ordelijk was, te oordelen naar de foto's van haar appartement. Ze was een pietje-precies. Het kan natuurlijk zijn dat ze haar koffers voor de reis had gepakt en ze die zelf uit het zicht had gezet, omdat ze bezoek kreeg. Ik vind het niet verstandig nu al aan te nemen dat Oscar die moord had gepland. Ik wil er nog niet van uitgaan dat hij haar heeft vermoord.'

'Je kent het oude gezegde, Benton, dat je niet naar eenhoorns moet zoeken, maar eerst naar paarden. Oscar is het eerste paard op mijn lijstje. Het paard dat vooraan staat. Het probleem is dat we geen enkel bewijs hebben. Nog helemaal niets.'

'In elk geval kan Oscar je wat Terri's computers betreft niet te vlug af zijn. Hij heeft ze niet en hij kan op die afdeling van het ziekenhuis niet internetten,' zei Benton.

'En dat was zijn eigen keus. Hij hoeft daar niet te zitten. Dat vind ik nog steeds erg verdacht en daarom twijfel ik aan zijn geestelijke stabiliteit. Of we die laptops nu al of niet zouden vinden, hij moet weten dat we, zodra we achter haar gebruikersnaam en provider waren gekomen, haar e-mails zouden kunnen lezen. Wat ons naar zijn e-mails zou leiden, want ik kan me niet voorstellen dat hij en Terri elkaar niet regelmatig mailden. Maar daar lijkt hij zich geen zorgen om te maken. Als hij daar niet op die gesloten afdeling had gezeten, had hij naar huis kunnen gaan en daar iets aan kunnen doen. Toch heeft hij dat niet gedaan. Waarom niet?'

'Misschien denkt hij dat dat niet nodig is, omdat hij onschuldig is. Of misschien weet hij niet genoeg van computers om er ongemerkt mee te kunnen knoeien. Of heeft hij, als hij wél de moordenaar is en de moord op haar goed had voorbereid, van tevoren zijn computersporen uitgewist.'

'Dat zou heel goed kunnen. Voorbedachten rade van iemand die denkt dat hij slimmer is dan wij. Hij wist zijn sporen uit en laat zich opnemen in het Bellevue omdat hij zogenaamd bang is dat de moordenaar het vervolgens op hém heeft gemunt. Met andere woorden: hij manipuleert iedereen als de beste. En vindt dat waarschijnlijk leuk.'

'Ik draag objectief verschillende mogelijkheden aan,' zei Benton. 'Ik heb er nog een. Hij is niet de moordenaar, maar weet dat iedereen zal denken dat hij dat wel is, en door zich te laten opnemen in het Bellevue heeft hij het recht gekregen mij te zien en Kay te zien, en kan hij daardoor misschien een vooraanstaand persoon ervan overtuigen dat hij onschuldig is en in gevaar verkeert.'

'Vertel me niet dat je dát gelooft.'

'Ik geloof dat hij denkt dat Kay zijn reddende engel is. Ongeacht wat hij al dan niet heeft gedaan.'

'Inderdaad. Hij heeft haar gevraagd omdat hij mij niet kan vertrouwen. Ik geloof dat mijn nieuwe bijnaam "superkreng" luidt.' Berger glimlachte. 'Ik hoop tenminste dat het een nieuwe is, in elk geval het "super"-deel.'

'Voor zijn gevoel heb je hem zwaar beledigd.'

'Je bedoelt toen hij een maand geleden mijn kantoor belde, zoals de helft van de gekken in deze stad elke dag doet? Je hebt gelijk. Ik wilde hem niet te woord staan. Maar dat is heel normaal. Ik krijg een heleboel telefoontje die niet worden doorverbonden. Hij noemde me "superkreng". En zei erbij dat als er iets ergs zou gebeuren, dat mijn schuld zou zijn.'

'Tegen wie heeft hij dat gezegd?' vroeg Benton. 'Tegen Marino? Toen hij die vorige maand aan de lijn kreeg?'

'Het staat op de band,' zei ze.

'Ik hoop dat de pers die nooit in handen krijgt.'

'Dat zou inderdaad niet best zijn. Omdat er echt iets ergs is gebeurd. Iets heel ergs. We moeten Oscar Bane heel voorzichtig aanpakken, dat staat buiten kijf. Normaal pak ik iemand in zijn situatie veel hardhandiger aan. En tussen twee haakjes, ik vermoed wel degelijk dat hij zijn vriendin heeft vermoord. Dat is de aannemelijkste verklaring. Ook voor zijn vervolgingswaanzin, want hij is bang dat hij wordt gearresteerd.'

Ze pakte haar diplomatenkoffertje en duwde haar stoel naar achteren, en daarbij schoof haar rok ver genoeg omhoog om Benton zicht te geven op de ruimte tussen haar slanke dijen.

'Zonder bewijs mogen we Oscars beweringen niet negeren,' zei hij. 'Het kan best zijn dat hij wordt gevolgd. We weten niet zeker dat het níét zo is.'

'O, dat. Het monster van Loch Ness. Big Foot. Alles is mogelijk. Maar volgens mij tikt er hoe dan ook bij mij een pr-bom, omdat we hem toen hij vorige maand belde niet serieus hebben genomen. Het laatste wat ik wil, is een protestdemonstratie van de Kleine Mensen van Amerika voor ons kantoor. Ik heb al problemen genoeg, meer dan goed voor me is. O ja, ik wil nog iets zeggen.'

Ze zweeg, pakte haar jas en samen liepen ze door het drukke cafetaria naar buiten.

'Als er een schandaal uit voortkomt,' vervolgde ze, 'moet ik dan bang zijn dat Kay daarmee naar CNN gaat? Zou dat de reden kunnen zijn dat Oscar erop stond dat we haar naar hem toe stuurden? Omdat hij de media erbij wil halen?'

Benton stond stil bij de kassa om de rekening te betalen.

Toen ze buiten waren, zei hij: 'Dat zou ze je nooit aandoen.'

'Ik moest het toch even zeker weten.'

'Maar zelfs als ze het type was om zoiets wél te doen,' zei Benton terwijl ze doorliepen naar het atrium, 'zou ze daartoe niet gerechtigd zijn. Ze is of zijn arts, of uiteindelijk jouw getuige.'

'Ik weet niet zeker of Oscar dat wel allemaal had bedacht toen hij eiste dat ze zou komen om hem te onderzoeken,' zei Berger. 'Misschien was het zijn bedoeling haar een fantastisch eerste interview toe te staan.'

'Ik heb geen idee wat hij dacht, maar ik had haar niet moeten overhalen te komen. Ik had moeten voorkomen dat wie dan ook haar daartoe zou overhalen.'

'Nu klink je als een echtgenoot. En met "wie dan ook" bedoel je mij natuurlijk.'

Hij gaf geen antwoord.

Haar hoge hakken klikten op het gepolijste graniet.

'Als en wanneer Oscar wordt aangeklaagd,' zei ze, 'kan het zijn dat wat hij Kay vertelt de enige informatie is die ook maar enigszins betrouwbaar is. Het is goed dat zij hem onderzoekt. Om verschillende redenen. We willen dat hij tevreden is. We willen dat hij heel goed wordt behandeld. We willen dat hij en iedereen om hem heen veilig is.' Ze trok haar jas aan. 'Toen Marino hem telefonisch ondervroeg, strooide hij met de term "haatmisdaad". Hij zei dat hij een klein mens was, dat herhaalde hij een paar keer, en Marino had geen idee wat hij daarmee bedoelde. Hij vroeg wat dat was. Oscar, die inmiddels behoorlijk getergd was, antwoordde: "Een dwerg, verdomme." Hij zei dat hij om die reden werd gevolgd, om die reden een doelwit was. Er werd een haatmisdaad voorbereid.'

Bergers mobiel rinkelde.

'Kay moet weten dat Marino ook hier is,' zei ze nog gauw, terwijl ze haar draadloze oortje indeed.

Ze luisterde even en kreeg een boze uitdrukking op haar gezicht.

'Dat zullen we nog wel eens zien,' zei ze. 'Dit is volkomen onacceptabel... Of ik dat had verwacht? Nou ja, dat is normaal geworden, hè, maar ik hoopte... Nee, nee, nee. Dat kan ik niet doen. Zeker niet in dit geval... Eh, nee, liever niet... Ja, dat is ze, maar vanwege bepaalde omstandigheden aarzel ik... Ja, dat heb ik. Wie niet, verdomme?' Ze keek Benton aan. 'Dan begrijp je misschien waarom ik dat niet wil... Mm. Ik hoor wat je zegt. Ik hoorde je de eerste keer al. Nou ja, ik kan wel vragen of ze daartoe bereid is en je terugbellen. Maar ik zal het haar niet kwalijk nemen als ze zo gauw mogelijk weg wil en de laatste shuttle naar Logan wil nemen...'

Ze beëindigde het gesprek.

Ze stonden inmiddels op de stoep voor het ziekenhuis. Het liep tegen vieren, het werd al donker en het was erg koud. Hun adem leek op rookwolkjes.

'Marino doet mensen niet met opzet kwaad,' voelde Benton zich geroepen te zeggen. 'Hij was niet van plan te doen wat hij heeft gedaan.'

'Je bedoelt dat hij niet van plan was Kay te verkrachten,' zei ze kalm, terwijl ze een grijze, spiegelende bril opzette die haar ogen onzichtbaar maakte. 'Of is het niet waar wat er vandaag op het internet staat? Ik wou dat je hem verdomme naar een ander bureau had gestuurd. Hij is volledig bij deze verdomde zaak betrokken en ik kan die twee niet eeuwig bij elkaar vandaan houden. Je moet met haar praten.'

'Wat er in die roddelrubriek staat, wekt een verkeerde indruk.'

'Een forensisch taalkundige zou zich in zijn handen wrijven als hij je dat hoorde zeggen. Maar ik geloof je. Wat er op het internet staat, is allemaal verzonnen. Ik ben blij het te horen.'

Ze trok nappaleren handschoenen aan en zette de kraag van haar geschoren-nertsjas op.

'Ik heb niet gezegd dat het allemaal verzonnen is,' zei hij.

Hij staarde naar het Empire State Building in de verte, dat voor de feestdagen met rode en groene lichtjes was versierd, met een flitsend waarschuwingslicht op de toren voor vliegtuigen. Berger legde een hand op zijn arm.

'Benton,' zei ze op een wat vriendelijker toon, 'je had me moeten vertellen dat Marino om wat hij met Kay heeft gedaan uit Charleston en bij haar is weggegaan. Ik zal mijn best doen je te begrijpen, want ik weet wat dat met jou heeft gedaan. Vooral ík hoor dat te weten.'

'Ik zal het regelen.'

'Je hoeft niets te regelen, Benton. Jij moet verdergaan. We moeten allemaal verdergaan en bij elke stap goed nadenken.'

Ze trok haar hand terug en het kwam op hem over als een afwijzing.

'Ik vind het verbijsterend dat je tot alles bereid bent om Marino te helpen,' vervolgde Berger. 'Je bent een fantastische vriend voor hem, dat moet ik toegeven. Maar waarom? Zal ik eens raden? Je hoopte dat als je hem zou helpen, zijn daad zou verzwijgen, dat alles zou uitwissen. Maar nu weet de hele wereld ervan. Wil je weten hoeveel mensen me vandaag hebben gebeld? Over die verdomde column?'

'Je moet hém ernaar vragen. Hij was dronken. Ontsla hem alsjeblieft niet.'

'Elke verkrachter die ik achter de tralies heb gezet was dronken, high of allebei, of zij wilde het ook of zij was begonnen of het is een leugen. Ik zal hem niet ontslaan, tenzij hij me daar een reden voor geeft. Ik heb besloten dat dit Kay's gevecht is, niet dat van jou. En niet dat van Lucy. Al ben ik bang dat Lucy dat niet met me eens zal zijn.'

'Kay heeft het verwerkt.'

Met haar handen in haar jaszakken om ze warm te houden, zei Berger: 'O ja? Waarom mocht ze dan beslist niet weten dat hij nu voor mij werkt? Waarom moest dat geheim blijven? Ik dacht dat dat was omdat hij ontslag had genomen om jou en Kay niet steeds samen te hoeven zien, omdat hij jaloers was. Wat iedereen net zo goed kon zien als jij nu het Empire State Building waar je zo strak naar staat te kijken. Hij had besloten haar los te laten en opnieuw te beginnen. Wat dom van me. Ik heb Kay nooit gebeld om te vragen of dat klopte. Ik heb geen referenties gevraagd. Omdat ik je vertrouwde.'

'Hij doet zijn best. Ik heb nog nooit iemand zo zijn best zien doen. Dat zie jij toch ook? Je weet waar hij mee bezig is. Stel hém dan eens een paar vragen. Laat hém dan eens vertellen wat hij heeft gedaan,' zei Benton.

'Laten we voor de goede orde wel even vaststellen dat je tegen me hebt gelogen.'

Ze keek rond op zoek naar een taxi.

'Voor de goede orde: ik heb niet gelogen. En hij heeft haar niet verkracht.'

'Was je erbij?'

'Ze zei dat het niet zover was gekomen. Ze heeft geen aanklacht ingediend. Ze beschouwt het als een privékwestie. Het is niet aan mij om er met jou of wie dan ook over te praten. Ze heeft het me niet eens meteen verteld. Oké, je hebt gelijk. Ik hou mezelf voor de gek, steek mijn kop in het zand. Waarschijnlijk ben ik niet reëel. Maar wat er vanmorgen in die roddelrubriek stond, was een verdraaiing van de feiten. Vraag het maar aan Marino. Ik neem aan dat hij het ook heeft gelezen. Of anders zal hij dat nog wel doen.'

'En Lucy? Ik wil graag weten wat me te wachten staat.'

'Zij heeft het natuurlijk gelezen. Zij heeft me erover gebeld.'

'Het verbaast me dat ze hem destijds niet ter plekke heeft vermoord, zo dol als ze is op haar tante Kay.'

'Dat heeft ze bijna gedaan.'

'Goed dat ik het weet. Nog niet zo lang geleden zou ze het daadwerkelijk hebben gedaan. Je staat bij me in het krijt.'

Een taxi maakte een gevaarlijke bocht en kwam abrupt voor haar tot stilstand.

'Ik wil graag dat Kay vanavond naar het mortuarium komt,' zei ze. 'En jij mag het haar vragen.'

Ze stapte in de taxi.

'Dat telefoontje van daarnet?' Ze keek naar hem op. 'Ik wil graag dat Kay het lichaam onderzoekt, als ze daar geen bezwaar tegen heeft. Helaas speelt dokter Lester weer een spelletje met me, zoals gewoonlijk. We zijn naar haar op zoek. Ze zorgt er maar voor dat ze zo gauw mogelijk terugkomt naar het mortuarium en meewerkt, al moet ik er verdomme de burgemeester bij halen.'

Ze trok het portier dicht. Benton stond in de kou op de stoep en keek de gele taxi met Jaime Berger erin na toen die onder een kakofonie van boos getoeter twee andere auto's sneed.

9

Scarpetta bestudeerde de lange, ondiepe sneden op de linkerkant van Oscars rug terwijl hij vertelde hoe hij eraan was gekomen.

'Hij was al binnen en viel me aan,' zei hij. 'Hij rende weg en toen vond ik haar. De politie geloofde me niet. Dat zag ik aan hun gezichten. Zij denken dat ik die wonden heb opgelopen toen ik met haar vocht. Maar dat kunt u toch zien? Dat ik niet met haar heb gevochten?'

'Het zou helpen als je me vertelt wat je gisteravond aanhad,' zei ze.

'U kunt zien dat dit geen wonden zijn die ik heb opgelopen tijdens een worsteling met haar. Onder haar nagels zullen ze mijn DNA niet vinden. Ze heeft me niet gekrabd. We hebben niet gevochten.

We hadden nooit ruzie, misschien af en toe een meningsverschil. Ze was al dood.'

Scarpetta wachtte even omdat hij zo hard huilde.

Toen hij weer een beetje tot bedaren was gekomen, herhaalde ze haar vraag: 'Gisteravond. Wat had je aan toen je in een gevecht verwikkeld raakte met...'

'Ik kon hem niet zien.'

'Maar je weet zeker dat het een man was.'

'Ja.'

'Weet je nog hoe laat dat was?'

'Vijf uur.'

'Klokslag?'

'Ik ben nooit te laat. Alle lampen waren uit. Zelfs het licht in de gang. Alle ramen waren donker. Ik begreep er niets van. Ze verwachtte me. Haar auto stond op straat. Ik had mijn auto achter de hare gezet, want daar waren nog plaatsen vrij. Omdat het oudejaarsavond was en een heleboel mensen niet thuis waren. Ik had mijn jas uitgetrokken en op de passagiersstoel gelegd. Ik droeg een T-shirt en een spijkerbroek. Ze vindt het leuk als ik een strak T-shirt draag, zonder mouwen. Ze is dol op mijn lichaam. Ik werk eraan omdat zij ervan houdt en ik alles zou doen wat zij prettig vindt. Ze is dol op seks. Ik zou nooit een vriendin kunnen hebben die niet van seks houdt.'

'Normale seks, ruwe seks, creatieve seks?' vroeg Scarpetta.

'Ik ben heel attent en voorzichtig. Dat moet wel, omdat ik zo groot geschapen ben.'

'En improvisaties, zoals sm? Dat moet ik weten.'

'Nooit! Nooit!'

'Ik oordeel niet. Een heleboel mensen doen allerlei dingen, en dat is prima. Zolang beide partijen het prettig vinden.'

Hij zweeg en leek te weifelen. Scarpetta zag dat hij een ander antwoord hoorde te geven dan wat hij wilde zeggen.

'Ik beloof je dat ik niet zal oordelen,' zei ze. 'Ik probeer je te helpen. Alles wat volwassen mensen met elkaar doen, is in orde zolang ze daar allebei mee instemmen.'

'Ze vond het fijn als ik de baas was,' zei hij. 'Maar niet op een pijnlijke manier. Ik moest haar alleen vasthouden, met haar worstelen om haar te dwingen. Ze vond het fijn als ik sterk was.'

'Hoe moest je haar vasthouden? Ik vraag het omdat alles wat je me vertelt ons kan helpen om uit te zoeken wat er is gebeurd.'

'Ik moest haar bij haar armen op het bed drukken. Maar ik heb haar nooit pijn gedaan. Ik heb haar nooit blauwe plekken bezorgd.'

'Heb je haar wel eens vastgebonden? Geboeid of zo? Ik wil het graag precies weten.'

'Misschien met lingerie. Ze houdt van lingerie, van sexy kleding. Maar als ik haar handen met haar beha vastbond, zat het heel los en deed het nooit pijn. Het was gewoon voor het idee, nooit gemeend. Ik heb haar nooit geslagen of de keel dichtgeknepen of zoiets. We deden alsof, meer niet.'

'En jij? Deed ze zulke dingen ook bij jou?'

'Nee, ik doe ze bij haar. Ik ben sterk en dominant en daar houdt ze van, dat ze wordt genomen. Maar alleen alsof, nooit echt. Ze is heel sexy en opwindend, en ze vertelt me precies wat ze wil en dat doe ik dan, en dat is altijd ongelooflijk. We hebben altijd ongelooflijke seks.'

'Was dat gisteravond ook het geval? Het is belangrijk dat ik dat weet.'

'Hoe kan dat nou? Ze was dood. Het was vreselijk toen ik binnenkwam en haar vond. O god, o god...'

'Het spijt me dat ik je deze vragen moet stellen. Begrijp je waarom het belangrijk is?'

Hij knikte en veegde met de rug van zijn handen zijn ogen en neus af.

'Het was koud gisteravond,' vervolgde Scarpetta. 'Waarom had je je jas in de auto laten liggen? Terwijl je zag dat het licht uit was en je je zorgen maakte.'

'Ik trok mijn jas uit om haar te verrassen.'

'Verrassen?'

'Ze vond het leuk als ik een strak T-shirt droeg. Dat heb ik al gezegd. Ik overwoog zelfs of ik het, wanneer ze de deur opendeed, zou uittrekken. Het was een mouwloos T-shirt. Een wit hemd. Ik wilde dat ze me in mijn T-shirt zou zien staan als ze opendeed.'

Te veel uitleg. Hij had zijn jas om een andere reden in de auto laten liggen. Hij loog en nog slecht ook.

'Ik heb een sleutel van haar gebouw,' ging hij verder. 'Ik ging naar binnen en belde aan bij haar appartement.'

'Heb je ook een sleutel van haar appartement of alleen van het gebouw?' vroeg Scarpetta.

'Allebei. Maar ik bel altijd aan. Ik loop niet zomaar naar binnen. Ik belde aan en plotseling vloog de deur open en stormde die man op me af en viel me aan. Hij sleurde me mee naar binnen en gooide de deur dicht. Hij heeft haar vermoord. Het was de man die me al die tijd heeft gevolgd, bespioneerd en gekweld. Of een van hen.'

Een tussenperiode van vierentwintig uur kwam overeen met de staat van zijn verwondingen, maar dat wilde niet zeggen dat hij de waarheid sprak.

'Waar is je jas nu?' vroeg Scarpetta.

Hij staarde naar de muur.

'Oscar?'

Hij bleef naar de muur staren.

'Oscar?'

Hij antwoordde terwijl hij zijn blik gericht hield op de muur: 'Die hebben ze meegenomen. De politie. Ik heb gezegd dat ze mijn auto mochten meenemen om te onderzoeken of wat ze er ook mee wilden doen. Maar mij mochten ze niet aanraken. Ik heb gezegd dat ze u moesten sturen. Ik zou haar nooit pijn doen.'

'Vertel me nog eens iets over dat gevecht met die man in haar appartement.'

'We stonden bij de voordeur en het was pikdonker. Hij sloeg me met een zaklantaarn. Hij scheurde mijn T-shirt kapot. Het is helemaal aan flarden en bebloed.'

'Je zegt dat het pikdonker was. Hoe weet je dan dat hij een zaklantaarn had?'

'Toen hij opendeed, scheen hij ermee in mijn ogen en verblindde me bijna, en toen viel hij me aan. We vochten met elkaar.'

'Zei hij iets?'

'Ik hoorde hem alleen hard hijgen. Toen ging hij ervandoor. Hij droeg een lange leren jas en leren handschoenen. Hij is waarschijnlijk niet gewond. Hij heeft waarschijnlijk niet eens DNA of vezels achtergelaten. Dat soort dingen. Zo slim was hij wel.'

Oscar was degene die slim wilde zijn door antwoord te geven op niet-gestelde vragen. Hij loog.

'Ik deed de deur dicht, draaide hem op slot en deed alle lampen aan. Ik schreeuwde Terri's naam. Mijn nek voelt alsof een kat daar zijn klauwen in heeft gezet. Ik hoop niet dat het gaat ontsteken. Misschien moet u me een antibioticum voorschrijven. Ik ben blij dat u bent gekomen. U moest komen. Dat heb ik tegen ze gezegd. Het gebeurde allemaal heel snel en het was zo donker...' Tranen, en hij begon weer te snikken. 'Ik schreeuwde Terri's naam.'

'Die zaklantaarn, brandde die toen jullie aan het vechten waren?' vroeg Scarpetta.

Hij aarzelde, alsof hij daar nog niet over na had gedacht.

'Die heeft hij waarschijnlijk uitgedaan,' besloot hij. 'Of misschien is die kapotgegaan toen hij me sloeg. Misschien is hij lid van een moordcommando, dat weet ik niet. Maar hoe slim ze ook zijn, een perfecte misdaad bestaat niet. U haalt Oscar Wilde altijd aan: "Niemand begaat een misdaad zonder iets doms te doen." Behalve u. U zou nooit iets doms doen. Alleen iemand zoals u zou een perfecte misdaad kunnen plegen. Dat zegt u heel vaak.'

Ze kon zich niet herinneren dat ze ooit Oscar Wilde had geciteerd en ze had ook nooit gezegd dat ze een perfecte misdaad zou kunnen plegen. Dat zou een heel domme, weerzinwekkende opmerking zijn. Ze bekeek een aantal dunne, halvemaanvormige nagelafdrukken op zijn linkerschouder.

'Hij heeft een fout gemaakt. Hij heeft minstens één fout moeten maken. Ik weet zeker dat u die vindt. U zegt altijd dat u alles kunt vinden.'

Dat had ze ook nog nooit gezegd.

'Misschien komt het door uw stem en de manier waarop u dingen zegt. Uw gebrek aan pretenties. U bent heel mooi.'

Hij balde op zijn schoot zijn handen tot vuisten.

'Nu ik u in het echt zie, weet ik dat dat niet het werk is van een visagist of omdat de camera vanuit een bepaalde hoek op u is gericht.'

Zijn blauw-groene ogen keken haar recht aan.

'U lijkt een beetje op Katharine Hepburn, behalve dat u blond bent en kleiner dan zij.'

Zijn vuisten trilden, alsof hij zich uit alle macht moest beheersen om er niet iets mee te doen.

'Een lange broek staat u goed, net als haar. Zij droeg altijd mannenbroeken, toch? Maakt dat iets uit? Ik bedoel er niets onbehoorlijks mee, hoor. Ik probeer u niet te versieren. Ik wou dat u me omhelsde. Ik heb er behoefte aan dat u me omhelst.'

'Ik kan je niet omhelzen. Dat begrijp je toch wel?' zei ze.

'U zegt altijd dat u heel aardig bent voor doden. Dat u zorgzaam met ze omgaat en ze aanraakt alsof ze nog leven, en tegen ze praat alsof ze u kunnen voelen en horen. Dat mensen als ze dood zijn nog steeds aantrekkelijk en begeerlijk kunnen zijn, en dat necrofilie minder moeilijk te begrijpen is dan het publiek denkt, vooral als het lichaam nog warm is. Als u doden wel mag aanraken, waarom mag u mij dan niet aanraken? Waarom mag u mij niet omhelzen?'

Ze had nooit gezegd dat ze doden aanraakte alsof ze nog leefden, of tegen ze praatte alsof ze haar nog konden voelen en horen. Ze had nooit gezegd dat doden begeerlijk waren of dat necrofilie begrijpelijk was. Hoe kwam hij daar in vredesnaam bij?

'Probeerde de man die je aanviel je te wurgen?' vroeg ze.

De nagelafdrukken in zijn nek waren verticaal. Perfect verticaal.

'Op een bepaald moment had hij zijn handen om mijn nek en drukte hij zijn nagels in mijn huid terwijl ik heen en weer rolde en mezelf ten slotte losrukte,' zei Oscar. 'Zo sterk ben ik. Ik weet niet wat er zou zijn gebeurd als ik niet zo sterk was.'

'Je zei dat het bespioneren begon toen je een relatie met Terri kreeg. Hoe heb je haar leren kennen?'

'Online. Ze was een van mijn leerlingen, al een tijdje. Ik weet het. Je mag er niet over praten.'

'Wat bedoel je?'

'Laat maar zitten. Ik zal er niet op ingaan,' zei hij. 'Ze volgde mijn cursus geschiedenis van de psychiatrie. Ze wilde forensisch psycholoog worden. Vreemd dat zo veel vrouwen forensisch psycholoog willen worden. Het wemelt hier op deze afdeling van de knappe jonge studenten van het John Jay. Terwijl je zou verwachten dat vrouwen, vooral knappe vrouwen, bang voor dit soort patiënten zouden zijn.'

Scarpetta begon zijn brede, onbehaarde borst te onderzoeken en mat nog een aantal oppervlakkige schrammen. Terwijl ze zijn wonden betastte, hield hij zijn geboeide polsen tegen zijn schaamstreek, en het leek alsof zijn blauw-groene ogen handen waren die wilden betasten wat er onder haar laboratoriumjas verborgen zat.

'Zou je niet denken dat vrouwen bang zouden zijn om hier te werken?' zei hij. 'Bent u bang?'

Toen Shrew anderhalf jaar geleden dat raadselachtige telefoontje had gekregen, had ze geen flauw vermoeden dat het haar leven zou veranderen.

De Italiaans klinkende man had gezegd dat hij 'agent' was van een Engels kartel en dat hij, doordat ze databank marketing manager bij een adviesbureau was geweest, via via aan haar naam was gekomen. In slecht Engels had hij gezegd dat hij haar een functiebeschrijving wilde mailen. Ze had het mailtje uitgeprint en het hing nog steeds op de deur van haar koelkast, om haar te herinneren aan de synchroniciteit van het leven:

> Webmaster: moet initiatief kunnen nemen, zelfstandig thuis kunnen werken, met mensen kunnen omgaan en flair voor dramatiek hebben. Enige technische ervaring een vereiste. Geheimhouding van het hoogste belang. Andere voorwaarden worden besproken. Vooruitzicht op hoge verdiensten!

Ze had er meteen op gereageerd en gezegd dat ze veel belangstelling had, maar dat ze graag wat meer informatie wilde hebben. In antwoord op sommige van haar vragen had de agent op zijn beperkte manier uitgelegd dat 'met mensen kunnen omgaan' alleen betekende dat Shrew belangstelling voor mensen moest hebben, meer niet. Ze mocht niet met ze praten, maar moest wel weten wat 'vooral hun primaire driften' aansprak. Ze was er algauw achter gekomen dat hij daar voyeurisme mee bedoelde, en het groot genoegen scheppen in het vernederen en in het nauw drijven van anderen.

De e-mail om hem te laten weten dat ze de functie aannam, die ze op dezelfde manier had geformatteerd als zijn advertentie, hing ook op de koelkast:

> Ik accepteer alle voorwaarden en voel me vereerd. Kan meteen beginnen en kan werken wanneer dat nodig is, inclusief tijdens weekends en vakanties.

Op een bepaalde manier was Shrew een anonieme, gevolmachtigde cyberversie geworden van de cabaretière op wie ze dol was: Kathy Griffin. Shrew sloeg geen programma van haar over en ontdekte steeds nieuwe manieren om rijke of beroemde mensen aan mootjes te hakken en op te dienen voor een onstilbaar hongerig publiek, dat zich uitbreidde naarmate de wereld steeds slechter werd. Mensen wilden lachen, ten koste van alles.. Ze deden niets liever dan hun frustraties, wrok en woede afreageren op de gouden zondebokken, zoals Shrew de bevoorrechte onaantastbaren noemde, die zich misschien wel ergerden of boos werden, maar zich nooit door de smadelijke, spottende stenen- en pijlenregen lieten verwonden.

Hoe kon je zo iemand als Paris Hilton of Martha Stewart eigenlijk nog beschadigen? Roddels, gemene insinuaties, onthullingen en zelfs gevangenzetting waren alleen maar goed voor hun carrière en zorgden ervoor dat de mensen hen nog meer bejubelden en benijdden.

De wreedste straf was te worden genegeerd, afgewezen, als onzichtbaar te worden beschouwd, alsof je niet bestond. Zo had Shrew zich gevoeld toen een heleboel banen in de ICT en het marketing management werden uitbesteed aan India. Ze was zonder waarschuwing en zonder vangnet overboord gegooid. Ze zou nooit vergeten hoe ze haar persoonlijke spullen in een kartonnen doos had gedaan en daarmee het kantoor uit was gelopen, zoals in een film. Maar net toen ze bang werd dat ze zich niet langer kon veroorloven in Murray Hill te blijven wonen en op zoek was gegaan naar een goedkoper appartement dat niet in een achterbuurt lag, had als een wonder de in Engeland gestationeerde Italiaanse agent van de Baas haar gebeld.

Als Shrew nu nog iets te klagen had, was dat over haar eenzaamheid, die haar onverwachts inzicht had gegeven in het leven van serie- en huurmoordenaars, zodat ze zelfs een beetje medelijden met hen had gekregen. Het was zwaar en eenzaam als je een geheim moest bewaren waarbij zo veel op het spel stond, en ze vroeg zich vaak af wat mensen zouden doen als ze wisten dat de vrouw die in de supermarkt naast hen in de rij stond voor een groot deel verantwoordelijk was voor de populairste roddelrubriek die ooit op het internet was verschenen.

Maar ze mocht het tegen niemand zeggen, zelfs niet tegen de rechercheur van politie die onlangs bij haar op bezoek was geweest. Ze mocht niet bekennen dat ze eraan meewerkte. Ze mocht geen vrienden hebben en het risico lopen dat ze haar mond voorbijpraatte. Het was maar goed ook dat ze niet op vertrouwelijke voet stond met haar dochters of veel contact met hen had. Het was waarschijnlijk verstandig om nooit meer met een man uit te gaan of opnieuw te trouwen. Zelfs als ze met dit werk ophield, mocht ze zich nooit iets over de bijzondere, anonieme baan die ze had gehad laten ontvallen. Ze had genoeg overeenkomsten met betrekking tot geheimhouding getekend om voor de rest van haar leven achter de tralies te worden gezet, in het armenhuis te belanden of – maar misschien was dat overdreven – een onnatuurlijke dood te sterven als ze die, al was het maar met één woord, zou schenden. Maar wat zou ze eigenlijk kunnen verklappen?

Ze wist niet wie *Gotham Gotcha* was. Het kon een man of vrouw zijn, oud of jong, een Amerikaan of niet. Het websitefenomeen kon ook uit een aantal mensen bestaan, bijvoorbeeld een stel jonge slimmeriken van het MIT of spionnen in China of een groepje geniale medewerkers van een groot internetbedrijf dat zoekprogramma's ontwierp. Shrew werd behoorlijk betaald en ze was er trots op dat ze bij volmacht een anonieme beroemdheid was, maar ze had niet verwacht dat ze deze manier van leven zo uitputtend zou gaan vinden. Ze begon aan zichzelf te twijfelen, wat waarschijnlijk een van de redenen was geweest dat ze zich in het bijzijn van rechercheur Marino zo belachelijk had gedragen.

Shrew leed onder het gemis van mensen om zich heen, ze snakte naar persoonlijk contact met anderen, naar aandacht en erkenning. Ze wist niet eens meer hoe ze een fatsoenlijk gesprek met iemand moest voeren. Het was heel bijzonder geweest dat er iemand anders bij haar in de woonkamer had gezeten, iemand die de hondenharen in het vloerkleed had opgemerkt en had gezien dat ze haar rode fluwelen huispak aanhad, met hier en daar lichtroze vlekken omdat ze met bleekwater had gespat. Ze had het jammer gevonden dat hij wegging en was tegelijk opgelucht geweest, maar ze had het vooral jammer gevonden, hoe meer ze erover nadacht. Ze had geen flauw idee gehad dat ze zo vereenzaamd was. Nu besefte ze het en ook hoe dat kwam. Dat wist ze maar al te goed. Dat lag voor de hand.

Het onzichtbare geld dat om de twee weken op haar bankrekening werd gestort en de onpersoonlijke, ondankbare ge-emailde opmerkingen en instructies die ze zo nu en dan ontving, konden net zo goed afkomstig zijn van God. Hem had ze ook nooit ontmoet of een foto van gezien, en zijn echte naam wist ook niemand. Als ze uit was op aanmoediging, een schouderklopje, dankbaarheid, vakantie of een verjaarscadeautje, moest ze daarvoor bij de Baas noch bij God zijn. Beiden bleven zwijgend onzichtbaar.

God kon ze het wel vergeven, want hij had een hele wereld vol werknemers en volgelingen om de scepter over te zwaaien. Maar ze was minder ruimhartig wat de Baas betrof, die alleen Shrew had. Het bezoek van rechercheur Marino vandaag had iets teweeggebracht wat haar blik had verhelderd. Ze was de eerste om toe te geven dat de Baas haar een belangrijke rol had gegeven en daar was ze hem dankbaar voor, maar ze voelde ook wrok. Ze had hem zeggenschap over haar leven gegeven. Ze had geen hond en geen vrienden, ze durfde niet te reizen of openhartig met iemand te praten en er kwam nooit iemand op bezoek, behalve onuitgenodigd. De enige die ze zelfs maar een kennis had kunnen noemen, was gisteravond vermoord.

Ze had ingestemd met de verschrikkelijke voorwaarden waaronder ze haar leven moest leiden. En het leven was kort. Het kon in een flits voorbij zijn, op een afschuwelijke manier. De Baas was een egocentrisch mens, iemand die anderen gebruikte, nergens om gaf en heel onrechtvaardig was. Zonder haar zou hij de website niet kunnen vullen met wat zij selecteerde uit de duizenden roddelmails, foto's, chagrijnige of botte opmerkingen en het valse commentaar van fans. Shrew deed al het werk en de Baas ging met de eer strijken, al wisten de fans niet wie hij of zij was.

Shrew zat aan haar bureau achter haar computer, met de gordijnen dicht, zodat ze niet naar het gebouw aan de overkant hoefde te kijken en niet hoefde te denken aan de verschrikkelijke gebeurtenis die daar had plaatsgevonden. Ze wilde de politieauto die nog voor Terri's appartement stond niet zien en ze wilde ook niet dat de agent die erin zat tegen rechercheur Marino zou zeggen dat de buurvrouw die hij eerder die dag had ondervraagd door het raam naar de overkant zat te gluren. Hoewel ze het best leuk zou vinden als hij nog een keer langskwam, was het beter dat hij wegbleef. Rechercheur Marino vertrouwde haar niet. Ze wist zeker dat hij dacht dat ze gisteravond iets had gezien, en nadat ze na zijn bezoek op het internet was gaan zoeken, begreep ze waarom.

De dood van Terri was een raadsel, een gruwelijk raadsel. Niemand zei hoe ze was gestorven, alleen dat de blonde man met de gele roos, de man die Shrew nog niet zo lang geleden had gegroet, zat opgesloten in het Bellevue. Net als de Son of Sam nadat hij was opgepakt. De patholoog-anatoom die sectie op Terri had verricht, had haar bevindingen niet openbaar gemaakt. Maar die waren natuurlijk vreselijk. Het moest een heel belangrijke zaak zijn, want ze hadden er inderdaad dr. Scarpetta bij gehaald. Dat werd tenminste verondersteld, omdat ze vanmiddag zowel op Logan als op LaGuardia was gezien en daarna toen ze in de richting liep van het Bellevue, met een wiebelige koffer achter zich aan, blijkbaar op weg naar haar man, de forensisch psycholoog op de gesloten afdeling waar Terri's vriend zat.

Ongetwijfeld zou de Baas nog een column uit dr. Scarpetta weten te melken en dat was betreurenswaardig. Overal werd op blogs gereageerd op de columns van vandaag, en heel verschillend. Terwijl een heleboel mensen het schandelijk vonden dat de verkrachting van Scarpetta, door zowel rechercheur Marino als zuster Polly, bekend was gemaakt, waren er genoeg mensen die ervan smulden.

*Meer details! Meer details!*

*Waarom zou een kind de potloden van een ander kind breken?*

*Vrouwen zoals zij vragen erom. Daarom vinden ze misdaden zo fascinerend.*

*Het verbaast me van de rechercheur, maar niet van de non.*

Sinds het vertrek van rechercheur Marino had Shrew ongewoon weinig zin om weer aan het werk te gaan, maar nu moest ze toch echt opschieten en de laatste informatie en beelden die de fans haar hadden gestuurd bekijken, voor het geval dat er iets bij was dat ze moest posten of naar de researchmap van de Baas moest sturen.

Ze opende en verwijderde tientallen banale roddelverhalen, meldingen dat iemand iets had gezien en opnamen met mobiele telefoons, tot ze een e-mail opende die een paar uur geleden was verzonden. Ze ging rechtop zitten toen ze het onderwerp las, maar ze vertrouwde het niet helemaal:

Er was geen tekst bij, alleen een bijlage. Shrew downloadde de foto en toen die haarscherp op haar scherm stond, raakte ze zo opgewonden dat ze eindelijk wist wat mensen bedoelden als ze zeiden dat de haren hen te berge waren gerezen.

'O jee,' mompelde ze. 'O lieve god!' riep ze erachteraan.

Het naakte lichaam van Marilyn Monroe lag, dichtgenaaid als een speelgoedhond, op een glimmende stalen autopsietafel. Haar blonde haar lag in natte slierten om haar dode gezicht, dat iets was opgezwollen, maar nog steeds herkenbaar was. Shrew zoomde in op de details en ze klikte als een razende met haar muis terwijl ze deed wat de fans beslist ook zouden doen. Ze staarde en vergrootte en staarde nog aandachtiger naar de verschrompelde, ingezakte borsten van de ooit zo weelderig gebouwde godin van het witte doek. Er liep een afschuwelijke, v-vormige spoorlijn van hechtingen vanaf haar sleutelbeenderen tot aan haar borstbeen en dan omlaag over haar ooit zo prachtige lichaam, langs oude littekens, voordat hij in haar schaamhaar verdween. Haar beroemde lippen en blauwe ogen waren gesloten, en toen Shrew haar software dwong om het beeld zo groot mogelijk te maken, ontdekte ze de waarheid die de wereld altijd had willen horen en beslist verdiende.

Opeens wist ze het, en ze kon het bewijzen.

Het was zo klaar als een klontje.

Het bewijs bestond uit allerlei details: het onlangs geblondeerde haar, zonder ook maar een zweem van donkere wortels. De perfect geëpileerde wenkbrauwen. De keurig verzorgde vinger- en teennagels, de gladgeschoren benen. Ze was slank, nergens zat ook maar een onsje te veel.

Marilyn had zichzelf zorgvuldig verzorgd en vertroeteld, en ze had tot aan haar tragische laatste ademtocht op haar gewicht gelet. Zwaar gedeprimeerde mensen deden dat niet. Deze foto bewees wat Shrew altijd al had vermoed.

Geagiteerd typte ze de tekst. Hij moest kort zijn. De Baas was de schrijver, niet zij. Vijftien woorden was het maximum dat haar voor een onder- of bijschrift was gegund.

MARILYN MONROE VERMOORD!
(waarschuwing: schokkende foto)

Een verbazingwekkende, nooit eerder gepubli-
ceerde autopsiefoto bewijst voor eens en altijd dat godin van het witte doek Marilyn Monroe niet gedeprimeerd was toen ze stierf en
geen zelfmoord heeft gepleegd.
Duidelijk zichtbare details tijdens de autopsie, die op 5 augustus 1962 is verricht in
Los Angeles, leveren het onweerlegbare bewijs
dat een misdaad — geen ongeluk of zelfmoord
— een eind maakte aan Marilyns leven.

Jeetje, hier mocst ze mee ophouden. Dit waren al achtenzestig woorden, de cijfers en leestekens niet meegeteld, bijna vijf keer zoveel als
haar was toegestaan. Maar de Baas zou in dit geval vast wel een
uitzondering willen maken en zou haar zelfs eindelijk eens met een
bonus en lovende woorden belonen.

Ze ging op zoek en vond algauw het beroemde, zogenaamde
autopsierapport met laboratoriumuitslagen van dr. Thomas No-
guchi. Ze las het aandachtig door, al wist ze niet wat een heleboel
uitdrukkingen betekenden. De vaktermen voor 'stabiele lijkbleek-
heid', 'blauwe plekken' en 'geen licht weerkaatsende kristallen
in de maag en twaalfvingerige darm' moest ze opzoeken en ook
andere woorden, waarbij haar verontwaardiging steeds groter
werd.

Hoe had een stel machtswellustige, rokkenjagende, egoïstische
mannen Marilyn dit durven aandoen! Maar nu hoefde de wereld
zich niet langer af te vragen wat er werkelijk was gebeurd. Shrews
vingers vlogen over het toetsenbord.

Zeer geheime informatie uit het officiële
autopsierapport komt overeen met wat er op
deze bijzondere foto duidelijk is te zien.
Marilyn Monroe werd naakt en hulpeloos op haar
bed gedrukt (een verklaring voor de kneuzingen op haar linkerheup en onderrug) terwijl

de moordenaars haar een klysma met verdovende middelen toedienen.

Ze stierf niet aan een overdosis Nembutal, want dan zou er nog een spoor van capsules en een geelachtig restje zijn gevonden in haar maag en twaalfvingerige darm — en dat was niet zo. Bovendien was haar karteldarm verkleurd en opgezwollen — wat je na een giftig klysma kunt verwachten!

Trouwens, als niet anderen haar maar zij zichzelf het klysma had toegediend, waar waren dan al die lege capsules? Waar was de lege fles?

Nadat de drugs door haar lichaam waren opgenomen zou ze, dat begrijpt iedereen, niet meer in staat zijn geweest haar huis te verlaten om zich van het bewijsmateriaal te ontdoen, weer naar binnen te gaan, haar kleren uit te trekken en in bed te gaan liggen met de dekens netjes opgetrokken tot aan haar kin. Na dat klysma was ze nergens meer toe in staat, verloor ze het bewustzijn en stierf even later. Ze kon zelfs niet meer naar de badkamer lopen, want ze stierf met een volle blaas! Dat vermeldt het autopsierapport.

Marilyn is vermoord omdat ze weigerde haar mond te houden — ongeacht wie haar dat had bevolen!


10


Het raam van Jaime Bergers kantoor op de zevende verdieping bood uitzicht op klimmende leeuwen in bas-reliëf op het granieten gebouw aan de overkant.

Toevallig had ze uit datzelfde raam gekeken toen vlucht 11 van American Airlines abnormaal lawaaiig en laag door de helderblauwe lucht vloog en de noordelijke toren van het World Trade Center binnendrong. Achttien minuten later vloog het tweede vliegtuig de zuidelijke toren binnen. Ongelovig had ze gezien hoe de machtssymbolen die ze daar een groot deel van haar leven had zien staan in brand vlogen en instortten, waarna het as en puin had geregend in het zuidelijk deel van Manhattan en ze ervan overtuigd was geweest dat het einde van de wereld nabij was.

Sindsdien vroeg ze zich af wat voor verschil het zou hebben gemaakt als ze op die dinsdagmorgen niet in New York was geweest, niet in ditzelfde kantoor had zitten telefoneren met Greg, die zonder haar naar Buenos Aires was gegaan omdat zij het vanwege een belangrijke rechtszaak weer eens te druk had – ze kon zich niet meer herinneren welke zaak dat was geweest.

Er waren altijd belangrijke zaken geweest – die ze zich later nauwelijks kon herinneren – die vereisten dat zij in New York bleef terwijl Greg met zijn twee kinderen uit een vorig huwelijk wonderbaarlijke oorden overal ter wereld bezocht. Hij was tot de conclusie gekomen dat Londen hem het beste beviel en had daar een appartement gekocht, en toen was gebleken dat hij daar ook een minnares had: de jonge Engelse juriste die hij een paar jaar geleden had ontmoet toen ze voor een zenuwslopend proces een paar weken bij Berger op kantoor had gezeten.

Berger had geen enkel wantrouwen gekoesterd wanneer de jonge juriste en Greg samen uit eten gingen terwijl zij doorwerkte tot de wijzers van de klok vielen. Zoals hij altijd zei.

Ze was zich onbewust gebleven van de staat van haar huwelijk tot Greg afgelopen winter op een dag onaangekondigd naar haar kantoor was gekomen om haar mee uit lunchen te nemen. Ze waren naar Forlini's gelopen, een favoriet restaurant van vooraanstaande strafpleiters en politici, waar de twee echtelieden omringd door met donker hout betimmerde muren en grote olieverfschilderijen van het Engelse platteland tegenover elkaar aan een tafeltje hadden gezeten. Hij had niet gezegd dat hij een buitenechtelijke relatie had, al jaren, alleen dat hij wilde scheiden, en op dat moment had Berger nota bene aan Kay Scarpetta gedacht. Daar was een logische reden voor.

In Forlini's droegen de door schotten van elkaar gescheiden eethoekjes de naam van belangrijke gasten, en de plek waar Berger en

Greg zaten was toevallig vernoemd naar Nicholas Scoppetta, die tegenwoordig hoofd van de brandweer was. Toen Berger de naam Scoppetta op de muur zag staan, had ze aan Scarpetta gedacht die, dat wist Berger zeker, onmiddellijk van die verdomde roze leren bank zou zijn opgestaan en het restaurant uit was gelopen in plaats van haar man de gelegenheid te geven haar schaamteloos voor te liegen en te vernederen.

Maar Berger had zich niet verroerd en niet geprotesteerd. Op de kalme, beheerste manier die haar eigen was, had ze geluisterd toen Greg met het belachelijke excuus kwam dat hij niet meer van haar hield. Dat was al zo vanaf 11 september, waarschijnlijk als gevolg van een posttraumatische stressstoornis, ook al was hij ten tijde van die terroristische aanval niet eens thuis geweest. Maar door de voortdurende herhalingen op het nieuws had hij er bijna net zo erg onder geleden als de mensen die het van nabij hadden meegemaakt.

Hij had gezegd dat wat Amerika was overkomen en wat er nog steeds gebeurde – vooral met zijn investeringen in onroerend goed en de sterk dalende dollarkoers – ondraaglijk traumatisch was en dat hij daarom naar Londen zou verhuizen. Hij wilde discreet scheiden, en hoe discreter dat zou verlopen en hoe minder zij zich zou verzetten, des te beter het voor alle partijen zou zijn. Berger had gevraagd of er op een discrete manier een andere vrouw in het spel was, alleen maar om te zien of hij nog ergens eerlijk over kon zijn. Hij had gezegd dat dat een irrelevante vraag was als twee mensen niet meer van elkaar hielden. Vervolgens had hij er Berger bepaald niet subtiel van beschuldigd dat zij andere interesses had, en dan had hij het niet over haar werk. Ze had het niet ontkend, hem niet gecorrigeerd en hem er niet op gewezen dat zij hun huwelijksbeloften nooit had gebroken, ook al had ze dat misschien wel eens overwogen.

Nu was Berger discreet gescheiden, discreet rijk en discreet eenzaam. Die namiddag was er niemand op kantoor. Iedereen was vrij, of ziek, dat hing af van het enthousiasme waarmee die persoon het nieuwe jaar had ingeluid. Maar Berger had geen reden om naar huis te gaan en er was werk genoeg. Dus met haar ex-man aan de andere kant van de oceaan, zijn kinderen volwassen en geen kinderen van zichzelf was ze de enige in het koude, stenen art-decogebouw niet ver van Ground Zero. Er was zelfs niemand om de telefoon te beantwoorden.

Toen die om klokslag vijf uur rinkelde, precies vierentwintig uur nadat Oscar Bane volgens hem was aangekomen bij het appartement van Terri Bridges, nam Berger zelf op. Ze wist al wie het was.

'Nee, niet in de vergaderzaal,' zei ze tegen Lucy. 'We zijn maar met zijn tweeën. Kom maar naar mijn kantoor.'

Oscar staarde naar de in een plastic omhulsel gevatte klok aan de muur en sloeg zijn geboeide handen voor zijn gezicht.

Gistermiddag om deze tijd had Terri de deur voor hem open moeten doen, en misschien had ze dat ook wel gedaan. Of misschien had hij de waarheid verteld en was ze gisteren op dit tijdstip al dood. De grote wijzer van de klok sprong naar één minuut over vijf.

'Had Terri veel vrienden?' vroeg Scarpetta.

'Online,' antwoordde Oscar. 'Zo communiceerde ze met andere mensen. Zo leerde ze hen te vertrouwen. Of hen niet te vertrouwen. Dat weet u toch al? Waarom doet u dit? Waarom geeft u het niet toe? Wie belet u dat?'

'Ik weet niet wat je wilt dat ik toegeef.'

'U hebt instructies gekregen.'

'Waarom denk je dat ik instructies heb gekregen? Instructies waarvoor?'

'Oké, goed dan,' zei Oscar geërgerd. 'Ik word zo langzamerhand doodmoe van dit spelletje. Maar ik zal het u vertellen. Ik moet geloven dat u me beschermt. Ik moet geloven dat u daarom zulke ontwijkende antwoorden geeft. Dat zal ik accepteren en uw vraag beantwoorden. Terri maakte online kennis met mensen. Als je een klein mens en een vrouw bent, ben je extra kwetsbaar.'

'Wanneer hebben jullie elkaar voor het eerst persoonlijk ontmoet?'

'Nadat we een jaar met elkaar hadden ge-emaild. We kwamen erachter dat we allebei op hetzelfde tijdstip naar een bijeenkomst in dezelfde stad gingen. Orlando. Een bijeenkomst van de vereniging van kleine mensen in Amerika. Toen ontdekten we dat we allebei achondroplasie hadden. Na Orlando kregen we een relatie. Dat heb ik u al verteld. Drie maanden geleden.'

'Waarom ontmoetten jullie elkaar vanaf het begin alleen maar bij haar thuis?'

'Omdat ze liever thuisblijft. Ze is heel netjes, overdreven schoon en netjes.'

'Was ze bang dat het bij jou te vuil zou zijn?'

'Ze vond het overal te vuil.'

'Was het een dwangneurose? Was ze doodsbang voor bacteriën?'

'Als we ergens naartoe waren geweest, wilde ze dat we zodra we weer bij haar thuis waren allebei gingen douchen. Eerst dacht ik dat dat was vanwege de seks en vond ik het niet erg. Samen met haar douchen. Toen merkte ik dat ze wilde dat we ook echt schoon werden. Ik moest heel schoon zijn. Vroeger had ik lang haar, maar ze wilde dat ik het liet afknippen omdat kort haar gemakkelijker te wassen is. Volgens haar zaten haren vol met allerlei vuil en bacteriën. Ik zei tegen haar dat ik best wilde meewerken, maar dat er één plek was waar ik mijn haar zou laten zitten. Dat niemand me zover zou krijgen het daar af te scheren.'

'Waar laat je je ontharen?'

'Bij een dermatoloog in East 79th. Laserontharing. En andere pijnlijke dingen die ik nooit meer zal laten doen.'

'En Terri? Ging zij ook naar die dermatoloog?'

'Zij had me haar aanbevolen. Dokter Elizabeth Stuart. Ze heeft een grote praktijk en een goede naam. Terri gaat al jaren naar haar toe.'

Scarpetta schreef de naam van dr. Stuart op en vroeg of Terri ook nog naar andere artsen of behandelaars was geweest. Oscar antwoordde dat hij dat niet wist of het zich niet kon herinneren, maar dat ze vast wel een administratie had bijgehouden waarin dat te vinden was. Ze was ongelooflijk goed georganiseerd, zei hij.

'Ze gooide nooit iets weg wat belangrijk zou kunnen zijn, en alles had een vaste plek. Als ik mijn hemd over een stoel hing, ging zij dat in de kast hangen. Ik had mijn bord nog niet leeg of het stond al in de vaatwasser. Ze had een gruwelijke hekel aan rommel. Vond het vreselijk als dingen niet op hun plaats lagen. Haar handtas, regenjas, sneeuwlaarzen, wat dan ook, alles werd opgeborgen, ook al had ze het vijf minuten later weer nodig. Ik weet dat dat niet normaal is.'

'Heeft zij net als jij kort haar?'

'Ik vergeet steeds dat u haar nooit hebt gezien.'

'Het spijt me, maar dat is zo.'

'Nee, ze heeft geen kort haar, maar het is altijd schoon. Als ze weg was geweest, nam ze altijd meteen na thuiskomst een douche en waste haar haren. Ze ging nooit in bad. Omdat je dan in vuil water zit. Dat zei ze altijd. Ze gebruikte haar handdoeken één keer en gooide ze dan in de was. Ik weet dat dat niet normaal is. Ik heb wel eens tegen haar gezegd dat ze misschien eens met iemand over haar angst zou moeten praten, dat het een dwangneurose was. Niets ernstigs, maar dat ze wel enkele van de symptomen had. Het was niet zo dat ze haar handen honderd keer per dag waste of op straat nooit op de groeven tussen de tegels liep of geen afhaalmaaltijd wilde eten. Zo erg was het niet.'

'En als jullie seks hadden? Nam ze dan allerlei maatregelen die met haar afkeer van vuil te maken hadden?'

'Nee, we moesten alleen schoon zijn. En daarna namen we weer een douche en wasten elkaars haar, en dan hadden we meestal weer seks. Ze vrijde graag onder de douche, dat noemde ze schone seks. Ik wilde haar graag vaker dan een keer per week zien, maar dat gebeurde niet. Een keer per week. Altijd op dezelfde dag en dezelfde tijd. Waarschijnlijk omdat ze zo georganiseerd is. Zaterdagmiddag om vijf uur. Dan aten we en hadden seks. Soms hadden we meteen seks. Ik bleef niet bij haar slapen. Ze wil graag in haar eentje wakker worden en aan het werk gaan. Mijn DNA zit door haar hele appartement.'

'Maar je hebt gisteravond geen seks met haar gehad.'

'Dat hebt u me al gevraagd!' Hij balde zijn vuisten, en de aderen in zijn gespierde armen bolden op. 'Dat kon toch niet meer?'

'Ik wil het alleen maar zeker weten. Je begrijpt vast wel waarom ik het moet vragen.'

'Ik gebruik altijd een condoom. Die liggen in de la van haar nachtkastje. Maar u zult wel speeksel van me vinden.'

'Want?'

'Want ik heb haar omhelsd. Ik heb geprobeerd haar met mond-op-mondbeademing te reanimeren. Toen ik besefte dat ze dood was, heb ik haar gezicht gekust. Aangeraakt. Ik heb haar in mijn armen gehouden. Mijn DNA zit ook op haar.'

'Dit en dit.' Scarpetta raakte de kneuzingen op zijn borstbeen aan. 'Komt dat door die zaklantaarn?'

'Gedeeltelijk. Misschien ook doordat ik op de vloer ben gevallen. Ik weet het niet.'

Kneuzingen veranderen langzaam van kleur. Ze kunnen de vorm aangeven van het voorwerp dat ze heeft veroorzaakt. De zijne waren roodachtig paars. Er zaten er twee op zijn borst en een op zijn linkerdij, ze waren ongeveer vijf centimeter breed en licht gebogen. Het enige wat Scarpetta ervan kon zeggen, was dat ze overeenkwamen met de rand van een zaklantaarn, en dat hij zo te zien met middelmatige kracht was geraakt toen hij ook zijn andere verwondingen had opgelopen.

Ze fotografeerde de plekken van dichtbij en was zich ervan bewust dat hij haar gemakkelijk met zijn onderarm zou kunnen wurgen. Ze zou niet eens kunnen schreeuwen. Binnen een paar minuten zou ze dood zijn.

Ze voelde de warmte van zijn lichaam en rook zijn geur. De lucht tussen hen in verkoelde toen ze achteruit stapte en terugliep naar het aanrecht. Toen ze zijn verwondingen beschreef en aantekeningen maakte, wist ze dat zijn blik op haar rug was gevestigd. Ze voelde zijn niet bij elkaar passende ogen, die geen warmte uitstraalden, als druppels koud water. Zijn aanbidding en het haar idealiseren werden snel minder. Voor hem was ze niet langer de indrukwekkende deskundige van CNN, maar een vrouw, een echt mens, dat hem teleurstelde en in de steek liet. Zo ging het met heldenverering bijna altijd, omdat die bijna nooit met het lijdend voorwerp zelf te maken had.

'Het is er in al die duizenden jaren niet beter op geworden,' zei Oscar achter haar. 'Het vechten, de gruwelen, de leugens en de haat. De mensen veranderen niet.'

'Als je dat gelooft, waarom verdiep je je dan in psychologie?' vroeg ze.

'Als je wilt weten waar het kwaad vandaan komt, moet je weten waartoe het leidt,' antwoordde hij. 'Houdt het op bij een steekwond? Houdt het op bij iemand van wie tijdens een wandeling het hoofd wordt afgehakt? Bij discriminatie? Welk deel van onze hersens blijft primitief in een wereld waar gewelddadigheid en haat overleving in de weg staan? Waarom kunnen we dat deel van onze genetische code niet verwijderen, zoals we bij muizen genen verwijderen? Ik weet wat uw man doet.'

Hij praatte snel en op scherpe toon terwijl zij een extrudeerpistool om siliconenafdrukken te maken en een polyvinylsiloxaanpatroon uit haar koffer haalde.

'Hij doet research in die richting. In dat ziekenhuis in Harvard, het McLean. Met behulp van MRI. Functionele MRI. Komen we al dichter bij de oplossing? Of gaan we gewoon door met kwellen, martelen, verkrachten, moorden, oorlog voeren, genocide en vinden dat sommige mensen geen enkel recht hebben op een menswaardige behandeling?'

Ze klikte de patroon vast, trok de roze sluiting eraf, haalde de trekker over en spoot de witte basisstof en de heldere katalysator op een vel keukenpapier tot er ononderbroken sliertjes uit kwamen. Toen zette ze de mengtuit erop, liep terug naar de onderzoektafel en legde uit dat ze een siliconenpasta op zijn vingertoppen en verwondingen zou spuiten.

'Dit is een goede methode om elastische afdrukken van ruwe en gladde oppervlakken te maken, zoals vingernagels en zelfs vingertoppen,' legde ze uit. 'Het heeft geen schadelijke bijwerkingen, je huid zal er niet op reageren. Er zitten al korstjes op de schrammen en nagelafdrukken en die blijven gewoon zitten, maar als je wilt dat ik ophoud, moet je dat zeggen. Ik bevestig dat je me toestemming hebt gegeven om dit te mogen doen.'

'Ja,' zei hij.

Hij bleef roerloos zitten toen ze zijn handen aanraakte en haar best deed om zijn gewonde duim te ontzien.

'Ik maak je vingers en je wonden heel voorzichtig met isopropylalcohol schoon,' zei ze. 'Zodat je lichaamsvocht het genezingsproces niet verstoort. Het doet geen pijn, het zal hooguit een beetje prikken. Zeg het maar als je wilt dat ik ermee ophoud.'

Hij keek zwijgend hoe ze zijn vingers een voor een schoonmaakte.

'Ik vraag me af hoe je weet wat voor onderzoek dokter Wesley doet in het McLean,' zei ze. 'Want hij heeft er nog niets van gepubliceerd. Ik weet wel dat hij al een poosje op zoek is naar mensen die eraan willen meewerken en dat hij daar overal advertenties voor heeft geplaatst. Ben je er op die manier achter gekomen?'

'Het doet er niet toe,' zei Oscar en hij keek naar zijn handen. 'Er zal niets veranderen. De mensen beseffen waarom ze zich zo afschuwelijk gedragen en toch verandert er niets. Je kunt emoties niet veranderen. Alle wetenschap van de wereld is niet in staat om emoties te veranderen.'

'Dat ben ik niet met je eens,' zei ze. 'We hebben de neiging om te haten waar we bang voor zijn. De haat vermindert naarmate we minder bang zijn.'

Ze spoot het reukloze mengsel op zijn vingertoppen en het extrudeerpistool klikte elke keer dat ze de trekker overhaalde.

'Hopelijk zullen we naarmate we meer weten minder bang zijn en minder haten. Ik smeer het op elke vinger tot aan het gewricht en als het mengsel droog is, kan ik het er zo aftrekken, net als die rubberen vingerdopjes die ze omdoen om geld te tellen. Dit materiaal is uitstekend geschikt voor microscopisch onderzoek.'

Ze gebruikte een houten spateltje om het mengsel uit te smeren en glad te strijken, en tegen de tijd dat ze klaar was met het insmeren van alle schrammen en nagelafdrukken, begonnen de laagjes op zijn vingers te drogen. Ze vond het interessant dat hij niet vroeg waarom ze afdrukken van zijn vingertoppen wilde hebben, vooral van zijn nagels, en van de verwondingen die de onbekende aanvaller hem zou hebben toegebracht. Hij vroeg het niet omdat hij het waarschijnlijk wel wist, maar ze vond het feit dat hij zag dat ze de afdrukken maakte belangrijker dan de mogelijkheid om ze later microscopisch te onderzoeken.

'Ziezo. Wil je nu je handen omhooghouden?' vroeg ze.

Ze keek in zijn blauw-groene ogen.

'Het is hier vrij koel,' vervolgde ze. 'Ik denk ongeveer twintig graden. Dan zijn ze over een minuut of vier droog. Ik trek je hemd weer even omhoog, zodat je het niet koud krijgt.'

Ze rook de scherpe zweetlucht die door angst en opsluiting werd veroorzaakt. Ze rook ongepoetste tanden en een vleugje aftershave. Ze vroeg zich af of een man de moeite zou nemen aftershave op te doen als hij op het punt stond zijn geliefde te vermoorden.


11


Lucy hing haar leren jasje aan de kapstok en zette zonder dat het haar was gevraagd een stoel naast die van Berger en opende een MacBook Air.

'Neem me niet kwalijk,' zei Berger, 'maar ik heb liever dat bezoekers tegenover me gaan zitten.'

'Ik moet je iets laten zien,' zei Lucy. 'Je ziet er goed uit. Je bent niets veranderd.'

Ze nam Berger vrijpostig op.

'Nee, ik vergis me,' vervolgde ze. 'Je ziet er beter uit, misschien zelfs beter dan toen we elkaar acht jaar geleden voor het eerst ontmoetten, toen er een paar straten verderop nog twee wolkenkrabbers bij stonden. Als ik hier met de helikopter naartoe vlieg en het silhouet van New York in zicht krijg, lijkt het nog steeds alsof er twee voortanden uit de stad zijn geslagen. En als ik dan op een hoogte van ongeveer achthonderd voet de Hudson volg en langs Ground Zero kom, zie ik dat het nog steeds een gat is.'

'Het is niet iets om grapjes over te maken,' zei Berger.

'Dat doe ik ook helemaal niet. Ik wou dat ze er iets aan deden, zodat ik niet steeds het gevoel heb dat de slechteriken hebben gewonnen. Snap je?'

Berger kon zich niet herinneren dat ze Lucy ooit anders gekleed had gezien dan in praktische kleren, en in die strakke, versleten spijkerbroek met een zwart T-shirt kon ze geen wapen verbergen. Ze verborg nauwelijks iets, vooral niet dat ze geld had. Ze droeg een brede riem van krokodillenleer, met een Winston-gesp in de vorm van een sabeltijger die was gemaakt van edele metalen en edelstenen, en de dikke halsketting met turkooizen hanger in de vorm van een schedel was ook van Winston en werd beschouwd als een kunstwerk, met een bijbehorende prijs. Ze was opvallend fit en sterk. Haar mahoniebruine haar met rood gouden gloed was kortgeknipt. Afgezien van haar borsten zou ze voor een knap, mannelijk model kunnen doorgaan.

'De laptops van Terri Bridges,' zei Berger.

Ze wees naar een tafel naast de dichte deur met daarop een in bruin papier verpakt pakket, dat netjes met rood plakband was dichtgeplakt.

Lucy wierp een blik op het pakket alsof ze het niet meer dan vanzelfsprekend vond dat het daar lag.

'Ik neem aan dat je een bevel tot huiszoeking had,' zei ze. 'Heeft er al iemand gekeken naar wat er op de harde schijven staat?'

'Nee, dat mag jij doen.'

'Als ik haar e-mailaccounts heb gevonden, hebben we toestemming nodig om die te onderzoeken, zo gauw mogelijk. En misschien andere, dat hangt ervan af met wie ze, behalve haar vriend in het Bellevue, nog meer contact onderhield.'

'Natuurlijk.'

'Zodra ik haar providers en haar geschiedenis weet, moet ik haar wachtwoorden hebben.'

'Ik weet echt wel wat de gang van zaken is, hoor.'

'Tenzij je wilt dat ik hack.' Lucy begon te typen.

'Laten we dat woord alsjeblieft niet gebruiken. Ik heb het je trouwens nooit eerder horen zeggen.'

Lucy glimlachte even terwijl haar vingers behendig over het toetsenbord vlogen. Ze begon met een PowerPoint presentatie.

*connextions – De neurale netwerkoplossing*

'Mijn god, dit ga je toch echt niet doen?' zei Berger. 'Heb je enig idee hoeveel van die dingen ik te zien krijg?'

'Maar dit heb je nooit eerder gezien.' Lucy tikte op een toets. 'Ben je bekend met neurocomputertechniek? Technologie gebaseerd op neurale netwerken? Verbindingen die informatie op net zo'n manier verwerken als de hersens dat doen?'

Lucy's wijsvinger, met een grote zilveren ring eraan, tikte als een razende. Ze droeg een horloge dat Berger niet herkende en dat er, door de zwarte wijzerplaat, lichtgevende wijzers en rubberen band, militair uitzag.

Lucy zag dat Berger ernaar keek en zei: 'Misschien weet je iets van verlichtingstechniek? Gasvormig tritium, een radioactieve isotoop die desintegreert en daardoor de cijfers en andere tekens op een horloge laat gloeien, zodat je er ook in het donker op kunt kijken. Ik heb het zelf gekocht. Heb je je Blanc Pain ook zelf gekocht of was het een cadeautje?'

'Het was een cadeau van mezelf. Om me eraan te herinneren dat tijd kostbaar is.'

'Het mijne herinnert me eraan dat we moeten gebruiken waar anderen bang voor zijn, omdat je alleen bang bent voor iets wat macht en kracht heeft.'

'Ik voel me niet geroepen om door het dragen van een radioactief horloge iets te bewijzen,' zei Berger.

'In totaal hooguit vijfentwintig millicuries, of blootstelling aan misschien nul komma een microsievert per jaar. Die straling krijg je normaal al. Die is onschadelijk, bedoel ik. Een goed voorbeeld van iets vermijden omdat je er niets vanaf weet.'

'Ze beschuldigen me van alles en nog wat, maar niet van onwetendheid,' zei Berger. 'Laten we beginnen aan de laptops.'

'Het kunstmatige systeem dat ik heb ontwikkeld... Of eigenlijk ben ik nog steeds bezig het te ontwikkelen,' zei Lucy, 'omdat de mogelijkheden oneindig zijn en als je het over oneindige mogelijkheden hebt, moet je je afvragen of het mogelijk is dat iets wat kunstmatig is zich kan transformeren tot werkelijkheid. Want voor mij is kunstmatigheid eindig. Dus voor mij wil dat zeggen dat iets wat oneindig is, niet langer kunstmatig is.'

'We moeten de laptops van deze dode vrouw onderzoeken,' zei Berger.

'Je moet begrijpen hoe we dat doen,' zei Lucy.

Ze keek Berger met haar groene ogen aan.

'Omdat jij degene bent die het straks in de rechtszaal zal moeten uitleggen, niet ik,' voegde ze eraan toe.

Ze scrolde door de PowerPoint. Deze keer liet Berger haar haar gang gaan.

'*Wet Mind*, ook weer een term die je niet kent,' zei ze. 'De manier waarop ons brein stemmen, gezichten en voorwerpen herkent en in een context plaatst die er betekenis aan geeft. Iets duidelijk maakt, iets aanleert of voorspelt. Ik zie dat je niet oplet en niet eens luistert.'

Ze haalde haar handen van het toetsenbord en keek Berger aan alsof zij een vraag was die moest worden beantwoord.

'Ik wil alleen maar dat je een klus voor me doet,' zei Berger. 'Dat je alle e-mails en bestanden bekijkt, dat je alles wat is verwijderd weer oproept en op zoek gaat naar patronen die ons iets kunnen vertellen over wie, wat, wanneer en waar. Als ze is vermoord door iemand die ze kende, is de kans groot dat we daar een aanwijzing vinden.' Berger wees naar het pakket op de tafel bij de deur. 'Zelfs als de dader een onbekende was, zit daar misschien iets bij waaruit we kunnen opmaken waar die persoon haar kan zijn tegengekomen of waar zij hem is tegengekomen. Je weet hoe het werkt. Je bent je halve leven bij de recherche geweest.'

'Niet helemaal.'

Berger stond op.

'Ik zal je er een ontvangstbewijs voor laten tekenen,' zei ze. 'Hoe ben je hiernaartoe gekomen?'

'Omdat jullie geen heliport hebben, heb ik een taxi genomen.'

Lucy had de deur van het kantoor bij haar binnenkomst dichtgedaan en inmiddels stonden ze ervoor.

'Ik ging ervan uit dat iemand van je staf me wel terug zou brengen naar de Village en de trap op naar mijn kantoor,' zei Lucy. 'Ik zal de benodigde formulieren tekenen. Voor de goede orde, om de bewijsketen intact te houden. Dat heb ik allemaal in mijn eerste les ordehandhaving al geleerd.'

'Ik zal ervoor zorgen.'

Berger pleegde het benodigde telefoontje.

Toen ze had opgehangen, zei ze tegen Lucy: 'We moeten nog iets bespreken.'

Lucy leunde met haar handen in de zakken van haar spijkerbroek tegen de deur en zei: 'Mag ik eens raden? Die roddelrubriek. Alledaagse programmering, moet ik zeggen. Geloof jij in de Gouden Regel? Doe anderen niet aan...'

'Ik wil het niet speciaal over *Gotham Gotcha* hebben,' zei Berger, 'maar naar aanleiding daarvan moet ik je iets vertellen. Marino werkt nu voor mij. Ik ga ervan uit dat je dat kunt en wilt accepteren.'

Lucy trok haar jasje aan.

'Dat wil ik van je horen,' zei Berger.

'En dit vertel je me nu pas?'

'Het is me vanmiddag pas duidelijk geworden dat we het hierover moesten hebben. We hadden deze afspraak al gemaakt. In die volgorde is het gegaan. Daarom begin ik er nu over.'

'Nou, dan hoop ik dat je andere mensen beter screent dan je hem hebt gedaan,' zei Lucy.

'Daar moet je het dan maar eens met Benton over hebben, want hij heeft me Marino vorige zomer aanbevolen. Door wat ik vandaag heb gelezen, weet ik nu pas de echte reden waarom hij uit Charleston is vertrokken. Maar er staan belangrijker dingen op het spel, Lucy. Daar moet je je bij neerleggen.'

'Dat doe ik ook. Ik wil niets met hem te maken hebben.'

'Die keus is niet aan jou,' zei Berger. 'Als je voor mij wilt werken, moet je het accepteren. Hij is belangrijker dan jij omdat...'

'Ik ben blij dat ik weet wat je als rechtvaardig beschouwt,' viel Lucy haar in de rede. 'Terwijl ik niet degene ben die iemand op een misdadige manier heeft aangevallen en daarna onder valse voorwendsels een nieuwe baan heeft aangenomen.'

'Dat is wettelijk noch letterlijk waar, en ik wil er niet over redetwisten. Maar hij speelt een belangrijke rol in dit onderzoek en ik kan hem niet zonder gevolgen van zijn taak ontslaan. Om een aantal redenen wil ik dat ook niet doen, vooral omdat hij er al een tijdje bij betrokken is doordat hij een maand geleden een telefoontje van de vriend van het slachtoffer heeft aangenomen. Ik ga Marino niet de laan uit sturen vanwege jou. Er zijn nog meer forensische computerdeskundigen. Daar wil ik duidelijk over zijn.'

'Niemand kan wat ik kan. Daar wil ík duidelijk over zijn. Maar ik trek me liever meteen terug. Als je dat wilt.'

'Dat wil ik niet.'

'Weet hij dat mijn tante ook hier is?'

'Om jouw luchtvaarttermen te gebruiken: ik lijk op dit moment wel een luchtverkeersleider,' zei Berger. 'Ik probeer het verkeer gaande te houden zonder dat mensen tegen elkaar botsen. Ik streef naar strategische, zachte landingen.'

'Je bedoelt dat hij weet dat ze hier is.'

'Dat bedoel ik niet. Ikzelf heb er nog niet met hem over gepraat, maar anderen hebben dat misschien wel gedaan. Vooral omdat hij opeens groot nieuws is. Tenminste op het internet. Misschien weet hij allang dat Kay vaak in New York is, maar in het licht van hun bezoedelde verleden verbaast het me niet dat hij daar tegen mij nooit iets over heeft gezegd.'

'En je hebt tegen hem nooit haar naam genoemd?' Lucy's ogen waren donker van woede. 'Nooit gevraagd hoe is het met Kay? Hoe vindt ze het om voor CNN te werken? Hoe bevalt het huwelijk haar? Nooit gezegd jeetje, ik moet echt eens een keer met haar gaan koffiedrinken als ze weer in de stad is?'

'Marino en ik praten alleen over het werk. Ik heb nooit de wens gekoesterd zijn nieuwe Scarpetta te worden. Ik ben Batman niet en ik heb geen behoefte aan een Robin. Dit zeg ik niet om Kay te beledigen.'

'Dat is maar goed oòk, nu je weet wat Robin met Batman heeft gedaan.'

'Eerlijk gezegd, geen idee,' zei Berger toen haar telefoon begon te rinkelen. 'Ik denk dat je auto voor de deur staat.'

Scarpetta trok de opgedroogde siliconenstrips van Oscars lichaam en deed ze in de plastic zakjes voor bewijsmateriaal. Ze opende een kastje en haalde er antiseptische doekjes en antibacteriële zalf uit, knoopte Oscars hemd weer los en duwde het omlaag naar zijn heupen.

'Weet je zeker dat het een flexibele handboei was?' vroeg ze.

'Je ziet ze ook op tv,' zei Oscar. 'De politie en het leger gebruiken ze om mensen als vuilniszakken vast te binden.'

'Dit doet geen pijn.'

Oscar bleef doodstil zitten toen ze zijn wonden opnieuw schoonmaakte en er voorzichtig zalf op smeerde.

'Ze hadden niet het recht om haar aan te raken,' zei hij. 'Ik hield haar al in mijn armen, dus waarom mocht ik haar niet optillen en op de brancard leggen? In plaats van dat die rotzakken haar overal aanraakten. Ze trokken de handdoek van haar af. Dat heb ik zelf gezien. Toen ze mij uit de badkamer wegstuurden. Ze trokken de handdoek van haar af. Waarom? U weet wel waarom. Omdat ze haar wilden zien.'

'Ze waren op zoek naar bewijsmateriaal. Naar verwondingen.'

Voorzichtig trok ze het hemd weer omhoog en knoopte het dicht.

'Ze hadden die handdoek niet van haar af hoeven trekken,' zei hij. 'Ik had ze verteld dat er geen bloed op haar lichaam zat, behalve de schrammen op haar benen. Alsof hij haar daar met iets had geslagen. Misschien een plank. Maar ik weet niet waar hij een plank vandaan had kunnen halen. Of zij. Ik heb niets gezien wat die schrammen op haar benen kan hebben veroorzaakt. Haar gezicht was donkerrood. Er liep een streep om haar hals. Alsof hij haar met een touw of zoiets had gewurgd. Maar wat het ook was, het zat niet meer om haar hals. De politie hoefde de handdoek niet weg te halen om dat te kunnen zien, of haar hartslag te voelen, of naar haar polsen te kijken. Je kon zo zien dat ze dood was. Ligt er hier ergens een deken?'

Scarpetta kon geen deken vinden. Ze trok haar laboratoriumjas uit en legde die over zijn schouders. Hij rilde. Zijn tanden klapperden.

'Ik ben naast haar op de grond gaan zitten en heb haar haren ge-streeld, en haar gezicht, en tegen haar gepraat,' zei hij. 'Ik heb het alarmnummer gebeld. Ik herinner me voeten. Zwarte enkellaarsjes en donkere broekspijpen in de deuropening. Ik had een handdoek over haar heen gelegd en hield haar in mijn armen.'

Hij staarde naar de muur.

'Ik hoorde stemmen die zeiden dat ik haar los moest laten. Ze grepen me vast. Ik begon te schreeuwen. Ik wilde niet bij haar weg-gaan. Maar ze dwongen me. Ik mocht haar zelfs niet één keer meer zien. Ik heb haar nooit meer gezien. Haar ouders wonen in Arizo-na en daar gaat ze naartoe en dan zal ik haar nooit meer zien.'

'Je zei dat je online college is gevestigd in Arizona.'

'Haar vader is het hoofd,' zei hij tegen de muur. 'Daarom is ze daar naartoe gegaan. Ze noemen het het Gotham College, alsof het hier in New York staat, maar het staat eigenlijk nergens, behalve in dat gebouw in Scottsdale. Waarschijnlijk omdat het een fijne stad is om te wonen, en veel goedkoper dan hier. Haar ouders wonen in een groot huis bij Camelback Mountain. We zijn nooit samen naar Scottsdale geweest, omdat de volgende bijeenkomst pas in maart is. Zij is geen lid van de faculteit, maar ze zou er wel naartoe zijn ge-gaan. Nou ja, ze zou er vanmorgen naartoe zijn gevlogen, om er een paar dagen door te brengen.'

'Heb je, toen je gisteravond in haar appartement was, haar ba-gage zien staan? Had ze haar koffer al gepakt?'

'Terri laat nooit ergens iets staan, behalve als ze het meteen wil gebruiken. En ze weet dat ik het niet leuk vind haar koffer te zien staan als ik niet met haar meega. Het zou onze avond bedorven heb-ben.'

'Had ze je gevraagd met haar mee naar Scottsdale te gaan?'

'Ze wilde hun eerst over mij vertellen.'

'Wisten ze na drie maanden nog steeds niet dat ze met je om-ging?'

'Ze zijn erg bezorgd om haar. Benauwend bemoeizuchtig,' ver-volgde hij alsof hij tegen de muur praatte. 'Ze wilde het hun pas vertellen wanneer ze er zeker van was. Ik heb wel eens tegen haar gezegd dat het geen wonder was dat ze een dwangneurose had. Dat kwam door hen.'

'Waar wilde ze zeker van zijn?'

'Van mij. Dat het serieus was tussen ons. Ik was verliefder op haar dan zij op mij.'

Hij sprak nog steeds dan weer in de tegenwoordige, dan weer in de verleden tijd, zoals mensen doen wanneer ze nog niet lang geleden een geliefde hebben verloren.

'Ik wist meteen wat ik wilde. Maar haar ouders... Nou ja, als het op niets zou uitlopen, wilde ze niets hoeven uitleggen. Ze is altijd bang voor ze geweest, bang voor hun afkeuring. Het bewijst hoe sterk ze is dat ze ten slotte de moed had om het huis uit te gaan. Ze hebben ook nog twee andere kinderen en dat zijn geen kleine mensen. Die zijn naar de universiteit gegaan en doen wat ze willen. Maar Terri mocht dat niet. En zij is de intelligentste van allemaal. Een van de intelligentste mensen die ik ken. Maar zij mocht dat niet. Zij moest thuis blijven wonen tot ze vijfentwintig was en er niet meer tegen kon, omdat ze iets wilde bereiken. Ze heeft ruzie met ze gemaakt en is vertrokken.'

'Hoe kon ze het zich veroorloven in New York te gaan wonen?'

'Dat was voordat ik haar leerde kennen. Ze zei dat ze geld had gespaard en haar ouders bleven haar financieel steunen. Ze gaven haar niet veel, maar wel iets. Ze heeft het weer goedgemaakt en ik geloof dat ze een keer bij haar op bezoek zijn geweest, maar het beviel hun niet waar ze woonde. Ze hebben haar toelage verhoogd en toen kon ze verhuizen naar het appartement waar ze nu woont. Dat heeft ze me verteld. Ik moet toegeven dat het aardig van ze is dat ze haar steunen, althans financieel.'

Zijn gezicht werd rood van woede en zijn korte goudblonde haar leek opeens van metaal.

'Maar dat soort mensen wil er altijd iets voor terug hebben,' ging hij verder. 'Ik denk dat ze haar van een afstand gingen vertellen wat ze al dan niet mocht doen. Ik merkte dat haar dwangneurose verergerde. Het viel me op dat haar e-mails steeds nerveuzer van toon werden. Al voordat we elkaar leerden kennen. En dat is de laatste paar maanden alleen maar erger geworden. Ik weet niet waarom. Ze kan er niets aan doen. Ik moet haar zien. Breng me alstublieft naar haar toe! Ik moet afscheid van haar nemen! Ik haat de politie. Ze kunnen doodvallen.'

Met zijn geboeide handen veegde hij zijn ogen af.

'Waarom moesten ze zich zo kil gedragen? Schreeuwen en duwen en trekken? En via hun radio's. Ik wist niet wat me allemaal overkwam. Ik haat die rechercheur...'

'De man tegen wie je hebt gezegd dat hij je appartement mocht doorzoeken?' vroeg Scarpetta.

'Ik mocht er heus geen uitzoeken! Hij schreeuwde en beval me hem aan te kijken wanneer hij tegen me praatte, en ik probeerde hem uit te leggen dat ik hem niet kon horen als ik naar hem keek. In de woonkamer stelde hij allerlei vragen en eiste dat ik hem antwoord gaf. Kijk me aan, kijk me aan! Eerst wilde ik wel helpen. Ik zei dat iemand aan de buitendeur moest hebben aangebeld en dat ze waarschijnlijk heeft gedacht dat ik het was. Dat ik vroeg was en mijn sleutels was vergeten. Er moet een reden zijn geweest dat ze dacht dat ze die persoon veilig kon binnenlaten.'

'Je hebt steeds gezegd dat Terri erg nerveus was. Was ze overdreven voorzichtig?'

'Dit is New York, mensen doen niet zomaar hun deur open en zij was altijd ongelooflijk voorzichtig. Kleine mensen zoals wij zijn extra voorzichtig. Dat is een van de redenen dat haar ouders haar zo overdreven wilden beschermen en haar in haar jeugd bijna opsloten. Ze zou nooit opendoen als ze niet dacht dat het veilig was.'

'Wat wil dat volgens jou zeggen? Hoe is die indringer daar binnengekomen en heb je enig idee waarom iemand Terri iets zou willen aandoen?'

'Daar hebben ze hun redenen voor,' zei hij.

'Heb je, toen je in haar appartement was, ook gezien of er iets was gestolen? Zou dat een reden kunnen zijn geweest?'

'Het is me niet opgevallen dat er iets weg was, maar ik heb er niet speciaal op gelet.'

'En haar sieraden? Droeg ze een ring, een ketting, iets wat ontbrak?'

'Ik wilde haar niet achterlaten. Ze hadden niet het recht om me te dwingen haar achter te laten, om me in de auto van die rechercheur te duwen alsof ik een moordenaar was. Hij lijkt meer op een moordenaar dan ik, met zijn hiphopkleren en vlechtjes. Ik heb geen mond opengedaan.'

'Je hebt me net verteld dat je dat wél hebt gedaan. In haar appartement.'

'Ze hadden hun besluit al genomen. Ik haat de politie. Ik heb ze altijd gehaat. Zoals ze langsrijden in hun politieauto's, kletsend, lachend, rondloerend. Toen ik zestien was, had iemand een keer mijn auto opengebroken door alle raampjes kapot te slaan. De agent zei: "Aha, we hebben een kléín probleem." Hij ging achter het stuur zitten en zette zijn voeten op de verhoogde pedalen en zijn knieën zaten naast zijn oren, en de agent die erbij was lachte erom. Ze kunnen doodvallen.'

'En andere mensen? Ben je wel vaker slecht behandeld of uitgelachen?'

'Ik ben opgegroeid in een stadje waar iedereen me kende. Ik had er vrienden. Ik was lid van het worstelteam en haalde hoge cijfers. In mijn laatste jaar was ik klasse-oudste. Ik ben realistisch. Ik doe geen domme dingen. Ik hou van mensen. De meesten zijn aardig genoeg.'

'Maar je hebt een loopbaan gekozen waar je ze kunt ontwijken.'

'Er wordt voorspeld dat de meeste mensen uiteindelijk online zullen gaan studeren. De politie denkt dat iedereen wel ergens schuld aan heeft. Als je er anders uitziet of het een of andere gebrek hebt. Tegenover me woonde een jongen met het syndroom van Down. De politie verdacht hem altijd wel ergens van, nam altijd aan dat hij elk meisje in de buurt zou verkrachten.'

Scarpetta begon haar koffer in te pakken. Ze was klaar. Het vergelijken van de siliconenafdrukken van zijn vingernagels, de schrammen en de nagelafdrukken, en de maten en foto's die ze had genomen, zouden alleen maar bevestigen wat ze al wist. Dat zou hij beseffen, dat kon niet anders, en ze wilde dat hij dat besefte.

Ze zei: 'Je begrijpt toch wel wat we uit alles wat we vandaag hebben gedaan kunnen opmaken, Oscar? De siliconenafdrukken van je vingertoppen en verwondingen. De foto's en de maten.'

Hij staarde naar de muur.

'We kunnen de afdrukken onder de microscoop bestuderen,' voegde ze er nadrukkelijk aan toe.

'Ik weet wat jullie kunnen,' zei hij. 'Ik weet waarom u die siliconenafdrukken hebt gemaakt. Ja, ik weet dat u die onder de microscoop zult bestuderen.'

'Dat laat ik in het politielaboratorium doen. Ik hoef het niet zelf meer te doen. Ik denk dat ik alle informatie al heb die ik nodig heb,' zei ze. 'Heb je het zelf gedaan, Oscar? Die schrammen en die kneuzingen? Je kunt overal bij. En ze hebben precies de positie die ze zouden hebben als je het zelf had gedaan.'

Hij zei niets.

'Als je echt het onzinnige idee mocht hebben dat ik een perfecte misdaad zou kunnen oplossen, zou je er dan ook maar een moment aan twijfelen dat ik er niet achter zou komen dat je jezelf hebt verwond?'

Niets. Hij staarde naar de muur.

'Waarom?' vroeg ze. 'Was het echt je bedoeling dat ik naar je toe zou komen om vast te stellen dat je dit jezelf hebt aangedaan?'

'U mag het niemand vertellen. Ook uw man niet. Ook rechercheur Morales niet. U mag het niet tegen Berger zeggen en ook niet tegen die rotzak in haar kantoor die me vorige maand niet geloofde.'

'Onder de huidige omstandigheden is alles wat we hier vandaag hebben besproken vertrouwelijk, maar dat kan veranderen,' zei ze.

'Het was de enige manier waarop ik u hierheen kon halen. Ik moest gewond zijn.'

'En die aanvaller die bij haar de deur opendeed?' vroeg ze.

'Die bestaat niet. Toen ik aankwam, waren alle lichten uit. Haar deur zat niet op slot. Ik rende naar binnen en riep haar. En ik vond haar in de badkamer. Daar was het licht wel aan, alsof hij wilde dat ik zou schrikken. Dat licht kun je vanaf de straat niet zien, omdat de badkamer aan de achterkant ligt. Ik heb de boeien met de keukenschaar doorgeknipt. Toen heb ik me in mijn duim gesneden. Een klein sneetje maar, ik weet niet precies hoe, maar ik greep naar de schaar en toen viel het messenblok om en ik moet me aan een van die messen hebben gesneden. Dus wikkelde ik een stuk keukenpapier om mijn duim en rende terug naar mijn auto en gooide mijn jas erin. Daarna ben ik naast haar op de badkamervloer gaan zitten en heb mijn shirt van mijn lijf getrokken en mezelf verwond. Er zit bloed op mijn shirt. En ik heb de politie gebeld.'

'Die zaklantaarn, heb je daar jezelf mee geslagen?'

'Die lag in de keukenla. Ik heb hem schoongeveegd en op de vloer van de woonkamer laten liggen. Bij de deur.'

'Waarom heb je de moeite genomen die schoon te vegen terwijl je vingerafdrukken en DNA overal in het appartement en op haar lichaam te vinden zijn?'

'Zodat ik tegen de politie kon zeggen dat de inbreker handschoenen aanhad. Dat zou mijn verhaal bevestigen. De handschoenen zouden de vingerafdrukken op de zaklantaarn hebben weggeveegd. Leren handschoenen, heb ik gezegd.'

'En de keukenschaar? Wat heb je daarmee gedaan nadat je haar boeien had doorgeknipt?'

Zijn gezicht vertrok en ze zag dat hij zich het tafereel weer voor de geest probeerde te halen. Hij begon hijgend adem te halen en heen en weer te wiegen.

Met trillende stem zei hij: 'Haar handen hadden een afschuwelijke, donkerblauw-met-rode kleur. Haar nagels waren blauw. Ik wreef over haar polsen en haar handen om de bloedsomloop weer op gang te brengen. En ik probeerde de moeten weg te wrijven, diepe moeten.'

'Weet je nog wat je met de schaar hebt gedaan?'

'Haar handen waren heel strak vastgebonden. Dat moet veel pijn hebben gedaan. Ik heb de schaar op de badkamervloer laten liggen.'

'Wanneer besloot je jezelf te verwonden omdat dat, zoals je net zei, de enige manier was om mij hiernaartoe te halen?'

'Ik zat naast haar op de badkamervloer. Ik wist dat ze mij de schuld zouden geven. Ik wist dat als ik door uw man zou worden behandeld, ik om u zou kunnen vragen. Ik moest ervoor zorgen dat u kwam. Ik vertrouw u en u bent de enige die zich om haar bekommerde.'

'Ik kende haar niet.'

'Lieg niet tegen me!' schreeuwde hij.


12


Shrew dronk weer Maker's Mark, het merk waaraan de Baas de voorkeur gaf. Ze schonk haar glas vol, met ijsblokjes, zoals de Baas deed.

Ze pakte de afstandsbediening van haar flatscreen Samsung tv met een diagonaal van een meter – net zo'n toestel als de Baas vroeger had, volgens zijn columns, maar nu blijkbaar niet meer. Hij had een nieuwe anderhalve meter plasma Panasonic tv gekocht, tenzij hij daar alleen reclame voor maakte waarvoor hij betaald kreeg. Shrew wist nooit zeker wat waar was en wat hij verzon om het geld, want ook de zakelijke kant van *Gotham Gotcha* was voor haar een groot geheim.

Terroristen, dacht ze.

Stel dat het geld daar naartoe ging? Misschien was haar buurvrouw wel vermoord door terroristen, hadden ze zich in het gebouw vergist en hadden ze het eigenlijk op Shrew gemunt, omdat ze vreesden dat zij hen op het spoor was gekomen. Stel dat opsporingsambtenaren die op terroristen joegen via de website bij Shrew terecht waren gekomen en het verkeerde appartement waren binnengedrongen? Dat was gemakkelijk genoeg. De appartementen van Shrew en Terri lagen recht tegenover elkaar, behalve dat Shrew een verdieping hoger woonde. Regeringen maakten aan de lopende band mensen van kant, kijk maar naar Marilyn Monroe, die waarschijnlijk was vermoord omdat ze te veel wist.

Misschien wist Shrew ook te veel, of dachten de verkeerde mensen dat ze te veel wist. Ze raakte zo in paniek dat ze het visitekaartje pakte dat rechercheur Pete Marino had achtergelaten. Ze nam een slok bourbon, hield het kaartje in haar hand en stond op het punt hem te bellen. Maar wat moest ze dan zeggen? Bovendien wist ze eigenlijk niet hoe ze over hem dacht. Als dat wat de Baas over hem had geschreven waar was, was hij een seksmaniak die nooit was gestraft, en de laatste die ze bij haar thuis wilde hebben, was een seksmaniak.

Shrew zette een eetkamerstoel tegen de voordeur, met de rugleuning onder de deurknop, zoals ze wel eens in een film had gezien. Vervolgens ging ze controleren of alle ramen dicht waren en of er niemand op de brandtrap stond. Ze zocht in de tv-gids naar een leuke comedy, maar ze vond er geen en zette dus maar haar favoriete dvd van Kathy Griffin op.

Toen nam ze plaats voor haar computer, met haar glas bourbon met ijs, en ging met behulp van haar wachtwoord naar de programmering van de website – ze keek onder de motorkap, zoals ze het zelf noemde.

Wat ze toen zag, verbijsterde haar, ze kon haar ogen nauwelijks geloven.

De foto van Marilyn Monroe met haar eigen sensationele verhaal erbij had al ruim zeshonderdduizend hits opgeleverd. In nog geen uur. Ze dacht aan de videobeelden van Saddam Hussein toen hij werd getreiterd en opgehangen, maar nee, die hadden na een uur nog niet eens een derde van dat aantal tot gevolg gehad. Haar verbazing maakte plaats voor trots, al werd ze ook bang. Hoe zou de Baas hierop reageren?

Maar ze zou haar civiele en letterlijke ongehoorzaamheid rechtvaardigen door hem erop te wijzen dat, als ze dat verhaal over de moord op Marilyn niet had geschreven, de wereld de waarheid nooit zou weten. Ze had juist en ethisch gehandeld. Bovendien schreef de Baas nooit nieuwsberichten, dus waarom zou hij het erg vinden als Shrew dat wel deed? De Baas brak zich nooit het hoofd over de toestand in de wereld, hij brak alleen het hart en de geest van mensen die toevallig in het nieuws stonden.

Shrew logde uit en begon langs de tv-kanalen te surfen om te zien welke omroepen haar opzienbarende onthulling hadden opgepikt. Ze verwachtte dat ze op CNN dr. Scarpetta zou zien praten met Anderson Cooper, Wolf Blitzer of Kitty Pilgrim, maar nergens zag ze de beroemde patholoog-anatoom aan wie de Baas zo'n hekel leek te hebben en niemand had het over Marilyn Monroe. Het was nog vroeg. Ze dronk haar bourbon, en een kwartier later logde ze weer in op de websiteprogrammering om het aantal hits opnieuw te checken. Tot haar verbijstering hadden inmiddels bijna een miljoen mensen de mortuariumfoto van Marilyn Monroe bekeken. Zoiets had ze nog nooit meegemaakt. Ze logde uit en ging naar de site.

'O lieve god,' zei ze hardop, en haar hart stond bijna stil van schrik.

De homepage zag eruit als door de duivel bezeten. De letters die *Gotham Gotcha* spelden, verwisselden steeds van plaats en spelden dan *Oh C tha Maggot*. O, zie de made? Het silhouet van New York op de achtergrond was zwart gemaakt en daarachter flitsten bloedrode strepen door de lucht. Opeens stond de kerstboom van Rockefeller Center op zijn kop in Central Park en draaiden schaatsers rondjes in het Boathouse Restaurant, terwijl de tafels met de etende gasten op het ijs van de Wollman Rink stonden. Toen begon het te sneeuwen en te donderen en flitste de bliksem door een verschrikkelijke hoosbui, die zich verplaatste naar de speelgoedwinkel

FAO Schwarz voordat hij veranderde in een helikopter die in de zon boven de rivier de Hudson vloog, waarna het Vrijheidsbeeld opeens het scherm vulde en instortte alsof het door de helikopter was geraakt.

De banner draaide op een krankzinnige manier rond en Shrew kon hem niet stilzetten. Dit zagen miljoenen fans nu ook en ze kon het niet wegklikken. Geen van de iconen reageerde en toen ze naar de column van die morgen probeerde te gaan, of naar de later geposte extra column, of eerdere columns in het bestand, kreeg ze alleen dat afschuwelijk ronddraaiende kleurenwiel. Ze kon geen e-mail naar de site sturen of naar *Gotham Gossip* gaan, de site waar fans konden chatten en ruziemaken en afschuwelijke dingen spuien over mensen die ze niet kenden.

Ze kon niet naar *Bulletin Bored, Sneak Peaks,* de *Photo Swap Shop* of zelfs de *Dark Room*, waar je *Sick Pics* of *Celebrity Over Exposures* kon bekijken, of het waanzinnig populaire *Gotham Gotcha A.D.*, waar Shrew foto's op zette die na de dood waren genomen, zoals ze ook met de recente foto van Marilyn Monroe had gedaan.

Hoe konden honderden fans die foto openen en ook het verhaal dat Shrew erbij had geschreven terwijl de website in het honderd was gelopen en op slot zat? Een samenzwering, dacht Shrew. De maffia, kwam vol afschuw bij haar op toen ze aan de geheimzinnige Italiaanse agent dacht die haar via de telefoon had aangenomen. De regering! Shrew had het geheim onthuld en nu had de CIA, de FBI of de binnenlandse veiligheidsdienst de site gesaboteerd, zodat de wereld de waarheid niet zou horen. Of misschien waren het toch alleen terroristen.

Ze klikte hysterisch op elk icoon, maar er gebeurde niets en de banner bleef zijn helse looping uitvoeren terwijl *Gotham Gotcha* zijn letters verwisselde: *Gotham Gotcha! Oh C tha Maggot! Gotham Gotcha!...*


Benton stond voor de ingang van de ziekenzaal te wachten, en door de kier van de dichtvallende deur staarden Oscars niet bij elkaar passende ogen Scarpetta na tot ze achter het beige staal verdwenen. Scarpetta hoorde het geklik van boeien toen die werden losgemaakt.

'Kom mee,' zei Benton en hij raakte haar arm aan. 'We zullen er in mijn kantoor over praten.'

Hij was lang en slank en viel overal meteen op, maar hij zag er moe uit, alsof hij op het punt stond ziek te worden. Zijn knappe gezicht stond strak, zijn zilvergrijze haar zat in de war. In zijn onopvallende grijze pak met wit overhemd en saaie blauwe das kon hij doorgaan voor een doorsneemedewerker van welke instelling dan ook. Hij droeg een goedkoop rubberen sporthorloge en een eenvoudige platina trouwring. Een teken van welstand was op de gevangenisafdeling, waar patiënten gemiddeld minder dan drie weken bleven, geen goed idee. Het kwam regelmatig voor dat Benton een patiënt die hij in het Bellevue had onderzocht een maand later ergens op straat bij vuilnisbakken zag rondscharrelen op zoek naar iets te eten.

Hij nam het koffertje van haar over terwijl zij de enveloppen met bewijsmateriaal in haar hand hield en zei dat ze die aan de politie moest geven.

'Ik zal iemand naar mijn kantoor laten komen voordat we naar huis gaan,' zei Benton.

'Ze moeten rechtstreeks naar de laboratoria. Ze moeten Oscars DNA bepalen en zo snel mogelijk in de databank zetten.'

'Ik zal Berger bellen.'

Ze verlieten de afdeling. Twee karren met linnengoed reden met het geluid van een trein langs hen heen en een tussendeur viel dicht terwijl ze langs cellen liepen die voor een gevangenis ruim zouden zijn als er niet zes bedden in stonden. De meeste mannen droegen een slecht passende pyjama en zaten luidkeels met elkaar te praten. Sommigen staarden door de met gaas bedekte ramen naar het donkere gat met de East River, anderen keken door de tralies de zaal in. Eén patiënt vond het een geschikt moment om naar de wc te gaan en terwijl hij plaste, zei hij glimlachend tegen Scarpetta dat hij een mooi onderwerp voor een verhaal was. Zijn celgenoten begonnen te ruziën over wie er het meest geschikt was om op tv te komen.

Benton en Scarpetta wachtten voor de eerste tussendeur, die nooit vlug genoeg werd geopend, omdat de bewaker in de controlekamer aan de andere kant ook andere deuren moest openen en sluiten. Benton riep dat hij hen door moest laten, maar de man liet hen rustig wachten. Benton riep het nog keer. Iemand dweilde de gang naar de recreatiezaal, met tafels en stoelen, spelletjes en een oud fitnessapparaat zonder afschroefbare delen.

Daarachter lagen verhoorkamertjes, een zaal voor groepstherapie en de juridische bibliotheek met twee typemachines, die net als de tv-toestellen en muurklokken waren bedekt met plastic om te voorkomen dat patiënten er onderdelen afhaalden waarmee ze een wapen zouden kunnen maken. De eerste keer dat Scarpetta naar deze afdeling was geroepen, had ze een rondleiding gekregen, en ze wist eigenlijk wel zeker dat alles bij het oude was gebleven.

Eindelijk gleed de witgeschilderde stalen deur open en achter hen meteen weer dicht, en daarna de tweede deur om hen naar buiten te laten. De bewaker in de controlekamer gaf Scarpetta haar rijbewijs terug en zij gaf hem haar bezoekerspas, beiden zwijgend aan weerskanten van de dikke tralies. Agenten brachten een nieuwe patiënt binnen, in de knaloranje overall van Rikers Island. Gevangenen zoals hij werden hier tijdelijk ondergebracht wanneer ze een dokter nodig hadden. Het bleef Scarpetta verbazen waar simulanten toe in staat waren om een kort verblijf in het Bellevue af te dwingen.

'Een van onze draaideurklanten,' zei Benton toen de stalen deur met een klap sloot. 'Een slikker. De vorige keer waren het batterijen. AAA, AA, ik weet het niet meer. Een stuk of acht. Daarvoor stenen en schroeven. En een keer tandpasta, met tube en al.'

Scarpetta had het gevoel dat haar geest zoals de voering van een jas uit haar lichaam werd geritst. Ze mocht niet zichzelf zijn, mocht geen emoties tonen, mocht niets loslaten over Oscar of ook maar één woord zeggen over wat hij haar over zichzelf of Terri had verteld. Bentons professionele afstandelijkheid, die op de afdelingen het grootst was, verkilde haar. Hier leed hij onder een angst die hij niet wilde opbiechten en dat hoefde ook niet, omdat ze hem kende. Sinds Marino zo dronken was geweest dat hij volkomen was doorgeslagen, was Benton bevangen door een stille, chronische paniek, die hij niet wilde toegeven. Voor hem was elke man een potentieel beest dat haar mee naar zijn hol wilde sleuren, en wat ze ook zei of deed, ze kon hem niet geruststellen.

'Ik neem ontslag bij CNN,' zei ze toen ze naar zijn kantoor liepen.

'Ik begrijp de positie waarin je door Oscar terecht bent gekomen,' zei hij. 'Jij kunt er niets aan doen.'

'Je bedoelt de positie waarin ik door jou terecht ben gekomen.'

'Berger is degene die wilde dat je zou komen.'

'Maar jij hebt het me gevraagd.'

'Als ik het voor het zeggen had gehad, zat je nog in Massachusetts,' zei hij. 'Maar hij wilde alleen praten met jou.'

'Ik hoop niet dat het door mij komt dat hij hierheen is gebracht.'

'Jij bent hoe dan ook niet verantwoordelijk voor hem.'

'Dat vind ik geen geruststellende opmerking,' zei ze.

Ze liepen langs dichte kantoordeuren, er was niemand. Ze waren alleen en deden geen poging om hun gespannen stemmen te dempen.

'Ik hoop niet dat je suggereert dat het zou kunnen dat een geobsedeerde fan een gruwelijke stunt heeft uitgehaald om mij te kunnen ontmoeten,' ging ze verder. 'Ik hoop niet dat je dat bedoelt.'

'Een vrouw is dood, dat is geen stunt,' zei Benton.

Ze kon hem niet vertellen dat Oscar ervan overtuigd was dat hij werd bespioneerd en dat de persoon of groepering die erachter zat Terri Bridges had vermoord. Misschien wist Benton dat al, maar ze mocht het hem niet vragen. Ze mocht hem niet vertellen dat Oscar zichzelf had verwond, dat hij daar tegen de politie en alle anderen over had gelogen. Het enige wat ze kon doen, was er in algemene termen over praten.

'Ik heb niets gehoord wat me het recht geeft met jou over hem te praten,' zei ze, waarmee ze bedoelde dat Oscar niets had toegegeven en niet had laten blijken dat hij een gevaar voor zichzelf of voor anderen was.

Benton ontsloot de deur van zijn kantoor.

'Je bent lang bij hem geweest,' zei hij. 'Denk aan wat ik altijd tegen je zeg, Kay. Je eerste aanwijzing is je intuïtie. Luister naar wat je intuïtie je over die man vertelt. En het spijt me dat ik zo stug doe. Ik heb vannacht niet geslapen. Eerlijk gezegd zit ik in een verdomd vervelende positie.'

De werkkamer die het ziekenhuis Benton had toegewezen was vrij klein, en hij had zijn boeken, tijdschriften en andere spullen overal zo netjes mogelijk opgestapeld. Ze gingen zitten en het bureau tussen hen in leek een solide belichaming van de emotionele barrière waar ze niet overheen kon. Hij wilde geen seks, tenminste niet met haar. Ze dacht niet dat hij met iemand anders naar bed ging, maar de voordelen van het huwelijk bestonden bij hen uit kortere en onpersoonlijker gesprekken dan vroeger en minder tijd in bed. Ze was ervan overtuigd dat Benton voor hun huwelijk gelukkiger was geweest, en dat trieste feit weet ze niet aan Marino.

'Wat zegt je intuïtie?' vroeg Benton.

'Dat ik niet met hem had moeten praten,' antwoordde ze. 'Dat niets me zou moeten beletten met jou te praten. Maar mijn verstand zegt iets anders.'

'Je bent een van onze adviseurs, consulterend arts. We mogen een professionele discussie voeren over hem als patiënt.'

'Ik weet niets over hem als jouw patiënt. En ik mag je niets over hem als mijn patiënt vertellen.'

'Had je nog nooit van hem gehoord? Of van Terri Bridges?'

'Daar mag ik op antwoorden. Nee, nooit. En probeer me nu niet over te halen. Je weet tot hoever ik mag gaan. Dat wist je toen je me vanmorgen belde.'

Benton trok een la open en haalde er twee enveloppen uit, die hij haar over het bureau heen aanreikte.

'Ik kon niet weten wat er tegen de tijd dat jij hier zou aankomen zou zijn gebeurd,' zei hij. 'Misschien had de politie wel iets gevonden, hem gearresteerd, dan zou dit gesprek tussen ons niet hebben plaatsgevonden. Maar je hebt gelijk. Op dit moment moet je in de eerste plaats aan Oscars welzijn denken. Jij bent zijn arts. Maar dat betekent niet dat je nog een keer naar hem toe moet.'

In de ene envelop zat een DNA-rapport en in de andere een aantal foto's van de plaats delict.

'Berger wilde dat jij ook een kopie van de DNA-analyse zou krijgen. De foto's en het politieverslag komen van Mike Morales,' zei Benton.

'Ken ik hem?'

'Hij zit nog niet zo lang bij het rechercheteam. Je kent hem niet en misschien kan dat zo blijven. Eerlijk gezegd vind ik hem een zak. Dit zijn foto's die hij op de plaats delict heeft genomen, en dit is zijn voorlopige rapport. Het DNA is afkomstig van uitstrijkjes die dokter Lester van het lichaam van Terri Bridges heeft gemaakt. Er zijn meer foto's genomen, maar die heb ik nog niet gekregen. Tijdens een tweede huiszoeking vanmiddag, toen ze ook in de koffers hebben gekeken die in haar kleerkast stonden. Daar bleken haar laptops in te zitten. Blijkbaar zou ze vanmorgen naar Arizona vliegen om een paar dagen bij haar familie door te brengen. Niemand weet waarom haar koffers weer in de kast waren gezet.'

Scarpetta dacht aan wat Oscar haar had verteld. Terri liet nooit haar koffers zomaar ergens staan. Ze was obsessief netjes, en Oscar hield niet van afscheid nemen.

Benton zei: 'Het zou kunnen dat ze buitengewoon netjes was. Misschien obsessief netjes. Op de foto's kun je zien wat ik bedoel.'

'Dat is volgens mij een heel aannemelijke verklaring,' zei ze.

Hij keek haar aan en probeerde vast te stellen of ze zijn veronderstelling had bevestigd. Ze verbrak hun oogcontact niet en ook niet de stilte die er was gevallen. Hij zocht een telefoonnummer op zijn mobiel, pakte de hoorn van het toestel op zijn bureau en vroeg Berger of ze iemand kon sturen om het bewijsmateriaal op te halen dat Scarpetta had verzameld van Oscar Bane.

Hij luisterde even, keek naar Scarpetta en zei tegen Berger: 'Dat ben ik volkomen met je eens. Omdat hij kan vertrekken wanneer hij wil, en je weet wat ik daarvan vind. Nee, daar heb ik nog niet de gelegenheid voor gehad... Ja, ze zit hier. Waarom vraag jij het haar zelf niet?'

Benton zette het toestel midden op het bureau en gaf de hoorn aan Scarpetta.

'Dank je dat je dit hebt gedaan,' zei Jaime Berger, en Scarpetta probeerde zich te herinneren wanneer ze elkaar voor het laatst hadden gesproken.

Vijf jaar geleden.

'Hoe gedroeg hij zich?' vroeg Berger.

'Hij werkte volledig mee.'

'Denk je dat hij daar zal blijven?'

'Ik zit in een lastig parket.' Zo liet Scarpetta haar weten dat ze niet over haar patiënt kon praten.

'Dat begrijp ik.'

'Het enige wat ik je zonder meer kan vertellen,' zei Scarpetta, 'is dat ik het een goed idee vind als je zijn DNA zo snel mogelijk laat analyseren. Dat kan geen kwaad.'

'Gelukkig zijn er genoeg mensen die het niet erg vinden overuren te maken, maar helaas hoort Lester daar niet bij. Omdat je nu toch hier bent, vraag ik het je rechtstreeks, zonder Benton ermee te belasten, tenzij hij al iets heeft gezegd. Zou je het erg vinden om vanavond ook naar het lichaam van Terri Bridges te kijken? Benton kan je de details geven. Als het goed is, komt dokter Lester op dit moment terug uit New Jersey. Het spijt me dat ik je zo'n vervelende klus in de schoenen schuif, en dan heb ik het niet over het mortuarium.'

'Ik wil graag helpen,' zei Scarpetta.

'We zullen elkaar binnenkort wel weer spreken. En we moeten elkaar weer eens zien. Misschien kunnen we een keer samen gaan eten bij Elaine's,' zei Berger.

Dat zeiden vrouwen die een beroep hadden zoals zij vaak tegen elkaar. Dat ze nodig een keer samen moesten lunchen of dineren. Scarpetta en Berger hadden dat bij hun eerste ontmoeting, acht jaar geleden, ook tegen elkaar gezegd, toen Berger als bijzondere aanklager in een van de meest stressvolle rechtszaken van Scarpetta's leven naar Virginia was gekomen. En ze hadden het gezegd bij hun laatste ontmoeting, in 2003, toen ze zich allebei zorgen maakten om Lucy. Lucy was toen net terug van een clandestiene operatie in Polen, waarover Scarpetta nog steeds heel weinig wist, maar wel dat Lucy daar illegale dingen had gedaan. In elk geval moreel onjuiste dingen. Berger had het nichtje van Scarpetta in haar penthouse in de stad uitgenodigd en van wat ze daar hadden besproken, was nooit een woord naar buiten gekomen.

Gek genoeg wist Berger meer over Scarpetta dan bijna ieder ander, en toch waren ze geen vriendinnen. Waarschijnlijk zouden ze elkaar buiten het werk nooit zien, hoe vaak een van hen ook voorstelde om samen te gaan lunchen of ergens iets te drinken en dat ook meende. Dat ze persoonlijk geen contact hadden kwam niet door de wisselvalligheden van hun drukke leven, waardoor ze elkaar zo nu en dan tegenkwamen en vervolgens hun eigen gang gingen, maar doordat machtige vrouwen vaak eenlingen zijn, die elkaar instinctief wantrouwen.

Scarpetta gaf Benton de hoorn terug.

'Als Terri een dwangneurose had, zijn er op haar lichaam misschien aanwijzingen te vinden. Blijkbaar mag ik daar zelf naar gaan kijken. Wat een toeval.'

'Ik wilde het je nog zeggen. Berger had me gevraagd of je dat zou willen doen.'

'Aangezien Lester onderweg is hierheen, heb ik er blijkbaar mee ingestemd voordat ik er iets van wist.'

'Je kunt daarna meteen weer naar huis gaan en je niet meer met de zaak bemoeien,' zei Benton. 'Tenzij Oscar wordt aangeklaagd. In dat geval weet ik niet op welke manier ze jou erbij zullen betrekken. Dat moet Berger dan bepalen.'

'Vertel me alsjeblieft niet dat die man een moord heeft gepleegd alleen maar om mijn aandacht te trekken.'

'Ik weet helemaal niet wat ik je moet vertellen. Op dit moment weet ik niet eens wat ik van wat dan ook moet denken. Bijvoorbeeld van het DNA in Terri's vaginale uitstrijkjes. Kijk maar eens.'

Scarpetta haalde het laboratoriumrapport uit een envelop en las het door terwijl Benton haar op de hoogte bracht van wat Berger hem had verteld over een vrouw in Palm Beach.

'Nou?' vroeg hij. 'Begrijp jij er iets van?'

'Lesters lijstje van het soort uitstrijkjes is er niet bij. Jij zei dat het vaginale zijn.'

'Dat zei Berger.'

'Maar wat en van welke plaats? Dat wordt hier niet vermeld. Dus nee, ik ga niet gissen naar de reden voor deze ongewone uitslagen en wat ze zouden kunnen betekenen.'

'Ik wel. Vervuiling,' zei hij. 'Al kan ik niet bedenken hoe een oude vrouw in een rolstoel daarbij betrokken is geraakt.'

'Kan ze op de een of andere manier iets met Oscar Bane te maken hebben?'

'Er is me verteld van niet. Berger heeft haar opgebeld en het gevraagd.'

Zijn telefoon rinkelde. Hij nam op en luisterde lange tijd zonder iets te zeggen, en op zijn gezicht was niets te lezen.

'Ik geloof niet dat dat zo'n goed idee was,' zei hij ten slotte tegen de persoon die hij aan de lijn had. 'Het spijt me dat dat is gebeurd... Natuurlijk betreur ik dat omdat... Nee, juist daarom wilde ik het je niet vertellen... Omdat, nee, wacht even. Luister nu eens even naar me. Het antwoord daarop is dat ik... Lucy, laat me alsjeblieft uitspreken. Ik verwacht niet van je dat je het begrijpt en we kunnen er nu niet op ingaan. Omdat... Dat meen je niet. Omdat... Als iemand bij niemand anders terechtkan... We lossen het op. Later, goed? Kalmeer alsjeblieft, dan praten we er later over.' Hij beëindigde het gesprek.

'Wat was dat in vredesnaam?' vroeg Scarpetta. 'Wat zei Lucy? Wat betreur je en wie kon er bij niemand anders terecht?'

Benton was bleek geworden, maar hij zei kalm: 'Soms kiest ze de meest ongelukkige momenten, en op dit moment kan ik zo'n woedeaanval van haar echt niet hebben.'

'Woedeaanval? Waarover?'

'Je weet hoe ze zich kan opwinden.'

'Meestal heeft ze daar een goede reden voor.'

'We kunnen er nu niet op ingaan.' Dat had hij ook tegen Lucy gezegd.

'Hoe moet ik me verdomme concentreren nadat ik dit gesprek heb gehoord? Waar moeten we dan op ingaan?'

Hij zweeg. Ze vond het altijd afschuwelijk als hij niet meer wilde nadenken over een vraag die ze hem had gesteld.

'*Gotham Gotcha*,' zei hij, tot haar verbazing en ergernis.

'Daar maak je toch niet echt een drama van?'

'Heb je het dan gelezen?'

'Ik ben er in de taxi mee begonnen. Dat moest van Bryce.'

'Heb je alles gelezen?'

'Ik werd gestoord doordat ik uit de taxi werd gezet.'

'Kom hier en lees.'

Hij typte iets op zijn computer en ze ging naast hem staan.

'Dat is gek,' zei Benton met gefronste wenkbrauwen.

De website van *Gotham Gotcha* had last van een storing of was gecrasht. De gebouwen waren donker, rode bliksem flitste door de lucht en de enorme kerstboom van Rockefeller Center stond op zijn kop in Central Park.

Benton schoof ongeduldig met de muis over de pad en klikte snel achter elkaar.

'De site is om de een of andere reden onbereikbaar en een complete puinhoop geworden,' zei hij. 'Nou ja. Helaas kan ik die verdomde column toch nog opvragen.'

Driftig typend ging hij op zoek.

'Jezus, het is overal terechtgekomen,' zei hij.

Op het scherm wemelde het van de verwijzingen naar *Gotham Gotcha* en dr. Kay Scarpetta. Hij klikte op een bestand en opende een kopie van niet een, maar twee columns, die iemand had verknipt en op een site voor forensische fans had gezet. De onflatteuze foto van Scarpetta verscheen groot op het scherm en zij en Benton keken er even zwijgend naar.

'Denk je dat die in Charleston is genomen?' vroeg hij ten slotte.
'Of in je nieuwe kantoor? Kun je dat zien aan dat schort? Aan de kleur? Hebben jullie in Watertown geen donkerrode schorten?'

'De kleur hangt af van wat we van de medische wasserij krijgen. Ze halen het vuile linnengoed op en brengen het schoon terug, maar de ene week is het blauwgroen, de volgende paars, allerlei kleuren blauw, donkerrood... Zo gaat het de laatste jaren in de meeste mortuaria. Het enige wat ik mag zeggen is dat ik geen lollige schorten wil met SpongeBob, de Simpsons of Tom & Jerry erop. Want die hebben ze ook. Ik ken schouwartsen die ze dragen, alsof ze kinderarts zijn.'

'En je kunt je niet herinneren dat iemand een keer tijdens een autopsie een foto van je heeft genomen? Misschien met een mobieltje?'

Ze dacht diep na en zei: 'Nee. Want als ik dat zou zien, zou ik die persoon dwingen de foto te verwijderen. Ik zou het nooit goedvinden.'

'Het is waarschijnlijk gebeurd na je verhuizing en nadat je voor CNN bent gaan werken. Toen was je opeens een bekend iemand. Misschien heeft een agent het gedaan, of een medewerker van een begrafenisonderneming, of een verhuizer.'

'Dat zou erg zijn,' zei ze en ze dacht aan Bryce. 'Want dan zou ik me zorgen moeten maken om iemand van mijn personeel. Wat staat daar over zuster Polly? Wie is zuster Polly?'

'Dat weet ik niet. Lees dit eerst eens, dan kijken we daar later naar.'

Hij verplaatste de cursor naar de eerste column van die dag, naar het deel dat hij wilde dat ze zou lezen:

> ... maar achter die ondoordringbare façade gaat een smerig geheim schuil, dat ze goed heeft verborgen. Weliswaar leeft Scarpetta in een roestvrijstalen wereld, maar ze is beslist geen vrouw van staal. Ze is zwak, eerloos.
> Zal ik jullie eens iets verklappen? Ze kan worden verkracht.
> Jazeker. Zoals iedere andere vrouw, maar

> deze keer mag je het slachtoffer de schuld
> geven. Het was haar eigen schuld. Ze ne-
> geerde, mishandelde en kleineerde de re-
> chercheur, haar medeplichtige, tot hij zich
> op een avond in Charleston in stom-
> dronken toestand niet langer kon beheer-
> sen. Je kunt het niet helpen dat je een beet-
> je medelijden hebt met die arme Pete
> Marino...

Scarpetta liep terug naar haar stoel. Roddels waren vervelend, maar dit was iets heel anders.

'Ik zal je niet vragen waarom mensen zulke afschuwelijke dingen doen,' zei ze. 'Ik heb al heel lang afgeleerd die vraag te stellen. Ik kwam er uiteindelijk zelf achter dat het waarom misschien inzicht biedt, maar niet belangrijk is. Het resultaat, dat is wel belangrijk. Als ik erachter kom wie dit heeft geschreven, klaag ik hem aan.'

'Ik zal niet zeggen dat je je er niets van aan moet trekken.'

'Dat heb je dus wél gezegd. Wat er toen is gebeurd, is nooit bekendgemaakt. Ik heb het niet aangegeven. Bovendien is het niet waar. Dit is smaad. Ik daag hem voor het gerecht.'

'Wie? Een anonieme klootzak in cyberspace?'

'Lucy kan erachter komen wie het is.'

'Wat Lucy betreft, ik weet niet zeker of die site wel toevallig is gecrasht,' zei hij. 'Maar het is waarschijnlijk de beste oplossing. Misschien is hij voorgoed onbruikbaar gemaakt.'

'Had je haar gevraagd die site te laten crashen?'

'Je hebt net ons telefoongesprek gehoord. Natuurlijk niet. Maar jij kent haar en ik ook. Ze is beslist in staat om zoiets te doen, en het is effectiever dan rechtsvervolging. Het is geen smaad. Je kunt niet bewijzen dat het een leugen is. Je kunt niet bewijzen wat er is gebeurd. En wat er niet is gebeurd.'

'Dat zeg je alsof je niet gelooft wat ik je heb verteld.'

'Kay.' Hij keek haar recht aan. 'Laten we hier alsjeblieft geen ruzie over maken. Waar je je nu op moet voorbereiden, is dat het bekend is gemaakt. De mensen wisten het niet en nu weten ze het en zullen ze je ernaar vragen. Net als naar...' Hij las verder. 'Die andere onzin. Parochieschool. Zuster Polly. Dat verhaal ken ik niet.'

Scarpetta liet haar blik over de tekst glijden en hoefde er niet over na te denken. 'Zuster Polly bestaat niet,' zei ze, 'en wat daar staat, is niet gebeurd. Niet op die manier. Het was een andere non, en ik heb nooit een obsceen pak rammel in de wc gekregen.'

'Maar er is wel íéts van waar.'

'Ja. Miami, de beurs voor de parochieschool. En de lange, dodelijke ziekte van mijn vader.'

'En zijn kruidenierswinkel. Noemden de andere meisjes je echt een armoedzaaier?'

'Ik wil er niet over praten, Benton.'

'Ik probeer erachter te komen wat ervan klopt en wie dat zou kunnen weten. Wat is algemeen bekend? Of weet niemand hiervan?'

'Je weet best wat er bekend is. Dit dus niet, en het is ook niet waar. Ik weet niet waar die informatie vandaan komt.'

'Het gaat me er niet om of dit waar is of niet, ik wil weten of er ooit iets is gepubliceerd van wat er in deze columns wordt beweerd. Want als dat niet zo is, zoals je suggereert, dan heeft iemand in je omgeving deze roddelschrijver op de hoogte gebracht.'

'Marino,' zei ze met tegenzin. 'Hij weet dingen over me die andere mensen niet weten.'

'In elk geval die informatie over Charleston. Al kan ik me niet voorstellen dat hij dat woord zou gebruiken.'

'Welk woord, Benton?'

Hij gaf geen antwoord.

'Je kunt het niet over je lippen krijgen, hè? Het woord "verkrachting". Ook al was daar geen sprake van.'

'Ik weet niet wat er toen is gebeurd,' zei hij zacht. 'Dat is mijn probleem. Ik weet alleen wat jij me wilde vertellen.'

'Zou je je beter voelen als je erbij was geweest en het had gezien?'

'Jezus christus.'

'Je wilt het tot in de details voor je kunnen zien, alsof je het dan pas kunt vergeten,' zei Scarpetta. 'Maar wie zegt altijd dat je nooit iets helemaal kunt vergeten? Volgens mij geldt dat voor ons allebei. En nu zijn die columnist en degene die hem van informatie voorziet de winnaars. Waarom? Omdat wij hier zitten en van streek zijn, elkaar niet meer vertrouwen, bijna als vreemden. Terwijl jij waarschijnlijk veel beter weet wat er toen is gebeurd dan Marino. Ik betwijfel oprecht dat hij zich nog veel over die avond kan herinneren. Dat zou voor hem trouwens het beste zijn.'

'Ik wil niet dat we vreemden voor elkaar worden, Kay. En ik weet echt niet waarom ik hier blijkbaar veel meer last van heb dan jij.'

'Natuurlijk weet je dat wel, Benton. Jij voelt je nog machtelozer dan ik toen deed, omdat je het niet hebt kunnen voorkomen. Ik kon in elk geval íéts voorkomen, het ergste.'

Hij deed alsof hij de columns nog eens doorlas, maar dat deed hij om weer kalm te worden.

'Wist hij die dingen over Florida?' vroeg hij. 'Wat heb je hem verteld over je jeugd? Of nee, laat me die vraag anders formuleren. De dingen die waar zijn' – hij wees naar de computer – 'zijn die afkomstig uit informatie die jij hem hebt gegeven?'

'Marino kent me al bijna twintig jaar. Hij heeft mijn zus en mijn moeder ontmoet. Natuurlijk weet hij dingen uit mijn leven. Ik weet echt niet meer wat ik hem allemaal heb verteld, maar het is onder mijn naasten geen geheim dat ik ben opgegroeid in een niet bepaald prettige buurt in Miami, dat we geen geld hadden en dat mijn vader jarenlang kanker had voordat hij stierf. En dat ik op school een goede leerling was.'

'En dat meisje dat je potloden brak?'

'Dit is belachelijk.'

'Dus dat is waar.'

'Dat heeft een van die meisjes inderdaad gedaan. Ze was een pestkop. Ik weet niet meer hoe ze heette.'

'Heeft een non je toen een draai om je oren gegeven?'

'Omdat ik het meisje erop aansprak en dat heeft ze verteld, niet andersom, en toen heeft een van de zusters mij gestraft. Dat was alles. Geen opwindende wc-scène. En het is belachelijk dat we hierover praten.'

'Ik dacht dat ik al je verhalen kende. Ik vind het niet leuk dat dat niet zo is en dat ik dit op internet moest lezen. Belachelijk of niet, dit soort weetjes zullen van mond tot mond gaan, dat gebeurt waarschijnlijk al. Je kunt er niet aan ontsnappen, zelfs niet op CNN, waar je vrienden hebt. Tijdens een uitzending zal iemand ernaar vragen. Ik denk dat je daaraan zult moeten wennen. Wij allebei.'

Ze dacht niet aan de bekendheid of eraan wennen, maar aan Marino.

'Daar had Lucy het over toen ze je daarnet belde,' zei ze. 'Ze had het over Marino.'

Benton zei niets. Dat was zijn antwoord. Ja, Lucy had het over Marino gehad.

'Wat bedoelde je toen je zei dat hij nergens anders terechtkon? Of had je het toen over iemand anders? Hou alsjeblieft niets meer voor me achter. Nu niet meer.'

'Wat hij heeft gedaan. Iemand aanvallen en weglopen. Zo beschouwt Lucy het,' zei Benton, en ze wist zo langzamerhand wanneer hij een ontwijkend antwoord gaf. 'Omdat hij verdween, en ik heb haar uitentreuren uitgelegd dat iemand die denkt dat hij nergens meer naartoe kan, een uitweg zoekt. Dit is niets nieuws voor je. Dit verhaal ken je. En je weet hoe Lucy is.'

'Welk verhaal? Dat verhaal ken ik helemaal niet. Hij verdween en ik geloofde niet dat hij zelfmoord had gepleegd. Dat zou Marino nooit doen. Hij zou het niet durven en ook niet zo stom zijn, en hij zou vooral bang zijn dat hij dan naar de hel zou gaan. Hij gelooft echt dat er een hel is, ergens diep in de gesmolten kern van de aarde, en dat hij als hij daar terechtkomt, eeuwig zal branden. Dat heeft hij me ook eens in een dronken bui opgebiecht. Hij wenst de halve wereld naar de hel omdat hij er zelf zo bang voor is.'

Benton keek haar met een intens verdrietige blik aan.

'Ik weet niet welk verhaal je bedoelt en ik geloof je niet,' vervolgde ze. 'Er is iets anders aan de hand.'

Ze keken elkaar aan.

'Hij is hier,' zei Benton. 'Hij is hier al sinds vorig jaar juli. Om precies te zijn, sinds het eerste weekend van juli.'

Hij vertelde haar dat Marino voor Berger werkte en dat zij pas door de roddelrubriek te weten was gekomen waarom Marino werkelijk uit Charleston was vertrokken, een onaangenaam detail waarvan ze onkundig was toen ze hem in dienst nam. En Lucy wist het nu van Marino omdat Berger het haar kortgeleden had verteld.

'Daarom belde ze,' zei hij. 'Zoals ik je ken, dacht ik dat je ondanks alles zou willen dat ik Marino zou helpen. En ook dat ik aan zijn wens tegemoet zou komen en je niet zou vertellen dat hij naar een afkickkliniek ging en een nieuw leven wilde opbouwen.'

'Dat had je me toch allang moeten vertellen.'

'Ik mocht niemand iets over hem vertellen. Net zomin als jij mij mag vertellen wat je van Oscar Bane hebt gehoord. Vanwege de relatie arts-patiënt. Niet lang nadat Marino uit Charleston was vertrokken, belde hij me in het McLean en vroeg of ik ervoor kon zorgen dat hij in een kliniek werd opgenomen. Hij vroeg of ik daar met de therapeut wilde praten, op zijn geval wilde toezien en eventueel ingrijpen.'

'En hem aan een baan bij Jaime Berger helpen? Was dat ook een geheim? Wat had dat met de relatie arts-patiënt te maken?'

'Hij vroeg of ik het je niet wilde vertellen.'

De toon waarop Benton dit zei maakte duidelijk dat hij correct had gehandeld, maar de blik in zijn ogen sprak dat tegen.

'Dit heeft niets met een arts-patiëntrelatie te maken en ook niet met fatsoenlijk gedrag,' zei Scarpetta. 'Je weet best waar het wél mee te maken heeft. Je verklaring slaat nergens op, omdat hij niet voor Jaime Berger kon werken zonder dat ik daar uiteindelijk achter was gekomen. En dat is nu dus gebeurd.'

Ze begon door het politierapport te bladeren omdat ze hem niet langer wilde aankijken. Even later voelde ze dat er iemand achter haar stond, nog voordat die persoon iets had gezegd, en toen ze zich omdraaide, keek ze verbaasd naar de verschijning in de deuropening.

In zijn wijde hiphopkleren, met dikke gouden kettingen en vlechtjes in zijn haar zag hij eruit alsof hij zojuist uit de gevangenisafdeling was ontsnapt.

'Kay, ik geloof niet dat jij en rechercheur Morales elkaar al hebben ontmoet,' zei Benton nors.

'Ik wil wedden dat u zich dat niet meer herinnert, maar we hebben elkaar een keer bijna ontmoet,' zei Morales terwijl hij vrijpostig binnenkwam en haar opnam.

'Het spijt me.' Ze bedoelde dat ze het zich inderdaad niet herinnerde en ze stak niet ter begroeting haar hand uit.

'Het weekend van Labor Day. In het mortuarium,' zei hij.

Zijn onrustige uitstraling gaf haar een onbehaaglijk gevoel, en ze vermoedde dat hij bij alles wat hij deed ondoordacht en overhaastig te werk ging, en dat het in zijn aard lag om alles waarmee hij in aanraking kwam naar zijn hand te willen zetten.

'Een paar tafels verderop toen u die vent onderzocht die ze uit de East River hadden gevist, voor de kust van Wards Island,' legde hij uit. 'Maar ik zie dat u dat niet meer weet. De vraag was of hij levensmoe was en van de voetgangersbrug was gesprongen, of iemand hem een duwtje op weg naar de andere wereld had gegeven, of dat hij een hartaanval had gehad en gewoon van de kade in het water was gevallen. Pester Lester had sectie op hem verricht, maar ze had de puntjes niet correct met elkaar verbonden. Ze had het typische varenachtige patroon op zijn lichaam niet herkend en het was dus niet bij haar opgekomen dat het de boomvorm na een bliksemsinslag was. Volgens haar was dat onmogelijk, omdat er geen schroeiplekken zaten op zijn sokken, schoenzolen, dat soort dingen. U gebruikte een kompas om te laten zien dat de gesp van zijn riem magnetisch was geworden, typerend voor een bliksemsinslag, toch? Nou ja, u hebt me toen niet gezien. Ik ben ook maar even binnen geweest, moest een paar kogels ophalen om naar het lab te brengen.'

Hij haalde een formulier voor bewijsmateriaal uit de achterzak van zijn halfstok hangende spijkerbroek, vouwde het open en begon het in te vullen. Daarbij leunde hij zo ver over het bureau naar haar toe dat zijn elleboog haar schouder raakte en ze haar stoel moest verschuiven. Ten slotte overhandigde hij haar het formulier en zijn pen, zodat zij de ontbrekende gegevens kon invullen en het kon ondertekenen. Hij pakte de enveloppen met het bewijsmateriaal van Oscar Bane en vertrok.

'Ik hoef je niet te vertellen dat Berger haar handen vol aan hem heeft,' zei Benton.

'Is hij een lid van haar team?'

'Nee, maar dat zou wel gemakkelijker zijn. Dan zou ze hem misschien nog een beetje in de hand kunnen houden,' antwoordde Benton. 'Hij zit overal. Bij elke spraakmakende zaak duikt hij op. Zoals bij die door de bliksem getroffen man over wie hij het had. Hij zal het je trouwens nooit vergeven dat je hem niet herkende, daarom heeft hij het wel drie keer gezegd.'

## 13

Benton leunde achterover op zijn kunstleren stoel en zweeg terwijl Scarpetta aan haar kant van het kleine, gehavende bureau rapporten doorkeek.

Hij bewonderde haar rechte neus, krachtige kaaklijn en geprononceerde jukbeenderen, en de zorgvuldige, gracieuze manier waarop ze zich bewoog en zelfs het kleinste gebaar maakte, zoals het omslaan van een blad. Voor hem zag ze er nog precies zo uit als de eerste keer dat ze elkaar ontmoetten, toen ze opeens in de deuropening van haar vergaderzaal stond, met warrig blond haar en een onopgemaakt gezicht, terwijl de zakken van haar lange witte laboratoriumjas uitpuilden van de pennen, tissues en roze papiertjes met de namen erop van mensen die ze moest terugbellen zodra ze tijd had.

Hij had meteen gezien dat ze ondanks de serieuze, krachtdadige indruk die ze maakte een zorgzame, aardige vrouw was. Dat had hij bij hun eerste ontmoeting al in haar ogen gezien en dat zag hij nog steeds, ook al concentreerde ze zich op wat ze las, ook al had hij haar opnieuw pijn gedaan. Hij kon zich niet voorstellen dat hij haar niet meer zou hebben en voelde een steek van haat door zich heen gaan, haat jegens Marino. Waar Benton zich zijn hele professionele leven in had verdiept, was zijn eigen huis binnengedrongen. Marino had de vijand binnengelaten en Benton wist niet hoe hij die moest verjagen.

'Hoe laat kwam de politie? En waarom zit je naar me te staren?' vroeg Scarpetta zonder op te kijken.

'Ongeveer kwart over zes. Ik heb het weer eens verknald. Wees alsjeblieft niet boos op me.'

'Hoe waren ze gewaarschuwd?' Ze sloeg een blad om.

'Het alarmnummer. Hij zegt dat hij Terri's lichaam om vijf uur vond, maar hij heeft pas om zes uur om hulp gebeld. Om negen over zes, om precies te zijn. De politie was er binnen een paar minuten. Een minuut of vijf later.'

Toen ze verder niets zei, pakte hij een paperclip en begon die te verbuigen. Hij voelde zich opgelaten.

'Toen ze aankwamen, zat de buitendeur op slot,' vervolgde hij. 'In dat gebouw zijn nog drie andere appartementen, niemand anders was thuis, er is geen portier. De politie kon niet naar binnen, maar haar appartement ligt op de begane grond, dus zijn ze achteromgelopen, waar ook ramen zijn. Door een spleet tussen de gordijnen zagen ze Oscar in de badkamer zitten terwijl hij een vrouw wiegde in zijn armen. Ze had een blauwe handdoek over zich heen. Hij zat hysterisch te huilen, drukte haar tegen zich aan en streelde haar. De agenten klopten op het raam tot hij opkeek en toen heeft hij ze binnengelaten.'

Hij praatte hakkelend; zijn hersens werkten traag en chaotisch, waarschijnlijk omdat hij zo gestrest was. Hij friemelde aan de paperclip en keek naar Scarpetta.

Na een lange stilte keek ze hem aan en vroeg: 'En toen? Heeft hij iets gezegd?'

Ze is aan het vergelijken, dacht hij. Ze wil wat ik weet en wat Oscar haar heeft verteld naast elkaar leggen. Ze doet klinisch en onpersoonlijk omdat ze het me niet wil vergeven, dacht hij.

'Het spijt me. Wees alsjeblieft niet boos op me,' zei hij.

Ze hield zijn blik vast en zei: 'Ik vraag me af waarom ze alleen een beha en een ochtendjas aanhad. Zou ze zo opendoen als er een onbekende voor de deur stond?'

'We kunnen het op dit moment niet oplossen.' Benton bedoelde hun relatieprobleem, niet de moordzaak. 'Vind je het goed dat we het opschorten?'

Dat zeiden ze als een persoonlijke kwestie zich op een verkeerd moment aandiende. Haar lange blik en de manier waarop haar ogen een iets donkerder blauwe tint kregen, vertelden hem dat ze het ermee eens was. Ze vond het goed dat ze het opschortten omdat ze van hem hield, ook al verdiende hij het niet.

'Dat is een goede vraag. Wat ze aanhad toen ze de deur opendeed,' zei hij. 'Daar wil ik straks nog iets over zeggen.'

'Wat heeft Oscar precies gedaan toen de politie eenmaal binnen was?' vroeg ze.

'Hij huilde hard, hij kon bijna niet meer staan en hij schreeuwde het uit. Hij wilde per se terug naar de badkamer, en twee agenten moesten hem vasthouden om uit hem te krijgen wat er was gebeurd. Hij zei dat hij de flexibele handboei had doorgesneden. Die lag op de badkamervloer, naast een schaar die hij uit het messenblok in de keuken had gehaald, zei hij.'

'Noemde hij het toen ook al een flexibele handboei? Of heeft hij die uitdrukking van de politie overgenomen? Wie zei dat het eerst? Het is belangrijk dat we dat weten.'

'Weet ik niet.'

'Iemand moet het weten.'

Benton verboog de paperclip tot een acht terwijl wat ze hadden opgeschort weigerde zich naar een later tijdstip te laten verzetten. Op een zeker moment zouden ze erover praten, maar praten kon gebroken vertrouwen evenmin genezen als gebroken botten. Leugens en nog meer leugens. Zijn hele leven draaide om leugens, goedbedoelde, professionele of wettelijk noodzakelijke leugens, en daarom vormde Marino een bedreiging. De vriendschap tussen Marino en Scarpetta was nooit gebaseerd geweest op leugens. Toen hij haar aanrandde, was dat niet omdat hij haar minachtte, haatte of wilde vernederen. Hij wilde nemen wat hij wilde hebben en wat zij niet wilde geven, omdat dat de enige manier was om een onbeantwoorde liefde waarmee hij niet langer kon leven, te doden. De manier waarop hij haar had mishandeld, was in feite een van de eerlijkste dingen die hij ooit had gedaan.

'En we weten niet waar de band is waarmee ze is gewurgd,' zei Benton. 'De moordenaar heeft die toen ze dood was van haar hals gehaald en meegenomen. De politie denkt dat het ook een flexibele handboei was.'

'Waarom denken ze dat?'

'Omdat het ongewoon is als iemand twee verschillende soorten banden meeneemt naar een plaats delict,' zei Benton.

Hij bewoog de rechtgetrokken paperclip heen en weer tot die brak.

'En ze gaan er natuurlijk van uit dat de moordenaar de boeien, een of meerdere, heeft meegebracht. Want dat zijn geen dingen die mensen ergens thuis hebben liggen.'

'Waarom zou hij wel de band van haar hals hebben gehaald en die om haar polsen hebben laten zitten?' zei ze.

'We weten niet hoe die persoon denkt. Behalve de omstandigheden, hebben we geen aanwijzingen. Ik vermoed dat het je niet verbaast als ik zeg dat ze denken dat Oscar de dader is.'

'Waarom denken ze dat?'

'De moordenaar had een sleutel of ze moet hem hebben binnengelaten, en zoals je al zei, droeg ze een ochtendjas met niet veel eronder. Laten we het daar eens over hebben. Hoe kwam het dat ze zich zo op haar gemak voelde, geen argwaan koesterde? Hoe wist ze wie er voor de buitendeur stond? Er is geen camera, geen intercom. Mijn antwoord luidt dat ze iemand verwachtte. Ze heeft de buitendeur toen het donker was geworden en er niemand anders in het gebouw was van het slot gedaan en ook de deur van haar appartement. Of iemand anders heeft dat gedaan. Gewelddadige overvallers hebben een voorkeur voor feestdagen. Een heleboel symbolisme en niemand is thuis. Als Oscar haar heeft vermoord en de schijn wil wekken dat een ander het heeft gedaan, was gisteravond daar een ideaal tijdstip voor.'

'Ik neem aan dat dat de mening van de politie is.'

Ze is weer aan het vergelijken, dacht Benton. Wat weet zij allemaal?

'Die vindt dat de meest logische verklaring,' zei hij.

'Zat de deur van haar appartement op slot of niet op slot toen de politie arriveerde?'

'Op slot. Oscar heeft die deur toen hij binnen was op slot gedaan. Het is wel een beetje vreemd dat hij, nadat hij het alarmnummer had gebeld, de buitendeur niet van het slot heeft gedaan en op een kier gezet of zo. En de binnendeur open heeft gelaten. Ik weet niet hoe hij dacht dat de politie binnen zou kunnen komen.'

'Dat vind ik helemaal niet vreemd. Hij was waarschijnlijk doodsbang.'

'Waarvoor?'

'Als hij haar niet had vermoord, was hij misschien bang dat de moordenaar terug zou komen.'

'Hoe zou de moordenaar opnieuw binnen kunnen komen als hij geen sleutel had?'

'Mensen denken als ze bang zijn niet altijd aan allerlei details. Als je bang bent, komt het als eerste bij je op dat je de deuren op slot moet doen.'

Ze controleert Oscars verhaal. Hij heeft haar blijkbaar verteld dat hij de deuren van Terri's appartement op slot heeft gedaan omdat hij bang was.

'Wat zei hij toen hij het alarmnummer had gebeld?' vroeg ze.

'Daar mag je zelf naar luisteren,' zei Benton.

De cd zat al in zijn computer. Hij opende een audiobestand en zette het geluid iets harder:

Telefonist van de alarmcentrale: 'Alarmcentrale. Wat is er aan de hand?'

Oscar (hysterisch): 'Ja! Politie! Mijn vriendin...'

Telefonist: 'Wat is er gebeurd, meneer?'

Oscar (bijna onhoorbaar): 'Mijn vriendin... Toen ik binnenkwam...'

Telefonist: 'Wat is er met uw vriendin, meneer?'

Oscar (schreeuwend): 'Ze is dood! Ze is dood! Iemand heeft haar vermoord! Iemand heeft haar gewurgd!'

Telefonist: 'Is ze gewurgd?'

Oscar: 'Ja!'

Telefonist: 'Weet u ook of de persoon die haar heeft gewurgd nog in huis is?'

Oscar (huilend en bijna onhoorbaar): 'Nee... Ze is dood...'

Telefonist: 'We sturen de politie naar u toe. Blijf waar u bent, alstublieft.'

Oscar (huilend en verward): 'Ze...'

Telefonist: 'Ze? Is er iemand bij u?'

Oscar (heel zacht): 'Nee...'

Telefonist: 'Blijf aan de lijn. De politie is bijna bij u. Wat is er gebeurd?'

Oscar: 'Toen ik binnenkwam, lag ze op de grond...' (onverstaanbaar).

Benton sloot het bestand en zei: 'Toen heeft hij opgehangen en niet opgenomen toen de telefonist hem terugbelde. Als hij aan de lijn was gebleven, had de politie meteen naar binnen kunnen gaan in plaats van eerst achterom te moeten lopen en op het raam te kloppen.'

'Hij klonk echt doodsbang en hysterisch,' zei Scarpetta.

'Lyle Menendez ook toen hij de alarmcentrale belde om te melden dat zijn ouders waren vermoord. En we weten hoe dat verhaal is afgelopen.'

'Alleen omdat de gebroeders Menendez...' begon ze.

'Ja, ja, ik weet dat dat nog niet wil zeggen dat Oscar Terri Bridges

heeft vermoord. Maar het staat niet vast dat hij dat niet heeft gedaan,' zei Benton.

'Wat is je verklaring voor het feit dat hij "ze" zei? Alsof hij wilde suggereren dat ze door meerdere mensen is vermoord?' vroeg
Scarpetta.

'Zijn vervolgingswaanzin natuurlijk,' antwoordde Benton. 'Die
volgens mij niet geveinsd is. Maar wat het standpunt van de politie betreft, hoeft dat niet in zijn voordeel te zijn. Paranoïde mensen
begaan moorden vanwege hun paranoïde waandenkbeelden.'

'Denk je dat echt?' vroeg Scarpetta. 'Dat dit een moord in de
huiselijke kring is?'

Dat denkt zij niet, dacht Benton. Zij denkt iets heel anders. Wat
heeft Oscar haar verteld?

Hij antwoordde: 'Ik begrijp waarom de politie dat denkt. Maar
ik zou daar een echt bewijs voor willen hebben.'

'Wat weten we nog meer?'

'Wat hij heeft gezegd.'

'Op de plaats delict of toen hij in de politieauto zat, die van Morales?'

'Toen ze buiten waren, wilde Oscar niets meer zeggen,' zei Benton.

Hij gooide de stukjes paperclip in de prullenbak en ze tinkelden
tegen het metaal.

'Vanaf dat moment wilde hij alleen nog maar naar het Bellevue,'
zei Benton. 'Zei dat hij alleen nog maar met mij wilde praten. Toen
eiste hij dat jij zou komen. Dat is de stand van zaken.'

Hij begon aan de volgende paperclip. Ze keek ernaar.

'Wat zei hij tegen de politie toen ze nog binnen waren?' vroeg ze.

'Hij zei dat toen hij aankwam, alle lichten uit waren. Hij opende de buitendeur. Hij belde aan bij haar appartement, de deur werd
opengedaan en hij werd meteen door de indringer aangevallen. De
indringer ging er vlug vandoor. Oscar deed de voordeur op slot,
knipte de lampen aan, keek om zich heen en vond Terri dood in de
badkamer. Hij zei dat er niets om haar hals zat, maar dat hij daar
wel een rode striem zag.'

'En hij wist dat ze dood was, maar belde niet meteen de politie?
Waarom niet? Waarom heeft hij dat volgens jou niet gedaan?' vroeg
Scarpetta.

'Hij verloor alle besef van tijd. Hij was buiten zichzelf. Wie weet wat er waar is of niet? Maar er was geen reden om hem te arresteren. Wat niet betekent dat de politie niet dolblij was dat ze hem op zijn eigen verzoek mochten opsluiten. Het helpt natuurlijk niet dat hij een gespierde dwerg is die het grootste deel van zijn tijd woont en werkt in cyberspace.'

'Dus je weet wat hij doet. Wat nog meer?'

'We weten alles over hem, behalve wat hij ons niet wil vertellen. En jij?' Hij vernielde de paperclip. 'Wat denk jij?'

'Ik mag wel zeggen wat mijn theorie is.'

Hij zweeg om haar daar de gelegenheid voor te geven.

'Ik heb al heel veel gevallen meegemaakt waarin de politie niet meteen is gebeld,' zei ze. 'Als de moordenaar tijd nodig had om de plaats delict van bewijsmateriaal te ontdoen. Of als degene die het lichaam had gevonden, had geprobeerd te verbergen wat er echt was gebeurd. Vanwege gêne, schaamte, een levensverzekering. Zoals bij wurgseks, iemand die zichzelf voor seksueel genot ophangt en dan gaat het mis en stikt hij. Meestal per ongeluk. Moeder komt binnen en ziet haar zoon in zwart leer, masker voor, geketend en met tepelclips. Of in vrouwenkleren. Hij hangt aan een balk en overal ligt pornografie. Ze wil niet dat iemand erachter komt dat haar zoon zo was en belt pas om hulp nadat ze alle bewijsstukken heeft weggehaald.'

'Nog meer ideeën?'

'Iemand is zo verdrietig dat hij het lichaam van zijn geliefde niet wil laten gaan. Hij blijft ernaast zitten, houdt het vast, bedekt het als het naakt is en maakt eventuele touwen los. Hij brengt het lichaam weer in de normale toestand, alsof het slachtoffer daardoor bij hem terug zal komen.'

'Zo ongeveer wat hij heeft gedaan,' zei Benton.

'Ik heb ooit een geval meegemaakt waarbij de man zijn vrouw dood in bed aantrof, gestorven aan een overdosis. Hij was bij haar in bed gaan liggen, had haar tegen zich aan getrokken en pas de politie gebeld toen de rigor mortis volledig was ingetreden en ze steenkoud was.'

Benton keek haar lang aan en zei: 'Berouw ten opzichte van de familie. Man doodt vrouw. Kind doodt moeder. Overweldigend verdriet, ellende, paniek. Belt niet meteen de politie. Omarmt het lichaam, streelt het, praat ertegen, huilt. Er is iets van waarde kapotgegaan en kan nooit meer worden hersteld. Voorgoed veranderd, voorgoed verdwenen.'

'Het soort gedrag dat vooral typerend is voor impulsieve misdrijven,' zei ze. 'Niet die met voorbedachten rade. Maar deze moord lijkt niet impulsief. Als een misdadiger zijn eigen wapen meebrengt, zijn eigen materiaal om het slachtoffer vast te binden, zoals plakband of flexibele handboeien, dan is er sprake van een vooropgezet plan.'

Benton prikte per ongeluk met de verbogen paperclip in zijn vingertop en keek naar de druppel bloed die eruit kwam. Hij zoog het bloed weg.

'Ik heb geen EHBO-uitrusting in mijn koffertje, wat niet erg slim is, nu ik erover nadenk,' zei ze. 'We moeten dat even schoonmaken en er een pleister op plakken...'

'Kay, ik wil niet dat je in deze zaak verwikkeld raakt.'

'Jij bent degene die me erin heeft verwikkeld. Of in elk geval hebt toegestaan dat ik erin verwikkeld ben geraakt.' Ze keek naar zijn vinger. 'Je moet het zo veel mogelijk laten bloeden. Ik hou niet van prikwonden, die zijn erger dan snijwonden.'

'Ik wilde je er niet in verwikkelen, het was niet mijn keus.'

Hij wilde eraan toevoegen dat hij niet haar keuzes maakte, maar dat zou ook weer een leugen zijn. Ze stak hem een paar tissues toe.

'Ik haat het,' ging hij verder. 'Ik vind het altijd verschrikkelijk als je in mijn wereld terechtkomt. Een dode raakt niet aan je gehecht, voelt niets voor je. Je hebt geen enkele relatie met een dode. We zijn geen robots. Een man martelt iemand anders tot die sterft en ik moet tegenover hem zitten. Hij is een persoon, een mens. Mijn patiënt. Hij denkt dat ik zijn beste vriend ben, tot hij me in de rechtbank hoort zeggen dat hij wel degelijk het verschil weet tussen goed en kwaad. Daarna zit hij de rest van zijn leven in de gevangenis of, dat hangt van het rechtsgebied af, in een dodencel. Het doet er niet toe wat ik denk of waarin ik geloof. Ik doe mijn werk. Ik doe wat volgens de wet rechtvaardig is. Maar hoewel ik dat weet, voel ik me niet minder gekweld.'

'We weten niet wat het is om ons niet gekweld te voelen,' zei ze.

Hij kneep in zijn vinger en de tissue werd bloedrood. Hij keek naar haar zoals ze daar zat aan de andere kant van zijn bureau, met haar vierkante schouders, haar sterke, bekwame handen en de mooie vorm van haar lichaam onder haar broekpak, en hij begeerde haar. Hij werd seksueel opgewonden terwijl hij vlak bij een gevangeniszaal zat en wanneer ze alleen thuis waren, raakte hij haar nauwelijks aan. Wat was er met hem gebeurd? Het leek wel alsof hij een ongeluk had gehad en op de verkeerde manier weer in elkaar was gezet.

'Ga terug naar Massachusetts, Kay,' zei hij. 'Als hij wordt aangeklaagd en jij moet getuigen, kun je terugkomen en dan zien we wel verder.'

'Ik loop niet weg voor Marino,' zei ze. 'Ik ga hem niet ontwijken.'

'Dat bedoel ik niet.' Maar dat bedoelde hij wel. 'Ik maak me zorgen om Oscar Bane. Hij kan het Bellevue verlaten wanneer hij maar wil. Ik wil dat je zo ver mogelijk bij hem uit de buurt blijft.'

'Je wilt dat ik zo ver mogelijk bij Marino uit de buurt blijf.'

'Ik heb geen idee waarom je bij hem ín de buurt zou willen zijn.' Hij zei het emotieloos, met een harde stem.

'Ik heb niet gezegd dat ik dat wil, maar dat ik niet voor hem wil weglopen. Ik ben niet degene die er als een lafaard vandoor is gegaan, dat is hij.'

'Hopelijk is mijn rol in deze zaak over een paar dagen uitgespeeld,' zei Benton. 'Dan wordt het de verantwoordelijkheid van de NYPD. Ik heb stapels werk liggen in het McLean. Ik ben pas halverwege mijn onderzoek, al weet ik niet meer zeker of ik dat artikel nog wel zal schrijven. Jij hoeft niet per se naar dat verdomde mortuarium hier. Waarom zou jij Lesters hachje opnieuw redden?'

'Dat wil je helemaal niet, dat ik niet kom opdagen. Dat ik verdwijn terwijl Berger mijn hulp heeft ingeroepen. De laatste shuttle gaat om negen uur, die haal ik niet meer. Dat weet je best. Waarom zeg je dit soort dingen?'

'Lucy kan je met de helikopter naar huis brengen.'

'Het sneeuwt daar. Je kunt er waarschijnlijk geen hand voor ogen meer zien.'

Ze keek hem aan en het kostte hem moeite zijn gevoelens te verbergen, omdat hij naar haar verlangde. Hij begeerde haar op dat moment, in zijn kantoor, en als ze wist wat hij voelde, zou ze dat walgelijk vinden. Ze zou tot de conclusie komen dat hij zich al veel te lang in elke denkbare perversie had verdiept en daar ten slotte door was aangestoken.

'Ik vergeet steeds dat het daar ander weer is,' zei hij.

'Ik ga nergens naartoe.'

'Dan laten we het zo. Al lijkt het erop dat je wel degelijk ergens naartoe gaat.'

Haar bagage stond bij de deur.

'Eten,' zei ze. 'Ook al wil je me vanavond dolgraag trakteren op een romantisch etentje in een restaurant, we blijven thuis. Als we tenminste ooit thuiskomen.'

Ze keken elkaar aan. Ze had hem de vraag gesteld die ze steeds had uitgesteld.

Hij gaf antwoord: 'Wat ik voor je voel, is niet veranderd. Je moest eens weten wat ik soms voor je voel. Ik zeg het alleen niet.'

'Misschien moet je het toch eens zeggen.'

'Ik zeg het nu.'

Hij verlangde hevig naar haar en dat merkte ze, en ze deinsde er niet voor terug. Misschien verlangde ze even hevig naar hem. Hij vergat heel gemakkelijk dat ze een reden had om zo gepolijst en precies te zijn, dat wetenschap alleen maar de halsband was die ze om de nek van het wilde dier had gelegd om het te kunnen begrijpen en hanteren. Wat zij had gekozen om zich in haar leven aan bloot te stellen, kon niet naakter, primitiever of overweldigender zijn, en niets kon haar meer schokken.

'Ik denk dat het in deze zaak heel belangrijk is dat we erachter komen waarom Terri Bridges in de badkamer is vermoord,' zei ze. 'Hoe weten we eigenlijk zo zeker dat dat zo is?'

'De politie heeft geen enkele aanwijzing gevonden om te denken dat ze ergens anders is vermoord. Niets wijst erop dat haar lichaam na de moord naar de badkamer is verplaatst. Wat voor soort eten?'

'Dat van gisteravond. Als je zegt dat niets erop wijst dat haar lichaam is verplaatst, wat bedoel je dan? Wat zou er dan wel op kunnen wijzen?'

'Ik weet alleen dat Morales heeft gezegd dat niets daarop wijst.'

'Waarschijnlijk kan dat in dit geval ook niet anders,' zei Scarpetta. 'Als ze nog geen twee uur dood was, kon haar lichaam nog geen aanwijzingen geven. Lijkvlekken en lijkstijfheid ontwikkelen zich meestal pas na een uur of zes. Was ze nog warm?'

'Hij zei dat hij toen hij haar vond meteen had gevoeld of haar hart nog klopte. Ze was nog warm.'

'Als Oscar haar niet heeft vermoord, moet de dader het appartement dus vlak voor zijn komst hebben verlaten. Wat een toeval. De moordenaar bofte geweldig dat hij niet is gestoord. Een paar minuten later zou Oscar hem hebben betrapt. Als Oscar en de moordenaar niet een en dezelfde persoon zijn.'

'Als dat niet zo is,' zei Benton, 'moeten we ons afvragen hoe iemand anders wist dat Terri op oudejaarsavond alleen thuis zou zijn. Tenzij het een willekeurige inbraak was. In een voor de rest donker gebouw was zij de enige die het licht aanhad. In deze tijd van het jaar hebben de meeste mensen de hele dag het licht aan, of in elk geval vanaf een uur of drie, wanneer het donker wordt. Dus vraag je je af of ze gewoon pech heeft gehad.'

'Hoe zit het met een alibi? Weet je of Oscar een alibi heeft?'

'Weet jij of hij er een heeft?'

Ze zag dat hij opnieuw probeerde zo veel mogelijk bloed uit zijn vinger te knijpen.

'Ik probeer me te herinneren wanneer je voor het laatst een tetanusinjectie hebt gehad,' zei ze.

## 14

Het was geen probleem in het Real Time Crime Center van de NYPD de twee zaken die Morales had genoemd, te vinden. Het duurde langer voordat Marino een van de rechercheurs die ze hadden behandeld aan de lijn had.

Marino was in zijn appartement zijn jas aan het losknopen toen om twintig over zes zijn mobiel rinkelde. De vrouw zei dat ze Bacardi heette, net als de rum die hij vroeger dronk in zijn Dr. Pepper. Hij belde haar terug via zijn vaste lijn en beschreef in het kort de zaak Terri Bridges en vroeg of ze ooit van Oscar Bane had gehoord, of wist of er in de zomer van 2003 iemand met zijn uiterlijk was gezien in de wijk in Baltimore waar een van de moorden was gepleegd.

'Voordat we samen fanatiek op klopjacht gaan,' zei Bacardi, 'wil ik graag weten waarom je denkt dat die twee zaken iets met elkaar te maken hebben.'

'In de eerste plaats was dit geen idee van mij. De andere rechercheur die bij deze zaak betrokken is, heet Mike Morales en hij kreeg hits toen hij op zijn computer ging zoeken. Ken je hem?'

'Niet voor zover ik weet. Dus je slaat jezelf niet op de borst. Je hebt zelf niks gevonden.'

'Misschien wel, misschien niet,' zei Marino. 'Wat de manier waarop de dader te werk is gegaan betreft, zijn er overeenkomsten tussen die zaak van jou en deze van ons. En die in Greenwich, die jou naar ik aanneem ook bekend is.'

'Die heb ik eindeloos bestudeerd. Het heeft me mijn huwelijk gekost. Hij is vorig jaar aan kanker overleden. Niet mijn ex, maar die rechercheur in Greenwich. Waar kom jij vandaan? Je klinkt als een jongen uit Jersey.'

'Dat klopt, het armoedige deel. Wat erg van die rechercheur. Wat voor kanker?'

'De lever.'

'Als ik er nog een zou hebben, zou die ook mijn dood worden.'

'Zo leef je, zo ben je weg. Net als mijn ex en mijn laatste twee vriendjes.'

Marino vroeg zich af hoe oud ze was en of ze hem wilde laten weten dat ze vrijgezel was.

'Wat de zaak Terri Bridges betreft,' zei hij, 'ze had een dun gouden kettinkje om haar linkerenkel. Dat heb ik op de foto's gezien. Haar lichaam heb ik niet gezien. Ik ben niet op de plaats delict of in het mortuarium geweest.'

'Echt goud?'

'Zoals ik al zei heb ik alleen de foto's gezien, maar in het rapport staat tien karaat. Dat staat denk ik op de sluiting, want hoe zou je dat anders moeten weten?'

'Dat zie ik meteen, schat. Ik kan je alles over sieraden vertellen wat je wilt weten. Echt, nep, mooi, lelijk, duur, goedkoop. Ik heb eigendomsmisdrijven gedaan. En ik hou van dingen die ik niet kan betalen, ik heb liever niks dan rotzooi. Snap je?'

Marino werd zich bewust van zijn goedkope in China gemaakte en in de uitverkoop gekochte Italiaanse pak. Hij was ervan overtuigd dat hij, als hij ermee in de regen zou lopen, een spoor van zwart verfwater zou achterlaten, net als een inktvis. Hij wurmde zich uit het jasje en gooide het over een stoel. Hij trok zijn das af en popelde om zich te verkleden in zijn spijkerbroek, een trui en het oude met bont gevoerde Harley-jack dat hij al zijn hele leven had en weigerde in de textielbak te doen.

'Kun je me een foto mailen van dat enkelbandje van Terri Bridges?' vroeg Bacardi.

Ze had een melodieuze, opgewekte stem en ze leek haar werk interessant te vinden, en hem ook. Terwijl hij met haar praatte, had hij het gevoel dat hij eindelijk wakker werd uit een heel lange slaap. Misschien kwam dat doordat hij was vergeten hoe prettig het was als iemands gelijke te worden behandeld of liever, met het respect dat je verdiende. Wat was toch de reden dat hij de afgelopen jaren zo'n minachting voor zichzelf had gekregen?

Charleston was een ongeluk geweest dat al langer op de loer had gelegen, daar kwam het op neer. Het was niet het gevolg van een zogenaamde ziekte die uit een fles werd geschonken. Toen hij tot dat besef was gekomen, had hij een enorme aanvaring gehad met zijn therapeut, Nancy, een vreselijke ruzie, vlak voordat hij met zijn behandeling was gestopt. Zij was begonnen, met haar bewering dat alles wat er in zijn leven was misgegaan met zijn alcoholisme te maken had. Dat naarmate dronkaards en drugsverslaafden ouder werden, ze steeds meer een overdreven versie van zichzelf werden.

Toen ze op een zonnige middag in juni alleen in de kapel waren, met de ramen open, en hij de zeelucht rook en de meeuwen hoorde krijsen die boven de rotsachtige noordelijke kust zweefden – waar hij had willen vissen of motorrijden of nog beter, met zijn voeten omhoog een fles drank had willen legen in plaats van zijn mislukte leven eraan te wijten – had ze zelfs een lijstje voor hem gemaakt. Ze had hem zwart op wit laten zien hoe zijn leven, nadat bier op zijn twaalfde zijn beste vriend was geworden, langzaam bergafwaarts was gegaan, met trauma's die ze onder elkaar had opgesomd:

Vechten.

Slecht presteren op school.

Geïsoleerdheid.

Willekeurige seks.

Bizarre relaties.

Risico's/boksen/wapens/politie/motoren.

Bijna een uur lang had ze zijn mislukkingen op papier gezet, met afkortingen die alleen een deskundige kon ontcijferen. Wat ze hem duidelijk had willen maken, was dat hij zo ongeveer sinds zijn eerste biertje een duistere, gevaarlijke weg was ingeslagen vol agressie, hapsnap seks, verbroken vriendschappen, scheidingen en geweld. Hoe ouder hij werd, hoe vaker dit soort trauma's elkaar waren opgevolgd, want dat was de aard van zijn ziekte. De ziekte kreeg je in zijn greep en naarmate je ouder werd, kon je je daar steeds moeilijker aan onttrekken, of zoiets.

Ten slotte had ze de datum en haar handtekening onder de lijst gezet, wel vijf bladzijden, met zelfs een smiley eronder, en die aan hem gegeven, en hij had gevraagd: *wat wil je dat ik hiermee doe? Op de koelkast plakken, verdomme?* Hij was opgestaan en naar het raam gelopen. Hij had naar de zee gekeken die tegen het zwarte graniet sloeg, en naar het opspattende water, en hij had de meeuwen horen krijsen alsof ze elkaar en de walvissen opriepen om hem te bevrijden.

*Zie je nou wel wat je doet?* Dat had Nancy tegen hem gezegd terwijl hij naar de prachtige dag keek en zich afvroeg waarom hij niet buiten was. *Je hebt me weggeduwd, Pete. Dat doet de drank.*

*Om de dooie dood niet,* had hij geantwoord. *Ik heb verdomme al een hele maand geen slok gedronken! Dat doe ík!*

Nu hij met een vrouw praatte die hij nooit had ontmoet, een vrouw met een naam die hem een vrolijk gevoel gaf, besefte hij dat hij het eigenlijk helemaal niet zo slecht had gedaan, tot hij zijn baan als politieagent had opgegeven. Toen hij uiteindelijk bij de politie in Richmond ontslag had genomen en eerst als privédetective voor Lucy en daarna als rechercheur moordzaken voor Scarpetta was gaan werken, was hij niet alleen zijn macht als gezagshandhaver maar ook zijn zelfrespect kwijtgeraakt. Hij mocht niemand meer arresteren. Hij mocht zelfs geen parkeerbon meer onder de ruitenwissers van een auto stoppen of het vervoermiddel laten wegslepen. Het enige wat hij nog wel mocht, was zich met veel krachtsvertoon met een situatie bemoeien en gespierde taal gebruiken. Hij had net zo goed zijn pik kunnen laten afsnijden. Dus wat had hij vorig jaar mei gedaan? Hij had Scarpetta willen bewijzen dat hij nog steeds een pik had, omdat hij dat eigenlijk zichzelf wilde bewijzen in een poging zijn leven weer op orde te krijgen. Wat niet betekende dat hij juist had gehandeld of dat dat een excuus was. Dat had hij nooit gezegd en dat vond hij ook beslist niet.

'Ik stuur je wat je maar nodig hebt,' zei hij tegen Bacardi.

'Mooi zo.'

Hij verkneuterde zich bij de gedachte aan de reactie van Morales. Marino praatte met de rechercheur moordzaken in Baltimore omdat hij dat wilde. Morales kon de pot op.

Marino was een beëdigd lid van de New Yorkse politie. Bovendien werkte hij voor het prestigieuze team van de openbaar aanklager en Morales niet. Waarom dacht die imitatie-Puff Daddy eigenlijk dat hij de baas was? Alleen maar omdat hij gisteravond toevallig dienst had en aan de oproep gevolg had gegeven?

'Zit je achter je computer?' vroeg Marino aan Bacardi.

'Alleen thuis, gelukkig nieuwjaar. Zeg het maar. Heb je in de Big Apple de bal zien zakken? Ik heb met een bak popcorn naar *Little Rascals* gekeken. Lach niet. Ik heb de hele originele serie.'

'Toen ik klein was, kon je iets "Buckwheat" noemen zonder dat je meteen last kreeg met Al Sharpton. Ik had een kat die Buckwheat heette en ja, ze was witharig.'

Hij opende een grote envelop en haalde er zijn kopieën van het politie- en autopsierapport uit. Vervolgens opende hij de envelop met foto's en spreidde die uit op het formica-aanrecht, over de brandvlekken van sigaretten en pannen, tot hij vond wat hij zocht. Met de draadloze telefoon onder zijn kin schoof hij een foto in de scanner die was verbonden met zijn laptop.

'Je hoort te weten dat er hier wat geharrewar is over wie wat mag doen,' zei hij.

'Alleen maar geharrewar?'

'Ik bedoel dat alleen jij en ik ons hier voorlopig mee bezighouden, niemand anders hoeft het te weten. Dus als iemand anders contact met je opneemt, al is het het hoofd van politie zelf, zou ik het op prijs stellen als je mijn naam niet noemt en het me laat weten. Dan los ik het wel op. Niet iedereen hier is...'

'Je vertelt me dat het gras groen en de lucht blauw is. Maak je geen zorgen, Pete.'

Het deed hem goed dat ze hem 'Pete' noemde. Hij opende zijn e-mail om de gescande foto naar haar toe te sturen.

'Als iemand me belt,' zei ze, 'zal ik je dat meteen laten weten. Ik zou het op prijs stellen als jij hetzelfde voor mij doet. Een heleboel mensen zouden dolgraag de moord op die vrouw hier in Baltimore en die jongen in Greenwich willen oplossen om krediet te krijgen bij de baas. Heb ik al gezegd hoe belangrijk sommigen dat vinden? Weet je wat ik denk? Dat we daardoor in de hypotheekcrisis zijn beland. Omdat iedereen krediet wil hebben. Dat is niet grappig bedoeld.'

'Vooral als Morales belt,' ging Marino verder. 'Het verbaast me dat hij dat nog niet heeft gedaan. Maar hij lijkt me ook eigenlijk geen type om zich ergens in te verdiepen.'

'Alleen geïnteresseerd in een vluggertje, bedoel je. Gaat er na het hoofdgerecht vandoor en laat de troep staan voor de anderen. Net als afwezige vaders.'

'Heb jij kinderen?'

'Niet meer thuis, gelukkig. Maar ze zijn goed terechtgekomen. Ik kijk naar je foto. Dus niemand weet waarom het slachtoffer, Terri Bridges, dat enkelbandje droeg?'

'Blijkbaar. Haar vriend, Oscar, zei dat hij het nooit eerder had gezien.'

'Een sieraad is geen onomstotelijk bewijs, maar ik ben niet iemand die indirect bewijs klakkeloos afwijst,' zei ze. 'Ik denk dat je wel kunt raden dat ik de veertig ben gepasseerd en aarzel om mijn zaken zomaar in de zak van een laboratoriumjas te laten glijden. Te veel jonge mensen, nee, dank je. Die staren zich allemaal blind op forensische resultaten. Achter deur nummer een ligt een videofilm van iemand die een vrouw die hij heeft ontvoerd, verkracht en vermoordt. Achter deur nummer twee ligt DNA van een sigarettenpeuk die op de oprit lag. Wat zullen ze kiezen?'

'Breek me de bek niet open.'

'Juist, jij begrijpt het. Weten jullie wat CSI betekent, vraag ik wel eens. Crime Scene Investigation? Laat me niet lachen. Het betekent C-Status Info. Want elke keer als ik dat woord of die afkorting of wat dan ook hoor, denk ik C-status info. Meer niet. Vertel me eens eerlijk, Pete: toen jij begon, bestond er toen al zoiets als CSI?'

'Dat is uitgevonden door de tv. Wij hadden plaats delict specialisten. Meestal mensen zoals wij, die zelf aan de slag gingen met hun vingerafdruksetje, camera, meetlint en al dat soort dingen. Ik had geen laser nodig om een plaats delict te onderzoeken en de juiste maten te nemen. Luminol werkt net zo goed als al die nieuwe chemische middelen en ingewikkelde lampen. Ik heb mijn hele leven een mengsel van luminol in een spuitfles gedaan en voor het oplossen van een moord heb ik de Jetsons niet nodig.'

'Nou ja, zover ga ik nu ook weer niet. Een heleboel nieuwe spullen zijn echt beter, dat kun je niet vergelijken. Ik kan nu een plek grondig onderzoeken zonder die helemaal overhoop te halen. Bijvoorbeeld als bij een oude vrouw is ingebroken, dan hoef ik niet meer haar hele inboedel met zwart poeder te bestrooien. Dankzij de technologie kan ik nu wat voorzichtiger te werk gaan. Maar ik heb geen toverdoos. Jij wel?'

'Ik vergeet hem steeds op te laden,' zei hij.

'Kom je ooit in Baltimore, Pete?'

'Die uitdrukking heb ik heel lang niet gehoord,' zei Marino. 'Dat van die zaak in de zak van een laboratoriumjas. Ik ben dus ook boven de veertig. Er komt post bij je binnen. Bekijk je je e-mail terwijl we zitten te klagen? Kom je ooit in New York?'

Hij scande de bladzijden van het politierapport en het voorlopige autopsierapport van dr. Lester.

'Zo ben ik niet begonnen,' zei Bacardi. 'Ik geloof nog steeds dat je op de ouderwetse manier met de mensen moet praten en hun motieven onderzoeken. Ja hoor, ik kom wel eens in New York. Geen probleem. Eigenlijk moeten we elkaar maar eerst een foto uit ons jaarboek sturen. Al zie ik er beter uit sinds ik een nieuw gezicht heb gekregen, echt waar.'

Marino haalde een Sharp's uit de koelkast. Deze vrouw moest hij ontmoeten, zij was iets bijzonders.

'Nu kijk ik naar de foto van het enkelbandje. Allemachtig,' zei Bacardi. 'Precies hetzelfde als die andere twee. Alle drie tien karaat. Visgraatpatroon, heel dun. Te oordelen naar de schaal van de foto is dit bandje net als de andere vijfentwintig centimeter lang. Zo'n ding dat je bij een kiosk in een winkelcentrum of op internet voor veertig, vijftig dollar kunt kopen. Een interessant verschil tussen jouw geval en het mijne en dat in Greenwich is, dat in de laatste twee het lichaam niet binnenshuis is gevonden. De twee eerdere slachtoffers waren vermoedelijk op zoek naar drugs in ruil voor seks en werden meegenomen door iemand die rondreed en zijn kans afwachtte. Heeft jouw slachtoffer, Terri Bridges, ooit drugs gebruikt of leidde ze een geheim leven waardoor ze het risico liep dat haar iets dergelijks zou overkomen?'

'Ik heb nergens uit kunnen opmaken dat ze anabole steroïden of wat dan ook gebruikte. Ik weet niet meer dan wat je op die foto ziet. Ze had niet gedronken. Ze is nog niet getest op drugs, maar er lag niets in haar appartement. We weten niet of de moordenaar in haar geval ook niet op zoek was naar een slachtoffer. Als haar vriend niet de schuldige is. Of al is hij dat wel, het was oudejaarsavond. Zij was in het hele gebouw de enige die thuis was. En aan de overkant was alleen een vrouw thuis die op het tijdstip van de vermoedelijke moord niet uit het raam keek. Die vrouw heeft me wel een paar dingen verteld waarvan ik rechtop ging zitten. Zoals een raar verhaal over een puppy. Wie geeft iemand nou een ziek hondje cadeau? Terwijl je weet dat het doodgaat?'

'Ted Bundy.'

'Juist.'

'Dus misschien reed die vent gisteravond daar rond en zag hij zijn kans schoon,' zei Bacardi.

'Ik weet het niet,' zei Marino. 'Ik moet die buurt wat beter leren kennen, ik ga er zo meteen een beetje rondlopen. Maar gisteravond was er geen kip op straat, dat is zeker. In heel New York. In het weekend en tijdens feestdagen gaat iedereen de stad uit. En na al die jaren dat ik dit al doe, heb ik één ding geleerd. Er is nooit een formule. Misschien was onze man wegens goed gedrag op vrije voeten gesteld en had hij een terugval. Misschien is het Oscar Bane, misschien niet. De tijdstippen zijn een probleem. Die twee gevallen van jou dateren verdomme al van vijf jaar geleden.'

'Je kunt er nooit helemaal achter komen waarom mensen doen wat ze doen. Of wanneer. Maar terugval is een goed woord. Ik denk dat seriemoordenaars net als drank- en drugsverslaafden een onbedwingbare aandrang krijgen om te doen wat ze doen.'

De koelkastdeur ging met een smakkend geluid open toen Marino nog een Sharp's pakte.

'Misschien is er een reden voor dat ze zich een tijdlang kunnen beheersen,' vervolgde de vriendelijke stem in zijn oor, 'en dan raken ze weer in de stress, wordt hun relatie verbroken, worden ze ontslagen of krijgen ze geldzorgen en hup, daar gaan ze weer.'

'Met andere woorden: alles kan de oorzaak zijn.'

'Ja, alles. Ik bekijk wat je me zojuist hebt toegestuurd en ik vraag me meteen af waarom de schouwarts geen beslissing heeft genomen. Weet die dokter Lester niet zeker of het een moord is?'

'Zij en de openbaar aanklager kunnen niet met elkaar opschieten.'

'Als er geen sprake is van moord, hebben jullie volgens mij een probleem met de vriend.'

'Je slaat de spijker op de kop,' zei Marino. 'Want nu kunnen we niemand aanklagen. Maar Berger heeft er een andere schouwarts bij gehaald, voor een tweede opinie. Dokter Scarpetta.'

'Je liegt het.' Bacardi was zo te horen een fan.

Marino wou dat hij Scarpetta's naam niet had genoemd, maar toen besefte hij dat hij geen informatie mocht achterhouden, en het was belangrijk dat Scarpetta erbij was geroepen. Zodra zij op het toneel verscheen, veranderde de zaak. En als Bacardi niets meer van hem zou willen weten, hoorde hij dat liever meteen.

'Er staat van alles over haar op internet. Geen leuke dingen. Ik vertel het je alvast omdat je het beslist nog wel zult horen.'

Het bleef lang stil en toen zei ze: 'Jij bent die man die in Charleston voor haar werkte. Dat was vanmorgen op het nieuws. Ik heb het op de radio gehoord.'

Het was nog niet bij Marino opgekomen dat internetroddels het nieuws zouden halen, en hij had het gevoel dat hij een stomp in zijn maag had gekregen.

'Er werden geen namen genoemd,' vervolgde Bacardi en ze klonk niet meer zo vriendelijk. 'Ze zeiden alleen dat ze door een collega was aangevallen toen ze daar hoofd was. Door een rechercheur met wie ze al heel lang samenwerkte. Plus de gebruikelijke flauwekul, terwijl ze zogenaamd geestig suggereerden wat die vent allemaal met haar had gedaan. Ik vond het walgelijk.'

'Als we ooit tegenover elkaar komen te zitten, kan ik je de toedracht misschien vertellen,' hoorde hij zichzelf tot zijn verbazing zeggen.

Nancy was de enige die hij het verhaal had verteld. Voor zover hij het zich had kunnen herinneren, en ze had geluisterd met een meelevende uitdrukking op haar gezicht waaraan hij zich na een tijdje gruwelijk was gaan ergeren.

'Je bent mij geen uitleg verschuldigd,' zei Bacardi. 'Ik ken je niet, Pete. Ik weet dat mensen van alles zeggen en dat je pas weet wat waar is als je dat zelf hebt onderzocht. En het is niet aan mij om jouw leven te onderzoeken, snap je? Mijn onderzoek beperkt zich tot mijn vermoorde vrouw, die jongen in Greenwich en nu jouw vermoorde vrouw in New York. Ik zal je mijn dossiers elektronisch toesturen, alles wat ik heb. Als je er nog meer van wilt weten, moet je jezelf een week lang met een kist aspirientjes in een kamer opsluiten.'

'Ik heb gehoord dat er in dat geval van jou en dat van die jongen geen DNA is,' zei Marino. 'Geen teken van aanranding.'

'Dat noemen ze de nachtmerrie van multiple choice.'

'Misschien kunnen we in Baltimore een keer kreeftkroketten gaan eten en dan zal ik je alles vertellen,' zei hij. 'Trek geen conclusies uit roddelpraat. Of wanneer je naar New York komt. Hou je van biefstuk?'

Ze gaf geen antwoord.

Opeens voelde hij zich zo gedeprimeerd alsof iemand een grauwsluier over zijn emoties had geworpen. Het was met hem gedaan. Die klootzak van *Gotham Gotcha* had zijn leven verwoest. Hij maakt kennis met een sympathieke vrouw die vernoemd is naar zijn favoriete rum en nu behandelde ze hem alsof hij de pokken had en spuugde bij het praten.

'Die formulieren met info over het slachtoffer, je weet wel,' zei Bacardi, 'waarop je de hokjes moet afvinken, multiple choice, net als op school als er meerdere antwoorden waren. In de beide vorige gevallen was er geen enkele aanwijzing dat het slachtoffer was verkracht, al was er wel een glijmiddel gebruikt. Een soort vaseline, maar er zat geen spoor van sperma in. Vaginaal in die vrouw, anaal in die jongen. Een mengsel van DNA, verontreinigd. Geen hits in CODIS. We denken dat er, omdat ze ergens in de openlucht zijn gevonden, allerlei vuil aan het smeervet is blijven kleven. Kun je je voorstellen hoeveel DNA je in een afvalcontainer zou kunnen vinden? Plus honden- en kattenhaar.'

'Dat is interessant,' zei Marino, 'omdat in deze zaak het DNA ook vervuild is. Wij hebben een hit gevonden met een oude vrouw in een rolstoel, die in Palm Beach een jongen omver had gereden.'

'In een rolstoel? Ging ze te hard en was ze door rood gereden? Sorry hoor, maar heeft iemand ongemerkt de film verwisseld?'

'Het is ook interessant,' zei Marino terwijl hij met de telefoon in zijn hand naar de wc liep, 'dat het DNA van die twee gevallen van jou in CODIS zit en dat het DNA van ons geval net in CODIS is gescand. Wat denk je dat dat betekent?'

Hij legde zijn hand op het mondstuk terwijl hij een plas deed.

'Ik denk nog steeds aan die rolstoel,' zei Bacardi.

'Dat betekent,' zei hij toen hij weer veilig kon praten, 'dat het DNA-mengsel van elkaar verschilt. Jij kreeg geen hit met die oude vrouw in Palm Beach omdat haar DNA niet in jouw slachtoffers zat. Waarom niet is me een raadsel. Ik vind dat je hierheen moet komen om er met ons over te praten. Zo gauw mogelijk, bijvoorbeeld morgenochtend,' zei Marino. 'Heb je een auto?'

'Wanneer jullie maar willen. Ik kan er binnen een paar uur zijn.'

'Ik ben ervan overtuigd,' zei Marino, 'dat als dingen zo verschillend zijn, ze iets gemeen hebben.'

15

'Niemand geeft iemand ergens de schuld van,' zei Benton door de telefoon tegen Bryce, de administratief medewerker van Scarpetta. 'Ik vroeg me alleen maar af wat je dacht toen je het de eerste keer las... O ja? Dat klinkt aannemelijk... Ja, dat is interessant. Ik zal het haar vertellen.'

Hij verbrak de verbinding.

Scarpetta had maar met een half oor naar het gesprek tussen Bryce en Benton geluisterd. Ze had veel meer belangstelling voor de foto's van de badkamer van Terri Bridges, die ze naast elkaar op een daarvoor vrijgemaakte plek op Bentons bureau had gelegd. Ze zag een smetteloos witte tegelvloer en een wit marmeren wastafelblad. Naast de wasbak met protserige goudkleurige kranen zat een ingebouwde toilettafel met daarop flesjes parfum, een borstel en een kam. Aan de roze muur hing een ovale spiegel in een goudkleurige lijst een heel klein beetje scheef, het viel bijna niet op. Voor zover ze kon zien, was dat het enige in de badkamer dat, al was het nauwelijks te zien, de orde verstoorde.

'Je haar,' zei Benton toen zijn printer wakker werd.

'Wat is daarmee?'

'Ik zal het je laten zien.'

Nog een close-up van het lichaam, vanuit een andere hoek en nadat de handdoek was weggehaald. De kenmerken van achondroplasie waren bij Terri meer uitgesproken dan bij Oscar. Haar neus was iets afgeplat, haar voorhoofd was boller, haar armen en benen waren dik en ongeveer half zo lang als ze hadden moeten zijn en ze had dikke, stompe vingers.

Benton draaide zijn stoel rond, trok een vel papier uit de printer en gaf dat aan Scarpetta.

'Moet ik daar echt nog een keer naar kijken?' vroeg ze.

Het was de foto van de *Gotham Gotcha*-column van die morgen.

'Bryce zei dat je eens goed naar je haar moest kijken,' zei Benton.

'Ik heb een kapje op,' zei ze. 'Ik zie alleen een randje.'

'Juist. Het was vroeger korter. Hij heeft de foto aan Fielding laten zien en die is het met hem eens.'

Ze streek door haar haar en begreep wat Bryce en Fielding bedoelden. In het afgelopen jaar had ze het een centimeter of drie laten groeien.

'Je hebt gelijk,' zei ze. 'Bryce – meneer Hygiëne – zeurt er altijd over. Mijn haar heeft zo'n tussenlengte die ik niet helemaal kan bedekken en niet netjes onder het kapje kan stoppen. Dus komt er altijd een randje onderuit.'

'Bryce en Fielding zeggen allebei hetzelfde,' zei Benton. 'Dat deze foto nog niet zo lang geleden is gemaakt. Zelfs in de afgelopen zes maanden, omdat ze allebei denken dat ze toen al voor je werkten. Dat baseren ze op de lengte van je haar, je horloge en het soort masker dat je gebruikt.'

'Maar dat is een heel gewoon masker, geen hippe veiligheidsbril met een vrolijk montuur in allerlei felle kleuren.'

'Hoe dan ook, ik ben het met ze eens,' zei Benton.

'Dat is belangrijk. Want als deze foto in Watertown is genomen, staan zij natuurlijk op de lijst van verdachten. Kunnen ze zich niet herinneren dat ze iemand die foto hebben zien nemen?'

'Dat is nu juist het probleem,' antwoordde Benton. 'Zoals ik al zei, kan iedereen die bij je langs is geweest het hebben gedaan. Je kunt aan je houding en de uitdrukking op je gezicht zien dat je geen idee had dat iemand je op de foto zette. Iemand heeft dat razendsnel met zijn mobieltje gedaan. Dat denk ik.'

'Dan was het niet Marino,' zei ze. 'Hij is nooit meer zo dicht bij me in de buurt geweest.'

'Ik vermoed dat hij die column op het internet nog erger vindt dan jij, Kay. Ik kan me in de verste verte niet voorstellen dat hij hierachter zou zitten.'

Ze bestudeerde ook de andere foto's van het lichaam van Terri Bridges op de badkamervloer en vooral het dunne gouden kettinkje om haar linkerenkel. Ze gaf Benton de foto met een close-up ervan.

'Oscar heeft tegen de politie gezegd dat hij dat nooit eerder had gezien,' zei hij. 'En omdat jij blijkbaar ook niet weet waar het vandaan komt, concludeer ik daaruit dat Oscar tegen jou hetzelfde heeft gezegd of erover heeft gezwegen.'

'Ik wist er niets van, laten we het daarbij houden,' zei ze. 'Maar het lijkt me niet iets wat ze altijd droeg. Ten eerste past het niet, het zit veel te strak. Of ze had dat kettinkje al heel lang en is sindsdien dikker geworden, of iemand heeft het haar gegeven zonder erbij stil te staan welke maat ze moest hebben. Ik bedoel dat ik niet geloof dat ze het zelf heeft gekocht.'

'Dan wil ik daar seksistisch commentaar op geven,' zei Benton. 'Een man zal zo'n fout eerder maken dan een vrouw. Als een vrouw het voor haar had gekocht, had ze rekening gehouden met Terri's dikke enkels.'

'Oscar weet natuurlijk alles over dwerggroei,' zei Scarpetta. 'Hij is zich ontzettend van zijn eigen en andermans lichaam bewust. Ik geloof niet dat hij de verkeerde maat zou kopen, omdat hij haar intiem kende.'

'Bovendien heeft hij gezegd dat hij dat kettinkje nooit eerder had gezien.'

'Als de persoon op wie je verliefd bent je maar één keer per week op een door haar gekozen vaste dag en vaste tijd wil ontmoeten, wat ga je dan na een tijdje denken?' vroeg Scarpetta.

'Dat ze nog een andere vriend heeft,' antwoordde Benton.

'Nog een vraag. Als ik naar dat enkelkettinkje vraag, wat zou dat kunnen betekenen?'

'Dat Oscar er tegen jou niets over heeft gezegd.'

'Ik vermoed dat Oscar diep vanbinnen erg bang was dat Terri nog een andere vriend had,' zei Scarpetta. 'Maar als hij dat tot zich zou laten doordringen, zou dat hem verschrikkelijk veel pijn doen. Hoe erg hij ook is geschrokken toen hij het lichaam vond, áls dat zo is, hij moet dat enkelkettinkje hebben gezien. Dat hij er niet over is begonnen, zegt volgens mij veel meer dan als hij dat wel had gedaan.'

'Hij was bang dat ze het van iemand anders had gekregen,' zei Benton. 'Voor ons is het natuurlijk belangrijk om te weten of ze inderdaad een andere vriend had. Want die kan het ook hebben gedaan.'

'Juist.'

'En het zou kunnen dat Oscar haar heeft vermoord omdat hij erachter was gekomen dat ze een andere vriend had,' zei Benton.

'Heb je een reden te denken dat ze die had?' vroeg ze.

'Ik zal ervan uitgaan dat jij dat ook niet weet. Maar als het inderdaad zo was en hij had haar dat sieraad gegeven, waarom droeg ze het dan terwijl ze wist dat Oscar zou komen?'

'Ze zou kunnen zeggen dat ze het zelf had gekocht. Maar ik begrijp niet waarom ze het eigenlijk droeg, want het paste niet.'

Scarpetta keek naar een foto van een aantal kledingstukken in de badkuip, alsof iemand ze daar achteloos in had laten vallen: roze pantoffels, een roze ochtendjas die vanaf de kraag tot aan de manchetten was opengesneden en een rode kanten beha met voorsluiting, waarvan de bandjes waren doorgesneden.

Ze boog zich over het bureau heen en gaf Benton de foto.

'Ik denk dat de moordenaar haar polsen al op haar rug had vastgebonden toen hij haar ochtendjas en beha uitdeed,' zei ze. 'Daar wijzen de doorgesneden bandjes en de opengesneden mouwen op.'

'Wat weer doet vermoeden dat de aanvaller haar razendsnel heeft overmeesterd,' zei hij. 'Een verrassingsaanval. Ze zag het niet aankomen. Meteen nadat ze de deur voor hem had opengedaan of toen hij binnen was. Hij heeft haar vastgebonden om te kunnen doen wat hij wilde en daarna heeft hij haar uitgekleed.'

'Als hij van plan was haar seksueel te misbruiken, had hij haar niet hoeven uitkleden. Dan had hij alleen haar ochtendjas los hoeven knopen.'

'Om haar doodsbang te maken. Om haar volledig in zijn macht te hebben. Wat hoort bij een sadistische seksuele moord. En wat niet wil zeggen dat het niet Oscar was. Absoluut niet.'

'En dat ze geen onderbroek droeg? Tenzij ze in het rapport zijn vergeten iets over haar onderbroek te vermelden. Want het is nogal vreemd dat ze onder haar ochtendjas wel een beha maar geen onderbroek aanhad. Ik neem aan dat ze de schaar zullen onderzoeken om te zien of er vezels aan kleven die bewijzen dat hij daarmee haar kleren heeft doorgeknipt. Wat de vezels op Oscars kleren betreft, zou je verwachten dat die afkomstig zijn van haar lichaam en de handdoek, op hem overgebracht toen hij met haar in zijn armen op de badkamervloer zat.'

Er waren een paar foto's bij van de schaar op de vloer naast de wc, met daarnaast de eenmalig te gebruiken flexibele boei die om Terri's polsen had gezeten en waarvan de lus was doorgeknipt. Maar er klopte iets niet. Toen ze besefte wat dat was, gaf ze de foto aan Benton.

'Zie je hier iets ongewoons?' vroeg ze.

'Toen ik nog voor de FBI werkte, gebruikten we gewone handboeien, geen flexibele. En natuurlijk nooit flexibele boeien bij patiënten.'

Het was zijn manier om toe te geven dat hij geen expert was.

'Deze is kleurloos, bijna doorzichtig,' zei ze. 'Alle flexibele boeien die ik eerder heb gezien, waren zwart, geel of wit.'

'Maar alleen omdat je deze niet eerder...'

'Natuurlijk, dat hoeft niets te betekenen.'

'Misschien bestaan er tegenwoordig nieuwe uitvoeringen en worden ze ook door andere firma's gemaakt, vooral nu we weer oorlog voeren. Agenten en militairen hebben ze in een doosje aan hun riem hangen en hun auto's liggen er vol mee. Ze zijn reuze handig als je een aantal gevangenen tegelijk snel in de boeien moet slaan. En zoals tegenwoordig met de meeste dingen het geval is, kun je ze op internet kopen.'

'Maar je krijgt ze niet zomaar los,' zei Scarpetta. 'Dat wilde ik eigenlijk zeggen. Je kunt ze niet zomaar met een keukenschaar doorknippen. Je hebt er een speciale, extra zware schaar voor nodig, bijvoorbeeld een Scarab.'

'Waarom heeft Morales dat niet gezegd?'

'Misschien heeft hij nooit geprobeerd een flexibele boei met een schaar door te knippen,' zei Scarpetta. 'Een heleboel agenten niet, denk ik. De eerste keer dat ik een lichaam binnen kreeg dat met flexibele boeien was vastgebonden, moest ik daar verdorie een ribbenschaar voor gebruiken. Nu heb ik een Scarab in het mortuarium liggen. Moordslachtoffers, mensen die in gevangenschap zijn overleden, zelfmoordslachtoffers met flexibele boeien om hun polsen, enkels, nek... Als je de band door het slot hebt getrokken, krijg je hem niet zomaar weer los. Dus die schaar is daar neergelegd om de suggestie te wekken dat die boei daarmee is doorgeknipt terwijl dat met iets anders is gedaan, of die kleurloze band op de vloer is geen echte flexibele boei. Heeft de politie in dat huis nog meer van dat soort banden gevonden?'

Bentons lichtbruine ogen keken haar onderzoekend aan.

'Jij weet net zo veel of zo weinig als ik,' zei hij. 'Alleen dat wat in het rapport en op de lijst van bewijsmateriaal staat. Maar als er nog meer banden zijn gevonden, zouden die zijn meegenomen en genoteerd, tenzij Morales een waardeloze rechercheur is. Dus denk ik dat het niet zo is. Wat weer zou kunnen wijzen op voorbedachten rade. De moordenaar had die boei zelf meegebracht. Misschien heeft hij haar er ook mee gewurgd.'

'We kunnen wel steeds "hij" zeggen,' zei Scarpetta, 'maar Terri Bridges was een klein vrouwtje. Een normale vrouw zou haar ook de baas hebben gekund. Zelfs een tiener, een jongen of een meisje.'

'Als de dader een vrouw is, is het een heel ongewone misdaad. Maar het zou wel verklaren waarom Terri met een gerust hart de deur heeft opengedaan. Tenzij, nogmaals, Oscar de boel zodanig in scène heeft gezet dat de plaats delict eruitzag als het toneel van een seksuele moord, terwijl het in feite iets anders is geweest.'

'Die ontbrekende band waarmee ze is gewurgd,' zei Scarpetta. 'Dat hoort niet bij iets wat in scène is gezet. Dat doet vermoeden dat de moordenaar die om een bepaalde reden weer heeft meegenomen.'

'Misschien als aandenken,' zei Benton. 'De wurgband en lingerie, bijvoorbeeld haar onderbroek. Iets om hem naderhand te helpen bij zijn gewelddadige fantasieën. Hij spoelt de tape terug en speelt die nogmaals af voor extra seksueel genot. Het soort gedrag dat bij moord in de huiselijke kring zelden voorkomt. Aandenkens wijzen meestal op een seksuele jager die zijn slachtoffer als een voorwerp ziet, een onbekende of iemand die hij nauwelijks kent. Geen vriend of minnaar. Tenzij er toch iets in scène is gezet,' herhaalde hij. 'Oscar is heel intelligent. Hij is berekenend en snel.'

Berekenend en snel genoeg om terug te gaan naar zijn auto en zijn jas erin te gooien, zodat zijn verhaal over de man die hem aanviel toen hij het appartement binnenging zou kloppen en de politie zijn verklaring over zijn gescheurde T-shirt en zijn verwondingen zou geloven. Maar wanneer, als het zo was gegaan, had hij dat gedaan? Scarpetta vermoedde dat hij, nadat hij zichzelf tot bloedens toe had gekrabd en zichzelf met de zaklantaarn had geslagen, had beseft dat hij zijn wonden niet kon hebben opgelopen als hij zijn jas nog aan had gehad.

'Aandenkens,' zei Scarpetta. 'Misschien een moordenaar die aandenkens meeneemt en achterlaat. Als we ervan uitgaan dat de moordenaar haar dat kettinkje om haar enkel heeft gedaan, waarschijnlijk na de moord. Net als die zilveren ringen in die zaak in Californië waarmee je jaren geleden te maken had. Vier studentes, en na elke moord had de dader een zilveren ring om de ringvinger van zijn slachtoffer gedaan. Maar volgens mij zijn die zilveren ringen een heel ander soort symbool dan een enkelkettinkje.'

'Het ene gaat om bezit: met deze ring maak ik je tot de mijne,' zei Benton. 'Het andere gaat om macht: met deze boei om je enkel maak ik je tot mijn eigendom.'

Nog meer foto's: een voor twee mensen gedekte tafel. Kaarsen, wijnglazen, linnen servetten in blauwe servetringen, grote en kleine borden en schaaltjes voor de sla. Een vaasje met bloemen midden op tafel. Tot in de puntjes verzorgd, alles paste bij elkaar, alles stond precies gerangschikt, maar het straalde geen creativiteit of gezelligheid uit.

'Ze had een dwangneurose,' zei Scarpetta. 'Ze was een perfectionist. Maar ze sloofde zich wel voor hem uit. Volgens mij was Oscar belangrijk voor haar. Stond er muziek aan toen de politie binnenkwam?'

'Daar staat niets over in het rapport.'

'Stond de tv aan? Er staat een toestel in de woonkamer, maar op de foto staat die uit. Was er ergens uit op te maken wat ze aan het doen was vlak voordat ze de deur opendeed? Behalve dat ze die middag ook heeft staan koken.'

'We weten eigenlijk niet meer dan dat wat je op de foto's kunt zien.' Hij dacht even na. 'Omdat jij de enige bent tegen wie Oscar iets wilde zeggen.'

Ze las hardop een deel van het rapport: 'De oven stond op de laagste stand met een gebraden kip erin, wat betekent dat ze die warm hield. Het fornuis was uit, maar er stond een pan verse spinazie klaar om te worden gekookt.'

Een andere foto: een zwarte plastic zaklantaarn op het vloerkleed bij de voordeur.

Nog een foto: kleren die netjes op het bed waren klaargelegd. Een trui met een laag uitgesneden hals, rood. Kasjmier, zo te zien. Een rode broek. Zijde, zo te zien. Nergens schoenen. Nergens een onderbroek.

Weer een andere foto: geen spoor van make-up op Terri's bloeddoorlopen gezicht.

Scarpetta bedacht hoe het was gegaan: Terri was van plan zich feestelijk en verleidelijk te kleden, in rode kleren die zacht aanvoelden. Ze droeg een sexy beha, een minder sexy ochtendjas en pantoffels. Misschien wachtte ze tot vlak voordat Oscar zou komen met het opdoen van make-up en het aantrekken van haar verleidelijke rode kleren. Waar waren haar schoenen? Misschien droeg ze binnenshuis niet vaak schoenen, vooral niet in haar eigen huis. Waar was haar onderbroek? Sommige vrouwen dragen geen onderbroek, misschien droeg zij er ook geen. Maar als dat waar was, dan kwam dat absoluut niet overeen met wat Oscar haar had verteld over Terri's obsessie met hygiëne, met bacteriën.

'Weten we of ze wel vaker geen onderbroek droeg?' vroeg ze Benton.

'Geen idee.'

'En haar schoenen. Waar zijn die? Ze had zorgvuldig haar kleren uitgezocht, maar geen schoenen? Drie mogelijkheden. Ze wist nog niet welke schoenen ze zou dragen. De moordenaar heeft ze meegenomen. Of ze droeg thuis geen schoenen. En dat vind ik vreemd en kan ik eigenlijk niet geloven. Iemand met een dwangneurose wat betreft netheid en reinheid zal niet gauw op blote voeten lopen. Ze droeg een ochtendjas en slippers. Ze liep niet op blote voeten. En iemand met een dwangneurose wat betreft vuil en bacteriën draagt beslist een onderbroek.'

'Ik wist niet dat ze een dwangneurose had,' zei Benton.

Scarpetta besefte dat ze haar mond voorbij had gepraat.

'Toen ik Oscar onderzocht, heeft hij het niet over haar gehad, dat weet je.' Benton was niet van plan dit te laten rusten. 'Er is me niets opgevallen waaruit ik kon opmaken dat Terri een dwangneurose had of dat ze netheid en reinheid overdreven belangrijk vond. Behalve dat wat we op de foto's kunnen zien. Daaraan zie je inderdaad dat ze heel goed georganiseerd en ordelijk was. Daar zijn genoeg aanwijzingen voor, maar niet dat het obsessief was. Dus als het niet waarschijnlijk is dat ze op blote voeten en zonder onderbroek door het huis liep, zijn we terug bij de mogelijkheid van een moordenaar die aandenkens meeneemt. Wat doet vermoeden dat het niet Oscar is. Want het lijkt me erg onwaarschijnlijk dat hij die spullen snel naar zijn auto heeft gebracht en voor de komst van de politie terug was.'

'Dat ben ik met je eens.'

'Jij gelooft niet dat Oscar de dader is, hè?' zei Benton.

'Ik geloof dat de politie er maar beter niet vanuit kan gaan dat de moordenaar een gestoorde dwerg is die veilig vastzit op de ziekenzaal voor gevangenen. Dat is mijn mening,' zei ze.

'Oscar is niet gek. Geen leuk woord, maar ik gebruik het toch. Hij heeft geen persoonlijkheidsstoornis. Hij is niet sociopatisch, narcistisch of borderline. Maar het onderzoek heeft uitgewezen dat hij de neiging heeft gauw kwaad te worden of dingen uit de weg te gaan, en blijkbaar is er iets gebeurd wat paranoia heeft opgewekt en hem het idee heeft gegeven dat hij anderen uit de weg moet gaan. Kortom, hij is ergens bang voor. Hij weet niet wie hij kan vertrouwen.'

Scarpetta dacht aan de cd die Oscar volgens zijn zeggen had verstopt in zijn bibliotheek.

In Murray Hill liep Marino door een donkere, met bomen omzoomde straat en keek met een jagersblik om zich heen.

Het bakstenen appartementengebouw waar Terri Bridges had gewoond lag tussen een speeltuin en een artsenpraktijk, die de avond daarvoor allebei gesloten waren. Ertegenover, aan weerskanten van het gebouw waarin haar vreemde overbuurvrouw woonde, bevonden zich een Franse bistro en een bakkerswinkel, die de vorige avond ook gesloten waren. Dat had hij gecontroleerd, hij had de buurt zorgvuldig verkend en was tot dezelfde conclusie gekomen als Morales: toen Terri de deur voor haar moordenaar opendeed, had niemand dat gezien.

Zelfs als er op dat moment iemand voorbij was gelopen, had die persoon waarschijnlijk geen idee waarvan hij getuige was toen hij een man de treden voor de ingang op zag lopen en op de bel zag drukken, of met een sleutel naar binnen zag gaan. Maar Marino vermoedde dat de dader uit het zicht was gebleven tot hij zeker wist dat er niemand anders op straat liep, en toen moest hij weer aan Oscar Bane denken.

Als Oscar van plan was geweest om Terri op oudejaarsavond te vermoorden, deed het er niet toe of iemand hem daar naar binnen had zien gaan. Hij was haar vriend. Hij zou bij haar eten, wat heel normaal was, en het was slim van hem dat hij zijn Jeep Cherokee pal voor de deur had gezet omdat dat, als hij niets kwaads in de zin had, ook heel normaal was. Nadat Marino met Bacardi had gepraat, twijfelde hij niet meer aan het soort misdrijf waarmee hij hier te maken had. Het was precies wat het leek: een om seksuele redenen gepleegde, van tevoren beraamde daad van iemand wiens moorduitrusting bestond uit materiaal om een ander mee vast te binden, een glijmiddel en een tien karaats gouden enkelkettinkje.

Als Oscar niet onschuldig was, zou het verdomd moeilijk zijn hem te pakken, omdat hij een geldige reden had om gisteren in de namiddag naar Terri's huis te gaan. Het was duidelijk dat Terri verwachtte dat hij zou komen eten. Het was duidelijk dat ze verwachtte dat ze een romantisch avondje zouden hebben. Wat ze tot nu toe op de plaats delict hadden gevonden, was van geen enkel nut, omdat het normaal was dat Oscars sporen overal op zaten, ook op haar lichaam. De perfecte misdaad? Misschien, behalve één vreemd element: Oscars bewering, die dateerde van een maand voor Terri's dood, dat hij werd bespioneerd en gehersenspoeld, dat zijn identiteit was gestolen.

Marino dacht aan de wartaal die Oscar door de telefoon had uitgeslagen en wat hij allemaal had geschreeuwd. Waarom zou hij, tenzij hij een psychopaat was, op die manier de aandacht op zichzelf hebben gevestigd als hij een seriemoordenaar was die al twee mensen had vermoord?

Marino voelde zich schuldig en hij maakte zich zorgen. Wat zou er zijn gebeurd als hij beter naar Oscar had geluisterd en hem zelfs had gevraagd naar het bureau van de openbaar aanklager te komen om er met Berger over te praten? Wat zou er zijn gebeurd als Marino hem, al was het schoorvoetend, het voordeel van de twijfel had gegeven? Zou hij dan nog steeds op deze koude, winderige avond door deze donkere straat lopen?

Zijn oren werden gevoelloos, zijn ogen traanden en hij was kwaad op zichzelf omdat hij zoveel Sharp's had gedronken. Toen Terri's appartement in zicht kwam, zag hij dat er licht brandde, de gordijnen dicht waren en er een politieauto voor de deur stond. Marino zag voor zich hoe er binnen een agent de wacht zat te houden tot Berger het appartement zou vrijgeven. De arme kerel verveelde zich natuurlijk stierlijk. Marino zou er heel wat voor overhebben als hij daar even naar de wc zou mogen, maar op een plaats delict mag niks.

De enige wc die hem ter beschikking stond, was de openlucht. Terwijl hij naar Terri's appartement liep, bleef hij speurend om zich heen kijken en zocht tegelijkertijd een beschutte plek. Hij zag dat de lampen aan weerskanten van de ingang brandden en herinnerde zich dat er in het rapport van Morales stond dat die de avond daarvoor, toen de politie om even over zessen arriveerde, uit waren.

Marino dacht weer aan Oscar Bane. Het maakte niets uit of iemand hem goed genoeg had gezien om hem later te kunnen identificeren. Hij was de vriend van Terri, hij had de sleutels van haar appartement en ze verwachtte hem. Maar als die lampen toen hij aankwam niet hadden gebrand, wat was daar dan de reden van geweest? Oscar was om vijf uur komen aanrijden en toen was het al pikdonker.

Het was natuurlijk mogelijk dat die lampen toen hij aankwam wel hadden gebrand en dat hij ze om de een of andere reden had uitgedaan.

Een paar huizen voordat hij het bakstenen gebouw in East 29th bereikte, stond Marino stil en keek naar de ingang. Hij stelde zich voor dat hij de moordenaar was en dat hij Terri's appartement naderde. Wat zag hij? Wat voelde hij? Het was gisteren koud en nat en er stond een harde wind, beslist geen dag voor een prettige wandeling. Net als vandaag.

Tegen halfvier in de middag was de zon achter de huizen en bomen gezakt en lag de ingang van het gebouw in de schaduw. Waarschijnlijk hadden de lampen toen nog niet gebrand, of ze op een tijdklok waren aangesloten of niet. Maar binnen zou iemand wél een paar lampen hebben aangedaan, waardoor de jager had kunnen zien wie er thuis was en wie niet.

Marino liep vlug door naar de speeltuin. Toen hij tegen de donkere toegangspoort stond te plassen, zag hij een donkere figuur op het platte dak van het appartement. De figuur bevond zich in de buurt van het vage silhouet van de satellietschotel en hij bewoog. Marino ritste zijn broek dicht, haalde zijn revolver uit de zak van zijn jas en sloop naar de westkant van het gebouw. De brandtrap was een smalle ladder die loodrecht omhoogging, te klein voor Marino's handen en voeten.

Hij was ervan overtuigd dat de ladder los zou komen van het gebouw en hij met brandtrap en al achterover op de grond te pletter zou vallen. Zijn hart bonkte wild en onder zijn Harley-jack begon hij hevig te zweten toen hij met zijn .40 Glock-pistool in de hand voorzichtig en met trillende knieën naar boven klom.

Hij had nooit hoogtevrees gehad, daar had hij pas sinds zijn vertrek uit Charleston last van gekregen. Volgens Benton was dat het gevolg van zijn depressie en de bijbehorende nervositeit, en hij had een nieuwe behandeling aanbevolen met onder andere een antibioticum, D-cycloserine, omdat dit bij een neurowetenschappelijk researchproject met ratten tot goede resultaten had geleid. Marino's therapeut, Nancy, had zijn probleem 'een onbewust conflict' genoemd en gezegd dat hij, als hij niet van de drank afbleef, nooit zou ontdekken waardoor dat conflict werd veroorzaakt.

Op dat moment wist Marino precies wat zijn conflict veroorzaakte: een verdomd smalle ladder die met een paar schroeven vastzat aan een oud bakstenen gebouw. Hij hees zichzelf op het dak en gromde van verbazing toen hij in de loop van een revolver keek, in de handen van een donkere figuur die als een scherpschutter plat op zijn buik voor hem lag. Even verroerden ze zich geen van beiden.

Toen stak Mike Morales zijn pistool in de holster, ging rechtop zitten en fluisterde woedend: 'Stom rund! Wat doe jij verdomme hier?'

'Wat doe jíj verdomme hier!' beet Marino hem toe. 'Ik dacht dat je die verdomde seriemoordenaar was!'

Hij schoof naar voren tot hij op veilige afstand van de dakrand zat.

'Je boft dat ik je kop er niet af heb geschoten, verdomme!' voegde hij eraan toe.

Hij stopte de Glock in zijn jaszak.

'Hier hebben we het al eerder over gehad,' zei Morales. 'Het is niet de bedoeling dat je je gang gaat zonder mij te vertellen waar je mee bezig bent. Ik zal ervoor zorgen dat ze je eruit schoppen. Dat is Berger waarschijnlijk toch al van plan.'

Zijn gezicht was in het donker bijna niet te zien en hij droeg donkere, loszittende kleren. Hij zag eruit als een zwerver of een drugsdealer.

'Ik weet niet hoe ik weer beneden moet komen,' zei Marino. 'Weet je wel hoe oud die ladder is? Volgens mij minstens honderd jaar. Hij dateert uit de tijd dat mensen maar half zo groot waren als wij.'

'Wat mankeert je eigenlijk? Probeer je verdomme iets te bewijzen? Want het enige wat je bewijst, is dat je beter bewaker in een winkelcentrum kunt worden of zo.'

Het was een betonnen dak met een grote vierkante airconditioninguitlaat en een schotelantenne erop. In het appartementengebouw aan de overkant waar Marino die middag was geweest, brandde er alleen licht bij de overbuurvrouw op de tweede verdieping, maar haar gordijnen waren dicht. In het gebouw aan de achterkant waren meer mensen thuis, en twee van hen dachten dat niemand hen kon zien. Een oudere man zat te typen op een computer, zich niet bewust van de mannen die naar hem keken. Een verdieping lager zat een vrouw in een groene pyjama op de bank in de woonkamer te praten in een draadloze telefoon.

Morales gaf Marino ervanlangs omdat hij alles had verpest.

'Ik heb niks verpest, jij zat hier alleen maar voor gluurder te spelen,' zei Marino verontwaardigd.

'Ik hoef niet voor gluurder te spelen om te zien wat ik wil zien en wanneer ik dat wil zien,' zei Morales. 'Waarmee ik niet wil zeggen dat ik niet zou kijken als er iets te zien was.'

Hij wees naar de schotelantenne, die in een hoek van ongeveer zestig graden gericht stond op het zuiden van Texas, waar ergens hoog in de nachtelijke hemel een satelliet vloog waarvan Marino zich geen voorstelling kon maken.

'Ik heb net een draadloze camera op het onderstel geplaatst,' zei Morales. 'Voor het geval dat Oscar zich hier weer vertoont. Misschien probeert in haar appartement te komen. Terug naar de plaats van het misdrijf, je weet wel. Of wie dan ook, ik laat alle mogelijkheden open. Misschien is het Oscar niet. Maar ik wed van wel. En ik wed dat hij ook die twee andere moorden heeft gepleegd.'

Marino was niet in de stemming om Morales op de hoogte te brengen van zijn gesprek met Bacardi. Ook als hij niet op een dak had gezeten en zich daar hoogst ongelukkig had gevoeld, zou hij daar niet voor in de stemming zijn geweest.

'Weet de agent die op haar appartement past dat je hier bent?' vroeg hij.

'Jezus, nee! En als jij hem dat gaat vertellen, zul je ondervinden hoe hoog het hier is, want dan schop ik je van het dak. Als je een onderzoek kansloos wilt maken, moet je vooral je collega's vertellen wat je gaat doen. Dat slaat ook op jou.'

'Heb je er wel aan gedacht dat zijn auto pal voor het gebouw staat, als een levensgrote reclame voor de NYPD? Misschien moet je hem toch maar vragen of hij die ergens anders wil parkeren, als je hoopt dat de moordenaar zich hier nog eens zal vertonen.'

'Hij zal hem daar weghalen. Het was verdomd stom dat hij hem daar heeft neergezet.'

'Meestal moet je je meer zorgen maken om het publiek en de media die op een plaats delict afkomen. Als er geen politieauto staat, heb je ook geen afschrikmiddel meer. Maar goed, dat is jouw zaak. Weet jij soms waarom de lampen bij de ingang gisteravond niet brandden?' vroeg Marino.

'Nee, alleen dát ze niet brandden. Dat staat in mijn rapport.'

'Nu branden ze wel.'

Windvlagen sloegen als golven van een woeste zee tegen Marino aan en hij was bang dat hij van het dak zou worden gespoeld. Zijn handen waren verstijfd van de kou en hij trok zijn mouwen eroverheen.

'Dan denk ik dat de moordenaar ze gisteravond heeft uitgedaan,' zei Morales.

'Dat is wel gek, als hij al binnen was.'

'Misschien heeft hij ze toen hij wegging uitgedaan. Zodat niemand hem zou zien, zoals een voorbijganger of een automobilist.'

'Dan heb je het waarschijnlijk niet over Oscar, want hij is niet weggegaan.'

'We weten niet wat hij heeft gedaan. Misschien is hij in- en uitgelopen om zich van spullen te ontdoen. Bijvoorbeeld van wat hij om haar nek had gedaan. Waar staat jouw auto?' vroeg Morales.

'Een paar straten verderop,' zei Marino. 'Niemand heeft me gezien.'

'Ja, jij valt echt helemaal niet op. Toen je die ladder beklom, dacht ik dat er een leeuw naar boven kwam. Jammer dat je hier niet wat eerder was,' zei Morales. 'Zie je die vrouw daar aan de telefoon?'

Hij wees naar het appartement waar de vrouw in de groene pyjama nog steeds gebarend en pratend op de bank zat.

'Verbazingwekkend dat zo veel mensen de gordijnen niet dichtdoen,' zei Morales.

'Daarom zit je hier waarschijnlijk,' zei Marino.

'Dat raam links daarvan? Het licht is nu uit, maar ongeveer een halfuur geleden leek het daar wel een filmpremière met haar in de hoofdrol.'

Marino staarde naar het donkere raam alsof hij hoopte dat het licht weer aan zou gaan en hij zou kunnen zien wat hij had gemist.

'Uit de douche en weg die handdoek. Prachtige tieten, en dat meen ik,' zei Morales. 'Ik dacht dat ik van dit verdomde dak zou vallen. God, wat heb ik toch een fantastische baan.'

Marino had er het zicht op vijftig naakte vrouwen voor over als hij niet weer die brandtrap af zou hoeven. Morales stond op, net zo op zijn gemak als een duif, terwijl Marino terugschoof naar de rand en zijn hart weer begon te bonken. Hij vroeg zich af wat hem mankeerde. Hij had jarenlang met Lucy meegevlogen in haar helikopters en jets. Vroeger vond hij glazen liften en hangbruggen geweldige uitvindingen en nu zag hij er zelfs tegen op als hij op een trapje moest gaan staan om een gloeilamp te vervangen.

Hij keek Morales na toen die naar de schotelantenne liep en kreeg opeens een onbehaaglijk gevoel. Morales had op dure scholen gezeten. Hij was arts of zou dat, als hij wilde, kunnen zijn. Hij was een aantrekkelijke man om te zien, al deed hij zijn best om de indruk te wekken dat hij leider van een straatbende of een Zuid-Amerikaanse gangster was. Hij was een vat vol tegenstellingen, en het was heel eigenaardig dat hij zonder het iemand te vertellen hier op het dak een camera had geplaatst terwijl er twee verdiepingen lager een agent de plaats delict zat te bewaken. Stel dat die agent hem hier had horen rondscharrelen?

Marino dacht aan wat de overbuurvrouw hem had verteld over de toegang vanaf het dak, en dat ze wel eens een monteur bij de schotelantenne had gezien. Misschien was Morales niet via de brandtrap gekomen. Misschien was er een andere weg, een gemakkelijker weg, en was Morales zo lullig om dat Marino niet te vertellen.

Het koude ijzer brandde onder zijn blote handen toen hij de treden vastpakte en langzaam omlaag klom. Hij wist pas dat hij beneden was toen hij de grond onder zijn voeten voelde, en hij leunde even tegen de muur om te kalmeren en op adem te komen. Daarna liep hij naar de ingang van het appartement, bleef onder aan het bordes staan en keek omhoog om te zien of Morales hem in de gaten hield. Maar hij kon Morales niet zien.

Aan zijn sleutelring hing een lampje, en hij richtte de felle bundel op de lantaarns aan weerskanten van de met klimop begroeide ingang van het gebouw. Hij inspecteerde de bakstenen treden en de stoep voor de deur, en liet vervolgens het licht over de struiken en de vuilnisbakken glijden. Toen belde hij de telefonist op het bureau en zei dat de agent in het appartement van Terri Bridges hem binnen moest laten. Hij wachtte en even later werd de deur geopend, maar niet door dezelfde agent in uniform die hem die ochtend binnen had gelaten.

'Vermaak je je nog een beetje?' vroeg Marino terwijl hij naar binnen stapte en de deur achter zich dichtdeed.

'Het begint er te stinken,' zei de agent, die eruitzag als een jaar of zestien. 'Help me onthouden dat ik nooit meer kip eet.'

Marino vond twee lichtschakelaars links van de deur. Hij drukte erop. De ene was van de buitenlampen, de andere van de lamp in de hal.

'Weet jij soms of hier een tijdschakelaar op zit?' vroeg hij.

'Geen tijdschakelaar.'

'Wie heeft dan vanavond die buitenlampen aangedaan?'

'Ik, toen ik aankwam, een uur of twee geleden. Waarom? Moet ik ze uitdoen?'

Marino keek naar de donkere houten trap naar de eerste verdieping en zei: 'Nee, laat ze maar aan. Ben je ook boven geweest? Zo te zien is nog geen van de andere bewoners thuisgekomen.'

'Ik ben nergens anders geweest, ik heb al die tijd daar gezeten.' Hij knikte in de richting van de voordeur van het appartement van Terri, die hij op een kier had laten staan. 'Er is hier niemand anders binnengekomen. Als ik hier woonde, zou ik niet meteen na de feestdagen weer naar huis gaan, vooral niet als ik een alleenstaande vrouw was.'

'Er wonen hier geen andere alleenstaande vrouwen,' zei Marino. 'De vrouw in het appartement dat jij moet bewaken was de enige. Daar' – hij wees naar de deur aan de overkant van de hal – 'wonen twee mannen, ze werken allebei in een bar. Die zijn 's avonds waarschijnlijk nooit thuis. En boven? Recht boven Terri Bridges woont een student van Hunter College, die geld verdient met het uitlaten van honden. Tegenover hem woont een Italiaanse agent van een Engelse financiële instelling die het appartement huurt. De huurder is dus een firma, en die man is waarschijnlijk zelden thuis.'

'Heeft iemand al met de andere bewoners gepraat?'

'Ik niet, maar ik heb wel hun achtergrond gecheckt. Geen bijzonderheden. Van Terri's ouders heb ik begrepen dat ze geen gezellig type was. Ze praatte nooit over de andere bewoners, wist niet wie ze waren en dat interesseerde haar ook niet. Nou ja, we zijn hier niet in het Zuiden. Hier bakken ze waarschijnlijk geen taart voor de buren om van alles over ze te weten te komen. Maar goed, let maar niet op mij. Ik ga even boven rondneuzen.'

'Wees dan wel voorzichtig, want rechercheur Morales is op het dak.'

Marino bleef op de onderste tree staan en zei: 'Wát?'

'Ja, hij is ongeveer een uur geleden naar boven gegaan.'

'Heeft hij gezegd wat hij daar ging doen?'

'Dat heb ik niet gevraagd.'

'Heeft hij niet gezegd dat je de auto ergens anders moest parkeren?'

'Waarom?'

'Vraag dat maar aan hem,' zei Marino. 'Hij is de superrechercheur met de superideeën.'

Hij liep de trap op en zag op de eerste verdieping, in het plafond tussen de twee appartementen, een roestvrijstalen luik met een verzonken hendel. Eronder stond een aluminium trap met antisliptreden en een inklapbare veiligheidsgreep, met daarnaast een gereedschapskist met een paar schroevendraaiers erin. Er was ook een werkkast, waarvan de deur wijd open stond.

'Wel allemachtig,' mompelde Marino.

Hij stelde zich voor hoe Morales op het dak had staan lachen toen hij Marino moeizaam de brandtrap hoorde afdalen, terwijl hij hem alleen maar had hoeven wijzen hoe het ook anders kon. Marino had ook via vijf solide aluminium treden in een verlichte hal kunnen komen in plaats van zich in de ijzige kou en het donker via dertig smalle treden naar de begane grond te moeten worstelen.

Hij klapte de trap dicht en zette die terug in de werkkast.

Hij was halverwege op de terugweg naar zijn auto toen zijn mobieltje ging. Het venster vermeldde: 'onbekend'. Hij wist zeker dat het Morales was, pisnijdig.

'Hallo,' zei hij vrolijk, terwijl hij doorliep.

'Marino?' Het was Jaime Berger. 'Ik probeer Morales te pakken te krijgen.'

Er klonk lawaai op de achtergrond, verkeerslawaai, en hij hoorde dat ze uit haar humeur was.

'Ik heb hem net nog gezien,' antwoordde hij. 'Hij is op dit moment niet bereikbaar.'

'Als je hem nog een keer ziet, zeg dan dat ik al drie berichten voor hem heb achtergelaten. Daar laat ik het bij. Misschien kun jij dit oplossen. Achttien wachtwoorden tot nu toe.'

'Alleen van haar?' Hij bedoelde Terri Bridges.

'Wel steeds dezelfde provider, maar verschillende gebruikersnamen. Om welke reden dan ook. Haar vriend heeft er ook een. Ik stap nu uit een taxi.'

Marino hoorde de chauffeur iets zeggen en Berger antwoorden, toen werd het portier dichtgeslagen en kon hij haar beter verstaan.

'Wacht even,' zei hij. 'Dan stap ik in de auto.'

Zijn donkerblauwe Impala stond een eindje verderop.

'Waar ben je en wat doe je daar?' vroeg ze.

'Dat is een lang verhaal. Heeft Morales jou iets verteld over een zaak in Baltimore en een in Greenwich, Connecticut?'

'Ik geloof dat ik net heb gezegd dat ik hem niet heb gesproken.'

Hij ontsloot het portier en stapte in de auto. Hij startte de motor en opende het dashboardkastje op zoek naar een pen en iets om op te schrijven.

'Ik zal je een paar dingen e-mailen, ik denk dat ik dat wel met mijn BlackBerry kan doen,' zei hij. 'Benton moet het ook zien.'

Stilte.

'Als jij het goedvindt, zal ik het hem ook sturen.'

'Natuurlijk,' zei ze.

'Neem me niet kwalijk dat ik het zeg, maar niemand houdt de rest op de hoogte. Ik zal je een voorbeeld geven. Weet jij of de politie gisteravond ook op de eerste verdieping van Terri's gebouw heeft rondgekeken? En heeft gezien dat er een trap in de werkkast staat waarmee je door een luik naar het dak kunt?'

'Geen idee.'

'Dat bedoel ik. Dat staat niet in het rapport. En er zijn geen foto's van,' zei Marino.

'Dat is interessant.'

'Je kunt gemakkelijk via het dak naar binnen en naar buiten, zonder dat iemand je ziet. Buiten tegen de muur aan de noordkant zit een brandtrap, aan de kant van een omheinde speeltuin, dus niemand ziet je, zoals ik al zei.'

'Dat moet Morales ook allemaal weten.'

'Maak je geen zorgen, ik weet zeker dat het onderwerp nog wel ter sprake zal komen. En dan nog iets. We moeten Oscars DNA laten scannen door CODIS. Vanwege Baltimore en Greenwich. Heb je mijn e-mails al?'

'Het eerste hoort al te zijn gebeurd. Ik heb gezegd dat ik vanavond de uitslag wil hebben. Ja, ik heb je e-mails ontvangen,' zei Berger. 'Wat aardig van Morales dat hij niet de moeite heeft genomen me van die twee andere zaken te vertellen.'

'Dus Oscar zit inmiddels in CODIS of zal daar binnenkort in zitten,' zei Marino. 'Ach, ik denk dat Morales dat vast nog wel eens zal doen.'

'Vast wel,' zei Berger.

'Ik zal de DNA-uitslag doorgeven aan de rechercheur die ik in Baltimore heb gesproken,' zei Marino. 'Niet dat ik verwacht dat we een hit zullen hebben met die twee andere zaken. Ik weet niet wat het is, maar er klopt iets niet. Ik geloof niet dat hij die moorden heeft gepleegd en ook niet die op zijn vriendin.'

Marino wist wanneer Berger iemand serieus nam. Dan viel ze die persoon niet in de rede en begon niet over iets anders. Dus praatte hij door en zij bleef luisteren, en ze waren allebei voorzichtig omdat hij zijn mobiele telefoon gebruikte.

'Aan die twee andere zaken, waarover ik die info heb gestuurd,' zei Marino, 'ontbreekt wat ik vanavond telefonisch te horen heb gekregen. Hun DNA is een zootje. Een mengsel van meerdere mensen.'

'Net als in ons geval?' vroeg Berger.

'Ik wil hier om veiligheidsredenen niet te diep op ingaan,' zei Marino, 'maar misschien kun jij Benton de boodschap doorgeven. Ik weet dat hij hier is, in New York. Dat zegt Morales, en ook dat ze straks naar het mortuarium gaan. Laten we allemaal hopen dat we elkaar niet tegen het lijf lopen. Ik zeg het maar gewoon. Het heeft geen zin het onderwerp krampachtig te vermijden.'

'Ze zijn nog niet in het mortuarium. Dokter Lester komt later, ze moest nog wat doen.'

'Wat doen zal bij haar nooit hét doen zijn,' zei Marino.

Berger lachte.

'Ik denk dat iedereen er over een uur zal zijn,' zei ze en ze klonk opeens heel anders.

Alsof ze hem interessant en amusant vond, en hem misschien niet verafschuwde.

'Benton en Kay,' voegde ze eraan toe.

Ze liet het hem weten en daardoor maakte ze hem ook duidelijk dat ze hem niet vijandig gezind was. Nee, het was nog beter. Ze maakte hem duidelijk dat ze hem wellicht kon vertrouwen en respecteren.

'Het zou nuttig zijn als we allemaal bij elkaar konden komen,' zei hij. 'Om de zaak te bespreken. Ik heb de rechercheur in Baltimore gevraagd of zij er ook bij wilde zijn en ze komt morgenvroeg. Ze kan komen wanneer het ons schikt.'

'Mooi zo,' zei Berger. 'Maar nu wil ik dat je mij de wachtwoorden en accountdetails geeft van de gebruikersnamen die ik voor je zal opnoemen. Ik heb al een brief gefaxt naar de provider met het bevel om ervoor te zorgen dat de accounts actief blijven. En dan nog iets. Als iemand anders deze info van je wil hebben, mag je die niet doorgeven. Dat moet je die persoon duidelijk zeggen. Al vraagt het Witte Huis erom, ze mogen die wachtwoorden niet hebben. Ik gebruik mijn mobiel.'

Ze moest Oscar Bane bedoelen. Marino kon niet bedenken wie er anders zou weten wat de gebruikersnamen en e-mailproviders van Terri en Oscar waren, en zonder die informatie kon je niet achter de wachtwoorden komen. De binnenverlichting van de auto stond uit en dat liet hij zo. Een oude gewoonte. Hij gebruikte zijn zaklantaarn om de gebruikersnamen en andere informatie die ze hem opgaf, te noteren.

'Is Oscar nog in het ziekenhuis?' vroeg hij.

'Ja, en dat is een van de dingen waarover ik me zorgen maak.' Ze klonk minder zakelijk dan anders. Bijna vriendelijk en een beetje nieuwsgierig, alsof ze nooit over Marino had nagedacht en dat nu misschien wel deed.

'Ik geloof niet dat hij daar nog lang zal blijven,' vervolgde ze, 'en er zijn ook nog andere ontwikkelingen. Je kunt me bereiken bij een forensisch computerbedrijf, Connextions, ik geloof dat je dat wel kent. Dit is het nummer.'

Ze gaf hem het nummer.

'Ik zal proberen de telefoon op te nemen voordat Lucy dat doet,' zei Berger.


16


Jet Ranger was bijna doof en liep mank, en wat zindelijkheid betrof, had hij een probleem. Lucy's oude buldog was geen geboren New Yorker.

Zijn afkeer van beton en asfalt was een groot struikelblok in een stad waar gewetenloze mensen bestonden die rode peper strooiden op de schaarse stukjes aarde of gras rondom de weinige bomen die er te vinden waren. Toen Jet Ranger daar bij het rondsnuffelen op zoek naar een geschikte plek voor het eerst een snuit vol van had opgedaan, was Lucy tot de juiste conclusie gekomen dat de winkel vlak bij die armzalige esdoorn daar de schuld van was en had ze zonder uitleg of berisping korte metten gemaakt met de eigenaar.

De volgende ochtend was ze er vroeg naar binnen gegaan, had twee kilo gemalen rode peper door de winkel gestrooid en voor het geval dat de verbijsterde eigenaar niet begreep waarom, had ze op weg naar de achteruitgang ook nog een gulle portie in het naar urine stinkende kantoortje gestrooid. Vervolgens had ze de schoenmaker aangegeven bij de dierenbescherming, anoniem.

Ze had ruim een halfuur met haar trage, reumatische buldog moeten wandelen voordat er iets gebeurde en daarom was ze laat. Toen ze met een zakje hondenpoep in haar hand terugkwam bij het gebouw waar ze werkte en woonde, stond Berger in het flakkerende gaslicht van de lantaarns aan de oude baksteen-met-ijzeren muren te wachten bij de drie stoeptreden voor Lucy's zware eiken voordeur.

'Je kunt bij de dierenarts ook gekleurde krijgen,' zei Berger vanuit het halfdonker met haar blik op het zakje. 'Die zijn niet doorzichtig.'

Lucy gooide Jet Rangers prestatie in een vuilnisvat.

'Ik hoop dat je niet lang hebt hoeven wachten. Hij is geen stadsjongen. In een vorig leven had hij denk ik een groot grasveld met een wit hek eromheen tot zijn beschikking. Hij heet Jet Ranger, net als mijn eerste helikopter. Jet Ranger, dit is Jaime. Hij doet geen kunstjes, hij geeft geen poot of een high five en kan niet boven de grond zweven. Hij is maar een eenvoudige hond, hè jongen?'

Berger ging op haar hurken zitten om Jet Ranger te aaien, waarbij het haar blijkbaar niets kon schelen dat het onderste deel van haar nertsjas op de vuile stoep kwam te liggen en dat andere voetgangers in de kou en het donker om haar heen moesten lopen. Ze drukte een kus boven op de kop van de hond en hij likte haar kin.

'Dat is heel bijzonder,' zei Lucy. 'De meeste mensen mag hij niet. Dat krijg je als je bij een eikel woont. Ik bedoel niet mezelf, maar zijn vorige eigenaar. Het spijt me,' zei ze tegen de hond, terwijl ze hem aaide en tegelijkertijd Bergers schouder aanraakte. 'Ik hoor niet openlijk over je pijnlijke verleden te praten, dat is privé, en ook het woord "eigenaar" niet te gebruiken. Dat was erg ongemanierd van me. Ik ben niet zijn eigenaar,' zei ze tegen Berger. 'Ik moet hem een behoorlijk bedrag betalen om hem te mogen voeren, aaien, uitlaten en naast me te laten slapen.'

'Hoe oud is hij?' vroeg Berger.

'Dat weet ik eigenlijk niet.' Lucy masseerde Jet Rangers gevlekte oren. 'Kort nadat ik naar New York was verhuisd en een keer vanuit Boston hierheen was gevlogen, zag ik hem op de terugweg van de helihaven aan West 30th over Riverside Drive draven. Heb je die paniekerige blik wel eens gezien als een hond niet weet waar hij naartoe moet? En hij liep mank.'

Lucy legde haar handen over Jet Rangers oren zodat hij de rest niet zou horen.

'Hij droeg geen halsband,' vervolgde ze. 'Hij was natuurlijk uit een auto gezet, omdat hij oud en half blind is en slechte heupen heeft. Hij is niet leuk meer, je weet wel. Ze worden meestal niet ouder dan een jaar of tien en ik denk dat hij die leeftijd nadert.'

'Mensen zijn vreselijk,' zei Berger, en ze kwam overeind.

'Kom nu maar mee,' zei Lucy tegen haar hond. 'En word niet boos om Jaimes jas. Ik weet zeker dat al die arme nertsjes een natuurlijke dood zijn gestorven.'

'Ik denk dat we de wachtwoorden binnenkort zullen weten,' zei Berger. 'Misschien kunnen we de rest dan beter begrijpen.'

'Ik weet niet wat de rest is, ik weet nauwelijks wat het begin is. We zijn er net aan begonnen,' zei Lucy. 'Maar ik weet al genoeg om me zorgen te maken over mijn tante. Dat doe ik ook.'

'Dat begreep ik al toen je belde.'

Lucy stak een interactieve sleutel in een Mul-T-Lock-inlaatslot en het alarmsysteem begon te piepen toen ze de deur opende. Ze toetste een code in op het paneel, het piepen hield op en ze deed de deur achter hen dicht.

'Als je ziet wat ik bedoel, wil je me meteen ontslaan,' zei Lucy, 'maar dat doe je niet.'

Shrew vond zichzelf een uitstekende websitebeheerder, maar ze was geen programmeur. Ze was geen it-deskundige.

Ze zat achter haar computer en keek naar het scherm, waarop de homepage van *Gotham Gotcha* nog steeds manisch ronddraaide, terwijl een technicus van de internetaanbieder haar door de telefoon vertelde dat het probleem werd veroorzaakt door een overvol buffergeheugen. Hij legde uit dat het aantal gebruikers dat toegang wilde hebben tot bepaalde informatie op de website groter was dan de enorme capaciteit van de aanbieder, en dat de situatie op dit moment totaal uit de hand was gelopen doordat miljoenen mensen klikten op een foto in de *Dark Room*. Wat volgens de technicus maar één ding kon betekenen: 'Een worm. Een soort virus. Maar zoiets als dit heb ik nooit eerder meegemaakt. Het is eigenlijk een gemuteerde worm.'

'Hoe kan een worm, al dan niet muterend, dat programma zijn binnengedrongen?' vroeg Shrew.

'Het kan zijn dat er ergens een oneigenlijke gebruiker op de een of andere manier een willekeurige code heeft gebruikt om misbruik te maken van de kwetsbaarheid van een overvol buffergeheugen. Maar degene die dit heeft gedaan, weet alles van computers.'

Hij legde uit dat zoiets meestal gebeurde als iemand een bijlage meestuurde met een worm die door geen enkele bekende virusscanner werd herkend. De worm imiteerde gebruikers die een beeld openden dat veel ruimte innam. 'Zoals een foto,' zei hij. 'Die zichzelf vermeerderende worm doet alsof miljoenen mensen op hetzelfde moment dezelfde foto willen bekijken, waardoor het geheugen vol raakt. Bovendien lijkt het erop dat deze worm ook nog zo kwaadwillig is dat hij data vernietigt. Het is dus een heel bizarre mutatie van een worm, een macrovirus. En misschien zelfs een Trojaans paard, als het virus zich verspreidt naar andere programma's, waar ik bang voor ben.'

Hij herhaalde een paar keer dat de saboteur een groot computerdeskundige was, alsof hijzelf eigenlijk jaloers was op iemand die zo'n ramp kon veroorzaken.

Shrew vroeg nonchalant welke foto de aanleiding van de ellende was, en hij antwoordde gedecideerd dat de worm was gelanceerd door een foto van Marilyn Monroe. Terwijl hij doorging met zijn uitleg over de chaos die was veroorzaakt door de muterende worm, probeerde Shrew te bedenken wie erachter zou zitten. Degenen die bijna een halve eeuw geleden betrokken waren geweest bij de moord op Marilyn Monroe wilden blijkbaar nog steeds niet dat het publiek de waarheid zou horen.

Dat wees naar de regering, dus naar de politiek en de georganiseerde misdaad. Misschien waren er toen ook al terroristen, dacht ze. En misschien hadden al die mensen met elkaar te maken en hadden ze het voorzien op Shrew, en dat allemaal omdat ze zo dom was geweest een baan aan te nemen waarvan ze de achtergrond niet kende en ze dus werkte voor anonieme mensen die heel goed crimineel konden zijn.

Wie weet was de technicus die ze aan de lijn had wel een crimineel, een terrorist of een agent van de regering, en was zijn verhaal over de muterende worm die was gelanceerd door de foto van Marilyn Monroe alleen maar bedoeld om haar een rad voor ogen te draaien. Om haar te beletten erachter te komen wat er werkelijk aan de hand was, namelijk dat de website zichzelf net als die taperecorders in *Mission Impossible* had opgeblazen omdat Shrew per ongeluk terecht was gekomen in een enorme samenzwering tegen een wereldmacht of een kwaadaardige natie.

Ze was totaal in de war en verschrikkelijk nerveus.

'Ik hoop dat je beseft dat ík geen flauw idee heb wat er aan de hand is,' zei ze tegen de zogenaamde technicus. 'Ik wil er niets mee te maken hebben, dat was ook nooit mijn bedoeling. Niet dat ik iets weet. Want ik weet echt niets.'

'Het is heel ingewikkeld,' zei hij. 'Zelfs voor ons. Ik probeer je duidelijk te maken dat iemand een bijzonder intelligente code heeft geschreven. Dat kan niet anders. Met "code" bedoel ik een computerprogramma dat is ingebed in iets wat onschuldig lijkt, zoals een databestand of een bijlage.'

Het interesseerde haar geen zier wat hij bedoelde of dat de muterende worm niet kon worden tegengehouden of dat alle pogingen om het systeem af te sluiten en opnieuw op te starten waren mislukt. Ze zette haar verstand op nul toen de technicus voorstelde dat ze zouden proberen een in het archief opgeslagen eerdere versie van de *Gotham Gotcha*-site te laden, maar de andere aanbieders die hij tot zijn beschikking had, hadden niet veel ruimte op hun schijf en waren veel trager, en dat zou ook weer een crash tot gevolg kunnen hebben. Misschien moesten ze een nieuwe aanbieder kopen, maar dat zou tijd kosten en dat moest hij overleggen met 'de firma' en in Engeland was het vijf uur later dan hier, dus kon hij die nu niet meer bereiken.

Hij wees Shrew erop dat ze, als ze een eerdere versie zou laden, de website opnieuw zou moeten bevolken en alle recente informatie opnieuw zou moeten posten, en ze zou de fans moeten waarschuwen dat ze hun e-mails en foto's opnieuw moesten inzenden. Dat wat Shrew allemaal zou moeten doen, zou dagen en misschien zelfs weken kosten en het publiek zou boos worden. Bovendien zouden degenen die zich pas onlangs voor de site hadden aangemeld niet in de oudere versie van de databank staan en zich diep beledigd voelen.

Zodra de Baas erachter kwam dat de worm was gelanceerd door de foto van Marilyn Monroe in het mortuarium, zou Shrew in elk geval worden ontslagen. Dan stond ze weer op straat. Dan stond ze er weer net zo voor als anderhalf jaar geleden, behalve dat ze deze keer niet het geluk zou hebben dat anonieme vreemden haar een baan aanboden. Deze keer zou ze haar appartement echt moeten opgeven, en dus het weinige dat er nog over was van haar vroegere zelf moeten opgeven. En deze keer zou dat nog erger zijn. Voor bijna alle fatsoenlijke mensen was het leven alleen maar moeilijker geworden. Ze had geen idee wat ze dan zou moeten doen.

Ze bedankte de technicus en verbrak de verbinding.

Ze controleerde of ze alle jaloezieën had neergelaten en schonk zich nog een glas bourbon in, dat ze achter elkaar leegdronk terwijl ze bijna gek van angst en half huilend heen en weer liep en probeerde te bedenken wat er zou gaan gebeuren.

De Baas zou haar niet rechtstreeks ontslaan, maar dat laten doen door die Engelse agent die nauwelijks Engels sprak. Als de Baas echt connecties had met een terreurorganisatie, verkeerde ze in levensgevaar. Een huurmoordenaar zou 's nachts haar appartement binnen kunnen dringen en ze zou hem niet horen.

Ze moest een hond hebben.

Hoe meer bourbon Shrew dronk, des te somberder, banger en eenzamer ze zich ging voelen. Ze dacht aan de column die ze een paar weken voor Kerstmis had gepost, waarin de keten van dierenwinkels werd genoemd die Terri haar had aanbevolen na de dood van Ivy, toen ze had aangeboden voor een nieuw hondje te betalen.

Shrew zocht op het internet naar de naam Hartendiefjes en het bleek dat het paradepaardje van die keten bij haar in de buurt was en tot negen uur open was.

De loft bestond uit een grote open ruimte met bakstenen muren, zichtbare balken en een glanzende donkerbruine houten vloer. Alles was prachtig gerestaureerd en gemoderniseerd. Behalve de werkplekken, zwarte draaistoelen en een glazen vergadertafel stonden er geen meubels. Er lag nergens papier, nog niet één vel.

Lucy had Berger een stoel aangeboden. Ze had benadrukt dat Berger zich in een volkomen veilige ruimte bevond. Alle telefoons waren draadloos en uitgerust met een vervormer, en het alarmsysteem was waarschijnlijk beter dan dat van het Pentagon. Berger vermoedde dat Lucy ook wel ergens revolvers en andere dodelijke wapens had verstopt en daardoor zodanig de wet overtrad dat ze eigenlijk als een piraat aan de Tapan Zeebrug zou moeten worden opgehangen, maar ze vroeg er niet naar en ze voelde zich beslist niet veilig en op haar gemak. Ze deed geen moeite om daar iets aan te doen, maar dacht na en overwoog hoe ze de kwestie zou aanpakken.

Annie Lennox klonk op de achtergrond en Lucy was in haar glazen cockpit gaan zitten, omringd door drie videoschermen zo groot als veel flatscreen tv's in huiskamers. In het gedempte licht was haar profiel scherp afgetekend: een glad voorhoofd, een gebogen neus en een geconcentreerde blik, alsof ze niets liever deed dan waar Berger nu al hoofdpijn van kreeg. Echte hoofdpijn. Van het soort dat haar er altijd toe dwong in het donker met een heet kompres op haar ogen op bed te gaan liggen.

Ze ging naast Lucy staan en zocht in haar attachékoffertje naar een Zomig, de enige pil die werkte. Maar de doordrukstrip die tussen de vellen van een blocnote zat, was leeg.

Lucy legde meer uit dan Berger wilde weten over wat het neurale netwerkprogramma aan het doen was op een van de laptops die in het appartement van Terri Bridges was gevonden. Het ergerde Berger dat Lucy niet aan de tweede laptop wilde beginnen, die blijkbaar alleen was gebruikt voor het internet. Ze hoopte dat Marino gauw zou bellen om de wachtwoorden door te geven en dat ze er dan nog zou zijn. Trouwens, waarom wás ze hier eigenlijk? Ergens wist ze dat wel en dat maakte haar onrustig, ze wist niet wat ze moest doen. Lucy en zij hadden een bijzonder probleem. Meer dan een.

'Als je in een besturingssysteem een file deletet, is de kans groot dat je, als je daar niet te lang mee wacht, de data terug kunt halen,' zei Lucy.

Berger ging naast haar zitten. Helderwitte stukjes tekst, gebroken zinnen en woorden sloten zich in de zwarte elektronische ruimte aaneen. Ze overwoog of ze haar zonnebril op zou zetten, maar dat zou waarschijnlijk niet helpen. Dit zou gaan zoals het zou gaan en ze kon het niet tegenhouden.

Als ze oprecht van plan was geweest om het tegen te houden, dan had ze vanavond geen taxi naar de Village genomen, ongeacht de crisis, de haast en de logica van wat Lucy haar door de telefoon had verteld toen ze Berger had opgebeld met het voorstel om te komen kijken naar wat er zou gebeuren. Ze was wel eens eerder met Lucy alleen geweest, maar dat was jaren geleden, toen het verbazingwekkend gecompliceerde en hoogst gevaarlijke nichtje van Scarpetta nog te jong was en Berger te getrouwd. Wat ze nooit deed, was een contract breken of een zaak verliezen vanwege een technisch detail.

Maar ze zat niet langer vast aan een contract en Lucy was inmiddels ouder, en Berger mocht zelf de technische details bedenken.

'Maar blijkbaar had Terri nooit een reden om iets terug te halen wat ze al had verwijderd,' zei Lucy. 'Daarom zie je behoorlijk grote stukken complete tekst vermengd met fragmenten van verschillende lengte, de meeste zo klein dat het flarden zijn. Hoe langer je wacht met het terughalen van verwijderde of verbasterde data, des temeer gelegenheid hebben nieuwe data de vrijgemaakte plekken op de harde schijf in beslag te nemen. Daardoor kost het de software meer moeite om de oorspronkelijke data te vinden.'

Waar ze naar keken, waren stukjes en beetjes van een proefschrift dat gedeeltelijk een historisch overzicht gaf van forensische wetenschappen, geneeskunde en psychiatrie, wat niet vreemd was. Volgens persoonlijke gegevens en informatie van haar ouders was Terri Bridges student aan Gotham College, waarvan haar vader het hoofd was, en werkte ze aan een mastersgraad in de forensische psychologie. Berger zag forensische woorden en zinnen voorbijlopen terwijl de bekende pijn in haar slapen ontbrandde en naar de achterkant van haar ogen kroop.

Ze zag dat de Body Farm werd genoemd, en de psychiatrische ziekenhuizen Bellevue en Kirby, en de namen van een aantal bekende forensisch deskundigen, zoals dr. Kay Scarpetta. Zij werd regelmatig genoemd, en daarom had Lucy eerder die avond tegen haar gezegd dat Berger in de verleiding zou komen om haar te ontslaan. De verleiding was groot. Om een aantal redenen zou dat het verstandigst zijn.

Want om te beginnen had Terri, of degene die deze laptop had gebruikt, een verzameling van honderden artikelen, videoclips, foto's en andere publicaties over Scarpetta aangelegd. Daardoor was er sprake van tegenstrijdige belangen, op een heel ernstige manier, en daar kwam nog een ander probleem bij – een probleem dat er waarschijnlijk al vanaf het begin was geweest.

Berger kon zich herinneren dat Lucy de eerste keer dat ze haar had ontmoet, acht jaar geleden in Richmond, een verbijsterende indruk op haar had gemaakt. Verbijsterend op een manier die nuchter bekeken door Berger destijds even opwindend als betreurenswaardig werd beschouwd. Ze was toen achter in de dertig en had zichzelf er bijna van overtuigd dat ze bepaalde verleidingen kon weerstaan, waarvan het leven dat ze zichzelf had voorgeschreven het bewijs was. Ze kon 'nee' zeggen. Maar – dat was haar nu ze zesenveertig was heel duidelijk – als er geen vraag was geweest, had ze geen antwoord hoeven geven.

'Deze laptops zijn uitgerust met wat ik de doorsneebeveiligingssoftware noem. De instellingen zijn van tevoren geprogrammeerd en geladen.' Lucy begon aan een uitgebreide uitleg. 'Het is niet iets wat ikzelf zou gebruiken, want het herkent alleen bekende virussen, spyware, enzovoort. En ik maak me geen zorgen om dingen die bekend zijn. Ze heeft een antivirus, antispyware, antispam, antiphishing, firewall en draadloze pc bescherming.'

'Is dat ongebruikelijk?' Berger wreef over haar slapen.

'Wel voor de gemiddelde gebruiker. Ze was alert, of iemand anders was dat. Maar niet zo alert als mensen zoals jij en ik. Zij heeft hier het soort bescherming dat mensen gebruiken als ze zich zorgen maken om hackers en diefstal van identiteit, maar die mensen zijn geen programmeur en moeten vertrouwen op kant-en-klare software. Die is vaak duur en voldoet niet altijd aan wat het belooft.'

'Misschien waren zij en Oscar Bane allebei paranoïde,' zei Berger. 'Waren ze allebei bang dat iemand het op hen had gemunt. In elk geval weten we dat hij daar bang voor was. Dat heeft hij duidelijk gemaakt toen hij ons vorige maand opbelde en een nogal betreurenswaardig gesprek had met Marino. Waar Marino eigenlijk niets aan kon doen. Als we de film zouden terugspoelen naar het begin, zou ik dat telefoontje van Oscar Bane weer niet aannemen.'

'Zou het anders zijn gegaan als je het wél had aangenomen?' vroeg Lucy.

'Het verschilde in geen enkel opzicht van de andere krankzinnige telefoontjes die we elke dag krijgen,' zei Berger.

'Toch is het jammer. Misschien had je hem kunnen sussen.'

Lucy's sterke maar elegante handen lagen op het toetsenbord. Ze sloot het programmavenster dat ze op het scherm had geopend en kwam opnieuw terecht in de virtuele ruimte, waar flarden van teksten rondvlogen op zoek naar ontbrekende delen. Berger probeerde er niet naar te kijken.

'Als ik je het opgenomen gesprek zou laten horen, zou je het begrijpen,' zei ze. 'Hij klinkt alsof hij knettergek is. Bijna hysterisch, en hij gaat maar door over iemand of een groep mensen die op een elektronische manier bezit nemen van zijn geest en dat hij dat tot op dat moment heeft kunnen voorkomen, maar dat ze elke scheet van hem kunnen volgen. Ik heb het gevoel dat mij dat nu overkomt. Ik verontschuldig me bij voorbaat. Ik heb zo heel af en toe dit soort hoofdpijn en ik doe vreselijk mijn best om deze aanval te onderdrukken.'

'Ben je wel eens ruimteziek geweest?' vroeg Lucy.

'Ik weet niet wat dat is,' zei Berger.

'Wagenziek?'

'Ik weet wel wat dat is en ik kan inderdaad in een rijdende auto nergens naar kijken, en als kind moest ik op de kermis altijd overgeven. Ik wil er nu niet aan denken.'

'Dan zul je nooit met me meevliegen.'

'In een politiehelikopter heb ik geen last, zolang ze de deuren erin laten.'

'Gedesoriënteerd, misselijk, duizelig, zelfs epileptische aanvallen en migraine,' zei Lucy. 'Komt allemaal voor in de virtuele ruimte, maar alles op een computerscherm kan het veroorzaken. Bijvoorbeeld deze troep. Ik bof toevallig, ik heb nergens last van. Je mag me een hele dag voor een crashsimulatie zetten en ik blijf me kiplekker voelen. Ik zou proefpersoon bij de CIA in Langley kunnen zijn, dat had ik eigenlijk moeten doen.'

Ze leunde achterover op haar stoel en stak haar vingertoppen in de voorzakken van haar spijkerbroek. Haar ontspannen houding leek een soort uitnodiging, en Berger kon niet anders dan naar haar kijken zoals ze naar een uitdagend schilderij of beeld zou doen.

'We gaan het volgende proberen,' zei Lucy. 'Je kijkt alleen naar het scherm wanneer ik vind dat je iets moet zien. Als je je beroerd blijft voelen, zal ik de data die je volgens mij moet lezen zodanig aanpassen dat je er in stilstaande vorm naar kunt kijken. Ik zal zelfs mijn eigen regel breken en dingen printen. Maar kijk vooral niet meer naar het scherm. Laten we het nog even hebben over de beveiligingssoftware waarmee laptops in het algemeen worden geladen. Ik wilde voorstellen dat we gaan kijken of we die ook op de computer vinden die Oscar thuis heeft. Of we een bewijs kunnen vinden dat hij die heeft gekocht. Hebben we toegang tot zijn appartement?'

Lucy zei nog steeds 'wij', en Berger begreep niet hoe er ooit sprake zou kunnen zijn van een 'wij'. 'Wij' was een veel te roekeloze onderneming, hield ze zichzelf voor. Ze probeerde het idee te vergeten, maar het weigerde zich te laten vergeten.

Ze sloot haar ogen, wreef over haar slapen en zei: 'Het ligt voor de hand dat we denken dat Terri degene was die onderzoek deed naar Kay, maar hoe weten we dat het niet Oscar was? Misschien zijn deze laptops van hem en stonden ze om een bepaalde reden bij Terri. Nee, op dit moment kunnen we niet bij zijn computer of computers. Die in zijn appartement. Daar heeft hij ons geen toestemming voor gegeven, en we hebben geen reden tot huiszoeking.'

'Staan zijn vingerafdrukken op deze laptops?'

Ze stonden op een bureau vlakbij, allebei verbonden met een server.

'Dat weet ik nog niet,' antwoordde Berger. 'Maar dat hoeft niets te bewijzen, want hij kwam vaak bij haar thuis. In theorie weten we niet wiens werk dit is. Maar we weten wel dat het om Kay draait. Dat heb je duidelijk aangetoond.'

'Het is nog veel erger. Niet kijken, maar op dit moment wordt er gesorteerd via voetnoten. Ibid. dit en dat en datums. De voetnoten komen overeen met uitspraken van mijn tante.'

'Bedoel je dat Terri haar heeft geïnterviewd?'

'Iemand heeft haar geïnterviewd, ja. Hou je ogen dicht. De computer heeft je hulp of goedkeuring niet nodig. Hij sorteert volgens verwijzingen, duizenden tussen haakjes staande verwijzingen, vanuit meerdere versies van hetzelfde proefschrift. En honderden van die tussen haakjes gezette verwijzingen komen uit interviews die op verschillende tijdstippen zijn afgenomen. Zogenaamd van mijn tante.'

Berger opende haar ogen en zag weer flarden van woorden en zinnen voorbij stromen en zich met elkaar verbinden.

'Misschien zijn het teksten van interviews op CNN of in de krant,' opperde ze. 'En je hebt gelijk. De volgende keer zal ik het vragen. Ai, nu ben ik duizelig. Ik weet niet wat me mankeert. Ik kan beter weggaan.'

'Het kunnen geen interviews zijn geweest,' zei Lucy. 'Niet allemaal, zelfs niet het merendeel. Chronologisch klopt dat niet. *Scarpetta, tien november. Scarpetta, elf november.* Dan de twaalfde en de dertiende. Nee, dat kan absoluut niet. Ze heeft niet met haar gesproken. Niemand heeft met haar gesproken. Dit is allemaal flauwekul.'

Het was heel vreemd naar Lucy te kijken terwijl zij naar het beeldscherm keek en mompelend commentaar gaf alsof het haar beste vriend was.

Plotseling zag Berger dat Jet Ranger onder het bureau lag te snurken.

'Verwijzingen naar vier interviews die vier dagen achter elkaar hebben plaatsgevonden,' zei Lucy. 'En hier weer, drie dagen achter elkaar. Zie je nou wel, dat bedoel ik. Ze komt niet elke dag voor een tv-uitzending naar New York en ze geeft zelden een interview voor een krant. En die daar. Daar klopt verdomme niets van.'

Berger overwoog of ze zou opstaan en afscheid nemen, maar alleen al de gedachte aan een rit achter in een taxi weerhield haar daarvan. Dan zou ze beslist moeten overgeven.

'Op Thanksgiving? Geen sprake van.' Lucy worstelde met de datums. 'Op Thanksgiving waren we samen in Massachusetts. Toen was ze niet op CNN en gaf ze beslist geen interview aan een krant of de een of andere medisch student.'

## 17

Er stond een koude, gure wind en de halve maan, hoog en klein, wierp geen licht op de stad toen Scarpetta en Benton naar het mortuarium liepen.

De straten waren zo goed als leeg. De enkele voetgangers leken weinig te hebben waarvoor ze zich moesten haasten. Een jongeman rolde een stickie. Een andere jongeman leunde tegen een muur en probeerde warm te worden. Scarpetta had het gevoel dat ze werden nagestaard en dat maakte haar nerveus. Ze voelde zich kwetsbaar en niet op haar gemak om redenen die zodanig door elkaar liepen dat ze ze niet meteen kon benoemen. Er reden gele taxi's langs met op het dak verlichte reclames voor banken en financieringsmaatschappijen – een teken dat de kerstdagen voorbij waren en de mensen de gevolgen van hun feestelijke uitgaven onder ogen moesten zien. Op een bus stond een wapperende wimpel met *Gotham Gotcha* erop en toen Scarpetta dat zag, flitste er woede door haar heen.

Toen werd ze bang, wat Benton blijkbaar aanvoelde. Hij pakte haar hand en zo liepen ze verder.

'Dat me dit nu moet overkomen,' zei ze, doelend op de roddelrubriek. 'Ruim twintig jaar is het me gelukt uit de publiciteit te blijven. Toen kwam CNN en nu dit.'

'Het overkomt je niet,' zei hij. 'Zo gaat het nu eenmaal. En het is niet eerlijk. Maar niets is eerlijk. Daarom lopen we hier nu. We zijn experts in oneerlijkheid.'

'Ik zal niet één keer meer klagen,' zei ze. 'Want je hebt helemaal gelijk. Wij lopen het mortuarium in, anderen worden er naar binnen gedragen.'

'Je mag net zoveel klagen als je wilt.'

'Nee, dank je,' zei ze en ze trok zijn arm tegen zich aan. 'Ik ben er klaar mee.'

De lichten van passerende auto's gleden over de lege ramen van het vroegere psychiatrische ziekenhuis Bellevue. Aan de overkant van een zijstraat naast de ijzeren toegangspoort stond het grijsblauwe bakstenen gebouw van de forensisch geneeskundige dienst. Langs de stoeprand ervoor stonden twee witte busjes met zwart geschilderde ramen, in afwachting van hun volgende droevige opdracht. Toen ze in de kou op de bovenste trede van de stoep voor de ingang stonden, drukte Benton op de bel. Hij belde een paar keer en werd toen ongeduldig.

'Misschien is ze al weg,' zei hij. 'Of ze is toch niet gekomen.'

'Daar zou ze geen plezier aan beleven,' zei Scarpetta. 'Ze vindt het leuk mensen te laten wachten.'

Overal hingen bewakingscamera's, en ze zag voor zich hoe dr. Lenora Lester hen op haar schermpje zag staan en zich verkneuterde. Toen Benton zich een paar minuten later wilde omkeren om weg te gaan, verscheen dr. Lester achter de glazen voordeur en ontsloot die om hen binnen te laten. Ze droeg een lang groen operatieschort en een ronde bril met een stalen montuur, en ze had opgestoken grijzend haar. Ze had een onopvallend, glad gezicht met alleen een diepe rimpel vanaf de bovenkant van haar neus tot halverwege haar voorhoofd. Haar kleine donkere ogen flitsten heen en weer als een eekhoorn die het verkeer probeert te ontwijken.

In de verwaarloosde hal hing een grote foto van Ground Zero. Dr. Lester zei dat ze met haar mee moesten komen, alsof ze hier nooit eerder waren geweest.

Zoals gewoonlijk praatte ze alleen tegen Benton.

'Vorige week werd je naam genoemd,' zei ze, terwijl ze een stukje voor hen uit liep. 'Toen de FBI hier was. Een paar agenten en een van hun profilers uit Quantico. Op een gegeven moment hadden we het over *Silence of the Lambs* en toen herinnerde ik me dat jij daar destijds hoofd van de afdeling gedragswetenschappen was. Was jij voor die film niet de belangrijkste adviseur? Hoeveel tijd hebben ze toen op de Academy doorgebracht? Wat vond je van Anthony Hopkins en Jodie Foster?'

'Ik was toen ergens anders met een zaak bezig,' zei hij.

'Wat jammer,' zei ze. 'Ik vond het heel verfrissend dat Hollywood opeens belangstelling voor ons had. Dat was in veel opzichten positief, omdat het publiek belachelijke ideeën had over ons en wat we doen.'

Scarpetta zei niet dat die film niet bepaald aan het verdrijven van morbide mythes had bijgedragen, omdat de beroemde scène met de mot plaatsvond in het gebouw van een begrafenisonderneming en niet in een moderne autopsiezaal. En ze zei vooral niet dat als iemand het prototype was van de macabere lijkschouwer, dr. Lester daar zelf voor in aanmerking kwam.

'En nu krijg ik elke dag wel een telefoontje van iemand die advies wil hebben over een show of een film. Auteurs, filmscriptschrijvers, producers, regisseurs... Iedereen wil een autopsie bijwonen en over een plaats delict banjeren. Ik ben er doodziek van, echt waar.'

Haar lange schort fladderde om haar knieën terwijl ze met kleine pasjes snel voor hen uit liep.

'Over deze zaak heb ik ook al minstens tien telefoontjes gehad,' vervolgde ze. 'Waarschijnlijk omdat het een dwerg is. Eerlijk gezegd mijn eerste. Heel interessant. Lichte lumbale lordose, kromme benen, welvend voorhoofd. En megalocefalie, dat wil zeggen een vergrote hersenmassa,' legde ze uit, alsof Scarpetta dat niet zou weten. 'Dat komt vaak voor bij mensen met achondroplasie. Het heeft geen invloed op de intelligentie. Wat het IQ betreft, zijn ze niet anders dan wij. Dus het was geen domme vrouw. Daar kun je dit niet aan wijten.'

'Ik begrijp niet wat je bedoelt,' zei Benton.

'Hier kan veel meer achter zitten dan je denkt. Je kunt je hier volkomen in vergissen. Ik hoop dat je de foto's van de plaats delict hebt bekeken, en ik zal je de foto's geven die ik bij de sectie heb genomen. Ze is gewurgd. Als we ervan uitgaan dat ze is vermoord.'

'Ervan uitgaan?' zei Benton.

'In zo'n ongewoon geval als dit moet je overal rekening mee houden. Omdat ze zo klein was, konden er bij haar eerder dingen misgaan dan bij anderen. Een meter tweeëntwintig. Vijfenveertig kilo. Als het een ongeluk was, bijvoorbeeld doordat de seks te gewelddadig werd, liep zij meer risico dan iemand anders.'

'Op een paar foto's heb ik bloed en kneusplekken op haar benen gezien. In welk opzicht zou dat overeen kunnen komen met jouw veronderstelling dat het gewelddadige seks is geweest?' vroeg Scarpetta.

'Misschien is ze geslagen en ging het te ver. Dat heb ik wel eens vaker gezien. Zweepslagen, schoppen of andere strafmaatregelen die te ver gingen.'

Inmiddels waren ze op de eerste verdieping, waar de kantoren lagen. Oude grijze linoleumtegels en felrode deuren.

'Ik heb geen verdedigingswonden gevonden,' zei Lester. 'Als ze is vermoord, is het de dader gelukt haar meteen te overmeesteren. Misschien met een revolver of een mes, en toen deed ze wat hij wilde. Maar ik kan de mogelijkheid niet uitsluiten dat zij en haar vriendje, of wie er gisteravond ook bij haar was, het een of andere seksspelletje deden en dat het uit de hand liep.'

'Wat voor bewijs heb je voor de mogelijkheid dat ze een seksspelletje deden, zoals je het noemt?' vroeg Benton.

'Ten eerste: wat er op de plaats delict is gevonden. Daaruit heb ik begrepen dat ze graag een rol speelde. En wat nog belangrijker is: bij een poging tot verkrachting wil de dader graag dat het slachtoffer zich uitkleedt.' Dr. Lester liep onder het praten flink door. 'Dat draagt bij aan zijn genot, dat hij haar dwingt zich uit te kleden en zich verheugt op wat hij met haar gaat doen. Daarna bindt hij haar misschien vast. Maar haar eerst vastbinden en dan moeizaam haar ochtendjas en beha openknippen klinkt voor mij eerder als een seksspelletje. Vooral als het slachtoffer graag fantaseerde over seks, en afgaand op wat me is verteld, hield ze van seks.'

'Ik denk dat het openknippen van haar kleren nadat ze was vastgebonden veel angstaanjagender voor haar was dan haar dwingen om zich eerst uit te kleden,' zei Benton.

'Dat is nu precies mijn bezwaar tegen forensische psychologie, of profiling, of hoe je het ook maar wilt noemen. Die is gebaseerd op een persoonlijke mening. Wat volgens jou angstaanjagend is, kan voor een ander heel opwindend zijn.'

'Ik zal je waarschuwen als ik iets zeg wat gebaseerd is op mijn persoonlijke mening,' zei Benton.

Terwijl Berger aantekeningen maakte op haar blocnote was ze zich ervan bewust dat Lucy's arm haar zo nu en dan licht aanraakte. Er stroomden nog steeds helderwitte flarden over het scherm en toen ze ernaar keek, deed het pijn aan haar ogen en daarna nog meer in haar hoofd.

'Denk je dat we het meeste terug zullen vinden?' vroeg ze.

'Ja,' antwoordde Lucy.

'En weten we zeker dat dit teksten zijn van het afgelopen jaar?'

'Minstens. Als ik klaar ben, kan ik je dat precies vertellen. We moeten terug naar het allereerste bestand dat ze heeft bewaard. Ik zeg steeds "zij", hoewel ik besef dat we niet weten wie dit heeft geschreven.'

Lucy had uitgesproken groene ogen en elke keer als ze elkaar aankeken, hield ze die lang en doordringend op Berger gericht.

'Blijkbaar bewaarde zij haar bestanden heel anders dan ik,' zei Berger. 'Ik bedoel dat ze niet erg zorgvuldig was voor iemand die zo veel beveiligingssoftware heeft, kant-en-klaar of niet. Als ik bijvoorbeeld aan een akte van beschuldiging werk, maak ik een kopie en geef die een andere naam.'

'Dat is de juiste manier,' zei Lucy. 'Maar daar nam zij niet de moeite voor. Zij corrigeerde en bewaarde steeds hetzelfde bestand, over elkaar heen. Heel dom. Maar dat doen de meesten. Gelukkig staat er bij elke herziening een andere datum. Ook al kun je dat op de documentenlijst niet zien, dat gebeurt wel, maar ze zitten overal verspreid. De computer zoekt de datums, zet alles op volgorde en doet een patroonanalyse. Bijvoorbeeld hoe vaak op een dag is een bepaald bestand gecorrigeerd en opgeslagen? In dit geval de scriptie voor haar masters. Welke dagen van de week werkte ze eraan? Op welke tijdstippen?'

Berger noteerde het en zei: 'Misschien komen we er dan ook achter waar ze naartoe ging en wanneer. Haar gewoonten. Wat ons misschien kan vertellen met wie ze haar tijd doorbracht. Of ze het grootste deel van haar tijd thuis zat te werken, behalve op zaterdagavond, want dan kwam Oscar. Of schreef ze ook op andere plaatsen? Misschien bij iemand anders thuis? Was er iemand in haar leven die wij nog niet kennen?'

'Ik kan je binnenkort een tijdlijn geven tot de laatste letter die ze schreef,' zei Lucy. 'Maar ik kan niet zeggen op welke plaatsen ze schreef. E-mail kan worden getraceerd naar een ip-adres, als ze bijvoorbeeld ook ergens anders mailde, in een internetcafé of zo. Maar wat haar wordprocessing files betreft, is er niets te traceren. We kunnen niet met zekerheid zeggen dat ze alleen thuis aan haar proefschrift werkte. Misschien ging ze af en toe naar een bibliotheek. Wellicht kan Oscar ons vertellen waar ze haar werk deed. Als hij tenminste ooit de waarheid spreekt. Want wie weet is hij degene die dit proefschrift aan het schrijven is. Daar zal ik je voor blijven waarschuwen.'

'De politie heeft bij Terri thuis geen researchmateriaal gevonden,' zei Berger.

'Een heleboel mensen hebben tegenwoordig een elektronisch archief. Ze gebruiken geen papier meer. Sommige mensen drukken alleen iets af als het noodzakelijk is. Ik, bijvoorbeeld. Ik hou niet van een papierspoor.'

'Kay zal ons kunnen vertellen wat er waar is van al die dingen die Terri of wie dan ook heeft verzameld,' zei Berger. 'Kunnen we elke versie compleet terughalen?'

'Dat wil ik niet zeggen. Ik kan terughalen wat er nog is. Nu sorteert de computer bibliografisch. Elke keer als Terri iets toevoegde of veranderde, werd er een nieuwe versie van hetzelfde bestand gemaakt. Daarom zie je zo veel kopieën van wat hetzelfde document lijkt. Nou ja, jij ziet ze niet. Ik neem aan dat je niet kijkt. Hoe gaat het met je?'

Lucy draaide haar hoofd om naar Berger en keek haar recht aan.

'Dat kan ik eigenlijk niet zeggen,' zei Berger. 'Ik denk dat ik beter weg kan gaan. We moeten bedenken wat we hiermee gaan doen.'

'Waarom wacht je niet gewoon af wat er gaat gebeuren in plaats van nu al van alles proberen te bedenken? Het is nog veel te vroeg. Maar je moet niet weggaan. Niet doen.'

Hun stoelen stonden naast elkaar. Lucy bewoog haar vingers over het toetsenbord, Berger maakte aantekeningen en Jet Ranger stak zijn grote kop tussen hun stoelen. Berger gaf hem een aai.

'Hij is nog steeds aan het sorteren,' zei Lucy. 'Maar nu volgens verschillende forensisch wetenschappelijke methoden. Vingerafdrukken, DNA, sporenmateriaal. Dat was gekopieerd en opgeslagen in een map met de titel forensische wetenschap.'

'Bestanden die steeds werden vervangen,' zei Berger. 'Die over elkaar heen werden bewaard. Mij is altijd verteld dat als je een file vervangt door een volgende versie, de oude versie voorgoed verdwijnt.'

De telefoon rinkelde.

'Dat is voor mij,' zei Berger.

Ze legde haar hand op Lucy's pols om haar te beletten op te nemen.

## 18

In het kantoor van dr. Lester hingen de muren vol met ingelijste diploma's, certificaten, eervolle vermeldingen en foto's van haarzelf in een witte beschermende overall met een helm op in Het Gat, zoals degenen die daar hadden helpen graven de plaats noemden waar het World Trade Center had gestaan.

Ze was er trots op dat ze op 11 september had meegeholpen en ze had er blijkbaar geen trauma aan overgehouden. Nadat Scarpetta bijna zes maanden in Water Street had doorgebracht – ze had als een archeoloog duizenden emmers zand doorzocht op zoek naar persoonlijke eigendommen, lichaamsdelen, tanden en botten – was ze er minder goed van afgekomen. Ze had geen ingelijste foto's. Ze had geen PowerPoint-presentatie. Ze wilde er liever niet over praten, omdat het haar op een manier die ze nooit eerder had meegemaakt fysiek had aangegrepen. Het was alsof de doodsangst die de slachtoffers hadden gevoeld op het moment dat ze wisten dat ze zouden sterven in een soort bedorven wasem op de plek van hun dood was blijven hangen, en ook op de plek waar hun overblijfselen later waren gevonden, in zakjes gedaan en genummerd. Ze kon het niet goed uitleggen, maar het was niet iets om mee te koop te lopen of over op te scheppen.

Lester pakte een dikke envelop van haar bureau en gaf die aan Benton.

'Autopsiefoto's, mijn voorlopige rapport en de DNA-analyse,' zei ze. 'Ik weet niet wat Mike je heeft gegeven. Hij is gauw afgeleid.'

Ze noemde de naam van Mike Morales alsof hij een goede vriend van haar was.

'De politie zegt dat het een moord is,' zei Benton.

Hij maakte de envelop niet open, maar gaf hem door aan Scarpetta om Lester iets duidelijk te maken.

'Het is niet aan de politie om dat vast te stellen,' zei Lester tegen hem. 'Ik weet zeker dat Mike dat woord niet gebruikt. Maar als hij dat wel doet, dan weet hij hoe ík erover denk.'

'Wat zegt Berger?' vroeg Benton.

'Zij mag het ook niet bepalen. Mensen kunnen gewoon niet op hun beurt wachten. Ik zeg altijd dat de verdoemden die hier terechtkomen geen haast hebben, dus waarom zouden wij dat wel hebben? Ik doe voorlopig nog geen uitspraak over de doodsoorzaak, vooral vanwege het DNA. Als ik al eerder mijn twijfels had, weet ik nu helemaal niet meer wat ik ervan moet denken.'

'Dus je denkt niet dat je ons binnenkort kunt vertellen wat de doodsoorzaak was,' zei Benton.

'Ik kan verder niets doen. Ik moet wachten waar anderen mee komen,' zei ze.

Dat was precies wat Scarpetta niet wilde horen. Want niet alleen was er nu niets gevonden om de arrestatie van Oscar te rechtvaardigen, maar wettelijk gezien was er niet eens sprake van een misdaad. Wat betekende dat ze alles wat Oscar haar had verteld misschien nog heel lang geheim zou moeten houden.

Ze verlieten het kantoor en Lester zei: 'Ze had bijvoorbeeld een glijmiddel in haar vagina. Dat is ongewoon voor een moord.'

'Dat hoor ik nu voor het eerst,' zei Scarpetta. 'Het staat niet in de voorlopige rapporten die ik heb gelezen.'

'Je weet natuurlijk wel dat die DNA-profielen in CODIS alleen maar getallen zijn. Ik zeg altijd dat één foutje in een getal een totaal andere chromosomale situatie tot gevolg heeft. Eén vergissing in een biomerker of in meerdere merkers en je hebt een groot probleem. Volgens mij kan er hier best sprake zijn van een zeldzaam vals positief door een computerfout.'

'Een vals positief bestaat niet,' zei Scarpetta. 'Zelfs niet als er sprake is van een DNA-mengsel nadat iemand door meerdere mannen is verkracht of van kruisbesmetting van meerdere mensen die in aanraking zijn gekomen met hetzelfde voorwerp of dezelfde substantie, bijvoorbeeld een glijmiddel. Een mengsel van DNA-profielen van verschillende mensen is nooit op een wonderbaarlijke manier identiek aan het profiel van een vrouw in Palm Beach, bijvoorbeeld.'

'Ja, dat glijmiddel. Daar kan nog een verklaring voor zijn,' zei Lester. 'Kruisbesmetting, zoals je al zei. Een prostitué die geen sperma heeft achtergelaten en dus een man of een vrouw kan zijn geweest. Wat weten we van iemands privéleven tot hij of zij hier bij ons terechtkomt? Daarom wil ik iets niet zo snel moord, zelfmoord of een ongeluk noemen. Niet voordat alle feiten bekend zijn. Ik hou er niet van als ik, nadat ik een uitspraak heb gedaan, nog voor een verrassing kom te staan. Je hebt natuurlijk wel in het laboratoriumrapport gelezen dat er geen sperma is aangetroffen.'

'Dat komt wel vaker voor,' zei Scarpetta. 'Vaker dan je denkt. En het komt ook voor dat een verkrachter een glijmiddel gebruikt. K-Y Jelly, vaseline, zonnebrandcrème of zelfs boter. Ik kan je een lange lijst geven van wat ik allemaal ben tegengekomen.'

Inmiddels volgden ze Lester door een andere gang van het tientallen jaren oude gebouw, uit de tijd dat pathologen-anatomen nog slagers werden genoemd. Het was nog niet eens zo lang geleden dat de wetenschap zich alleen met de doden bemoeide als het om bloedgroep A, B of O, vingerafdrukken of röntgenfoto's ging.

'Geen spoor van sperma in of op haar lichaam of op de kleren die in het bad lagen,' zei Lester. 'Of ergens anders op de plaats delict. Ze hebben er met uv-licht naar gezocht en ik natuurlijk ook. Maar nergens zagen we ook maar een stipje van dat felwit fluorescerende licht dat sperma aanduidt.'

'Sommige verkrachters gebruiken een condoom,' zei Scarpetta. 'Vooral tegenwoordig, omdat iedereen bekend is met DNA.'

Fragmenten van data stroomden over het donkere scherm en hechtten zich met een verbijsterende snelheid aan elkaar vast, alsof ze op de vlucht waren en werden gevangen.

Misschien raakte Berger aan cyberspace gewend. Haar hoofdpijn was op wonderbaarlijke wijze verdwenen. Of misschien overgegaan door adrenaline. Ze voelde zich agressief omdat ze er niet van hield als iemand tegenstribbelde. Dat duldde ze niet van Morales en zeker niet van Lucy.

'We moeten beginnen aan de e-mails,' zei ze, en dat was sinds Marino's telefoontje niet de eerste keer.

Lucy toonde geen enkele belangstelling voor Marino of voor waar hij mee bezig was, en ze negeerde Bergers herhaalde opmerking over de e-mails. De wachtwoorden lagen voor hen, maar Lucy weigerde er aandacht aan te besteden tot ze begreep waarom de naam van haar tante in de gefragmenteerde, herziene versies van de scriptie die Terri of misschien Oscar had geschreven, zo alarmerend vaak voorkwam.

'Sorry, maar jouw belangstelling is persoonlijk,' zei Berger. 'Juist daarom maak ik me zorgen. We moeten e-mails bekijken, maar jij bekijkt liever de dingen die ze hebben geschreven over je tante. Waarmee ik niet bedoel dat dat niet belangrijk is.'

'Op dit punt moet je erop vertrouwen dat ik weet wat ik doe,' zei Lucy. Ze gaf geen krimp. De blocnote met de genoteerde wachtwoorden lag naast het toetsenbord op haar bureau.

'Geduld. Eén ding tegelijk,' ging ze verder. 'Ik vertel jou ook niet hoe jij je werk moet doen.'

'Volgens mij doe je dat wel. Ik wil die e-mails bekijken en jij wilt dit proefschrift lezen, of wat het dan ook moet voorstellen. Je werkt niet mee.'

'Ik werk juist wel mee, door niet te doen wat je zegt of me door jou te laten voorschrijven hoe ik mijn werk moet doen. Ik kan niet toestaan dat jij me beïnvloedt en aanwijzingen geeft, daar gaat het juist om. Ik weet wat ik doe en er zijn nog een heleboel dingen die jij niet begrijpt. Jij wilt precies weten wat we doen en waarom en hoe omdat, als dit zo belangrijk wordt als ik denk, jij een hoop vragen te beantwoorden zult krijgen en zult worden aangevallen. Ik ben niet degene die voor de rechter en de jury zal staan om uit te leggen wat een forensische computer voor dit onderzoek heeft kunnen doen, en er is minstens één voor de hand liggende reden dat je mij niet als getuige-deskundige kunt oproepen.'

'Daar moeten we inderdaad over praten,' zei Berger botweg.

'De relatiekwestie,' zei Lucy.

'Ze zouden je getuigenis in twijfel trekken.' Berger greep de kans aan om haar eigen twijfel uit te spreken en misschien dingen een halt toe te roepen.

Of misschien wilde Lucy dat doen. Misschien wilde zij ermee ophouden en dingen een halt toeroepen.

'Eerlijk gezegd weet ik niet wat ik moet doen,' vervolgde Berger. 'Als jij objectief zou kunnen zijn, zou ik je om een suggestie vragen. Toen je hieraan begon, wist je niet dat je er persoonlijk bij zou worden betrokken. En nu? Jij wilt er waarschijnlijk net zomin mee doorgaan als ik. Ik denk dat jij ook beseft dat dit geen goed idee is, dat we maar afscheid van elkaar moeten nemen en dat ik een ander bedrijf moet zoeken.'

'Nu we weten dat mijn tante ermee te maken heeft? Je bent gek! Ermee ophouden is het ergste wat we kunnen doen,' zei Lucy. 'Ik hou er in elk geval niet mee op. Je wilt me waarschijnlijk ontslaan.

Daar heb ik je voor gewaarschuwd. Ik heb ook tegen je gezegd dat er geen ander bedrijf is zoals dat van mij. Daar hebben we het al over gehad.'

'Je zou dit door iemand anders kunnen laten doen.'

'Iemand anders mijn software laten gebruiken? Weet je wel hoeveel die waard is? Dat zou hetzelfde zijn als iemand anders mijn helikopter laten besturen terwijl ik achterin ga zitten, of iemand anders met mijn geliefde naar bed laten gaan.'

'Woon je samen met je geliefde? Woon je hier ook?' Berger had gezien dat er een trap naar boven was. 'Het is riskant om op één plek te werken en te wonen. Ik neem aan dat die persoon geen toegang heeft tot geheime...'

'Jet Ranger heeft geen wachtwoord voor wat dan ook, maak maar geen zorgen,' zei Lucy. 'Ik wilde je alleen maar duidelijk maken dat niemand anders mijn software mag gebruiken. Dat is van mij. Ik heb de code zelf geschreven. Niemand kan die ontcijferen, daar heb ik voor gezorgd.'

'We hebben een groot probleem dat we geen van beiden hebben voorzien,' zei Berger.

'Als je er een probleem van wilt maken. Ik wil hier niet mee stoppen en dat doe ik ook niet.'

Berger keek naar de data die met duizelingwekkende snelheid over het scherm vlogen. Ze keek naar Lucy en wilde niet dat ze ermee op zou houden.

'Als je me ontslaat,' zei Lucy, 'berokken je jezelf onnodig schade.'

'Ik ben niet van plan mezelf schade te berokkenen. Of jou. Ik ben niet van plan ook maar iets te doen wat deze zaak kan schaden. Leg me uit wat je wilt gaan doen,' zei Berger.

'Ik wil je een paar dingen leren over het terughalen van gecorrigeerde bestanden omdat, dat zei je zelf ook, men denkt dat dat onmogelijk is. Je kunt verwachten dat de tegenpartij je hierover zal aanvallen. Je hebt vast wel gemerkt dat ik, om iets uit te leggen, graag gebruikmaak van een vergelijking. Dat doe ik nu ook. Laten we zeggen dat je net met vakantie naar je favoriete plek bent geweest. Bijvoorbeeld naar Sedona. Je hebt daar met iemand in een hotel gelogeerd. Met Greg, om het simpel te houden. De beelden, geluiden, geuren, emoties en tastbare ervaringen zijn opgeslagen in je geheugen, voor een groot deel onbewust.'

'Waar wil je eigenlijk naartoe?' vroeg Berger.

'Een jaar later,' ging Lucy verder, 'nemen Greg en jij in hetzelfde weekend dezelfde vlucht naar Sedona. Jullie huren dezelfde auto en logeren in dezelfde kamer van hetzelfde hotel, maar jullie zullen niet dezelfde ervaringen hebben. Die zijn, door wat er sinds de vorige keer in je leven is gebeurd, veranderd. Door je emoties, je relatie, je gezondheid, zijn gezondheid, door waar je mee bezig bent en waar hij mee bezig is, door het weer, de economie, omleidingen onderweg, dingen die zijn vernieuwd, allerlei details, tot en met de bloemen in de vazen en de chocolaatjes op het kussen. Zonder dat je je ervan bewust bent, vervang je het oude bestand door een nieuw, heel ander bestand, ook al ben je je niet bewust van het verschil.'

'Ik wil je wel even duidelijk maken dat ik er niet van hou als mensen nieuwsgierig zijn naar mijn leven of mijn grenzen overschrijden,' zei Berger.

'Lees maar eens wat er allemaal over je bekend is. Leuke dingen, maar ook minder leuke. Lees Wikipedia.' Lucy keek Berger recht aan. 'Ik heb niets gezegd wat niet algemeen bekend is. Jij en Greg hebben jullie huwelijksreis doorgebracht in Sedona. Dat is een van je favoriete plekken. Hoe gaat het trouwens met hem?'

'Je hebt niet het recht mijn achtergrond te onderzoeken.'

'Dat heb ik wel. Ik wil precies weten met wie ik te maken heb. Ik denk dat ik dat nu weet. Ook al ben je niet bepaald eerlijk.'

'Wat heb ik dan gezegd dat volgens jou niet eerlijk is?'

'Niets. Je zegt helemaal niets,' antwoordde Lucy.

'Je hebt geen enkele reden om me te wantrouwen en dat mag je ook niet doen,' zei Berger.

'Ik hou niet op met waar ik mee bezig ben vanwege grenzen of mogelijke tegenstrijdige belangen. Zelfs niet als je me dat zou bevelen,' zei Lucy. 'Ik heb alles gedownload naar mijn server, dus als je nu weg wilt gaan en die laptops mee wilt nemen, ga je gang. Maar je kunt me niet tegenhouden.'

'Ik wil geen ruzie met je.'

'Dat zou niet slim zijn.'

'En bedreig me alsjeblieft niet.'

'Dat doe ik ook niet. Ik begrijp dat je je bedreigd voelt en dat je verstand je misschien zegt dat je beter niet met mij kunt samenwerken of wat dan ook. Maar je moet accepteren dat je niet in staat bent me hiermee te laten stoppen. Echt niet. In een appartement waar een vrouw onlangs is vermoord, is informatie gevonden over mijn tante. Een proefschrift waaraan Terri of wie dan ook dagelijks werkte en dat voortdurend werd gecorrigeerd. Op een obsessieve manier. Daar moeten jij en ik ons zorgen om maken. Niet om wat andere mensen denken of waarvan ze ons misschien zullen beschuldigen.'

'Beschuldigen? Waarvan?'

'Tegenstrijdige belangen. Vanwege mijn tante. Vanwege wat dan ook.'

'Ik maak me veel minder zorgen om wat mensen van me denken dan je denkt,' zei Berger. 'Ik heb geleerd dat ik ze beter kan laten denken wat ik wil dan me daar zorgen om te maken. Daar ben ik vrij goed in. Dat moet ook wel. Maar ik moet zeker weten dat Kay geen flauw idee heeft van wat er aan de hand is. Ik moet met haar praten.'

'Ze zou het tegen Benton hebben gezegd,' zei Lucy. 'Ze zou het tegen jou hebben gezegd. Ze zou nooit bereid zijn geweest Oscar Bane te onderzoeken als ze hem of Terri Bridges ergens van had gekend.'

'Toen ik vroeg of zij hem wilde onderzoeken, heb ik ervoor gezorgd dat ze bijna niets over de zaak te horen zou krijgen. Zelfs niet de naam van het slachtoffer. Dus misschien kende ze Terri, maar besefte ze dat pas toen ze met Oscar in dat onderzoekkamertje zat.'

'Maar dan zou ze ons dat inmiddels hebben verteld.'

'Ik weet niet hoe jij erover denkt,' zei Berger, 'maar ik vind het vreemd dat een student geen enkele moeite doet om met het onderwerp van zijn of haar mastersscriptie of doctorale dissertatie in contact te komen. Terri Bridges schreef over Kay en heeft nooit geprobeerd haar te spreken te krijgen? Weten we dat zeker? Misschien heeft ze dat wel geprobeerd en kan Kay zich dat niet herinneren, omdat het niet belangrijk genoeg was.'

'Ze zou het zich wel herinneren en zou het in elk geval beleefd hebben geweigerd. Tante Kay kende die vrouw niet.'

'Denk je echt dat je objectief kunt zijn? Dat je dit aankunt? Dat je dit wilt doen?'

'Ik kan het aan en ik wil het doen,' zei Lucy, terwijl haar aandacht plotseling werd getrokken door iets op het scherm.

SCARPETTA, door Terri Bridges. Die woorden gleden herhaaldelijk voorbij, in allerlei vormen en maten.

'Hij is begonnen met volgens de titelpagina te sorteren,' zei Lucy. 'Was dat mens verdomme knettergek?'


19


Het mortuarium lag op de begane grond, waar bestelbusjes en ambulances op de binnenplaats konden parkeren om de doden te brengen en weer op te halen.

In de stille gang vol lege brancards rook het sterk naar luchtverfrissers. Achter de gesloten deuren die ze voorbijliepen werden onderdelen van skeletten en hersenmonsters bewaard. Met de loodgrijze stalen lift gingen ze naar boven – dezelfde lift als waarmee de doden naar boven werden gebracht, waar men er achter glas naar kon kijken. Scarpetta voelde een speciaal soort medeleven met degenen die op een plaats als deze een laatste blik op een geliefde moesten werpen. In elk mortuarium waar zij de scepter had gezwaaid, waren de ramen van onbreekbaar glas en was er moeite gedaan om de bezichtigingsruimte met landschapjes aan de muur en echte planten nog een beetje gezellig te maken, en de nabestaanden werden er nooit alleen gelaten.

Dr. Lester nam hen mee naar het vertrek waar de lijken werden bewaard die al in gevorderde staat van ontbinding, radioactief of besmettelijk waren. Steeds wanneer Scarpetta die zwakke, maar doordringende stank rook, had ze het gevoel dat ze werd opgewacht door een speciaal soort ellende. De meeste artsen zagen ertegen op daar te werken.

'Om welke reden heb je dit lichaam apart gelegd?' vroeg ze. 'Dat kun je me beter van tevoren vertellen.'

Lester drukte op de lichtschakelaar, plafondlampen flikkerden aan en beschenen een stalen autopsietafel, een aantal instrumentenkarren en een brancard met een lijk onder een blauw wegwerplaken. Een groot plat videoscherm op het aanrecht was verdeeld in zes vakken met voortdurend verschuivende beelden van het gebouw en de binnenplaats. Scarpetta droeg Benton op in de gang te wachten terwijl zij naar de aangrenzende kleedkamer liep om maskers, schorten, mutsjes en schoenhoezen te halen. Terwijl ze paarse Nitrile-handschoenen uit een doos trok, legde dr. Lester uit dat ze het lichaam daar had laten plaatsen omdat de koelkamer er op dat moment leeg was. Scarpetta luisterde met een half oor. Het was geen reden om het lichaam niet een eindje verder naar de autopsiekamer te brengen, waar minder besmettingsgevaar was en het niet stonk.

Het laken ritselde toen Scarpetta het wegtrok van een bleek lichaam met een lang lijf, groot hoofd en te korte ledematen – de kenmerken van dwerggroei. Ze zag in één oogopslag dat al het lichaamshaar, ook in de schaamstreek, was verwijderd. Ze vermoedde dat het met een reeks laserbehandelingen was gedaan, wat pijnlijk moest zijn geweest en wat overeenkwam met wat Oscar Bane had verteld over Terri's fobieën. Ze dacht aan de dermatoloog die hij had genoemd.

'Ik neem aan dat ze zo is binnengekomen,' zei ze en ze verlegde een been om het beter te kunnen zien. 'Dat je haar niet hebt geschoren.'

Ze mocht de informatie die ze van Oscar Bane had gekregen niet doorgeven en dat vond ze erg frustrerend.

'Nee, beslist niet,' antwoordde dr. Lester. 'Ik heb haar nergens geschoren. Dat hoefde ook niet.'

'Heeft de politie er iets over gezegd? Hebben ze bij haar thuis iets gevonden, of van Oscar of misschien andere getuigen iets gehoord wat de ontharing verklaart? Iets over de methode of zo?'

'Alleen dat het hun was opgevallen,' antwoordde Lester.

'Dus niemand heeft gezegd waar ze het misschien heeft laten doen, in een salon of praktijk of zo. Bijvoorbeeld bij een dermatoloog.'

'Ja, Mike heeft daar iets over gezegd. Ik heb de naam opgeschreven. Een vrouwelijke arts hier in de stad. Hij zei dat hij haar zou bellen.'

'Hoe is hij aan die naam gekomen?' vroeg Benton.

'Die stond op rekeningen in haar appartement. Hij heeft blijkbaar stapels rekeningen, post en zo meegenomen en heeft alles bekeken. De normale dingen. Dat leidt natuurlijk tot de vraag of die vriend van haar een pedofiel is. Want de meeste mannen die willen dat vrouwen hun schaamhaar afscheren, zijn pedofiel. Al dan niet actief.'

'Weten we dan zeker dat haar vriend wilde dat ze haar schaamhaar afschoor?' zei Benton. 'Hoe weet je dat dat niet haar eigen idee was? Dat ze dat niet zelf wilde?'

'Zo ziet ze eruit als een kind,' zei Lester.

'Niet wat de rest van haar lichaam betreft,' zei Benton. 'En afgeschoren schaamhaar kan ook met orale seks te maken hebben.'

Scarpetta zette een operatielamp dichter bij de brancard. De Y-vormige incisie liep van de sleutelbeenderen via het borstbeen naar de schaamstreek en was met dik garen gehecht in een patroon dat haar aan een baseball deed denken. Ze verlegde het hoofd om het gezicht beter te kunnen zien en voelde de opengezaagde schedel bewegen onder de huid. Het gezicht van Terri Bridges had een doffe, donkerrode kleur met felrode vlekjes, en toen Scarpetta de oogleden opende, zag ze dat de sclera rood was ten gevolge van bloedingen.

Het was geen genadige, snelle dood geweest.

Wurging door middel van een touw of een band beschadigt de slagaderen en aderen die zuurstofrijk bloed naar de hersens brengen en zuurstofarm bloed afvoeren. Toen de band om Terri's hals werd aangetrokken, stroomde het bloed nog steeds naar haar hoofd, maar het kon niet meer weg. Door de toenemende druk waren de aderen gesprongen en hadden een opeenhoping van bloed en een groot aantal kleine bloedingen veroorzaakt. De hersens kregen geen zuurstof meer en ze was gestorven aan cerebrale hypoxie.

Maar niet meteen.

Scarpetta pakte een vergrootglas en een liniaal van een kar en bekeek de striemen in de hals en de nek. Ze waren U-vormig, zaten vlak onder de kaak en stonden rechtop onder haar achterhoofd, en ze zag een subtiel patroon van overlappende streepjes. Datgene waarmee Terri was gewurgd, was glad, zonder scherpe randen, en ongeveer een tot anderhalve centimeter breed. Ze had dit patroon eerder gezien, bij slachtoffers die waren gewurgd met een kledingstuk of met elastisch materiaal dat smaller werd naarmate er harder aan werd getrokken, en breder wanneer het werd losgelaten. Ze wenkte Benton.

'Het lijkt wel alsof ze is opgehangen,' zei ze.

Ze wees naar de horizontale striemen op de hals, die eindigden achter het kaakbeen.

'De hoek wijst erop dat haar aanvaller achter en boven haar stond en dat hij geen lus of soort handvat heeft gebruikt om de band strakker aan te trekken,' zei ze. 'Hij hield de band bij de uiteinden vast en trok met kracht naar achteren en naar boven, een aantal keren. Zoals een auto die vastzit in de sneeuw steeds weer vooruit en achteruit rijdt. Hij rijdt over zijn eigen spoor, maar niet precies, en soms kun je zien hoe vaak hij heen en weer is gereden. Kijk eens naar de enorme hoeveelheid bloedinkjes en de opeenhoping van het bloed in haar hoofd, kenmerkend voor wurging.'

Benton keek door de lens en zijn in handschoenen gestoken vingers raakten de vlekken in de hals aan, waarbij hij het hoofd heen en weer bewoog om het beter te kunnen zien. Scarpetta voelde zijn lichaam tegen het hare toen ze naast elkaar stonden te kijken en ze werd afgeleid door de mengeling van geuren en gevoelens. De kille, akelig dode lucht vormde een bijna tastbaar contrast met zijn warmte, en ze voelde zijn levenskracht terwijl ze hem uitlegde dat Terri meerdere keren was gewurgd.

'Te oordelen naar die vlekken minstens drie keer,' zei ze.

Dr. Lester stond aan de andere kant van de brancard, met haar armen over elkaar geslagen en een bezorgde uitdrukking op haar gezicht.

'Hoe lang duurde het elke keer voordat ze het bewustzijn verloor?' vroeg Benton.

'Dat kan al na tien seconden zijn geweest,' antwoordde Scarpetta. 'Ze zou binnen een paar minuten dood zijn geweest als de band niet net op tijd losser was gemaakt. De moordenaar liet haar bij bewustzijn komen voordat hij haar opnieuw wurgde en ze het bewustzijn verloor, en dat deed hij tot ze het niet langer kon volhouden. Of misschien had hij er genoeg van.'

'Of hij werd gestoord,' opperde Benton.

'Dat kan ook. Maar dit herhaalde ritueel verklaart de enorme opeenhoping van bloed in haar hoofd en het overmatige aantal bloeduitstortinkjes.'

'Sadisme,' zei hij.

Lester kwam een stap dichterbij en zei: 'Of sadomasochisme dat te ver ging.'

'Heb je in haar hals gezocht naar vezels?' vroeg Scarpetta haar. 'Iets wat ons misschien kan vertellen wat voor materiaal is gebruikt?'

'Ik heb vezels uit haar haren gehaald en ook van andere plekken op haar lichaam en die voor sporenonderzoek naar het lab gestuurd. Ik heb geen vezels gevonden in de striemen op haar hals.'

'Ik zou erop aandringen dat ze zo vlug mogelijk opschieten,' zei Scarpetta. 'Die rode, droge, diepe groeven in haar polsen wijzen erop dat ze met iets wat een scherpe rand had heel strak bijeen waren gebonden.'

'Ze zullen de handboei controleren op DNA.'

'Deze striemen komen niet van handboeien,' zei Scarpetta. 'Flexibele handboeien hebben afgeronde randen om wonden te voorkomen. Ik neem aan dat je...'

Dr. Lester viel haar in de rede: 'Alles is naar het lab gestuurd. Die band is natuurlijk eerst naar ons toe gebracht. Mike heeft hem aan mij gegeven zodat ik kon zien of hij overeenkwam met de groeven in haar polsen en misschien de vlekken in haar hals, en toen heeft hij hem weer meegenomen. Maar er zijn een paar foto's van, in het stapeltje dat ik je heb gegeven.'

Scarpetta was teleurgesteld. Ze had de band met eigen ogen willen zien om erachter te komen of ze iets dergelijks eerder was tegengekomen. Ze pakte de foto's, maar de close-ups vertelden haar niet meer dan de foto's die op de plaats delict waren genomen. Het riempje om haar polsen dat Oscar volgens zijn zeggen had doorgeknipt, was een kleurloze nylon band van ongeveer zes millimeter breed en van het puntige uiteinde tot aan het palradslot vierenvijftig centimeter lang. De ene kant was geribbeld, de andere glad en de randen waren scherp. Er stond geen serienummer of ander merkteken op dat verwees naar de fabrikant.

'Het ziet eruit als een soort kabelriem,' zei Benton.

'Het is beslist geen flexibele handboei of iets wat daarvoor wordt gebruikt,' zei Scarpetta.

'Maar kabelriemen zijn meestal zwart,' vervolgde Benton terwijl hij een paar foto's bekeek. 'Alles wat buiten wordt gebruikt en door zonlicht kan worden aangetast, is zwart. Niet doorzichtig of van een lichte kleur.'

'Misschien is het een soort band om zakken dicht te maken,' opperde Scarpetta. 'Voor binnenshuis, vanwege de kleur. Maar dan wel heel grote, sterke zakken, geen gewone vuilniszakken.'

Ze keek naar de grote zak voor het voor milieu gevaarlijke afval, felrood met het universele kenmerk erop, die in een roestvrijstalen houder naast de gootsteen hing.

'Hé, weet je waar ik dat soort banden eerder heb gezien?' zei ze. 'Om die zakken daar.'

Ze wees naar de houder met de zak voor afval die gevaarlijk voor het milieu was.

'Wij gebruiken een band die je eromheen moet draaien,' zei Lester verontwaardigd, alsof Scarpetta suggereerde dat de band die om de polsen van Terri Bridges had gezeten afkomstig was uit het mortuarium.

'Een belangrijk punt is dat mensen die aan sadomasochisme doen elkaar meestal niet zo strak vastbinden dat de bloedsomloop wordt afgesneden,' zei Scarpetta, 'en ze gebruiken ook meestal geen banden met een scherpe rand of mechanische handboeien die ze niet gemakkelijk of met een sleuteltje kunnen openen. Terwijl die band' – ze maakte een hoofdbeweging naar een van de foto's – 'niet meer los kan worden gemaakt, alleen strakker getrokken. Het heeft pijn gedaan. Ze kon alleen worden bevrijd door een mes of ander scherp voorwerp onder de band te wringen. En je ziet dat sneetje bij haar linkerpolsbeen. Dat kan op die manier zijn ontstaan. Misschien van de keukenschaar. Zat er behalve het bloed van de wonden op haar benen nog ergens anders bloed op haar lichaam?'

'Nee.' De donkere ogen van dr. Lester staarden Scarpetta aan.

'Nou ja, als ze al dood was toen de band werd verwijderd en als ze toen dat sneetje heeft opgedaan, zal dat niet of nauwelijks hebben gebloed,' zei Scarpetta. 'Het was geen spel. Het deed te veel pijn voor een spel.'

'Ik dacht dat bij sadomasochisme pijn lijden juist de bedoeling was.'

'Deze pijn ging niet gepaard met genot,' zei Scarpetta. 'Behalve misschien voor degene die de pijn veroorzaakte.'

De titelpagina hoorde bij een correctie van ongeveer drie weken geleden: 10 december.

'Een heel groot bestand, dat we nog lang niet in zijn geheel terug hebben gevonden,' zei Lucy. 'Maar dit deel van een hoofdstuk geeft een aardig idee van de inhoud.'

Ze had er een tekstbestand van gemaakt en Berger las het terwijl Lucy steeds op de naar omlaag wijzende pijltoets tikte.

Als ik met mijn handen in een dood lichaam zit, bedenk ik hoe ík die persoon op een betere manier had kunnen doden. Met al mijn kennis? Natuurlijk zou ik daar de perfecte misdaad mee kunnen plegen. Wanneer mijn collega's en ik bij elkaar zijn en we genoeg whisky hebben gedronken, bedenken we allerlei scenario's waarmee we nooit op een werkvergadering zouden aankomen of die we nooit voor familie of vrienden, en zeker niet voor onze vijanden, zouden beschrijven.

**Ik vroeg naar haar favoriete whisky.**

Ze aarzelde tussen Knappogue Castle single malt Ierse whiskey en Schotse Brora single malt.

**Van geen van beide ooit gehoord.**

Hoe zou dat ook kunnen? Knappogue is waarschijnlijk de beste Ierse whiskey ter wereld en kost bijna zevenhonderd dollar. En Brora is zo zeldzaam en perfect dat elke fles is genummerd en meer kost dan jouw schoolboeken voor een jaar.

**Hoe kun je je veroorloven zulke dure whisky te drinken, en voel je je niet schuldig terwijl zoveel mensen hun huis kwijtraken en geen benzine voor hun auto meer kunnen betalen?**

Als ik een heerlijke Ierse whiskey laat staan, kun jij nog steeds geen benzine betalen. En het is bewezen dat dure merken – een Chateau Petrus, een single malt whisky of een heel goede, zuivere agave tequila – minder schadelijk zijn voor je lever en je hersens.

**Dus rijke mensen die dure drank drinken, hebben minder last van de gevolgen van te veel alcohol? Dat heb ik nooit eerder gehoord.**

Hoeveel menselijke levers en hersens heb jij gezien en onderzocht?

**Geef nog eens een paar voorbeelden van de donkere kant. Wat zeggen jullie achter de coulissen nog meer, vooral als jullie met collega's onder elkaar zijn?**

We scheppen op over beroemdheden op wie we sectie hebben verricht (we vinden het stiekem allemaal jammer dat we Elvis, Anna Nicole Smith of prinses Diana niet mochten doen). Hoor eens, ik ben ook maar een mens, zoals ieder ander. Ik wil de zaak die niemand anders krijgt. Ik wil de seriemoorden uit Gainesville. Ik wil op de plaats delict aankomen en bij mijn binnenkomst het afgehakte hoofd op de boekenplank naar me zien kijken. Ik zou het fantastisch hebben gevonden als ik was verhoord door Ted Bundy toen hij bij zijn proces zijn eigen verdediging voerde. Ik zou nadat hij ter dood was gebracht dolgraag de autopsie hebben gedaan.

**Vertel eens iets over een paar sensationele zaken waaraan je hebt meegewerkt.**

Ik heb het geluk gehad dat ik bij een aantal van dat soort zaken betrokken ben geweest. Bijvoorbeeld blikseminslag, terwijl niemand anders de doodsoorzaak kon vinden omdat het lichaam ergens in een veld lag en al haar kleren van haar lichaam waren gerukt en weggeblazen. Eerst dacht ik aan een verkrachting, maar ik vond nergens ook maar een spoor van een wond. Doodsimpel op te lossen, sorry. Vanwege het takkenpatroon dat de Lichtenberg-figuren of elektrische boomvorming wordt genoemd. Of als die persoon iets van metaal droeg, bijvoorbeeld een gesp aan zijn riem, zou dat magnetisch zijn geworden, of het horloge zou op het moment dat de dood intrad stil zijn gaan staan. Dat soort dingen controleer ik altijd. De meeste lijkschouwers doen dat niet, omdat ze onervaren of naïef zijn of gewoon hun werk niet goed doen.

**Je klinkt veel minder meelevend dan ik had verwacht.**

Nou ja, dood is dood. Ik kan zo meelevend zijn als wat en een jury tot tranen toe ontroeren. Maar heb ik echt het gevoel dat mijn hart uit mijn borst wordt gerukt wanneer er weer een tragedie binnenrolt? Kan het me echt iets schelen als de politie dingen zegt die niemand anders mag horen?

**Zoals?**

Meestal commentaar met een seksueel tintje. De grootte van de penis van een overledene, vooral als die erg klein of heel groot is. De grootte van de borsten van een overledene, vooral als die een pornoblad zouden kunnen sieren. Ik ken genoeg lijkschouwers die een souvenir meenemen. Een trofee. De kunstheup van een beroemd iemand. Een tand. Een borstimplantaat, daar zijn mannen happig op. (Vraag me niet wat ze ermee doen, maar ze liggen altijd binnen handbereik.) Een penisimplantaat, die zijn amusant.

**Heb jij ooit een souvenir meegenomen?**

Eén keer. Dat was twintig jaar geleden, een van mijn eerste zaken. Seriemoorden in Richmond, waar ik net hoofd was geworden. Maar die trofee was niet afkomstig van een dode, die was afkomstig van Benton Wesley. We maakten kennis in mijn vergaderzaal. Toen hij weg was, heb ik zijn koffiebeker meegenomen. Je weet wel, zo'n hoge schuimplastic beker. Ik vond hem meteen een lekker ding.

**Wat heb je met die beker gedaan?**

Ik heb hem mee naar huis genomen en langs de rand gelikt alsof ik hém likte.

**Maar je bent niet meteen met hem naar bed gegaan. Wanneer deed je dat wél? Een jaar of vijf later?**

Dat denkt iedereen, maar dat is niet waar. Na die eerste ontmoetig heb ik hem opgebeld en uitgenodigd voor een borrel – zogenaamd om nog eens onder vier ogen over de betreffende zaken na te praten. Maar de voordeur was nog niet dicht of we besprongen elkaar.

**Wie nam het initiatief?**

Ik heb hem verleid, om zijn morele worsteling te verlichten. Hij was getrouwd. Ik was gescheiden en had geen vriend. Die arme vrouw van hem. Benton en ik waren al bijna vijf jaar minnaars voordat hij het haar eindelijk vertelde. Maar hij deed net alsof hij pas sinds kort overspel pleegde omdat hun huwelijk zo saai en levenloos was geworden.

**En niemand wist er iets van? Pete Marino? Lucy? Je secretaresse, Rose?**

Ik heb me altijd afgevraagd of Rose iets vermoedde. Vanwege haar manier van doen wanneer Benton weer eens een zaak kwam bespreken of ik naar Quantico ging voor weer een vergadering. Ze is vorige zomer aan kanker overleden, dus je kunt het haar niet meer vragen.

**Het klinkt niet alsof je werk met de doden je seksueel remt.**

Integendeel. Als je elke centimeter van het menselijk lichaam zo vaak hebt onderzocht dat je wat dat betreft geen enkele terughoudendheid of afkeer meer voelt, is er seksueel geen enkele remming en voel je je vrij om alles te proberen.

'Kun je dit doorsturen naar Kay?' vroeg Berger toen de tekst abrupt eindigde. 'Dan kan ze het ook lezen en krijgt ze misschien een idee waar het vandaan komt.'

'Waarschijnlijk van een van de interviews van afgelopen Thanksgiving,' zei Lucy. 'Die ze, dat weet ik, niet heeft gegeven. Bovendien zou ze nooit op zo'n manier praten, tegen niemand.'

'De schrijver is dol op allerlei lettertypen. Zegt je dat iets?'

'Terri, of wie dit dan ook heeft geschreven, gebruikt inderdaad veel verschillende lettertypen,' beaamde Lucy.

Ze deed haar best om kalm te blijven, maar ze was woedend. Dat zag Berger en ze wachtte af. In het verleden was Lucy's woede iets om bang voor te zijn.

'Volgens mij is hier ook sprake van symbolisme,' vervolgde Lucy. 'In dit nepinterview bijvoorbeeld zijn Terri's vragen, ik zeg maar dat Terri dit heeft geschreven, in de Franklin Gothic en vetgedrukt, en de verzonnen antwoorden van mijn tante in de Arial.'

'Dus is Terri symbolisch belangrijker dan Kay,' zei Berger.

'Het is nog erger. Voor puristen in de tekstverwerking heeft de Arial een slechte naam.' Lucy bekeek de tekst. 'Ze vinden die letter te saai, te doodgewoon, karakterloos en een onbeschaamde indringer. Daar zijn een heleboel artikelen over geschreven.'

Ze vermeed het Berger aan te kijken.

'Een indringer?' vroeg Berger. 'Bedoel je plagiaat, inbreuk op copyright? Wat bedoel je?'

'Ze zeggen dat het een imitatie is van de Helvetica, die in de jaren vijftig van de twintigste eeuw is ontwikkeld en een van de populairste lettertypen ter wereld is geworden,' zei Lucy. 'Voor het ongeoefende oog is er geen verschil tussen de Helvetica en de Arial, maar voor de purist, een professionele drukker of letterontwerper, is de Arial een parasiet. Weet je wat ironisch is? Dat sommige jonge ontwerpers denken dat de Helvetica is gebaseerd op de Arial in plaats van andersom. Zie je het symbolische belang daarvan? Want dat is angstaanjagend, tenminste volgens mij.'

'Natuurlijk zie ik dat,' zei Berger. 'Het kan suggereren dat Terri en Kay als wereldberoemde forensisch deskundigen van plaats verwisseld zijn. Mark David Chapman deed net zoiets voordat hij John Lennon vermoordde. Hij droeg een naamkaartje met Lennons naam. En het is net zoiets als Sirhan Sirhan toen hij volgens zeggen opmerkte dat hij door de moord op Bobby Kennedy zelf een beroemdheid was geworden.'

'Die verandering van lettertype wordt steeds nadrukkelijker,' zei Lucy. 'Hoe recenter de versie, des te vaker die voorkomt. Terri treedt steeds meer op de voorgrond en haar houding jegens mijn tante wordt steeds negatiever.'

'Een verandering die duidelijk maakt dat Terri, of liever gezegd de auteur, zich jegens Kay steeds vijandiger ging opstellen, met steeds meer minachting,' zei Berger. 'Het lijkt wel een beetje op wat er tussen Kay en Marino is gebeurd, nu ik erover nadenk. Hij aanbad haar en toen wilde hij haar kapotmaken.'

'Zo eenvoudig ligt het niet en het is ook niet hetzelfde,' zei Lucy. 'Marino had de gelegenheid om verliefd op mijn tante te worden, hij kende haar. Terri had geen enkele reden om gevoelens jegens haar te hebben, het was een waanidee.'

'We nemen aan dat ze dol was op lettertypen, laten we het daar nog eens over hebben,' zei Berger, terwijl ze haar oordeel over Lucy herzag.

Lucy was veranderd, echt veranderd. Ze was nog steeds opvliegend, dat wel, maar niet zo onbeheerst als vroeger, toen ze volgens Berger bijna gewelddadig was. Dat was destijds haar zwakke punt en daardoor was ze onbetrouwbaar geweest.

'Volgens mij wist ze heel veel van lettertypen,' zei Lucy. 'Ze gebruikt verschillende voor voetnoten, de bibliografie, hoofdstuktitels en de inhoudsopgave. De meeste mensen die een proefschrift schrijven, doen dat niet. Misschien veranderen ze soms de grootte van de letters of drukken ze iets cursief, maar ze gaan niet op de creatieve toer. Meestal wordt gewoon het standaardtype gebruikt van het schrijfprogramma dat Terri ook had en dat is meestal de Times New Roman.'

'Voorbeelden,' zei Berger terwijl ze schreef. 'Welke lettertypen gebruikte ze en waarvoor en waarom? Jouw interpretatie.'

'Voor de voetnoten de Palatino Linotype, dat zowel op het scherm als op papier goed leesbaar is. Voor de bibliografie de Bookman Old Style. Ook goed leesbaar. Voor de hoofdstuktitels koos ze de schreefloze MS Reference, die voor koppen wordt gebruikt. Het komt echt zelden voor dat iemand zo veel verschillende lettertypen gebruikt, vooral in een wetenschappelijk geschrift. Dat wekt bij mij de indruk dat het heel persoonlijk was, dat het niet alleen om de feiten ging.'

Berger keek Lucy lange tijd aan.

'Hoe weet je dat verdomme allemaal?' zei ze. 'Lettertypen? Ik let er niet eens op. Ik kan je niet eens vertellen wat voor lettertype ik voor mijn akten van beschuldiging gebruik.'

'Jij gebruikt hetzelfde standaardtype als Terri. De Times New Roman, ontworpen voor de Engelse *Times*. Een smalle letter, dus hij neemt weinig plaats in, maar hij is goed leesbaar. Toen ik vanmorgen op je kantoor was, zag ik papieren op je bureau liggen. In forensisch computerwerk kunnen de onbenulligste details van groot belang zijn.'

'Ook in dit geval.'

'Ik kan je ervan verzekeren dat ze deze lettertypen heel zorgvuldig heeft uitgekozen,' zei Lucy. 'Of ze daar wat betreft haar mening over zichzelf of iemand anders, bijvoorbeeld mijn tante, een symbolische bedoeling mee had, weet ik niet. Maar ik weet wel dat het een heel ziek gedoe is geweest en steeds erger is geworden. Als dit echt door Terri is geschreven en als ze nog leefde, zou ik haar als een gevaar voor mijn tante beschouwen. Misschien zelfs fysiek gevaarlijk. Op zijn minst belastert ze iemand die ze zelfs nooit heeft ontmoet.'

'Kay zou moeten bewijzen dat het niet waar is en hoe zou ze bijvoorbeeld kunnen bewijzen dat dat verhaal over die koffiebeker niet waar is? Hoe weet jij dat het niet waar is?'

'Omdat ze nooit zoiets zou doen.'

'Ik geloof niet dat je echt kunt weten wat ze doet wanneer ze alleen is,' zei Berger.

'Natuurlijk kan ik dat.' Lucy keek Berger aan. 'En jij kunt dat ook. Vraag maar eens aan wie dan ook of ze ooit heeft gespot met een dode, of heeft toegestaan dat iemand anders dat deed. Vraag wie dan ook die ooit bij haar in het mortuarium of op een plaats delict is geweest of ze geniet van gruwelijke moorden en wou dat ze sectie had mogen verrichten op mensen zoals Ted Bundy. Ik hoop dat dit tijdens het proces niet allemaal openbaar wordt gemaakt.'

'Ik had het over die koffiebeker. Waarom vind je het vervelend als je aan Kay moet denken als een seksueel persoon? Heb je haar ooit de kans gegeven om gewoon maar een mens te zijn? Of is ze voor jou de perfecte moeder of nog erger, de moeder die niet perfect genoeg is?'

'Ik geef toe dat ik daar een probleem mee heb gehad. Dat ik al haar aandacht opeiste en niet toestond dat ze gebreken of echte emoties had,' zei Lucy. 'Ik was een tiran.'

'En dat ben je nu niet meer?'

'Misschien was Marino mijn laatste bestraling, mijn laatste chemokuur. Zonder dat het zijn bedoeling was, heeft hij iets kwaadaardigs in me genezen, en mijn tante en ik zijn daar beter van geworden, echt waar. Het is tot me doorgedrongen dat ze ook een eigen leven heeft en dat is prima. Meer dan prima. Beter. Niet dat ik dat vroeger niet wist, maar achteraf gezien, heb ik dat niet zo gevoeld. En nu is ze getrouwd. Als Marino niet had gedaan wat hij heeft gedaan, was Benton volgens mij nooit met haar getrouwd.'

'Alsof dat alleen zíjn beslissing was. Zij had daar toch ook iets over te zeggen?' Berger keek Lucy onderzoekend aan.

'Ze heeft hem altijd zichzelf laten zijn en daar zou ze mee door zijn gegaan. Ze houdt van hem. Ik denk dat ze met niemand anders samen zou kunnen zijn, omdat er drie dingen zijn die ze niet kan uitstaan en niet zou verdragen. Ze wil niet dat iemand de baas over haar speelt, ze wil niet worden bedrogen en ze wil zich niet met iemand vervelen. Als iemand niet aan deze drie eisen voldoet, is ze liever alleen.'

'Ik ken meer mensen die zo zijn,' zei Berger.

'Dat geloof ik graag,' zei Lucy.

Berger keek weer naar het computerscherm. 'Helaas is dit allemaal bewijsmateriaal en zal iedereen die zich met deze zaak bezighoudt dit lezen,' zei ze. 'Het kan inderdaad openbaar worden gemaakt.'

'Ze zou eraan kapot gaan.'

'Niet waar,' zei Berger. 'Maar we moeten erachter zien te komen waar deze informatie vandaan komt. Ik geloof niet dat het allemaal uit de duim is gezogen. Terri of wie dit dan ook heeft geschreven, wist te veel. Bijvoorbeeld hoe Benton en Kay elkaar twintig jaar geleden in Richmond voor het eerst hebben ontmoet.'

'Maar ze kregen niet meteen een relatie.'

'Hoe weet je dat?'

'Omdat ik die zomer bij haar logeerde,' antwoordde Lucy. 'Benton is nooit langsgekomen, niet één keer. En wanneer ze niet op kantoor of op een plaats delict was, was ze bij mij. Ik was toen een verward, dik rotkind, kwaad op de hele wereld, en ik eiste al haar aandacht op. Ik bedoel dat ik elk moment in de problemen kon raken, en ik begreep niet dat de problemen waarmee zij te maken had, leidden tot verkrachting en moord. Ze ging nooit uit en liet me nooit alleen thuis, helemaal nooit, niet terwijl de stad werd geterroriseerd door een seriemoordenaar. Ik heb nooit een piepschuimen koffiebeker gezien, dat kan ik je verzekeren.'

'Dat je er nooit een hebt gezien, is geen bewijs,' zei Berger. 'Waarom zou ze die aan jou hebben laten zien of je hebben verteld waarom ze hem mee naar huis had genomen?'

'Daar heb je gelijk in,' zei Lucy. 'Maar ik vind het eigenlijk jammer dat ik geen beker heb gezien. Ze was toen echt helemaal alleen.'

## 20

Scarpetta draaide het lichaam van Terri Bridges op een zij om zowel de voorkant als de achterkant te bekijken.

Behalve de vlekken in haar hals en het sneetje in haar pols zag Scarpetta alleen halverwege haar dijen, aan de voorkant, nog meer verwondingen. Het waren lange smalle kneuzingen met een aantal streepvormige schrammen die hadden gebloed, bijna allemaal horizontaal, alsof ze was geslagen met een plank met een scherpe rand.

Haar knieën en ook de wreef van haar voeten waren blauw en geschaafd, en vergroot door de lens zag Scarpetta heel kleine, lichte splinters, zo fijn als haartjes, in de wonden. De rode kleur en het ontbreken van zwellingen betekenden dat de wonden haar vlak voor haar dood, variërend van een paar minuten tot een uur daarvoor, waren toegebracht.

Dr. Lesters verklaring voor de splinters in de knieën en de voeten was dat het lichaam misschien naar een andere plaats was gesleept en dat alleen die plekken in contact waren gekomen met hout, misschien de vloer. Scarpetta zei dat niet veel houten vloeren splinters hadden, behalve als het ongeschaafd hout was.

'Je krijgt me nog steeds niet zover dat ik een ongeluk uitsluit,' zei dr. Lester koppig. 'Vastbinden, stokslagen, zweepslagen, harde klappen... Soms loopt het uit de hand.'

'En een worsteling?' vroeg Benton. 'Past die ook in je theorie van een ongeluk?'

'Kronkelen, gillen van pijn. Dat heb ik gezien op video's die profilers zoals jij op congressen vertonen,' antwoordde dr. Lester. De groef tussen haar wenkbrauwen leek dieper te zijn geworden, als een kloof die haar voorhoofd in tweeën deelde. 'Stelletjes zetten er een camera bij en beseffen niet dat hun perverse ritueel met de dood zal eindigen.'

'Wil jij nog eens door die foto's gaan?' vroeg Scarpetta aan Benton. 'Die van de plaats delict. Ik wil nog een paar dingen bekijken.'

Hij ging de envelop van het aanrecht halen en samen legden ze de badkamerfoto's naast elkaar. Ze wees naar de foto met de toilettafel en de ovale spiegel erboven die een beetje scheef hing.

'De wonden op haar benen zijn veroorzaakt door tamelijk tot zeer hardhandig contact met een plat voorwerp met een rand. Misschien de rand van de toilettafel en de onderkant van de la? Als ze aan haar toilettafel had gezeten? Dat zou verklaren waarom alle wonden aan de voorkant zitten en halverwege haar dijen beginnen. Op de achterkant van haar benen en op haar bovenlijf is niets te zien. Ook niet op haar rug of haar billen, een favoriet doelwit voor stokslagen.'

'Weet jij soms of de politie op de plaats delict wapens heeft gevonden die dit soort wonden hebben kunnen veroorzaken?' vroeg Benton aan Lester.

'Daar hebben ze niets over gezegd,' antwoordde ze. 'En dat verbaast me niet. Als de persoon die bij haar was hetgene waarmee hij haar heeft gewurgd, heeft meegenomen, heeft hij misschien ook het voorwerp waarmee hij haar heeft geslagen meegenomen. Als ze is geslagen. Eerlijk gezegd zou ik eerder aan moord denken als ze was verkracht. Maar daar is geen bewijs voor. Geen rode plekken, geen wondjes, geen sperma...'

Scarpetta liep terug naar de brancard en richtte de operatielamp op de schaamstreek.

Lester keek toe en zei: 'Ik heb al gezegd dat ik uitstrijkjes heb gemaakt.'

Het klonk onzeker en defensief.

'En ik ben zo vrij geweest om een paar monsters onder de microscoop te leggen om naar sperma te zoeken,' vervolgde ze. 'Negatief. En dan zijn er nog monsters naar het DNA-lab gegaan, waarvan je de uitslag weet. Volgens mij is het niet waarschijnlijk dat er seksuele gemeenschap heeft plaatsgevonden. Wat niet betekent dat dat niet de bedoeling was. Ik denk dat we op zijn minst zeker moeten weten dat ze niet iets hadden afgesproken waarbij het voorspel gepaard zou gaan met slaan.'

'Is er op de plaats delict een glijmiddel gevonden? Misschien iets in haar badkamer of bij haar bed, wat erop zou wijzen dat het van het slachtoffer was? Nogmaals: daar wordt in het politierapport niets over vermeld,' zei Scarpetta.

'Ze zeggen van niet.'

'Het is namelijk erg belangrijk,' zei Scarpetta. 'Als zoiets niet in haar appartement lag, kan het zijn dat de persoon die bij haar was het zelf had meegebracht. En er zijn een heleboel verklaringen voor het ontbreken van zaadcellen terwijl seksuele gemeenschap toch heeft plaatsgevonden of is geprobeerd. Om te beginnen een erectiestoornis, wat bij verkrachting vaker voorkomt. Wat nog meer? Hij heeft een vasectomie gehad, of leed aan azoöspermie, hij hád geen zaadcellen. Of zijn ejaculatiebuis was verstopt. Of zijn sperma stroomt terug naar de blaas in plaats van uit de penis in de vagina. Het kan ook zijn dat hij een medicijn slikt dat zaadvorming belet.'

'Ik wil herhalen wat ik al eerder heb gezegd: dat er niet alleen geen spoor van zaadcellen is te vinden, maar ook niets wat onder ultraviolet licht fluoresceert en wijst op de aanwezigheid van zaad. Wie die man ook was, hij heeft niet geëjaculeerd.'

'Het kan zijn dat het zaad heel diep in de vagina of het rectum is doorgedrongen,' zei Scarpetta. 'Als je dan niet ontleedt of niet gebruikmaakt van een forensische vezeloptische methode met uv vind je helemaal niets. Heb je de binnenkant van haar mond beschenen? Heb je ook uitstrijkjes gemaakt van haar mond en rectum?'

'Natuurlijk.'

'Mooi zo. Dat wil ik ook graag doen.'

'Ga je gang.'

Naarmate Scarpetta steeds vastberadener te werk ging, werd dr. Lester steeds minder vechtlustig en zelfverzekerd.

Scarpetta opende een kast en vond een nog ingepakt speculum. Ze trok schone handschoenen aan en verrichtte dezelfde handelingen als een gynaecoloog wanneer hij een bekkenonderzoek deed. Ze bekeek de externe genitaliën en zag daar geen verwondingen of afwijkingen en gebruikte het speculum om de vagina te openen, waar ze genoeg glijmiddel aantrof om meerdere uitstrijkjes te maken, die ze op glaasjes smeerde. Vervolgens maakte ze uitstrijkjes van het rectum, de mond en de keel, omdat het niet ongewoon is als een slachtoffer bij orale seks sperma opzuigt of doorslikt.

'Maaginhoud?' vroeg Scarpetta.

'Een kleine hoeveelheid bruinachtig vocht, ongeveer twintig cc. Ze had minstens een paar uur niet gegeten,' antwoordde Lester.

'Heb je het bewaard?'

'Waarom? Ik laat de normale lichaamsvochten onderzoeken op drugs.'

'Ik dacht eerder aan sperma dan aan drugs,' zei Scarpetta. 'Als er sprake was van orale seks, zit er misschien zaad in haar maag. Misschien zelfs in haar longen. Helaas moeten we creatief denken.'

Ze pakte een scalpel van een kar en stak er een nieuw mes in. Ze maakte sneetjes in de kneuzingen op Terri's knieën en voelde de gebroken knieschijven onder de geschaafde huid. Elke knieschijf was in een aantal stukjes gebroken – kenmerkend voor een auto-ongeluk waarbij de knieën tegen het dashboard slaan.

'Wil je ervoor zorgen dat ze me alle röntgenfoto's mailen?' zei ze.

Toen ze in de kneuzingen op de dijen sneed, zag ze dat de bloedvaten daar tot aan de spieren, bijna drie centimeter diep, gesprongen waren. Met behulp van een vijftien centimeter lange liniaal als schaal en Benton als haar assistent maakte ze foto's en daarna aantekeningen op lichaamsdiagrammen die ze in een kastje boven het aanrecht vond.

Met een tangetje trok ze splinters uit de knieën en de bovenkant van beide voeten en legde die op een paar droge glaasjes. Vervolgens ging ze voor de samengestelde microscoop zitten, stelde het licht en de scherpte in en legde het eerste glaasje eronder. Bij een honderdvoudige vergroting zag ze de tracheïden, de water geleidende cellen van het hout, en kon ze vaststellen dat die bruut waren geplet op de plekken waar het materiaal met een sterke lijm aan elkaar was geplakt.

De splinters waren afkomstig van ruwe multiplex. Benton en zij bestudeerden opnieuw de twintig bij vijfentwintig centimeter grote foto van Terri's naakte lichaam op de badkamervloer. Op de achtergrond was het witte marmeren blad van de toilettafel zichtbaar, met daarvoor een stoeltje van goudkleurig metaal met een hartvormige rugleuning en een zitting van zwart satijn. Op de toilettafel stond een spiegelblad met flesjes parfum, een borstel en een kam. Alles was ordelijk gerangschikt, alleen de ovale spiegel hing scheef, en toen Scarpetta de foto nog beter en ten slotte door het vergrootglas bekeek, zag ze dat het blad van de toilettafel een hoekige, scherpe rand had.

Ze bekeek ook de andere foto's van de badkamer, die van verschillende kanten waren genomen.

'Het zit allemaal aan elkaar vast.' Ze hield Benton een foto voor. 'Het blad om de wastafel, op de kastjes en op de toilettafel met lade is uit één stuk marmer gemaakt. En als je hiernaar kijkt, naar deze foto die is genomen vanaf de vloer, zie je dat de achterkant van het meubel, die tegen de betegelde muur staat, bestaat uit witgeschilderd multiplex. Net als bij de dekbladen in ingebouwde keukens. Maar meestal is de onderkant van een multiplex plaat niet geschilderd en waarschijnlijk de onderkant van die la ook niet. Onder de microscoop kun je zien dat de splinters in haar knieën en voeten afkomstig zijn van ongeschilderd multiplex. We moeten naar haar huis.'

Lester stond zwijgend achter hen.

Scarpetta legde uit: 'Het zou kunnen dat hij haar heeft gedwongen op die stoel te gaan zitten en in de spiegel naar zichzelf te kijken terwijl hij haar wurgde. Toen ze zich probeerde los te rukken, schopte ze wild en raakten haar benen de rand van het blad. Dat is de oorzaak van de streepvormige schaafwonden en de diepe kneuzingen in haar dijen. Haar knieën sloegen zo hard tegen de onderkant van de toilettafel aan dat haar knieschijven braken. Als de onderkant van de toilettafel van ongeschilderd multiplex blijkt te zijn, is dat de verklaring voor de splinters in haar knieën en ook van die in haar voeten. Haar benen zijn zo kort dat ze de muur niet kon raken, maar tegen de onderkant van de la trapte.'

'Als je gelijk hebt,' gaf Lester toe, 'is dat van belang. Als ze zich zo hevig heeft verweerd en zo hard heeft geschopt, omdat iemand haar dwong daar te gaan zitten en in de spiegel te kijken, is dat een heel ander verhaal.'

'Het is erg belangrijk om te weten hoe de badkamer eruitzag toen Oscar aankwam en haar daar vond,' zei Benton. 'Als zijn verhaal tenminste klopt.'

'Ik denk dat we een paar dingen kunnen meten en er op die manier achter kunnen komen of zijn verhaal klopt,' zei Scarpetta. 'Dat hangt van de stoel af. Als Oscar achter haar stond, kan hij volgens mij die band om haar hals niet ver genoeg omhoog hebben getrokken om de positie van de vlekken te verklaren. Maar we moeten ernaartoe. En snel ook.'

'Om te beginnen zal ik het hem rechtstreeks vragen,' zei Benton. 'Misschien zal hij willen praten als hij denkt dat er nieuwe bewijsstukken zijn gevonden en hij beter kan meewerken. Ik zal de zaal bellen en vragen of hij aanspreekbaar is.'

Lucy las e-mails terwijl Scarpetta haar door de telefoonluidspreker uitlegde dat ze wilde dat er uitstrijkjes van alle lichaamsopeningen van Terri Bridges plus een stoel per vliegtuig naar het National Security Complex in Oak Ridge, Tennessee, werden gebracht.

'Ik heb vrienden bij Y-12,' zei Scarpetta tegen Berger, die daar toestemming voor moest geven, 'en ik denk dat we dan heel vlug een uitslag krijgen. Na ontvangst van het materiaal hebben ze daar maar een paar uur voor nodig. Het zuurstof-vrij maken van de kamer duurt het langst, dat zal in dit geval meer tijd kosten dan normaal omdat het op petroleum gebaseerde glijmiddel veel vocht bevat.'

'Ik dacht dat ze daar kernwapens maakten,' zei Berger. 'Hebben ze daar niet het uranium voor de eerste atoombom bewerkt? Je wilt toch niet zeggen dat Terri Bridges iets met terrorisme of zo te maken had?'

Scarpetta zei dat Y-12 inderdaad onderdelen van de wapens in het nucleaire arsenaal van de Verenigde Staten produceerde en ook beschikte over de grootste voorraad verrijkt uranium, maar dat zij van dat bedrijf gebruikmaakte vanwege de ingenieurs, scheikundigen, fysici en vooral materiaalwetenschappers die er werkten.

'Heb je wel eens van hun Visitec Large Chamber Scanning elektronenmicroscoop gehoord?' vroeg ze.

'Ik neem aan dat je me wilt vertellen dat wij die hier niet hebben,' zei Berger.

'Helaas is er op de hele wereld geen enkel ander forensisch laboratorium dat beschikt over een tien ton wegende microscoop die tweehonderd duizend keer kan vergroten, met detectors voor EDX en FTIR, energiedispersieve röntgendetectie en Fourier Transform infrarode spectroscopie,' zei Scarpetta. 'Zij kunnen tegelijkertijd de morfologie en de elementaire en chemische samenstelling bepalen van een monster zo klein als een macromolecule of zo groot als een motorblok. Misschien laat ik ze die hele stoel erin zetten, dat hangt ervan af. Ik vraag Lucy niet of we haar vliegtuig mogen lenen om de politie bewijsmateriaal naar Tennessee te laten brengen waarvoor een van mijn wetenschappelijke vrienden midden in de nacht een ontvangstbewijs moet tekenen als ik niet zeker weet dat het nodig is.'

'Vertel me dan eens waarom die stoel zo belangrijk is,' zei Berger.

'Die stond in haar badkamer,' zei Scarpetta. 'Ik denk dat ze erop zat toen ze werd vermoord, maar voorlopig kan ik deze aanname niet zonder nader onderzoek bevestigen. Ik denk ook dat ze naakt was toen ze daar zat, en omdat we weten dat het glijmiddel is vervuild met het DNA van verschillende mensen, kunnen er ook sporen van andere organische en anorganische stoffen in zitten. We weten niet waar het glijmiddel in eerste instantie voor werd gebruikt, waar het vandaan kwam en waaruit het bestond. Maar dat kan de LC-SEM ons waarschijnlijk vertellen, en al heel snel. En ik wil zo gauw mogelijk naar de plaats delict, naar Terri's appartement.'

'Er zit daar dag en nacht een agent, die kan je binnenlaten,' zei Berger. 'Maar ik wil graag dat er een rechercheur met je meegaat. En ik moet je nogmaals vragen of je ooit eerder contact hebt gehad met Terri of Oscar.'

'Nee.'

'We hebben op de computer uit haar appartement dingen gevonden die de schijn wekken dat dat wél zo ís.'

'Dat is niet zo. We zijn hier over een kwartier, twintig minuten klaar,' zei Scarpetta. 'Daarna moeten we alleen nog even langs Bentons kantoor om een paar dingen op te halen. Iemand kan voor het ziekenhuis op ons wachten.'

'Wat vind je ervan als ik Pete Marino stuur?' vroeg Berger op neutrale toon.

'Als mijn theorie over wat er met Terri Bridges is gebeurd klopt,' antwoordde Scarpetta, ook op neutrale toon, alsof ze al had verwacht dat Berger dit zou voorstellen, 'dan hebben we te maken met een seksuele sadist die waarschijnlijk al eerder iemand heeft vermoord. Wellicht zelfs twee keer eerder, in 2003. Daar heeft Benton e-mails over gekregen, dezelfde als jij, van Marino.'

'Ik heb de laatste paar uur mijn e-mails niet bekeken,' zei Berger. 'We beginnen nu pas aan de e-mails van Terri Bridges en die van Oscar Bane.'

'Als mijn vermoedens juist zijn, zie ik niet hoe hij kan hebben gedaan wat die moordenaar heeft gedaan. Zijn DNA is nog niet gescand door CODIS, neem ik aan? Maar ik kan wel zeggen dat als hij achter Terri stond en zij zat, ze bijna even groot zouden zijn geweest. Tenzij hij ergens op stond, een trapje of zo, maar dan zou het erg moeilijk of zelfs onmogelijk zijn geweest zijn evenwicht te bewaren.'

'Wat zei je precies?'

'Vanwege hun dwerggroei,' zei Scarpetta. 'Hun lichaam had een normale lengte, hun ledematen niet. Ik zou het je met een meetlat moeten laten zien, maar een dwerg van bijvoorbeeld een meter twintig die op een stoel zit is ongeveer even groot als een dwerg die achter hem staat.'

'Ik begrijp er niets van. Het is echt een raadsel voor me.'

'Weten we waar hij is? We moeten nagaan of hij veilig is. Als hij niet de moordenaar is, heeft hij misschien een goede reden voor zijn paranoïde gedrag. Ik twijfel aan zijn schuld, echt waar.'

'Jezus,' zei Berger. 'Waar is hij dan? Vertel me niet dat hij niet meer in het Bellevue zit.'

'Benton heeft net de gevangenisafdeling gebeld. Ik dacht dat je het al wist.'

## 21

De grootste dierenwinkel van de 'Hartendiefjes'-keten lag aan
Lexington Avenue, een paar straten ten oosten van Grace's Mar-
ket, en toen Shrew door de donkere, winderige straten liep, dacht
ze aan de column die ze een paar weken geleden had gepost.

Ze herinnerde zich dat de zaak werd beschreven als heel schoon,
met personeel in witte jassen dat de beste behandeling bood: een
voedzaam dieet, geneeskundige verzorging en genegenheid. Alle
winkels van de keten waren zeven dagen per week open, van tien
uur 's morgens tot negen uur 's avonds, zodat vooral puppy's met
hun kwetsbare gestel niet te lang alleen werden gelaten. 's Nachts
werd de verwarming of de airconditioning niet uitgezet om olie of
elektriciteit te besparen, en er werd muziek gedraaid om de jonkies
gezelschap te houden. Shrew had na de dood van Ivy uitgebreid onderzoek gedaan en ze wist hoe belangrijk het was dat puppy's genoeg dronken, warm werden gehouden en niet wegkwijnden van
eenzaamheid.

Toen ze de winkel aan de linkerkant van de straat in zicht kreeg,
zag die er heel anders uit dan ze had verwacht en lang niet zo mooi
als de Baas hem in zijn column had beschreven. De etalage lag vol
met krantensnippers, een rode plastic brandkraan stond gevaarlijk
scheef, er was geen puppy te bekennen en het raam was vuil.

'Hartendiefjes' lag tussen 'Op zolder', waar ze zo te zien twee-
dehands rommel verkochten, en 'Liefdesnoten', een muziekwinkel,
die opheffingsuitverkoop hield. Aan de vuile witte deur van de dierenwinkel hing een bordje met GESLOTEN, maar binnen brandde vol-
op licht en op de toonbank lag een grote zak van aluminiumfolie
met spareribs van 'Adams ribben' drie huizen verderop. Langs de
stoeprand stond een zwarte Cadillac sedan met draaiende motor en
een chauffeur achter het stuur.

De chauffeur keek Shrew na toen ze de deur van de winkel opende, naar binnen ging en verdween in een wolk luchtverfrisser uit een
bus die op de kassa stond.

'Hallo!' riep ze, omdat ze niemand zag.

Puppy's begonnen te blaffen en keken haar kant op. Jonge poes-
jes lagen op houtkrullen te slapen en vissen in aquaria zwommen

traag heen en weer. De toonbank liep langs drie muren en erachter stonden bijna tot aan het door watervlekken aangetaste plafond ijzeren kooien met kleine vertegenwoordigers van bijna elke huisdiersoort die Shrew kon bedenken. Ze vermeed zorgvuldig de diertjes aan te kijken, want ze kende zichzelf.

Oogcontact ging rechtstreeks naar het hart en voordat ze het wist zou ze iets mee naar huis nemen wat niet haar bedoeling was geweest, en ze kon ze niet allemaal meenemen. Ze zou ze wel allemaal willen hebben, die arme beestjes. Maar ze moest er op een verstandige manier een uitzoeken, vragen stellen, zeker weten dat ze haar keus had bepaald voordat iemand een puppy uit zijn kooi haalde en aan haar overhandigde. Ze moest eerst met de eigenaar praten.

'Hallo!' riep ze nog eens.

Aarzelend liep ze naar een deur achterin, die op een kier stond. 'Is hier iemand?'

Ze duwde de deur verder open. Er liep een trap omlaag naar een kelder, waar ze eerst een en toen meerdere honden hoorde blaffen. Langzaam liep ze de trap af, voorzichtig omdat het er half donker was en ze te veel bourbon had gedronken. De wandeling had wel iets geholpen, maar lang niet genoeg. Haar hersens werkten heel traag en haar neus was gevoelloos, zoals gewoonlijk wanneer ze boven haar theewater was.

Even later stond ze in een schemerige bergruimte die stonk naar ziekten, uitwerpselen en urine. Tussen dozen met dierenbenodigdheden en zakken brokjes stonden kooien met vieze papiersnippers. Haar blik viel op een houten tafel met daarop glazen buisjes en injectienaalden, rode zakken met de opdruk MILIEUGEVAARLIJK AFVAL en een paar stevige zwarte rubberen handschoenen.

Achter de tafel bevond zich een vrieskamer. De stalen deur stond wijd open, zodat ze erin kon kijken. Een man in een donker pak en met een zwarte cowboyhoed op en een vrouw in een lange grijze jas stonden daar met de rug naar haar toe. Een luidruchtige ventilator maakte zoveel lawaai dat ze niet kon verstaan wat ze zeiden. Shrew zag wat ze aan het doen waren en ze wilde meteen weglopen, maar het leek wel alsof ze was vastgenageld aan de betonnen vloer. Vol afgrijzen staarde ze naar de twee mensen, en pas toen de vrouw haar zag staan, draaide ze zich om en rende weg.

'Wacht even!' riep een zware stem. 'Hé, jij daar!'

Achter haar klonken voetstappen, ze struikelde over een traptree en stootte haar scheenbeen. Een hand greep haar bij haar elleboog vast en de man met de cowboyhoed trok haar mee omhoog naar de helder verlichte winkel. Even later verscheen ook de vrouw in de grijze jas. Ze keek Shrew misprijzend aan, maar was blijkbaar te moe om haar uit te foeteren.

De man met de cowboyhoed vroeg: 'Hoe kom je er verdomme bij om hier zomaar te gaan rondneuzen?'

Hij had donkere, bloeddoorlopen ogen, een verlopen gezicht en lange witte bakkebaarden, en hij droeg glimmende gouden sieraden.

'Ik was helemaal niet aan het rondneuzen,' zei Shrew. 'Ik was op zoek naar de eigenaar.'

Haar hart ging als een bezetene tekeer.

'We zijn gesloten,' zei de man.

'Ik wilde een puppy kopen,' zei ze en ze begon te huilen.

'Er hangt een bordje met GESLOTEN op de deur,' zei hij. De vrouw zei niets.

'De deur is open. Ik ben naar beneden gegaan om u te waarschuwen. Iedereen kan zomaar binnenkomen.' Ze kon niet ophouden met huilen.

Ze kon het beeld van wat ze in de vriezer had gezien niet uit haar hoofd zetten.

De man keek de vrouw aan alsof hij een verklaring verwachtte. Toen liep hij naar de deur om die te inspecteren en mompelde iets. Waarschijnlijk drong het tot hem door dat Shrew de waarheid had verteld. Hoe was ze anders binnengekomen?

'Nou ja, we zijn echt gesloten. Het is een feestdag,' zei hij. Ze schatte hem op een jaar of vijfenzestig, misschien zeventig. Hij sprak met een traag accent uit het Midden-Westen, dat ongeveer van zijn tong leek te kruipen.

Ze vermoedde dat hij kort daarvoor hetzelfde had gedaan als zij, dat hij had gedronken, en ze zag dat zijn grote gouden ring de vorm van een hondenkop had.

'Neem me niet kwalijk,' zei ze. 'Ik zag licht branden en liep naar binnen omdat ik dacht dat u toch open was. Sorry, hoor. Ik wilde een puppy kopen, en hondenbrokjes en speeltjes en zo. Als een soort nieuwjaarscadeautje voor mezelf.'

Ze pakte een blikje hondenvoer van een plank en voordat ze zich kon inhouden, zei ze: 'Is dit merk hier na dat Chinese melamine-schandaal niet verboden?'

'Ik denk dat je in de war bent met tandpasta,' zei de man en hij keek naar de vrouw in de grijze jas. Ze had een wezenloos gezicht met hangwangen en lang zwartgeverfd haar, dat slordig met een speld bijeen werd gehouden.

'Inderdaad, tandpasta,' beaamde ze, met hetzelfde accent als de man. 'Een heleboel mensen hebben daar een leverbeschadiging aan overgehouden. Maar ze vertellen je natuurlijk nooit wat er echt aan de hand was. Dat die mensen bijvoorbeeld alcoholist waren en daar-om al een beschadigde lever hadden.'

Shrew was behoorlijk op de hoogte. Ze wist van die tandpasta en dat er een aantal mensen aan gestorven was omdat er di-ethy-leenglycol in zat. De man en de vrouw wisten allebei dat Shrew dat niet bedoelde. Dit was een slechte plek, misschien wel de slechtste ter wereld, en ze was er op het verkeerde moment naar binnen ge-gaan, het had niet erger gekund, en ze had zoiets gruwelijks gezien dat ze het nooit zou vergeten.

Hoe was ze in vredesnaam op het idee gekomen? Het was de avond van nieuwjaarsdag en er was geen enkele dierenwinkel open, deze ook niet. Maar waarom waren deze mensen dan hier?

Nu ze in de kelder was geweest, wist ze waarom ze hier waren.

'We willen wel alle misverstanden uit de weg ruimen,' zei de man tegen Shrew. 'Je had daar niets te zoeken.'

'Ik heb niets gezien.' Ze had niet duidelijker kunnen zeggen dat ze alles had gezien.

De man met de cowboyhoed en de gouden sieraden zei: 'Als een dier overlijdt aan een besmettelijke ziekte, moet je maatregelen ne-men en vlug ook, om te voorkomen dat de andere dieren ook ziek worden. En nadat je zo genadig bent geweest, moet je ze tijdelijk ergens laten. Begrijp je wat ik bedoel?'

Shrew zag zes lege kooien waarvan de deurtjes wijd open ston-den en ze wou dat ze die toen ze binnenkwam had gezien. Misschien zou ze dan meteen weer weg zijn gegaan. Ze dacht aan de lege kooi-en in de kelder en wat er op de tafel lag, en in de vriezer.

Ze begon weer te huilen en zei: 'Maar sommige bewogen nog.'

'Woon je hier in de buurt?' vroeg de man.

'Nee, niet echt.'

'Hoe heet je?'

Ze was zo bang en van streek dat ze zo dom was het hem te vertellen, en ook zo dom om eraan toe te voegen: 'En u hoeft niet te
denken dat ik een inspecteur van het departement van Landbouw
of van de een of andere dierenbeweging ben.' Ze schudde haar
hoofd. 'Ik wilde alleen maar een puppy kopen. Ik was vergeten dat
het een feestdag is, meer niet. Ik weet heus wel dat dieren ziek worden. Kennelhoest. Het parvovirus. Als een het heeft, krijgt de rest
het ook.'

De man en de vrouw keken haar zwijgend aan, alsof ze niet hoefden te overleggen wat ze zouden doen.

De man zei tegen Shrew: 'Weet je wat we doen? Morgen krijgen
we een nieuwe voorraad binnen. Allerlei soorten om uit te kiezen.
Kom dan maar terug en zoek er een uit. Gratis. Wil je een springer
spaniel, een shih-tsu, of wat denk je van een teckel?'

Shrew kon niet ophouden met huilen. 'Sorry, hoor,' zei ze. 'Ik
ben een beetje dronken.'

De vrouw pakte de bus luchtverfrisser van de kassa en liep ermee
naar de kelderdeur. Ze trok hem achter zich dicht en Shrew hoorde haar de trap aflopen. Shrew en de man met de cowboyhoed waren alleen. Hij pakte haar bij de arm en nam haar mee de winkel
uit, naar de geparkeerde zwarte Cadillac sedan. De chauffeur in uniform en met een pet op stapte uit en opende het achterportier.

De man met de cowboyhoed zei tegen Shrew: 'Stap in, dan breng
ik je thuis. Het is te koud om te lopen. Waar woon je?'

Lucy vroeg zich af of Oscar Bane wist dat zijn vriendin achttien gebruikersnamen had voor haar e-mail. Hij was heel wat minder ge-
compliceerd en waarschijnlijk eerlijker dan zij. Hij had er maar een.

'Elke naam was voor een specifiek doel,' zei Lucy tegen Berger.
'Stemmen bij opiniepeilingen, bloggen, bepaalde chatrooms bezoeken, het posten van consumenteninfo, het lidmaatschap van verschillende online publicaties en een paar voor het online nieuws.'

'Dat is heel wat,' zei Berger en ze keek op haar horloge.

Lucy kon maar weinig mensen bedenken die zo slecht stil konden zitten. Berger was net een kolibrie, die nooit ergens landde, en
hoe rustelozer zij werd, des te trager Lucy haar werk deed. Dat vond
ze ironisch, want het was bijna altijd andersom.

'Tegenwoordig valt dat wel mee,' zei Lucy. 'Haar e-mailservice is gratis, mits ze geen extra's wilde hebben. Maar ze mocht net zo veel accounts openen als ze wilde. Die zijn allemaal zo goed als onvindbaar, omdat ze gratis zijn en ze daar dus geen creditcard voor nodig had en er geen persoonlijke informatie voor hoefde geven die ze geheim wilde houden. Ze was dus anoniem. Ik ben mensen tegengekomen die honderden accounts hebben, een uit één persoon bestaande menigte, schuilnamen waarmee je in chatrooms en op andere plekken waar je commentaar kunt geven met elkaar in discussie kunt gaan. Of misschien bestellen ze dingen of abonnementen die ze geheim willen houden, wat dan ook. Maar op een zeldzame uitzondering na is er van al die schuilnamen altijd één die hoort bij de werkelijke persoon. De naam die ze voor hun normale correspondentie gebruiken. Die van Oscar is "carbane", vrij simpel, de tweede lettergreep van Oscar plus zijn achternaam. Tenzij hij organische scheikunde als hobby heeft en die naam slaat op de systematische analoog van de mononucleaire hydride $CH_4$. Of modelvliegtuigen bouwt en verwijst naar de stijlen op de vleugels van tweedekkers. Wat ik betwijfel. Terri's persoonlijke naam is "lunasee", met die e-mails moeten we beginnen.'

'*Lunacy*. Krankzinnigheid. Waarom zou een bijna afgestudeerde student in de forensische psychologie zo'n naam kiezen?' vroeg Berger. 'Ik vind het nogal bot om op die manier te verwijzen naar zo'n vernederende term uit de middeleeuwen. Niet alleen bot, maar hardvochtig.'

'Misschien was ze een bot en hardvochtig mens. Ik heb "over de doden niets dan goeds" altijd een onzinnige uitspraak gevonden. Lang niet alle moordslachtoffers waren toen ze nog leefden aardige mensen.'

'Laten we met die van half december beginnen en eindigen met de meest recente,' stelde Berger voor.

Sinds vijftien december waren er honderddrie e-mails bewaard. Zeven waren gericht aan Terri's ouders in Scottsdale, de rest bestond uit berichten die Terri en Oscar Bane aan elkaar hadden gestuurd. Lucy sorteerde ze volgens datum en tijd, zonder ze te openen, om te zien of er een patroon was dat duidelijk maakte wie van hen de meeste had verzonden en wanneer.

'Veel meer van hem,' zei ze. 'Ruim driemaal zo veel. Hij stuurde ze op allerlei tijdstippen, maar zij stuurde hem nooit iets na acht uur 's avonds en op de meeste dagen zelfs niets na vier uur 's middags. Dat is heel raar. Je zou denken dat ze nachtdienst had.'

'Misschien telefoneerden ze dan met elkaar. Ik hoop dat Morales inmiddels aan de telefoongesprekken is begonnen,' zei Berger. 'Dat had hij in elk geval moeten doen. Of misschien is hij zonder het tegen me te zeggen op vakantie gegaan. Of misschien moet hij maar ander werk zoeken. Dat laatste zou me nog het beste uitkomen.'

'Wat heeft die man eigenlijk? En waarom tolereer je zijn gedrag? Hij heeft geen enkel respect voor je.'

'Hij heeft voor niemand respect en noemt dat prioriteiten stellen.'

'Hoe noem jij het?' Lucy opende de e-mails.

'Ik noem het brutaal en verdomd irritant,' zei Berger. 'Hij denkt dat hij slimmer is dan wie ook, slimmer dan ik, maar wat het lastig maakt, is dat hij inderdaad slimmer is dan de meesten. En hij is goed in zijn werk als hij wil. In de meeste gevallen stelt hij de juiste prioriteiten en krijgt hij dingen veel sneller voor elkaar dan een ander. Of hij krijgt voor elkaar dat een ander zijn werk doet, waarna hijzelf met de eer gaat strijken en die ander in de problemen brengt. Daar is hij nu waarschijnlijk ook mee bezig.'

'Marino,' zei Lucy.

Blijkbaar had ze besloten dat ze beter kon doen alsof Marino een willekeurige onbekende rechercheur was. Of misschien had ze niet zo'n hekel aan hem als Berger had gedacht.

'Ja, hij brengt Marino in een lastig parket,' zei Berger. 'Terwijl Marino volgens mij de enige is die zinvol bezig is.'

'Is hij getrouwd?' Lucy ging door met de e-mails. 'Ik heb het natuurlijk niet over Marino.'

'Hij is geen type om zich te binden. Duikt met alles wat even stilstaat tussen de lakens. Misschien zelfs met iets wat niet stilstaat.'

'Ik heb geruchten gehoord over jou en hem.'

'O ja, ons beroemde afspraakje in de Tavern on the Green,' zei Berger.

Ze lieten allebei hun blik glijden over de nietszeggende elektronische berichtjes die mensen over en weer zenden.

'Die moord de afgelopen herfst in Central Park,' zei Lucy. 'Die marathonloper die was verkracht en gewurgd. Bij de Ramble.'

'Daar heeft Morales me met zijn auto naartoe gebracht. Daarna hebben we in de Tavern on the Green koffiegedronken en over de zaak gepraat. En toen waren we volgens iedereen opeens een stel.'

'Omdat er in *Gotham Gotcha* over werd geschreven. Iemand had weer eens iets met eigen ogen gezien. En een foto opgestuurd van jullie tweeën gezellig tegenover elkaar,' zei Lucy.

'Vertel me niet dat je dag en nacht met je zoekmachine achter me aan tuft.'

'Mijn zoekmachines tuffen niet,' zei Lucy. 'Die zijn een stuk sneller. De informatiebron van die roddelrubriek bestaat voornamelijk uit inzendingen van lezers. Bijna altijd anoniem. Hoe weet je dat híj het niet heeft gedaan?'

'Dat zou grote behendigheid hebben vereist. Een foto nemen van ons samen terwijl we tegenover elkaar aan een tafeltje zitten.'

'Of hij heeft het iemand anders laten doen,' zei Lucy. 'Want het was een hele eer voor hem. De macho rechercheur in de Tavern on the Green knus aan een tafeltje met de beroemde openbaar aanklager van New York. Pas maar op voor hem.'

'Het was geen afspraakje, dat heb ik toch gezegd? We dronken gewoon een kop koffie.'

'Ik vertrouw die man niet. Misschien herken ik bepaalde eigenschappen, al heb ik hem nooit ontmoet. Iemand die zeggenschap over hem heeft, die boven hem staat, die veel hoger op de ladder staat dan hij, en hij stelt prioriteiten? Hij laat jou op je beurt wachten? Zorgt ervoor dat hij op een negatieve manier belangrijk voor je is omdat hij je bij elke kans die hij krijgt voor het blok zet? Wie heeft er nu eigenlijk de macht in handen? Een oude truc, hoor. Laat je gelden, toon geen enkel respect en voordat je het weet lig je met de grote baas in bed.'

'Ik wist niet dat je daar zoveel verstand van had,' zei Berger.

'Niet op die manier. Als ik met een man in bed heb gelegen, kwam dat niet doordat hij de baas over me speelde. Het kwam altijd doordat ik me had vergist.'

'Sorry, dat had ik niet moeten zeggen,' zei Berger.

Ze las een paar e-mails. Lucy zweeg.

'Neem het me alsjeblieft niet kwalijk,' zei Berger. 'Morales maakt me kwaad omdat ik, daar heb je gelijk in, hem niet de baas kan en niet kan ontslaan. Mensen zoals hij moeten niet bij de politie gaan.

Ze kunnen zich niet aanpassen. Ze kunnen geen bevelen aannemen. Het zijn geen teamspelers en iedereen heeft een hekel aan ze.'

'Daarom heb ik zo fantastisch carrière gemaakt bij de federale recherche,' zei Lucy zacht en op ernstige toon. 'Alleen speel ik geen spelletjes. Ik doe niet mijn best om anderen de baas te zijn en te kleineren om mijn zin te krijgen. Ik mag Morales niet en daar hoef ik hem niet eens voor te kennen. Je moet echt voor hem oppassen, want hij is iemand die je ernstig in moeilijkheden kan brengen. Ik vind het zorgelijk dat je nooit precies weet waar hij is en wat hij aan het doen is.'

Ze vestigde haar aandacht op vier e-mails op een splitscreen, e-mails tussen Terri en Oscar.

'Ik geloof niet dat ze met elkaar telefoneerden,' zei ze. 'Deze zijn om acht uur zevenenveertig, negen uur tien, tien uur veertien en elf uur negentien verstuurd. Waarom schrijft hij haar bijna om het uur, alsof hij haar belt? Zijn berichten zijn veel langer dan de hare. Altijd.'

'Een voorbeeld van wat niet wordt gezegd is belangrijker dan wat wel wordt gezegd,' zei Berger. 'Geen verwijzingen naar telefoongesprekken, antwoorden van haar, gesprekken met haar. Hij schrijft alleen dingen zoals *ik denk aan je, ik wou dat ik bij je was, wat doe je, je bent waarschijnlijk aan het werk*. Niet echt een kwestie van vragen en antwoorden.'

'Precies. Hij schrijft een paar keer op een avond aan zijn geliefde en zij schrijft niet terug.'

'Hij is blijkbaar de meest romantische van de twee,' zei Berger. 'Ik zeg niet dat ze niet van hem hield, want dat weet ik niet. Dat weten we niet. Dat zullen we misschien nooit weten. Maar haar e-mails zijn veel minder spontaan, veel afstandelijker. Hij maakt rustig seksueel getinte opmerkingen die je bijna pornografisch kunt noemen.'

'Dat hangt af van wat je pornografisch vindt.'

Berger richtte haar aandacht op een e-mail die Oscar nog geen week geleden aan Terri had gestuurd.

'Waarom vind je die pornografisch?' vroeg Lucy.

'Ik denk dat ik seksueel expliciet bedoel.'

'Behandel je ook seksuele misdrijven?' vroeg Lucy. 'Of ben je soms een juffrouw van de zondagsschool? Hij beschrijft hoe hij haar met zijn tong bewerkt. En hoe opwindend hij het vindt daarover te schrijven.'

'Volgens mij probeert hij cyberseks met haar te hebben. En zij wil daar niet op ingaan. Hij wordt kwaad op haar.'

'Hij probeert haar duidelijk te maken wat hij voor haar voelt,' zei Lucy. 'En hoe minder zij erop ingaat, des temeer hij ermee doorgaat, misschien uit onzekerheid.'

'Of woede,' zei Berger. 'Naarmate hij kwader en agressiever wordt, maakt hij steeds meer seksuele toespelingen. Dat is geen goede combinatie als de persoon voor wie hij die emoties voelt op het punt staat te worden vermoord.'

'Ik begrijp best dat iemand die met seksmisdrijven te maken heeft, daardoor wordt beïnvloed. Die ziet misschien geen duidelijk onderscheid meer tussen erotiek en pornografie, tussen begeerte en obsceniteit, tussen onzekerheid en woede, en kan misschien niet accepteren dat meespelen soms puur genot is en geen vernedering,' zei Lucy. 'Misschien ben jij afgestompt omdat je alleen walgelijke en gewelddadige dingen ziet, en daarom seks altijd als een misdaad beschouwt.'

'Ik zie hier geen enkele verwijzing naar ruwe seks, vastbinden of sadomasochisme,' zei Berger terwijl ze allebei verder lazen. 'En ik zou het op prijs stellen als je ermee ophoudt mij te analyseren. Nogal amateuristisch, moet ik erbij zeggen.'

'Ik zou je best kunnen analyseren en niet op een amateuristische manier, maar dat zou je me eerst moeten vragen.'

Berger vroeg het niet en ze lazen door.

'Tot dusver geen verwijzing naar buitenissige dingen, inderdaad,' zei Lucy. 'Geen ruwheden. Geen woord over handboeien, halsbanden, dat soort leuke dingen. En geen woord over dat glijmiddel waarvan tante Kay je heeft verteld. Geen bodylotion, massageolie of wat dan ook. O ja, ik heb mijn piloten een sms'je gestuurd en ze wachten op LaGuardia voor het geval dat er bewijsmateriaal naar Oak Ridge moet worden gebracht. Maar wat ik wil zeggen, is dat een glijmiddel alleen geschikt is voor orale seks als het is af te likken, om het maar eens grof uit te drukken. Tante Kay beschreef spul op een basis van petroleum, en dat zal niet gauw voor orale seks worden gebruikt.'

'Weet je wat ik ook vreemd vind? Die condooms in Terri's nachtkastje,' zei Berger. 'Met een glijmiddel erop. Dus waarom zou Oscar dan dat andere spul gebruiken?'

'Weet je het merk van die condooms?'

Berger opende haar documentenkoffertje en haalde er een map uit. Ze bladerde erdoorheen tot ze de lijst van de bewijsstukken vond die de avond daarvoor was opgesteld.

'Durex Love condooms,' zei ze.

Lucy googelde de naam en las: 'Latex, vijfentwintig procent sterker en een grotere maat dan de standaardcondooms, gemakkelijk met één hand aan te brengen. Handig om te weten. Extra kopruimte en reservoirpunt, ook handig om te weten. Maar kan niet samen met een glijmiddel op petroleumbasis worden gebruikt, want dat kan latex aantasten en scheuren veroorzaken. Dit, en het feit dat er bij haar thuis geen glijmiddel op petroleumbasis is gevonden, en je weet wat ik denk. Als je het mij vraagt, wijzen al deze dingen niet naar Oscar, maar naar iemand anders.'

Nog meer e-mails, steeds dichter bij de dag waarop Terri was vermoord. Oscars frustratie en onbeantwoorde seksuele liefde werden steeds duidelijker en hij klonk steeds onsamenhangender.

'Een heleboel verontschuldigingen,' zei Lucy. 'De arme jongen. Hij voelt zich ellendig.'

Berger las door en zei: 'Het is bijna ergerlijk, eerlijk gezegd vind ik haar helemaal niet sympathiek en heb ik medelijden met hem. Zij wil het rustig aan doen, hij moet geduld hebben. Ze heeft het te druk met haar werk.'

'Het lijkt alsof ze een geheim leven leidt,' zei Lucy.

'Misschien wel.'

'Verliefde mensen zien elkaar niet maar één avond in de week,' zei Lucy. 'Vooral niet als ze geen van beiden buitenshuis werken. Dat weten we. Er klopt iets niet. Als je verliefd bent, naar de ander verlangt, dan slaap je niet, kun je bijna niet eten. Kun je je gedachten niet bij je werk houden en kun je beslist niet bij elkaar uit de buurt blijven.'

'Naarmate we dichter bij de datum van de moord komen, wordt het erger,' zei Berger. 'Hij klinkt paranoïde, overstuur omdat ze elkaar zo weinig zien. Het lijkt wel of hij haar wantrouwt. Waarom wil ze hem maar één keer per week zien? En alleen op zaterdagavond, en waarom schopt ze hem al zo ongeveer voor zonsopgang haar bed uit? Waarom wil ze opeens zijn appartement zien terwijl ze daar eerder nooit belangstelling voor had? Wat denkt ze daar te vinden? Dat is geen goed idee, zegt hij. Hij zou het in het begin goed hebben gevonden, maar nu niet meer. Hij houdt ontzettend veel van haar. Ze is de liefde van zijn leven. Hij wou dat ze niet had gevraagd of ze zijn appartement mocht zien, omdat hij haar niet kan vertellen waarom hij dat weigert. Ooit zal hij het haar onder vier ogen vertellen. God, wat vreemd allemaal. Nadat ze al drie maanden met elkaar omgaan en met elkaar naar bed gaan is ze nog nooit in zijn appartement geweest? En nu wil ze er opeens naartoe? Waarom? En waarom vindt hij dat niet goed? Waarom wil hij het alleen onder vier ogen uitleggen?'

'Misschien om dezelfde reden als waarom hij haar nooit vertelt waar hij is geweest of wat hij heeft gedaan,' zei Lucy. 'Hij vertelt haar nooit wat zijn plannen zijn, bijvoorbeeld of hij boodschappen gaat doen of zo. Hij schrijft dat hij zoveel kilometer heeft gejogd, maar niet waar of wanneer hij het weer gaat doen. Hij schrijft op een manier alsof hij bang is dat iemand anders zijn e-mails leest of hem in de gaten houdt.'

'Ga een eindje terug, naar de afgelopen herfst, de zomer of het voorjaar,' zei Berger. 'Laten we eens kijken of het patroon dan hetzelfde is.'

Ze lazen hier en daar een stukje. De e-mails tussen Terri en Oscar waren in die tijd heel anders. Niet alleen waren ze minder persoonlijk, maar die van hem klonken veel meer ontspannen. Hij had het over bibliotheken en boekwinkels waar hij graag naartoe ging. Hij beschreef de plekken in Central Park waar hij graag ging joggen en een fitnessclub waar hij een paar keer naartoe was geweest, maar waar een groot aantal van de apparaten te groot voor hem was. Hij beschreef en onthulde dingen die hij zou hebben verzwegen als hij bang was dat iemand anders zijn post las of hem bespioneerde.

'Toen was hij nog niet bang,' zei Berger. 'Bentons conclusie lijkt te kloppen. Hij zegt dat Oscar op dit moment ergens bang voor is. Dat hij zich bedreigd voelt.'

Lucy typte Bergers naam in een zoekveld en zei: 'Ik wil weten of er ergens iets wordt vermeld over zijn telefoontje naar je kantoor vorige maand. Toen hij vreesde dat hij elektronisch werd bewaakt, gevolgd, dat zijn identiteit was gestolen en zo.'

De naam Jaime Berger leverde inderdaad een hit op, maar die had niets te maken met Oscars recente telefoontje naar het kantoor van de openbaar aanklager.

Datum: Maandag 2 juli 2007 10:47:31
Van: Terri Bridges
Aan: Jaime Berger
Cc: dr. Oscar Bane
Onderwerp: interview met dr. Kay Scarpetta
Geachte mevrouw Berger,
Ik ben een mastersscriptie aan het schrijven over de evolutie van de forensische wetenschap en de geneeskunde vanaf een paar eeuwen geleden tot heden. De voorlopige titel luidt: 'Forensische dwaasheden'.
Kort samengevat: de cirkel is rond, we zijn van het bespottelijke gekomen bij het sublieme, van de kwakzalverij van frenologie, fysionomie en het beeld van de moordenaar op het netvlies van het slachtoffer tot aan de 'tovertrucs' van moderne films en tv-drama's. Ik wil het u graag verder uitleggen als u zo vriendelijk bent me antwoord te geven. Liefst per e-mail, maar ik geef u mijn telefoonnummer.
Ik wil natuurlijk graag weten wat u hierover te zeggen hebt, maar de werkelijke reden van deze brief is dat ik in contact wil komen met dr. Kay Scarpetta – wie zou ik over dit onderwerp beter kunnen raadplegen dan zij, dat bent u vast wel met me eens. Misschien kunt u haar in elk geval mijn e-mailadres doorgeven? Ik heb haar al een paar keer op haar kantoor in Charleston geprobeerd te bereiken, maar zonder succes. Ik weet dat u in het verleden beroepshalve met haar te maken hebt gehad en neem aan dat u nog steeds met elkaar bevriend bent.
Hoogachtend,
Terri Bridges
212 555 2907

'Deze brief heb je blijkbaar nooit gekregen,' zei Lucy.

'Verzonden naar New York City Government-punt-org door iemand die zich "lunasee" noemt?' zei Berger. 'Dat zou niemand ooit aan me doorsturen. Maar wat ik belangrijker vind, is waarom Kay niet wist dat Terri haar probeerde te bereiken. Charleston is heel wat anders dan New York.'

'Misschien niet zoveel anders,' zei Lucy.

Berger stond op en pakte haar jas en haar koffertje.

'Ik moet weg,' zei ze. 'Waarschijnlijk zien we elkaar morgen weer. Ik bel nog om een tijd af te spreken.'

'Aan het eind van het voorjaar, het begin van de zomer,' zei Lucy. 'Volgens mij weet ik wel waarom mijn tante Terri's boodschap nooit heeft gekregen.'

Ze stond ook op en ze liepen samen naar de deur.

'Toen was Rose stervende,' vervolgde Lucy. 'Ze heeft van half juni tot begin juli bij mijn tante in het koetshuis gewoond. Ze gingen geen van beiden meer naar kantoor. Marino was er niet. De nieuwe praktijk van tante Kay was niet groot. Ze had hem pas twee jaar daarvoor geopend. Ze had geen andere mensen in dienst.'

'Niemand om boodschappen aan te nemen en de telefoon te beantwoorden,' zei Berger terwijl ze haar jas aantrok. 'Voordat ik het vergeet: wil je die e-mail naar me doorsturen zodat ik een kopie heb? Omdat jij hier niets uitprint. En als je iets anders vindt wat ik hoor te weten?'

'Marino is begin mei verdwenen,' zei Lucy. 'Rose heeft nooit geweten wat er met hem is gebeurd, en dat is eigenlijk heel oneerlijk. Hij verdween en zij stierf. Terwijl ze altijd op hem gesteld was.'

'En jij? Waar was jij toen de telefoon rinkelde en niemand dat hoorde?'

'Het lijkt een heel ander leven, alsof ik er niet bij ben geweest,' antwoordde Lucy. 'Ik kan me bijna niet meer herinneren waar ik die laatste periode was of wat ik deed, maar het was afschuwelijk. Mijn tante heeft Rose de logeerkamer gegeven en dag en nacht voor haar gezorgd. Na de verdwijning van Marino ging Rose heel snel achteruit, en ik vermeed het kantoor en het lab. Ik kende Rose al mijn hele leven. Ze was de meest geweldige grootmoeder die je je kunt voorstellen, echt cool in haar mantelpakjes en met opgestoken haar, een absolute persoonlijkheid en nergens bang voor. Niet voor doden, niet voor wapens en ook niet voor Marino's motoren.'

'En de dood? Was ze bang om te sterven?'

'Nee.'

'Maar jij was wel bang,' zei Berger.

'Dat waren we allemaal, en vooral ik. Dus kreeg ik het briljante idee me opeens op allerlei dingen te storten. Om de een of andere reden vond ik het dringend nodig om een herhalingscursus te doen in geavanceerde beveiliging, aanvalherkenning en analyse, tactische vuurwapens, dat soort dingen. Ik deed mijn helikopter van de hand en kocht een nieuwe, en ging een paar weken naar de Bell-opleiding in Texas, wat eigenlijk ook niet nodig was. Voor ik het wist, was iedereen naar het noorden verhuisd. En lag Rose op een begraafplaats in Richmond, met uitzicht op de James, omdat ze zo van water hield en mijn tante wilde dat ze voor altijd uitzicht op water zou hebben.'

'Dus waar we nu mee te maken hebben, is eigenlijk toen al begonnen,' zei Berger.

'Ik weet niet wát er toen is begonnen,' zei Lucy.

Ze stonden bij de voordeur en maakten geen van beiden aanstalten om die te openen. Berger vroeg zich af wanneer ze weer een keer op deze manier samen zouden zijn en of dat een goed idee was, en wat Lucy van haar zou denken. Ze wist wat ze van zichzelf dacht. Ze was niet eerlijk geweest en kon dat niet zo laten. Dat verdiende Lucy niet. Dat verdienden ze geen van beiden.

'Ik had op Columbia een kamergenote,' zei Berger terwijl ze haar jas dichtknoopte. 'We deelden een armetierig appartementje. Ik had geen geld, had geen rijke ouders of echtgenoot, nou ja, dat weet je allemaal al. Toen we rechten studeerden, woonden we in een verschrikkelijke gribus in Morningside Heights. Het is een wonder dat we er niet allebei in onze slaap zijn vermoord.'

Ze stak haar handen in haar zakken en Lucy keek haar recht aan terwijl ze beiden met een schouder tegen de deur leunden.

'We hadden een hechte band,' vervolgde Berger.

'Je hoeft me niets uit te leggen,' zei Lucy. 'Ik respecteer je zoals je bent en zoals je je leven leidt.'

'Je weet niet genoeg om me te respecteren. Maar ik zal het je uitleggen, niet omdat ik je dat verschuldigd ben, maar omdat ik dat wil. Er was iets mis met haar, met mijn kamergenote. Ik zeg niet hoe ze heet. Een gedragsstoornis, waar ik destijds niets van begreep. Als ze rot tegen me deed, dacht ik dat ze het meende. We kregen vreselijke ruzies, terwijl ik beter had moeten weten, want dat maakte het alleen maar erger, veel erger. Op een zaterdagavond was het weer raak en belde een buurman de politie. Het verbaast me dat je dat niet al ergens hebt gelezen. Er is niet ingegrepen, maar het was wel heel vervelend. We waren allebei dronken en zagen eruit alsof we onder een trein hadden gelegen. Als ik ooit hogerop wil, kun je je voorstellen wat zo'n verhaal teweeg zou brengen.'

'Waarom zou het bekend worden?' zei Lucy. 'Tenzij je van plan bent opnieuw ruzie te maken wanneer je dronken bent en eruitziet alsof je onder een trein hebt gelegen.'

'Met Greg was er geen sprake van dat zoiets ooit zou gebeuren. Ik geloof niet dat we ooit tegen elkaar hebben geschreeuwd. En we hebben beslist nooit met dingen gegooid. We leefden zonder wrok of wat dan ook samen. Het was best een prettige, ontspannen tijd.'

'Wat is er van die kamergenote geworden?'

'Ik denk dat dat afhangt van wat je succes noemt,' antwoordde Berger. 'Maar volgens mij niet veel goeds. En het zal nog erger worden, omdat ze een bedrieglijk leven leidt, dus geen leven leidt, en het leven is hardvochtig als je het niet oprecht leeft, vooral als je ouder wordt. Ik heb nooit een bedrieglijk leven geleid. Jij denkt misschien van wel, maar dat is niet waar. Ik had gewoon tijd nodig om achter bepaalde dingen te komen, maar ik heb altijd achter mijn beslissingen gestaan, de goede en de verkeerde, hoe moeilijk dat soms ook was. Een heleboel dingen doen er niet meer toe zolang ze maar theoretisch blijven.'

'Je bedoelt dat er nooit iemand anders was, niet wanneer dat niet zo hoorde,' zei Lucy.

'Ik ben geen heilig boontje, integendeel,' zei Berger. 'Maar mijn leven is mijn zaak, ik mag er een zootje van maken, ook al ben ik dat niet van plan. Ik sta jou niet toe mijn leven overhoop te gooien en ik zal jouw leven ook niet overhoop gooien.'

'Begin je altijd met wat je niet zult doen?'

'Ik begin niet,' zei Berger.

'Deze keer moet je wel,' zei Lucy. 'Want ik doe het niet.'

Berger haalde haar handen uit haar zakken en raakte even Lucy's gezicht aan. Toen stak ze een hand uit naar de deurknop, maar ze deed de deur niet open. Ze raakte Lucy's gezicht weer aan en kuste haar.

## 22

Negentien verdiepingen lager dan de gevangenisafdeling, op de parkeerplaats in East 27th, stond de eenzame figuur van Marino verdekt opgesteld tussen hydraulische kranen. Op dat tijdstip waren de meeste onbeladen en was er geen bewaker meer te zien.

Hij observeerde hen in het felgroene veld van een nachtzichtkijker, omdat hij haar wilde zien. Hij moest haar met eigen ogen zien, ook al was dat stiekem en van een afstand en maar heel kort. Hij wilde gerustgesteld worden dat ze niet was veranderd. Als ze dezelfde was gebleven zou ze, als ze hem weer zag, niet wreed zijn. Dan zou ze hem niet te schande maken, vernederen of negeren. Niet dat ze dat in het verleden ooit had gedaan, ook al had hij dat wel degelijk verdiend. Maar wat wist hij nog van haar behalve wat hij las of op tv zag?

Scarpetta en Benton hadden zojuist het mortuarium verlaten en namen de kortere weg door het park terug naar het Bellevue. Het was duizelingwekkend haar weer te zien, onwerkelijk, alsof ze was opgestaan uit de dood. Marino probeerde te bedenken wat ze zou zeggen als ze wist hoe dicht hijzelf bij de dood was geweest. Na wat hij had gedaan, had hij er niet meer willen zijn. Toen hij die morgen nadat hij haar pijn had gedaan in het logeerbed in haar koetshuis lag, had hij allerlei mogelijkheden de revue laten passeren, tussen golven van misselijkheid door en terwijl de ergste hoofdpijn van zijn leven zijn hersens tot moes kneep.

De eerste optie was met zijn pick-up of zijn motor van een brug rijden en verdrinken. Maar dat zou hij kunnen overleven en hij was doodsbang voor ademnood. Dus kon hij zichzelf ook niet laten stikken, bijvoorbeeld met behulp van een plastic zak. En hij moest er niet aan denken zichzelf op te hangen, om daar nadat hij de stoel omver had geschopt met trappelende benen en een kronkelend lichaam te bungelen en dan van gedachten te veranderen. Hij had ook overwogen in het bad zijn keel door te snijden, maar stel dat hij na de eerste straal bloed uit zijn halsslagader spijt zou krijgen, dan zou het te laat zijn.

En koolmonoxidevergiftiging? Dan zou hij te veel tijd hebben om na te denken. Vergif? Hetzelfde, en dat was bovendien pijnlijk, en als hij daar dan lafhartig mee wilde stoppen en het alarmnummer zou bellen, zouden ze zijn maag leegpompen en zou niemand ooit meer respect voor hem hebben.

Van een gebouw springen? Nooit. Je zou zien dat hij het zou overleven en vervolgens als invalide door het leven moest. De laatste optie was zijn negen millimeter pistool, maar dat had Scarpetta verstopt.

Toen hij in haar logeerkamer lag en probeerde te bedenken waar ze het zou hebben opgeborgen, kwam hij tot de conclusie dat hij het nooit zou vinden, dat hij te ziek was om het te gaan zoeken en dat hij zichzelf altijd later zou kunnen doodschieten, omdat hij nog een paar wapens in zijn vishut had liggen. Maar dan zou hij wel heel precies moeten richten, want zijn nachtmerriescenario was vegeteren in een ijzeren long.

Toen hij uiteindelijk Benton in het McLean had gebeld en hem al die dingen had opgebiecht, had Benton kalm gezegd dat als hij zich alleen door de gedachte aan een ijzeren long liet tegenhouden, hij zich geen zorgen hoefde te maken, tenzij hij van plan was zelfmoord te plegen door middel van polio. En hij had eraan toegevoegd dat Marino, als hij zichzelf wilde doodschieten en miste, daar weliswaar een ernstige hersenbeschadiging aan over zou houden, maar zich nog wel vaag zou herinneren waarom hij zichzelf van kant had willen maken.

Wat echt pech zou zijn, had Benton gezegd, was een onomkeerbare coma, waar rechters van het hooggerechtshof eindeloos over zouden moeten discussiëren voordat iemand de stekker eruit zou mogen trekken. Marino zou daar waarschijnlijk niets meer van merken, maar dat wist Benton niet zeker. Alleen degene die hersendood was, wist dat zeker.

*Bedoel je dat ik ze misschien kan horen overwegen of ze de stekker van het... had Marino gevraagd.*

*Beademingsapparaat, had Benton gezegd.*

*En dan zou dat niet meer voor me ademen en zou ik dat misschien merken, maar dat zou niemand beseffen?*

*Je zou geen adem meer kunnen halen. En het ligt binnen de mogelijkheden dat je je ervan bewust zou zijn dat het apparaat het ook niet meer voor je deed. Dat de stekker eruit was getrokken.*

*Ik zou dus iemand naar de muur kunnen zien lopen en de stekker uit het stopcontact zien trekken?*

*Dat zou kunnen.*

*En dan zou ik meteen stikken.*

*Je zou geen adem meer krijgen. Maar hopelijk zouden er mensen die van je houden bij je zijn om je erdoorheen te helpen, ook al zouden ze niet weten dat jij je daarvan bewust was.*

Zo was Marino terug bij zijn angst voor verstikking, en het akelige besef dat hij de enige mensen die van hem hadden gehouden heel smerig had behandeld. Vooral haar, Scarpetta. Op dat moment in een motelkamer vlak bij het Boston Bowl Family Fun Center, waar Benton en hij dat gesprek hadden gevoerd, had hij besloten geen zelfmoord te plegen, maar de langste vakantie te nemen die hij zichzelf ooit had gegund en wel in een kliniek aan de noordkust van Massachusetts.

Als hij, nadat de drugs die zijn mannelijke prestaties verhoogden en de alcohol uit zijn systeem waren verdwenen, zich zou beteren en gewillig in therapie zou gaan, zou de volgende stap een baan zijn. En hier stond hij dus een halfjaar later in New York, in dienst van Berger, verdekt opgesteld op een parkeerterrein om een glimp van Scarpetta te kunnen opvangen voordat ze bij hem in de auto zou stappen om samen naar de plaats delict te rijden, alsof er niets was gebeurd.

Hij zag haar geluidloos bewegen, spookachtig in het groene licht, en hij herkende al haar gebaren. Ze was hem volkomen vertrouwd, maar zo ver bij hem vandaan dat hij het gevoel had dat hij een geest was. Hij kon haar zien, maar zij kon hem niet zien. Haar leven was zonder hem gewoon doorgegaan. Hij kende haar zo goed dat hij ervan overtuigd was dat ze wat hij haar had aangedaan, had verwerkt. Maar ze zou niet hebben verwerkt dat hij zomaar was verdwenen. Of misschien was hij veel minder belangrijk voor haar geweest dan hij dacht. Misschien dacht ze nooit meer aan hem en maakte het haar niets uit dat ze hem weer zou zien. Zou het geen enkele emotie oproepen en zou ze zich het verleden nauwelijks meer herinneren.

Sindsdien was er een heleboel gebeurd. Ze was getrouwd. Ze was uit Charleston weggegaan. Ze was hoofd van een groot mortuarium vlak buiten Boston geworden. Benton en zij woonden als een echtpaar samen, voor het eerst, in een schitterend oud huis in Belmont, waar Marino 's avonds een paar keer langs was gereden. En nu hadden ze ook een appartement in New York. Soms liep hij een paar straten ten oosten van Central Park langs de Hudson en keek naar hun gebouw, telde de verdiepingen tot hij bij de ramen kwam die volgens hem van hun appartement waren. Dan probeerde hij zich voor te stellen hoe het er daarbinnen uitzag, en wat een prachtig uitzicht ze hadden over de rivier en 's avonds over de stad. Ze was vaak op televisie, ze was beroemd geworden, maar steeds wanneer hij zich probeerde voor te stellen dat allerlei mensen haar om een handtekening vroegen, kon hij daar niets bij bedenken. Dat lukte niet. Ze was niet het type voor dat soort aandacht, dat hoopte hij tenminste, want als ze dat nu wel was, was ze veranderd.

Hij keek naar haar door de sterke nachtzichtkijker die Lucy hem twee jaar geleden voor zijn verjaardag had gegeven en hij verlangde naar het geluid van Scarpetta's stem. Aan de manier waarop ze zich bewoog, van houding veranderde, kleine gebaren maakte met haar in zwarte handschoenen gestoken handen, zag hij hoe ze zich voelde. Ze was een onderkoelde vrouw. Er werd vaak over haar gezegd dat ze juist door haar ingetogen manier van doen haar standpunt benadrukte. Ze was niet theatraal. Dat had Marino ook horen zeggen. Dat had hij Berger horen zeggen, herinnerde hij zich, toen ze beschreef hoe Scarpetta zich in de getuigenbank had gedragen. Ze had haar stem niet hoeven verheffen of wild hoeven gebaren, ze was kalm blijven zitten en had zich overtuigend tot de jury gericht, die haar geloofde en vertrouwde.

Door de kijker zag Marino haar lange jas en het model van haar netjes gekamde blonde haar, iets langer dan vroeger, iets over haar kraag en vanaf haar voorhoofd recht naar achteren geborsteld. Hij kon haar vertrouwde sterke gelaatstrekken onderscheiden – hij zou haar met niemand kunnen vergelijken. Ze was knap en toch niet, haar gezicht was te uitgesproken om in de categorie schoonheidskoningin te vallen of in die van de graatmagere vrouwen die in modeshows over de catwalk liepen.

Hij had het gevoel dat hij weer moest kotsen, net als die morgen in haar koetshuis. Zijn hart begon te bonken alsof het zichzelf iets aan wilde doen.

Hij verlangde naar haar, maar terwijl hij zich in die naar roest ruikende, vuile, donkere plek schuilhield, besefte hij dat hij niet meer van haar hield zoals vroeger. Hij had zijn zelfvernietigingswapen gericht op het plekje waar hoop zich steeds verborgen had gehouden en daar korte metten mee gemaakt. Hij hoopte niet langer dat ze ooit ook van hem zou gaan houden. Ze was getrouwd en zijn hoop was vervlogen. Zelfs als Benton er niet was geweest, zou die hoop zijn vervlogen. Marino had die hoop vermoord, op een brute manier. Hij had nooit eerder zoiets gedaan en hij had het haar aangedaan. Hoe walgelijk dronken hij ook ooit was geweest, hij had zich nooit eerder aan een vrouw opgedrongen.

Als hij een vrouw kuste en ze wilde niet dat hij zijn tong in haar mond stak, trok hij zich terug. Als ze zijn handen wegduwde, raakte hij haar niet meer aan. Als hij een stijve had en zij niet geïnteresseerd was, drukte hij zich nooit tegen haar aan en trok nooit haar hand tussen zijn benen. Als ze merkte dat zijn soldaat zich niet wilde terugtrekken, maakte hij altijd dezelfde grapjes. Hij groet je alleen maar, schat. Hij gaat altijd staan als er een vrouw binnenkomt. Hé, babe, dat ik een versnellingspook heb wil niet zeggen dat je mijn auto moet besturen.

Al was hij een grove, onopgeleide man, hij was geen sekscrimineel. Hij was geen slecht mens. Maar hoe zou Scarpetta dat moeten weten? Hij had het de volgende morgen niet goedgemaakt, toen ze met toast en koffie de logeerkamer binnenkwam had hij niet de minste poging daartoe gedaan. Wat had hij dan wel gedaan? Hij had gedaan alsof hij zich er niets meer van kon herinneren. Hij had geklaagd over de bourbon, alsof het haar schuld was dat ze iets in de kast had staan dat zo'n verschrikkelijke kater en een black-out kon veroorzaken.

Hij had het nergens over gehad. Schaamte en paniek hadden hem de mond gesnoerd, omdat hij niet precies wist wat hij had gedaan en het niet wilde vragen. Hij had gedacht dat hij dat beter later zelf kon bedenken. Nadat hij weken en zelfs maanden zijn eigen misdaad had onderzocht, had hij de stukjes van de puzzel eindelijk tegen elkaar kunnen leggen. Hij had maar tot een bepaald punt kunnen gaan, want toen hij de volgende morgen wakker was geworden, had hij zijn kleren nog aan en was zijn koude, stinkende zweet het enige merkbare lichaamsvocht.

Wat hem nog helder voor ogen stond, waren fragmenten: dat hij haar tegen de muur duwde, het scheuren van haar kleren, de zachtheid van haar huid, haar stem die zei dat hij haar pijn deed. Hij herinnerde zich duidelijk dat ze zich niet had verroerd, en nu begreep hij dat en vroeg hij zich af hoe ze intuïtief het juiste had weten te doen. Hij had zichzelf niet meer onder controle en zij was slim genoeg om zijn razernij niet aan te moedigen door zich te verzetten. Meer kon hij zich niet herinneren, zelfs haar borsten niet, behalve heel vaag dat die hem hadden verbaasd, op een prettige manier. Want nadat hij daar tientallen jaren over had gefantaseerd, zagen ze er heel anders uit dan hij zich had voorgesteld. Maar dat was eigenlijk bij alle vrouwen het geval.

Dat besef was gekomen toen hij volwassen werd, en het had niets met intuïtie of gezond verstand te maken. Als geil jongetje dat zich alleen een oordeel kon vormen over wat hij zag in de pornoblaadjes die zijn vader in de schuur verstopte, kon hij met geen mogelijkheid weten wat hij uiteindelijk had ontdekt: dat borsten net als vingerafdrukken hun eigen kenmerken hebben, die meestal door kleding worden verborgen. Elk paar borsten dat hij intiem had leren kennen, had zijn eigen maat, vorm, symmetrie en glooiing, waarbij de tepels het meest bleken te verschillen, en dat was natuurlijk de tijdloze aantrekkingskracht. Marino, die zichzelf als een kenner beschouwde, zou de eerste zijn om te zeggen: hoe groter, hoe beter, maar wanneer het stadium van gluren en betasten was gepasseerd, ging het alleen nog maar om wat hij in zijn mond kon nemen.

In het groene veld van de nachtzichtkijker liepen Scarpetta en Benton het park uit en vervolgden ze hun weg over het trottoir. Ze had haar handen in haar zakken gestoken, wat betekende dat ze niets bij zich had en ze dus minstens één halte zouden aandoen, waarschijnlijk Bentons kantoor. Het viel hem op dat ze niet veel zeiden, maar alsof ze Marino's gedachten konden lezen, pakten ze elkaars hand vast en toen boog Benton zich naar haar toe en gaf haar een kus.

Toen ze de straat bereikten en zo dichtbij waren dat Marino geen extra licht meer nodig had om hun gezichten te kunnen zien, keken ze elkaar aan alsof hun kus oprecht was en er een vervolg op zou komen. Ze sloegen First Avenue in en verdwenen uit het zicht.

Net toen Marino zijn schuilplaats tussen de driedubbel opgestapelde hydraulische kranen wilde verlaten, zag hij in het park iemand aankomen, in stevige pas, en vanaf het DNA-gebouw kwam nog iemand anders het park inlopen. In het felgroene veld van de nachtzichtkijker gingen rechercheur Mike Morales en dr. Lenora Lester naast elkaar op een bank zitten.

Marino kon niet horen wat ze zeiden, maar Lester gaf Morales een grote envelop. Waarschijnlijk het rapport van de sectie op Terri Bridges. Maar het was een rare manier van informatie uitwisselen, alsof ze spionnen waren. Marino overwoog of die twee een liefdesrelatie hadden, en zijn maag draaide om toen hij zich haar met haar strakke, zure gezicht en spichtige lijf probeerde voor te stellen op een verfomfaaid bed.

Dat kon het niet zijn.

Het was veel waarschijnlijker dat Lester Morales onmiddellijk had gebeld, zodat zij met de eer kon gaan strijken voor wat Scarpetta in het mortuarium had ontdekt. En Morales zou die informatie eerder dan wie ook, eerder dan Marino en vooral eerder dan Berger, willen hebben. Wat betekende dat Scarpetta iets belangrijks had gevonden. Marino bleef kijken tot Lester en Morales opstonden van de bank. Morales verdween om de hoek van het DNA-gebouw en zij liep Marino's kant op, naar East 27th, met dribbelpasjes en met haar ogen gericht op de BlackBerry in haar blote handen.

Ze liep snel in de koude wind naar First, waar ze waarschijnlijk een taxi zou nemen en daarna de veerboot naar haar huis in New Jersey. Het leek erop dat ze iemand een sms'je stuurde.

De Museum Mile was vroeger Shrews meest geliefde wandelroute. Dan stopte ze een flesje water en een mueslireep in haar tas voor onderweg en nam Madison Avenue, zodat ze etalages kon kijken terwijl ze zich verheugde op wat ging komen.

Het hoogtepunt was het Guggenheim, waar ze genoot van Clifford Still, John Chamberlain, Robert Rauschenberg en natuurlijk Picasso. De laatste tentoonstelling die ze daar had gezien, was Paintings on Paper van Jackson Pollock, en dat was dit voorjaar twee jaar geleden.

Wat was er in vredesnaam met haar gebeurd?

Het kwam niet doordat ze een kaartje in een tijdklok moest steken of zo'n druk leven leidde, maar sinds ze voor de Baas werkte, was ze langzamerhand opgehouden met het bezoeken van musea, de schouwburg, galeries, kiosken of Barnes & Noble.

Ze probeerde zich te herinneren wanneer ze zich voor het laatst in een stoel had genesteld met een goed boek, een kruiswoordpuzzel had opgelost, had geluisterd naar muzikanten in het park, was opgegaan in een film of had gezwolgen in een gedicht.

Ze was een insect in een brok barnsteen geworden, ze zat opgesloten in de val van mensen die ze niet kende en die haar niets interesseerden. Roddelpraat. De smoezelige, banale bezigheden van mensen met het hart en de ziel van een lappenpop. Waarom zou het haar ook maar iets kunnen schelen wat Michael Jackson in de rechtbank aanhad? Wat maakte het voor haar of wie dan ook uit dat Madonna van haar paard was gevallen?

In plaats van te kijken naar kunst, had ze haar aandacht gericht op het riool van het leven, was ze zich gaan verkneuteren om de drek van andere mensen. Opeens drongen er allerlei waarheden tot haar door, en ze dacht weer aan de donkere rit over de Styx die Lexington Avenue vormde toen ze in die zwarte Cadillac sedan naar huis werd gebracht. De man met de cowboyhoed was aardig voor haar geweest, had haar zelfs een paar klapjes op haar knie gegeven voordat ze uitstapte, maar hij had niet gezegd hoe hij heette en ze was zo wijs geweest het hem niet te vragen.

Vanavond was ze rechtstreeks in het kwaad beland. Eerst Marilyn Monroe, toen de worm, toen die kelder. Misschien had God haar een dosis elektroshocktherapie gegeven om haar duidelijk te maken dat ze tegenwoordig een harteloos leven leidde. Ze keek haar gehuurde tweekamerappartement rond en voor het eerst sinds haar man er niet meer woonde, zag ze hoe het eruitzag en dat het niets was veranderd.

De ribfluwelen bank en de bijpassende stoel waren eenvoudig en gezellig, en de versleten plekken op de bekleding herinnerden haar aan haar man. Ze zag hem weer in de leunstoel zitten terwijl hij de *Times* las en op een sigarenpeuk kauwde tot die helemaal drabbig was geworden, en ze rook de sigarenrook waarvan hun hele leven was doortrokken. Ze rook hem alsof ze het appartement nooit door een schoonmaakbedrijf had laten reinigen.

Om een aantal redenen kon ze de moed niet opbrengen om zijn

kleren weg te doen en spullen op te bergen waarvan ze de aanblik niet kon verdragen, maar die ze ook niet van de hand kon doen.

Hoe vaak had ze hem niet voorgehouden dat hij met oversteken moest wachten ook al zei het witte mannetje in het verkeerslicht dat het al kon?

Dat was toch net zo stom als op de stoep blijven staan omdat het rode mannetje hem verbood door te lopen terwijl de straat was opgebroken en er nergens een auto was te zien?

Uiteindelijk had hij zich door het witte mannetje laten overhalen in plaats van naar Shrew te luisteren, en zo had ze de ene dag nog een man die ze voortdurend op zijn huid zat vanwege zijn sigaren en de rommel die hij overal liet slingeren, en de volgende dag alleen nog zijn geuren en zijn rommel, en de herinnering aan de laatste woorden die ze hadden gewisseld voordat hij de deur uitliep.

*Hebben we nog koffieroom nodig?* Terwijl hij zijn gekke wollen jagershoedje opzette. Dat had ze tientallen jaren geleden in Londen voor hem gekocht en het was nooit bij hem opgekomen dat het niet de bedoeling was geweest dat hij het zou dragen.

*Weet ik veel of we nog koffieroom nodig hebben, jij bent de enige die room in zijn koffie doet.* Dat had ze geantwoord.

De laatste woorden die hij haar had horen zeggen.

Het waren woorden van de feeks die bij hen was komen inwonen in die wrede maand april, toen haar baan was overgeheveld naar iemand in India. Daarna hadden ze dag in, dag uit op elkaars lip in hun appartementje gezeten en wakker gelegen van de geldzorgen. Want hij was boekhouder en hij had de rekensommen gemaakt.

Ze had hun laatste moment samen op aarde in haar hoofd geprent, van alle kanten bekeken en zich afgevraagd of ze ook maar iets had kunnen doen of zeggen wat het lot een andere wending had kunnen geven. Als ze had gezegd dat ze van hem hield en had gevraagd of hij vanavond zin had in lekkere lamskarbonaden en een geroosterde zoete aardappel, of als ze een hyacint in een pot had gekocht voor op de salontafel, zou hij dan aan het eerste of het tweede of aan allebei hebben gedacht in plaats van aan wat dan ook toen hij op die stoeprand vergat naar allebei de kanten te kijken?

Was hij geïrriteerd en afgeleid door haar kattige opmerking over de koffieroom?

Als ze hem lief had gewaarschuwd dat hij voorzichtig moest zijn, zou dat de redding voor hen beiden hebben betekend?

Ze vestigde haar aandacht op het platte tv-scherm en verbeeldde zich dat hij daar in zijn stoel een sigaar zat te roken terwijl hij met die sceptische uitdrukking op zijn gezicht naar het nieuws keek. Het gezicht dat ze voor zich zag elke keer als ze haar ogen sloot, of als ze iets vanuit haar ooghoeken waarnam, zoals een schaduw of een stapel was op een stoel, of als ze haar bril niet op had. Dan zag ze hem nog steeds voor zich. En dan herinnerde ze zich weer dat hij was verdwenen.

Hij zou naar haar dure tv kijken en zeggen: *waarom zo'n tv, lieverd? Wie wil er nou zo'n tv? Hij is waarschijnlijk niet eens in Amerika gemaakt. We kunnen zo'n tv niet betalen.*

Hij zou het er niet mee eens zijn. O god, met helemaal niets wat ze sinds hij was verdwenen had gedaan en gekocht.

De lege leunstoel en de versleten plek die hij daarin had achtergelaten maakten haar wanhopig, en er kwamen nog meer herinneringen bij haar boven.

Het melden bij de politie dat hij werd vermist.

Het gevoel dat ze in wel honderd films stond terwijl ze de hoorn in haar hand klemde en de politie smeekte haar te geloven.

Geloof me. Geloof me alstublieft.

Ze had tegen de o zo beleefde vrouwelijke agent gezegd dat haar man niet naar kroegen ging of zomaar zou verdwijnen. Hij had geen probleempje met zijn geheugen en geen liefje buiten de deur. Hij kwam altijd als een padvinder meteen terug naar huis, en als hij zich 'avontuurlijk' of 'opstandig' had gevoeld, zou hij Shrew hebben gebeld.

En dan zou hij tegen me hebben gezegd dat ik moest ophouden met mijn gezeik, dat hij thuis zou komen wanneer hem dat uitkwam, net als de vorige keer dat hij zich avontuurlijk en opstandig voelde, had Shrew gezegd tegen de diplomatieke agent die klonk alsof ze op kauwgom kauwde.

Niemand was in paniek geraakt, alleen Shrew.

Het had niemand iets kunnen schelen.

Een ander lid van de enorme New Yorkse politiemacht, de rechercheur die haar uiteindelijk het bericht doorgaf, had meewarig geklonken.

*Mevrouw, het spijt me erg dat ik u moet meedelen... Om een uur of vier reed ik naar een oproep...*

Hij was beleefd, maar hij had haast en hoewel hij een paar keer zei hoe erg hij het vond, bood hij niet aan haar naar het mortuarium te brengen, zoals een keurig opgevoede neef zijn bedroefde tante naar een wake of een kerk zou brengen.

*Het mortuarium? Waar?*

*Vlak bij het Bellevue.*

*Welk Bellevue?*

*Er is maar één Bellevue, mevrouw.*

*Niet waar. Er is een oud en er is een nieuw Bellevue. Bij welk van de twee ligt het mortuarium?*

Ze mocht er om acht uur de volgende morgen het lichaam komen identificeren. De agent noemde het adres, voor het geval dat ze het verkeerde Bellevue nam, en de naam van de lijkschouwer: dr. Lenora Lester, LLB, MD.

Wat een onvriendelijke, onaardige vrouw, al was ze nog zo hoogopgeleid, en wat had ze zich kil gedragen toen ze Shrew haastig meenam naar dat kamertje en het laken terugsloeg.

Zijn ogen waren gesloten en hij lag tot aan zijn kin onder een papierachtig blauw laken. Geen enkel teken van verwonding, geen schram, geen blauwe plek, en even kon Shrew niet geloven dat hem iets was overkomen.

Er is niets gebroken. Wat is er gebeurd? Wat is er echt gebeurd? Hij kan niet dood zijn. Er is niets mis met hem. Hij ziet er prima uit. Alleen een beetje bleek. Nou ja, erg bleek, en ik zal de eerste zijn die toegeeft dat hij er niet gezond uitziet. Maar hij kan niet dood zijn.

Dr. Lester was een opgezette duif onder een stolp en haar mond bewoog niet terwijl ze uitlegde, kortaf, dat hij een typisch voorbeeld was van een voetganger die was aangereden in het verkeer.

In zijn rug geraakt terwijl hij liep.

Over de motorkap van een taxi geslingerd.

Met zijn achterhoofd tegen de voorruit geslagen.

Al zijn nekwervels waren gebroken, zei de dokter met haar stijve bleke gezicht.

Door de harde klap waren zijn onderste ledematen van zijn lichaam gescheurd, zei het uitgestreken bleke gezicht.

Ledematen.

De benen van haar geliefde man, waaraan hij sokken en schoenen had gedragen en op die wrede aprilmiddag een ribfluwelen broek van bijna dezelfde lichtbruine kleur als zijn stoel en de bank. Een broek die zij bij Saks voor hem had gekocht.

In dat kamertje had het uitgestreken bleke gezicht gezegd dat hij er nog zo goed uitzag omdat de grootste wonden waren toegebracht aan zijn onderste ledematen.

En die waren bedekt – de onderste ledematen, zijn onderste ledematen – door het papierachtige blauwe laken.

Shrew had haar postadres opgegeven en het mortuarium verlaten, en daarna had ze een cheque gestuurd voor een kopie van dr. Lesters definitieve autopsierapport, waar ze, in afwachting van het toxicologisch onderzoek, vijf maanden op had moeten wachten. Dat officiële autopsierapport lag nog steeds in de officiële envelop in de onderste la van haar bureau, onder een doos met de lievelingssigaren van haar man, die ze in een plastic zakje had gedaan omdat ze ze niet wilde ruiken, maar ze kon ze niet weggooien.

Ze schonk nog een glas bourbon in, zette het naast de computer en ging zitten. Ze werkte langer door dan anders, omdat ze nog niet naar bed wilde, misschien wel nooit meer. Het kwam bij haar op dat ze alles had kunnen verdragen tot ze vanmorgen die foto van Marilyn Monroe had gezien.

Ze dacht aan een bestraffende God terwijl ze zich de man met de lange bakkebaarden en glimmende juwelen voor de geest haalde, met zijn aanbod van een gratis teckel, *shih tsu* of *springer* spaniël en de rit naar huis. Hij wilde haar het zwijgen opleggen door haar om te kopen met een vriendelijk gebaar, waar doorheen schemerde wat er zou gebeuren als hij minder vriendelijk zou zijn. Ze had hem op heterdaad betrapt, dat wisten ze allebei, en hij wilde dat ze hem goedgezind was. Voor hun eigen bestwil.

Ze zocht op het internet tot ze het verhaal vond dat drie weken geleden in de *Times* had gestaan, in dezelfde week dat de Baas zulke aardige dingen had geschreven over de grootste dierenwinkel van de Hartendiefjes-keten op Lexington Avenue. Bij het artikel stond een foto van de witharige man met de lange bakkebaarden en het verlopen gezicht.

Zijn naam was Jake Loudin.

Afgelopen oktober was hij, nadat er een inval was gedaan in een van zijn dierenwinkels in de Bronx, aangeklaagd voor acht gevallen van wreedheid jegens dieren, maar een paar weken geleden, in december, was hij vrijgesproken:

### AANKLACHTEN TEGEN KONING VAN DE PUPPYMOLENS INGETROKKEN

De openbaar aanklager van New York County heeft acht aanklachten van bijzondere wreedheid jegens dieren ingetrokken. Ze waren ingediend tegen een zakenman uit Missouri die door dierenbeschermers 'de puppy Pol Pot' wordt genoemd, waarbij ze Jake Loudin vergelijken met de leider van de Rode Khmer die miljoenen Cambodjanen heeft laten afslachten.

Als Loudin was veroordeeld en de maximum straf voor de acht misdrijven had gekregen, had hij zestien jaar gevangenisstraf kunnen krijgen, 'maar het kan niet worden bewezen dat de acht dode dieren die in de vrieskast van de dierenwinkel zijn aangetroffen, daar levend in zijn gestopt,' zei assistent openbaar aanklager Jaime Berger, wier onlangs opgerichte taskforce tegen wreedheid jegens dieren de winkel in oktober was binnengevallen. Ze voegde eraan toe dat de rechter van mening was dat de politie het gebrek aan rechtvaardiging voor de zachte dood van de acht dieren, puppy's van drie tot zes maanden oud, niet voldoende had aangetoond.

Berger zegt dat het algemeen bekend is dat sommige dierenwinkels honden, katten en andere dieren die ze niet kunnen verkopen of die om een andere reden een commercieel risico zijn, 'laten inslapen'.

'Een zieke pup of een van drie of vier maanden oud is niet meer het "schattige diertje in de etalage",' zei ze. 'Veel te veel van die winkels schieten tekort wat betreft medische verzorging of zelfs de meest noodzakelijke voorzieningen, zoals een warme, schone kooi en genoeg water en voer. Een van de redenen dat ik deze taskforce heb opgericht, is omdat de inwoners van New York dat niet langer tolereren, en ik heb me voorgenomen een aantal van die wetsovertreders achter slot en grendel te krijgen...'

Shrew belde voor de tweede keer die avond het alarmnummer.

Alleen had ze nu nog meer gedronken en klonk ze nog onsamenhangender.

'Moordenaars,' zei ze tegen de telefoniste en ze herhaalde het adres op Lexington Avenue. 'Die kleintjes worden erin opgesloten...'

'Mevrouw?'

'Daarna dwong hij me in zijn auto te stappen, ik was er helemaal kapot van... Hij had een rood nors gezicht en een ijskoud stilzwijgen.'

'Mevrouw?'

'Jullie hebben hem al eerder naar de gevangenis willen sturen, voor hetzelfde! Hitler! Ja, Pol Pot! Maar toen is hij ontsnapt. Zeg dat tegen mevrouw Berger, alstublieft. Nu meteen. Alstublieft.'

'Mevrouw, wilt u dat we een agent naar u toe sturen?'

'Iemand van het hondenteam van mevrouw Berger, alstublieft. O alstublieft, ik ben niet gek! Echt niet! Ik heb een foto van hem en de vrieskast gemaakt met mijn mobieltje.'

Dat was niet waar.

'Ze bewogen!' riep ze. 'Ze bewogen nog!'


23


De donkerblauwe Impala wachtte voor de ingang van het ziekenhuis toen Benton en Scarpetta in het donker naar buiten kwamen.

Ze herkende het met schapenbont gevoerde leren jack en zag toen dat het werd gedragen door Marino. De kofferbak ging open, hij nam haar werkkoffer over van Benton en zei dat hij koffie voor hen had meegebracht, twee bekers, ze stonden op de achterbank.

Zo begroette hij haar na al die tijd, na alles wat er was gebeurd.

'Ik ben langs Starbucks gegaan,' zei hij toen hij de kofferbak sloot. 'Twee Venti's.' Hij sprak het verkeerd uit. 'En een paar van die zoetjes in dat gele papiertje.'

Hij bedoelde Splenda. Hij had blijkbaar onthouden dat Scarpetta nooit sacharine of aspartaam nam.

'Geen koffieroom, want dat zit in die kannen en die kon ik niet meenemen. Maar jullie drinken geen van beiden koffie met room, tenzij dat is veranderd. Ze staan in de armleuning achterin. Jaime Berger zit voorin. Het is zo donker dat jullie haar misschien niet eens zien zitten, dus begin niet over haar te praten.'

Hij probeerde een grapje te maken.

'Dank je,' zei Scarpetta toen ze samen met Benton instapte. 'Hoe gaat het met je?'

'Goed.'

Hij ging achter het stuur zitten en had zijn stoel zo ver naar achteren geschoven dat Scarpetta er met haar knieën tegenaan zat. Berger draaide zich om en begroette hen alsof het de gewoonste zaak van de wereld was. Dat was ook beter. Dat maakte het gemakkelijker.

Marino reed weg van het ziekenhuis, en Scarpetta keek naar zijn achterhoofd en naar de kraag van zijn zwarte leren pilotenjack. Het was een typisch jack uit *Hogan's Heroes*, had Lucy vroeger plagend gezegd, met een halve ceintuur, ritsen aan de mouwen en een overvloed aan antiek koperkleurig ijzerwerk. In de twintig jaar dat Scarpetta Marino kende, was hij af en toe te dik geweest om het te dragen, vooral om zijn middel, of zoals in de laatste periode te opgepompt door zijn fitnesstraining en waarschijnlijk, achteraf gezien, door de steroïden.

In de maanden dat Marino geen deel meer uitmaakte van haar leven had ze veel tijd gehad om na te denken over wat er was gebeurd en wat de aanleiding daarvoor was geweest. Op een dag nog niet zo lang geleden, nadat ze haar vroegere plaatsvervangend hoofd Jack Fielding weer had ontmoet en hem in dienst had genomen, had ze daar inzicht in gekregen. Fielding had door steroïden zijn leven bijna kapotgemaakt en Marino was daar voor een groot deel getuige van geweest, maar naarmate Marino kwader en angstiger was geworden als gevolg van zijn toenemende gevoel van machteloosheid, waarmee Scarpetta hem niet had kunnen helpen, was zijn fysieke kracht een obsessie voor hem geworden.

Hij had Fielding en zijn bodybuilderslichaam altijd bewonderd, al had hij de illegale en destructieve manier waarop Fielding dat bereikte, afgekeurd. Scarpetta was tot de conclusie gekomen dat Marino een paar jaar voordat de seksuele-prestatiedrugs op de markt waren gekomen steroïden was gaan slikken, wat verklaarde waarom hij lang voor zijn gewelddadige uitbarsting vorig voorjaar in het koetshuis agressief en ronduit gemeen was geworden.

Hem terugzien gaf haar een weemoedig gevoel, wat ze niet had verwacht en niet kon verklaren. Het bracht herinneringen boven aan de vele jaren die ze samen hadden doorgebracht, toen hij zijn grijzende haar liet groeien en het net als Donald Trump over zijn kale schedel kamde – alleen was hij niet het soort man dat zijn toevlucht zocht bij gels of haarspray, zodat de lange slierten bij het minste briesje langs zijn oren wapperden. Maar opeens had hij zijn hoofd kaal geschoren en was een sinister halsdoekje gaan dragen. Nu had hij stoppeltjes in de vorm van een halve maan, droeg hij geen oorring meer en zag hij er niet meer uit als een stoere Outlaw of een Hells Angel.

Hij zag er weer uit als Marino, maar in betere vorm en ouder, en hij gedroeg zich keurig op een verkrampte manier, alsof hij de paroolcommissie moest meenemen voor een autorit.

Hij reed Third Avenue in naar het huis van Terri Bridges, dat op maar een paar minuten rijden van het ziekenhuis lag.

Berger vroeg Scarpetta of ze zich kon herinneren dat Terri haar vorig voorjaar of in de zomer, in Charleston had geprobeerd te bereiken.

Scarpetta zei nee.

Berger friemelde wat aan haar BlackBerry, mompelde iets over Lucy's afkeer van papier en las een e-mail voor die Terri haar vorig jaar had gestuurd, waarin ze vroeg of Berger haar wilde helpen om met Scarpetta in contact te komen.

'2 juli,' zei Berger. 'Toen heeft ze deze e-mail naar de Bermudadriehoek gestuurd, het algemene e-mailadres van het gemeentebestuur van New York, in de hoop dat hij mij zou bereiken, omdat ze jou niet kon bereiken. Dus heeft ze ons geen van beiden bereikt.'

'Met een gebruikersnaam als "lunasee" verbaast me dat niets,' zei Benton vanaf de donkere achterbank, terwijl hij uit het raampje keek naar de rustige wijk Murray Hill, waar Scarpetta tot op dat moment nog maar één mens op straat had gezien: een man die een boxer uitliet.

'Het zou me niet hebben verbaasd als het de gebruikersnaam van de paus was,' zei Berger, 'maar ik heb die mail niet ontvangen. Weet je echt zeker, Kay, dat ze nooit je kantoor in Charleston heeft gebeld?'

'Ik weet honderd procent zeker dat ik dat nooit heb gehoord,' zei Scarpetta. 'Maar vorig voorjaar en vorige zomer was het op mijn kantoor ook een beetje een Bermudadriehoek.'

Ze wilde het niet uitleggen, niet terwijl Marino voor haar zat. Hoe moest ze uitleggen hoe ze zich had gevoeld nadat hij zonder iets te zeggen of een bericht achter te laten was verdwenen, en Rose zo snel achteruit was gegaan dat ze zich niet langer met trotse koppigheid had kunnen verzetten toen Scarpetta haar bij zich in huis nam en haar verzorgde, uiteindelijk met een lepel voerde en haar verschoonde als ze zich had bevuild? En toen op het laatst de morfine en de zuurstof, toen Rose had besloten dat ze genoeg had geleden en de dood in haar ogen lag...

Hoe zou Marino zich voelen als híj wist hoe boos Rose op hem was geweest omdat hij iedereen in zijn leven in de steek had gelaten, vooral haar, terwijl hij wist dat ze niet lang meer zou leven? Rose had gezegd dat hij fout had gehandeld, en wilde Scarpetta dat een keer tegen hem zeggen?

*Zeg maar namens mij dat ik hem een draai om zijn oren zal geven,* had Rose gezegd.

Alsof ze het over een tweejarig kind had.

*En zeg namens mij dat ik ook kwaad ben op Lucy, ik ben woedend op hen allebei. Ik geef hem de schuld van wat zij nu doet. Daar in Black Water of weet ik wat voor trainingskamp met geweren schieten en enorme kerels een trap in hun nieren geven alsof ze Sylvester Stallone is, alleen maar omdat ze te bang is om naar huis te komen.*

In die laatste weken had Rose al haar remmingen laten varen en er van alles uit geflapt, maar geen onzin.

*Zeg maar tegen hem dat ik hem vanaf de overkant veel makkelijker zal vinden en hem op zijn nummer zal zetten. En dat zal ik doen ook. Wacht maar af.*

Scarpetta had een opklapbaar ziekenhuisbed neergezet en de tuindeuren opengedaan zodat ze naar de tuin en de vogels konden kijken, en het geritsel konden horen van de Amerikaanse eiken die er al van voor de Burgeroorlog stonden. Rose en zij hadden veel met elkaar gepraat, in die mooie oude woonkamer met dat uitzicht, terwijl de pendule op de schoorsteenmantel tiktakte als een metronoom die ritmisch hun laatste dagen aftelde. Scarpetta had haar nooit precies verteld wat Marino had gedaan, maar ze had Rose daar wel iets belangrijks over verteld, iets wat ze tegen niemand anders had gezegd.

*Mensen zeggen toch wel eens dat ze graag iets over zouden willen doen?* Dat had zij gezegd.

*Dat zul je mij niet horen zeggen,* had Rose geantwoord, leunend tegen de kussens in haar bed, terwijl het ochtendlicht de lakens spierwit maakte. *Dat soort domme opmerkingen slaat nergens op.*

*Nou ja, ik zou dat ook niet zeggen, daar heb je gelijk in. Als ik de kans kreeg, zou ik die avond niet over willen doen, omdat er niets zou veranderen. Wat ik er ook aan zou veranderen, Marino zou het nog steeds hebben gedaan. Ik had het hem alleen kunnen beletten als ik daar jaren geleden mee was begonnen, misschien wel een jaar of twintig geleden. Ik heb schuld aan zijn misdaad omdat ik niet heb opgelet.*

Ze had hem aangedaan wat hij en Lucy Rose aan het eind hadden aangedaan. Ze had niet gekeken, had gedaan alsof ze niets merkte, had zich teruggetrokken door het opeens te druk te hebben, door andere dingen of zelfs de een of andere crisis in beslag te worden genomen, in plaats van met hem te praten. Ze had zich meer moeten gedragen zoals Jaime Berger, die niet zou aarzelen om een forse politieman met de begeertes en onzekerheden van Marino destijds te vertellen dat hij moest ophouden met in haar blouse of onder haar rok te gluren, dat hij het kon vergeten, omdat ze niet van plan was ooit met hem naar bed te gaan. Dat ze niet zijn hoer, maagd, vrouw of moeder zou worden of allemaal tegelijk – dat laatste was wat hij altijd had gewild, wat de meeste mannen eigenlijk altijd wilden, want ze wisten niet beter.

Iets dergelijks had ze tegen Marino moeten zeggen toen ze pas was benoemd tot hoofdlijkschouwer in Virginia en hij het haar zo moeilijk mogelijk had gemaakt, zich als een verliefd rotjochie had gedragen. Ze was bang geweest dat ze hem zou kwetsen. Uiteindelijk was haar grootste gebrek dat ze altijd bang was dat ze iemand zou kwetsen, dus had ze hem verschrikkelijk gekwetst, en zichzelf en hen allemaal.

Ze had eindelijk ingezien dat ze zelfzuchtig was geweest. Ze had tegen Rose gezegd: 'Ik ben de grootste egoïst die er bestaat. Dat is voortgekomen uit schaamte. Ik was altijd anders, niet zoals andere mensen. Ik weet wat het is als je je uitgestoten, genegeerd en beschaamd voelt, en dat heb ik nooit een ander willen aandoen. Of het mezelf nog eens door iemand willen laten aandoen. Dat laatste is het belangrijkste. Het gaat er vooral om dat ík me nooit meer zo onbehaaglijk wil voelen, niet om wat anderen voelen. Het is heel erg om dat van jezelf te moeten toegeven.'

'Ik ken inderdaad niemand die zo anders is als jij,' had Rose gezegd. 'En ik begrijp waarom die meisjes je niet mochten, waarom de meeste mensen je niet mochten en misschien nog steeds niet mogen. Dat komt doordat mensen klein zijn en jij hen daar zonder het te willen aan herinnert. Dus doen ze hun uiterste best om jou te kleineren, alsof zij daar groter van worden. Jij weet precies hoe dat werkt, maar wie is zo wijs dat hij dat kan bedenken terwijl het gebeurt? Ik zou je hebben gemogen. Als ik een van die nonnen of een van die andere meisjes was geweest, zou jij mijn favoriet zijn geweest.'

'Nee, dat denk ik niet.'

'Dat weet ik wel zeker. Ik ben verdomme al bijna twintig jaar met je meegegaan. En niet vanwege de riante voorwaarden en al die sieraden en bontjassen die je me hebt gegeven en de exotische vakanties waarop je me hebt getrakteerd. Ik ben stapelgek op je. Al vanaf het moment dat je dat kantoor binnenkwam. Weet je dat nog? Ik had nooit eerder een vrouwelijke lijkschouwer ontmoet en had me daarvan alvast een beeld gevormd. Je was vast een heel raar, moeilijk, onsympathiek mens, want waarom had je anders dit beroep gekozen? Ik had geen foto van je gezien en wist zeker dat je eruit zou zien als een monster dat uit een zwart meer of een pesthol was gekropen. Ik had al bedacht dat ik weg zou gaan, misschien naar de medische faculteit. Daar was vast wel iemand die me zou willen aannemen. Want ik dacht geen seconde dat ik bij jou zou blijven, tot ik je ontmoette. Toen wilde ik voor geen goud meer weg. Het spijt me dat ik nu toch wegga.'

'Ik weet zeker dat we daar de telefoon- en e-mailarchieven kunnen gaan doorzoeken,' zei Scarpetta.

'Dat is op dit moment niet urgent,' zei Berger met een blik over haar schouder. 'Maar Lucy heeft informatie naar je toe gestuurd waar je, zodra je tijd hebt, naar moet kijken. Je moet lezen wat Terri Bridges heeft geschreven, als we ervan uitgaan dat zij het heeft geschreven. Dat is moeilijk vast te stellen, omdat Oscar Bane daar ook heel gemakkelijk de hand in kan hebben gehad. Of wie weet is híj "lunasee".'

'Ik heb een lijst van bewijsmateriaal dat overeenkomt met de merktekens in het appartement,' zei Marino onder het rijden. 'En schetsen van de plaats delict. Voor ieder van jullie een map, zodat jullie alles goed kunnen bestuderen.'

Berger gaf twee exemplaren door naar achteren.

Marino sloeg een donkere straat in met bomen en oude bakstenen huizen.

'Slecht verlicht, en blijkbaar zijn nog veel bewoners vanwege de feestdagen de stad uit. Geen buurt waar veel misdaden worden gepleegd,' zei Benton.

'Nee,' beaamde Marino. 'Hier niet. De laatste klacht voordat deze moord werd gemeld was van iemand die vond dat de muziek ergens te hard aanstond.'

Hij stopte achter een politieauto.

'Een nieuwe hobbel,' zei Berger, 'is dat we ons, gebaseerd op enkele van de e-mails die Lucy en ik hebben gelezen, moeten afvragen of Terri ook nog een andere vriend had.'

'Iemand neemt blijkbaar niet de moeite zijn politieauto ergens anders te parkeren,' zei Marino toen hij de motor afzette.

'Ergens anders?' vroeg Berger.

'Morales zei dat hij niet wilde dat iedereen die kon zien staan. Voor het geval dat de boeman terugkomt. Maar dat is hij vergeten tegen de agent van dienst te zeggen.'

'Je bedoelt of ze Oscar bedroog?' zei Benton toen hij het portier opende om uit te stappen. 'Of Terri Oscar bedroog? Ik denk dat we onze jassen beter in de auto kunnen laten.'

Koude windvlagen rukten aan Scarpetta's jasje en haren toen ze haar dikke jas uittrok. Marino stapte ook uit en praatte tegelijkertijd in zijn mobiel, waarschijnlijk om de agent die het appartement bewaakte te vertellen dat ze er waren. Het was nog steeds een plaats delict en alles zou er nog net zo uitzien als toen de politie kort na een uur 's nachts was vertrokken, zoals in de rapporten stond die Scarpetta had gelezen.

De toegangsdeur van het gebouw werd geopend en Marino, Benton, Berger en Scarpetta liepen de vijf treden op naar de hal, waar een agent in uniform zijn taak serieus opnam.

'Ik zie dat je auto voor de deur staat,' zei Marino. 'Ik dacht dat het bureau je opdracht had gegeven die niet in het volle zicht te zetten.'

'Degene die hier voor mij was, voelde zich niet lekker. Ik denk door de lucht, die best meevalt, tot je hier een poosje bent,' zei de agent. 'Toen ik hem afloste, heeft hij niet gezegd dat ik de auto niet voor de deur mocht zetten. Zal ik hem ergens anders parkeren?'

Marino keek naar Berger. 'Wat vind jij? Morales wilde niet dat iemand zou zien dat hier politie aanwezig is. Zoals ik al zei. Voor het geval dat de moordenaar naar de plaats van het misdrijf terugkeert.'

'Hij heeft een camera op het dak gezet,' zei de agent.

'Ik ben blij dat hij dat zo geheim heeft gehouden,' zei Marino.

'De enige die naar dit appartement zou kunnen terugkeren,' zei Benton, 'is Oscar Bane, tenzij nog meer mensen een sleutel hebben. En ik kan me niet voorstellen dat hij, met zijn waanideeën, weer hierheen zou komen en naar binnen zou gaan.'

'Iemand die er zo aan toe is als hij, gaat waarschijnlijk eerder naar het mortuarium, in de hoop dat hij daar nog een laatste blik op zijn vriendin mag werpen,' zei Scarpetta.

Ze had besloten dat het geen zin had nog langer alles voor zich te houden. Er waren manieren om noodzakelijke informatie door te geven zonder de geheimhoudingsplicht jegens een patiënt te verbreken.

Marino zei tegen de agent: 'Misschien is het een goed idee de bewaking om het gebouw van de forensisch geneeskundige dienst op te voeren. Voor het geval dat Oscar Bane daar opduikt. Maar doe me een lol en doe over de radio geen mededelingen over hem, want die kunnen journalisten ook horen, oké? We willen voorkomen dat ze elke dwerg in het oostelijke deel van de stad gaan aanhouden en ondervragen.'

Alsof de buurt rondom het kantoor van de lijkschouwer een hangplek voor kleine mensen was.

'Als je iets wilt gaan eten of wat dan ook wilt doen, kan dat nu wel even,' voegde Marino eraan toe.

'Al zou ik dat graag willen, ik doe het liever niet,' zei de agent met een blik op Berger. 'Ik heb opdracht hier te blijven. En jullie moeten je naam in het boek schrijven.'

'Wees niet zo star. Niemand zal je bijten, zelfs mevrouw Berger niet,' zei Marino. 'We hebben een beetje ruimte nodig. Je mag in de hal blijven, als je wilt. Of even pauzeren. Ik zal je een kwartier voordat we vertrekken waarschuwen. Ga alleen niet naar Florida of zo.'

De agent opende de deur van het appartement en Scarpetta rook een gebraden kip die al flink aan het bederven was. Hij pakte zijn jasje van de rugleuning van een klapstoel en raapte een boek op van de eiken vloer: *American Rust* van Philipp Meyer. Verder mocht hij in het appartement niets aanraken en als hij in de verleiding zou komen om rond te neuzen, zouden de kleine, feloranje kegels op de plaatsen waar bewijsmateriaal was verzameld hem aan zijn instructies herinneren. Als hij iets wilde drinken of eten of nodig moest plassen, moest hij iemand anders vragen zijn plaats in te nemen. Hij mocht zelfs nergens anders gaan zitten dan op de stoel die hij zelf had meegebracht.

Scarpetta opende haar koffer al bij de deur en haalde er een digitale camera, een blocnote, een pen en een meetlint uit, en ze gaf de anderen ieder een paar handschoenen. Daarna liet ze eerst, zoals ze altijd deed, zonder iets te zeggen of zich te verroeren haar blik door het vertrek gaan. Ze zag dat er behalve de kegels niets van zijn plaats stond of deed vermoeden dat er iets gewelddadigs was gebeurd. Alles zag er even onberispelijk uit en waar ze ook keek, zag ze sporen van de starre, obsessieve vrouw die er had gewoond en er was gestorven.

De gebloemde bank met bijpassende leunstoel in de woonkamer recht voor haar stonden perfect gerangschikt om een ahornhouten salontafel met daarop zorgvuldig in een waaier gespreide tijdschriften. De standaardmaat Pioneer flatscreen tv in een hoek zag er nieuw uit en was zo gedraaid dat het scherm recht tegenover het midden van de bank stond. In de open haard stond een boeket zijden bloemen. Het smetteloze ivoorwitte berbertapijt lag recht.

Behalve aan de kegels was niet te zien dat de politie de flat nauwkeurig had onderzocht. In deze nieuwe fase van benadering van een plaats delict hadden de agenten allemaal een wegwerpoverall aangehad en hoezen over hun schoenen. Ze hadden elektrostatische stofzuigers gebruikt om alle sporen van de glanzende houten vloer op te zuigen, en het vieze zwarte poeder was vervangen door forensische lampen en fotografie. Op hypermoderne bureaus zoals dat van de NYPD werd er door plaats-delict-technici niets gecreëerd of vernietigd.

De woonkamer ging over in de eethoek en de keuken. Het appartement was zo klein dat Scarpetta vanaf de voordeur kon zien dat de tafel was gedekt voor twee personen. Op het aanrecht stonden de benodigdheden voor een maaltijd naast het fornuis. De kip stond ongetwijfeld in de oven en Joost mocht weten hoe lang hij daar nog zou blijven staan, al zou hij tegen de tijd dat de eigenaar van het appartement of Terri's ouders er naar binnen mochten volkomen bedorven zijn. Het was niet de taak van de politie de rommel na een gewelddadige dood op te ruimen en daar hadden ze ook niet het recht toe. Of het nu bloed was of een onaangeroerd feestmaal.

'Mag ik een voor de hand liggende vraag stellen?' vroeg Scarpetta aan niemand in het bijzonder. 'Bestaat de mogelijkheid dat iemand anders eigenlijk het slachtoffer had moeten zijn? Omdat er hiertegenover ook zo'n appartement ligt en boven twee, geloof ik.'

'Ik zeg altijd dat alles mogelijk is,' antwoordde Berger. 'Maar zij heeft de deuren opengedaan. Of als iemand anders dat heeft gedaan, dan had die persoon de sleutels. Het lijkt er wel op dat er een verband bestond tussen haar en de persoon die haar heeft vermoord.' Tegen Marino vervolgde ze: 'Je had het over de toegang tot het dak. Heb je daar nog meer over te melden?'

'Een sms'je van Morales,' antwoordde hij. 'Hij zei dat de ladder toen hij hier gisteravond aankwam op precies dezelfde plaats stond als nadat hij de camera op het dak had gezet. In de werkkast.'

Marino keek alsof hij aan een grap dacht die hij niet wilde vertellen.

'Niets nieuws dus. En wat de andere bewoners betreft, geen mogelijke verdachte of getuige?' vroeg Berger weer aan Marino, terwijl ze nog steeds bij de voordeur stonden.

'Volgens de huiseigenaar, die op Long Island woont, was ze een heel rustige vrouw, behalve als ze een klacht had. Ze was iemand die alles piekfijn in orde wilde hebben,' zei Marino. 'Maar als ze een klusje zelf niet kon opknappen, wilde ze gek genoeg nooit dat

de eigenaar dat liet doen. Dan zei ze dat ze zelf wel iemand zou regelen. De eigenaar zei dat het leek alsof ze hem voortdurend allerlei problemen meldde zodat hij het niet in zijn hoofd zou halen de
huur te verhogen.'

'Dat klinkt alsof de huiseigenaar haar niet bepaald sympathiek
vond,' zei Benton.

'Hij liet meer dan eens het woord "veeleisend" vallen,' zei Marino. 'Maar ze e-mailde hem altijd, ze belde nooit. Alsof ze haar klachten op papier wilde hebben om hem zonodig voor de rechter te kunnen slepen. Dat zei hij.'

'Lucy kan die e-mails wel vinden,' zei Berger. 'Weten we welke
van haar achttien gebruikersnamen ze had gekozen voor haar klachten aan de huiseigenaar? Ik geloof niet dat het "lunasee" was, tenzij we, toen ik een paar uur geleden bij Lucy was, nog geen berichten aan of van hem zijn tegengekomen. Ik heb haar trouwens
gevraagd alles wat ze kan vinden aan me door te sturen. Dus we
zijn allemaal min of meer tegelijk met haar online terwijl ze de laptops uit dit appartement doorzoekt.'

'De naam is "railroadrun", alsof ze haar eigen spoorwegmaat-
schappij runt. Volgens mij tenminste,' zei Marino. 'Dat is het
e-mailadres dat ze de huiseigenaar had opgegeven. Maar goed, het
komt erop neer dat ze een lastpak was.'

'En blijkbaar had ze een klusjesman voor als er iets kapot was,'
zei Scarpetta.

'Ik betwijfel of dat Oscar was,' zei Berger. 'In de e-mails die we
tot nu toe hebben gelezen, wordt daar geen woord over gezegd.
Niets. Ze vraagt hem niet of hij haar verstopte wc wil ontstoppen
of een gloeilamp aan het plafond voor haar wil verwisselen. Hoewel hij vanwege zijn lengte natuurlijk niet voor alle klusjes in aanmerking zou komen.'

'Boven in de kast staat een trap,' zei Marino.

'Ik wil eerst een keer alleen rondlopen,' zei Scarpetta.

Ze pakte het meetlint uit haar koffer en stopte het in de zak van
haar jasje. Vervolgens bestudeerde ze de lijst met bewijsstukken,
waarop stond welke kegel overeenkwam met wat er was meegenomen. Bijna twee meter vanaf de deur links van hen stond de eerste
kegel; daar had de zaklantaarn gelegen, een zwarte metalen Luxeon
Star met twee Duracell-lithiumbatterijen erin, die het deed. Hij was

niet, zoals Oscar had gezegd, van plastic, wat misschien belangrijk was en misschien ook niet. Maar een metalen zaklantaarn was een serieus wapen en als Oscar zichzelf daarmee die blauwe plekken had bezorgd, had hij niet hard hoeven slaan.

Kegels twee tot en met vier stonden waar er schoenzoolafdrukken waren gevonden op de hardhouten vloer, volgens de beschrijving met een patroon als van sportschoenen en ongeveer vijftien bij tien centimeter groot. Dat was klein, en toen Scarpetta haar ogen over de lijst liet glijden, zag ze dat er uit Terri's kleerkast een paar sportschoenen was meegenomen. Maat 35, Reeboks, wit met roze garneersel. Een damesschoen maat 35 zou niet vijftien centimeter lang zijn en toen Scarpetta dacht aan Terri's voeten in het mortuarium, waren die volgens haar kleiner, omdat Terri zulke korte tenen had.

Ze vermoedde dat de schoenafdrukken bij de deur van Oscar waren en daar waarschijnlijk waren achtergelaten toen hij naar binnen en weer naar buiten was gelopen, om zijn jas in de auto te leggen en daar, nadat hij het lichaam had gevonden, misschien nog andere dingen te doen.

Als zijn verhaal in grote lijnen klopte.

De overige afdrukken op de vloer waren van blote voeten, en Scarpetta dacht aan een paar van de foto's, die bij schuin vallend licht waren genomen. Ze had aangenomen dat dat Terri's voetafdrukken waren, en de plek was belangrijk. Ze bevonden zich allemaal vlak voor de badkamer, waar haar lichaam was gevonden. Scarpetta had zich afgevraagd of Terri zich na het douchen had ingesmeerd met bodylotion of olie en de voetafdrukken daarom zo duidelijk zichtbaar waren. Ze vroeg zich af wat het zou kunnen betekenen als Terri haar slippers pas had uitgedaan vlak voordat ze naar het deel van het appartement ging waar ze was vermoord. Zouden haar slippers, als ze meteen nadat ze de voordeur had geopend was aangevallen en zich had verzet en was meegesleurd naar de slaapkamer, niet veel eerder van haar voeten zijn gevallen?

Na al die jaren dat Scarpetta al plaatsen delict onderzocht, was ze tot de conclusie gekomen dat slippers, een of allebei, bij gewelddaden zelden aan voeten bleven zitten.

Ze liep naar de eethoek en daar was de lucht van rottende kip sterker en onaangenamer. De keuken lag iets verder met daarachter de logeer/werkkamer, volgens de met de computer gemaakte plattegrond van het appartement, die Marino ook in de map had gedaan.

De eettafel was onberispelijk gedekt. Tegenover elkaar op twee gesteven blauwe placemats stonden borden met een blauwe rand en aan weerskanten daarvan zorgvuldig neergelegd glanzend bestek, alles overdreven precies op zijn plaats. Alleen het boeketje bloemen had zijn perfectie verloren: de riddersporen hadden hun hoofd gebogen en blaadjes waren als tranen op tafel gevallen.

Scarpetta trok de stoelen naar achteren en bekeek de blauwe fluwelen zittingen om te zien of er knieafdrukken op zaten van iemand die te klein was om bij het midden van de tafel te kunnen. Maar als Terri op een stoel was geklommen, had ze de stof daarna weer glad geborsteld. Alle meubels hadden normale afmetingen, het appartement was niet aangepast aan een handicap. Maar toen Scarpetta in de kasten keek, vond ze een trapje met een handvat, een grijpinstrument en iets wat op een vuurpook leek, dat Terri waarschijnlijk had gebruikt om dingen naar achteren te duwen of naar voren te trekken.

In de keuken was het in de hoek onder de magnetron een smeerboel van bloedspatten en vegen die zwartrood waren opgedroogd, waarschijnlijk van Oscar nadat hij zich in zijn duim had gesneden toen hij de schaar wilde pakken. Die was inmiddels samen met het houten messenblok naar het lab gestuurd. Op het fornuis stond een pan rauwe spinazie, met het handvat naar de muur gedraaid, zoals voorzichtige mensen doen. De kip in de oven had een ranzige geur en lag vastgeplakt aan de bodem van de aluminium braadpan in een plas gestold vet die eruitzag als gele was.

Op het aanrecht lagen kookgerei en pannenlappen netjes naast elkaar, met basilicum, zout- en pepervaatjes en een fles sherry om mee te koken. In een kleine aardewerken kom lagen drie citroenen, twee limoenen en een banaan, die bruine stippels had gekregen. Er lag ook een kurkentrekker, van het soort dat Scarpetta beschouwde als een hulpstuk dat het ritueel en de romantiek van het openen van een fles wijn bedierf, naast een ongeopende fles chardonnay, van goede kwaliteit voor de prijs. Scarpetta vroeg zich af of Terri de wijn ongeveer een uur voordat Oscar zou komen uit de koelkast had gehaald, waarbij ze er weer van uitging dat hij niet de moordenaar was. Als ze gelijk had, kon het zijn dat Terri zich in wijnen had verdiept en wist dat witte wijn koel, maar niet koud hoorde te worden geschonken.

In de koelkast stond een fles champagne, ook van goede prijskwaliteit verhouding – alsof Terri altijd kocht wat werd aanbevolen, wellicht op het internet, of was geabonneerd op de consumentengids. Ze kocht blijkbaar geen dingen omdat ze er dol op was of omdat ze wel eens wat nieuws wilde proberen. Zowel haar tv als haar glaswerk en serviesgoed was uitgezocht door iemand die zich in elke aankoop verdiepte en nooit iets in een opwelling deed.

In de la van de koelkast lagen broccoli, paprika's, uien en een krop sla, en pakjes met plakken kalkoen en Zwitserse kaas, die volgens het etiket afkomstig waren van een delicatessenwinkel in Lexington Avenue, een paar straten verderop, en die samen met de ingrediënten voor het diner de afgelopen zondag waren gekocht. De sladressings en andere sauzen in de koelkastdeur hadden een laag caloriegehalte. In de kastjes lagen crackers, noten en soepen, allemaal zoutarm. De sterkedrank was net als de rest van de beste kwaliteit voor de prijs: Dewar's, Smirnoff, Tanqueray en Jack Daniel's.

Scarpetta haalde het deksel van de afvalemmer en het verbaasde haar niet dat die van metaal was, roestvrij en gemakkelijk schoon te maken. Om het deksel te openen, moest je op een pedaal trappen, zodat je niets wat vuil was hoefde aan te raken. In de bijbehorende plastic zak zaten de verpakking en de schuimplastic schaal van de kip, het zakje van de spinazie, een heleboel proppen keukenpapier en het groene papier van de bloemen die op tafel stonden. Ze vroeg zich af of Terri de keukenschaar had gebruikt om een stuk van de stelen af te knippen, waar het elastiekje nog omheen zat, en de schaar daarna had schoongemaakt en weer in het messenblok gezet.

De politie had de kassabon gisteravond gevonden en hij stond op de lijst. Terri had de bloemen gistermorgen voor acht dollar vijfennegentig in een winkel in de buurt gekocht. Scarpetta vermoedde dat het vrij schamele bosje voorjaarsbloemen Terri's laatste aankoop was geweest, en ze betreurde het dat iemand zo weinig creatief, spontaan en warm kon zijn. Wat een kille manier van leven, wat jammer dat Terri daar niets aan had gedaan.

Terri had psychologie gestudeerd. Ze zou hebben geweten dat er voor haar extreme nervositeit een behandeling bestond en als ze zich tot een therapeut had gewend, was haar leven misschien heel anders verlopen. De mogelijkheid bestond dat haar obsessie ertoe had geleid, al was het indirect, dat er nu vreemden door haar appartement liepen en minutieus onderzochten wie ze was geweest en hoe ze had geleefd.

Rechts achter de keuken lag een kleine logeerkamer, die als werkkamer was gebruikt. Er stonden alleen een bureau, een verstelbare stoel, een tafeltje met een printer erop en tegen een muur twee lege archiefkasten. Scarpetta liep terug naar de hal en keek naar de voordeur. Berger, Marino en Benton stonden inmiddels in de woonkamer de lijst van bewijsstukken te bekijken en het nut van de oranje kegels te bespreken.

'Kan iemand me vertellen of deze kasten leeg waren toen de politie hier aankwam?' vroeg Scarpetta.

Marino bladerde door zijn lijst en zei: 'Post en persoonlijke papieren, dat hebben ze meegenomen, staat hier. Die zaten in een archiefdoos die ze uit de kleerkast hebben gehaald.'

'Dus ze hebben niets uit de archiefkasten gehaald,' zei Scarpetta. 'Dat is vreemd. Er staan er hier twee en er staat niets in, zelfs geen lege map. Alsof ze nooit zijn gebruikt.'

Marino kwam naar haar toe en vroeg: 'Zijn ze stoffig?'

'Kijk zelf maar. Maar Terri Bridges en stof gingen niet samen. Er ligt nergens stof, geen vlokje.'

Marino kwam de logeer/werkkamer binnen en opende de archiefkasten, en Scarpetta zag dat zijn schoenen diepe afdrukken achterlieten in de hoogpolige donkerblauwe vloerbedekking. Toen besefte ze dat er geen andere voetsporen waren, behalve die van haarzelf toen ze was binnengekomen, en dat was ook vreemd. Politieagenten letten er weliswaar op dat ze geen vuil meebrachten naar een plaats delict of ervandaan, maar ze namen beslist niet de moeite om voor hun vertrek een vloerkleed glad te vegen.

'Het lijkt wel alsof hier gisteravond niemand is geweest,' zei ze.

Marino schoof de laden dicht en zei: 'Volgens mij heeft er niets in gelegen, tenzij iemand de laden heeft schoongemaakt. En nergens loopt een streepje stof waar mappen hebben gehangen. Maar de politie heeft hier wel rondgekeken.'

Eindelijk keek hij haar aan, met een aarzelende blik.

'Op de lijst staat dat de archiefdoos uit die kleerkast is gehaald.'
Hij keek naar de vloer en fronste zijn wenkbrauwen, hij dacht blijkbaar hetzelfde als zij. 'Wat verdomd vreemd is dit. Ik ben hier vanmorgen nog geweest. Die kast daar' – hij wees – 'daar stonden ook
haar koffers in.'

Hij opende de kastdeur. Aan de roede hingen gordijnen in plastic zakken van een stomerij en op de vloer stonden nog meer koffers.
Overal waar hij zijn voeten zette, liet hij afdrukken in het tapijt achter.

'Maar het ziet er niet naar uit alsof hier iemand is geweest, of anders heeft iemand daarna de vloer geveegd,' zei hij.

'Geen idee,' zei Scarpetta. 'Maar jij zegt dus dat er sinds gisteravond behalve jijzelf niemand meer door dit appartement heeft gelopen. Jij was hier vanmorgen.'

'Ik ben wel afgevallen, maar ik zweef nog niet boven de grond,'
zei Marino. 'Dus waar zijn mijn voetstappen, verdomme?'

Op de grond bij het bureau stond een modem ingeplugd in de
muur en dat vond Scarpetta eveneens vreemd.

'Ze had haar laptops klaargezet om mee naar Arizona te nemen
en liet haar modem thuis?' zei ze.

'Iemand is hier geweest,' zei Marino. 'Waarschijnlijk die verdomde Morales.'


24


Lucy was alleen in haar loft, en haar oude buldog lag naast haar
stoel te slapen.

Terwijl ze Scarpetta aan de telefoon had, las ze nog meer e-mails
van Terri en Oscar:

Datum: zondag 11 november 2007 11:12:03
Van: Oscar
Aan: Terri
Zie je wel, ik zei toch dat dr. Scarpetta niet zo is? Ze heeft je
eerdere boodschappen niet gekregen. Verbazingwekkend hoe

iets wat voor je neus ligt en vanzelfsprekend is soms gewoon klopt. Ben je het wat die e-mails betreft met me eens?

Datum: zondag 11 november 2007 14:45:16
Van: Terri
Aan: Oscar
Nee, dat zou inbreuk op haar privacy betekenen. Dit project loopt fantastisch! Ik ben verbijsterd! Dolblij.

'Wat ligt voor haar neus en is vanzelfsprekend? Blijkbaar heeft ze iets geprobeerd of misschien hij en beviel het resultaat hun,' zei Lucy via haar draadloze oortje met microfoon. 'Waar hebben ze het verdomme over?'

'Ik weet niet wat er voor haar neus lag, maar ze had het mis. Of ze loog,' zei Scarpetta.

'Dat laatste waarschijnlijk,' zei Lucy. 'Daarom wilde ze Oscar geen e-mails van jou laten zien.'

'Ze heeft nooit een e-mail van mij gekregen,' zei Scarpetta weer. 'Ik moet je iets vragen. Ik sta in het appartement van Terri Bridges en het is niet verstandig om van hier met jou te praten. Vooral niet via mobieltjes.'

'Ik heb jou je mobieltje gegeven, weet je nog? Het is een bijzonder toestel. Je hoeft je geen zorgen te maken, en ik ook niet. Onze telefoons zijn beveiligd.'

Onder het praten opende Lucy een voor een de e-mailaccounts en keek in de prullenbak of er soms iets was verwijderd wat van nut kon zijn.

'Dat kan Oscar je ook kwalijk nemen. Zijn vriendin is geobsedeerd door haar heldin, die haar eindelijk een antwoord heeft gestuurd – dat zegt ze tenminste. En nu wil ze hem dat niet laten lezen. Het klinkt alsof je zonder je medeweten een probleem hebt geschapen.'

'Ik heb er echt niets mee te maken gehad,' zei Scarpetta. 'Hoe worden haar laptops op het net aangesloten? Een eenvoudige vraag, maar ik wil het graag weten.'

Een van de accounts was leeg en die bewaarde Lucy voor het laatst, terwijl ze aannam dat Terri die had geopend maar nog niet had gebruikt. Maar toen ze de prullenbak opende, was ze verbijsterd over wat ze daar aantrof.

'Wauw,' zei ze. 'Dit is niet te geloven. Ze heeft alles gistermorgen verwijderd. Honderdzesendertig e-mails. Een voor een.'

'Geen USB, maar een magnetische kabel? Wat heeft ze verwijderd?' vroeg Scarpetta.

'Wacht even,' zei Lucy. 'Niet ophangen. Blijf aan de lijn, dan gaan we hier samen naar kijken. Misschien wil je Jaime, Benton en Marino roepen en me op de luidspreker zetten.'

Alle verwijderde e-mails waren berichten van Terri met een gebruiker met de naam 'scarpetta612'.

Zes-twaalf – 12 juni – was Scarpetta's verjaardag.

Het adres van de internetprovider was hetzelfde als van Terri's andere achttien accounts, maar 'scarpetta612' werd niet vermeld in de geschiedenis. Die account was niet met deze laptop aangevraagd en niet met deze laptop gebruikt, anders zou die, volgens de datums op de e-mails die Lucy al aan het bekijken was, deel uitmaken van de computergeschiedenis. Daar zou hij in staan als Terri hem had aangemaakt, maar daar was geen bewijs van. Nog niet.

'Scarpetta zes twaalf,' zei Lucy terwijl ze de tekst over het scherm liet rollen. 'Iemand met die gebruikersnaam mailde met Terri, dat neem ik tenminste aan. Kun je Jaime en Marino vragen of ze me het wachtwoord voor die account kunnen bezorgen?'

'Iedereen kan de een of andere versie van mijn naam gebruiken, en mijn geboortedatum is geen geheim, mocht iemand die willen weten,' zei Scarpetta.

'Geef Jaime die gebruikersnaam nou maar: Scarpetta met zes-een-twee eraan vast.'

Lucy noemde ook de e-mail provider en wachtte. Ze hoorde Scarpetta met iemand praten, het klonk alsof het Marino was.

Toen zei Scarpetta tegen Lucy: 'Het komt eraan.'

'Nu meteen, graag,' zei Lucy.

'Ja, nu meteen. Ik heb je gevraagd of een van de laptops die nu bij jou zijn een gemagnetiseerde netaansluiting heeft.'

'Nee,' antwoordde Lucy. 'USB, met een verzonken vijfpotige poort, vijfentachtig watt. Wat jij bedoelt, kan niet door Terri's laptops worden herkend. Het IP-adres van "scarpetta-zes-twaalf" verwijst naar Tenth Avenue 899. Is dat niet het John Jay College of Criminal Justice?'

'Welk IP-adres? Ja, dat is zo. Maar wat heeft het John Jay ermee te maken? Jaime en Marino zijn hier nog, ze willen horen wat je te zeggen hebt. Ik zet je op de luidspreker. Wat is Benton aan het doen?' vroeg Scarpetta aan Berger en Marino.

Lucy hoorde Bergers stem op de achtergrond zeggen dat Benton telefoneerde met Morales. Lucy vond het vervelend dat Berger over Morales praatte en ze wist eigenlijk niet waarom, tenzij ze gelijk had en hij belangstelling voor Berger had, dat hij haar seksueel begeerde, en dat het erop leek dat hij iemand was die alles kreeg wat hij wilde hebben.

'Degene die met Terri e-mailde en deed alsof hij of zij jou was, deed dat vanaf dat IP-adres, vanuit het John Jay,' zei Lucy.

Ze ging verder met het lezen van de verwijderde e-mails die waren verzonden door iemand die zich uitgaf voor haar tante.

'Ik zal enkele van deze mails doorsturen,' zei ze. 'Jullie moeten ze allemaal lezen en ik moet dat wachtwoord hebben, oké? De recentste is door scarpetta-zes-twaalf vier dagen geleden naar Terri gestuurd. Op 28 december tegen middernacht. De dag dat Bhutto is vermoord en jij het daar op CNN over hebt gehad, tante Kay. Je was toen in New York.'

'Dat klopt, maar ik heb die e-mail niet gestuurd. Dat is niet mijn e-mailadres,' zei Scarpetta nadrukkelijk. Er stond:

Datum: vrijdag 28 december 2007 23:53:01
Van: Scarpetta
Aan: Terri
Terri,
Ik bied je nogmaals mijn verontschuldigingen aan. Maar je begrijpt het vast wel. Wat een tragedie, en ik moest naar CNN. Ik zou het je niet kwalijk nemen als je dacht dat ik mijn woord niet houd, maar ik heb niet veel zeggenschap over mijn dagindeling als er iemand sterft of er andere vervelende dingen gebeuren. We proberen het opnieuw! Scarpetta.
PS Heb je de foto ontvangen?

Lucy las hem voor en vroeg: 'Tante Kay? Hoe laat ben je die avond bij CNN weggegaan?'

'Andere vervelende dingen?' zei Berger tegen Scarpetta. 'Alsof jij een moordaanslag of andere gewelddaad een vervelend ding zou noemen. Wie schrijft dit verdomme? Denk je dat het iemand is die je kent?'

'Nee,' zei Scarpetta tegen Berger. 'Ik denk het niet.'

'Marino?' zei Berger.

'Geen idee,' antwoordde Marino. 'Maar zoiets zou ze nooit zeggen.' Alsof hij haar moest verdedigen. 'En ik geloof niet dat het Jack is, als iemand dat misschien denkt.'

Hij bedoelde Jack Fielding, en het was niet waarschijnlijk dat iemand aan hém had gedacht. Hij was een betrouwbare lijkschouwer, hij bedoelde het goed en was over het algemeen loyaal jegens Scarpetta. Maar hij was niet bepaald scherpzinnig, hij had een onvoorspelbaar humeur en lichamelijke problemen, zoals een hoog cholesterolgehalte en huiduitslag ten gevolge van jarenlang bodybuilden en het slikken van anabole steroïden. Hij had niet genoeg energie om zich op internet voor te doen als Scarpetta en hij was niet sluw of wreed. En als Terri Bridges niet zelf 'scarpetta612' was geweest, dan was het wreed dat iemand haar voor de gek had gehouden. Want in elk geval in het begin had ze Scarpetta geadoreerd. Ze had geprobeerd met haar in contact te komen. Als ze ten slotte had gedacht dat haar dat was gelukt, moest dat geweldig voor haar zijn geweest tot haar heldin haar begon te beledigen.

'Tante Kay?' zei Lucy. 'Op de avond van 28 december heb je het gebouw van CNN verlaten en toen was je maar twee straten bij het John Jay vandaan. Ben je net als anders lopend teruggegaan naar het appartement?'

Het appartement lag aan Central Park West, vlak bij CNN en het John Jay.

'Ja,' zei Scarpetta.

Nog een e-mail, de vorige dag verstuurd. Weer afkomstig van het John Jay.

Datum: maandag 31 december 2007 03:14:31
Van: Scarpetta
Aan: Terri
Terri,
Je zult vast wel begrijpen dat ik in N.Y. nooit precies weet hoe mijn dag eruitziet, en op het OCME heb ik weinig te vertellen omdat ik er niet de baas ben, maar alleen adviseur.

Ik dacht dat we elkaar beter in Watertown konden ontmoeten, omdat ik daar wél de baas ben. Dan leid ik je rond en mag je een autopsie bijwonen of wat je maar wilt zien. Gelukkig nieuwjaar, ik kijk uit naar onze ontmoeting. Scarpetta

Nadat Lucy de mail hardop had voorgelezen, stuurde ze hem door.

'Gistermiddag was ik niet in New York,' zei Scarpetta, 'dus kan ik dit ook niet vanuit het John Jay hebben verstuurd. Niet dat ik het überhaupt heb verstuurd. En ik geef geen rondleidingen door het mortuarium.'

'Die verklaring dat je hier in New York niet de baas bent,' zei Berger. 'Iemand kleineert je met je eigen mond, om het zo maar te zeggen. Ik vraag me natuurlijk wel af of Terri niet zichzelf scarpetta-zes-twaalf noemt en zichzelf e-mails stuurt die zogenaamd afkomstig zijn van Scarpetta. Een slimme zet in het belang van haar scriptie. Mijn vraag is, Lucy, of jij denkt dat we de mogelijkheid dat Terri de bedrieger is, moeten uitsluiten.'

Lucy luisterde naar de stem van Berger en meende er een extra warme klank in te horen. Het was heel vlug gegaan en Berger was verbazingwekkend zeker van zichzelf geweest. Verbazingwekkend doortastend. Toen had Berger de voordeur geopend, was de koude wind naar binnen gewaaid en was ze vertrokken.

Door de telefoon zei Lucy tegen haar tante: 'Die e-mails aan Terri die zogenaamd van jou komen, verklaren waarom ze je in haar proefschrift citeert en waarom ze denkt dat ze je kent.'

'Kay, heeft Oscar hier ook maar iets van laten doorschemeren?' vroeg Berger.

'Ik mag niet herhalen wat hij tegen me heeft gezegd, maar ik zal niet ontkennen dat hij iets heeft laten doorschemeren.'

'Dus dat heeft hij gedaan,' zei Berger. 'Dus hij wist van die briefwisseling. Wat niet wil zeggen dat hij die mails zelf heeft gelezen.'

'Als Terri niet de bedrieger was,' zei Marino, 'wie heeft die e-mails dan verwijderd? En waarom?'

'Precies,' zei Berger. 'Een paar uur voordat ze werd vermoord. Een paar uur voordat Oscar bij haar zou komen eten. Of heeft iemand anders dat gedaan en toen de laptops in de kleerkast gezet?'

'Als Terri bang was dat iemand anders die e-mails zou lezen, had ze verdomme ook de prullenbak moeten legen,' zei Lucy. 'Zelfs de grootste stomkop weet dat je verwijderde bestanden uit de prullen-bak kunt halen, vooral als ze daar nog maar korte tijd in zitten.'

'Ik denk dat we één ding zeker weten,' zei Scarpetta, 'en dat is dat Terri Bridges, ongeacht waarom zij of wie dan ook die e-mails heeft verwijderd, niet verwachtte dat ze gisteravond zou worden vermoord.'

'Nee, ze kan niet hebben verwacht dat ze dood zou gaan. Tenzij ze zelfmoord wilde plegen.'

'En daarna zelf die band van haar nek heeft gehaald? Dat denk ik niet,' zei Marino, alsof hij Lucy's opmerking serieus had genomen.

'Ze hoefde geen band weg te halen, want ze is in feite opgehan-gen,' zei Scarpetta. 'Ze is niet gewurgd doordat er iets om haar nek is gebonden.'

'Ik moet uitzoeken wie scarpetta-zes-twaalf is en wat voor foto die persoon heeft gestuurd,' zei Lucy. 'Er zitten geen foto's of jpeg-beelden in de prullenbak. Het kan zijn dat ze die eerst heeft ver-wijderd en de prullenbak heeft geleegd voordat ze de e-mails ver-wijderde.'

'En dan?' vroeg Berger.

'Dan moeten we proberen die op dezelfde manier in deze laptop te vinden als we haar tekstbestanden op de andere hebben gevon-den,' antwoordde Lucy. 'Wat we hebben gezien toen je hier bij mij was.'

'Is er ook nog een andere mogelijkheid wat die foto betreft?' vroeg Scarpetta.

'Als zij, laten we ervan uitgaan dat we het over Terri hebben, een als bijlage per e-mail gestuurde foto heeft ontvangen van een ander apparaat, bijvoorbeeld een BlackBerry of weer ergens een andere computer, dan zit die niet in de laptop die ze voor het internet ge-bruikte,' antwoordde Lucy.

'Dat probeer ik je duidelijk te maken,' zei Scarpetta. 'In haar werkkamer staat een aansluiting die niet past bij de laptops die bij jou staan, dus moet er nog ergens een andere laptop zijn.'

'We moeten hierna naar het appartement van Oscar,' zei Marino tegen de anderen. 'Morales had de sleutel. Heeft hij die nog steeds?'

'Ja,' antwoordde Berger. 'Die heeft hij nog steeds. Maar Oscar kan thuis zijn. We weten niet waar hij naartoe is gegaan.'

'Ik geloof absoluut niet dat hij naar huis is gegaan,' zei Benton.

'Je had net Morales aan de lijn. Wat is er?' vroeg Berger aan hem.

'Hij vermoedt dat Oscar verwachtte dat hij zou worden gearresteerd. Hij zei dat een van de bewakers tegen hem had gezegd dat Oscar er na het vertrek van Kay niet goed aan toe was. Hij zei, en denk aan de bron, dat Oscar vindt dat Kay hem slecht heeft behandeld. Dat ze tegen hem heeft gelogen en geen respect voor hem heeft getoond. Dat Oscar blij is dat Terri er niet bij was toen Kay Oscar tijdens dat onderzoek mishandelde. Ze had een chemische stof op Oscar gesmeerd en hem veel pijn gedaan.'

'Mishandelde?' zei Scarpetta.

Ze praatten met elkaar alsof ze waren vergeten dat Lucy nog aan de lijn was. Lucy ging rustig door met het doorlezen van de e-mails.

'Dat woord gebruikte Morales,' zei Benton.

'Ik heb hem absoluut niet mishandeld en wie die Morales ook mag zijn, hij weet verdomd goed dat ik niet mag vertellen wat er zich daar heeft afgespeeld,' zei Scarpetta tegen Benton. 'Hij weet dat Oscar niet is gearresteerd, dus kan ik me niet verdedigen als hij dat soort woorden gebruikt.'

'Ik geloof niet dat Oscar dat soort dingen heeft gezegd,' zei Benton. 'Hij weet dat je hem niet mag citeren. Dus als hij je echt niet vertrouwde, zou hij ervan uitgaan dat je je zou verdedigen als hij je zou belasteren. Dan zou hij ervan uitgaan dat je lak zou hebben aan je geheimhoudingsplicht omdat je niet integer bent. Ik zal zelf met die bewaker gaan praten.'

'Dat vind ik een goed idee,' zei Berger. 'Want ik denk dat die opmerkingen van Morales zelf komen.'

'Hij is een onruststoker,' zei Marino.

'Hij had ook een boodschap voor jou,' zei Benton.

'Ja, dat zal best,' zei Marino.

'Die getuige die je eerder vandaag hebt ondervraagd, die vrouw aan de overkant van de straat.' Benton was blijkbaar vergeten dat Lucy meeluisterde.

'Daar heb ik hem niets over verteld,' zei Marino.

'Maar hij weet het wel,' zei Benton.

'Ik moest het bureau vragen of ze tegen die vrouw wilden zeggen dat ze me binnen moest laten. Ze dacht dat ik een brute moordenaar was en had het alarmnummer gebeld. Misschien is hij het op die manier aan de weet gekomen.'

'Blijkbaar heeft ze opnieuw het alarmnummer gebeld,' zei Benton. 'Nog maar kort geleden.'

'Ze is doodsbang,' zei Marino. 'Door wat er met Terri is gebeurd.'

'Om een geval van dierenmishandeling aan te geven,' zei Benton.

'Wat! Vanwege dat dode hondje?'

'Wat?'

'Dat zei ik ook,' zei Marino. 'Waar heb je het over?'

'Die vrouw heeft blijkbaar tegen de telefonist gezegd dat hij aan Jaime moest doorgeven dat het dezelfde man was die eerder deze maand de dans was ontsprongen – haar woorden. En dat zij, de vrouw die belde, een foto had genomen met haar mobieltje en kan bewijzen dat hij nog steeds zijn gang gaat.'

'Jake Loudin,' zei Berger. 'Wie is die vrouw die zegt dat ze een foto van hem heeft genomen?'

'Ik weet alleen dat de telefonist die boodschap heeft doorgegeven aan Morales. Waarschijnlijk omdat hij Jaime goed kent.'

Lucy trok een Pepsi Light open terwijl ze luisterde en las, en Jet Ranger lag te snurken.

'Goed kent?' snauwde Marino. 'Vanwege die verdomde Tavern on the Green? Ik mag die vent niet, echt waar. Het is een klootzak.'

'Hij zei dat je misschien nog een keer met die getuige wilt gaan praten, daar komt het op neer,' zei Benton. 'En dat Jaime dat misschien ook wil doen, omdat er een verband lijkt te bestaan met dat geval van dierenmishandeling. Maar misschien moeten we eerst naar hem toe gaan in het appartement van Oscar, nu we daar de kans voor hebben.'

'Die vrouw woont hier aan de overkant,' zei Marino. 'Toen ik vanmiddag bij haar was, zat ze te drinken. Ze had het over een nieuw hondje. Ik weet niet waarom ze toen niets over die Loudin heeft gezegd, want we hadden het over honden en die speciale eenheid voor dierenmishandelingzaken. We kunnen eerst even bij haar langsgaan en dan door naar het huis van Oscar. Hij woont aan de andere kant van het park, niet ver bij jullie appartement vandaan. Ook vlak bij het John Jay.'

'Ik denk dat we beter twee groepjes kunnen vormen,' zei Berger. 'Gaan jullie tweeën maar naar het appartement van Oscar, dan blijven Marino en ik hier.'

'Ik wil het nog even over het John Jay hebben,' zei Scarpetta. 'Hoe

zit dat als het IP-adres verwijst naar het John Jay? Moet degene die
die e-mails heeft verstuurd daar dan niet werken?'

Stilte.

Scarpetta herhaalde de vraag en vroeg: 'Lucy, ben je daar nog?'

'Sorry,' zei Lucy, 'ik was vergeten dat ik erbij ben.'

'Ik wist niet dat we haar aan de lijn hadden,' zei Benton. 'Misschien kun je je mobiel op het bureau leggen. Sorry, Lucy. Hallo,
Lucy.'

Scarpetta legde haar mobiel met een klapje op het bureau.

'De persoon achter scarpetta-zes-twaalf moest zich fysiek binnen
het bereik van het draadloze netwerk van het John Jay bevinden om
er gebruik van te kunnen maken. Die persoon moet bijvoorbeeld
een computer van het college hebben gebruikt, wat tegen middernacht niet waarschijnlijk is omdat het gebouw dan op slot zit. Maar
toen is de laatste e-mail verstuurd, vlak voor middernacht op 28 december. Die persoon kan ook zijn eigen laptop hebben meegebracht
of iets wat kleiner is, bijvoorbeeld een BlackBerry, een iPhone, een
palmtop, iets waarmee je op internet kunt inloggen. Dat laatste lijkt
me het meest waarschijnlijk, een palmtop, waarmee die persoon op
de stoep voor een van die gebouwen heeft gestaan om het draadloze netwerk te kapen. Ik neem aan dat de politie Terri's mobiel heeft
gevonden? Misschien haar BlackBerry of palmtop? Die door scarpetta-zes-twaalf verstuurde foto kan ook door een BlackBerry zijn
verstuurd, of een palmtop of zo, zoals ik al zei.'

'Haar mobiel is al onderzocht.' Dat was Marino. 'Er zijn geen
andere telefoons gevonden, of andere dingen die je voor internet
kunt gebruiken. Ik ga ervan uit dat de lijst die we hebben klopt. Alleen dat mobieltje. Eenvoudig roomkleurig opklaptoestelletje. Het
lag op het aanrecht en was aan het opladen. Met het oortje erbij,
dat was ook aan het opladen.'

Ze bleven nog een tijdje allerlei veronderstellingen uitwisselen,
tot Marino en Berger de provider van scarpetta-zes-twaalf te pakken kregen en vervolgens de informatie die Lucy nodig had.

'Het wachtwoord is *stiffone*, één woord.' Berger spelde het voor
Lucy. 'Marino, misschien kun jij de beveiliging van het John Jay
bellen om te vragen of ze in de nacht van 28 december en gisteren halverwege de middag iemand voor het gebouw hebben zien
staan.'

'Vanwege het tijdstip en de vrije dagen zou het gebouw toen gesloten zijn geweest,' zei Benton.

'Hebben ze bewakingscamera's?' vroeg Berger.

'Weten jullie wat ik denk?' zei Lucy. 'Ik denk dat ze met opzet dit IP-adres hebben gebruikt om de schijn te wekken dat de e-mails afkomstig zijn van tante Kay. Ze is verbonden aan het John Jay, dus waarom zou ze dan vanaf hun draadloze netwerk geen mails versturen? Ik bedoel dat het degene die door het verzenden van die mails haar identiteit heeft gestolen niet interesseert of dat adres is getraceerd, dat die zelfs hoopte of aannam dat het zou gebeuren. Anders zou die persoon wel een anonieme proxyserver hebben gebruikt – een programma op een aparte computer die bestanden voor je opzoekt en je echte adres verborgen houdt. Of een ander soort anoniemmaker die je voor elke e-mail die je verstuurt een tijdelijk adres geeft, zodat niemand je echte adres kan vinden.'

'Dat is mijn eeuwige strijd.' Berger uitte haar favoriete klacht over het internet. Lucy hoorde die graag, want Berger bestreed een vijand die Lucy kende.

'Witteboordenmisdaad, stalken, diefstal van identiteit,' vervolgde Berger. 'Ik kan jullie niet vertellen hoe erg die dingen me frustreren.'

'Hoe zit het met de accountinformatie van scarpetta-zes-twaalf?' Marino vroeg het Lucy alsof er nooit iets tussen hen was gebeurd. Hij was alleen iets voorzichtiger en daardoor beleefder, wat ongewoon was.

'Is er nog iets meer dan de algemene info die ze me hebben gegeven?' vroeg hij.

'De naam is geregistreerd als dokter Kay Scarpetta. Het adres en telefoonnummer van haar kantoor in Watertown. Dat is algemeen bekend,' antwoordde Lucy. 'Geen beschrijving, geen opties waarvoor de persoon die de account opende een creditcard nodig had.'

'Net als bij Terri's accounts,' zei Berger.

'Net als bij een miljoen andere accounts,' zei Lucy. 'Ik heb scarpetta-zes-twaalf geopend en alle e-mails hier zijn van en naar Terri Bridges.'

'Denk je niet dat Terri die account heeft geopend om de schijn te wekken dat Kay met haar correspondeerde?' vroeg Berger.

'Hoe zit het met de MAC, de Machine Access Code?' vroeg Benton.

Terwijl Lucy de e-mails over het scherm liet rollen, zei ze: 'Die komt niet overeen met deze laptops, maar dat betekent alleen dat Terri of wie dan ook deze niet heeft meegenomen naar het John Jay om van daaruit te gebruiken. Maar je hebt gelijk. Scarpetta-zes-twaalf lijkt alleen bedoeld om zogenaamd als Scarpetta met Terri Bridges te kunnen corresponderen, wat geloofwaardiger zou maken dat Terri zelf de bedrieger is, behalve één ding.'

Dat ding stond voor haar op het scherm.

'Ik praat terwijl ik door de scarpetta-zes-twaalf account ga,' vervolgde Lucy, 'en dit is iets heel belangrijks. Iets heel, heel belangrijks.'

Zo belangrijk dat Lucy het bijna niet kon geloven.

'Gisteravond om acht uur negentien heeft scarpetta-zes-twaalf een e-mail geschreven, maar die niet verstuurd,' ging ze verder. 'Ik stuur hem aan jullie door en zal hem zo voorlezen. Maar het betekent dat Terri noch Oscar hem heeft kunnen schrijven. Begrijpen jullie wat ik zeg? Deze e-mail maakt het onmogelijk dat een van hen scarpetta-zes-twaalf is.'

'Shit,' zei Marino. 'Iemand heeft die e-mail geschreven terwijl het hier wemelde van de agenten? Haar lichaam lag toen waarschijnlijk al in het mortuarium.'

'Voor zover ik het me kan herinneren, is het daar om een uur of acht aangekomen,' zei Scarpetta.

'Dus iemand stuurt Terri een e-mail en besluit dan die niet te versturen,' zei Lucy peinzend. 'Zou die persoon misschien midden onder het schrijven hebben gehoord dat ze dood was? En die e-mail toen voorlopig hebben bewaard?'

'Of wilde dat wij hem zouden vinden en dat zouden denken, onze eigen conclusie zouden trekken,' opperde Scarpetta. 'We moeten goed onthouden dat we niet weten wat hiervan is bedoeld om ons op een al dan niet vals spoor te zetten.'

'Dat denk ik, dat het een vals spoor is.' De stem van Berger. 'Dit is met opzet gedaan. Deze persoon is slim genoeg om te weten dat we deze e-mails uiteindelijk zouden lezen. Hij wil dat we dit allemaal zien.'

'Om een spelletje met ons te spelen,' zei Marino. 'En dat lukt. Ik voel me als een verdomde pion op een schaakbord.'

'Twee dingen staan vast,' zei Benton. 'Toen deze laatste e-mail werd geschreven en bewaard, was Terri al een paar uur dood. En zat Oscar al in het Bellevue, en daar schreef hij beslist geen e-mails. Ook deze niet. Lucy? Wil je ons die voorlezen?'

Lucy las wat voor haar op het scherm stond:

Datum: maandag 31 december 2007 20:18:31
Van: Scarpetta
Aan: Terri
Terri,
Na drie glazen champagne en een glas van de whisky die duurder is dan jouw boeken, kan ik openhartig zijn. Ik zal zelfs hardvochtig openhartig tegen je zijn. Dat is mijn voornemen voor het nieuwe jaar: hardvochtig zijn.
Hoewel ik denk dat je intelligent genoeg bent om de forensische psychologie onder de knie te krijgen, kun je volgens mij, als je dat vak per se wilt uitoefenen, niet meer doen dan lesgeven. De droevige reden? Verdachten, gevangenen of slachtoffers zouden nooit een dwerg accepteren en ik weet niet wat een jury ervan zou vinden.
Zou je ooit willen overwegen mortuariumassistent te worden, omdat daarvoor je uiterlijk niet belangrijk is? Wie weet? Misschien wil je ooit voor mij werken!
Scarpetta

'Het IP-adres is niet dat van het John Jay. Geen adres dat we al eerder zijn tegengekomen,' zei Lucy.

'Ik ben blij dat ze deze e-mail nooit heeft ontvangen,' zei Scarpetta somber. 'Dit is verschrikkelijk. Als ze ze toch niet naar zichzelf stuurde, dacht ze waarschijnlijk echt dat ze van mij kwamen. Dat dacht Oscar waarschijnlijk ook. Ik ben blij dat zij en Oscar dit nooit hebben gelezen, blij dat deze niet is verstuurd. Wat ongelooflijk wreed.'

'Dat bedoel ik nou,' zei Marino. 'Die persoon deugt voor geen meter. Hij speelt een spelletje, lacht zich gek om ons. Dit is voor ons, om ons te pesten en ons dat in te peperen. Want wie anders dan degenen die onderzoek doen naar de moord op Terri zouden deze niet-verstuurde e-mail lezen? Hij is vooral bedoeld voor de Doc. Als je het mij vraagt, wil iemand de Doc een loer draaien.'

'Heb je enig idee waar dat IP-adres naar verwijst? Naar welk fysiek adres of misschien het John Jay?' vroeg Benton aan Lucy.

'Het enige wat ik heb, is een reeks getallen van de internetprovider. Maar die zal me niet wijzer maken, tenzij ik in het mainframe hack,' antwoordde Lucy.

'Dat heb ik niet gehoord,' zei Berger tegen haar. 'Dat heb je niet hardop gezegd.'

25

Voor het eerst sinds Marino haar het afgelopen voorjaar had aangevallen, was Scarpetta met hem alleen.

In de slaapkamer zette ze haar werkkoffer bij de deuropening van de badkamer en keek samen met Marino naar het kale matras onder het raam. De gordijnen zaten dicht. Ze bestudeerden de foto's van het bed zoals het eruit had gezien toen de politie de vorige avond arriveerde en van de zachte, sexy kleren die erop waren uitgespreid. Toen ze daar dicht naast elkaar stonden, zonder de nabijheid van anderen die hen konden horen, voelden ze zich geen van beiden op hun gemak.

Hij tikte met zijn dikke wijsvinger op een twintig bij vijfentwintig centimeter grote foto van de kleren op het onberispelijk opgemaakte bed en zei: 'Denk je dat de moordenaar dit misschien heeft gedaan? Dat hij er na zijn daad nog een beetje op los heeft gefantaseerd? Dat hij zich voorstelde dat ze zich voor hem helemaal in het rood had gekleed of zo?'

'Dat denk ik niet,' zei Scarpetta. 'Want als hij dat wilde, had hij haar kunnen dwingen de kleren aan te trekken die hij had uitgekozen en te doen wat hij zei.'

Ze wees naar de kleren op de foto, en haar wijsvinger was kleiner dan zijn pink.

'Die kleren zijn daar neergelegd zoals iemand die heel netjes is dat zou doen als ze die 's avonds wilde dragen,' zei ze. 'Zoals ze al die andere dingen voor gisteravond had klaargezet, heel precies. Volgens mij deed ze alles op een ordelijke manier. Ze had de volgorde van het klaarmaken van de gerechten in haar hoofd en had de wijn alvast uit de koelkast gehaald om op de juiste temperatuur te laten komen. Ze had de tafel gedekt en de bloemen erop gezet die ze eerder op de dag had gekocht. Ze liep nog in haar badjas omdat ze misschien net had gedoucht.'

'Zagen haar benen eruit alsof ze die net had geschoren?' vroeg hij.

'Die hoefden niet te worden geschoren,' zei Scarpetta. 'Dat deed ze niet. Ze liet overtollig haar weghalen door een dermatoloog.'

De foto's maakten een ritselend geluid toen hij erdoorheen ging op zoek naar afbeeldingen van de inhoud van Terri's kleerkast en laden, die door de agenten overhoop waren gehaald. Samen begonnen ze aan een inspectie van de sokken en broeken, het ondergoed en de sportkleren die door enkele paren in handschoenen gestoken handen al eerder slordig waren doorzocht. In de kast stond een grote verzameling pumps met hoge plateauzolen, en sandalen met stilettohakken en met bergkristallen en kettinkjes versierde enkelbandjes, in de maten drie- tot en met vijfendertig.

'Passende schoenen vinden was een van haar grootste uitdagingen,' zei Scarpetta met een blik op de schoenen. 'Een beproeving, en ik vermoed dat ze een heleboel spullen kocht op het internet. Misschien wel alles.'

Ze zette een paar met metalen noppen versierde teenslippers terug op het kleed onder de roede, die als enige aangepaste voorziening in het appartement lager hing dan normaal, zodat Terri er zonder de hulp van een apparaat of krukje haar kleren aan kon hangen.

'En ik blijf erbij dat ze zich door consumentenrapporten liet leiden, misschien zelfs ook wat haar sexy kleren betrof.'

'Dit geef ik misschien wel drie sterren,' zei Marino en hij hield een string omhoog die hij uit een la had gevist. 'Maar wat het beoordelen van ondergoed betreft, dat hangt volgens mij af van degene die het draagt.'

'Victoria's Secret. Frederick's of Hollywood,' zei Scarpetta. 'Grote mazen en netkousen. Kanten hemdjes, slipjes zonder kruis. Een korset. Onder haar badjas droeg ze een rode kanten wonderbra en ik kan me bijna niet voorstellen dat ze daar geen bijpassend slipje bij aanhad.'

'Ik geloof niet dat ik weet wat een wonderbra is.'

'Die doet wat de naam aangeeft,' legde Scarpetta uit. 'Hij verricht een wonder door te verfraaien en accentueren.'

'O, dat ding dat hij heeft doorgeknipt. Zag er niet uit alsof het veel kon bedekken.'

'Dat was ook niet de bedoeling,' zei ze. 'Daarom droeg ze hem juist, als we aannemen dat het niet de wens van de moordenaar was.'

Scarpetta legde de lingerie terug in de la en kon even niet naar Marino kijken, omdat ze zich opeens herinnerde hoe hij had geklonken en geroken, en hoe schrikbarend sterk hij was. Pas later was dat tot haar doorgedrongen, toen de pijn aangaf waar hij haar had beschadigd en die plaatsen tot op het bot hadden geschrijnd en geklopt.

'En dan ook nog zo veel condooms,' zei Marino.

Hij stond met zijn rug naar haar toe en trok de laden van het nachtkastje open. De condooms waren meegenomen door de politie.

'Volgens de foto's lagen er wel honderd condooms in de bovenste la,' zei hij. 'Misschien is dit een vraag voor Benton, maar als ze buitensporig netjes was...'

'Niet als.'

'Dus ze was een perfectionist. Alles moest precies kloppen. Verwacht je van zo iemand dat ze zo'n wilde kant heeft?'

'Wil je weten of iemand met een dwangneurose van seks kan houden?'

'Ja.'

Marino zweette en zijn gezicht was rood geworden.

'Dat kan heel goed,' zei Scarpetta. 'Seks was een manier om haar angst te onderdrukken. Misschien voor haar de enige manier om zich te laten gaan, om haar zelfbeheersing te laten varen. Of liever, om zichzelf wijs te maken dat ze haar zelfbeheersing liet varen.'

'Ah. Ze liet zich gaan, maar wel op de manier die zijzelf wilde.'

'Dus liet ze zich nooit gaan. Dat kon ze niet. Zo was ze niet geprogrammeerd. Zelfs wanneer het leek alsof ze de teugels uit handen gaf, bijvoorbeeld tijdens seks, was dat niet zo. Want niemand anders dan zij, ook Oscar niet, mocht haar vertellen wat ze moest kopen. Ik denk niet dat ze zich door hem of wie dan ook liet voorschrijven wat ze moest aantrekken of dat ze zich al dan niet moest ontharen. Ik denk zelfs dat ze eiste dat Oscar zich zou ontharen. Ik denk dat zij besliste wat ze al dan niet deden. En waar, wanneer en hoe.'

Ze herinnerde zich dat Oscar haar had verteld dat Terri graag wilde dat zijn lichaam perfect gevormd, schoon en glad was. Ze hield van seks onder de douche. Ze hield ervan te worden gedomineerd en vastgebonden.

'Zij was de baas,' zei Scarpetta. 'Tot op het laatste moment. Dat was waaraan degene die haar heeft vermoord het meeste genoegen beleefde. Dat hij haar de baas was.'

'Je vraagt je af of Oscar dat uiteindelijk niet meer kon verdragen,' zei Marino, en als hij daar nog iets aan had willen toevoegen, deed hij het niet.

Scarpetta stond in de deuropening van de badkamer en keek naar het witte marmer en de Franse goudkleurige ornamenten, en naar het hoekbad met douche en opengeschoven douchegordijn. Ze keek naar de glanzende grijsgeaderde stenen vloer en dacht aan de blauwe plekken die Terri's lichaam zou hebben vertoond als haar aanvaller daar met haar had geworsteld, en ze wist zo goed als zeker dat het zo niet was gegaan. Het gewicht van de aanvaller, zelfs als hij net als Oscar maar vijfenvijftig kilo woog, zou kneuzingen hebben veroorzaakt op de plaatsen die met de vloer in aanraking waren gekomen, vooral als haar polsen achter haar rug waren vastgebonden.

Scarpetta vertelde Marino wat ze dacht terwijl ze naar de ovale spiegel met de goudkleurige lijst boven de toilettafel keek, en naar de stoel met de hartvormige rugleuning van goudkleurig metaal. Haar spiegelbeeld keek terug en vervolgens verscheen Marino's borst in de spiegel toen hij naar dezelfde dingen keek als zij.

'Als hij haar wilde zien sterven,' zei Marino, 'dan wilde hij misschien ook zien dat ze werd verkracht. Maar nu ik hier naar die spiegel kijk, begrijp ik niet hoe dat kon als hij iemand van normale lengte was. Ik bedoel als hij achter haar stond. Dan begrijp ik niet hoe dat kon.'

'Ik weet ook niet hoe ze kan zijn verkracht zonder dat ze daardoor op zijn minst een kleine verwonding aan heeft overgehouden,' zei Scarpetta. 'Als haar polsen achter haar rug waren vastgebonden en hij boven op haar lag, zelfs op het bed, zou ze daar op haar rug schrammen of kneuzingen aan over hebben gehouden. Bovendien ziet het bed er op de foto's onberispelijk uit, met daarop die keurig uitgespreide kleren.'

'Ze had geen verwondingen op haar rug.'

'Nee.'

'En je weet zeker dat haar polsen al bijeen waren gebonden.'

'Dat kan ik niet bewijzen. Maar omdat hij haar badjas en haar beha heeft doorgeknipt, vermoed ik dat hij haar armen toen al had vastgebonden.'

'Waarom denk je dat haar polsen op haar rug waren vastgebonden en niet van voren? Ik weet dat Oscar dat tegen de politie heeft gezegd, dus denk je dat daarom?'

Scarpetta stak haar armen naar voren, met de linkerpols op de rechter, alsof er een band omheen zat.

'Dat baseer ik op het patroon van de groeven om haar polsen, waar die het diepst waren, waar er een stukje ontbrak, dat soort dingen,' zei ze. 'Als haar polsen voor haar lichaam bijeen waren gebonden, zou de band onder deze pols' – ze bewoog haar rechterpols – 'door hebben gelopen, met de sluiting iets rechts van het polsbeen. Op haar rug is het omgekeerd.'

'Is de moordenaar volgens jou rechts- of linkshandig?'

'Te oordelen naar de richting waarin hij de band door de sluiting heeft getrokken? Die komt overeen met iemand die links is, als ik ervan uitga dat hij voor haar stond toen hij haar vastbond. Oscar is trouwens rechtshandig. Dit hoor ik je eigenlijk niet te vertellen.'

Ze trokken allebei schone handschoenen aan en ze liep de badkamer in en zette de stoel die voor de toilettafel stond midden op de vloer. Ze mat de hoogte van een opkrullende metalen poot tot aan de met zwarte stof beklede zitting, waarop donkere plekken zaten, vlekken, wat haar theorie versterkte.

'Waarschijnlijk restanten van het glijmiddel,' zei ze. 'Die heeft niemand gezien, omdat niemand op het idee is gekomen dat ze misschien op deze stoel zat toen ze voor de spiegel werd gewurgd. Het kan zijn dat er nog wat weefsel en bloed van haar benen bij zit, van het schoppen. Ik zal er eens goed naar kijken.'

Ze pakte haar vergrootglas en bestudeerde de vlekken.

'Ik kan het niet zien. Misschien toch niet. Wat me niet verbaast. Omdat de wonden op de bovenkant van haar benen zitten, niet op de onderkant. Heb je nog steeds zo'n lampje bij je waarmee je mensen kunt verblinden?'

Marino haalde een zaklantaarn uit zijn zak en gaf die aan Scarpetta. Ze ging op haar knieën zitten en bescheen de onderkant van de toilettafel en de vegen donker opgedroogd bloed onder de rand, die alleen zichtbaar waren voor iemand die op de grond zat. Ze zag ook bloed op de onderkant van de lade, die van onbeschilderd multiplex bleek te zijn. Marino liet zich op zijn hurken zakken en ze wees hem alles aan.

Ze nam een paar foto's.

'Ik neem hier monsters van, maar niet van de stoel,' zei ze. 'Die pakken we in en sturen we naar LaGuardia. Wil jij even tegen Jaime zeggen dat we een agent nodig hebben die deze stoel naar Lucy's vliegtuig kan brengen, die kan meevliegen en die hem bij dokter Kiselstein op het vliegveld van Knoxville kan afleveren? Lucy kan dat afspreken. Haar kennende, heeft ze dat waarschijnlijk al gedaan.'

Scarpetta keek naar de stoel.

'Dat glijmiddel bevat vocht, dus geen plastic verpakking, zoals een polyester huls of krimpfolie. Ik denk dat papier het beste is, zodat het blijft drogen. Misschien een grote zak en die weer in een grote doos. Bedenk maar iets. Ik wil niet dat er bacteriën bij kunnen en er mag niets tegenaan wrijven.'

Marino liep weg en Scarpetta haalde een rol touw, een rol blauw plakband en een schaartje uit haar koffer. Ze zette de stoel tegen de betegelde muur en knipte stukken touw van dezelfde lengte als Oscar en Terri, van de lengte van hun benen en hun lichaam. Vervolgens plakte ze de touwtjes op de muur boven de stoel, en toen verscheen Marino weer in de deuropening. Berger stond naast hem.

'Wil je Jaime mijn blocnote en pen geven zodat zij kan opschrijven wat ik zeg en jij je handen vrijhoudt?' zei Scarpetta tegen hem. 'Ik wil jullie laten zien waarom ik denk dat Oscar niet de moordenaar kan zijn. Ik zeg niet dat het onmogelijk is, maar ik wil jullie laten zien dat het niet waarschijnlijk is. Met een eenvoudige wiskundesom.'

Ze wees naar de touwtjes van verschillende lengte die ze op de muur had geplakt.

'Dit is allemaal gebaseerd op de theorie dat Terri op deze stoel zat. Waar het om gaat, is de lengte van haar lichaam. Die is vierentachtig en een kwart centimeter...'

'Het metrieke stelsel zegt me niks,' zei Marino.

'Ongeveer vierendertig een achtste inch,' legde Scarpetta uit. 'Ik heb haar in het mortuarium gemeten. Zoals jullie weten, hebben mensen met achondroplasie abnormaal korte ledematen, maar doordat hun lichaam en hun hoofd ongeveer even groot zijn als van een normale volwassene, lijken die buitenproportioneel groot. Daarom kunnen dwergen autorijden zonder dat ze op een kussen hoeven te zitten, maar de pedalen moeten worden aangepast om erbij te kunnen. Terri's lichaam is ongeveer even lang als dat van Jaime en mij. Ik heb een stuk touw op de muur geplakt' – ze wees ernaar – 'dat precies even lang is als haar lichaam en begint op de zitting van de stoel. Het reikt tot hier.' Ze wees naar het stukje blauw plakband boven aan het touw. 'De afstand tussen het stoelkussen en de vloer is eenentwintig inch,' vervolgde ze. 'Opgeteld bij vierendertig een achtste inch is dat vijfenvijftig een achtste inch. Oscar Bane is vier voet lang. Dat is achtenveertig inch.' Ze wees naar het touw dat zijn lengte weergaf.

Berger noteerde alles en zei: 'Nog niet eens zo groot als Terri toen ze op die stoel zat.'

'Juist,' zei Scarpetta.

Ze pakte het uiteinde van het 'Oscar-touw', zoals ze het noemde, en hield dat horizontaal, en deed hetzelfde met het 'Terri-touw'. Ze vroeg Marino of hij beide touwen op dezelfde manier vast wilde houden en maakte weer een paar foto's.

Benton verscheen achter Berger in de deuropening en hij had een agent bij zich.

De agent zei: 'Iemand moet een stoel met een privévliegtuig naar de bommenfabriek in Oak Ridge brengen, klopt dat? Die stoel kan toch niet ontploffen of zo?'

'Heb je het verpakkingsmateriaal meegebracht waar ik om heb gevraagd?' vroeg Marino hem.

'Alsof ik van ups ben,' antwoordde de agent.

Scarpetta vroeg Marino de touwtjes te blijven vasthouden terwijl zij Benton uitlegde wat ze aan het doen was.

'En zijn armen zijn heel kort, ongeveer zestien inch vanaf zijn schouder tot en met zijn vingertoppen, waardoor hij nog minder

309

trekkracht zou hebben,' zei ze en ze bleef Benton aankijken. 'Jouw bereik is ruim acht inch groter dan dat en als jij achter Terri op die stoel zou hebben gestaan, zou je bijna twintig inch boven haar hebben uitgetorend, waardoor jij heel hard omhoog had kunnen trekken. In tegenstelling tot Oscar. Stel je eens voor hoe iemand van zijn lengte hard naar achteren en omhoog probeert te trekken terwijl zijn slachtoffer zich op die stoel uit alle macht verzet.'

'Terwijl ze bijna net zo groot was als hij? Dat lukt natuurlijk niet,' zei Marino. 'Vooral niet als hij het een paar keer achter elkaar deed en haar tussendoor weer bij bewustzijn liet komen, zoals je zei. Ook al had hij nog zulke sterke armen.'

'Ik geloof ook niet dat hij het heeft kunnen doen,' zei Berger.

'Ik maak me zorgen om hem,' zei Scarpetta. 'Heeft iemand geprobeerd hem te bellen?'

'Toen ik Morales sprak, heb ik hem gevraagd of iemand wist waar Oscar was of iets van hem had gehoord,' zei Benton. 'Hij zei dat de politie Oscars mobiele telefoon heeft.'

'Heeft hij die vrijwillig afgestaan?' vroeg Scarpetta.

'Samen met een heleboel andere dingen, ja,' antwoordde Benton. 'Jammer genoeg, wat die mobiel betreft. Ik wou dat hij die nog had, want hij neemt in zijn appartement niet op, wat me trouwens niet verbaast. Ik weet niet hoe we hem kunnen bereiken.'

'Ik vind dat we de taken moeten verdelen, zoals ik al eerder zei,' zei Berger. 'Benton? Jij en Kay gaan naar Morales in Oscars appartement om daar eens rond te kijken. Marino en ik zullen ervoor zorgen dat die stoel fatsoenlijk wordt ingepakt en verstuurd, en dat de monsters die Kay zojuist heeft genomen en het andere bewijsmateriaal naar de betreffende laboratoria gaan. Daarna gaan we naar de overkant om te horen wat die buurvrouw ons over Jake Loudin kan vertellen.'

Scarpetta liep met de stoel naar de woonkamer en zette hem daar klaar voor de agent die hem moest inpakken en wegbrengen.

Berger zei tegen haar: 'Als je nog in Oscars appartement bent wanneer wij hier klaar zijn, komen we naar je toe. Lucy zei dat ze me zou bellen als zij nog iets belangrijks tegenkomt.'

## 26

Oscar Bane woonde in Amsterdam Avenue in een tien verdiepingen hoog gebouw van saaie gele baksteen, dat Scarpetta deed denken aan Mussolini's fascistische bouwwerken in Rome. In de hal weigerde de portier hen in de lift te laten stappen tot Morales hem zijn politiepenning liet zien. Hij had een Iers uiterlijk, een dikke man op leeftijd in een uniform van dezelfde groene kleur als de luifel boven de ingang.

'Ik heb hem sinds oudejaarsavond niet meer gezien,' zei de portier met zijn ogen gericht op Scarpetta's grote koffer. 'Ik kan wel raden wat u hier komt doen.'

'O ja?' zei Morales. 'Vertel ons dat dan eens.'

'Ik heb erover gelezen. Ik heb haar nooit gezien.'

'Bedoelt u Terri Bridges?' vroeg Benton.

'Iedereen heeft het erover, dat snapt u natuurlijk wel. Ik heb gehoord dat ze hem uit het Bellevue hebben vrijgelaten. Ze zeggen geen aardige dingen over hem. Je kunt alleen maar medelijden hebben met iemand die op die manier wordt bespot.'

Dus helemaal niemand heeft meer iets van Oscar gehoord, dacht Scarpetta. Blijkbaar wist niemand waar hij was. Ze was erg bang dat iemand hem iets had aangedaan.

'Er werken hier vijf portiers en we zeggen allemaal hetzelfde. Als ze hier ooit was geweest, zou minstens een van ons haar hebben gezien. En hij ging vreemd doen,' zei de portier.

Hij praatte alleen tegen Scarpetta en Benton, en deed niet zijn best om te verbergen dat hij Morales niet mocht.

'Dat deed hij vroeger niet,' ging de portier verder. 'Dat weet ik, want ik werk hier al elf jaar en hij woont hier een jaar of zes. Vroeger was hij erg aardig, een vriendelijke kerel. Dat is plotseling veranderd. Hij liet zijn haar afknippen en zo geel als een goudsbloem verven, hij werd steeds stiller en bleef steeds vaker thuis. Hij kwam alleen nog op heel rare tijden naar buiten om te joggen of te wandelen of zo, en dan gedroeg hij zich zo schichtig als een kat.'

'Waar staat zijn auto?' vroeg Morales.

'In een ondergrondse garage om de hoek. Daar hebben veel huurders hun auto staan.'

'Wanneer was dat?' vroeg Benton. 'Dat u merkte dat hij was veranderd?'

'Volgens mij in het najaar. Omstreeks oktober kregen we het idee dat er iets mis was. Na wat er nu is gebeurd, vraag ik me af waar hij in verwikkeld is geraakt, met dat meisje, u weet wel. Ik bedoel maar, als twee mensen een relatie krijgen en een van de twee in zijn nadeel verandert. Denk maar eens na.'

'Wordt de ingang dag en nacht bewaakt?' vroeg Benton.

'Dag en nacht, de hele week. Kom maar mee, dan breng ik u naar boven. U hebt toch een sleutel?'

'Ik neem aan dat u er ook een hebt,' zei Benton.

'Toevallig dat u dat zegt.' Met een in een groene handschoen gestoken vinger drukte hij op de liftknop. 'Meneer Bane heeft zomaar zijn slot laten veranderen, een paar maanden geleden, omstreeks de tijd dat hij zich vreemd ging gedragen.'

Ze stapten in de lift en hij drukte op de knop van de hoogste verdieping.

'Hij had ons een nieuwe sleutel moeten geven. We moeten een sleutel hebben voor noodgevallen. We hebben er hem al vaak om gevraagd, maar hij heeft er ons nooit een gegeven.'

'Volgens mij wilde onze Oscar niet dat er iemand bij hem naar binnen zou gaan,' zei Morales. 'Het verbaast me dat jullie hem niet uit zijn huis hebben gezet.'

'De beheerder van dit gebouw begon inderdaad ongeduldig te worden, maar niemand wilde hem uit zijn huis zetten. We bleven hopen dat hij ons een sleutel zou geven. Sorry dat het zo langzaam gaat, dit is de langzaamste lift in de hele stad. Je zou denken dat we door iemand op het dak aan een touw omhoog werden gehesen. Hoe dan ook, meneer Bane is erg eenkennig. Hij krijgt nooit bezoek. Hij heeft nooit problemen veroorzaakt, maar zoals ik al zei, sinds hij zijn slot heeft laten veranderen, is hij zich vreemd gaan gedragen. Nou ja, je weet natuurlijk nooit hoe een mens in elkaar steekt.'

'Is dit de enige lift?' vroeg Scarpetta.

'Er is ook nog een vrachtlift. We vragen de bewoners die te nemen als ze hun hond uitlaten. Niet iedereen wil samen met een hond in de lift staan. Poedels zijn het ergste. Kent u die grote? Daar ben ik zelfs bang voor. Ik stap niet in de lift met zo'n poedel. Geef me dan maar een pitbull.'

'Weet u het als iemand de vrachtlift neemt?' vroeg Morales. 'Of kunnen mensen ongezien langs u heen glippen?'

'Ik zou niet weten hoe. Ze moeten nog steeds door de voordeur naar binnen en naar buiten.'

'Er is geen andere ingang? Dus we weten zeker dat Oscar niet vanavond thuis is gekomen zonder dat iemand hem heeft gezien?' vroeg Morales.

'Behalve als hij de brandtrap heeft genomen en via het dak naar binnen is gegaan,' zei de portier, alsof Oscar daarvoor Spiderman zou moeten zijn.

Scarpetta herinnerde zich dat ze aan de westkant van het gebouw een zigzaggende trap met op elke verdieping een platform had gezien.

De lift stopte en de portier stapte als eerste een gang in met oude groene vloerbedekking en lichtgele muren. Scarpetta keek omhoog naar de plastic koepel op een stalen frame in het plafond. Het was geen normaal dakvenster.

'Is dat de toegang tot het dak?' vroeg ze de portier.

'Ja, mevrouw. Daar hebt u wel een trap voor nodig. U kunt ook de brandtrap nemen, maar dan moet u bij iemand door het raam naar binnen.'

'Waar staat de trap?'

'Ergens in de kelder. Daar ga ik niet over.'

'Misschien kunt u eens kijken of hij daar nog staat,' zei Benton.

'Ja, dat kan ik doen. Maar zo is hij niet naar binnen of naar buiten gegaan, want dan zou de trap wel hier staan. Ik word een beetje zenuwachtig van u. Alsof ze misschien een paar agenten op het dak moeten zetten. Omdat ze hem hebben vrijgelaten uit het Bellevue. Ik krijg er de kriebels van.'

Hij ging hen voor naar het eind van de gang, naar de donkere houten voordeur van Oscars appartement, nummer 10B.

'Hoeveel appartementen zijn er op deze verdieping?' vroeg Scarpetta. 'Vier?'

'Dat klopt. Zijn buren werken allemaal, die zijn er overdag niet. En 's avonds vaak ook niet, want het zijn vrijgezellen zonder kinderen. Twee van hen wonen niet alleen hier.'

'Ik moet weten wie het zijn,' zei Morales. 'Niet alleen zij, ik moet een lijst hebben van alle bewoners van dit gebouw.'

'Dat kan. Er zijn veertig appartementen, vier op elke verdieping. Dit is de bovenste, zoals u ziet. Ik noem deze appartementen geen penthouse, want ze zijn niet mooier dan de rest. Ze hebben wel een mooier uitzicht. Vanuit die aan de achterkant heb je een mooi uitzicht op de Hudson. Ik moet zeggen dat ik verbijsterd ben. Meneer Bane leek me niet het type om zoiets te doen. Maar ja, u weet wat ze zeggen, hè? Zo is het altijd. En hij is zich wel vreemd gaan gedragen. Ik zal eens gaan kijken waar die trap is.'

'Hoor eens, vriend,' zei Morales tegen hem. 'Meneer Oscar Bane is niet wegens een misdaad gearresteerd. Niemand heeft hem ervan beschuldigd dat hij zijn vriendin heeft vermoord. Wees dus voorzichtig met wat je allemaal rondbazuint, hè?'

Inmiddels stonden ze voor Oscars deur. Morales had de sleutel, en Scarpetta zag dat die hoorde bij een extra veilig Medeco-slot. Ze zag nog iets anders, maar wilde daar niet de aandacht op vestigen zolang de portier er nog bij was: een zwarte draad van ongeveer zestien centimeter lang op de vloerbedekking, recht onder de onderste scharnier van de deur.

'Ik ga naar beneden,' zei de portier. 'Als u me nodig hebt, de intercom is in de keuken. Een witte telefoon aan de muur. U hoeft alleen een nul te draaien. Wie moet ik bellen over die trap?'

Morales gaf hem zijn kaartje.

De portier keek alsof hij het niet wilde aannemen, maar hij moest wel. Hij liep terug naar de lift en Scarpetta zette haar koffer neer, opende die en deelde handschoenen uit. Ze raapte het draadje op van de grond en bekeek het onder het vergrootglas, en ze zag dat er aan één uiteinde een dikke knoop in zat met een platgedrukt hompje kleurloze was erop.

Ze vermoedde wat de bedoeling van de draad was geweest, maar de deur was bijna tweemaal zo hoog als Oscar groot was en zonder hulp had hij nooit bij de bovenkant kunnen komen.

'Wat heb je daar?' vroeg Morales.

Hij nam de draad van haar over en bekeek die eveneens door het vergrootglas.

'Als ik moest raden,' zei ze, 'zou ik zeggen dat hij die over de deur heeft gehangen, zodat hij kan zien of er iemand naar binnen is gegaan.'

'Wat een knappe jongen. Dan moeten we eerst maar eens horen

waar die ladder is gebleven, vind je niet? Want hoe is hij anders bij de bovenkant van de deur gekomen?'

'We weten dat hij paranoïde is,' zei Benton.

Scarpetta stopte de draad in een zakje en schreef er met een Sharpiepen op wat het was, terwijl Morales de deur opende. Het alarm begon te piepen en hij toetste de code in die hij op een papieren servet had geschreven. Daarna knipte hij het licht aan.

'Aha, nog een trucje om de geesten te verjagen,' zei hij spottend en hij bukte zich om een rechtgebogen metalen kleerhanger op te rapen, die vlak voor de deur op de grond lag. 'Of hij heeft er marshmallows mee geroosterd, dat kan ook. Nu verwacht ik nog een streep meel over de vloer, zoals die gekken doen die willen voorkomen dat buitenaardse wezens hun huis binnenkomen.'

Scarpetta bestudeerde beide uiteinden van de kleerhanger en keek weer naar het geplette stukje was in het plastic zakje.

'Het kan zijn dat hij die draad hiermee op de deur heeft gelegd,' zei ze. 'Dat hij het wasklompje op een uiteinde van deze kleerhanger heeft geprikt, want er zit een kuiltje in waarin de punt van de hanger precies zou passen. Ik zal eens proberen of dat kan.'

Ze stapte de gang weer in, trok de deur achter zich dicht en zag dat er net genoeg ruimte was tussen de onderkant van de deur en de vloer om de kleerhanger naar binnen te duwen. Dat deed ze en Morales deed open om haar weer binnen te laten.

'Gekke Henkie,' zei hij. 'Ik bedoel jou niet, natuurlijk.'

De woonkamer was netjes en mannelijk ingericht, met donkerblauw geverfde muren met daaraan een mooie verzameling originele victoriaanse kaarten en prenten. Oscar hield blijkbaar van donkere antieke meubels en Engels leer, en hij was geobsedeerd door apparaten die de controle over zijn geest moesten beletten. Ze stonden overal: goedkope spectrometers, radiofrequentie veldsterkte- en TriField-Meters, voor het waarnemen van verschillende surveillancefrequenties zoals infrarode, magnetische en radiogolven.

Toen ze door het appartement liepen, vonden ze overal antennes, stroken met vinyl bekleed lood, emmers water en vreemde apparaatjes, zoals met draden aan batterijen bevestigde, met aluminiumfolie beplakte metalen plaatjes, zelfgemaakte koperen piramiden en helmen met een voering van geluiddempend schuim en een stukje pijp erop. Oscars bed stond in een tent van aluminiumfolie.

'Allemaal bedoeld om golven te breken,' zei Benton. 'Piramiden en helmen stoppen geluidsgolven en gestraalde energie, ook psychische energie. Hij probeert zich met een bellenkrachtveld te omringen.'

Toen Lucy voor het huis van Terri Bridges uit een taxi stapte, zag ze Marino en een agent in uniform een doos zo groot als een wasmachine naar buiten dragen. Ze hing een nylon tas over haar schouder, betaalde de chauffeur en keek toe terwijl ze de doos achter in een politiebusje zetten. Ze had Marino niet meer gezien sinds ze het afgelopen voorjaar in zijn vishut had gedreigd een kogel door zijn hoofd te jagen, en besloot dat ze nu maar het beste gewoon naar hem toe kon gaan.

'Gaat deze agent met mijn vliegtuig mee?' vroeg ze.

'Ja,' antwoordde Marino.

'Je hebt het staartnummer en de namen van de piloten, hè?' zei ze tegen de agent. 'Hij staat bij Signature op LaGuardia en als het goed is, staat Brent daar op je te wachten. Hij is de PIC, hij draagt een zwart pak, wit overhemd, blauwgeruite das en een broek.'

'Wat is een PIC?' De agent sloeg de achterportieren van het busje dicht. 'En waarom zeg je erbij dat hij een broek draagt?'

'*Pilot In Command*, de eerste piloot. Hij zit op de linkerstoel, dat weet je dan ook weer. Laat hem weten dat je een revolver bij je hebt, voor het geval dat hij zijn bril is vergeten. Zonder zijn bril is hij stekeblind. Daarom draagt hij een broek.'

'Dus het is een grapje.'

'Er zijn twee piloten. Dat moet volgens de voorschriften. Eén van de twee moet kunnen zien, maar ze moeten allebei een broek dragen.'

De agent keek haar aan. Toen keek hij naar Marino en zei: 'Ze maakt een grapje.'

'Dat moet je mij niet vragen,' zei Marino. 'Ik hou niet van vliegen. Niet meer.'

Berger kwam het gebouw uit en liep het bordes af, zonder jas in de harde, koude wind. Ze streek haar haren uit haar gezicht, trok het jasje van haar mantelpak dicht en sloeg haar armen over elkaar tegen de kou.

'We moeten onze jassen halen,' zei ze tegen Marino.

Ze zei niets tegen Lucy, maar raakte even haar hand aan toen ze met Marino naar diens donkerblauwe Impala liepen.

Lucy zei tegen Marino: 'Ik ga het draadloze netwerk checken dat Terri gebruikte. Als jij er dan voor wilt zorgen dat de agent die haar appartement bewaakt mij mijn gang laat gaan, zodat ik niet geboeid op de vloer kom te liggen. Of misschien hoeft het niet. Als haar hele gebouw hetzelfde netwerk gebruikt, hoef ik niet bij Terri naar binnen. Maar ik moet jullie nog een paar interessante dingen vertellen.'

'Laten we dan alsjeblieft in de auto gaan zitten,' zei Berger.

Lucy en zij stapten achterin, Marino ging voorin zitten. Hij startte de motor en zette de verwarming aan. Het busje met Terri's toilettafelstoel reed weg. Lucy ritste haar rugzak open, haalde haar MacBook eruit en klapte die open.

'Twee belangrijke dingen,' begon ze. 'Ten eerste de manier waarop Terri in contact kwam met scarpetta-zes-twaalf. De website van het John Jay. Op 9 oktober, ongeveer een maand nadat Benton en Kay daar gastdocent werden, heeft Terri, of degene met de gebruikersnaam lunasee, een bericht op het bulletinboard gezet met de vraag of iemand haar kon vertellen hoe ze in contact kon komen met tante Kay.'

Berger was bezig haar jas aan te trekken en Lucy rook de subtiele geur van kruiden, bamboe en bittere oranjebloesemessence – Bergers parfum van een Engels merk. Lucy had er eerder die dag naar gevraagd, in de hoop dat het niet ook een van die heerlijke dingen van Berger was die een overblijfsel waren van Greg.

'Dat bericht is natuurlijk bewaard,' zei Lucy.

'Hoe heb je het gevonden?' Marino draaide zich om, maar zijn gezicht was in het donker nauwelijks te onderscheiden.

'Je bent heel wat kilo's kwijtgeraakt,' zei Lucy tegen hem.

'Ik ben opgehouden met eten,' zei hij. 'Ik weet niet waarom andere mensen niet op dat idee zijn gekomen. Ik zou er een boek over kunnen schrijven en daar een hoop geld mee verdienen.'

'Doe dat. Een boek met blanco bladzijden.'

'Precies. Geen eten en verder ook niets in dat boek. Dat werkt.'

Lucy voelde dat hij haar en Berger zo dicht naast elkaar op de achterbank scherp opnam. Marino kon aanvoelen wat voor soort relatie mensen met elkaar hadden en hoe ze tegenover hém stonden. Volgens hem hield dat verband met elkaar.

Ze keek naar Bergers gezicht toen Berger las wat er op het scherm van haar MacBook stond:

Hallo allemaal,
Ik heet Terri Bridges, ik studeer forensische psychologie en ik wil graag in contact komen met dr. Kay Scarpetta. Zou iemand die haar kent haar alsjeblieft mijn e-mailadres willen doorgeven? Ik probeer haar al sinds afgelopen voorjaar te bereiken om haar voor mijn proefschrift te interviewen. Bedankt. TB

Lucy las het hardop voor aan Marino. Toen opende ze een ander bestand en verscheen de foto van Scarpetta die die morgen in *Gotham Gotcha* had gestaan op het scherm.

'Stond deze ook bij dat bericht?' vroeg Berger.

Lucy hield de laptop zo dat Marino ook de onflatteuze afbeelding van Scarpetta in het mortuarium, waarop ze met haar scalpel naar iemand wees, kon zien.

'De originele foto,' zei Lucy. 'Ik heb de achtergrond niet uitgewist. Denk eraan dat ze op deze foto in *Gotham Gotcha* nog alleen maar mijn tante was, dat je nog niet meer wist dan dat ze hier in het mortuarium staat. Als we naar de achtergrond kijken, zien we een aanrecht met een monitor van de bewakingscamera en daarachter een ruwe muur met kastjes. Maar toen ik de achtergrond scherper maakte' – ze tikte op de trackpad en opende een ander bestand – 'kreeg ik dit.'

Het was een vergroting van het doorzichtige plastic masker voor Scarpetta's gezicht, met daarin de vage weerspiegeling van iemand anders.

Lucy streek met haar vinger over de trackpad en opende weer een ander bestand, en toen was het weerspiegelde gezicht scherper omlijnd.

'Dokter Lester,' zei Berger.

'Dat verbaast me niets,' zei Marino. 'Zij is typisch iemand die een gloeiende hekel aan de Doc zou hebben.'

'We kunnen een paar dingen vaststellen die al dan niet met elkaar te maken hebben,' zei Lucy. 'De foto die vanmorgen op het internet stond, is genomen in het mortuarium van de lijkschouwer in New York en dokter Lester was daarbij aanwezig. Mijn tante praatte op dat moment tegen haar. Dokter Lester zelf kan die foto natuurlijk niet hebben genomen, maar ik vermoed dat ze weet wie dat wél heeft gedaan, tenzij ze er niets van heeft gemerkt.'

'Ze weet het,' zei Berger gedecideerd. 'Ze waakt als een aasgier over haar terrein.'

'Maar ik heb die foto niet op de website van het John Jay gevonden,' zei Lucy, 'hoewel het kan zijn dat hij rondzwerft over het internet en door een fan naar *Gotham Gotcha* is gestuurd.'

'Hoe weet je dat Lester hem niet naar *Gotham Gotcha* heeft gestuurd?' vroeg Marino.

'Ik zou haar e-mail moeten doorzoeken om daarachter te komen,' antwoordde Lucy.

'Dat gebeurt niet,' zei Berger. 'Maar zoiets zou Lenora niet doen. Haar modus operandi in dit stadium van haar miserabele leven is mensen minachtend behandelen, doen alsof ze niet belangrijk zijn. In plaats van de aandacht op ze te vestigen. De enige op wie ze wanhopig de aandacht probeert te vestigen, is zichzelf.'

'Ik heb die twee eerder vanavond heel knus samen op een bankje zien zitten,' zei Marino. 'Zij en Morales, in het park bij het Bellevue, naast het kantoor van de lijkschouwer. Een paar minuten nadat Benton en de Doc waren vertrokken, troffen ze elkaar daar. Dat heb ik toevallig gezien, omdat ik op Benton en de Doc stond te wachten. Volgens mij wilde dokter Lester Morales op de hoogte brengen van wat de Doc in het mortuarium heeft gedaan en wat ze er heeft gehoord. En ik weet niet of het belangrijk is, maar toen dokter Lester wegliep, was ze aan het sms'en.'

'Ik weet ook niet of dat belangrijk is,' zei Berger. 'Iedereen sms't tegenwoordig.'

'Wat bizar,' zei Lucy. 'Ze ontmoet hem in een donker park? Zijn ze...?'

'Ik heb geprobeerd me daar iets bij voor te stellen, maar dat is me niet gelukt,' zei Marino.

'Bij bepaalde mensen probeert hij in het gevlij te komen,' zei Berger. 'Misschien hebben ze vriendschap gesloten, maar meer niet. Nee. Volgens mij is ze absoluut niet zijn type.'

'Behalve als hij necrofiel is,' zei Marino.

'Ik ga niemand bespottelijk maken,' zei Berger en ze meende het.

'Wat ik bedoelde,' zei Marino, 'is dat ik een beetje verbaasd was, omdat ik niet dacht dat ze iemand intiem genoeg kende om hem of haar te sms'en.'

'Waarschijnlijk sms'te ze de hoofdlijkschouwer,' zei Berger. 'Dat zou kunnen. Het zou echt iets voor haar zijn om hem informatie door te geven en te doen alsof die van haarzelf komt.'

'Zichzelf alvast vrijpleiten omdat ze waarschijnlijk dingen over het hoofd had gezien,' zei Lucy. 'Daarom wilde ze haar baas meteen op de hoogte stellen. Ik zou zijn e-mail moeten bekijken om te weten hoe het precies zit.'

'Dat doe je niet,' zei Berger. Haar schouder raakte die van Lucy aan.

Lucy was zich zo sterk van Berger bewust, van elke beweging, elk geluid en elke geur, dat het leek alsof ze, volgens wat ze erover had gelezen, lsd had geslikt. Haar hart klopte sneller, ze had het warm en haar zintuigen waren zo in de war dat ze kleuren hoorde en geluiden zag.

'Dat zou best kunnen,' zei Marino. 'Ze is een loodsmannetje. Zwemt achter de haaien aan om te verorberen wat die achterlaten. Ik maak haar niet bespottelijk. Zo is ze.'

'Wat heeft Terri hiermee te maken?' vroeg Berger.

'Die foto is naar haar toe gestuurd,' antwoordde Lucy. 'Om precies te zijn, naar de gebruikersaccount van lunasee.'

'Door wie?' vroeg Berger.

'Door scarpetta-zes-twaalf, op de eerste maandag in december, de derde. Maar wat ik niet begrijp is dat Terri, ik zeg nu maar dat het Terri is, die om de een of andere reden heeft gedeletet. En de afzender heeft hem ook gedeletet, daarom zat hij niet in de prullenbak. Ik moest hem met het neurale netwerkprogramma terughalen.'

'Dus je wilt me vertellen dat die foto op 3 december is gestuurd en door beide partijen meteen daarna is verwijderd?' zei Marino.

'Ja.'

'Was er een bericht bij?' vroeg Berger.

'Dat zal ik je laten lezen.'

Lucy bewoog haar vinger over de trackpad.

'Dit,' zei ze.

Datum: maandag 3 december 2007 12:16:11
Van: Scarpetta
Aan: Terri
Terri,
Ik weet dat je je materiaal graag rechtstreeks van de bron betrekt, dus beschouw dit als een vroeg kerstcadeau, voor je boek. Maar ik wil niet dat je mijn naam noemt, en ik zal het ontkennen als iemand ernaar vraagt. Ik zeg ook niet wie deze heeft genomen – zonder mijn toestemming (de idioot gaf me een kopie in de veronderstelling dat ik er blij mee zou zijn). Ik verzoek je de foto op een Word-bestand te zetten en uit je e-mailbestand te verwijderen, net als ik zojuist heb gedaan. Scarpetta

'Schreef Terri Bridges een boek?' vroeg Marino.
'Dat weet ik niet,' zei Lucy. 'Maar gebaseerd op wat Jaime en ik van haar proefschrift hebben gezien, kan dat best waar zijn.'
'Vooral als ze echt geloofde dat al dat materiaal van Kay afkomstig was,' zei Berger, 'en dat denk ik. Ik denk dat Terri lunasee was. Dat is mijn officiële mening. Hoewel ik weet dat het niet vaststaat.'
'Ik denk het ook,' zei Lucy. 'Maar de hamvraag is natuurlijk of degene die zogenaamd als mijn tante al die e-mails naar Terri heeft gestuurd, iets met haar dood te maken heeft.'
'Hoe zit het met het IP-adres?' vroeg Marino.
'Wanneer kunnen jullie van de internetprovider te horen krijgen wie hun klant is? Want het adres dat ik krijg is een blok met nummers van twintig tot hoger in de Upper East Side met onder andere het Guggenheim, de Met en het Jewish Museum. Daar hebben we niet veel aan.'
Lucy wist de precieze plek, maar dat wilde ze niet zeggen. Berger stelde het niet op prijs als ze de regels overtrad en Lucy had vrienden in de wereld van de internetproviders, sommige nog uit haar tijd bij de FBI en sommige van daarvoor, die weer andere mensen kenden. Wat zij had gedaan, was net zoiets als wat agenten deden die pas om een huiszoekingsbevel vroegen nadat ze de kofferbak van een auto hadden opengemaakt en daarin honderd kilo cocaïne hadden gevonden.
'In die wijk, zo ongeveer de Museum Mile, ligt ook de dermatologiepraktijk van dokter Elizabeth Stuart,' zei Lucy.

Op de donkere achterbank was Bergers gezicht dicht bij het hare en haar geur was betoverend.

'In die wijk?' herhaalde Berger. 'Waar bedoelen we precies?'

'Het appartement van de dermatoloog van de sterren beslaat de hele negenentwintigste verdieping van het gebouw waar ze ook haar praktijk heeft,' zei Lucy. 'Ze is nu op vakantie, haar praktijk gaat pas op maandag de zevende weer open.'

27

Scarpetta wachtte tot ze een excuus had alleen door het appartement te lopen, en dat kreeg ze toen Lucy haar belde.

Ze liet Benton en Morales in de slaapkamer achter en liep door de woonkamer naar de studeerkamer, terwijl Lucy haar vertelde over het bericht op de website van het John Jay en vroeg of ze daar al van had gehoord. Scarpetta liet haar blik over de planken met oude boeken over psychiatrie gaan en zei van niet.

'Ik vind het heel erg dat te horen,' voegde ze eraan toe. 'Alles wat ik hoor, vind ik erg, echt waar. Ik wilde dat ik had geweten dat ze probeerde contact met me op te nemen.'

Het boek waarover Oscar haar had verteld, *The Experiences of an Asylum Doctor*, waarin hij de cd zou hebben verstopt, zag ze nergens staan. Ze begon steeds meer aan hem te twijfelen. Wat voor soort spelletje speelde hij met haar?

'En die foto van vanmorgen op internet,' zei Lucy. 'Die hier in het mortuarium in New York is genomen. Je was in gesprek met dokter Lester. Kun je je dat moment nog herinneren?'

'Ik kan me niet herinneren dat iemand daar ooit een foto van me heeft genomen, anders zou me dat, toen ik die foto vanmorgen zag, wel te binnen zijn geschoten.'

'Als je die foto voor je ziet en de achtergrond invult met een aanrecht en een scherm met de beelden van de bewakingscamera's, kun je dan bedenken waar die persoon toen kan hebben gestaan? Word je dan iets duidelijk?'

'Die persoon moet bij een autopsietafel hebben gestaan. Er staan er daar drie, dus misschien was het iemand die een andere zaak behandelde. Ik beloof je dat ik er goed over na zal denken, maar niet nu.'

Nu kon ze alleen maar nadenken over haar volgende gesprek met Oscar, waarin ze hem zou vertellen dat het boek was verdwenen. Ze kon zich wel voorstellen wat hij zou antwoorden: dan hebben *zij* de cd meegenomen. Daarom lag die draad voor de deur op de grond. *Zij* zijn naar binnen gegaan. Dat zou hij zeggen. Ze had tegen Morales en Benton niets over het boek gezegd. Ze mocht hun niet vertellen dat het boek met de cd er was geweest en er niet meer was. Ze was de arts van Oscar Bane. Wat er tussen hen was besproken, viel onder haar zwijgplicht, binnen redelijke grenzen.

'Heb je pen en papier bij je?' vroeg Lucy. 'Dan geef ik je de telefoonnummers van dokter Elizabeth Stuart. De dermatoloog.'

'Ik weet wie ze is.'

Lucy legde uit dat de foto op 3 december naar Terri Bridges was gestuurd, omstreeks het middaguur, vanuit een internetcafé tegenover de praktijk van dr. Stuart. Ze gaf Scarpetta een mobiel nummer en het nummer van de presidentiële suite van het St. Regis in Aspen, waarvan dr. Stuart door middel van een timesharingsysteem een van de eigenaars was, en zei dat ze daar altijd logeerde onder de naam van haar man: Oxford.

'Vraag naar dokter Oxford,' zei Lucy. 'Het is verbazingwekkend wat mensen je soms allemaal vertellen, maar dit heb ik niemand anders verteld. Jaime wil altijd dat alles legaal is, alsof je dan ooit iets bereikt. Nou ja. Wil je voor mij iets aan Morales vragen en Benton vragen of hij me wil bellen?'

'Ik loop nu naar ze toe.'

'Ik sta in de hal van Terri's gebouw en heb ingelogd op het draadloze netwerk dat door al deze appartementen wordt gebruikt,' zei Lucy. 'Het bedient alle servers, dus iedereen die erop zit, kan alles zien. Er zit een apparaat op.'

Oscars fitnessapparaat stond in zijn slaapkamer, waar zijn bed met de folietent eroverheen in het midden stond. Benton en Morales waren er met elkaar in gesprek.

'Wat moet ik hem dan vragen?' vroeg Scarpetta aan Lucy.

Ze kon zien waarom Morales populair was bij vrouwen, maar ze begreep ook waarom zo ongeveer alle andere mensen, met inbegrip van rechters, hem onsympathiek vonden, al hadden ze schoorvoetend respect voor zijn werk. Hij deed haar denken aan een paar topatleten die een beurs hadden voor Cornell toen zij daar ook studeerde: strijdlustige, heel zelfverzekerde jongemannen, vrij klein van stuk, maar ter compensatie daarvan gespierd, snel, brutaal en arrogant. Ze luisterden naar niemand, ze hadden weinig respect voor hun team of hun trainer en waren intellectueel lui, maar ze wonnen wedstrijden en sloofden zich uit voor het publiek. Het waren geen sympathieke mensen.

'Vraag hem of hij weet dat er hier een camera staat,' zei Lucy.

'Dat kan ik je wel vertellen,' zei Scarpetta. 'Hij heeft een surveillancecamera op het dak geplaatst. Marino weet ervan. Is Jaime daar ook?'

Scarpetta besefte pas toen ze dat had gevraagd waarom ze het wilde weten. Ze had het aangevoeld, misschien al de eerste keer dat ze hen samen had gezien, toen Lucy nog een meisje was, althans volgens Scarpetta, nog een kind eigenlijk. Berger was minstens vijftien jaar ouder dan Lucy. Waarom was het belangrijk? Lucy was geen kind meer.

Lucy zei tegen Scarpetta dat Berger en Marino naar de overkant van de straat waren gegaan om met een getuige te praten. Ze waren al ruim een halfuur weg.

Misschien kwam het gewoon doordat het een beetje vreemd was dat zo'n drukbezette, belangrijke openbaar aanklager als Jaime Berger een deel van haar avond had doorgebracht in een loft in Greenwich Village om daar een computerprogramma te bekijken. Alles wat Lucy ontdekte, kon ze telefonisch of elektronisch doorgeven. Hoewel iedereen wist dat Berger zich daadwerkelijk in zaken verdiepte, erop stond zelf naar een plaats delict te gaan, zelf regelde dat bewijsmateriaal zo snel mogelijk werd geanalyseerd en soms zelf in het mortuarium een autopsie bijwoonde, mits die niet werd verricht door dr. Lester, had ze nooit eerder belangstelling getoond voor computers. Ze installeerde zich niet in een laboratorium om gaschromatografisch of microscopisch onderzoek, sporenonderzoek of een LCN-DNA-onderzoek bij te wonen.

Berger gaf bevelen en besprak de resultaten tijdens vergaderingen. Het zat Scarpetta niet lekker dat Lucy en Berger urenlang samen in die loft hadden gezeten. Haar onbehagen daarover kwam waarschijnlijk voort uit de vorige keer dat ze hen samen had gezien, vijf jaar geleden, toen ze onaangekondigd naar Bergers penthouse was gegaan.

Ze had niet verwacht dat ze daar Lucy zou aantreffen, die Berger vertelde wat er in die hotelkamer in Szczecin, Polen, was gebeurd, met details die Scarpetta zelf nog steeds niet te horen had gekregen.

Dat had haar het gevoel gegeven dat ze niet langer de belangrijkste persoon in het leven van haar nichtje was. Of misschien had ze toen zien aankomen dat ze dat op een dag niet meer zou zijn. Dat was de waarheid, haar egoïstische waarheid.

Scarpetta zei tegen Benton dat Lucy hem wilde spreken. Hij aarzelde en wachtte tot ze hem een teken gaf dat zij daar geen probleem mee had.

'Ik ga zijn badkamerkastjes doorzoeken,' zei ze, en dat was haar teken.

Benton moest de slaapkamer verlaten om ongestoord met Lucy te kunnen praten.

'Ik ga naar de gang,' zei hij en hij toetste een nummer in op zijn mobiel.

Scarpetta voelde de blik van Morales toen ze doorliep naar de badkamer. Hoe meer ze zag van de manier waarop Oscar had geleefd, des te treuriger ze werd van zijn geestelijke verwarring. De flesjes in zijn medicijnkastje maakten duidelijk dat hij zijn nachtmerries geloofde, en de datums op de flesjes bevestigden het moment waarop de achteruitgang was begonnen.

Ze vond lysine, pantotheenzuur, foliumzuur en aminozuur, calcium, jodium, algen – het soort supplementen dat mensen slikten die aan gevaarlijke straling waren blootgesteld of dat dachten. In het kastje onder de wastafel stonden flessen witte azijn – ze vermoedde dat hij die in zijn badwater deed – en begin oktober had hij eszopiclone voorgeschreven gekregen tegen slapeloosheid. Dat recept had hij daarna nog twee keer gebruikt, de laatste keer op 27 december bij de Duane Reade apotheek. Het was uitgeschreven door dr. Elizabeth Stuart. Scarpetta was van plan haar te bellen, maar nog niet en niet daar.

Ze inspecteerde een kastje waarin Oscar de gebruikelijke, bij de drogist verkrijgbare geneesmiddelen en eerstehulpmiddelen zoals pleisters, een desinfectiemiddel en verbandgaas bewaarde, en Aqualine, een smeermiddel. Dat had ze in haar hand toen Morales binnenkwam. Er zat geen prijssticker op de nog ongeopende pot, dus kon ze niet zien waar hij was gekocht.

'Is dat niet een soort vaseline?' vroeg hij.

'Inderdaad,' antwoordde ze.

'Denk je dat ze in het lab kunnen onderzoeken of dat hetzelfde spul is als wat in haar vagina zat?'

'Dit wordt meestal gebruikt als geneeskrachtige zalf,' zei Scarpetta. 'Voor brandwonden, ruwe of gebarsten huid, atopische dermatitis, eczeem, dat soort dingen. Waar Oscar trouwens geen last van heeft. Hardlopers en wielrenners gebruiken het vaak. Het is een populair middel, je kunt het bij elke drogist en de meeste supermarkten krijgen.'

Het klonk bijna alsof ze het opnam voor Oscar Bane.

'Ja, we weten dat Oscar heel wat kilometers aflegt, op zijn platvoetjes. Volgens de portier gaat hij bijna elke dag in zijn trainingspakje de deur uit, wat voor weer het ook is. Die trap staat op het dak, is dat niet gek? Niemand weet waarom. Volgens mij is dat ventje via de brandtrap naar boven geklommen en toen door zijn raam bij hem naar binnen, waarna hij weer via het dak is vertrokken en de trap daar heeft achtergelaten. Daarom staat die op het dak.'

'Waarom zou hij dat hebben gedaan?'

'Om binnen te komen.' Morales keek haar indringend aan.

'En toen hij zijn raam opende, ging het alarm niet af?' zei Scarpetta.

'Het ging wel af. Ik heb het beveiligingsbedrijf gebeld om ernaar te vragen. Niet lang nadat Oscar uit het Bellevue was vertrokken, ja hoor, toen is het alarm afgegaan. Het bedrijf heeft zijn appartement gebeld, een man nam op en zei dat het per ongeluk was gebeurd en noemde het wachtwoord. Het alarm maakt niet veel lawaai. De andere bewoners hebben het waarschijnlijk niet eens gehoord, vooral omdat het alweer gauw werd uitgeschakeld. Dus wat denk je?'

'Ik denk niets.'

'Shit, jij denkt altijd iets, dokter CNN. Daar sta je om bekend. Je staat bekend om al die verbazingwekkende gedachten van je.'

Hij kwam naar het kastje toe dat zij aan het doorzoeken was en botste tegen haar aan toen hij het potje Aqualine uit haar hand nam.

'We kunnen op een chemische manier vaststellen of dit hetzelfde spul is dat in haar lichaam zat, toch?' zei hij.

'Ja,' antwoordde ze. 'Je kunt vaststellen wat het niet is, bijvoorbeeld K-Y Jelly, waaraan bepaalde antiseptische en conserveringsmiddelen zijn toegevoegd, zoals natriumhydroxide en methylparabeen. Aqualine bevat geen conserveringsmiddelen en bestaat vooral uit minerale olie en petrolatum. Ik weet zo goed als zeker dat ze dit niet in Terri's appartement hebben gevonden, het staat in elk geval niet op de lijst van bewijsmateriaal, en toen ik daar was, heb ik ook in het medicijnkastje gekeken. Dat weet jij trouwens beter dan wie ook.'

'Dat betekent nog niet dat hij zijn eigen moordspullen niet heeft meegebracht en weer mee naar huis genomen. Ik zeg niet dat Oscar de dader is, ik bedoel de moordenaar. Maar ik zeg ook niet dat Oscar niet de moordenaar is.'

Morales keek haar met zijn bruine ogen indringend aan. Hij leek het gesprek amusant te vinden, maar maakte ook een boze indruk.

'Maar je hebt gelijk als je zegt dat dit spul niet in haar appartement stond,' zei hij. 'Gisteravond wist ik niet dat we een glijmiddel zochten, omdat er nog geen sectie was verricht. Maar toen ik terugging, heb ik ernaar gezocht.'

Dit was voor het eerst dat ze hoorde dat hij terug was gegaan, en ze dacht aan Terri's werkkamer en de opmerking van Marino over iemand die het kleed glad had geveegd.

'Nadat je vriendje Marino haar laptops had gevonden, ben ik teruggegaan om te kijken of we niet nog iets anders over het hoofd hadden gezien,' zei Morales. 'Inmiddels had ik het autopsierapport gelezen en Pester Lester gesproken. Dus ging ik op zoek naar een glijmiddel. Niet gevonden.'

'We hebben de vloerbedekking in haar werkkamer gezien,' zei ze.

'Dat zal best,' zei hij. 'Mijn moeder heeft me geleerd de rommel op te ruimen, de franje van het kleed recht te leggen, keurig mijn plicht te doen. Dus denk ik dat ik nu een paar van deze dingen in een zakje moet stoppen. Heb ik al gezegd dat ik een huiszoekingsbevel heb voor het geval dat we iets moois zouden vinden?'

Hij grijnsde zijn witte tanden bloot en gaf haar een knipoog.

Ze liepen terug naar de slaapkamer met de fitnessapparaten en de folietent. Ze opende een kast en keek naar een plank met nog een paar met schuimplastic gevoerde helmen en enkele antennes. Ze bekeek de kleren, voor het merendeel vrijetijdskleding, en vond plastic plaatjes in de zak van een aantal blazers. Weer een soort schildje. Ze dacht aan Oscars bezorgde opmerking in het ziekenhuis over zijn gebrek aan bescherming.

Op de vloer stonden sneeuwlaarsjes en nette schoenen, Nikes en een mand met gewichten, springtouwen, enkelgewichten en een niet opgeblazen fitnessbal.

Ze pakte de Nikes. Het was een oud paar en niet bepaald geschikt voor een serieuze sporter met kans op gewrichts- en voetproblemen.

'Is dit zijn enige paar joggingschoenen?' vroeg ze aan Morales. 'Je zou denken dat hij betere had, zelfs meerdere paren.'

'Ik vergeet steeds hoe ze je noemen,' zei hij.

Hij kwam naast haar staan.

'Arendsoog,' zei hij. 'Onder andere.'

Hij stond zo dicht bij haar dat ze de vage, roodachtige sproeten op zijn lichtbruine huid kon zien en ze rook zijn sterke aftershavegeur.

'Hij draagt Brooks Ariels die speciaal zijn gemaakt voor mensen bij wie de voeten te ver naar binnen doorzakken en die dus extra stabiliteit nodig hebben,' zei hij. 'Eigenlijk ironisch, hè?'

Hij gebaarde met zijn hand naar de slaapkamer.

'Je zou zeggen dat je fan Oscar behoorlijk wat stabiliteit nodig heeft,' vervolgde hij. 'Ze zijn geschikt voor mensen met platvoeten. Breed, met een bijzonder zoolprofiel. Ik heb het paar dat hij gisteravond aanhad naar het lab gestuurd. En zijn kleren.'

'Wat droeg hij precies toen hij onlangs uit het Bellevue vertrok?' vroeg ze.

'Weer een arendsoogvraag.'

Ze schuifelde steeds een stukje bij hem vandaan en hij bleef dichterbij komen. Inmiddels stond ze bijna in de kast. Ze zette de Nikes op de vloer, stapte om hem heen en ging een eind bij hem vandaan staan.

'Toen ik er gisteravond mee instemde dat hij naar het gekkenhuis mocht,' zei Morales, 'heb ik iets met hem afgesproken. Ik zei dat als ik zijn kleren mocht meenemen, we eerst naar zijn appartement zouden gaan zodat hij een vluchtkoffertje kon pakken. Dan zou hij klaar zijn om te vertrekken.'

'Blijkbaar verwachtte je niet dat hij lang zou blijven.'

'Precies. Hij zou niet lang blijven omdat hij er alleen maar naartoe wilde om Benton te spreken en vooral jou. Zijn wens werd vervuld en hij was door het dolle heen van blijdschap.'

'Is hij hier gisteren alleen naar binnen gegaan om zijn zogenaamde vluchtkoffertje met kleren te halen?'

'Hij was niet gearresteerd en kon doen wat hij wilde. Ik heb in de auto zitten wachten en hij is naar binnen gegaan en daar een minuut of tien gebleven. Hooguit. Misschien lag die draad daarom op de grond, omdat hij toen hij wegging vergat die weer over de bovenkant van de deur te hangen. Hij was een beetje van streek.'

'Weten we wat er in dat vluchtkoffertje zat?'

'Een spijkerbroek, een donkerblauw t-shirt, een extra paar Brooks sportschoenen, sokken, ondergoed en een wollen jack met een rits. Dat hebben ze in het ziekenhuis genoteerd. Jeb heeft die tas gecontroleerd. Je hebt Jeb ontmoet.'

Ze zei niets terwijl ze tegenover elkaar naast de tent van aluminiumfolie stonden.

'De bewaker die vanmiddag voor je deur stond. Om op je te passen,' zei hij.

Ze schrok toen Rod Stewart 'Do Ya Think I'm Sexy?' begon te zingen. Het was de beltoon van Morales' Personal Digital Assistent, een fors, duur apparaat. Hij drukte op zijn Bluetooth oortje en zei: 'Ja?'

Ze liep de kamer uit en ging naar Benton, die in de studeerkamer stond met een boek in zijn in handschoenen gestoken handen: *The Air Loom Gang*.

'Dit gaat over een machine waarmee aan het eind van de achttiende eeuw controle werd uitgeoefend op het brein van een ander. Is alles in orde? Ik wilde je niet storen. Ik rekende erop dat je me wel zou roepen als je wilde dat ik hem zou vermorzelen.'

'Het is een klootzak.'

'Ik weet wat je bedoelt.'

Hij zette het boek terug op de lege plek op een plank en vervolgde: 'Dit boek, *The Air Loom Gang*... Dit appartement zou erin voor kunnen komen. Een gekkenhuis.'

'Inderdaad.'

Ze keken elkaar aan en hij leek te wachten tot ze hem iets zou vertellen.

'Wist je dat Oscar in het ziekenhuis een tas bij zich had om te kunnen vertrekken wanneer hij wilde?' vroeg ze. 'En dat Morales hem daar gisteravond naartoe heeft gebracht?'

'Ik wist dat Oscar weg kon wanneer hij wilde,' antwoordde Benton. 'Dat wisten we allemaal.'

'Ik vind het wel een beetje vreemd. Bijna alsof Morales hem aanmoedigde om daar gauw weer weg te gaan, omdat hij liever had dat Oscar daar niet bleef.'

'Hoe kom je daarbij?' vroeg Benton.

'Door wat hij zei.'

Ze keek om naar de openstaande deur, alsof ze bang was dat Morales opeens binnen zou komen.

'Ik vermoed bijvoorbeeld dat er gisteravond, toen hij met Oscar van de plaats delict wegreed, behoorlijk is onderhandeld,' legde ze uit.

'Dat zou niet ongewoon zijn.'

'Maar je begrijpt mijn dilemma,' zei ze en ze keek weer naar de boeken, opnieuw teleurgesteld.

Oscar had gezegd dat het boek met de cd erin in de tweede kast links van de deur stond, op de vierde plank. Het stond er niet. Op de vierde plank stonden archiefdozen, allemaal met het etiket CIRCULAIRES erop.

'Wat hoort hier te staan dat er volgens jou niet staat? Om de verzameling compleet te maken?' Dat zei Benton er om een bepaalde reden bij.

'Waarom vraag je dat?'

'Een van de gevangenbewaarders, Jeb, vertelt me wel eens iets. Helaas vertelt hij een heleboel mensen wel eens iets, maar hij wilde niet dat jou vandaag in het ziekenhuis iets zou overkomen en hij was het er absoluut niet mee eens dat je hem de kamer uit stuurde. Toen ik belde en te horen kreeg dat Oscar was vertrokken, hebben Jeb en ik nog even een praatje gemaakt. Dus wat ontbreekt er hier?'

'Het verbaast me dat *The Experiences of an Asylum Doctor* er niet bij staat. Van Littleton Winslow.'

'Dat is heel interessant,' zei Benton. 'Dat je juist dat boek noemt.'

Ze trok aan zijn mouw en ze gingen op hun hurken voor de tweede boekenkast zitten.

Ze haalde de dozen van de onderste plank en voelde zich een beetje ontheemd, alsof ze haar gps kwijt was of wat haar dan ook kon vertellen welke kant ze op moest. Ze wist niet meer wie er gek was of niet, wie er loog of de waarheid vertelde, wie er praatte en met wie, of wie er nog zou opduiken die ze niet mocht zien.

Ze opende een doos en vond een verzameling pamfletten over mechanische methoden om iemand in bedwang te houden en waterkuren uit de negentiende eeuw.

'Ik dacht dat hij dat boek wel zou hebben,' zei ze.

'Hij heeft het niet omdat dat boek niet bestaat,' zei Benton met zijn arm tegen de hare toen ze samen de pamfletten bekeken.

Zijn aanwezigheid was geruststellend en ze had behoefte aan geruststelling.

'Niet van die auteur,' ging Benton verder. '*The Experiences of an Asylum Doctor* is geschreven door Montagu Lomax, ongeveer vijftig jaar nadat Littleton Winslow, de zoon van Forbes Winslow, zijn beroemde *Plea of Insanity* schreef, een handboek over krankzinnigheid.'

'Waarom zou Oscar dat hebben verzonnen?'

'Hij vertrouwt niemand. Hij gelooft echt dat hij wordt bespioneerd. Misschien kunnen de slechteriken horen waar hij zijn enige bewijs heeft verstopt, dus moet hij jou een verborgen boodschap geven. Of misschien is hij in de war. Of stelt hij je op de proef. Als je genoeg om hem geeft, ga je naar zijn studeerkamer, zoals je hebt gedaan, en los je het raadsel op. Hij kan allerlei redenen hebben gehad.'

Scarpetta opende een andere doos en daarin zaten circulaires over het Bellevue. Oscar had gezegd dat zij en Benton belangstelling zouden hebben voor zijn verzameling over het Bellevue.

Ze haalde er een leerboek over verpleegkunde uit en een interne gids van de medische en chirurgische staf tussen 1736 en 1894. Vervolgens pakte ze een stapel circulaires en lezingen die teruggingen tot 1858.

Onder in de doos lag een USB-stick met een snoertje eraan.

Ze trok haar handschoenen uit, wikkelde de USB-stick erin en gaf het pakje aan Benton. Toen kwam ze overeind en ze wist al voordat ze hem zag dat Morales in de deuropening stond. Ze hoopte dat hij niet had gezien wat ze zojuist had gedaan.

'We moeten nu weg,' zei Morales.

In zijn hand had hij een papieren zak voor bewijsmateriaal, die met rood plakband was dichtgeplakt.

Benton zette de doos terug op de onderste plank en kwam ook overeind.

Scarpetta zag het pakketje niet meer en nam aan dat hij het in zijn zak had gestoken.

'Jaime en Marino zijn aan de overkant – niet hier, aan de overkant van Terri's appartement in Murray Hill,' zei Morales, opgewonden en ongeduldig. 'De getuige die had opgebeld om wreedheid jegens dieren te melden, je weet wel, die neemt de telefoon niet op en de intercom ook niet. Het licht bij de ingang brandt niet en de buitendeur zit op slot. Marino zei dat die deur, toen hij daar voor de eerste keer naartoe ging, niet op slot zat.'

Ze verlieten Oscars appartement en Morales nam niet de moeite het alarmsysteem weer aan te zetten.

'Er is daar blijkbaar een brandtrap en een luik in het dak,' zei hij, gespannen en gejaagd. 'Dat luik staat open.'

Hij nam ook niet de moeite om de voordeur weer op slot te doen.

# 28

Sinds Marino er eerder die dag was geweest, was er een andere bewoner thuisgekomen, een man die op nummer 2C op de eerste verdieping woonde. Toen Marino een paar minuten geleden naar de zijkant van het gebouw was gelopen, had hij daar licht zien branden en achter half doorzichtige rolgordijnen de tv zien flikkeren.

Hij wist hoe die bewoner heette, dat wist hij van alle bewoners in het gebouw. Maar deze dr. Wilson, een achtentwintigjarige specialist in opleiding in het Bellevue, reageerde niet op de bel van de intercom.

Marino probeerde het nog een keer, terwijl Berger en Lucy in de koude wind stonden te wachten.

'Dokter Wilson,' zei Marino terwijl hij de bel ingedrukt hield, 'dit is nogmaals de politie. We willen de toegang tot dit gebouw niet forceren.'

'U hebt niet gezegd wat u komt doen,' zei een mannenstem, waarschijnlijk die van dr. Wilson, door de luidspreker naast de deur.

'Ik ben rechercheur Marino van de NYPD,' herhaalde Marino en hij wierp Lucy zijn autosleutels toe. 'We moeten naar binnen bij 2D, het appartement van Eva Peebles. Als u uit het raam kijkt, ziet u mijn donkerblauwe Impala staan, zonder de kenmerken van de politie erop. Een vrouwelijke agent zal even de zwaailichten aandoen, zodat u kunt zien dat het een politieauto is. Ik begrijp dat u aarzelt de deur open te doen, maar zoals ik al zei, willen we die niet openbreken. Hebt u toen u thuiskwam uw buurvrouw gezien?'

'Ik zie helemaal niets. Het is donker buiten,' zei de stem.

'Je meent het, Sherlock,' zei Marino, toen hij zijn vinger van de bel had gehaald en dr. Wilson hem niet meer kon horen. 'Hij zit wiet te roken, wedden? Daarom wil hij ons niet binnenlaten.'

'Bent u dokter Wilson?' vroeg hij via de intercom.

'Ik hoef uw vragen niet te beantwoorden en ik doe niet open. Niet na wat er aan de overkant is gebeurd. Ik was bijna niet meer naar huis gegaan.'

Een van zijn ramen ging omhoog en het rolgordijn bewoog.

Marino was ervan overtuigd dat die man stoned was en herinnerde zich dat mevrouw Peebles had gezegd dat haar buurman wiet rookte. De klootzak, was bang dat hij zou worden beschuldigd van drugsbezit in plaats van zich af te vragen of zijn oudere buurvrouw misschien in moeilijkheden verkeerde.

'Meneer, ik wil dat u nu de voordeur opendoet. Als u uit het raam kijkt, ziet u dat het licht bij de ingang niet brandt. Hebt u dat licht uitgedaan toen u thuiskwam?'

'Ik heb het licht niet aangeraakt,' zei de man, en nu klonk hij nerveus. 'Hoe weet ik dat u van de politie bent?'

'Laat mij het maar eens proberen,' zei Berger, en vervolgens drukte zij op de bel op het paneel rechts van de deur, terwijl Marino dat met zijn zaklantaarn bescheen omdat het pikdonker was.

'Meneer Wilson? Ik ben Jaime Berger van het kantoor van de openbaar aanklager. We moeten bij uw buurvrouw zijn, maar dat gaat niet als u ons niet binnenlaat.'

'Nee,' zei de stem. 'Als u hier met een echte politieauto voor de deur komt staan, zal ik erover nadenken.'

'Dat heeft het waarschijnlijk nog erger gemaakt,' zei Marino tegen Berger. 'Hij heeft wiet gerookt, dat weet ik zeker. Daarom heeft hij dat verdomde raam opengezet.'

Lucy zat inmiddels in de auto van Marino en de felle rode en blauwe zwaailichten weerkaatsten in de ramen.

'Dat zegt niets,' zei de stem vastberaden. 'Iedereen kan dat soort lichten op zijn auto zetten.'

'Laat mij het nog eens proberen,' zei Berger en ze hield een hand voor haar ogen tegen het felle flitsende licht.

'Weet u wat ik doe, meneer Wilson?' zei Marino via de intercom. 'Ik geef u een telefoonnummer en dat belt u, en dan zegt u tegen de telefonist dat er een man bij u voor de deur staat die zegt dat hij rechercheur P.R. Marino is, oké? Vraag maar of hij dat wil controleren, want ik sta hier met de assistent openbaar aanklager Jaime Berger.'

Stilte.

'Hij doet het niet,' zei Berger.

Lucy kwam de treden oprennen, en Marino zei tegen haar: 'Wil je nog iets voor me doen terwijl ik hier sta te babysitten?'

Hij vroeg of ze terug wilde gaan naar de auto en de centrale bellen. Ze vroeg waar zijn draagbare radio was of gebruikte de politie die dingen misschien niet meer? Hij zei dat hij die in de auto had laten liggen en wilde ze die alsjeblieft pakken terwijl ze verzocht om een ongemerkte tweede auto en gereedschap om in te breken, met inbegrip van een stormram? Ze zei dat het een oude deur was, die ze waarschijnlijk wel met een breekijzer open konden krijgen, en hij zei dat hij meer wilde dan alleen een breekijzer en dat hij die zak van een arts die daar stoned op de eerste verdieping zat wilde verrassen met zo'n Twin Turbo Ram die ze vroeger gebruikten om bij crackdealers binnen te dringen, maar misschien zouden ze die niet hoeven te gebruiken als die klootzak hen alsnog zou binnenlaten. Hij vroeg of ze ook om een ambulance wilde vragen, voor het geval dat ze die nodig hadden voor Eva Peebles.

Ze reageerde niet op de intercom. Marino kon niet zien of er bij haar licht brandde. Het raam waar haar computer voor stond, was donker.

Hij hoefde Lucy niet de radiocodes of verdere instructies te geven. Niemand hoefde Lucy nog iets over de werkwijze van de politie te leren, en toen hij haar weer in zijn auto zag stappen, voelde hij een steek van verlangen naar het verleden. Hij miste de tijd dat ze samen gingen motorrijden of schieten, onderzoek deden of er met een paar biertjes hun gemak van namen. Hij vroeg zich af wat ze bij zich droeg.

Hij wist dat ze een wapen bij zich droeg. Want Lucy ging nooit ongewapend op pad, zelfs niet in New York. En hij had gezien dat ze haar pistolenpaultjesjack aanhad, meteen al toen ze uit de taxi stapte terwijl hij met die agent de verpakte stoel achter in het busje zette. Het zag eruit als een zwartleren motorrijdersjack, maar er zat een extra zak op dic je eraf kon trekken en waarin zo ongeveer elk pistool paste.

Misschien had ze die .40 kaliber Glock met laservizier nog die hij haar ruim een jaar geleden met Kerstmis had gegeven, tocn ze allebei in Charleston woonden. Dat zou dan ook weer zo'n voorbeeld zijn van de pech die hij altijd had, want hij was er voor zijn verdwijning nooit toe gekomen het over te schrijven op haar naam. Dus als ze er iets onwettigs mee uithaalde, was hij de klos. Toch gaf het hem een prcttig gevoel dat ze misschien zo aan dat pistool gehecht was dat ze het risico nam de wet van New York te overtreden en daardoor een gevangenisstraf op te lopen. Lucy kon elk wapen kopen dat ze wilde hebben. Ze kon een hele wapenfabriek kopen, of meer dan een.

Ze stapte weer uit zijn auto alsof die van haar was en rende naar hen terug, en hij bedacht dat hij haar rechtstreeks zou moeten vragen of ze een wapen droeg en wat het was, maar hij deed het niet. Ze ging naast Berger staan. Er was iets aan de hand tussen die twee, dat was hem net zomin ontgaan als Lucy's pistolenpaultjesjack. Berger zat of stond nooit vlak naast iemand anders. Ze liet nooit iemand langs de onzichtbare barrière waarachter ze zich verschanste of meende zich te moeten verschansen. Maar ze raakte Lucy aan, leunde tegen haar aan en keek vaak naar haar.

Lucy overhandigde Marino zijn draagbare radio.

'Je bent blijkbaar minder alert geworden. Te lang uit het echte politiewerk weg geweest?' zei Lucy op serieuze toon en met een neutraal gezicht, voor zover hij dat in het donker kon zien. 'Geen goed idee om je radio in de auto te laten liggen. Alș je dat soort foutjes maakt, wordt daar de volgende keer iemand de dupe van.'

'Als ik een cursus bij je wil volgen, zal ik me daarvoor inschrijven,' zei hij.

'Ik zal kijken of ik nog plaats heb.'

Hij zette zijn radio aan en vroeg de agenten in de surveillancewagen waar ze waren.

'We komen nu de hoek om,' was het antwoord.

'Zet je zwaailicht en sirene aan,' zei Marino. Hij drukte op de bel van de intercom.

'Hallo?' zei de stem.

'Meneer Wilson, u doet nu de deur open, anders bréken we hem open.'

De sirene begon te loeien en hij hoorde gezoem en duwde de deur open. Hij knipte het licht in het halletje aan en keek naar de geboende, oude eiken trap naar boven. Hij pakte zijn pistool, zei tegen de agenten dat ze het zwaailicht en de sirene uit mochten zetten, maar dat ze voor het gebouw moesten gaan staan. Toen rende hij naar boven, met Lucy en Berger achter zich aan.

Op de eerste verdieping voelde hij de koude lucht uit het open dakluik. Er brandde geen licht en Marino betastte de muur op zoek naar de schakelaar. Door de opening in het plafond keek hij naar de donkere lucht. Er stond geen trap, en zijn gevoel van onbehagen werd sterker. De trap lag waarschijnlijk op het dak. Hij liep naar 2D en zag dat de deur op een kier stond. Hij trok Berger naar een kant van de deur en keek Lucy aan. Gespannen en op alles voorbereid duwde hij de deur met zijn voet verder open, tot die met een klapje tegen de muur sloeg.

'Politie!' schreeuwde hij met zijn pistool in beide handen en de loop omhooggericht. 'Is hier iemand? Politie!'

Hij hoefde niet tegen Lucy te zeggen dat ze met haar zaklantaarn door de kamer moest schijnen, want dat deed ze al. Haar arm gleed langs zijn schouder, ze drukte op de lichtschakelaar en een oude, druk versierde kroonluchter wierp een zacht schijnsel door het vertrek. Marino en Lucy gingen naar binnen en gebaarden tegen Berger dat ze achter hen moest blijven. In de kamer bleven ze alle drie roerloos staan en keken om zich heen. Het koude zweet brak Marino uit, hij veegde met een mouw over zijn voorhoofd en zijn blik vloog naar de lichtbruine ribfluwelen leunstoel waar hij eerder die dag had gezeten, en toen naar de bank waarop mevrouw Peebles haar bourbon had zitten drinken. De flatscreen tv aan de muur stond aan, geluidloos, en een hondenfluisteraar sprak onhoorbaar tegen een grommende beagle.

Voor alle ramen zaten de oude houten jaloezieën dicht. Lucy stond vlak bij de computer op het bureau en ze tikte op een toets. Het scherm werd gevuld met de op hol geslagen website van *Gotham Gotcha*.

*Gotham Gotcha!* verwisselde voortdurend van plaats met *Oh C Tha Maggot!* De skyline van New York stak zwart af tegen een rode achtergrond en de kerstboom van Rockefeller Center stond op zijn kop in Central Park. Er woedde een sneeuwstorm, bliksem flitste en in FAO Schwarz knalde een donderslag voordat het Vrijheidsbeeld werd opgeblazen.

Berger keek er zwijgend naar en toen keek ze naar Lucy.

'Ga je gang,' zei Lucy tegen Marino, en ze gebaarde dat ze hem en Berger dekking zou geven terwijl hij het appartement doorzocht.

Hij keek rond in de keuken, een badkamer voor gasten en de eetkamer, en toen stond hij voor de dichte deur van wat volgens hem de slaapkamer moest zijn. Hij draaide de kristallen deurknop om, duwde de deur met zijn voet open en zwaaide met zijn pistool heen en weer door de kamer. Die was leeg, het kingsize bed was opgemaakt en bedekt met een geruite quilt met geborduurde honden erop. Op het nachtkastje stond een leeg glas, in een hoek stond een draagbaar dierenhokje, zonder hond of kat erin.

De schemerlampen waren van de twee nachtkastjes gehaald en aan weerskanten van een open deur gezet, waar ze licht wierpen op een rand zwarte en witte tegels. Hij liep er geruisloos naartoe, ging aan een kant van de deur staan en zwaaide met zijn pistool naar een lichte beweging, voordat hij kon zien wat het was.

Het broze, naakte lichaam van Eva Peebles hing aan een dofglanzend goudkleurig koord, dat in een lus om haar hals zat en aan een ketting aan het plafond was gebonden. Haar polsen en enkels waren vast bijeengebonden met doorzichtige plastic riempjes, haar tenen raakten nog net de vloer. De koude lucht die door het open raam naar binnen waaide, veroorzaakte een sinistere draaiende beweging van het lichaam linksom en dan rechtsom terwijl het koord de beweging volgde.

Scarpetta vreesde dat degene die de tweeënzeventigjarige Eva Peebles had vermoord ook de moordenaar was van Terri Bridges. En ze vreesde dat die persoon Oscar Bane was.

Die gedachte was bij haar opgekomen toen ze de slaapkamer binnenliep en de twee lampen op de vloer zag en daarna het lichaam aan het goudkleurige koord, dat afkomstig was van een gordijn in de eetkamer en aan een korte ijzeren ketting was geknoopt. De albasten halve bol die aan de s-haak onder aan de ketting had gehangen, lag in de badkuip, op een stapeltje opgevouwen kledingstukken die, dat kon ze toen ze er vanuit de deuropening foto's van nam al zien, nadat de enkels en polsen van het slachtoffer waren vastgebonden op de naden waren opengeknipt en van het lichaam waren getrokken, waarschijnlijk toen het slachtoffer nog leefde.

Op het dichtgeklapte witte wc-deksel stonden een paar duidelijke schoenafdrukken in een jongensmaat, niet groter, met een ongewoon patroon. Blijkbaar was de aanvaller daarop gaan staan om de lamp weg te halen en het lichaam op te knopen. Op die hoogte zou iemand met een lengte van een meter twintig daar geen moeite mee hebben, vooral niet als hij sterk was.

Als Oscar Bane toch de moordenaar was, had Scarpetta hem verkeerd begrepen en fout beoordeeld, gedeeltelijk gebaseerd op de uitkomsten van een meetlint, en had ze zich laten leiden door haar integriteit als arts. Maar als mensen doodgingen, was er geen ruimte voor beoordelingsfouten en vertrouwelijke mededelingen. Misschien had ze haar mond moeten houden en er bij de politie op moeten aandringen Oscar onmiddellijk op te sporen, of had ze moeten voorkomen dat Oscar uit het Bellevue werd vrijgelaten. Ze had Berger een reden kunnen geven om hem te arresteren. Ze had een heleboel dingen kunnen zeggen, om te beginnen dat Oscar zijn verwondingen zelf had veroorzaakt, daar tegen de politie over had gelogen, had gelogen over een indringer, had gelogen over zijn jas die in de auto lag en had gelogen over een boek en een cd in zijn bibliotheek. Het doel zou de middelen hebben geheiligd, omdat hij dan niet meer vrij zou hebben rondgelopen, en dan zou Eva Peebles nu misschien niet aan het plafond hebben gehangen.

Scarpetta had zich verdomme te veel gedragen als Oscars arts. Ze had de fout gemaakt zich zijn lot aan te trekken, medelijden met hem te hebben. Ze hoorde bij verdachten uit de buurt te blijven, zich te beperken tot mensen die niet meer konden lijden, waardoor het gemakkelijker was naar hen te luisteren, hen te ondervragen en te onderzoeken.

Berger kwam terug naar de slaapkamer en bleef op een verstandige afstand staan, omdat ze ervaring had met plaatsen delict en niet de eenmalig beschermende kleding droeg waarin Scarpetta zich van hoofd tot voeten had gehuld. Berger was geen type om haar nieuwsgierigheid voorrang te geven boven kalme beoordeling. Ze wist precies wat ze wel of niet moest doen.

'Marino en Morales zijn bij de enige andere bewoner die op dit moment thuis is,' zei Berger. 'Een man die je beslist niet als huisarts wilt hebben en in wiens huis, omdat de ramen openstaan, de temperatuur blijkbaar nauwelijks boven nul is, maar je kunt er de wiet nog ruiken. Er staan agenten voor de ingang om anderen de toegang tot dit gebouw te beletten, en Lucy heeft zich over de computer in de woonkamer ontfermd.'

'Die buurman,' zei Scarpetta, 'had die niet gezien dat het dakluik verdorie openstond en dat er nergens licht brandde? Toen hij thuiskwam, verdomme?'

Ze stond nog steeds het tafereel op te nemen voordat ze iets aanraakte. Het lichaam schommelde nog steeds traag in het zwakke licht van de lampen heen en weer.

'Ik kan je alleen vertellen,' zei Berger, 'dat hij volgens hemzelf om een uur of negen thuiskwam en dat het licht toen brandde en het dakluik dicht was. Hij is voor de tv in slaap gevallen en als er iemand in het gebouw is geweest, heeft hij dat niet gehoord.'

'Ik denk dat we rustig kunnen zeggen dát er iemand in het gebouw is geweest.'

'De ladder van het dakluik staat meestal in een werkkast op de eerste verdieping, net als aan de overkant. Benton zegt dat de ladder op het dak ligt. Blijkbaar was de indringer bekend met dit gebouw of net zo'n gebouw als dit, zoals dat van Terri, en wist hij waar hij die ladder kon vinden. Hij is via het dak vertrokken en heeft de ladder naar boven gehesen.'

'Hoe is hij binnengekomen?'

'Voorlopig gaan we ervan uit dat ze hem heeft binnengelaten. Toen heeft hij meteen het licht buiten en in de hal uitgedaan. Ze moet hem hebben gekend of in elk geval vertrouwd. En dan nog iets. Die buurman zegt dat hij geen gegil heeft gehoord. Dat is vreemd. Zou ze niet hebben gegild?'

'Ik zal je vertellen wat ik zie,' zei Scarpetta, 'en dan kun je zelf je vraag beantwoorden. Om te beginnen zie ik, zelfs zonder dat ik dichterbij kom, aan haar rood aangelopen gezicht, de tong die uit haar mond hangt, de scherpe hoek van de lus hoog onder haar kin en met een strakke knoop achter haar rechteroor, en de afwezigheid van kneuzingen op andere plekken, dat ze waarschijnlijk aan verstikking door ophanging is gestorven. Met andere woorden, ik geloof niet dat ze eerst is gewurgd en daarna pas met dat koord aan die lampketting is gehangen.'

'Ik kan mijn vraag nog steeds niet beantwoorden,' zei Berger. 'Ik begrijp niet waarom ze niet de longen uit haar lijf heeft gegild. Iemand bindt je polsen vast achter je rug, en je enkels, heel strak met flexibele boeien of zo. En je bent naakt...'

'Niet met flexibele boeien, maar zo te zien met hetzelfde soort riempjes als voor Terri Bridges is gebruikt. En net als bij Terri zijn haar kleren pas daarna van haar lichaam geknipt.' Scarpetta wees naar het stapeltje in het bad. 'Ik denk dat hij ons de volgorde waarin hij te werk gaat duidelijk wil maken. Daar doet hij tenminste zijn best voor. Hij heeft zelfs die lampen hier neergezet zodat we het, hoewel hij de badkamerlamp heeft weggehaald en die ook in de badkuip gelegd, toch goed kunnen zien.'

'Je gaat ervan uit dat hij die lampen daar voor óns heeft neergezet?'

'Om te beginnen voor zichzelf. Hij moest kunnen zien wat hij deed. Maar hij heeft ze laten staan. Om het extra spannend te maken voor degene die haar zou vinden. Een schokeffect.'

'Net zoiets als Gainesville. Dat afgezaagde hoofd op een boekenplank,' zei Berger, en ze keek langs Scarpetta heen naar het lichaam dat langzaam en spottend zijn lugubere pirouettes draaide.

'Zoiets, ja,' zei Scarpetta. 'Die lampen en dat ronddraaiende lichaam, misschien staat daarom het raam open. Ik vermoed dat het zijn laatste penseelstreek was voordat hij wegging.'

'Om de afkoeling van het lichaam te bespoedigen.'

'Ik geloof niet dat dat zijn bedoeling was,' zei Scarpetta. 'Ik denk dat hij het raam heeft opengezet om de wind zijn werk te laten doen. Om haar te laten dansen.'

Berger keek zwijgend naar de langzame dans van het lichaam. Scarpetta haalde haar camera en twee chemische LCD-thermometers uit haar koffer.

'Maar omdat hier andere gebouwen omheen staan,' zei Scarpetta grimmig, 'heeft hij wel de jaloezieën gesloten voordat hij aan het werk ging. Anders had iemand hem misschien kunnen zien. Of hem met een mobieltje kunnen filmen. Om op YouTube te zetten. En hij was koelbloedig genoeg om voor zijn vertrek de jaloezieën weer te openen, om ervoor te zorgen dat de wind inderdaad naar binnen kon blazen om dit speciale effect te sorteren.'

'Het spijt me dat je Marino op deze manier weer tegen moest komen,' zei Berger. Ze zag dat Scarpetta kwaad was, maar wist niet waarom.

Maar Scarpetta's stemming had niets met Marino te maken. Die situatie had ze al geaccepteerd en voorlopig opgeschort. Dat was nu niet belangrijk. Berger wist niet hoe Scarpetta zich bij een onderzoek gedroeg omdat ze dat nooit eerder had meegemaakt, en ze had geen idee hoe Scarpetta reageerde wanneer ze met ijskoude wreedheid werd geconfronteerd. Vooral wanneer ze bang was dat de moord had kunnen worden voorkomen, dat zij die misschien had kunnen helpen voorkomen.

Dit was een afschuwelijke dood geweest. Eva Peebles had pijn geleden en doodsangsten uitgestaan, terwijl de moordenaar zich op een sadistische manier met haar had geamuseerd. Het was een wonder en erg jammer dat ze, voordat hij met haar klaar was, niet aan een hartaanval was overleden.

Te oordelen naar de scherpe hoek van het koord om haar hals had ze niet meteen het bewustzijn verloren, maar waarschijnlijk afschuwelijk geleden toen ze steeds minder adem kon krijgen naarmate het koord onder haar kin haar luchtpijp verder dichtdrukte. Bewusteloosheid ten gevolge van zuurstofgebrek kan eindeloos lijkende minuten op zich laten wachten. Ze zou wild hebben geschopt als hij haar enkels niet bijeen had gebonden, daarom had hij dat waarschijnlijk gedaan. Misschien had hij na Terri Bridges zijn techniek verfijnd en beseft dat hij moest voorkomen dat zijn slachtoffer schopte.

Scarpetta zag geen teken van een worsteling, alleen een geschramde blauwe plek op haar linkerscheenbeen. Die zat er nog niet lang, meer kon ze er nog niet van zeggen.

'Denk je dat ze al dood was toen hij haar aan die ketting hing?' vroeg Berger.

'Dat denk ik niet. Ik denk dat hij haar heeft vastgebonden, haar kleren van haar lichaam heeft geknipt, haar in het bad heeft gelegd en toen de lus om haar hals heeft gedaan, waarna hij haar net ver genoeg boven de grond heeft gehangen om de knoop door haar gewicht te laten aantrekken en daardoor haar luchtpijp dicht te drukken,' antwoordde Scarpetta. 'Vanwege die vastgebonden enkels en polsen kon ze zich nauwelijks verzetten, en ze was lichamelijk zwak. Ze is hooguit een meter achtenvijftig en weegt denkt ik ongeveer tweeënvijftig kilo. Voor hem was het een makkie.'

'Ze zat niet op een stoel. Ze hoefde niet naar zichzelf te kijken.'

'Zij niet, denk ik. Misschien weet Benton waarom niet. Als we het over dezelfde moordenaar hebben.'

Scarpetta maakte nog steeds foto's. Het was belangrijk dat ze vastlegde wat ze zag voordat ze verderging.

'Twijfel je daar nog aan?' vroeg Berger.

'Wat ik denk, is niet belangrijk,' zei Scarpetta. 'Daar wil ik niet op ingaan. Ik vertel je wat haar lichaam mij vertelt, en dat is dat er grote overeenkomsten zijn tussen deze zaak en die van Terri.'

De sluiter klikte en het licht flitste.

Berger was aan een kant van de deuropening gaan staan, met haar handen achter haar rug. Ze keek de badkamer in en zei: 'Marino en Lucy zijn in de woonkamer. Zij denkt dat het slachtoffer iets met *Gotham Gotcha* te maken had.'

Zonder zich om te draaien zei Scarpetta: 'Die site laten crashen was geen goede oplossing. Ik hoop dat je haar dat duidelijk kunt maken. Naar mij luistert ze niet altijd.'

'Ze zei iets over een mortuariumfoto van Marilyn Monroe.'

'Dat was niet de juiste aanpak,' zei Scarpetta en de camera flitste. 'Ik wou dat ze dat niet had gedaan.'

Het lichaam draaide langzaam rond, naar de ene en dan naar de andere kant. De blauwe ogen van Eva Peebles waren dof en stonden open in haar magere, gerimpelde gezicht. Lokken van haar spierwitte haar zaten vast in de lus. Haar enige sieraad was een dun gouden kettinkje om haar linkerenkel, net als bij Terri Bridges.

'Heeft ze het bekend?' vroeg Scarpetta. 'Of was het een eliminatieproces?'

'Ze heeft mij niets bekend en zo wil ik het laten.'

'Allerlei dingen die je liever niet van haar wilt horen,' zei Scarpetta.

'Ik heb genoeg dingen om tegen haar te zeggen zonder de kans te lopen dat het nadelige gevolgen heeft,' zei Berger. 'Maar ik begrijp wat je bedoelt.'

Scarpetta keek aandachtig naar de zwart-witte tegelvloer voordat ze er een in een papieren schoen gestoken voet op zette. Ze legde een van de thermometers op de rand van de wasbak en stopte de andere onder de linkeroksel van Eva Peebles.

'Ik heb begrepen dat het virus dat die website heeft laten crashen haar ook de kans bood om in dat systeem in te breken. Waardoor ze toegang kreeg tot Eva Peebles' e-mail. Vraag me niet hoe. Daar heeft ze een elektronische map gevonden met bijna elke column van *Gotham Gotcha* erin, ook die van vanmorgen vroeg en de tweede van vanmorgen. En ze heeft de foto van Marilyn Monroe gevonden, die blijkbaar door Eva Peebles is bekeken. Kortom, deze vrouw' – ze knikte naar de dode – 'heeft die columns niet zelf geschreven. Ze zijn naar haar gemaild van anonieme IP-adressen, maar omdat dit ook weer een gewelddadige dood is die wellicht iets met e-mails te maken heeft, zal het geen probleem zijn om van de provider te horen van wie die account is.'

Scarpetta gaf haar een blocnote en een pen en vroeg: 'Wil jij notities maken? Omgevingstemperatuur 14 graden Celsius. Lichaamstemperatuur 31,8 graden Celsius. Daar worden we niet veel wijzer van, want ze is mager en naakt en het is hier langzamerhand kouder geworden. Nog geen teken van rigor mortis. Dat verbaast me ook niet. Afkoeling vertraagt het begin daarvan, en we weten dat ze het alarmnummer heeft gebeld. Hoe laat was dat precies?'

'Om acht uur negenenveertig.' Berger bleef schrijven. 'We weten niet hoe laat ze precies in die dierenwinkel was, alleen dat ze ongeveer een uur later de politie heeft gebeld.'

'Die tape wil ik graag horen,' zei Scarpetta.

Ze legde haar handen om de heupen van het lichaam om de draaiende beweging te laten stoppen. Ze bekeek het lichaam nauwkeurig, met behulp van een zaklantaarn, en haar blik viel op een glanzende substantie bij de vagina.

'De man die ze daar had gezien, was volgens haar Jake Loudin,' zei Berger. 'Dus als hij de laatste is die haar levend heeft gezien...'

'De vraag is of hij letterlijk de laatste was. Weten we of er sprake kan zijn van een persoonlijke connectie tussen Jake Loudin en Terri Bridges?'

'Alleen een mogelijke connectie, die misschien toevallig is.'

Berger vertelde Scarpetta over het gesprek dat Marino met Eva Peebles had gevoerd over een puppy die Terri niet had willen hebben, een Boston terriër die ze Ivy had genoemd. Ze zei dat niet duidelijk was wie die puppy aan Terri had gegeven, misschien was dat Oscar. Of iemand anders. En misschien was het hondje afkomstig uit een van de winkels van Jake Loudin, daar zouden ze moeten proberen achter te komen.

'Ik hoef je niet te vertellen dat hij nogal van streek is,' zei Berger en ze bedoelde Marino. 'Het is iets waarvoor elke agent bang is, dat hij een getuige ondervraagt en die persoon daarna wordt vermoord. Hij zal zich afvragen of hij het had kunnen voorkomen.'

Scarpetta hield het lichaam stil terwijl ze zich vooroverboog om de geleiachtige substantie in het grijze schaamhaar en de plooien van de schaamlippen beter te kunnen bekijken. Ze wilde het raam niet sluiten, niet voordat de politie het met de forensische methode van hun keuze had geanalyseerd.

'Een soort glijmiddel,' zei ze. 'Wil jij even aan Lucy vragen of haar vliegtuig al van LaGuardia is vertrokken?'

Er lagen een paar kamers tussen hen in en Berger belde haar op haar mobiel.

'Dan boffen we met de vertraging,' zei ze even later tegen Lucy. 'Zeg dat ze nog even moeten wachten, want er moet nog meer mee... Prima. Dank je.'

Ze verbrak de verbinding en zei tegen Scarpetta: 'Er is een waarschuwing voor windschering van kracht. Ze staan nog op de grond.'

## 29

De schoenafdrukken op het wc-deksel in de badkamer van Eva Peebles kwamen precies overeen met de schoenen die Oscar Bane aanhad toen hij de avond daarvoor volgens zijn verklaring het lichaam van Terri had gevonden.

Bezwarender waren de vingerafdrukken op de glazen lamp die de moordenaar van het plafond had gehaald en in het bad had gelegd. Die waren ook van Oscar. Kort na middernacht werd er een arrestatiebevel voor hem uitgevaardigd en werd er via de radio en het internet een oproep gedaan om hem op te sporen.

De 'dwergmoordenaar' werd nu het 'dwergmonster' genoemd, en de politie in het hele land ging naar hem op zoek. Morales had ook Interpol gewaarschuwd, voor het geval dat Oscar erin was geslaagd langs de luchthavencontrole en de douane te komen en het land uit te vluchten. Algauw kwamen er meldingen binnen dat hij was gezien en in de meest recente nieuwsuitzending, die van drie uur 's nachts, werd gezegd dat sommige kleine mensen, vooral jonge mannen, thuisbleven uit angst voor agressief gedrag of nog erger.

Inmiddels was het woensdagmorgen en liep het tegen vijven. Scarpetta, Benton, Morales, Lucy, Marino en een rechercheur uit Baltimore, die met haar achternaam wilde worden aangesproken – Bacardi – zaten al bijna vier uur in de woonkamer van Bergers penthouse. De lage tafel lag bezaaid met foto's en mappen, en overal stonden koffiekopjes en lagen zakjes van een naburige delicatessenwinkel die de hele nacht open was. Van de stopcontacten in de muren liepen snoeren naar de laptops waarop iedereen druk zat te typen en bestanden te lezen.

Lucy zat in kleermakerszit in de bocht van de ronde bank, met haar MacBook op schoot. Zo nu en dan keek ze naar Morales en vroeg zich af hoe het waar kon zijn wat ze dacht. Berger had een fles Knappogue Castle single malt Ierse en een fles Brora single malt Schotse whisky in huis, die achter het glas van de bar recht tegenover Lucy duidelijk zichtbaar waren. Toen ze binnenkwamen, had ze de twee flessen meteen zien staan en toen Morales zag waarnaar ze keek, was hij ernaartoe gelopen.

'Een vrouw met en naar mijn smaak,' had hij gezegd.

De manier waarop hij dat had gezegd, had bij Lucy een gevoel van walging opgeroepen dat ze niet meer kon onderdrukken, en sindsdien kostte het haar moeite zich te concentreren. Berger had naast haar gezeten toen ze op haar kantoor het zogenaamde interview hadden gelezen waarin Scarpetta Terri Bridges had verteld dat ze een alcoholische drank dronk die meer kostte dan Terri's schoolboeken. Waarom had Berger toen niets gezegd? Hoe kon ze die heel zeldzame, dure whisky's thuis in de kast hebben staan en dat niet tegen haar zeggen?

Berger was degene die deze merken dronk, niet Scarpetta. Maar wat Lucy nog meer dwarszat, was haar angst om de vraag met wie Berger ze dronk. Die vraag was bij haar opgekomen toen Morales zag dat ze naar die flessen keek. Hij had een zelfgenoegzame uitdrukking op zijn gezicht en steeds wanneer ze zijn blik opving, lag er een glans in zijn ogen alsof hij een wedstrijd had gewonnen waarvan Lucy niets had geweten.

Bacardi en Scarpetta waren al een tijdje verwikkeld in een heftige discussie.

'Nee, nee, nee, Oscar kan die twee van mij niet hebben gedaan.' Bacardi schudde haar hoofd. 'Ik wil niemand beledigen door het woord dwerg te gebruiken, maar ik kan er niet aan wennen ze kleine mensen te noemen. Ik heb mezélf altijd een klein mens genoemd, een onderdeurtje, zeiden ze vroeger. En ik krijg die moderne termen niet over mijn lippen.'

Weliswaar was ze klein van stuk, maar je kon haar niet over het hoofd zien. Lucy had in haar leven al heel wat Bacardi's meegemaakt en ze reden bijna allemaal op een Harley. Vrouwen van nog geen een meter vijftig die per se op de grootste motorfiets wilden rijden, ongeveer achthonderd pond metaal, terwijl ze niet eens hun voeten behoorlijk op de grond konden zetten. In een van haar vroegere functies bij de politie van Baltimore was Bacardi bij de motorbrigade geweest en dat was te zien aan haar gezicht, dat te veel was blootgesteld aan de zon en de wind. Ze kneep vaak haar ogen samen en fronste ook regelmatig haar wenkbrauwen.

Ze had kort, roodgeverfd haar en helderblauwe ogen, ze was stevig gebouwd maar niet dik. Ze dacht waarschijnlijk dat ze zich netjes had aangekleed met haar bruine leren broek en cowboylaarzen, en een strak truitje met een boothals waardoor een getatoeëerd vlindertje op haar linkerborst en een fraai decolleté zichtbaar werd wanneer ze vooroverboog naar haar tas, die op de grond stond. Ze was op haar manier sexy. En ze was geestig. Ze had een vet accent uit Alabama en ze was voor niets of niemand bang. Sinds ze was binnengekomen met drie dozen mappen met informatie over de moorden die vijf jaar geleden in Baltimore en Greenwich waren gepleegd, had Marino zijn ogen niet meer van haar kunnen afhouden.

'Ik wil niet beweren dat een klein mens iets wel of niet kan hebben gedaan,' zei Scarpetta.

Anders dan de meeste mensen was ze altijd zo beleefd om te stoppen met typen en haar ogen van het computerscherm los te maken wanneer ze met iemand praatte.

'Maar hij kan het niet hebben gedaan,' zei Bacardi. 'Ik wil jullie niet steeds als Old Faithful, die geiser in Yellowstone Park, in de rede vallen, maar dit moest ik even zeggen en zeker weten dat jullie het hebben gehoord. Oké?'

Ze keek de kamer rond.

'Oké,' zei ze toen zelf maar. 'Mijn vermoorde vrouw, Bethany, was bijna een meter tachtig. Tenzij ze op de grond lag, kan ze niet door iemand van een meter twintig zijn gewurgd.'

'Ik wilde alleen maar zeggen dat ze is gewurgd door ophanging. Te oordelen naar de foto's die je me hebt laten zien en het autopsierapport,' zei Scarpetta geduldig. 'De hoek van de striemen in haar hals en het feit dat het er meer dan een zijn, en zo. Ik zeg niet wie het al dan niet heeft gedaan.'

'Maar dat zeg ik wél. Ik zeg wel wie het al dan niet kan hebben gedaan. Bethany heeft niet geschopt of zich verzet en als ze dat wel heeft gedaan, heeft ze zich op een wonderbaarlijke manier niet geschaafd of gestoten. Ik weet zeker dat er iemand van normale lengte achter haar stond en dat ze allebei stonden. Ik denk dat hij haar van achteren heeft verkracht terwijl hij haar wurgde, want daar kickte hij op. Net als bij Rodrick. De jongen stond rechtop en die vent stond achter hem. Het voordeel van de dader in mijn twee zaken is dat hij groot genoeg was om ze aan te kunnen. Hij heeft ze blijkbaar zo bang gemaakt dat ze het goedvonden dat hij hun handen achter hun rug vastbond, want ze hebben zich blijkbaar niet verzet.'

'Ik probeer me te herinneren hoe lang Rodrick was,' zei Benton.

Zijn haar zat in de war en de stoppels op zijn gezicht deden Lucy denken aan zout. Twee nachten zonder slaap en dat was hem aan te zien.

'Een meter zestig,' zei Bacardi. 'Achtenzestig kilo. Mager en niet sterk. En geen vechtjas.'

'We kunnen vaststellen dat de slachtoffers één ding gemeen hadden,' zei Benton. 'Of liever, de slachtoffers die ons bekend zijn. Ze waren kwetsbaar. Ze hadden een handicap of waren in het nadeel.'

'Tenzij Oscar de moordenaar is,' zei Berger nadrukkelijk. 'Dan ligt het anders. Ook al ben je een mager joch dat steroïden slikt. Je hoeft niet in het nadeel te zijn als je aanvaller maar een meter twintig is. En ik wil mezelf niet eindeloos herhalen, tenzij er een logische verklaring is voor zijn vingerafdrukken in het appartement van Eva Peebles... En voor die afdrukken van damesschoenen maat 35, Brooks Ariels. Terwijl Oscar die schoenen draagt, en in die maat.'

'We mogen ook niet vergeten dat hij is verdwenen,' zei Marino. 'Hij weet beslist dat we hem zoeken en kiest ervoor op de vlucht te slaan. Hij zou zichzelf kunnen aangeven. Dat zou veel beter voor hem zijn. En veiliger.'

'Je hebt het over iemand die uiterst paranoïde is,' zei Benton. 'Niets kan hem ervan overtuigen dat het veiliger voor hem is als hij zichzelf aangeeft.'

'Dat hoeft niet waar te zijn,' zei Berger, en ze keek naar Scarpetta.

Maar Scarpetta zat autopsiefoto's te bekijken en lette niet op Bergers bedachtzame blik.

'Dat ben ik niet met je eens,' zei Benton, alsof hij wist wat Berger dacht. 'Zelfs voor haar zou hij dat niet doen.'

Lucy vermoedde dat Berger een manier zat te bedenken om Scarpetta in te schakelen voor een oproep aan Oscar.

'Ik zou niet weten hoe we hem die boodschap kunnen doorgeven,' zei Morales. 'Tenzij ze hem thuis belt. Misschien kan hij het niet laten zijn boodschappen af te luisteren.'

'Dat doet hij niet,' zei Benton. 'Probeer even te denken zoals hij. Wiens telefoontjes wil hij niet missen? De enige persoon die belangrijk voor hem was en die hij blijkbaar vertrouwde, is dood. En ik weet niet of hij Kay nog wel vertrouwt. Maar dat doet er niet toe. Ik geloof niet dat hij zijn voicemail afluistert. Hij is er al van overtuigd dat hij wordt gevolgd en bespioneerd, en volgens mij is dat de belangrijkste reden van zijn vlucht. Het laatste wat hij zal doen is het risico lopen dat zijn vijand hem weer op de radar krijgt.'

'En zijn e-mail?' vroeg Morales. 'Misschien kan ze hem een e-mail sturen. Afzender scarpetta-zes-twaalf. Want hij gelooft dat jij dat bent.'

Hij keek naar Scarpetta, die beurtelings naar de anderen keek terwijl ze luisterde naar de suggesties die ze deden om Oscar ertoe te bewegen zich bij de politie aan te geven. Lucy zag aan haar gezicht dat ze er niets voor voelde het aas te zijn om Oscar Bane te vangen. Dat zou inmiddels wel zijn toegestaan. Ze hoefde niet langer haar mond te houden. Oscar was officieel op de vlucht voor justitie, er was een bevel uitgevaardigd voor zijn arrestatie en als hij werd opgepakt, zou hij zo goed als zeker worden aangeklaagd en veroordeeld. Lucy wilde er niet aan denken wat hem in de gevangenis te wachten zou staan.

'Ik denk dat hij ervan uitgaat dat we zijn e-mails inmiddels hebben gelezen,' zei ze. 'Hij zal zelf niet meer inloggen. Tenzij hij heel dom of wanhopig is en niet meer weet wat hij moet doen. Ik ben het met Benton eens. Weet je wat volgens mij het beste is? Een oproep op tv. Tenzij hij denkt dat ze hem kunnen vinden als hij in een Holiday Inn de tv aanzet, is dat waarschijnlijk het enige apparaat dat hij durft in te schakelen. Hij kijkt vast wel naar het nieuws.'

'Misschien kun je hem via CNN bereiken,' zei Berger.

'Een geniaal plan,' zei Morales. 'Zeg op CNN tegen Oscar dat hij zich moet aangeven. In deze situatie is dat het beste voor zijn nutteloze leven.'

'Hij kan het plaatselijke bureau van de FBI bellen,' stelde Benton voor. 'Dan hoeft hij niet bang te zijn dat hij in handen valt van een sheriff op het platteland, die geen flauw idee heeft wat er aan de hand is. Waar hij ook mag zijn.'

'Als hij de FBI belt, kloppen zij zich op de borst omdat ze hem hebben gevonden,' zei Morales.

'Wat kan het ons verdomme schelen wie zich op de borst klopt,' zei Marino. 'Ik ben het met Benton eens.'

'Ik ook,' zei Bacardi. 'Hij moet de FBI bellen.'

'Ik vind het geweldig dat jullie dat voor mij hebben besloten,' zei Berger, 'maar toevallig ben ik het met jullie eens. Want het is gevaarlijk als hij in verkeerde handen valt. En mocht hij niet meer in het land zijn, dan kan hij de FBI vanuit het buitenland bellen. Zolang we hem maar weer hier krijgen, interesseert het me niets wie daarvoor zorgt.'

Haar blik ging naar Morales.

'Het gaat niet om prestaties,' voegde ze eraan toe.

Hij keek haar even strak aan en toen keek hij naar Lucy en gaf haar een knipoog. De klootzak.

'Ik ga hem niet op CNN vragen of hij zich wil aangeven,' zei Scarpetta. 'Zulke dingen doe ik niet. Dat is niet mijn taak. Ik kies geen partij.'

'Dat meen je niet,' zei Morales. 'Wil je me wijsmaken dat je de slechteriken niet wilt pakken? Dokter CNN pakt altijd de slechteriken. Schei uit, zeg. Je zet je reputatie toch niet op het spel vanwege een dwerg?'

'Ze bedoelt dat ze aan de kant van het slachtoffer staat,' zei Benton.

'Volgens de wet is dat juist,' zei Berger. 'Ze werkt niet voor mij en ook niet voor de verdediging.'

'Als iedereen klaar is met namens mij het woord te doen en geen vragen meer heeft, ga ik nu naar huis,' zei Scarpetta. Ze was boos geworden en stond op.

Lucy probeerde zich te herinneren wanneer ze haar tante voor het laatst zo kwaad had gezien, in het bijzijn van anderen nog wel. Dat was niets voor haar.

'Hoe laat verwacht je dat dokter Lester met Eva Peebles kan beginnen? Ik bedoel het tijdstip dat ze er daadwerkelijk aan begint, niet hoe laat ze heeft gezegd dat ze eraan zal beginnen. Ik ben niet van plan erheen te gaan en er dan uren rond te hangen, en helaas mag ik zelf zonder haar niets doen. Het is trouwens erg jammer dat zij het moet doen.'

Scarpetta keek naar Morales, die vanaf de plaats delict dr. Lester had gebeld.

'Daar mag ik niet over beslissen,' zei Berger. 'Ik kan de hoofdlijkschouwer bellen, maar dat is geen goed idee. Dat begrijp je denk ik wel. Ze vinden me toch al een bemoeial.'

'Dat ben je ook,' zei Morales. 'Jaime de bemoeial. Zo noemt iedereen je.'

Berger negeerde hem en stond op. Ze keek op haar peperdure horloge en zei tegen Morales: 'Ze zei zeven uur, toch?'

'Dat heeft Pester Lester inderdaad gezegd.'

'Omdat jullie blijkbaar dikke vrienden zijn, kun jij er misschien op letten of ze echt om zeven uur begint. Dan hoeft Kay daar geen taxi naartoe te nemen om alleen maar te wachten.'

'Weet je wat?' zei Morales tegen Scarpetta. 'Ik zal haar gaan halen. Wat vind je daarvan? Dan bel ik je wanneer we onderweg zijn. We kunnen je zelfs een lift geven.'

'Dat is het beste idee dat je in tijden hebt gehad,' zei Berger tegen hem.

Scarpetta zei tegen hen allebei: 'Nee, dank je. Ik ga er zelf naartoe. Maar bel me wel, alsjeblieft.'

Toen Berger terugkwam nadat ze Benton en Scarpetta had uitgelaten, wilde Marino graag nog een kop koffie. Lucy liep achter Berger aan naar haar grote keuken vol roestvrij staal, rustiek kastanjehout en graniet, want ze had besloten iets te zeggen. Het zou van Bergers reactie afhangen wat er verder zou gebeuren.

'Ga je ook naar huis?' vroeg Berger op vertrouwelijke toon, en terwijl ze een pak koffie opende, keek ze Lucy aan.

'Die whisky's in je bar,' begon Lucy. Ze spoelde de koffiepot om en vulde die met water.

'Welke whisky's?'

'Je weet best welke ik bedoel,' zei Lucy.

Berger nam de pot van haar over en goot het water in het koffiezetapparaat.

'Dat weet ik niet,' zei Berger. 'Bedoel je dat je een opkikkertje wilt? Ik dacht dat je daar geen type voor was.'

'Dit is geen grap, Jaime.'

Berger zette het apparaat aan en leunde tegen het aanrecht. Ze leek oprecht niet te weten wat Lucy bedoelde, maar Lucy geloofde haar niet. Ze noemde de Ierse en de Schotse whisky's die in de bar stonden.

'Ze staan op de bovenste plank achter het glazen deurtje, in je eigen bar, verdomme,' zei Lucy. 'Het bestaat niet dat je dat niet weet.'

'Greg,' zei Berger. 'Hij verzamelt whisky's. En ik had ze niet gezien.'

'Hij verzamelt whisky's? Ik wist niet dat hij hier nog woonde,' zei Lucy. Nu voelde ze zich nog ellendiger, ze had zich nog nooit zo ellendig gevoeld.

'Ik bedoel dat het zijn whisky is,' zei Berger even kalm als altijd. 'Als je in die kast kijkt, zie je daar een fortuin staan aan kleine productie van dit en single malt van dat. Ik let er niet op. Dat komt niet eens bij me op, want ik drink die dure whisky's niet. Nooit gedaan.'

'O nee?' zei Lucy. 'Hoe komt het dan dat Morales wél weet dat je ze hebt?'

'Dit is belachelijk en niet het juiste moment of de juiste plaats,' zei Berger zacht. 'Hou alsjeblieft op.'

'Hij keek er meteen naar, alsof hij iets wist. Is hij hier ooit eerder geweest?' vroeg Lucy. 'Misschien steekt er toch meer achter dat gerucht over de Tavern on the Green.'

'Niet alleen hoef ik daar geen antwoord op te geven, ik doe het ook niet. En ik kan het niet,' zei Berger op neutrale toon, zelfs bijna meelevend. 'Misschien wil je zo vriendelijk zijn om te vragen wie er nog koffie wil en hoe ze die drinken?'

Lucy liep de keuken uit en vroeg niemand iets. Ze trok de stekker van haar snoer uit het stopcontact. Ze wikkelde kalm het snoer om haar hand en stopte het in de zak van haar nylon tas. Daarna stopte ze haar MacBook in de tas.

'Ik moet terug naar kantoor,' zei ze in het algemeen toen Berger weer binnenkwam.

Berger vroeg wie er koffie wilde, alsof er niets aan de hand was.

'We hebben nog niet naar die tape van de alarmcentrale geluisterd,' zei Bacardi plotseling. 'Ik wil hem in elk geval graag horen. Jullie ook?'

'Beter van wel,' zei Marino.

'Ik hoef niet te luisteren,' zei Lucy. 'Iemand kan hem naar me toe mailen, als ik hem ook moet horen. Ik zal het jullie laten weten als ik nog wat te melden heb. Ik kom er zelf wel uit,' voegde ze er tegen Jaime Berger aan toe, zonder haar aan te kijken.

## 30

'Die arme portiers,' zei Scarpetta. 'Ik denk dat ik ze nog erger heb laten schrikken dan anders.'

Wanneer ze bij hun luxe appartementengebouw aankwamen en de portiers haar werkkoffer zagen, bleven ze altijd bij haar uit de buurt. Maar die morgen in alle vroegte deinsden ze nog verder achteruit vanwege het nieuws. In de East Side van New York waarde een seriemoordenaar rond die een paar jaar geleden in Maryland en in Connecticut waarschijnlijk ook een paar misdaden had gepleegd, en Benton en Scarpetta zagen er vrij afschrikwekkend uit.

Ze stapten in de lift en gingen omhoog naar de eenendertigste verdieping. Meteen nadat ze de voordeur achter zich dicht hadden gedaan, begonnen ze zich uit te kleden.

'Ik wou dat je er niet naartoe ging,' zei Benton.

Hij rukte zijn das af terwijl hij zijn jasje uittrok. Zijn overjas hing al over een stoel.

'Je hebt je uitstrijkjes en je weet wat haar dood heeft veroorzaakt,' vervolgde hij. 'Waarom ga je dan nog?'

'Misschien word ik vandaag eindelijk nog een keer behandeld alsof ik zelf kan nadenken, of zelfs maar half zo goed als vroeger,' antwoordde ze.

Ze wierp het jasje van haar broekpak en haar blouse in de wasmand voor besmette spullen bij de voordeur – iets wat zijzelf zo normaal vonden dat het maar zelden bij haar opkwam dat ze voor een toeschouwer, misschien iemand met een telescoop, een raar stel moesten zijn. Ze dacht aan de nieuwe helikopter van de New Yorkse politie, waarover Lucy haar had verteld. Er zat een camera op waarmee ze zelfs op drie kilometer hoogte nog gezichten konden herkennen, of iets dergelijks.

Ze trok de rits van haar broek open en stapte uit haar broek, en toen pakte ze een afstandsbediening van de zware donker-eiken salontafel van Stickley in hun woonkamer vol Stickley-meubels en olieverfschilderijen van Poteet Victory en sloot de elektronische jaloezieën. Ze voelde zich net Oscar, die zich voor iedereen verborgen hield.

'Ik weet eigenlijk niet of je het met me eens was,' zei ze tegen Benton. Ze stonden allebei in hun ondergoed, met hun schoenen in de hand. 'Tussen twee haakjes: dit zijn wij. Ben je gelukkig? Dit is met wie je bent getrouwd. Iemand die zich meteen nadat ze is binnengekomen moet verkleden vanwege al die sinistere plekken waar ze haar werk doet.'

Hij nam haar in zijn armen en drukte zijn gezicht in haar haren.

'Je bent niet zo erg als je denkt,' zei hij.

'Ik weet niet wat je bedoelt.'

'Nee. Ik was het met je eens. Ja, bedoel ik. Als je niet...' Hij stak achter haar hoofd zijn linkerarm uit en keek, terwijl hij haar nog steeds tegen zich aan drukte, op zijn horloge. 'Kwart over zes. Shit. Je moet waarschijnlijk zo weer weg. Wat dat betreft, ben ik het niet met je eens. Nee. Dat je dokter Lesters babysit bent. Ik hoop dat er een sneeuwstorm op komst is waardoor je de deur niet meer uit kunt. Kijk nou eens naar je lievelingsschilderij: de elkaar in evenwicht houdende elementen van meneer Victory. Ik zal de Grote Geest vragen of hij de elementen in evenwicht wil brengen, zodat je thuis kunt blijven en samen met mij kunt douchen. Dan kunnen we meteen onze schoenen afspoelen, zoals we vroeger deden nadat we op een plaats delict waren geweest. En je weet wat we daarna deden.'

'Wat heb je opeens?'

'Niets.'

'Dus je bent het met me eens dat ik die televisieoproep niet doe,' zei ze. 'En bid alsjeblieft tot de Grote Geest. Ik wil niet op haar babysitten. Alles wat je zei is waar. Ik weet wat er met Eva Peebles is gebeurd. Dat hebben zij en ik in de badkamer besproken en ik hoef het niet meer te bespreken met dokter Lester, die niet luistert en niet zo ruimdenkend is als Eva Peebles. Ik ben moe en gestrest en zo klink ik ook. En ik ben boos. Het spijt me.'

'Niet op mij,' zei hij.

'Niet op jou,' zei ze.

Hij streelde haar gezicht en haar haren en keek diep in haar ogen, zoals hij deed wanneer hij probeerde iets te vinden wat hij kwijt was geraakt of misschien dacht dat hij kwijt was geraakt.

'Het gaat niet om protocollen of aan wiens kant je staat,' zei hij. 'Het gaat om Oscar. Het gaat om ieder mens dat wreed wordt behandeld. Als je niet zeker weet wie wat doet of hoe en waarom, kun je beter achter de schermen blijven. Op dit moment is het verstandig om bij dokter Lester uit de buurt te blijven. Om rustig je eigen gang te gaan. Jezus,' zei hij opeens.

Hij liep naar de wasmand en viste zijn broek er weer uit. Hij stak zijn hand in een zak en haalde er de USB-stick uit met nog steeds een paar paarse handschoenen eromheen gewikkeld.

'Dit is belangrijk,' zei hij. 'Misschien heeft de Grote Geest zojuist mijn gebed verhoord.'

Scarpetta's mobieltje rinkelde. Het was dr. Kiselstein van Y-12. Voordat hij iets kon zeggen, zei ze: 'Lucy zei dat het veilig bij jullie is aangekomen. Ik bied je duizendmaal mijn verontschuldigingen aan. Ik hoop dat je niet stond te wachten. Waar dan ook.'

De stem met het Duitse accent van dr. Kiselstein zei in haar oormicrofoon: 'Omdat ik niet vaak een monster krijg toegestuurd in een privéjet, heb ik mezelf verwend en naar muziek geluisterd op de iPod die ik met Kerstmis van mijn vrouw heb gekregen. Hij is zo klein dat ik hem als dasspeld zou kunnen gebruiken. Het was geen probleem. Ik ken McGhee-Tyson, het vliegveld van de Air National Guard, al heb ik daar, zoals ik al zei, nooit op de jet van een miljonair staan wachten. Meestal is het een C-130 of een ander vrachtvliegtuig dat ons iets brengt uit Langley wat NASA niet officieel wil bevestigen. Zoals gebrekkige hitteschilden. Of prototypes, wat ik veel liever heb, want daar is nog niets mee fout gegaan. Bizarre leveranties van jou betekenen natuurlijk dat er al wél iets fout is gegaan. Maar ik heb al een paar uitslagen, want ik begrijp dat je haast hebt. Nog geen officieel onderzoeksrapport. Dat duurt nog even.'

Benton wachtte niet langer. Hij raakte haar wang aan en liep naar de badkamer.

'We hebben hier een zalf die is vermengd met bloed, wellicht zweet, en zilverzouten, plus hout- en katoenvezels,' zei dr. Kiselstein.

Scarpetta liep naar de bank. Ze haalde een pen en een blocnote uit de la van een tafeltje en ging zitten.

'Specifiek zilvernitraat en kaliumnitraat. Plus koolstof en zuurstof, natuurlijk. Ik mail je de beelden, in verschillende vergrotingen, tot duizendmaal. Zelfs vijftigmaal vergroot kun je het bloed zien, en de zilverrijke delen zijn vrij helder, dankzij hun hoge atoomgetal. Je ziet ook zilvernitraat in het hout, witachtige zilverrijke stipjes die gelijkmatig over het oppervlak zijn verdeeld.'

'Dat laatste is interessant,' zei ze. 'Geldt dat ook voor de katoenvezels?'

'Ja. Zichtbaar bij sterkere vergroting.'

Voor Scarpetta betekende die gelijkmatige verdeling dat het ging om een substantie die van tevoren was klaargemaakt in plaats van iets wat ongewild met iets anders was vervuild. Maar als haar vermoeden juist was, was er sprake van allebei.

'En huidcellen?' vroeg ze.

'Ja, absoluut. We zijn nog in het laboratorium en het zal nog een dag of twee duren. De kwaden wordt geen rust gegund. Het is moeilijk omdat je zo veel monsters hebt gestuurd. Maar ik bel je over twee daarvan. Een van elk geval. De stoel en een uitstrijkje. Je zou kunnen denken dat de katoen- en houtvezels afkomstig zijn van de wattenstaafjes die je hebt gebruikt. Misschien wel, misschien niet. Dat weet ik nog niet. Maar dat geldt niet voor de stoel, want daar heb je geen wattenstaafje voor gebruikt, denk ik.'

'Nee, die heb ik niet aangeraakt.'

'Dan kunnen we vaststellen dat de katoen- en houtvezels op de stoelzitting daar op een andere manier terecht zijn gekomen, misschien overgebracht door de zalf. Dat wordt nog lastig, want die is niet geleidend. Daarom moeten we variabele druk gebruiken om het hoge vacuüm in het pistool dat nodig is om de elektronenbundel te produceren, te handhaven, terwijl de rest van de kamer wordt gevuld met droge gefilterde lucht. En we hebben de verstrooiing van de elektronenbundel verminderd door de werkafstand te verkleinen. Dit klinkt alsof ik me wil verontschuldigen, maar het valt niet mee om een beeld van die zalf te maken, omdat de elektronenbundel die laat smelten. Het zal beter lukken als hij droog is.'

'Misschien zilvernitraatinstrumenten om de huid te cauteriseren? Dat komt als eerste bij me op,' zei ze. 'Dat zou ook de aanwezigheid van bloed, zweet en huidcellen kunnen verklaren. En het mengsel van verschillende DNA-profielen, als we het hebben over steeds dezelfde pot genezende zalf. Als we bedoelen dat die misschien uit dezelfde medische praktijk afkomstig is. Bijvoorbeeld die van een dermatoloog.'

'Ik vraag niet naar verdachten,' zei dr. Kiselstein.

'Is er verder nog iets bijzonders aan de hand met die stoel?'

'Het frame is van ijzer en er zitten sporenelementen van goud in de verf. Er zat niemand op toen we hem in de kamer zetten. Verdachten en straf zijn niet mijn terrein.' Ze verbraken de verbinding.

Scarpetta belde de telefoonnummers van dr. Elizabeth Stuart en kreeg haar voicemail aan de lijn. Ze liet geen boodschap achter en bleef op de bank zitten nadenken.

Ze kwam tot de conclusie dat ze het probleem met Marino had verwerkt, tot ze besloot hem te bellen en besefte dat ze zijn mobiele nummer niet wist. Dus belde ze Berger, en toen de openbaar aanklager opnam, leek het alsof ze wist wie het was en dat het persoonlijk was.

'Met Kay.'

'O,' zei Berger. 'Ik zag geen nummermelding, dus wist ik het niet zeker.'

Lucy's nummer werd vermeld als geheim. Scarpetta had het gevoel dat er iets met hen aan de hand was, iets onplezierigs. Lucy had zich tijdens de vergadering op de achtergrond gehouden. Scarpetta had haar niet gebeld omdat ze dacht dat ze nog bij Berger was. Misschien ook niet.

'Morales belde net en zei dat hij alleen je voicemail aan de lijn kreeg,' zei Berger.

'Ik heb zitten bellen met Y-12. Ik kan niet meteen naar het mortuarium.'

Ze legde Berger in het kort uit wat ze van dr. Kiselstein had gehoord.

'Dan is dat een gemeenschappelijke deler,' zei Berger. 'De dermatoloog. Terri was een patiënt van haar. Oscar is dat ook, zei je. Of was.'

Dat had Scarpetta tijdens de vergadering onthuld, omdat ze de dingen die Oscar haar had verteld niet langer geheim hoefde te houden. Hoewel het niet juist was die nog langer te verzwijgen, kostte het Scarpetta moeite ze openbaar te maken. Ook al was de situatie juridisch veranderd, zij was dat niet. Toen Oscar met haar had gepraat en zo bedroefd had gehuild, was het niet bij hem opgekomen dat ze hem ooit zou verraden, al had ze hem nog zo vaak gewaarschuwd en aangeraden een goede advocaat te nemen.

Ze verkeerde in tweestrijd. Hij stond haar tegen, maakte haar kwaad, omdat ze vond dat hij haar hoorde te vertrouwen. En hij stond haar tegen en maakte haar kwaad omdat ze verdomme niet wilde dat hij haar vertrouwde.

'Ik moet Marino vertellen wat Y-12 heeft ontdekt,' zei Scarpetta tegen Berger, 'maar ik heb zijn nummer niet.'

Berger gaf haar twee telefoonnummers en vroeg: 'Heb jij al iets van Lucy gehoord?'

'Ik dacht dat ze nog bij jou was,' zei Scarpetta.

'Ze zijn allemaal een halfuur geleden vertrokken. Lucy is meteen na jullie weggegaan. Ik dacht dat ze misschien met jullie mee was gegaan. Zij en Morales kunnen elkaar niet uitstaan.'

'Hij is niet het soort man dat ze sympathiek vindt.'

Berger zweeg even en zei: 'Dat komt doordat ze een paar dingen niet begrijpt.'

Scarpetta zei niets.

'We worden ouder en de dingen zijn niet meer zo streng afgebakend,' zei Berger. 'Dat waren ze eigenlijk nooit.'

Scarpetta was niet van plan haar een handje te helpen.

'Je wilt er niet over praten en dat is prima.' Bergers stem klonk nog steeds kalm, maar er trilde ook iets anders in door.

Scarpetta sloot haar ogen en streek door haar haren, met een hulpeloos gevoel. Ze had geen invloed op wat er gebeurde en wist dat het dom en fout was om te proberen er iets aan te veranderen.

'Misschien kun jij me wat tijd besparen,' zei ze. 'Misschien kun jij Lucy bellen om de bevindingen van Y-12 door te geven. Als jij dat voor me wilt doen, kan ik Marino proberen te vinden. En als je haar aan de lijn hebt, zou je een andere strategie kunnen proberen. Wees heel eerlijk tegen haar, zelfs al denk je dat ze daardoor van streek raakt of dat tegen je zal gebruiken. Vertel haar de feiten, zelfs als je denkt dat je daardoor jezelf in de wielen rijdt, dat je dan iets verliest. Dat is heel moeilijk voor mensen zoals wij, en meer wil ik niet zeggen. Ik vraag me af of Bacardi – o god, ik kan er niet aan wennen iemand zo te noemen – of zij weet of Bethany of Rodrick in 2003 naar een dermatoloog in Baltimore of Greenwich zijn geweest. Ik heb in het politierapport gelezen dat hij Accutane slikte voor zijn acne.'

'Wat doet vermoeden dat hij naar een dermatoloog ging,' zei Berger.

'Ik hoop het. Het is geen onschuldig middel.'

'Ik zal het Lucy doorgeven. Dank je.'

'Dat weet ik,' zei Scarpetta. 'Ik weet dat je tegen haar zult zeggen wat ze moet horen.'

Benton had gedoucht en zat gehuld in een dikke badjas op bed. Hij keek naar iets op zijn laptop en Scarpetta duwde die een eindje opzij om naast hem te gaan zitten. Ze zag dat hij de rode USB-stick in een poort had gestoken.

'Ik ben nog niet schoon,' zei ze. 'Ik stink waarschijnlijk een uur in de wind. Zou je nog respect voor me hebben als ik een leugen zou vertellen?'

'Dat hangt ervan af aan wie.'

'Een andere arts.'

'O, nou ja, dat is oké. Maar in het vervolg kun je beter liegen tegen een advocaat.'

'Ik heb rechten gestudeerd en vind advocatengrapjes niet leuk,' zei ze glimlachend.

Ze streek door zijn haar. Het was nog nat.

'Als ik lieg waar jij bij bent, lijkt het minder erg,' vervolgde ze. 'Maar nu moet ik een douche nemen en mijn tanden poetsen. En deze...'

Ze zag dat ze met haar ene hand door zijn haar had gestreken terwijl ze haar schoenen nog in haar andere hand had.

'Ik dacht dat je zou wachten om samen onder de douche te gaan,' zei ze. 'En dat we dan ook onze schoenen zouden afspoelen.'

'Ik was van plan twee keer te douchen,' zei hij. 'En ik heb mijn schoenen nog niet afgespoeld.'

Scarpetta stond op van het bed en liep naar de vaste telefoon. Deze keer belde ze niet rechtstreeks naar de mobiel van dr. Stuart in de presidentiële suite, maar naar de receptie van het St. Regis. Ze zei dat ze van CNN was en dr. Stuart wilde spreken, die bij hen logeerde onder de naam dr. Oxford.

'Moment, alstublieft.'

Dr. Stuart kwam aan de lijn.

Scarpetta legde uit wie ze was en dr. Stuart zei kortaf: 'Ik praat niet over mijn patiënten.'

'En ik praat op televisie meestal niet over andere artsen, maar deze keer maak ik misschien een uitzondering,' zei Scarpetta.

'Wat bedoelt u daarmee?'

'Precies wat ik zeg, dokter Stuart. In het afgelopen etmaal is minstens één van uw patiënten vermoord en een andere patiënt van u wordt beschuldigd van die moord en van nog een moord en wie weet wat nog meer, en hij is verdwenen. Ik weet niet of Eva Peebles, die gisteravond is vermoord, ook een patiënt van u was, maar ik weet wel dat uit forensisch bewijsmateriaal blijkt dat u beter kunt meewerken. Ik vraag me bijvoorbeeld af of een bepaalde vrouw in Palm Beach ook een patiënt van u is.'

Scarpetta noemde de naam van de invalide vrouw wier DNA was gevonden in de vagina van Terri Bridges.

'U weet best dat ik u geen informatie over mijn patiënten mag verstrekken.'

Dr. Stuart zei het op een manier die bevestigde dat die vrouw ook haar patiënt was.

'Dat weet ik heel goed,' beaamde Scarpetta, en voor alle zekerheid voegde ze eraan toe: 'Zeg alleen maar "nee" als zij niet uw patiënt is.'

'Ik zeg nergens "nee" op.'

Scarpetta herhaalde deze procedure met Bethany en Rodrick, zonder dat ze erbij zei waarom ze het wilde weten. Als de dermatoloog hen ook had gekend, hoefde Scarpetta haar niet meer te vertellen dat ze vijf jaar geleden waren vermoord. Dat zou ze dan zelf ook weten.

'U kunt zich vast wel voorstellen dat ik ook in Greenwich en omstreken veel patiënten heb, omdat ik een tweede praktijk heb in White Plains,' zei dr. Stuart, terwijl Scarpetta tegen Benton aan leunde en meekeek naar wat er op zijn computerscherm stond.

Het leek erop dat iemand Oscar delen van landkaarten had gestuurd.

'Ik zeg niet dat die twee mensen ooit door iemand van mijn praktijk zijn behandeld,' zei dr. Stuart. 'Ik wil u wel vertellen dat ik me de dood van die jongeman kan herinneren. Daar was iedereen door geschokt. Net als nu door wat er in New York is gebeurd. Dat heb ik gisteravond op het nieuws gezien. Maar ik herinner me Greenwich omdat de Aston Martin dealer...'

'Bugatti,' zei Scarpetta.

'Ik ga naar de Aston Martin dealer. Die ligt vlak bij die van Bugatti,' zei dr. Stuart. 'Daarom schrok ik er zo van dat die jongen was vermoord, want ik ben waarschijnlijk vlak langs de plek gereden waar hij is gevonden en misschien ook gedood. Toen ik mijn Aston Martin naar de garage moest brengen voor een beurt. Daarom herinner ik het me, als u begrijpt wat ik bedoel. Maar die auto heb ik niet meer.'

Ze bedoelde dat Rodrick noch Bethany haar patiënt was geweest en dat de sadistische seksuele moord haar aandacht had getrokken omdat die haar had herinnerd aan een auto die meer had gekost dan menig huis.

'Werkt er iemand voor u of heeft er iemand iets met uw praktijk te maken van wie de politie de naam hoort te weten?' vroeg Scarpetta. 'Of laat me die vraag anders stellen. Wat zou u denken als u mij was?'

'Dan zou ik denken aan het personeel,' antwoordde dr. Stuart. 'Vooral de parttimers.'

'Wie zijn dat?'

'Parttime technisch personeel en specialisten in opleiding, en vooral de mensen die de kantoren schoonhouden en die dus komen en gaan. Die bijvoorbeeld in de zomervakantie of na schooltijd in een van mijn praktijken werken, als schoonmaker of om de telefoon te beantwoorden en dienstdoende artsen op te roepen. Ik heb iemand die dat voor mij doet en ook voor een dierenarts, maar hij heeft nooit een probleem veroorzaakt. Ik ken hem nauwelijks en hij werkt niet specifiek voor mij. Hij maakt schoon en helpt de andere artsen. Ik heb een heel grote praktijk met ruim zestig werknemers op vier verschillende locaties.'

'Een dierenartsassistent?' zei Scarpetta.

'Ik geloof dat hij dat fulltime doet. Ik weet dat hij ook iets met een dierenwinkel te maken heeft, want hij heeft enkele leden van mijn personeel een puppy gegeven. Hij helpt daar blijkbaar met de verzorging van de dieren. Waarschijnlijk niet op een manier die ik wil weten, eerlijk gezegd,' zei dr. Stuart. 'Het is een rare vogel, wilde mij een keer een puppy geven, voor mijn verjaardag vorige zomer. Zo'n Chinese hond die alleen haar heeft op zijn kop, staart en poten. Het diertje was een maand of twee oud en zag er mismaakt uit, alsof het een haarziekte had, en het deed niets dan trillen en hoesten. Hij schreef op de kaart dat ik tegen iedereen kon zeggen dat ik ook honden onthaarde, dat ik ook hondendermatoloog was of zoiets. Het was heel vreemd. Ik vond het absoluut niet leuk en heb hem de puppy teruggegeven. Eerlijk gezegd vond ik het een heel vervelende zaak.'

'Hebt u hem gevraagd wat er toen met die pup is gebeurd?'

'Daar kan ik wel naar raden.' Het klonk onheilspellend.

'Hij geeft graag injecties, laat ik het zo stellen,' vervolgde ze. 'Hij is goed met naalden, is getraind in bloed afnemen en zo. Maar ik vind dit geen prettig onderwerp. Hij heet Juan Amate.'

'Is dat zijn volle naam? Spaanse namen bestaan vaak uit twee achternamen, die van de vader en die van de moeder.'

'Dat weet ik niet. Hij werkt al een paar jaar in mijn praktijk in de Upper East Side. Een jaar of drie, vier, ik weet het niet precies. Ik weet verder niets van hem en hij mag niet binnenkomen als ik met een patiënt bezig ben.'

'Waarom niet?'

'Omdat de meeste patiënten die ik zelf behandel bekende personen zijn en daarbij wil ik niet door een parttimer worden geholpen. Ik heb mijn eigen assistenten, die precies weten hoe ze met beroemdheden moeten omgaan. Je kunt een parttimer geen bloed laten afnemen bij een beroemde filmster.'

'Hebt u Terri Bridges en Oscar Bane zelf behandeld of hebt u dat door een van uw collega's laten doen?'

'Ik zou geen reden hebben gehad om hen persoonlijk te kennen. Maar ik heb ook een paar andere kleine mensen als patiënt, omdat vetzucht een van hun grootste problemen is en een huidprobleem vaak een vervelend bijverschijnsel is van een dieet. Acne, vroegtijdige rimpelvorming in het gezicht en de hals. De huid houdt minder goed vocht vast en daarom kan die schilferig worden.'

Ze had Terri en Oscar niet zelf behandeld. Die waren niet belangrijk genoeg.

'Kunt u me nog meer vertellen over Juan Amate?' vroeg Scarpetta. 'Ik zeg niet dat hij iets verkeerds heeft gedaan, maar ik wil niet dat er nog meer slachtoffers vallen, dokter Stuart. Weet u bijvoorbeeld waar hij woont?'

'Geen idee. Ik geloof niet dat hij veel geld heeft. Olijfbruine huid, donker haar. Spaans uiterlijk. Spreekt ook Spaans, wat handig is. Spreekt vloeiend Engels, dat is in mijn praktijk een voorwaarde.'

'Is hij Amerikaans staatsburger?'

'Als het goed is wel. Maar daar houd ik me niet mee bezig. Dus weet ik het niet.'

'Kunt u me nog meer vertellen? Weet u bijvoorbeeld waar de politie hem op dit moment zou kunnen vinden, om hem te ondervragen?'

'Ik heb echt geen idee. Verder weet ik niets van hem. Ik vond het gewoon niet leuk dat hij me dat Chinese hondje gaf,' zei dr. Stuart. 'Ik vond het een beetje een gemeen gebaar. Alsof hij op de een of andere manier een spelletje met me speelde, met mij nota bene! Door me een heel lelijk hondje te geven met haaruitval en een huidziekte. Ik weet nog hoe ik daarvan schrok, en mijn personeel vond het niet aardig van me dat ik hem beval dat miezerige ding meteen weer mee te nemen. En toen zei hij dat hij niet wist wat hij er dán mee moest doen, alsof ik dat meelijwekkende schepseltje veroordeelde tot de... Nou ja, het leek erop dat hij wilde laten zien dat ik een harteloos mens was, en daarna kwam het bij me op hem te ontslaan. Dat had ik natuurlijk moeten doen.'

Benton had zijn hand op Scarpetta's blote dijbeen gelegd en toen ze het gesprek had beëindigd, sloeg hij een arm om haar heen en wees naar wat hij had bekeken toen ze telefoneerde.

Hij liet allerlei plattegronden over het scherm scrollen.

'Routes,' zei hij. 'Die dikke gekleurde strepen, donkerroze.' Hij wees naar een lijn die vanaf Amsterdam Avenue naar een plek in Third Avenue in de Upper East Side liep. 'Een door een gps uitgestippelde route.'

'Gesimuleerd of echt?' vroeg Scarpetta.

'Volgens mij zijn het bestaande routes. Routes die Oscar heeft genomen, honderden. Wanneer hij ergens naartoe liep, werd de route op de een of andere manier geregistreerd. Zoals je kunt zien.'

Hij liet een tiental plattegronden zien.

'De meeste beginnen of eindigen bij het adres van zijn appartement in Amsterdam Avenue. Zo te zien begint deze routeregistrering vorig jaar op 10 oktober en eindigt op 3 december.'

'3 december,' herhaalde Scarpetta. 'Dat is de dag waarop die mortuariumfoto van mij zowel door scarpetta-zes-twaalf als door Terri is gedeletet.'

'En de dag dat Oscar het kantoor van Berger heeft gebeld en Marino aan de lijn kreeg,' zei Benton.

'Wat is hier in vredesnaam allemaal aan de hand?' zei Scarpetta. 'Liep hij rond met een soort armband met een gps-chip erin en gebruikte hij misschien een palmtop met een gps en downloadde hij al zijn bewegingen en mailde die naar zichzelf? Om de schijn te wekken dat hij werd gevolgd en bespioneerd, al die dingen die hij zei?'

'Je hebt zijn appartement gezien, Kay. Oscar gelooft erin. Maar stel dat iemand anders hem deze routeregistraties stuurde?'

'Nee...'

Benton scrolde verder. Supermarkten, een paar fitnessclubs, kantoorboekhandels en, opperde Benton, plaatsen waar hij misschien voorbij is gelopen maar niet naar binnen is gegaan, zoals restaurants, bars of andere zaken.

'En zoals je ziet,' zei Benton terwijl hij over haar rug wreef, 'werden de routes steeds omslachtiger en onlogischer. Hij ging elke dag ergens anders naartoe. Geen enkele route is hetzelfde. Je kunt zijn angst zien aan de manier waarop hij letterlijk door de stad zigzagde. Of zijn voorgewende angst. Als hij dit allemaal zorgvuldig zelf heeft bedacht. Maar het lijkt alsof hij echt bang was. Zijn vervolgingswaanzin is geen toneelspel. Volgens mij niet.'

'Je kunt je zeker wel voorstellen wat een jury hiervan zal denken,' zei Scarpetta, en ze stond op. 'Dat de krankzinnige cyberprofessor dit ingewikkelde plan heeft bedacht om de indruk te wekken dat hij het doelwit van een clandestiene organisatie of haatgroepering of God weet wat is. Dat hij daarom zichzelf volgde met een gps, om het zo maar te zeggen, en zijn appartement en auto heeft voorzien van allerlei bizarre instrumenten en die ook met zich meedroeg.'

Ze kleedde zich verder uit, want ze moest onder de douche. Ze had nog van alles te doen. Benton volgde haar aandachtig met zijn blik terwijl hij ook van het bed kwam.

'Niemand zal hem geloven,' zei ze toen Benton haar vastpakte en kuste.

'Ik zal je helpen douchen,' zei hij, en hij duwde haar naar de badkamer.

## 31

De wind joeg om Lucy heen toen ze op het ijskoude beton van het dak van het oude appartementengebouw zat en foto's nam van de camera die was vastgeschroefd aan de voet van de schotelantenne.

Het was een goedkope internetcamera met audiovoorziening, verbonden met het draadloze netwerk van het gebouw, en hij stond ten dienste van elke bewoner die er gebruik van wilde maken.

Hij stond ook ten dienste van iemand anders. Van Mike Morales, en niet op de manier die iedereen dacht. Daarom was het niet eerder bij Lucy opgekomen om het te controleren, en daar was ze woedend om.

Omdat bekend was dat er nog een apparaat verbinding had met het netwerk, de camera die Morales daar volgens zijn zeggen zelf had neergezet, had Lucy er niet aan gedacht het log naar de draadloze router te bekijken. Ze had er niet aan gedacht de administratie van de router te checken.

Als ze dat gisteravond wél had gedaan, had ze ontdekt wat ze nu wist, en ze probeerde opnieuw Marino te bereiken. Al een halfuur belde ze hem en Berger en kreeg ze alleen hun voicemail aan de lijn.

Ze liet geen boodschap achter. Ze wilde de boodschap die ze voor hen had niet achterlaten.

Deze keer nam Marino op, goddank.

'Met mij,' zei ze.

'Sta je in een windtunnel of zo?' vroeg hij.

'Die camera die je Morales op dit dak waar ik nu zit hebt zien installeren, je weet wel. Toen je hem betrapte, was hij die niet aan het installeren, maar waarschijnlijk aan het weghalen.'

'Wat vertel je me nou? Ik zag zelf... Eh, ja, je hebt gelijk. Ik heb eigenlijk niets gezien. Ik heb net je tante gesproken, dus moet ik je heel vlug iets vertellen, want ze probeert je te bereiken. Het gaat over onze persoon die werd gevolgd door een gps of zoiets. En misschien werkt hij als dierenartsassistent in de praktijk van dokter Stuart. Nou ja, het komt erop neer dat Terri de moordenaar misschien kende via de praktijk van die dermatoloog, een Zuid-Amerikaan...'

'Luister naar me, Marino! Die verdomde camera staat hier verdomme al drie weken op het dak! En hij is bewegingsgevoelig, dus elke keer als hij iets registreert, e-mailt hij dat naar iemand in wiens computer binnenkort wordt ingebroken. Ik heb het IP-adres van Morales en ik heb zijn toegangscode, en dat is verdomme dezelfde als die van scarpetta-zes-twaalf! Begrijp je wat dat wil zeggen?'

'Ik ben niet achterlijk, verdomme!'

Net als vroeger. Hoe vaak had hij dat in de loop der jaren niet tegen haar gezegd?

'Dat wil zeggen dat degene die deze camera hier heeft neergezet en er e-mails van ontvangt, dezelfde is als degene die e-mails naar Terri stuurde en deed alsof hij mijn tante was. Waarschijnlijk met een palmtop, en die klootzak stond dan voor het John Jay en kaapte hun draadloze netwerk, dus daarom verwijst het IP naar dat gebouw. De toegangscode is ook dezelfde als die van het apparaat waarmee die foto naar Terri is gestuurd, de foto die afkomstig was van het internetcafé bij de praktijk van dokter Elizabeth Stuart. Morales is degene die Terri opdracht gaf op 3 december die foto te deleten...'

'Waarom?'

'Omdat hij een spelletje speelt, verdomme! Hij was waarschijnlijk in het mortuarium toen die foto is genomen, heeft dat waarschijnlijk zelf door iemand laten doen. Net als die foto van Jaime in de Tavern on the Green. Dat had hij waarschijnlijk ook geregeld, om die foto naar *Gotham Gotcha* te sturen.'

'Dan heeft hij waarschijnlijk ook iets met *Gotham Gotcha* te maken.'

'Geen idee, maar ik weet wel dat Eva Peebles voor de maker van *Gotham Gotcha* werkte. Ik geloof trouwens niet dat zij ons had kunnen vertellen wie dat is, als ze nog zou leven en ons iets zou kunnen vertellen, het arme mens. Ik kan in haar computer niets vinden wat verwijst naar de maker. Ik heb snuffelprogramma's op zoek gestuurd naar info op kruispunten. Die klootzak Morales. Waarschijnlijk is hij die verdomde Zuid-Amerikaanse dierenartsassistent van je. De verdomde smeerlap. Ik ga straks een bezoekje bij hem afleggen.'

Terwijl ze praatte, typte ze op haar MacBook en deed een poortscan. Marino was doodstil.

'Ben je er nog?'

'Ja, ik ben er nog.'

'Enig idee waarom een agent drie weken voordat er een moord wordt gepleegd een surveillancecamera installeert?' zei ze.

'Jezus christus. Waarom zou hij die kul versturen onder haar naam?'

Lucy hoorde een vrouwenstem op de achtergrond. Bacardi.

'Vraag het hem,' zei Lucy. 'Hij heeft Terri waarschijnlijk op het briljante idee gebracht dat briefje met het verzoek om hulp om in contact te komen met mijn tante achter te laten op het prikbord van het John Jay. Dat doet ze, en hoera! Van wie krijgt ze een tijdje later bericht? Hij kende Terri natuurlijk al, anders kon hij haar niet mailen. Hij is waarschijnlijk die verdomde dierenartsassistent, dat zei ik al, en zij kende hem van de dermatoloog.'

'Waarschijnlijk heeft hij haar dan die zieke puppy gegeven, vond hij dat leuk,' gromde Marino. 'Die bij Eva Peebles terecht is gekomen. De puppy gaat dood. Zij gaat dood. Waar heeft ze dat allemaal aan verdiend? Ik vraag me af of hij degene is die in Terri's appartement van alles regelde. Die dingen waar de huiseigenaar het over had. Net iets voor hem om de trouwe vriend te spelen voor iemand die best een grote sterke lamzak zoals hij kon gebruiken. En net iets voor hem om iemand zoals Terri, een studente forensische psychologie, dingen op een website te laten posten en iedereen voor de gek te houden. Maar waarom de Doc?'

'Omdat hij geen succesvolle arts is geworden en mijn tante wel. Ik weet niet waarom. Waarom doen mensen dingen?'

'Je gaat die camera daar niet weghalen, hoor! We willen niet dat hij dat in de gaten krijgt.'

'Natuurlijk niet,' zei Lucy, terwijl de wind zijn uiterste best deed haar van het dak te sleuren. 'Toen hij onlangs dat verdomde ding zelf weg wilde halen, moet hij stomverbaasd zijn geweest toen jij die brandtrap op kwam. En toen moest hij een smoes verzinnen, dus kwam hij met het verhaal dat hij een surveillancecamera had geplaatst voor het geval dat de dader nog een keer terug zou komen. Wat een onzin. Ik kijk nu op mijn laptop naar het log. De camera heeft de afgelopen drie weken ruim tienduizend e-mails verstuurd en is nog steeds druk aan het werk. Volgens de tab status is die klootzak ze op dit moment aan het bekijken. Wees gerust, ik heb de audiofunctie uitgeschakeld. Niet dat je hier boven de wind uit ook maar iets kunt horen.'

'Weet je heel zeker wat je doet?' vroeg Marino.

'Aha, hebbes. Dit is honderd procent illegaal,' zei Lucy. 'O god,' vervolgde ze geschokt terwijl ze door videobestanden scrolde. Videobestanden in de persoonlijke e-mailaccount van Mike Morales. Zijn gebruikersnaam was Forenxxx.

Ze stopte bij een bestand dat was opgenomen door een ander apparaat dan de camera op het dak. Ze opende het en klikte op afspelen.

'O christus,' zei ze. 'Een opname van oudejaarsavond. Deze keer niet op het dak, maar in Terri's appartement. O shit. O shit.'

Het penthouse van Berger bestond uit twee verdiepingen. Haar slaapkamer en badkamer lagen op de bovenste verdieping, met daarnaast een zitkamer, waar zij en Lucy op een enorm plasmascherm naar de moord op Terri Bridges zaten te kijken.

Het was bijna meer dan ze konden verdragen, terwijl ze allebei dachten dat ze alles al hadden gezien. Ze zaten verstijfd op de bank en keken naar Terri's gezicht in de badkamerspiegel terwijl een paar in latex handschoenen gestoken handen haar van achteren wurgden met een blauwe tourniquet, van het soort dat in ziekenhuizen werd gebruikt als er bloed moest worden afgenomen. Het slachtoffer en de dader waren naakt, haar handen waren op haar rug gebonden en ze zat wild te trappen op de stoel met de hartvormige rugleuning, terwijl hij haar daar bijna vanaf tilde toen hij haar wurgde tot ze het bewustzijn verloor.

Vervolgens liet hij haar zakken en toen ze weer bij bewustzijn was gekomen, begon hij opnieuw.

Ze zei geen woord, ze maakte alleen afschuwelijke schrapende, kokhalzende geluiden. Haar ogen puilden uit, haar tong hing uit haar mond en speeksel droop over haar kin. Het duurde precies vierentwintig en een halve minuut voordat ze eindelijk stierf, zo lang had hij nodig om te ejaculeren en haar leven te beëindigen, omdat hij haar niet langer kon gebruiken.

Hij spoelde het condoom door de wc en zette de camera uit.

'Laten we er nog eens naar kijken,' zei Berger. 'Ik wil precies horen wat ze zeggen wanneer hij haar meeneemt naar de badkamer. Ik heb de indruk dat ze al eerder seks met elkaar hebben gehad. En wat ze nog meer zeggen, geeft ons misschien een idee waarom hij dit deed, de voorbedachten-radefactor. Wellicht had hij behalve zijn seksueel sadistische aandrang nog een andere reden. Noemde ze hem Juan? Of was dat alleen een geluid dat ze maakte?'

'Ik vermoed dat ze al seks met hem had lang voordat ze met Oscar naar bed ging,' zei Lucy. 'Te oordelen naar de vertrouwelijkheid van hun omgang en zijn opmerkingen. Ze kende hem van de praktijk van dokter Stuart, al een paar jaar. Het kan me niet schelen of we al zeker weten dat hij Juan Amate is, ík weet zeker dat hij het is. Dat kan niet anders. Ik geloof dat ze Juan zei, maar dat is inderdaad moeilijk te horen.'

Ze drukte op de afspeeltoets van de afstandsbediening. De film begon halverwege een zin met een opname van de toilettafel en Terri's doodsbange gezicht in de ovale spiegel erboven. Achter haar stond een naakte man. Hij bewoog toen hij de camera richtte op zijn stijve, in een condoom gehulde penis, die hij als de loop van een pistool tussen haar schouderbladen zette. Hij was alleen zichtbaar vanaf zijn middel omlaag.

'Precies zoals anders, baby, met een scheutje hete saus erbij,' zei de moordenaar.

'Ik weet het niet,' zei ze met trillende stem. Zijn in een handschoen gestoken hand hield een scalpel voor de spiegel omhoog en draaide die rond, en het stalen lemmet weerkaatste het licht.

Het geluid van scheurende stof toen hij haar badjas opensneed en daarna haar kanten beha. Het was een wonderbra en haar tepels staken erboven uit. Vervolgens sneed hij haar bijpassende rode kanten slipje open. Hij richtte de camera op de roze badjas, de roze slippers en de beha toen hij die in het bad liet vallen. Met zijn in een handschoen gestoken hand wapperde hij met het opengesneden kanten slipje voor de lens van de camera heen en weer.

'De vlag is veroverd.' Zijn Zuid-Amerikaanse stem. 'En gaat in mijn zak, zodat ik er later ook nog van kan genieten, hè meisje?'

'Laten we dit niet doen,' zei ze. 'Ik denk niet dat ik dit kan.'

'Dat had je moeten bedenken toen je dat kleine mannetje al onze geheimen verklapte.'

'Dat heb ik niet gedaan. Jij hebt die e-mails gestuurd. Zo is hij erachter gekomen.'

'Je hebt er echt een potje van gemaakt. Hoe moet dat nu verder? Hij heeft geklaagd tegen die verdomde openbaar aanklager. Zo kan het toch niet langer, baby? Ik vertrouwde je. Ik heb je een dienst bewezen. En jij hebt het hem verteld.'

'Ik heb het hem niet verteld. Hij heeft het mij verteld. Jij stuurde hem e-mails en dat heeft hij mij uiteindelijk verteld. Hij was bang geworden. Waarom? Waarom doe je dit?' Het klonk alsof ze Juan zei.

'Wil je echt weten waarom?' De scalpel bewoog door de lucht, rakelings langs haar wang, en verdween uit het beeld.

'Nee.'

'Wie is dan je man? Die kleine? Of ik?'

'Jij,' zei haar doodsbange gezicht in de spiegel, en zijn in handschoenen gestoken handen knepen in haar tepels.

'Je weet dat dat niet waar is, anders had je het hem niet verteld.' De verwijtende stem van de moordenaar.

'Dat heb ik niet gedaan, echt niet. Hij heeft het ontdekt door de e-mails, door die plattegronden die je hem hebt gestuurd. Hij heeft het mij verteld. Je had hem bang gemaakt.'

'Hou op, baby.' Hij kneep in haar tepels, harder. 'Ik wil die leugens niet meer horen. En nu moet ik bedenken hoe ik dat verdomde ding uit zijn kont kan halen voordat iemand anders het doet.'

Lucy drukte op de pauzetoets en de opname stopte bij een wazige weergave van Terri in de spiegel terwijl ze met grote angstogen praatte en zijn handen in haar borsten knepen.

'Dat is het,' zei ze. 'De manier waarop hij dat zegt. Het kan zijn dat hij oppert dat hij Oscar gaat vermoorden. Omdat hij iets uit zijn kont moet halen.'

'Dat komt ook bij mij op,' zei Berger.

Ze zette drie strepen onder een belangrijke zin op haar blocnote: Terri's idee – gps?

'Ik geloof niet dat er twijfel bestaat over de oorzaak van dit alles,' vervolgde ze. 'Terri had Morales gevraagd Oscar te volgen omdat ze een jaloerse vrouw was die alles onder controle wilde hebben. Het lag niet in haar aard iemand te vertrouwen, en voordat ze zelfs maar wilde overwegen een serieuze relatie met Oscar aan te knopen of misschien haar familie over hem te vertellen, wilde ze zeker weten dat hij een respectabel iemand was.'

'Als je psychopathologie logisch kunt laten klinken.'

'Dat moet wel. Juryleden willen redenen horen. Je kunt niet alleen zeggen dat iemand slecht is of ergens gewoon zin in had.'

'Misschien heeft ze ooit gezegd dat ze wilde weten wat Oscar allemaal uitvoerde, maar ik betwijfel dat die geïmplanteerde gps haar idee was,' zei Lucy. 'Ik geloof niet dat ze ooit verwachtte dat Morales dat voor haar zou willen doen, en dat hij dan nog verder zou gaan door de gps-routes naar Oscar te mailen om hem gek te maken, om hem te martelen. Dat mailen van de routes hield op toen Oscar dat eindelijk tegen Terri zei, en toen is ze blijkbaar woedend geworden op Morales.'

'Precies. Daar doelt Morales op.' Berger wees naar het stilstaande beeld op het tv-scherm. 'Ze maakte de fout Morales een verwijt te maken, hem er misschien verbaal van langs te geven. Een man als hij? Zijn eigendunk kwetsen? En zoals een echte psychopaat geeft hij haar dan de schuld, omdat zij Oscar wilde bespioneren. Opeens is het haar schuld dat Oscar mijn kantoor belde en vertelde wat hem was overkomen.'

'Aan Marino, op 3 december,' zei Lucy. 'En toen heeft Oscar de harde schijf van zijn computer vernietigd en de usb-stick verstopt in zijn studeerkamer, waar mijn tante en Benton hem hebben gevonden. En Morales is ermee opgehouden hem die routes te mailen omdat Terri erachter was gekomen en het spel uit was.'

'Kay had het over een draad die ze had opgeraapt van het vloerkleed voor de voordeur van Oscars appartement. En over de toegang via het dak en de brandtrap. Ik vraag me af of Morales naar zijn huis is gegaan om dat log te vinden en daar meteen maar een potje Aqualine heeft achtergelaten. Ik vraag me af of hij door het raam naar binnen is gegaan, waardoor het alarm is gaan piepen, en via het dak is vertrokken zodat de portier hem niet kon zien. Hij had een sleutel en het wachtwoord van het alarmsysteem. Maar nadat hij Terri had vermoord, stonden hem een paar verrassingen te wachten. Oscar wilde naar het Bellevue worden gebracht. Hij wilde Benton en Kay spreken. Opeens was de inzet verhoogd. Morales had er een paar geduchte tegenstanders bij gekregen. Daar hoor jij ook bij. Hij wil dat verdomde routelog hebben zodat iemand zoals jij niet kan ontdekken dat het afkomstig is van hem. En hij wilde dat Oscar zou worden aangeklaagd voor minstens vier moorden.'

'Een klassiek voorbeeld van iemand die decompenseert,' zei Lucy. 'Morales hoefde Eva Peebles niet te vermoorden, dat was niet nodig. Hij hoefde Terri trouwens ook niet te vermoorden. Vroeger was hij slimmer en koos alleen onbekenden. Maar ik snap nog steeds niet waarom Oscar toestond dat iemand dat deed.'

'Die implantatie, bedoel je.'

'Dat hebben we hem zojuist horen zeggen. Hij heeft iets in Oscars kont gestopt en moet dat terug hebben. Wat kan hij anders bedoelen? Ik kan maar één ding bedenken. Maar je loopt niet zomaar naar iemand toe en zegt: hé, mag ik een gps-microchip onder je huid aanbrengen?'

Berger legde haar hand op Lucy's blote knie en leunde tegen haar aan toen ze haar draadloze telefoon pakte. Ze belde Scarpetta voor de tweede keer in een uur.

'Weer met ons,' zei Berger. 'Misschien kunnen jij en Benton naar ons toe komen.'

'Ik kan wel, maar hij niet,' zei Scarpetta.

Berger schakelde de luidspreker in en zette de telefoon op de salontafel in haar fraaie, uit leer en glas bestaande zitkamer met polymorfe schilderijen van Agam en zeefdrukken die leken te veranderen en te glinsteren wanneer Berger zich bewoog.

De kamer van Greg. Waar hij voor de televisie had gezeten wanneer Berger in de aangrenzende slaapkamer alleen in bed lag te werken of te slapen. Het had een tijdje geduurd voordat ze erachter was dat een van de redenen dat hij op zulke vreemde tijden naar bed ging, alsof hij in de Engelse tijdzone leefde, was dat hij in de Engelse tijdzone leefde. Wanneer hij in deze kamer zat, belde hij na middernacht in New York zijn vriendin, de jurist, die dan in Londen wakker werd.

'Benton is bij Marino en Bacardi,' zei Scarpetta. 'Ze zijn ergens naartoe gegaan. Hij heeft niet duidelijk gezegd waarheen. Ik heb nog niets van dokter Lester gehoord. Jullie ook niet, neem ik aan.'

Morales had dr. Lester al een poos geleden afgezet bij het mortuarium, omdat hij toen nog niet wist wat Lucy zou ontdekken. Inmiddels wist hij dat er naar hem werd gezocht, omdat Berger hem had gesproken. 'Ik geloof dat je een paar dingen moet uitleggen,' was het enige wat ze had hoeven zeggen. Toen ze de woorden zilvernitraat en dr. Stuart had laten vallen, had hij de verbinding verbroken.

'Ik veronderstel dat iemand me wel zal waarschuwen als ik ook naar het mortuarium moet,' zei Scarpetta. 'Hoewel ik niet denk dat het belangrijk is, moet ze Eva Peebles toch zorgvuldig doorlichten. Dat hoef ik eigenlijk niet te zeggen, want haar lichaam mag het mortuarium niet verlaten voordat er van top tot teen röntgenfoto's van zijn gemaakt. Dat geldt ook voor het lichaam van Terri. Dat moet ook helemaal worden doorgelicht.'

'Daar wil ik het ook over hebben,' zei Berger. 'Dat idee van dat microchipimplantaat. Toen je Oscar onderzocht, is het toen zelfs maar even bij je opgekomen dat hij zoiets om wat voor reden dan ook zou toestaan? Lucy en ik zitten die afgrijselijke video weer te bekijken en daar doelt de moordenaar op. Morales, bedoel ik. We weten dat hij de moordenaar is.'

'Dat zou Oscar nooit goedvinden,' zei Scarpetta. 'Ik denk eerder dat hij heeft geklaagd over pijnlijke behandelingen, vooral die laserontharing. Ook zijn rug is onthaard, en misschien zijn billen. Hij heeft nergens haar, behalve op zijn gezicht en zijn hoofd. En schaamhaar. Hij had het over Demerol. Als er iemand zou binnenkomen in een operatiejas en met een masker voor, en Oscar lag op zijn buik, zou hij die persoon niet zien en later waarschijnlijk niet herkennen. Toen Morales Oscar aantrof in Terri's appartement nadat ze was vermoord, is het waarschijnlijk niet bij Oscar opgekomen dat die rechercheur dezelfde was als een van de assistenten van dokter Stuart.'

'We denken dat Terri hem op de video Juan noemt, maar dat weten we niet zeker. Jij moet er ook naar luisteren,' zei Berger.

'Ze doen tegenwoordig toegepaste research met draadloze gpschips in een glazen capsule met een miniatuurantenne die drie maanden blijven werken. Ongeveer zo groot als een rijstkorrel, of zelfs nog kleiner. Als ze zo'n ding in zijn bil hebben geïmplanteerd, heeft hij daar niets van gemerkt, vooral niet als het is gaan schuiven, zich heeft ingegraven, wat gebeurt. We kunnen het met een röntgenfoto opsporen, als we Oscar vinden. Hij is trouwens niet de enige die wat dit betreft paranoïde ideeën heeft. De regering werkt aan een aantal van dat soort projecten, en een heleboel mensen zijn bang dat zo'n chip ooit verplicht zal worden.'

'Dan ga ik verhuizen,' zei Berger.

'Je bent niet de enige. Sommigen noemen het *Mark of the Beast six-six-six*-technologie.'

'Maar op de röntgenfoto's van Terri heb je zoiets niet gezien?'

'Ik heb er wel naar gezocht,' zei Scarpetta. 'Ik heb er elektronische dossiers van en van de rest, en sinds onze laatste ontmoeting ben ik alles aan het bekijken. Het antwoord is nee. Het is erg belangrijk dat Lester nog meer röntgenfoto's maakt en die wil ik zien. Vooral die van haar rug, billen en armen. Meestal worden microchips in een arm geplaatst. Morales weet heel wat van microchiptechnologie omdat die ook bij dieren wordt toegepast. Misschien heeft hij bij de dierenarts gezien dat chips werden geïmplanteerd of heeft hij het zelf mogen doen. Het is een eenvoudige ingreep, je hebt er alleen de chip voor nodig en een implanteerpistool met een .15-naald. Ik kan over ongeveer een halfuur bij jullie zijn.'

'Dat is prima.'

Berger boog zich weer vlak langs Lucy naar voren om de telefoon uit te schakelen en de hoorn terug te zetten op de lader. Ze krabbelde nog een paar dingen op haar blocnote en onderstreepte woorden en zinnen. Toen keek ze Lucy lang aan en Lucy keek terug, en Berger wilde haar opnieuw kussen, om door te gaan met wat was begonnen toen Lucy voor de deur had gestaan en Berger haar bij haar hand rechtstreeks mee naar boven had genomen. Lucy had niet eens tijd gekregen om haar jas uit te trekken. Berger begreep niet hoe ze op dat moment aan zoiets kon denken, met dat afschuwelijke beeld op het grote platte scherm. Of misschien dacht ze er daarom juist aan. Berger wilde niet alleen zijn.

'Dat lijkt me het meest waarschijnlijk,' zei Lucy ten slotte. 'Dat Morales die gps-chip bij Oscar heeft geïmplanteerd toen Oscar bij de dermatoloog was. Hij dacht waarschijnlijk dat hij een verdovingsprik kreeg. Terri had waarschijnlijk iets over Oscar tegen Morales gezegd, dat ze niet wist of ze hem kon vertrouwen of zo, toen ze een relatie met Oscar kreeg. En Morales deed waar hij goed in is en ging zich gedragen als haar beste vriend, haar vertrouweling.'

'Belangrijke vraag. Kende Terri Morales als Juan Amate of als Mike Morales?'

'Ik denk als Juan Amate. Want het zou te riskant zijn als ze wist dat hij agent bij de New Yorkse politie was. Ik denk dat ze hem Juan noemde. Ik denk echt dat ik haar dat heb horen zeggen.'

'Ik denk dat je gelijk hebt.'

'Maar kon ze met Oscar omgaan terwijl ze met Morales naar bed

ging? Zou Morales daar geen bezwaar tegen hebben gemaakt?'
vroeg Lucy.

'Nee. Zoals ik al zei, gedraagt hij zich als je beste vriend. Vrouwen vertrouwen hem. Dat heb ik zelfs tot op zekere hoogte gedaan.'

'Tot op welke hoogte?'

Ze hadden het niet meer gehad over de flessen whisky in de bar.

'Ik zou het niet hoeven zeggen,' zei Berger, 'maar daar was tussen Morales en mij geen sprake van. Als je dat niet geloofde, zou je hier volgens mij niet zitten. Dan was je niet teruggekomen. Die geruchten over de Tavern on the Green, dat waren alleen geruchten. Die waarschijnlijk van hem afkomstig waren. Hij en Greg mochten elkaar.'

'Dat meen je niet.'

'Nee, nee, niet op die manier,' zei Berger. 'Als er iets is waarover Greg geen twijfels heeft, is het wie hij wil neuken, en dat zijn beslist geen mannen.'


32


Scarpetta schonk de koffiekopjes nog een keer vol en zette ze met een paar snacks erbij op een blad. Ze was ervan overtuigd dat gebrek aan slaap kon worden gecompenseerd door lekker eten.

Ze had verse buffelmozzarella en pruimtomaten aan plakken gesneden en op een schaal gelegd, er basilicumblaadjes over verdeeld en alles besprenkeld met koudgeperste, ongefilterde olijfolie. In een rieten mandje met een linnen servet lag knapperig zelfgebakken Italiaans brood, dat ze aan de anderen doorgaf met de instructie dat ze daar met hun handen een stuk van moesten afbreken. Ze zei tegen Marino dat hij moest beginnen, en zette een bordje en een blauwgeruit servet voor hem neer en vervolgens voor Bacardi.

Voor zichzelf en Benton zette ze bordjes op de lage tafel en toen ging ze naast hem op de bank zitten, op de rand, omdat ze maar een paar minuten kon blijven.

'Denk eraan,' zei Benton tegen haar, 'dat je haar, als ze het hoort, en je weet dat ze het zal horen, niet vertelt wat ik ga doen. Ook daarna niet.'

'Juist,' beaamde Marino. 'Haar telefoon zal aan één stuk door rinkelen. Ik moet eerlijk zeggen dat ik het niet zo'n goed idee vind. Ik wilde dat ik er nog wat langer over kon nadenken.'

'Ja, maar dat kan nu eenmaal niet,' zei Benton. 'We hebben niet genoeg tijd om waar dan ook langer over na te denken. Oscar loopt ergens rond en als Morales hem nog niet heeft gevonden, zal dat binnenkort gebeuren. Hij hoeft hem alleen maar als opgejaagd wild te volgen.'

'Wat hij al een hele tijd heeft gedaan,' zei Bacardi. 'Door zo iemand als hij ga je weer in de doodstraf geloven.'

'Het is veel beter als we de kans krijgen dat soort mensen te bestuderen,' zei Benton kalm. 'Ze doden heeft geen enkel nut.'

Hij was onberispelijk gekleed in een van zijn met de hand gemaakte pakken die hij nooit naar zijn werk droeg, donkerblauw met een lichtblauw streepje, met een lichtblauw overhemd en een zilverblauwe zijden das. De visagist van CNN zou hooguit een kwartier met hem bezig hoeven zijn, want aan zijn verschijning was zo goed als niets te verbeteren. Misschien een wolkje poeder op zijn gezicht en een beetje lak op zijn platinagrijze haar, dat nodig moest worden geknipt. Voor Scarpetta zag hij er net zo uit als anders, en ze hoopte dat wat hij ging doen, goed zou aflopen. Dat wat ze beiden deden, goed zou aflopen.

'Ik zal niets tegen Jaime zeggen,' zei ze. Ze besefte dat ze haar Jaime was gaan noemen sinds Lucy en Berger zoveel tijd met elkaar doorbrachten.

Jarenlang had ze haar steeds Berger genoemd, wat nogal afstandelijk klonk en misschien ook niet erg respectvol.

'Ik zal zeggen dat ze er met jou over moet praten,' vervolgde ze tegen Benton. 'Het is niet mijn netwerk en in tegenstelling tot wat de meeste mensen denken, heb ik geen zeggenschap over je leven.'

Marino's mobiel rinkelde. Hij pakte zijn palmtop en tuurde naar het schermpje.

'De belastingdienst. Gaat zeker over mijn liefdadigheidsbijdragen,' zei hij en hij drukte op het glimmende blauwe microfoontje in zijn oor om op te nemen. 'Marino... Ja... Ach, niets bijzonders. En jij? ... Wacht even, dan schrijf ik het op.'

Iedereen hield zijn mond om hem rustig te laten praten. Hij legde zijn palmtop op de lage tafel en zijn blocnote op zijn brede knie en begon te schrijven. Normaal of op zijn kop zag Marino's handschrift er bijna hetzelfde uit. Scarpetta had het nooit kunnen lezen zonder zich vreselijk te ergeren, omdat hij ook zijn eigen afkortingen gebruikte. Al maakte hij grapjes over haar handschrift, het zijne was veel erger.

'Ik wil niet lastig zijn,' zei Marino, 'maar het Isle of Man, waar ligt dat in vredesnaam? Is dat een van die belastingparadijzen in de Caribische Zee of een van de Fiji-eilanden of zo... Aha. Nooit van gehoord, en ik ben er wel eens geweest. In Engeland, bedoel ik... Ja, ik snap dat het niet ín Engeland ligt. Ik weet dat het Isle of Man een klote-eiland is, maar voor het geval dat je een onvoldoende voor aardrijkskunde had, Engeland is ook een klote-eiland.'

Scarpetta leunde naar Benton toe en wenste hem fluisterend succes. Ze had graag willen zeggen dat ze van hem hield, wat anders in aanwezigheid van anderen nooit bij haar opkwam. Nu wilde ze het wél zeggen, maar ze deed het niet. Ze stond op en aarzelde, omdat het klonk alsof Marino's telefoongesprek was afgelopen.

'Sorry, maar dat wisten we al. Dat adres hebben we,' zei Marino.

Hij keek hoofdschuddend naar Bacardi, alsof de belastingambtenaar nog dommer was dan het achtereind van een koe – een van Marino's favoriete uitdrukkingen.

'Dat klopt,' zei hij. 'Nee, u bedoelt 1A. Dus het is Terri Bridges. Ik weet dat het een LLC is en dat u nog geen naam hebt, maar dat is haar appartement... Nee, niet 2D. Ze woonde in 1A.' Hij fronste zijn wenkbrauwen. 'Weet u dat zeker? Echt absoluut zeker... Wacht even. Dat is toch een Engelsman? Nou ja, Italiaan, maar hij woont in Engeland, hij is Engels staatsburger... Oké, dan kan dat wel kloppen met het Isle of Man. Maar ik hoop dat u gelijk hebt, want over ongeveer een halfuur trappen we die verdomde deur in.'

Marino drukte op zijn oortje en verbrak zonder een bedankje of groet de verbinding met de belastingdienst.

'*Gotham Gotcha?*' zei hij. 'We weten niet hoe die persoon heet, maar wel waar hij woont. Boven Terri Bridges. Nummer 2D. Tenzij er iets is veranderd en ons dat niet is verteld, is er in dat gebouw nog steeds niemand thuis. De huurder van dat appartement is een

Italiaanse financiële man, Cesare Ingicco, met een adres op het Isle of Man, waar zijn bedrijf is gevestigd. Het Isle of Man ligt niet in de Caribische Zee, dat zeg ik er even bij. De huur wordt betaald door een offshore firma waarover Lucy van alles aan de weet is gekomen. Ik denk dat die vent daar niet woont, maar dat er iemand anders werkt, of niet werkt. Dus ik denk dat we een huiszoekingsbevel moeten hebben en ernaartoe moeten gaan. Of misschien moeten we er eerst naartoe gaan en dan om een huiszoekingsbevel vragen. Doet er niet toe. Maar we hebben geen tijd te verliezen, want Eva Peebles werkte indirect voor die Cesare Ingicco van de overkant, maar hij woont daar dus waarschijnlijk niet, waarschijnlijk woont hij op dat eiland. En we zullen ontdekken, dat zul je zien, dat hij met Eva alleen telefonisch contact had, internationaal. Hoe dan ook, Eva had geen flauw idee. Krankzinnige situatie.'

'Zal ik daar met een paar van jullie mensen naartoe gaan?' stelde Bacardi voor. 'Want ik denk dat jij beter hier kunt blijven. Als Benton live op tv komt, zou de vlam wel eens in de pan kunnen slaan.'

'Dat denk ik ook,' zei Benton. 'Morales zal meteen weten, als hij dat nog niet zeker wist, dat wij zullen denken dat hij achter Oscar aan gaat en dat de rest van de wereld achter hem aan zal gaan.'

'Denken jullie dat er een kans bestaat dat Oscar en Morales onder één hoedje spelen?' vroeg Bacardi. 'Het is misschien een belachelijke gedachte, maar hoe weten we dat ze geen team zijn, net zo'n stel als Henry Lee Lucas en Ottis Toole? Nog steeds denken veel mensen dat de Son of Sam niet in zijn eentje handelde. Je weet het nooit.'

'Dat lijkt me heel onwaarschijnlijk,' zei Benton, terwijl Scarpetta bij de deur haar jas aantrok. 'Morales is te narcistisch om met iemand samen te werken. Wat hij ook doet, hij wil het per se alleen doen.'

'Zo is het,' zei Marino.

'Maar hoe komen Oscars schoen- en vingerafdrukken dan in het appartement van Eva Peebles?' Bacardi had gelijk. 'Ik weet niet of we die moeten negeren en ervan uit moeten gaan dat ze daar door iemand anders zijn aangebracht of dat we een fout maken.'

'Wie denk je dat die schoen- en vingerafdrukken daar heeft gevonden?' zei Marino. 'Die verdomde Morales. Bovendien heeft hij een paar sportschoenen van Oscar, van toen hij in het ziekenhuis zijn kleren meenam.'

'Heeft iemand gezien dat hij die vingerafdrukken van de lamp nam?' vroeg Bacardi. 'Het valt niet mee die te vervalsen. Een paar sportschoenen van de verdachte meenemen en daar afdrukken van achterlaten, is niet zo moeilijk, maar je kunt niet zijn vingers meenemen om hetzelfde te doen. Ik bedoel dat je het heel slim moet aanpakken als je afdrukken van een plaats delict wilt vervalsen om via IAFIS te identificeren.'

'Dat is zo, maar Morales is een slimme gast,' zei Marino.

Bacardi stond op en zei: 'Ik ga naar Murray Hill. Wie zie ik daar?'

'Ga nog even zitten.' Marino trok zacht aan de achterkant van haar ceintuur. 'Je neemt verdomme geen taxi. Je bent rechercheur van de afdeling moordzaken. Ik breng je en rij meteen terug. Ik heb een stormram in mijn kofferbak, die mag je gebruiken. Ik heb hem gisteravond achterovergedrukt toen ze die voor me meebrachten naar het appartement van Peebles. Ai, ik ben vergeten hem terug te geven.'

'Ik ga,' zei Scarpetta. 'Wees alsjeblieft voorzichtig allemaal. Mike Morales is een door en door boosaardig iemand.'


'Zal ik je eens iets vertellen wat ik nog nooit aan iemand anders heb verteld?' zei Berger tegen Lucy.

'Je hoeft me helemaal niets te vertellen,' zei Lucy.

'Ik denk dat Morales die juriste van Greg eerst zelf had versierd en dat hij toen, zoals hij dat doet, van rokkenjager is veranderd in vertrouweling, iemand bij wie je je problemen kwijt kunt. Hoe meer ik daarover nadenk, des temeer ik ervan overtuigd ben dat hij wat dat betreft een heel rare man is. Om het eufemistisch uit te drukken.'

'Denk je dat Greg dat wist?'

'Nee, dat denk ik niet. Zal ik nog koffie inschenken?'

'Waarom denk je dat Morales met die juriste naar bed is geweest?'

'Als je met andere mensen een kantoor deelt, hoor je wel eens wat. Ik let er niet zo op, of misschien lijkt dat zo, maar blijkbaar blijven er toch dingen hangen. Achteraf gezien is het duidelijk. Waarschijnlijk heeft Morales zoiets ontelbare keren gedaan, vlak voor mijn neus, of heb ik verhalen gehoord. Hij krijgt iemand zover dat ze haar vriend of man bedriegt, en voor je het weet huilt het slachtoffer op zijn schouder uit en helpt hij haar de boel weer te lijmen. Of maakt hij kennis met de man die niet weet dat hij is bedrogen, want Morales vindt het geweldig om vriendschap te sluiten met iemand die niet weet hoe slecht hij is. Het ene sadistische spelletje na het andere. Greg en hij zaten vaak samen beneden die dure whisky te drinken en te praten. Waarschijnlijk over mij, vaak wel, tenminste. En niet op een aardige manier.'

'Wanneer was dat?'

'Morales is ongeveer een jaar geleden overgeplaatst naar de recherche. Omstreeks die tijd. Toen ons huwelijk spaak was gelopen. Niet lang voordat Greg naar Londen verhuisde. Ik weet zeker dat Morales hem heeft aangemoedigd om dat te doen. Misschien was het wel zijn idee, dat Greg er op die manier een eind aan zou maken met mij.'

'Zodat Morales iets kon beginnen met jou?'

'Iets voor mij beëindigen en iets nieuws laten beginnen, dat had hij geweldig gevonden,' zei Berger.

'Dat idee van die Ierse en Schotse whisky's, waarover Morales schreef in dat verzonnen interview dat hij aan Terri heeft gestuurd toen hij deed alsof hij mijn tante was, had hij dus van Greg,' zei Lucy. 'Greg had zich niet moeten laten overhalen. De klootzak, hij heeft zijn eigen keus gemaakt. En Morales beëindigt of begint helemaal niets, behalve dat hij er zelf een eind aan maakt. Wacht maar.'

'Als je die twee flessen beneden zou inspecteren, zou je zien dat hij en Greg er heel wat van hebben gedronken,' zei Berger. 'Morales heeft Greg overgehaald de duurste merken te kopen, zo is hij. En het was een rotstreek van hem te suggereren dat Kay whisky drinkt van vijf-, zes-, zevenhonderd dollar per fles en erbij te zeggen dat die duurder is dan Terri's studieboeken. Hij heeft een fraai portret van haar geschilderd, en als Terri haar scriptie zou hebben afgemaakt, haar zogenaamde boek, zou dat heel naar zijn geweest. Het is vast ook bij jou opgekomen dat hij misschien *Gotham Gotcha* is. Dat zou echt iets voor hem zijn.'

'Het IP-adres van de schrijver van die column is anoniem en de account van de internetprovider staat op naam van een LLC met een adres op het Isle of Man,' zei Lucy. 'Waar de rechtsbevoegdheid wat offshore trusts betreft verdergaat dan bijna overal ter wereld. De machine access code komt tot nu toe nergens mee overeen, dus die columns zijn niet geschreven op een laptop of wat voor apparaat dan ook dat we kennen, en er zijn ook geen door ons gevonden e-mails mee verstuurd. Het probleem is dat de jurisdictie op het Isle of Man, Nevis, Belize, zoveel bescherming van de privacy biedt dat het erg moeilijk is door het schild heen te komen en te ontdekken wie de eigenaars van een firma zijn. Een kennis bij de belastingdienst doet zijn best voor me. Het is interessant dat het Engeland is, de Kaaimaneilanden zou logischer zijn. Daar is ongeveer vijfenzeventig procent van de *hedge funds* geregistreerd. Toch denk ik niet dat Morales *Gotham Gotcha* is.'

'Je bedoelt natuurlijk dat die persoon een smak geld in een belastingparadijs heeft geparkeerd,' zei Berger.

'Natuurlijk heeft ze dat gedaan,' zei Lucy. 'Alleen al de inkomsten van de producten waaraan ze haar naam verbindt. Ze krijgt waarschijnlijk enorme sommen aan provisie op beschermde rekeningen. Ik hoop dat ze wat het overtreden van bepaalde belastingwetten betreft net iets te slim probeert te zijn, want dat zal ons een fysiek adres opleveren. Ze huurt, ze bezit, ze betaalt rekeningen, bedoel ik. Of iemand doet dat namens haar. En ze heeft waarschijnlijk ergens in deze stad een huis, en ze betaalt hier een werknemer. Dat weten we zeker. Iemand stuurde Eva Peebles vanuit Engeland geld namens *Gotham Gotcha*. Die belastingambtenaar zat vroeger bij de ATF en ik heb hem ook Marino's naam gegeven, hij vraagt allerlei inlichtingen op van Eva Peebles' bank. Ik wil weten wie *Gotham Gotcha* is en waar ze is. En als ze de belasting oplicht, nou, dan wens ik haar veel plezier in de gevangenis.'

'Ze? Haar?'

'Na die eerste column heb ik een taalanalyse gedaan van ongeveer vijftig opgeslagen columns. Nee, ik geloof echt niet dat Morales die columns schrijft en die site heeft. Het zou bovendien te veel tijd kosten, te veel werk zijn. Hij is iemand die in één keer zijn slag slaat en er dan vandoor gaat, zoals iedereen zegt. Maar hij gaat niet altijd even zorgvuldig te werk en dat zal hem uiteindelijk de kop kosten.'

'Heb je de analyse van die website gedaan toen je hem liet crashen?' vroeg Berger.

'Ik heb hem niet laten crashen, dat heeft Marilyn Monroe gedaan.'

'Daar hebben we het dan een andere keer nog wel over. Voor de goede orde: wormen op een site afsturen keur ik niet goed,' zei Berger.

'Er komen steeds dezelfde woorden en zinnen in voor, en ook steeds dezelfde verwijzingen, beeldspraak, vergelijkingen,' zei Lucy. Ze had het nog over de taalanalyse.

'Hoe kan een computer een vergelijking herkennen?' vroeg Berger.

'Ik geef je een voorbeeld. Zoek naar de woorden "zoals" en "als", en de computer gaat op zoek naar die woorden gevolgd door bijvoeglijke of zelfstandige naamwoorden. Zoals een lange, harde stoelpoot, alsof hij er drie had. Nog een paar mooie uit het hoogdravende proza van *Gotham Gotcha*: zacht gekromd als een stevige banaan in een onderbroek van Calvin Klein die eruitzag alsof hij om hem was gegoten. Enne... Even denken. Haar kleine tieten, zo plat als koekjes, met tepels zo klein als rozijnen.'

'Maar hoe kan je computer beeldspraak herkennen?' vroeg Berger.

'Uitdrukkingen met zelfstandige naamwoorden en werkwoorden die eigenlijk niet bij elkaar passen. Mijn schedel overwinterde in het natte nest van mijn haar. Schedel en overwinteren worden beschouwd als niet bij elkaar passend. Ook nest en haar, in de letterlijke betekenis. Maar als beeldspraak is het een regel van de dichter en Nobelprijswinnaar Seamus Heaney. Het is natuurlijk niet hoogdravend bedoeld.'

'Dus je neurale netwerksoftware leest gedichten als het het niet druk heeft met de jacht op klootzakken op internet.'

'Het vertelt me dat de schrijver van *Gotham Gotcha* waarschijnlijk een vrouw is,' zei Lucy. 'Een valse, kinderachtige, wraakzuchtige, boze vrouw. Een vrouw die andere vrouwen als haar rivalen beschouwt. Een vrouw die zo'n hekel heeft aan andere vrouwen dat ze een vrouw die is aangerand bespottelijk maakt. Ze zal het slachtoffer keer op keer vernederen en verlagen. Of dat in elk geval proberen.'

Berger pakte de afstandsbediening en drukte op de afspeeltoets. Terri's paniekerige gezicht in de spiegel, dat praatte terwijl handen in latex handschoenen haar borsten kneedden. Ze had tranen in haar ogen. Ze leed pijn.

Haar stem trilde hevig toen ze zei: 'Nee, dit kan ik niet. Het spijt me. Wees alsjeblieft niet boos. Ik wil dit niet.'

Haar mond was zo droog dat haar lippen en haar tong plakkerige geluidjes maakten.

De stem van de moordenaar: 'Natuurlijk wel, baby. Je vindt het immers heerlijk om te worden vastgebonden en geneukt? Deze keer gaan we voor de hoofdprijs, hoor.'

De in handschoenen gestoken handen zetten een pot Aqualine op de toilettafel en schroefden er het deksel af, en de moordenaar stak er een paar vingers in. Hij smeerde de zalf in haar vagina terwijl ze met haar rug naar hem toe stond, heel langzaam, en drukte zijn in een condoom gehulde, stijve penis hard tegen het bovenste deel van haar rug aan. Met zijn vingers en het glijmiddel randde hij haar aan. Hij verkrachtte haar met angst. Maar tenzij hij zijn penis in haar had gestoken toen de camera nog niet aanstond, was dit niet wat hij bedoelde. Het was niet wat hij wilde.

De stoel schraapte over de tegels toen hij haar dwong te gaan zitten.

'Kijk eens hoe mooi je er in de spiegel uitziet,' zei hij. 'Hoe mooi je hier zit. Bijna even groot als wanneer je staat. Er zijn niet veel mensen van wie ik dat kan zeggen, hè meisje?'

'Niet doen,' zei ze. 'Doe het alsjeblieft niet. Oscar komt zo. Hou alsjeblieft op. Mijn handen zijn gevoelloos geworden. Maak me alsjeblieft los. Alsjeblieft.'

Ze huilde, maar ze probeerde te doen alsof het nog steeds een spel was. Ze probeerde te doen alsof hij haar nog steeds geen kwaad deed. Het was een seksueel spel en te oordelen naar hun opmerkingen en gedrag, hadden ze beslist vaker seks met elkaar gehad en was daar waarschijnlijk dominantie aan te pas gekomen. Maar niet op deze manier. Lang niet. Ergens diep vanbinnen wist ze al dat ze zou sterven, op een afschuwelijke manier, maar ze deed haar best om daar nog iets aan te veranderen.

'Hij komt om vijf uur, die arme kleine punctuele Oscar. Het is jouw schuld, hoor,' zei de stem van Morales tegen haar gezicht in de spiegel. 'Van nu af aan, baby, heb jij dit veroorzaakt.'

Berger zette de video uit. Ze schreef weer een paar dingen op.

Het klopte als een bus. Maar ze konden er niets van bewijzen. Het gezicht van Mike Morales was geen seconde te zien geweest. Niet op deze video en niet op de video die hij had opgenomen toen hij Bethany had vermoord, in zijn kale appartementje in Baltimore in de zomer van 2003, toen hij was afgestudeerd aan de medische faculteit van Johns Hopkins. En niet op de video die hij een paar maanden later had opgenomen, toen hij Rodrick had vermoord en diens tengere jonge lichaam had gedumpt in de buurt van de Bugatti-dealer in Greenwich, waar Rodrick waarschijnlijk op Morales' radarscherm was verschenen omdat Morales daar parttime voor een dierenarts werkte. Hij had Bethany waarschijnlijk ook bij een dierenarts leren kennen, een andere, in Baltimore.

In beide gevallen had hij hetzelfde gedaan als met Terri. Hij had de polsen van zijn slachtoffer vastgebonden. Hij had latex handschoenen gedragen toen hij zijn vingers in hen had gestoken, met hetzelfde glijmiddel. Destijds, vijf jaar geleden, stond hij op het punt om te beginnen met zijn opleiding aan de academie van de New Yorkse politie, en werkte hij parttime voor dierenartsen, niet voor een dermatoloog. Dierenartsen gebruiken ook spatels en zalven zoals Aqualine. Dat Morales een aangebroken pot Aqualine van zijn werk stal, hoorde bij zijn werkwijze, misschien al sinds zijn eerste moord.

Berger had geen idee hoeveel mensen hij inmiddels had vermoord, maar ze vroeg zich af of hij die zalf gebruikte om de politie met dat mengsel van DNA-profielen in verwarring te brengen.

'Hij vindt dat grappig,' zei ze tegen Lucy. 'Hij zal het waarschijnlijk heerlijk hebben gevonden toen een van die profielen in CODIS overeen bleek te komen met een invalide vrouw in Palm Beach. Hij moet zich rot hebben gelachen.'

'Hij zal de dans niet ontspringen,' zei Lucy.

'Dat weet ik nog zo net niet.'

Niet alleen had de politie Morales nog niet gevonden, er was zelfs nog geen arrestatiebevel uitgevaardigd. Het grootste probleem, en dat zou een probleem blijven, was gebrek aan bewijs. Er was nog niet wetenschappelijk vastgesteld dat Morales iemand had vermoord. Dat zijn DNA in Terri's appartement en zelfs in haar lichaam was gevonden, betekende niets, omdat hij in haar appartement was geweest en haar had aangeraakt om te zien of ze nog leefde. Hij had de leiding over het onderzoek naar haar moord en had alles en iedereen die ermee te maken had, aangeraakt.

Zijn gezicht stond op geen enkele video-opname, noch was hij op de dag van de moord gefilmd toen hij het gebouw waar Terri woonde was binnengegaan of had verlaten, omdat hij dat waarschijnlijk via het dak had gedaan en de ladder naar boven had gehesen. En die later weer in de werkkast had gezet. Al zijn eerdere ontmoetingen met haar hadden waarschijnlijk ergens anders plaatsgevonden, niet in haar appartement. Dat was te riskant geweest. Iemand had hem daar kunnen zien. Morales was te slim om zo'n risico te nemen.

Het was natuurlijk mogelijk dat hij eerdere keren ook via het dak was gegaan, bedacht Berger. De kans bestond, maar ze zou het waarschijnlijk nooit weten.

Morales was een heel slimme kerel. Hij was afgestudeerd aan Dartmouth en Johns Hopkins. Maar hij was een sadistische seksuele psychopaat, wellicht de brutaalste en gevaarlijkste die Berger ooit was tegengekomen. Ze dacht aan de keren dat ze met hem alleen was geweest. In zijn auto. In de Tavern on the Green. En in de Ramble, toen ze naderhand de plaats delict had bezocht waar die marathonloper was verkracht en met de hand gewurgd, en nu zette Berger daar ook vraagtekens bij. Had Morales die vrouw ook vermoord?

Ze vermoedde het, maar ze kon het niet bewijzen. Een jury zou identificatie gebaseerd op zijn stemgeluid niet vertrouwen, want dat zou hij, net als O.J. Simpson en de bebloede handschoen, kunnen verdraaien, zodat hij niet hetzelfde klonk als de moordenaar. Die sprak met een sterk Spaans accent. Normaal had Morales geen enkel accent. En je kon een zaak niet winnen met een forensische stemanalyse, al gebruikte je de modernste software.

Niemand – zelfs zo'n doorgewinterde aanklager als Berger niet – zou het bespottelijke voorstel doen om de penis van Morales te vergelijken met de penis in de video-opname – een normale penis, niet besneden, zonder opvallende kenmerken – want met een condoom eromheen was dat net zoiets als iemand met een kous over zijn gezicht, die alle bijzondere kenmerken, zoals sproeten, maskeerde.

Het enige wat de politie kon doen of wat Lucy kon doen, was bewijzen dat die gewelddadige, belastende video's in zijn e-mailbestand zaten, maar hoe waren ze daar terechtgekomen? Dat hij ze had, bewees niet dat hij iemand had vermoord of ze met een camcorder op een driepoot zelf had opgenomen. Lucy was de eerste die zou zeggen dat het niet meeviel aan juryleden uit te leggen wat een IP-adres of een machine access code was, hoe je een adres kon verdoezelen, wat cookies of *packet sniffing* en honderd andere termen betekenden die zijzelf achteloos rondstrooide. Dat was net zoiets als toen vroeger, eind jaren tachtig en begin jaren negentig, mensen zoals Berger rechters en juryleden moesten uitleggen wat DNA was.

Gezichten kregen een glazige uitdrukking. Niemand vertrouwde het. Het had Berger een enorme hoeveelheid tijd en energie gekost om zich aan de Frye-standaard te houden wanneer ze DNA-bewijs wilde overleggen. Haar huwelijk had zelfs schade geleden dankzij DNA, al was dat toen eigenlijk toch al niet meer te redden. Maar de verbreiding van nieuwe wetenschappelijke technieken had nieuwe verplichtingen en eisen met zich meegebracht, op een manier die niemand ooit had verwacht of voorzien. Als de forensische wetenschap op hetzelfde niveau was gebleven als toen ze nog op Columbia zat en samenleefde met een vrouw die uiteindelijk haar hart had gebroken en haar rechtstreeks in de armen van Greg had gedreven, had ze misschien nog een stukje privéleven overgehouden. Was ze vaker met vakantie gegaan en zelfs eens een keer zonder werk mee te nemen. Had ze Gregs kinderen leren kennen, echt leren kennen. Had ze mensen leren kennen met wie ze werkte, zoals Scarpetta, die ze na de dood van Rose niet eens een kaart had gestuurd, terwijl ze van het overlijden op de hoogte was geweest. Marino had haar ingelicht.

Misschien had ze zichzelf dan eerder leren kennen.

'Kay kan elk moment voor de deur staan. Ik moet me aankleden,' zei ze tegen Lucy. 'Misschien moet jij je ook aankleden.'

Lucy droeg een Jockey-hemd en een slipje. Ze hadden samen naar wat een *snuff movie* werd genoemd – een pornofilm met dodelijke afloop – zitten kijken en waren geen van beiden aangekleed. Het was nog vroeg, nog niet eens tien uur in de morgen, maar het leek wel laat in de middag. Berger voelde zich alsof ze jetlag had. Ze droeg nog steeds de zijden pyjama en ochtendjas die ze had aangetrokken nadat ze vlak voor de komst van Lucy onder de douche vandaan was gekomen.

In de tijd van nog geen vijf uur sinds Scarpetta, Benton, Marino,

Bacardi en Morales in haar woonkamer hadden gezeten, had Berger de groteske waarheid ontdekt en ernaar gekeken alsof die zich in haar bijzijn had afgespeeld. Ze was getuige geweest van de marteldood van drie mensen die ten prooi waren gevallen aan een man die werd geacht hen te beschermen: een arts die nooit als zodanig had gewerkt, die geen politieagent had horen te worden, die nooit bij andere schepsels in de buurt had mogen komen.

Tot nu toe waren ze alleen Jake Loudin op het spoor gekomen. Maar hij wilde nog niet toegeven dat hij Mike Morales kende, dat hij huisdieren die hij niet kon verkopen door hem liet doden of wat hij hem ook liet doen. Misschien ging Morales als Juan Amate in dierenwinkels naar de kelder om daar, tegen betaling, nog een zootje ellende aan de wereld toe te voegen. Misschien had Berger geluk en vond ze een manier om Loudin in ruil voor strafvermindering te laten toegeven dat hij Morales gisteravond had gebeld, nadat Eva Peebles op het verkeerde moment op de verkeerde plek, de kelder van een dierenwinkel, was geweest. Berger dacht niet dat Loudin Morales letterlijk had gevraagd iemand te vermoorden, maar Eva Peebles was een storende factor geworden en Morales had dat als reden gebruikt om zich nog eens te amuseren.

Toen ze zich aankleedde, zoemde de intercom. Lucy zat op het bed, omdat ze aan één stuk door hadden gepraat.

Berger pakte de huistelefoon terwijl ze haar overhemdblouse dichtknoopte.

'Jaime? Kay,' zei de stem van Scarpetta. 'Ik sta voor de deur.'

Berger drukte op de nul op het toetsenbord om van een afstand de voordeur te openen en zei: 'Kom binnen, ik kom eraan.'

'Mag ik nog even een douche nemen?' vroeg Lucy.


# 33


Marino keek naar Headline News op zijn palmtop terwijl hij vlug door Central Park South liep en zich met een schouder naar voren, als een footballspeler met een doelpunt voor ogen, een weg baande tussen de andere voetgangers door.

Benton zat in zijn streepjespak aan tafel tegenover een journalist, iemand die Jim heette. Zijn achternaam kon Marino zich niet herinneren, want op dit uur van de dag was het niet een van de bekendste. Op het scherm onder Benton stond in blokletters: DR. BENTON WESLEY, FORENSISCH PSYCHOLOOG, MCLEAN ZIEKENHUIS.

'Welkom in ons programma. Onze gast is dokter Benton Wesley, voormalig hoofd van de afdeling gedragswetenschappen van de FBI in Quantico. Op dit moment bent u verbonden aan Harvard en het John Jay?'

'Jim, ik wil meteen zeggen waarvoor ik ben gekomen, want het is dringend. We verzoeken dokter Oscar Bane om alsjeblieft contact op te nemen met de FBI...'

'Laat me even aan de kijkers uitleggen dat het te maken heeft met zaken die hun, wat ze ook doen, vast niet zijn ontgaan, namelijk de twee afschuwelijke moorden die de laatste twee dagen in New York zijn gepleegd. Wat kunt u ons daarover vertellen?'

Iets verderop lag Columbus Circle met de wolkenkrabbers van Time Warner, waar Benton op dit moment in een studio zat. Het was een slecht idee. Maar Marino begreep waarom Benton dacht dat ze geen keus hadden en waarom hij het niet eerst aan Berger had willen vragen. Hij wilde niet dat zij de verantwoordelijkheid kreeg en hij hoefde haar niet te gehoorzamen. Hij hoefde niemand te gehoorzamen. Dat begreep Marino, maar nu Benton internationaal op tv was, zat het hem niet lekker.

'We verzoeken dokter Bane, als hij luistert, om alsjeblieft de FBI te bellen,' zei Bentons stem op live tv door het microfoontje in Marino's oor. 'We hebben redenen om ons zorgen te maken over zijn veiligheid en hij moet niet, ik herhaal, hij moet níét de plaatselijke politie of een andere autoriteit bellen. Hij moet de FBI bellen, die hem in veiligheid zal brengen.'

Een van de dingen die Scarpetta altijd zei, was dat je nooit iemand moest dwingen iets te doen tot hij niets meer te verliezen had en nergens meer naartoe kon. Dat zei Benton ook altijd, en Marino zelf. Waarom deden ze dit dan? Eerst had Berger Morales gebeld, wat Marino een heel slecht idee had gevonden. Ze had hem in feite gewaarschuwd en daar misschien zelfs plezier aan beleefd. De briljante Morales was door de mand gevallen, betrapt. Berger was een geweldige aanklager. Een sterke vrouw. Maar dat had ze niet moeten doen, en Marino begreep nog steeds niet waarom ze het wél had gedaan.

Ergens had hij het gevoel dat het iets persoonlijks was, althans voor een deel. Scarpetta deed zoiets niet, terwijl ze daar wel de gelegenheid voor had gehad. Toen ze na middernacht bij Berger thuis hadden gezeten, had Scarpetta een heleboel dingen kunnen zeggen om Morales op stang te jagen. Ze mocht hem net zomin als Marino deed, ook toen ze nog niet wisten dat Morales het leuk vond de hoofdrol in zijn eigen snuff movies te spelen. Maar Scarpetta had zich in het bijzijn van Morales heel professioneel gedragen, zoals altijd. Als ze dacht dat hij een moordenaar was maar daar geen enkel bewijs voor kon aanvoeren, had ze die gedachte voor zichzelf gehouden. Zo was ze.

'Ik moet zeggen dat ik, geloof ik, nooit eerder zo'n vreemd verzoek heb gehoord, dokter Wesley. Misschien is "verzoek" niet het juiste woord, maar waarom...'

Marino wierp weer een blik op de pratende figuurtjes op zijn palmtop. Bergers appartement lag ongeveer twee straten verderop. Ze was daar niet veilig. Als je iemand als Morales het vuur te na aan zijn schenen legde en hem liet merken dat je hem doorhad, wat zou hij dan doen? In elk geval iets. Wie zou hij als eerste iets aandoen? De vrouw die hij al sinds hij bij de recherche was gekomen wilde veroveren. De vrouw over wie hij had gelogen door bij iedereen de indruk te wekken dat hij seks had gehad met de aanklager seksuele misdrijven. Nee, zo zat het niet. Daar klopte niets van.

Morales was Bergers type niet.

Marino had gedacht dat hij erachter was gekomen wie Bergers type wél was: een rijke vent zoals Greg. Maar toen hij naar Berger en Lucy had gekeken toen ze allemaal bij Berger in de woonkamer zaten, en naar Lucy toen ze achter Berger aan naar de keuken ging en even later vertrok, was hij van gedachten veranderd, en nu wist hij het zeker.

Berger had geen zwak voor mannen, die wekten geen hartstocht bij haar op. Emotioneel en fysiek zat ze heel anders in elkaar.

'Oscar heeft meer dan genoeg redenen om niemand meer te vertrouwen,' zei Benton. 'We zijn tot de conclusie gekomen dat de angst om zijn veiligheid, waarover hij bepaalde autoriteiten heeft ingelicht, gegrond is. Inmiddels nemen we hem serieus.'

'Wacht even. Er is een bevel uitgevaardigd dat hij moet worden opgepakt wegens moord. Neem me niet kwalijk, maar het klinkt alsof u de schurk wilt beschermen.'

'Oscar, als je naar me luistert' – Benton keek in de camera – 'moet je de FBI bellen, de plaatselijke afdeling, waar je ook bent. Zij zullen je in veiligheid brengen.'

'Ik geloof dat andere mensen eerder angst om hun veiligheid moeten hebben, dokter Benton. Hij is immers degene die de politie ervan verdenkt die moorden...'

'Ik ben niet van plan over deze zaak met je te discussiëren, Jim. Dank je wel voor dit gesprek.'

Benton maakte zijn microfoontje los en stond op.

'Eh, zoiets als dit komt bij een moordonderzoek van de New Yorkse politie zelden voor. De jaarwisseling is verstoord door twee moorden en de legendarische – ik vind dat ik het woord "legendarisch" hier wel mag gebruiken – profiler Benton Wesley richt een smeekbede tot de man die volgens iedereen de dader is...'

'Shit,' zei Marino.

Nu zou Oscar in geen geval de FBI bellen, jezus of wie dan ook.

Hij logde uit, sloot zijn browser af en liep vlug door. Hij zweette in zijn oude leren Harley-jack en zijn ogen traanden van de kou. De zon deed zijn best om door de dikke, donkere wolken heen te dringen. Zijn mobiel ging.

'Hallo,' zei hij, terwijl hij andere mensen, alsof het lepralijders waren, probeerde te ontwijken en niemand aankeek.

'Ik ga met een paar agenten hier op het bureau praten,' zei Benton. 'Over onze aanpak.'

'Ik neem aan dat je tevreden bent,' zei Marino.

Benton had niet om zijn mening gevraagd en reageerde er niet op.

'Ik moet hier in de studio een paar mensen bellen en dan ga ik naar het huis van Berger,' zei Benton. Hij klonk mismoedig.

'Het ging best goed,' zei Marino. 'Oscar heeft het vast wel gehoord. Want hij zit natuurlijk ergens in een motel en heeft daar niets anders te doen dan televisiekijken. Ze zullen dat stukje zeker wel een etmaal lang herhalen.'

Marino keek omhoog naar het tweeënvijftig verdiepingen hoge gebouw van metaal en glas en richtte zijn blik op het penthouse aan de kant van het park. Boven de indrukwekkende ingang stond met grote goudkleurige letters: TRUMP. Dat stond op alle dure gebouwen in deze buurt.

'Als Oscar het nooit op tv ziet' – het leek wel alsof Marino tegen zichzelf praatte omdat Benton niets meer zei – 'wil ik me niet afvragen waarom niet. Want tenzij hij zichzelf heeft geopereerd, worden al zijn gangen met een gps nagegaan. Je weet toch wel wat een gps is? Dus heb je er goed aan gedaan. Meer kon je niet doen.'

Hij ging door met praten tot het tot hem doordrong dat hij niemand meer aan de lijn had. Hij had het niet gemerkt.

Toen Scarpetta voelde dat iemand de loop van een pistool tegen haar achterhoofd drukte, werd ze niet zo bang als ze had verwacht. Ze begreep gewoon niet wat er gebeurde.

Er leek geen verband te zijn tussen haar daden en wat eruit voortvloeide, oorzaak en gevolg, als en dan, nu en later. Ze was zich alleen helder bewust van een enorme ontsteltenis omdat het haar schuld was dat Morales het penthouse van Berger was binnengedrongen en dat ze aan het eind van haar leven de enige zonde had begaan die onvergeeflijk was. Zij was verantwoordelijk voor een tragedie en verdriet. Met haar zwakheid en naïviteit had ze anderen iets aangedaan waartegen ze altijd had gevochten.

Alles was toch haar schuld. De armoede van hun gezin, de dood van haar vader. Dat haar moeder zo ongelukkig was geweest, dat haar zus Dorothy met haar borderlinestoornis nauwelijks had gefunctioneerd, en alle ellende die Lucy was overkomen.

'Hij stond er niet toen ik aanbelde,' zei ze voor de tweede keer, en Morales lachte. 'Want ik zou hem niet binnen hebben gelaten.'

Berger stond met haar blik strak gericht op Morales onder aan de wenteltrap, met haar mobiel in de hand. In haar schitterende penthouse lag boven haar hoofd een galerij met prachtige kunstwerken, en achter een gebogen smetteloze glazen wand ontvouwde zich het silhouet van New York. Voor haar lag de verzonken woonkamer met mooie houten meubels en bekleding in aardetinten, waar ze nog niet zo lang geleden allemaal hadden gezeten – als bondgenoten, vrienden, eensgezind in hun strijd tegen de vijand, die inmiddels bekend was en voor hen stond.

Mike Morales.

Scarpetta voelde dat de loop van haar achterhoofd werd gehaald.

Ze draaide zich niet om. Ze hield haar blik gericht op Berger en hoopte dat die begreep dat ze, toen ze uit de lift stapte en op de bel drukte, nog alleen was geweest. Maar plotseling had iemand met een snelle beweging haar arm vastgepakt en haar mee naar binnen getrokken. De enige waarschuwing die ze had kunnen krijgen, was de opmerking van een van de conciërges vlak nadat ze door de hoofdingang naar binnen was gekomen.

De lieftallige jonge vrouw in haar keurige pakje had glimlachend tegen haar gezegd: 'De anderen wachten al op u, dokter Scarpetta.'

Welke anderen?

Dat had ze moeten vragen. Godallemachtig, waarom had ze dat niet gevraagd? Morales had alleen zijn politiepenning hoeven laten zien en zelfs dat was waarschijnlijk niet nodig geweest. Hij was hier uren geleden ook geweest. Hij was charmant en overtuigend, en hij liet zich niet afpoeieren.

Morales liet zijn blik door de kamer gaan. Zijn pupillen waren vergroot, en hij liet een kleine sporttas uit zijn in een latex handschoen gestoken hand op de grond vallen. Hij trok de rits open. In de tas zaten een opgevouwen driepoot, kleurloze nylon riempjes en andere dingen die Scarpetta niet goed kon zien, maar bij het zien van de riempjes begon haar hart te bonzen. Ze wist waarvoor die waren bestemd en ze was er bang voor.

'Laat Jaime gaan en doe met mij wat je wilt,' zei ze.

'Ach, hou je mond.'

Alsof ze hem verveelde.

Met een grote stap was hij bij Berger en greep meteen haar polsen achter haar rug vast, waarna hij ze bijeenbond en haar meetrok naar de bank. Hij duwde haar neer zodat ze ging zitten.

'Gedraag je,' zei hij tegen Scarpetta toen hij daarna haar polsen bijeenbond, heel strak.

Meteen kreeg ze kramp in haar vingers en de pijn was verschrikkelijk, alsof er een metalen klem om haar polsen was bevestigd die de aderen afkneep en zich in het bot drukte. Hij duwde haar ook op de bank, naast Berger, en toen ging boven een mobiel.

Zijn blik ging langzaam van de mobiele telefoon die hij van Berger had afgepakt naar de galerij met kamers een verdieping hoger.

De mobiel ging nog een paar keer over en hield op. Er stroomde water. Dat hield ook op. Scarpetta dacht meteen aan Lucy, en Morales blijkbaar ook.

'Je kunt er nu nog mee ophouden, Mike,' begon Berger.

Scarpetta stond op en Morales gaf haar een harde duw, zodat ze terug plofte op de bank.

Hij rende de wenteltrap op en zijn voeten leken de treden nauwelijks te raken.

Lucy wreef haar korte haar droog en ademde diep de stoom in, in een van de mooiste doucheruimtes die ze sinds lange tijd had gezien.

De douche van Greg. Van glas, met regenwouddouchekoppen, massagestralen voor het lichaam, stoombad, luidsprekers rondom en een verwarmde stoel als je wilde gaan zitten om naar muziek te luisteren. Berger had Annie Lennox in haar cd-speler zitten, waar Lucy de vorige avond in haar loft toevallig ook naar had geluisterd. Greg en zijn whisky's, zijn mooie spullen en zijn juriste. Lucy begreep niets van een man die wist hoe hij een prettig leven moest leiden, maar iemand had uitgekozen met wie dat ten gevolge van een lichte genetische trilling onmogelijk was.

Zoiets als bij wiskunde één cijfer verschil. Wanneer je de lange, ingewikkelde som eindelijk had uitgerekend, was je lichtjaren verwijderd van het antwoord en had je het mis. Berger was de juiste persoon, maar het foute antwoord. Lucy had een beetje medelijden met Greg, maar niet met zichzelf. Zelf voelde ze zich onbeschrijflijk gelukkig, ze had zich nog nooit zo gelukkig gevoeld, en steeds weer beleefde ze in gedachten alles wat er was gebeurd.

En steeds weer leek het alsof ze naar dezelfde bedwelmende muziek luisterde, zoals ze zojuist onder de douche had gedaan. Elke aanraking, elke blik, elke onopzettelijke beweging die resulteerde in een wrijving van lichamen die erotisch was en tegelijk ontroerend, omdat het echt iets betekende... Het was geen goedkoop avontuurtje. Er was geen sprake van schuldgevoel of schaamte. Het was helemaal goed, en ze kon niet geloven dat het haar echt overkwam.

Het was een droom die ze zich nooit had kunnen voorstellen, omdat ze niet had geweten dat zoiets bestond. Ze was er net zomin bang voor geweest als voor een nachtmerrie over buitenaardse wezens en had er net zomin naar verlangd als naar een fantastische droom over vliegmachines of raceauto's. Buitenaardse wezens bestonden niet, vliegmachines en raceauto's bestonden wel en lagen binnen haar bereik. Jaime Berger was geen onmogelijkheid of mogelijkheid die ooit bij haar was opgekomen, hoewel ze bij eerdere ontmoetingen beslist wel een soort draaierigheid en nervositeit had gevoeld, de zeldzame keren dat ze elkaar waren tegengekomen. Alsof ze de gelegenheid had gekregen om te spelen met een heel grote, wilde kat, een cheeta of een tijger, terwijl ze nooit had verwacht dat ze zich ooit met zo'n dier in dezelfde ruimte zou bevinden en al helemaal niet dat ze het zou mogen aaien.

In de met stoom gevulde cabine stond Lucy op. Het glas was ondoorzichtig geworden. Ze probeerde te bedenken hoe ze het best openlijk met haar tante zou kunnen praten om haar de situatie uit te leggen.

Ze duwde de deur open en meteen stond er iemand voor haar, en de wegtrekkende stoom onthulde het gezicht van Mike Morales. Hij richtte glimlachend een pistool op haar hoofd.

'Sterf, bitch,' zei hij.


De deur vloog na één stoot met de stormram open en sloeg tegen de muur.

Bacardi en een agent in uniform die Ben heette, dat dacht ze tenminste, liepen appartement 2D binnen, waar de muziek van Coldplay hen zacht begroette, en stonden tegenover dr. Kay Scarpetta.

'Wat moet dit verdomme voorstellen?' zei Bacardi.

Alle muren waren bedekt met Scarpetta. Posters, sommige van de vloer tot aan het plafond. Geen geposeerde, maar in actie genomen foto's van haar in de CNN-studio, op Ground Zero en in het mortuarium, druk aan het werk en zich er niet van bewust dat iemand wat Bacardi noemde een 'denkactieopname' van haar maakte. Bacardi bedoelde er niet mee dat het onderwerp dan met iets belangrijks bezig was, maar dat hij of zij daarover nadacht.

'Het lijkt verdomme wel een heiligdom,' zei Ben of hoe hij ook mocht heten.

Het appartement lag aan de achterkant van het gebouw, een verdieping hoger dan dat van Terri Bridges. Het was ongemeubileerd, afgezien van een eenvoudig esdoornhouten bureau tegen een van de muren met een kleine bureaustoel eronder geschoven. Op het bureau stond een laptop, een van de nieuwe PowerBooks of AirBooks of hoe ze ook heetten, een duur ding dat bijna niets woog. Bacardi had wel eens gehoord dat iemand zo'n laptop samen met een stapel kranten had weggegooid, en nu kon ze het zich voorstellen. De stekker van de laptop zat in een oplader en op iTunes klonk heel zacht 'Clocks', steeds opnieuw. God mocht weten hoe lang al, want iemand had op de herhaaltoets gedrukt.

Op het bureau stonden ook vier smalle vaasjes van goedkoop glas, met in elk ervan een verwelkte roos. Bacardi liep ernaartoe en trok een bloemblaadje van een van de rozen. 'Geel,' zei ze.

Agent Ben, zoals Bacardi hem in gedachten noemde, had het te druk met het bekijken van het aan Scarpetta gewijde heiligdom om zich te bekommeren om een paar verwelkte rozen of om te begrijpen dat vanuit het gezichtspunt van een vrouw de kleur geel van belang was. Wat rozen betrof, wilde Bacardi liever worden gepaaid met rode, maar haar intuïtie wist beter. Een man die je gele rozen gaf, was een man die je nooit zou krijgen, terwijl hij degene was die je wilde hebben en voor wie je hemel en aarde zou bewegen om hem te krijgen. Ze wierp een blik op agent Ben omdat ze heel even bang was dat ze dat hardop had gezegd.

'Eerlijk gezegd,' zei ze, en haar stem weergalmde tussen de oude bepleisterde muren terwijl ze over de kale hardhouten vloer door de kamers liep, 'weet ik niet wat we hier verder nog moeten doen, want zo te zien is hier niets anders te vinden dan die computer en wc-papier.'

Toen ze terugkwam, stond agent Ben nog steeds naar de foto's van Scarpetta te kijken, die naar verhouding zo groot waren als Times Square. Hij bescheen ze met zijn zaklantaarn alsof hij zocht naar een verklaring.

'Terwijl jij daar staat te gapen,' zei ze, 'bel ik Pete – voor jou rechercheur Marino – om te vragen wat we met *Gotham Gotcha* moeten doen. Weet jij misschien hoe je een website moet arresteren, Ben?'

'Ban,' verbeterde hij. 'Van Bannerman. Als ik dokter Scarpetta was,' zei hij, 'zou ik een paar bodyguards in dienst nemen.'

## 34

De huistelefoon rinkelde en Berger zei tegen Morales dat het de intercom was.

'Waarschijnlijk de bewakingsdienst,' zei ze vanaf de bank. Ze was bleek en leed duidelijk pijn.

De handen achter haar rug waren kersenrood. Scarpetta kon haar eigen handen niet meer voelen, het hadden net zo goed stenen kunnen zijn.

'Waarschijnlijk hebben ze het schot gehoord.' Als een stem grijs kon zijn, was Bergers stem grijs.

Toen Morales nadat hij het mobieltje boven had gehoord – een bekende beltoon – naar boven was gerend, had Scarpetta Berger de vraag gesteld die haar leven voorgoed zou veranderen: 'Is Lucy boven?'

Bergers antwoord waren haar opengesperde ogen en toen hoorden ze het schot.

Het klonk als een metalen deur die dichtviel, bijna zoals de stalen tussendeuren in het Bellevue.

Stilte.

Inmiddels was Morales weer beneden en kon Scarpetta nergens anders meer aan denken dan aan Lucy.

'Laat alsjeblieft een ambulance komen,' zei ze tegen Morales.

'Ik zal je de situatie uitleggen, Doc.' Hij zwaaide met het pistool en ging zich steeds vreemder gedragen. 'De situatie is dat je superheldhaftige nichtje een klotekogel in haar klotehoofd heeft. Als ik denk aan het IQ dat ik vanmorgen om zeep heb geholpen, wauw!'

Hij pakte de openstaande sporttas en ging ermee voor de bank staan. Op het scherm van de palmtop die aan de op zijn heupen hangende spijkerbroek hing, werd de route van een gps gevolgd: een dikke roze streep die kronkelend over een plattegrond kroop.

Hij zette de sporttas op de lage tafel en hurkte ernaast. Met zijn in latex handschoenen gestoken handen haalde hij er een klein paar Brooks sportschoenen uit en een plastic zakje met de polyvinyl afdrukken die Scarpetta van Oscars vingertoppen had gemaakt. Het zakje was vet, alsof Morales de afdrukken had ingesmeerd met olie of zalf. Hij legde het pistool op zijn dij.

Hij haalde de afdrukken uit het zakje en schoof ze op de vingertoppen van zijn linkerhand, en toen pas besefte Scarpetta dat hij links was.

Hij pakte het pistool met zijn rechterhand, stond op en spreidde grijnzend de vingers van zijn linkerhand met de griezelige witte rubberachtige toppen. Zijn pupillen waren zo vergroot dat zijn ogen zwarte gaten leken.

'Ik zal er niet bij zijn om de keerzijde om te keren,' zei hij. 'Deze zijn al omgekeerd.' Hij wapperde langzaam met zijn rubberachtige vingertoppen en vermaakte zich kostelijk.

'Nietwaar, dokter Sherlock? Jij weet wat ik bedoel, hè? Wie zou er nog meer op dit idee zijn gekomen?'

Hij bedoelde dat de afdrukken, omdat ze van afdrukken waren gemaakt, met hun keerzijde op een oppervlak zouden komen te staan. Morales moest dat probleem hebben opgelost toen hij de afdrukken op de lamp in het bad van Eva Peebles had gefotografeerd. Degene die de foto's van de afdrukken in het appartement van Berger zou maken, zou erachter komen dat ze waren omgekeerd, een spiegelbeeld waren van wat ze hadden verwacht, en zich afvragen hoe dat kon. De vingerafdrukkenspecialist zou de met opzet aangebrachte vingerafdrukken moeten aanpassen en van alle kanten bekijken om een accurate geometrische analyse te kunnen maken die hij in IAFIS met Oscars rechtstreeks genomen vingerafdrukken kon vergelijken.

'Geef antwoord als ik tegen je praat, trut.' Morales helde zo dicht naar Scarpetta over dat ze zijn zweet kon ruiken. Toen ging hij naast Berger zitten, stak zijn tong tussen haar lippen en wreef langzaam met het pistool tussen haar benen.

'Niemand zal op het idee komen,' zei hij tegen Scarpetta terwijl hij met de loop van zijn pistool over Berger wreef en zij roerloos bleef zitten.

'Dat is zo,' zei Scarpetta.

Hij stond op en begon verschillende siliconen vingertoppen op het glazen tafelblad te drukken. Vervolgens liep hij naar de bar, trok een glazen deurtje open en haalde de fles Ierse whiskey eruit. Hij pakte een gekleurd bekerglas dat eruitzag als een met de mond geblazen glas uit Venetië en schonk er whiskey in. Hij liet Oscars vingerafdrukken op de fles en het glas achter en nam een paar grote slokken.

De intercom rinkelde opnieuw.

Weer schonk Morales er geen aandacht aan.

'Ze hebben een sleutel,' zei Berger. 'Als ze hier iets vreemds horen en je neemt de telefoon niet op, komen ze naar je toe. Laat mij opnemen en zeggen dat er niets aan de hand is. Het is niet nodig dat er nog iemand anders bij betrokken raakt.'

Morales nam nog een slok. Hij spoelde de whiskey door zijn mond en zwaaide naar Berger met zijn pistool.

'Zeg dat ze moeten ophouden,' zei hij. 'Als je een geintje probeert uit te halen, is iedereen meteen morsdood.'

'Ik kan de hoorn niet pakken.'

Morales blies op een overdreven manier zijn adem uit terwijl hij de draadloze hoorn pakte, ermee naar haar toe liep en die voor haar oor en mond hield.

Scarpetta zag minuscule rode stipjes op zijn lichtbruine huid, een soort sproeten maar geen echte sproeten, en ze kreeg een gevoel vanbinnen alsof aardplaten vlak voor een aardbeving begonnen te schuiven.

De roze streep op de plattegrond op de palmtop kroop kronkelend verder. Iets of iemand verplaatste zich snel. Oscar.

'Bel alsjeblieft een ambulance,' zei ze.

Morales zei geluidloos 'sorry' en haalde zijn schouders op.

'Hallo?' zei Berger in de telefoon die hij vasthield. 'Echt waar? Ach, ik denk dat het de tv was. Een Rambo-film of zoiets. Dank u wel voor uw goede zorgen.'

Morales haalde de telefoon weg bij haar grauwe gezicht.

'Druk op nul,' zei ze uitdrukkingsloos. 'Om de intercom uit te schakelen.'

Hij drukte op nul en zette de draadloze telefoon terug op de oplader.

Marino duwde de deur met zijn wijsvinger een stukje open terwijl hij zijn Glock uit de zak van zijn leren jack haalde, en het waarschuwingssignaal van het alarmsysteem klonk omdat er een deur of raam was geopend. In het penthouse van Berger draaide hij zich om, met zijn pistool in beide handen. Hij sloop naar voren en door de gewelfde opening zag hij de verzonken woonkamer die hem aan een ruimteschip deed denken.

Berger en Scarpetta zaten op de bank, met hun armen achter hun rug, en hij zag aan de uitdrukking op hun gezicht dat het al te laat was. Van achter de ronde bank kwam een arm tevoorschijn en er werd een pistool tegen het achterhoofd van Scarpetta gezet.

'Laat vallen, klootzak,' zei Morales en hij kwam overeind.

Marino richtte zijn pistool op Morales, die zijn pistool in het blonde haar van Scarpetta drukte, met zijn vinger om de trekker.

'Hoor je wat ik zeg, gorillaman? Laat dat klotepistool vallen, anders zul je dit geniale brein door het hele appartement zien vliegen.'

'Doe het niet, Morales. Iedereen kent je. Je kunt er nu nog mee ophouden,' zei Marino, terwijl hij zijn gedachten vliegensvlug langs allerlei mogelijkheden liet gaan, maar wist dat hij met zijn rug tegen de muur stond. Hij zat in de val.

Hij kon de trekker overhalen, maar dan zou Morales tegelijkertijd de trekker overhalen. Dan zou Morales dood zijn, en zouden Berger en Marino blijven leven. Maar dan zou Scarpetta ook dood zijn.

'Je hebt een probleempje met het bewijs, gorillaman. Heeft iemand je wel eens eerder zo genoemd?' zei Morales. 'Ik vind het een mooie naam voor je. Gorillaman.'

Marino wist niet of Morales dronken of stoned was, maar het was een van beide.

'Omdat... Omdat...' Morales grinnikte. 'Omdat je een soort halve aap bent, toch? Blote billa gorilla. Goed, hè?'

'Marino, laat je pistool niet vallen,' zei Scarpetta verbazingwekkend kalm, maar haar gezicht was als versteend. 'Hij kan ons niet allemaal tegelijk doodschieten. Houd je pistool vast.'

'Wat een heldin is ze, hè?' Morales drukte de loop hard tegen haar schedel en ze kreunde geluidloos. 'Een moedige dame met lijken als patiënt, die haar niet kunnen bedanken of klagen.' Hij boog zich over haar heen en likte aan haar oor. 'Ach gossie. Kun je niet met levende patiënten omgaan? Dat zeggen ze over dokters zoals jij. Dat, en dat je alleen kunt slapen in een ijskoude kamer. Laat dat verdomde pistool vallen!' schreeuwde hij tegen Marino.

Ze keken elkaar strak aan.

'Oké.' Morales haalde zijn schouders op. 'Bedtijd, en dan zie je je lieve kleine Lucy terug,' zei hij tegen Scarpetta. 'Heb je al tegen

Marino gezegd dat ik haar boven een kogel door het hoofd heb gejaagd? Doe de groeten aan iedereen in de hemel.'

Marino wist dat hij het meende. Hij wist dat iemand het meende als het hem geen barst meer kon schelen, en het kon Morales
geen barst meer schelen. Scarpetta deed hem niets. Niemand deed
hem iets. Hij zou het doen.

'Niet schieten,' zei hij. 'Ik zal mijn pistool neerleggen. Niet schieten.'

'Nee!' riep Scarpetta. 'Nee!'

Berger zei niets, want ze kon hier niets aan toevoegen. Ze kon
beter haar mond houden en dat besefte ze.

Marino wilde zijn pistool niet neerleggen. Morales had Lucy al
vermoord. Hij zou hen allemaal vermoorden. Lucy was dood. Ze
lag blijkbaar boven. Als Marino zijn pistool bleef vasthouden, zou
Morales hen niet allemaal kunnen doden. Maar hij zou Scarpetta
wel doden. Dat kon Marino niet laten gebeuren. Lucy was dood.
Ze zouden allemaal sterven.

Een stipje rood laserlicht verscheen op Morales' rechterslaap. Het
stipje flikkerde en trilde, vertraagde en bewoog nog een beetje, als
een robijnrood vuurvliegje.

'Ik leg mijn pistool op de grond,' zei Marino en hij liet zich op
zijn hurken zakken.

Hij keek niet op of achterom. Hij liet niet merken dat hij iets zag
terwijl hij zijn Glock op het oosterse tapijt legde, met zijn blik gericht op de ogen van Morales.

'Sta heel langzaam op,' zei Morales.

Hij hief zijn pistool omhoog, weg van het hoofd van Scarpetta,
en richtte het op Marino terwijl het rode vuurvliegje om zijn oor
kroop.

'En zeg "mammie",' zei Morales terwijl het stipje laserlicht stil
bleef staan op zijn rechterslaap.

Het pistoolschot kwam als een harde knal vanaf de galerij en
Morales viel op de grond. Marino had dat nog nooit in het echt gezien, dat iemand op de grond viel als een marionet waarvan de touwtjes waren doorgeknipt. Hij rende om de bank heen en griste het
pistool van de vloer terwijl het bloed uit de zijkant van Morales'
hoofd stroomde en zich verspreidde over de zwarte marmeren vloer.
Toen greep hij de telefoon, belde het alarmnummer en rende ver-

volgens naar de keuken. Daar pakte hij een mes, bedacht zich en trok een gevogelteschaar uit het messenblok, waarmee hij de riempjes om de polsen van Scarpetta en Berger doorknipte.

Scarpetta rende naar boven en kon haar hand op de trapleuning niet voelen.

Lucy lag net over de drempel van de deur die van de galerij naar de grote slaapkamer leidde. Overal zat bloed, dikke vegen waar ze in de badkamer over de vloer was gekropen en vervolgens over de hardhouten vloer van de galerij naar de plek waar ze Morales had doodgeschoten, met het .40 Glock-pistool dat naast haar lag. Ze zat tegen de muur geleund te rillen, met een handdoek op schoot. Ze zat zo onder het bloed dat Scarpetta niet meteen kon zien waar ze zelf was geraakt, maar het moest in haar hoofd zijn, waarschijnlijk haar achterhoofd. Haar haren waren doordrenkt van het bloed, bloed stroomde over haar nek en haar naakte rug en vormde een plas om haar heen.

Scarpetta trok haar winterjas en haar blazer uit en knielde naast Lucy neer. Met gevoelloze handen betastte ze Lucy's achterhoofd, maar toen ze haar blazer ertegenaan drukte, begon Lucy luidkeels te protesteren.

'Het komt weer goed, Lucy,' zei Scarpetta. 'Wat is er gebeurd? Kun je me wijzen waar de schotwond zit?'

'Precies daar! Au! Jezus christus! Daar! Verdomme! Het gaat alweer beter. Ik heb het koud.'

Scarpetta liet haar hand over Lucy's glibberige nek en rug glijden en voelde niets. Haar handen begonnen te gloeien en te tintelen, maar ze had nog steeds geen controle over haar vingers.

Berger verscheen boven aan de trap.

'Ga handdoeken halen,' beval Scarpetta. 'Veel handdoeken.'

Berger zag dat Lucy bij kennis was, dat ze nog leefde. Ze rende naar de badkamer.

'Is er een plek die erg veel pijn doet?' vroeg Scarpetta aan Lucy. 'Zeg waar het pijn doet.'

'Het doet daar geen pijn.'

'Echt niet?' Scarpetta deed haar best om met een hand die niet wilde gehoorzamen voorzichtig overal te drukken. 'Ik wil even voelen of er iets mis is met je ruggengraat.'

'Daar zit het niet. Het voelt alsof mijn linkeroor eraf is. Ik kan bijna niets meer horen.'

Scarpetta verschoof tot ze achter Lucy zat, met haar benen uitgestrekt aan weerszijden van haar en haar rug tegen de muur, en opnieuw betastte ze voorzichtig Lucy's bloedende achterhoofd.

'Mijn hand is nog steeds gevoelloos,' zei ze. 'Pak mijn vingers vast, Lucy. Duw ze naar de plek die pijn doet.'

Lucy stak een hand omhoog en duwde Scarpetta's hand naar een bepaalde plek. 'Hier. Verdomme, dat doet pijn. Ik denk dat het onderhuids is. Shit, dat doet pijn. O god, druk er niet op, dat doet pijn!'

Scarpetta had haar leesbril niet op en zag niets anders dan een dot bloederig haar. Ze drukte haar blote hand tegen Lucy's achterhoofd en Lucy begon te gillen.

'We moeten het bloeden stelpen,' zei Scarpetta kalm en vriendelijk, alsof ze tegen een kind praatte. 'Ik denk dat de kogel vlak onder de huid zit en dat het daarom zo'n pijn doet wanneer we erop drukken. Het komt wel weer goed. Het zal perfect genezen. De ambulance komt eraan.'

Er zaten groeven op Bergers polsen en haar handen waren vuurrood en stijf toen ze onhandig een paar grote witte badhanddoeken opensloeg en om Lucy's hals en onder haar benen legde. Lucy was naakt en nat, ze was zo te zien net uit de douche gekomen toen Morales haar neerschoot. Berger ging naast hen op de grond zitten, en haar handen en blouse kwamen onder het bloed te zitten toen ze Lucy aanraakte en steeds weer tegen haar zei dat alles goed zou komen. Alles zou in orde komen.

'Hij is dood,' zei ze tegen Lucy. 'Hij stond op het punt Marino dood te schieten, en daarna ons.'

De zenuwen in Scarpetta's handen kwamen furieus weer tot leven, alsof er een miljoen spelden in haar handen prikten, en opeens voelde ze nog wat vaag een harde bobbel onder op Lucy's achterhoofd, aan de linkerkant.

'Daar zit hij,' zei ze tegen Lucy. 'Help me, als je kunt.'

Lucy hief een hand en hielp haar het gat te vinden, en Scarpetta drukte de kogel naar buiten terwijl Lucy luidkeels jammerde. De kogel was van een iets groter dan gemiddeld kaliber, met een halve huls en misvormd. Ze gaf hem aan Berger en drukte een handdoek op de wond tegen het bloeden.

Scarpetta's trui zat onder het bloed en er lag een grote plas bloed om haar heen. Ze dacht niet dat de kogel de schedel zelf had beschadigd, maar vermoedde dat hij Lucy's hoofd vanuit een hoek had geraakt en in milliseconden het merendeel van zijn kinetische kracht op een klein plekje had verloren. Vlak onder de hoofdhuid zitten zoveel bloedvaten dat het daar schrikbarend kan bloeden, waardoor een wond er algauw erger uitziet dan die is. Scarpetta drukte de handdoek stevig tegen de wond en legde haar andere hand op Lucy's voorhoofd om haar hoofd rechtop te houden.

Lucy liet zich tegen Scarpetta aan vallen en sloot haar ogen. Scarpetta legde haar vingers op Lucy's hals en vervolgens op haar pols. Lucy's hartslag was versneld, maar niet zorgwekkend, en ze ademde rustig. Ze was niet rusteloos en niet in de war. Er was geen enkel symptoom dat aangaf dat ze in een shocktoestand raakte. Scarpetta legde haar hand weer op Lucy's voorhoofd en hield de wond gesloten om het bloeden te stelpen.

'Lucy, ik wil dat je je ogen openhoudt en wakker blijft,' zei ze. 'Hoor je me? Kun je ons vertellen wat er is gebeurd? Hij rende naar boven en we hoorden een schot. Weet je nog hoe dat is gegaan?'

'Je hebt ons allemaal het leven gered,' zei Berger. 'Je zult weer helemaal beter worden. Het komt goed met ons allemaal.' Ze streelde Lucy's arm.

'Ik weet het niet,' zei Lucy. 'Ik herinner me dat ik in de douche stond. Opeens lag ik op de grond en had ik het gevoel alsof iemand me met een hamer een klap op mijn hoofd had gegeven. Alsof er een auto tegen mijn achterhoofd was gereden. Ik kon even niets meer zien en ik dacht dat ik blind was geworden. Toen zag ik weer licht, en beelden. Ik hoorde hem beneden, maar ik kon niet opstaan. Ik was duizelig, dus kroop ik naar de stoel, trok mezelf over de vloer naar mijn jas en pakte mijn pistool. Ik kon steeds beter zien.'

De bebloede Glock lag op de bebloede vloer bij de leuning van de galerij, en Scarpetta herinnerde zich dat Marino Lucy dat wapen een keer met Kerstmis had gegeven. Het was Lucy's favoriete wapen. Ze had gezegd dat het het mooiste was dat hij haar ooit had gegeven, een .40 kaliber pistool in zakformaat met een laservizier, en een paar dozen hogesnelheidskogels met holle punt. Hij wist precies wat ze wilde hebben. Hij had haar leren schieten toen ze nog een kind was. Dan waren ze met zijn tweeën in zijn pick-up weggereden. En dan had Lucy's moeder – Scarpetta's zus Dorothy – later, meestal na een paar borrels, scheldend aan de telefoon gehangen en tegen Scarpetta geschreeuwd dat ze Lucy verpestte en gedreigd dat ze Lucy zou verbieden ooit nog naar Scarpetta toe te gaan.

Dorothy had Lucy waarschijnlijk nooit bij Scarpetta laten logeren als ze niet het probleem had gehad dat ze geen kinderen had gewild. Dorothy was zelf nog een kind en ze wilde een papa om voor haar te zorgen, om haar te verwennen en te adoreren, zoals hun vader Scarpetta had geadoreerd en op haar had gerekend.

Scarpetta drukte haar ene hand tegen Lucy's voorhoofd en hield met de andere de handdoek tegen de wond. Haar handen voelden heet en gezwollen aan en het bloed klopte in de aderen. Lucy's hoofdwond bloedde minder erg, maar ze waagde het niet de druk te verminderen en naar de wond te kijken.

'Zo te zien een .38,' zei Lucy en ze deed haar ogen weer dicht. Ze moest een blik op de kogel hebben geworpen toen Scarpetta die aan Berger gaf.

'Ik wil dat je je ogen openhoudt en wakker blijft,' zei Scarpetta. 'Het gaat prima met je, maar je kunt beter wakker blijven. Ik geloof dat ik iets hoor, waarschijnlijk onze reddingsploeg. We gaan naar de eerstehulp en zullen daar al die leuke onderzoeken doen waarop je zo dol bent. Röntgenfoto's. Een MRI-scan. Hoe voel je je?'

'Het doet verdomd veel pijn. Ik voel me prima. Heb je zijn pistool gezien? Ik vraag me af wat het is. Ik kan het me niet herinneren. Ik kan me hem niet herinneren.'

Scarpetta hoorde beneden de deur opengaan, en vervolgens gekletter en gespannen stemmen toen de reddingsploeg binnenkwam. Marino nam de mannen, die luid met elkaar praatten, meteen mee naar boven. Daar deed hij een paar stappen opzij en keek naar de in bebloede badhanddoeken gehulde Lucy en de Glock op de grond voordat hij zich bukte en het wapen opraapte. Toen deed hij wat niemand op een plaats delict ooit mocht doen. Hij hield het pistool met beide handen vast en liep ermee naar de badkamer.

Twee ambulancebroeders stelden Lucy allerlei vragen, die ze beantwoordde terwijl ze haar vastbonden op een brancard. Scarpetta had het zo druk met van alles dat ze niet had gezien dat Marino intussen weer naar beneden was gegaan, waar drie agenten in uniform stonden. Andere ambulancebroeders legden het lichaam van Morales op een tweede brancard. Niemand probeerde hem te beademen, want hij was al een poosje dood.

Marino haalde het magazijn uit de Glock, Lucy's Glock, en liet de kogels in de papieren zak vallen die een agent voor hem openhield. Hij vertelde de agenten dat Berger de voordeur van het gebouw voor hem had geopend, zodat hij zonder dat Morales het merkte binnen kon komen. Hij verzon dat hij zo dicht mogelijk naar hen toe was geslopen en toen met opzet geluid had gemaakt, zodat Morales zou opkijken.

'Waardoor ik heel even de kans kreeg te schieten voordat híj iemand doodschoot,' loog Marino tegen de agenten. 'Hij stond achter de Doc met zijn pistool op haar gericht.'

Berger stond erbij en zei: 'We zaten hier op de bank.'

'Een hamerloze .38,' zei Marino.

Hij legde het uitgebreid uit en bekende dat hij iemand had gedood in plaats van zichzelf te prijzen, en Berger viel hem zonder aarzelen bij. Blijkbaar had ze ook de rol op zich genomen van Lucy's beschermer.

Wettelijk gezien mocht Lucy in New York geen handwapen bezitten, zelfs niet in haar eigen huis en ook niet om zichzelf te verdedigen. Wettelijk gezien was dat wapen nog steeds van Marino, omdat hij nooit het papierwerk had gedaan om het over te schrijven op haar naam en om haar de nieuwe eigenaar te maken. Na die kerst een jaar geleden in Charleston was er te veel gebeurd. Niemand was blij met elkaar geweest, en Rose was zichzelf niet meer en niemand wist een tijdje hoe dat kwam, en Scarpetta was niet in staat geweest om alles weer goed te maken toen hun wereld, als een oude golfbal waarvan de buitenste laag is afgesleten, in stukken was gesprongen. Het was het begin geweest van wat ze nog niet zo lang geleden had beschouwd als hun einde.

Met haar bebloede hand hield ze Lucy's bebloede hand vast toen de ambulancebroeders de brancard ratelend naar de lift reden, terwijl een van hen via de radio praatte met de ambulance die voor het gebouw stond. De liftdeuren gleden open en Benton stapte de gang in, in zijn streepjespak, precies zoals hij eruit had gezien op

CNN toen Scarpetta op weg naar het appartement van Berger op haar BlackBerry naar het interview had gekeken.

Hij pakte Lucy's andere hand en keek diep in Scarpetta's ogen, en op zijn gezicht lag een uitdrukking van intens verdriet en onbe-- schrijflijke opluchting.

## 35

13 januari

Scarpetta kreeg in Elaine's geen tafel dankzij haar bekende naam, want als de legendarische eigenaar je niet mocht, was niemand belangrijk genoeg om privileges te verdienen of boven anderen te staan.

Wanneer Elaine 's avonds aan een van haar tafels ging zitten, kringelde verwachting omhoog als rook uit een voorbije periode, toen kunst werd aanbeden, bekritiseerd, geherdefinieerd – wat dan ook, behalve genegeerd – en iedereen in wat voor staat dan ook binnen kon komen. Binnen haar muren klonken echo's van een verleden waaraan Scarpetta met weemoed terugdacht, maar dat ze niet miste. Tientallen jaren geleden was ze hier voor het eerst geweest, tijdens een weekendje weg met een man op wie ze verliefd was geworden toen ze rechten studeerde aan Georgetown.

Hij was uit haar leven verdwenen en zij had nu Benton, maar het interieur van Elaine's was niet veranderd: zwart, met een rode tegelvloer en met kapstokhaken en telefooncellen die volgens haar niet meer werden gebruikt. Op planken stonden gesigneerde boeken die de klanten niet mochten aanraken, en de muren waren tot aan het plafond behangen met foto's van auteurs en filmsterren.

Scarpetta en Benton bleven bij Elaine's tafeltje staan om haar te begroeten: een kus op beide wangen en 'hallo, ik heb je al heel lang niet gezien, waar was je?' Scarpetta kreeg te horen dat een vroegere minister van Binnenlandse Zaken net weg was, dat er vorige week een vroegere quarterback van de Giants – die ze onsympathiek vond – was geweest en dat er die avond een gastheer van een talkshow was die ze nog onsympathieker vond. Er zouden ook nog andere gasten komen, maar die waren niet zo belangrijk – de grande dame wist precies wie ze elke avond in haar salon kon verwachten.

Scarpetta's favoriete kelner, Louie, had precies het goede tafeltje voor hen.

Toen hij haar stoel naar achteren trok, zei hij: 'Ik mag het eigenlijk niet zeggen, maar ik heb gehoord wat er allemaal is gebeurd.' Hij schudde zijn hoofd. 'Ik mag het eigenlijk niet zeggen en vooral niet tegen u, maar Gambino, Bonanno... Toen was het beter, vindt u niet? Ze deden al die dingen wel, maar daar hadden ze hun redenen voor. U weet wel wat ik bedoel. Ze knalden niet zomaar iemand neer. Vooral niet zo'n arme vrouw. Een dwerg. En die oude weduwe. En ook nog die andere vrouw en die jongen. Die hadden allemaal geen enkele kans.'

'Dat is zo,' zei Benton.

'Ik ben voor de doodstraf. Er zijn bijzondere situaties. Neem me niet kwalijk dat ik het vraag, maar hoe gaat het met die kleine... eh, die andere dwerg? Ik weet dat ik dat woord eigenlijk niet mag gebruiken, omdat een heleboel mensen dat kleinerend bedoelen.'

Oscar had de FBI gebeld en het ging goed met hem. Er was een gps-microchip uit zijn linkerbil gehaald en hij was aan het uitrusten, zoals Benton het noemde, in de chique privéafdeling van de psychiatrische kliniek van het McLean: het Paviljoen. Hij was in therapie en verkeerde in de gelukkige omstandigheden dat hij zich veilig kon voelen tot hij weer helemaal gezond was. Scarpetta en Benton zouden de volgende morgen teruggaan naar Belmont.

'Met hem gaat het goed,' zei Benton. 'Ik zal hem vertellen dat u naar hem hebt gevraagd.'

'Wat kan ik voor u doen?' vroeg Louie. 'Wilt u iets drinken? Calamari?'

'Kay?' zei Benton.

'Scotch. Jullie beste single malt.'

'Voor mij ook.'

Louie zei met een knipoog: 'Voor u heb ik heel bijzondere. Een nieuwe om te proberen. Moet u nog rijden?'

'Een dubbele,' zei Scarpetta, en Louie liep naar de bar.

Achter haar, aan een tafeltje bij het raam dat uitkeek op Second Avenue, zat een man met een witte stetson op en een glas pure wodka of gin met een schijfje citroen voor zich. Zo nu en dan keek hij omhoog om de stand bij te houden van een basketbalwedstrijd die op de tv boven zijn hoofd geluidloos werd getoond. Scarpetta had een glimp opgevangen van zijn brede kaken, dikke lippen en lange witte bakkebaarden. Als hij niet naar de tv keek, staarde hij voor zich uit terwijl hij langzaam zijn glas ronddraaide op het witte tafelkleed. Hij kwam haar bekend voor, en opeens herinnerde ze zich beelden die ze op de televisie had gezien en besefte geschrokken dat het Jake Loudin was.

Maar dat kon niet. Jake Loudin zat vast. En deze man was klein en vrij mager. Toen drong het tot haar door dat hij een acteur was, maar geen films meer maakte.

Benton las het menu, met zijn gezicht verborgen achter de geplastificeerde kaart met een foto van Elaine op de voorkant.

'Je lijkt net de Pink Panther die iemand bespioneert,' zei Scarpetta tegen hem.

Hij sloeg de menukaart dicht, legde die op tafel en zei: 'Wil je nog iets bijzonders tegen iemand zeggen? Omdat je dit avondje niet alleen hebt georganiseerd om elkaar weer te zien. Ik vraag het maar even voordat ze komen.'

'Niets bijzonders,' zei Scarpetta. 'Ik wilde gewoon de lucht klaren. Ik vind dat iedereen zich weer op zijn gemak moet voelen voordat we naar huis gaan. Ik wilde dat we niet naar huis gingen. Ik vind het niet leuk dat wij daar zijn terwijl iedereen nog hier is.'

'Met Lucy komt alles in orde.'

Scarpetta's ogen werden vochtig. Ze was er nog niet overheen. Een gevoel van angst bleef zich als twee handen om haar hart klemmen en zelfs in haar slaap was ze zich bewust van wat ze bijna had verloren.

'Het is nog niet de bedoeling dat ze gaat.' Benton trok zijn stoel dichterbij en pakte haar hand vast. 'Als dat wel zo was, zou ze al lang geleden zijn vertrokken.'

Scarpetta drukte haar servet tegen haar ogen en staarde naar de geluidloze tv alsof de basketbalwedstrijd haar hevig interesseerde.

Ze schraapte haar keel en zei: 'Ik kan het nog niet geloven.'

'Geloof het maar. Je weet toch dat ik altijd tegen je zeg dat die revolvers geen goed idee zijn omdat ze zo licht zijn? Nu heb je gezien waarom, maar deze keer hadden wij het geluk aan onze kant. Ze hebben een onvoorstelbare terugslag, alsof je een trap van een paard tegen je hand krijgt. Ik denk dat hij achteruitdeinsde toen hij de trekker overhaalde en dat Lucy zich ook bewoog. Plus het kleine kaliber en de lage snelheid van de kogel. Bovendien hoort ze bij ons te blijven. Ze hoort nog heel lang bij ons te blijven. Het gaat goed met ons allemaal. Heel goed zelfs,' zei Benton. Hij drukte zijn lippen op haar hand en kuste haar vervolgens teder op haar mond.

Hij had nooit eerder in het openbaar zijn genegenheid getoond, maar nu leek hem dat niet meer te storen. Als *Gotham Gotcha* nog had bestaan, hadden ze er waarschijnlijk de volgende morgen in gestaan. Dan had hun hele groepje erin gestaan.

Ze was nooit in het appartement geweest waar de anonieme auteur haar wrede, wraakzuchtige columns had geschreven en nu ze wist wie het was, had ze medelijden met haar. Ze begreep volkomen waarom Terri Bridges haar was gaan haten. Terri had harteloze, kleinerende e-mails van haar heldin gekregen, dat dacht ze tenminste, en toen ze dat niet langer kon verdragen, had ze haar alter ego opdracht gegeven om Scarpetta in het openbaar te ontkrachten. Zo had Terri de trekker overgehaald en een aantal schoten gelost op de vrouw wier akelige houding jegens haar – hoe kon ze anders geloven – de laatste druppel was in een leven vol vernederingen en afkeer.

Lucy was erachter gekomen dat Terri op 30 december de twee columns van nieuwjaarsdag had geschreven en dat die na haar dood automatisch waren verzonden naar Eva Peebles. Lucy had ook ontdekt dat Terri op 31 december, een paar uur voordat ze was vermoord, alle e-mails van scarpetta-zes-twaalf had gedeletet. Niet omdat ze voorvoelde dat ze zou sterven, volgens Benton, maar omdat ze anoniem een misdaad had gepleegd – op de lijkschouwer die ze uiteindelijk in het mortuarium toch nog zou ontmoeten.

Benton was van mening dat Terri een gewetensvolle vrouw was en dat ze daarom de ruim honderd e-mails van de veronderstelde briefwisseling tussen haarzelf en Scarpetta had verwijderd. Haar angst had haar ertoe gebracht alle bewijzen voor een verband tussen *Gotham Gotcha* en Terri Bridges uit te wissen. Met het verwijderen van de e-mails had ze de gevallen heldin uit haar leven verbannen.

Dat was Bentons theorie. Scarpetta had geen theorie, behalve dat er altijd theorieën zouden zijn.

'Ik heb Oscar een brief geschreven,' zei ze. Ze opende haar hand-tas en haalde er een envelop uit. 'Ik vind dat ze die vanavond alle-maal moeten lezen. Maar jij moet hem eerst lezen. Het is geen e-mail, maar een echte brief op echt papier, mijn persoonlijke briefpapier, dat ik sinds god weet wanneer niet meer heb gebruikt. Maar ik heb hem niet met de hand geschreven, want mijn hand-schrift wordt steeds slechter. Omdat er geen proces komt, mag ik van Jaime tegen Oscar zeggen wat ik wil, en dat heb ik ook gedaan. Ik heb mijn best gedaan om hem uit te leggen dat Terri's familie haar het leven altijd heeft bemoeilijkt en dat die programmering sinds haar jeugd haar ertoe heeft gedreven alles onder controle te willen hebben. Ze was boos omdat ze zich gekwetst voelde en men-sen die gekwetst zijn, doen vaak anderen pijn, maar in wezen was ze een goed mens. Ik vertel je dit in het kort, want het is een lange brief.'

Ze haalde vier opgevouwen vellen dik, roomwit papier uit de en-velop en streek ze voorzichtig glad. Ze liet haar blik eroverheen glij-den tot ze bij het gedeelte kwam dat ze wilde dat Benton zou ho-ren en las het zacht voor:

… In de geheime kamer boven, waar ze haar columns schreef, stonden de gele rozen die jij haar had gegeven. Ze had ze alle-maal bewaard, en ik wil wedden dat ze je dat nooit heeft ver-teld. Dat zou iemand niet doen als de bijbehorende gevoelens niet heel belangrijk voor haar waren, Oscar. Dat moet je ont-houden en als je het vergeet, moet je deze brief opnieuw lezen. Daarom heb ik hem geschreven, het is iets wat je kunt bewa-ren.

Ik ben ook zo vrij geweest haar familie een brief te schrijven met mijn condoleances en om hun te vertellen wat ik weet, omdat ze een heleboel vragen hebben. Helaas is dr. Lester min-der behulpzaam geweest dan ze hadden gehoopt, dus heb ik de informatie aangevuld, in telefoongesprekken en ook nog via e-mail.

Ik heb hun ook over jou verteld en misschien heb je al iets van hen gehoord. Zo niet, dan komt dat nog. Ze zeiden dat ik je mocht vertellen wat er in Terri's testament staat en dat zullen ze je zelf ook schrijven. Misschien heb je hun brief al ontvangen.

Ik ga niet diep op haar wensen in, want dat is niet aan mij. Maar om aan het verzoek van haar familie te voldoen, deel ik je mee dat ze een vrij groot bedrag heeft nagelaten aan de Kleine Mensen van Amerika, om een stichting op te richten die hulp biedt bij de medische verzorging van mensen die ingrepen willen of moeten laten doen (bijvoorbeeld correctieve chirurgie) die niet door een verzekering worden vergoed. Zoals je weet, wordt veel van wat kan en hoort te worden gedaan, beschouwd als eigen keus, bijvoorbeeld orthodontische ingrepen en in sommige gevallen botverlenging.

Kortom, Terri was een goed mens.

Scarpetta kon niet verder lezen omdat ze opnieuw volschoot. Ze vouwde de vellen op en stopte ze terug in de envelop.

Louie zette hun whisky voor hen neer en verdween even ongemerkt als hij was gekomen. Ze nam een slok en voelde hoe de warmte zich door haar lichaam verspreidde, en de damp verhelderde haar brein alsof het zich in een schuilplaats had teruggetrokken en moest worden aangemoedigd om weer tevoorschijn te komen.

'Als je denkt dat dit geen inbreuk maakt op zijn behandeling' – ze overhandigde hem de envelop – 'wil je hem deze brief dan geven?'

'Hij zal meer voor hem betekenen dan je je kunt voorstellen,' zei Benton en hij stopte de brief in de binnenzak van zijn boterzachte zwartleren jasje.

Het was nieuw, net als de Winston-riem met een gesp in de vorm van een arendskop en de met de hand gemaakte laarzen die hij droeg. Als Lucy weer aan een kogel was ontkomen, zoals ze het zelf noemde, vierde ze dat door cadeautjes te geven. Dure cadeautjes. Ze had Scarpetta een nieuw horloge gegeven, al had ze het niet nodig: een titanium Breguet met een wijzerplaat van koolstofvezel. Het paste bij de zwarte Ferrari F430 Spider die ze voor Scarpetta had besteld, maar dat was gelukkig een grapje. Scarpetta fietste liever dan in zo'n auto te rijden. Marino had een nieuwe motor gekregen, een felrode Ducati 1098, die Lucy voor hem in haar hangar in White Plains had gestald, omdat hij volgens haar in de stad niet met iets mocht rijden wat minder dan vier wielen had. Ze had er nogal vrijpostig aan toegevoegd dat hij niet dikker mocht worden, want dan zou hij niet op een supermotor passen, hoe super die ook was.

Scarpetta had geen idee wat Lucy voor Berger had gekocht. Ze stelde geen vragen, tenzij Lucy wilde dat ze die zou stellen. Maar Scarpetta was geduldig en Lucy wachtte nog steeds op haar oordeel, terwijl Scarpetta niet van plan was een oordeel te vellen omdat ze daar geen behoefte toe voelde. In de verste verte niet. Toen ze over de eerste schrik heen was, al had ze eigenlijk helemaal niet hoeven schrikken, was ze alleen maar blij voor Lucy geweest.

Berger en zij waren vorige week zelfs samen gaan lunchen, in Forlini's, bij One Hogan Place, waar ze aan een tafeltje hadden gezeten dat volgens Berger bijna naar Scarpetta was vernoemd. Ze had gezegd dat die tafel geluk bracht, omdat het de laatste van de rij was. Scarpetta had gezegd dat ze niet begreep waarom dat geluk zou moeten brengen en toen had Berger, die een fan van de Yankees was en vroeger naar hun wedstrijden ging en dat misschien weer zou gaan doen, geantwoord dat dat afhing van wie er aan het eind van de negende ronde aan slag was.

Scarpetta was niet van plan naar een baseballwedstrijd te gaan om hier iets van te begrijpen. Ze was gewoon blij geweest dat ze aan een tafel die was vernoemd naar het hoofd van de brandweer van New York niet zo op hete kolen zat als ze nog niet eens zo lang geleden zou hebben gedaan. Weinig mensen wisten zo veel van Scarpetta als Jaime Berger.

'Ik heb je vraag nog niet beantwoord,' zei Benton met zijn blik op de deur gericht. 'Sorry.'

'Ik ben de vraag vergeten.'

'Je brief. Dank je wel dat je mij die hebt voorgelezen, maar lees hem hun niet voor.'

'Dat wil ik wel doen.'

'Je hoeft hun niet te bewijzen dat je een fatsoenlijk mens bent.' Benton keek haar aan.

'Ligt het zo voor de hand?'

'Iedereen heeft die onzin op het internet en de e-mails die Morales zogenaamd namens jou heeft gestuurd gelezen, maar we weten allemaal wie je bent en wie je niet bent. Wat er is gebeurd, is in geen enkel opzicht jouw schuld, en daar zullen jij en ik over blijven praten, we zullen steeds hetzelfde zeggen. Het duurt heel lang voordat je emoties je verstand hebben ingehaald. Bovendien ben ik degene die zich schuldig hoort te voelen. Morales had al die onzin ontfutseld aan Nancy hoe heet ze ook alweer, en Marino zou nooit bij dat domme mens terecht zijn gekomen als ik hem niet naar die kliniek had gestuurd, waar ik zelfs tijd heb verspild door met haar te overleggen.'

'Ze had nooit met Morales moeten praten, dat ben ik met je eens. Maar ik begrijp wel waarom ze het heeft gedaan.'

'Nee,' zei Benton. 'Dat had ze nooit moeten doen. Waarschijnlijk heeft hij haar telefonisch verleid. Ik weet niet wat hij tegen haar heeft gezegd, maar ze had hem geen woord van wat Marino haar had verteld mogen overbrieven. Ze heeft de grens van haar beroep zover overschreden dat ze het verder kan vergeten. Daar zal ik voor zorgen.'

'Laten we geen straffen uitdelen. Er is al genoeg gestraft, er zijn al genoeg mensen die niet meer met elkaar konden opschieten, elkaars oorlogen voerden, voor elkaar beslissingen namen en het anderen namens elkaar betaald zetten. Indirect is dat de oorzaak van Terri's dood. En van die van Eva. Als Terri het niet iedereen betaald had willen zetten... Als Marino die stomme therapeute van hem het leven zuur wil maken, moet hij dat zelf maar doen.'

'Waarschijnlijk heb je gelijk,' zei Benton. 'Daar zijn ze.'

Hij stond op zodat Marino hem in het volle, halfdonkere restaurant kon zien en het groepje van vier, met Marino's nieuwe vriendin Bacardi, die ook een voornaam had – ze heette Georgia – Berger en Lucy, baande zich een weg tussen de tafeltjes door. Ze begroetten Elaine en maakten grapjes over dingen die Scarpetta niet kon horen. Even later werden er stoelen naar achteren getrokken, ging iedereen zitten en heerste er een opgewekte stemming. Lucy had een baseballpet van de Red Sox op, waarschijnlijk om Berger te plagen, die natuurlijk een hekel had aan de Red Sox, maar vooral om een kale plek te bedekken.

Dat was alles. De kogelwond op Lucy's achterhoofd, die haar eer te na was geweest, was inmiddels genezen, en de lichte hersenschudding ook. Marino had op zijn eigen manier gezegd dat Lucy weer prima in orde was omdat er bij haar boven alleen bot kon worden beschadigd.

Louie kwam terug met borden met Elaine's beroemde calamari en nam de bestellingen op zonder ze te noteren. Berger en Lucy wilden zijn speciale Scotch proberen, Bacardi deed haar naam geen eer aan en vroeg om een appelmartini en Marino aarzelde, schudde zijn hoofd en keek gepijnigd. Niemand lette erop, maar Scarpetta wist wat er was gebeurd en reikte achter Lucy langs om even zijn arm aan te raken.

Hij leunde naar achteren en zijn houten stoel kraakte en hij zei: 'Hé, hoe gaat het?'

'Ben je hier ooit eerder geweest?' vroeg ze.

'Nee, dit is niet mijn soort tent. Ik voer niet graag persoonlijke gesprekken terwijl Barbara Walters twee tafels verder zit.'

'Dat is Barbara Walters niet. Ze hebben Red Stripe, Buckler en Sharp's. Ik weet niet wat je tegenwoordig drinkt,' zei Scarpetta.

Ze vertelde hem niet wat hij al dan niet moest drinken. Ze maakte hem duidelijk dat het haar niet kon schelen wat hij dronk, dat hijzelf de enige was die daarover moest beslissen en dat zij zich bekommerde om hém.

'Heb je Red Stripe?' vroeg Marino aan Louie.

'Natuurlijk.'

'Straks misschien,' zei Marino.

'Straks misschien,' herhaalde Louie met de rest van de bestellingen en toen liep hij weg.

Berger keek naar Scarpetta en draaide vervolgens haar ogen naar de man met de witte stetson op bij het raam.

'Je weet wat ik denk,' zei ze.

'Hij is het niet,' zei Scarpetta.

'Ik had bijna een hartstilstand toen ik binnenkwam,' zei Berger. 'Je weet niet hoe ik schrok. Hoe kan dat nou, dacht ik.'

'Is hij nog waar hij hoort te zijn?'

'Je bedoelt in de hel?' vroeg Lucy, die blijkbaar precies wist over wie ze het hadden. 'Daar hoort hij te zijn.'

'Haal je niks in je hoofd, Rocky,' zei Marino tegen haar.

Dat was vroeger zijn bijnaam voor Lucy, omdat ze nooit wist wanneer ze moest ophouden met vechten en hem altijd uitdaagde om met haar te boksen en te worstelen, tot ze twaalf was en ging menstrueren. Zijn tweede naam was Rocco en dat hij Lucy Rocky noemde, deed Scarpetta altijd vermoeden dat hij haar een bepaalde rol had toebedeeld. In Lucy waardeerde hij dezelfde dingen die hij in zichzelf waardeerde, terwijl hij zich daar niet van bewust was.

'Al snapt niemand daar iets van, ik ben dol op die films,' zei Bacardi toen Louie alweer bij hun tafel stond. 'Zelfs op de laatste,

*Rocky Balboa.* Ik moet op het eind altijd huilen, geen idee waarom. Bij echt bloed en de vreselijkste wonden laat ik geen traan, maar bij een film zit ik te janken.'

'Moet er nog iemand rijden?' vroeg Louie weer en hij gaf zelf het antwoord, zoals altijd: 'Natuurlijk niet. Niemand rijdt. Ik weet niet hoe het kwam, zwaartekracht, denk ik.' Hij bedoelde dat hij scheutig was geweest met de alcohol. 'Ik begin te schenken en de zwaartekracht neemt het van me over. Ik kan die fles niet meer goed vasthouden en blijf schenken.'

'Mijn ouders namen me hier mee naartoe toen ik klein was,' zei Berger tegen Lucy. 'Dit is het oude New York. Je moet goed om je heen kijken, want er komt een dag dat er niets meer over is van een tijd waarin alles beter was, ook al leek het destijds niet zo. De mensen die hier kwamen, praatten over kunst en ideeën. Hunter Thompson. Joe DiMaggio.'

'Ik heb nooit gedacht dat Joe DiMaggio het over kunst en ideeën zou hebben. Alleen over baseball, en vooral niet over Marilyn Monroe. We weten allemaal dat hij nooit over haar praatte,' zei Lucy.

'Je kunt maar beter hopen dat geesten niet bestaan,' zei Benton tegen zijn bijna-nichtje. 'Na wat je hebt uitgehaald.'

'Ja, daar wilde ik je nog naar vragen,' zei Bacardi tegen Lucy. 'Wauw, hier zitten een heleboel appels in.'

Ze stak haar arm onder die van Marino en leunde tegen hem aan, en op de ronding van haar borst kwam een vlindertatoeage boven haar strakke gebreide truitje uit. 'Sinds die verdomde site is gecrasht, en dat is op zich al een mysterie, heb ik die foto nooit kunnen bekijken. Hij was nep, toch?'

'Wat bedoel je?' vroeg Lucy onschuldig.

'Je hoeft heus niet te doen alsof je achterlijk bent, hoor,' zei Bacardi glimlachend, en ze nam niet bepaald gracieus een slok van haar appelmartini.

Scarpetta zei tegen Berger: 'Dan moet je hier vroeger een heleboel interessante mensen hebben gezien.'

'Veel van die mensen op de foto's aan de muur,' zei Berger. 'Van de helft heeft Lucy nooit gehoord.'

'Daar gaan we weer. Het is verdomme een wonder dat ze me nog een borrel willen geven,' zei Lucy. 'Ik ben nog steeds tien. Ik ben al mijn hele leven tien.'

'Maar je was er nog niet toen ze JFK doodschoten, en toen ze Bobby doodschoten, en Martin Luther King. Zelfs niet in de tijd van Watergate,' zei Berger.

'Heb ik ook leuke dingen gemist?'

'De maanwandeling van Neil Armstrong. Die was geweldig,' zei Berger.

'Toen was ík er wel, en ook toen Marilyn Monroe stierf.' Bacardi mengde zich weer in het gesprek. 'Vertel me nu maar over die foto. Over die worm, of hoe de media het ook noemen.'

'Op het internet staan foto's van Marilyn Monroe toen ze dood was,' zei Marino. 'Een paar. Zo gaat dat. De een of andere klootzak die een baan heeft in een mortuarium verkoopt zo'n foto. We zouden mensen kunnen verbieden hun mobiel daar mee naar binnen te nemen,' zei hij tegen Scarpetta. 'Eisen dat ze die in het kantoor achterlaten, zoals ik mijn wapen moet achterlaten als ik de gevangenis binnenga. In een brandkast of zo.'

'Het is geen echte foto,' zei Lucy. 'Niet helemaal. Alleen haar hoofd. De rest heb ik aan stukjes geknipt en weer aan elkaar geplakt en verscherpt.'

'Denk je echt dat ze is vermoord?' vroeg Bacardi serieus.

Scarpetta had de bewerkte foto gezien en gelezen wat Eva erover had geschreven, en ze was op de hoogte van alle rapporten over die zaak. Als ze niet al meer dan de helft van haar single malt Scotch had gedronken, zonder water of ijs, was ze misschien iets terughoudender geweest.

'Waarschijnlijk wel,' antwoordde ze.

'Ik denk dat je dat beter niet op CNN kunt zeggen,' zei Benton tegen Scarpetta.

Ze nam nog een slokje. De whisky was zacht met een turfachtige nasmaak, en kroop omhoog door haar neus en verdampte ergens in haar hoofd, nog dieper dan eerst.

'De mensen zouden verbaasd staan als ze wisten wat ik allemaal niet zeg,' zei ze. 'Eva Peebles had voor een groot deel gelijk.'

Lucy krulde haar vingers om haar glas en hief het eerst naar haar tante en toen naar haar lippen. Ze proefde de whisky met haar neus en haar tong zoals een wijnproever een mooie wijn proeft. Vanonder de klep van haar baseballpet keek ze haar tante aan en glimlachte.